www.b-books.co.kr

내 안에
퐁당

내 안에
퐁당

초판 1쇄 찍음 2017년 9월 7일
초판 1쇄 펴냄 2017년 9월 14일

지은이 | 바 나
펴낸이 | 정 필
펴낸곳 | (주)뿔미디어

편집장 | 박경희
기획 · 편집 | 이영은
표지 디자인 | 박현진

출판등록 | 2002년 9월 11일 (제1081-1-132호)
주소 | 경기도 부천시 원미구 소향로 17, 303(두성프라자)
전화 | 032)651-6513 / 팩스 | 032)651-6094
E-mail | dahyangs@naver.com
블로그 | http://blog.naver.com/dahyangs
비북스 | http://b-books.co.kr

값 10,000원

ISBN 979-11-315-8189-6 04810
ISBN 979-11-315-8188-9 04810(세트)

바나 장편 소설

내 안에
퐁당

DAHYANG ROMANCE STORY

1

contents

프롤로그

　명쾌한 소리와 함께 거실과 직통으로 연결된 전용 엘리베이터 문이 열렸다. 그 안에서 보기만 해도 안구가 정화되는 잘생긴 남자 두 명이 걸어 나왔다.

　"뭐야? 집에 있었냐?"

　죽기 살기로 벨을 눌러 놓고는 뭐라는 거야. 집주인인 휘가 태연히 집 안으로 들어오는 재영을 보고 인상을 썼다. 재영의 옆에는 현석이 차분한 얼굴로 서 있었다.

　선우휘, 강재영, 현석은 연예계 3대 남신이라 불리는 배우들이었다.

　영국 귀공자풍 외모에 모델처럼 큰 키와 세련된 스타일까지 갖춘 선우휘. 아이돌처럼 밀가루 바른 듯 뽀얀 얼굴에 커다란 눈을 가진 강재영. 쌍꺼풀 없이 길고 시원하게 뻗은 눈매, 지적인 분위기를 내는 뿔테 안경이 트레이드마크인 현석.

지금 이 나라에서 가장 주목받고 있는 핫한 배우 세 명이 한자리에 모인 것이다.

"우리 집이 니들 아지트냐?"

세 명 중 가장 많은 팬층을 보유하고 있는 선우휘는 매끈한 이마를 찌푸렸다. 휘는 블랙 진에 빈티지 스타일의 화이트 셔츠를 입고 있었는데, 워낙 군살 없이 탄탄하고 길쭉한 몸매 때문에 그대로 사진만 찍으면 패션 잡지 화보로 나올 듯한 분위기를 풍겼다.

"너 집에 있었으면서 왜 전화 안 받아?"

집주인의 통박에도 재영은 자기 집 안방인 양 유유히 거실을 가로질렀다. 재영은 한때 이 나라를 떠들썩하게 했던 아이돌 그룹 출신으로 지금은 완전히 연기 쪽으로 전업한 꽃미남 배우였다. 이들의 공통점은 셋 다 스물여덟 살이라는 것을 포함해 사적으로 친하다는 거였다. 이렇게 자택 무단 침입을 서슴없이 저지를 정도로.

"전화? 잠깐……. 그건 뭐냐?"

휘의 날카로운 눈빛이 현석과 함께 막 소파에 앉아 있는 재영의 손에 들린 봉투에 꽂혔다.

"뭐긴. 알면서."

재영이 휘를 향해 은밀한 눈빛을 빛내며 씨익 웃었다. 그의 손에는 소중한 신줏단지라도 되는 듯 막걸리병이 조심스럽게 들려 있었다.

"훗, 이거 봐라. 널 위해 내가 뭘 구해 왔는지."

뽀얀 막걸리병에 닿은 휘의 시선이 일순 흔들렸다. 영국 귀족같이 새하얀 피부에 선명한 이목구비를 가진 휘는 막걸리와는 전혀 어울리지 않았다. 그 때문에 전통주나 막걸리를 좋아하는 본인의 취향과는 상관없이 이미지 관리 차원에서 매번 고상해 보이는 고가의 위스키나 칵테일만 마셨다. 그러다 보니 늘 금단의 막걸리를 향한 욕구불만에 시달리게 된 것이다.

저 탐스러운 막걸리병이 눈앞에서 흔들흔들……. 아, 아니지. 지금 저게 중요한 게 아니야.

휘는 얼른 흔들리는 정신을 다잡았다.

"이거 귀한 거다. 지방에서 하루에 정말 소량만 올라오는 건데 내가 어렵게 구해 온 거라고."

재영이 자랑스러움을 한껏 담은 표정으로 말하며 막걸리병을 보듬었다. 유혹적인 젖빛 자태에 흔들릴 뻔한 휘가 마음을 다지고 결연한 얼굴로 말했다.

"오늘은 안 돼."

"잔 가져온다."

집주인의 발언은 전혀 개의치 않는 듯 현석이 몸을 일으키자 휘가 그 앞을 막아섰다.

"야. 내 말 안 듣냐? 오늘은 안 된다니까."

휘가 현석의 어깨를 덥석 잡았다. 그러고는 자신의 완고함을 보여 주려는 듯 힘껏 미간에 힘을 줬다.

"왜 안 되는데?"

현석이 안경을 추켜올리며 의아스러운 눈빛으로 물었다. 현석은 꿀성대라 불리는 매력 보이스를 가진 배우답게 일상 대화도 마치 극 중에서 성우가 말하는 듯했다.

그의 물음에 순간 휘의 얼굴에 난감한 빛이 스쳐 지나갔다.

"그러니까 오늘은…… 어쨌든 안 돼. 다음에 마셔."

"오호?"

그때 고양이같이 커다란 재영의 눈이 요사스럽게 빛났다.

"이런 귀한 막걸리를 구해 왔는데도 퉁겨? 아까부터 묘하게 까칠하고……. 이거 수상한데?"

……제길.

휘의 눈썹 사이가 좁혀 들었다. 그 변화를 매의 눈으로 포착한 재영이 먹이를 노리는 얼굴로 다가가자 휘는 자신에게 스멀스멀 다가오는 재영에게 짐짓 태연한 얼굴로 말했다.

"수상하긴 뭐가."

"그러고 보니……."

재영은 마치 모 고발 프로그램의 진행자가 '그런데 말입니다.' 멘트를 치듯 진지하게 말했다.

"현관에 웬 여자 사이즈 운동화가 있었어."

"여자 운동화?"

재영의 말에 가늘고 긴 현석의 눈이 조금 커졌다. 평소 표정 변화가 거의 없는 현석으로서는 매우 놀랍다는 뜻이었다.

이 쓸데없이 눈치만 빠른 놈들이……. 휘는 몹시 초조했지만, 두 사람의 의혹에 휩싸인 시선이 자신에게 향하자 윤기 나는 갈색 머리칼을 자연스럽게 쓸어 넘겼다.

"무슨 생각들을 하는 거야? 그딴 게 어디 있다고. 쓸데없는 소리 하지 말고 오늘은 안 되니까 다음…… 엇, 야! 강재영!"

휘가 방심한 사이 소파 위에서 발딱 일어난 재영이 잽싸게 식당 쪽으로 달렸다.

젠장! 휘가 허를 찔린 표정으로 빠르게 재영을 뒤따랐다.

"거기 서! 강재영!"

"어어? 찔릴 게 없는데 왜 그리 필사적으로 따라오시나?"

재영이 약 올리듯 소리치며 식당으로 질주했다. 장난스러운 표정이었지만 마치 초원을 달리는 치타처럼 재빨랐다. 어릴 때부터 늘 육상은 자신 있었다고 자랑하더니 농담이 아닌 모양이었단⋯⋯. 아, 지금 그게 문제가 아니지.

"야! 거기 안 서?!"

휘가 잡히면 죽이겠다는 표정으로 살벌하게 재영을 뒤쫓아 식당으로 달려갔다.

현석은 두 사람이 추격전을 벌이거나 말거나 아랑곳 않고, 조용히 막걸리의 뚜껑을 땄다.

"흠. 향이 좋군. 과연 섬에서 공수해 온 거라 그런가."

정갈한 자세로 막걸리의 향을 음미하는 현석의 표정은 여유롭기 짝이 없었다.

그때 식당 안이 소란스러워지더니 놀라움이 서린 재영의 목소리가 날아들었다.

"이, 이거 뭐야?!"

그 소리에 막걸리의 향을 음미하던 현석의 움직임이 딱 멈췄다.

"와! 딱 걸렸어, 선우휘! 야, 현석아! 여기 여자가 있어! 이거 완전 특종이다! 당장 디스배치에 전화해!"

"⋯⋯."

병을 테이블 위에 내려 둔 현석이 점잖게 일어났다. 그러더니 몸을 돌려 달리진 않지만 빠른 보폭으로 식당으로 걸어갔다.

식당 안에선 한 여자를 사이에 두고 휘와 재영이 마치 삼자대면하는 남녀처럼 대치 중이었다.

커다란 아일랜드 식탁에 앉아 있는 여자는 학생인 듯 아주 앳되어 보이는 얼굴이었다. 단발머리의 작은 두상을 가진 데다 눈도 동그랗고 얼굴도 동그래서 꽤 귀염상이었다.

"초면에 실례했네요. 아, 전…… 아시죠? 누군지."

여자는 하얗게 질린 얼굴로 굳어 있었지만, 재영은 개의치 않고 말을 걸고 있었다. 휘는 성마르게 머리칼을 쓸어 넘기며 분노를 속으로 삭이는 듯 보였다. 그러거나 말거나 재영은 기분 좋은 듯 떠벌거렸다.

"어쩐지 오늘 촉이 딱 서더라니. 이런 일이 있으려고 그랬던 건가? 선우휘에게 집에서 나란히 밥도 먹는 여자가 있을 줄이야. 응?"

"……그런 거 아니야."

휘가 신경 쓰이는 듯 시선으로 여자를 힐긋거리며 말했다. 여자는 여전히 그들 사이에서 동상처럼 굳어 있었다.

"그런 게 아니면 뭔데?"

"어쨌든 아니라고. 쓸데없는 소리 하지 마."

휘의 말에도 재영은 호락호락하지 않았다.

"에이, 가사도우미도 집에 들이는 게 싫어서 유별나게 구는 놈이잖아. 그런데 이렇게 한 식탁에서 같이 밥 먹을 정도면 말 다 한 거지."

"강재영. 그런 거 아니라고 했잖아."

휘가 짜증스럽게 말했지만 재영은 눈을 예리하게 뜨며 의심을 멈추지 않았다.

"그런 게 아니면 뭔데?"

"어쨌든 아니라고."

"어떤 사이인지도 말 못 하면서 아니라고 하면 누가 믿냐? 자식. 부끄러워할 것 없어. 연애 다들 하는 건데 뭐가 문제라고. 내가 이런 데선 또 쿨하게……."

"얘는 내 노예야."

"그래그래, 그러니까 처음부터 노예라고 했으면 내가……. 뭐?"

재영의 눈이 휘둥그레 떠지는데 갑자기 쿵! 하는 소리가 들렸다.

"어?"

세 남자의 시선이 요란한 소리가 난 쪽으로 향하는 것과 동시에 휘가 소리쳤다.

"이결아!"

그곳엔 여자가 밥그릇에 얼굴을 박은 채 쓰러져 있었다.

01.

당신에게도 벌어질 수 있는 엄청난 일

"설마, 그걸 나 입으라고 가져온 거야?"

"……네?"

휘의 서늘한 목소리에 현란한 패치와 번쩍이는 징이 박힌 블랙 가죽 재킷을 내밀던 코디네이터 지영이 움찔거렸다.

"아, 그게……."

지영이 흔들리는 시선을 내리깔았다. 그녀의 눈앞에 앉아 있는 남자는 생긴 건 영국 황실 귀족 같은 고고함이 흐르는데, 입에서 나오는 말들은 영혼까지 얼려 버릴 시베리아의 한파 같았다.

"네 눈엔 그게 나와 어울린다고 생각해? 딱 봐도 싸구려 티 팍 팍 나는데."

"저기 이건 이번 시즌 뻬어리 송 컬렉션에도 출품된……."

"컬렉션에 출품만 되면 다 번듯하고 있어 보이는 줄 아는 코디 네이터 참 많아. 그저 명품이라면 다 좋은 줄 알고."

휘가 피식거리며 냉소를 흘리자 그녀의 얼굴이 허옇게 질렸다.

"아, 아니 전……."

지영은 뭐라 말대꾸라도 하고 싶었으나 솔직히 맞는 말이라 할 말이 없었다. 요즘 피곤해서 주는 대로 협찬받다 보니 제대로 신경을 못 쓴 게 사실이었으니까. 휘는 뭘 입혀도 모델 같아서 편하게 생각했었는데 이런 식의 독설이 나올 줄은 몰랐다.

"그럼 다른 걸로 가져올……."

"됐어. 또 그런 난잡한 거나 들고 오겠지. 지금 내가 입고 있는 게 네가 골라 오는 것보다 백만 배는 나아 보이지 않아?"

휘가 시원한 애플그린 칼라 스트라이프 셔츠 위에 걸친 댄디한 플라잉 재킷의 깃을 슥 들어 보였다.

"배, 백만 배……."

지영의 동공이 사시나무처럼 흔들렸다. 이것 역시 맞는 말이라 할 말이 없었지만, 무척 자존심이 상했다. 그녀의 백지장같이 허예진 얼굴에는 상관도 없다는 듯 휘가 입술 끝을 끌어 올리며 쐐기를 박았다.

"그 정도로 네 실력이 형편없다는 거야."

파르르 떨던 지영이 결국 눈물을 왈칵 터뜨렸다.

"정말…… 정말 너무하세요! 더는 못 하겠어요! 저, 저 그만둘래요!"

휘가 '난잡'하다 칭한 블랙 재킷을 움켜쥐고 흔들던 지영이 눈물범벅이 된 얼굴로 뒤돌아섰다. 그녀가 그대로 문 쪽으로 냅다 달려가자 휘는 냉소적인 시선으로 그 모습을 응시했다.

"형. 저 왔…… 어이쿠!"

마침 들어오던 매니저 정석이 문밖으로 뛰쳐나가는 지영과 부딪칠 뻔했다.

"어? 어디 가는……."

정석은 시니컬한 표정의 휘와 달려가는 지영의 뒷모습을 번갈아 봤다. 뭐, 뭐지? 이 몹시 익숙한 상황은……. 엇! 설마 또?!

"지영 씨! 곧 촬영 시작하는데 어디 가요? 지영 씨!"

복도를 향해 황망히 소리치는 정석에게 휘가 말했다.

"놔둬. 그만둔다는 사람 잡아서 뭐 해."

"네?"

정석의 눈이 커져선 대기실 소파 위에 긴 다리를 과시하듯 발을 꼬고 느른하게 누운 휘에게 성마르게 다가갔다.

"지영 씨 그만둔대요?"

"어."

역시나인가! 이렇게 눈물을 흩뿌리며 달려 나가는 여자를 한두 번 본 게 아님에도 설마설마하는 심정으로 물었지만…… 대답은 예상대로였다.

"혹시 형이 또 뭐라 했어요?"

"뭐라 하긴. 있는 그대로, 명백한 사실만을 말했을 뿐인데."

있는 그대로 사실만을 말하는 것은 휘의 특기였다. 문제는 그 특기로 인해 지금까지 셀 수도 없을 만큼 코디와 스태프가 갈렸다는 거라고요! 으윽.

뒷말을 하지 못한 정석은 위가 아파 오는 것을 느꼈다. 비타민처럼 먹는 위장약을 꺼내며 휘를 보니 자신의 심정은 알 바 아니라는 듯 태연히 스마트폰 게임을 하고 있었다. 게임하는 모습도 무슨 광고의 한 장면처럼 모델 포스를 뽐내고 있었지만, 그래도 할 말은 해야 했다.

"형. 지영 씨도 힘들게 겨우 뽑았는데 저렇게 가게 놔두면 어떡 해요?"

삐콩. 삐콩. 삐콩.

"어떡하긴. 새로 뽑으면 되지."

삐콩. 삐콩. 짜라라라라라라랑.

"새로 코디를 뽑아도 매번 일주일을 못 버티잖아요. 이미 이 바 닥에 소문 다 돌아서 아무도 안 오려고 한다구요!"

삐콩. 삐콩. 삐콩. 삐콩.

"그럼 안 뽑으면 되고."

"혀엉!"

[짠자잔— 금화 열 닢을 획득하셨습니다.]

무심한 얼굴로 게임만 하고 있는 휘를 보고 있으려니 정석은 머 릿속이 아득해졌다. 혼미해지는 정신을 가까스로 다잡으며 정석이 말했다.

"그래도 오늘 당장 촬영인데 지영 씨한테 전화 한 통만 해 주시 면…….."

"내가 왜 그래야 하는데?"

휘가 얼음같이 살벌한 시선으로 정석을 바라봤다.

힉. 저 눈! 정석은 순간 온몸에 소름이 쫙 돋았다. 휘는 한번 수 틀리면 촬영이고 뭐고 다 팽개치고 가 버리는 매우 무서운 특기도 가지고 있었다. 이럴 땐 납작 기는 게 최선이라 판단한 정석이 잽 싸게 태도를 바꿨다.

"제, 제가 알아볼게요! 어떻게든 섭외해 올 테니까 형은 저 올 때까지 어디 가지 말고 여기서 잠깐 기다리세요. 알았죠?"

어차피 울며 뛰쳐나간 코디네이터를 다시 붙잡을 순 없겠지만,

급한 대로 누구라도 데려와야 한다. 정석은 역사적 사명을 띤 표정으로 위장약과 휴대폰을 들고 잽싸게 튀어 나갔다.

♡　♥　♡

　방송국 14층 직원 휴게실 입구에 한 여자가 서 있었다. 동글동글한 두상에 단발머리를 한 여자가 주변을 살피며 앞에 있는 여자를 향해 슬며시 지갑을 내밀었다.

　"언니. 여기⋯⋯."

　"매번 고맙다. 까딱하면 점심도 못 먹을 뻔했어."

　지갑을 받아 들며 루리가 씩 웃자 결아도 배시시 웃었다.

　"고맙긴⋯⋯. 그럼 난 이만."

　"엇. 결아야. 잠깐만."

　맡은 바 임무를 마치고 빛의 속도로 몸을 돌리는 결아를 루리가 턱 잡아 돌려세웠다.

　"으, 응? 왜?"

　결아는 마치 쫓기는 작은 짐승처럼 커다란 눈을 초조하게 굴렸다. 루리는 결아가 가져온 빨간 지갑을 열고 배추 잎 하나를 척 꺼내 내밀었다.

　"날 더운데 오느라 고생했어. 이걸로 하드라도 하나 사 먹으면서 가."

　지갑은 빨간색을 써야 돈이 술술 잘 들어온다고 루리는 믿고 있었다. 하지만 그 믿음과는 달리 항상 저 지갑에서 돈이 술술 나가던 모습만 봐 오던 결아는 얼른 사양했다.

　"아니야. 집도 코앞인데 뭐. 별로 덥지도 않⋯⋯."

"어허. 이 언니 섭섭하게. 넣어 둬, 넣어 둬."

옹알거리는 결아의 말을 무시한 루리가 억지로 배추 잎을 쥐여 주고는 어린애 학교 보내듯 등을 떠밀었다.

"언니 오늘 늦으니까 먼저 밥 먹고. 문단속 잘하고 자."

"으……응. 고마워."

결아는 손에 배추 잎을 고이 쥔 채 작은 머리통으로 끄덕거렸 다. 그러면서도 발은 자기도 모르게 종종걸음으로 뒷걸음질 치고 있었다.

빨리 이곳을 탈출해야 해.

결아는 비장하게 눈을 빛냈다. 엘리베이터 쪽으로 종종 뒷걸음질 치던 결아는 루리가 시야에서 완전히 사라지고 나자 얼른 방향을 바꿨다. 지금이야! 결아는 비상구 쪽으로 돌진해서 쏙 들어갔다.

"후아! 아무도 없는 곳에 오니까 이제야 좀 안심이 되네."

아무도 없는 비상구 안에 들어온 결아는 조그맣게 안도의 한숨 을 내쉬었다.

태어날 때부터 소심하게 응애 하더라는 말이 전설처럼 전해 내 려올 정도로 소심함을 타고난 결아였다. 그런 자신과는 달리 타고 난 후광을 온몸에 장착하고 다니는 연예인들은 결아에겐 마치 다 른 세계에 사는 생명체처럼 무서운 존재였다. 방송국은 그런 외계 인들이 사방에서 넘실거리는 공포스러운 곳이라 결아는 이곳에 올 때마다 루리 몰래 늘 엘리베이터가 아닌 비상구 계단을 이용했다.

"엘리베이터 탔다가 연예인이라도 만나면……. 으으 끔찍해."

결아는 상상만으로도 소름이 쭉 끼쳐 와 가볍게 몸서리를 쳤다. 14층을 계단으로 오르락내리락하는 건 솔직히 꽤 힘든 일이었지 만, 자신의 콩알만 한 심장과 정신 건강에는 이 편이 훨씬 나았다.

"운동 되고 좋지 뭐."

나름 긍정적인 생각을 하며 정신없이 계단을 내려와 마침내 1층에 다다랐다. 이제 탈출의 고지가 눈앞. 결아는 어서 빠져나갈 생각에 비상구 문을 벌컥 열었다.

쾅!

"앗!"

그런데 문이 무언가와 강하게 부딪치는 소리가 남과 동시에 웬 남자 목소리가 들렸다.

이, 이게 무슨 소리지?

결아의 동공이 급격히 흔들렸다. 내가 지금 뭔가 사고를 친…… 건 아니겠……. 아! 이럴 때가 아니지!

결아는 핏기가 싹 가신 창백한 얼굴로 얼른 문밖으로 튀어 나갔다.

"죄, 죄송합니다. 제가 갑자기 문을 여는 바람에……. 정말 정말 죄송해요. 괜찮으세요?"

머리가 땅에 닿을 듯 고개를 숙이며 사과했지만 목소리는 들릴 듯 말 듯 한 옹알이 소리였다.

"하, 어이가 없네."

남자의 목소리에 읍소하듯 사과하던 결아가 움찔거리며 고개를 들었다. 상대방을 확인하려는데……. 어? 왜 아무리 고개를 들어도 얼굴이 보이지 않지? 거인인가? 키가 무척이나 큰 사람이었다. 고개를 한참 위로 올리고 나서야 드디어 얼굴이 보였다.

"어……!"

결아의 눈이 놀라운 듯 커졌다. 세, 세상에!

결아가 충격과 공포에 굳어 있는데 눈앞의 남자에게서 살기등등한 목소리가 내려왔다.

"감히 내 얼굴에 상처를 내? 너 이게 얼마짜리 얼굴인 줄 알아?"

현재 한국 내에서 가장 핫하게 떠오르는 스타, 배우 선우휘가 그녀의 앞에 서 있었다. 코를 가리고 있는 그의 손을 타고 뚝뚝 떨어지고 있는 것이 코피라는 걸 확인하자 결아는 다리에 힘이 훅 풀렸다.

아니, 아닐 거야. 내가 선우휘의 코에서 코, 코피를 터뜨렸을 리가 없어. 아니야, 이건 꿈이야. 꿈일 거야……!

아무리 부정해 봐도 눈앞에서 단단히 화가 난 표정으로 코피를 흘리며 서 있는 남자는 그 유명한 선우휘가 맞았다.

"저, 저, 정말 죄송, 히끅. 죄송합, 히끅. 죄송합니다."

결아는 버퍼링이 걸린 듯 딸꾹질을 연발하며 사과했다. 방금 전 자신이 코피를 터뜨린, 이 나라에서 가장 촉망받는 스타에게 붙잡혀 비상구 안으로 끌려 들어오게 된 이후로 완전한 패닉 상태였다.

"사과하면 될 일인가? 배우 얼굴을 이렇게 만들어 놓고?"

휘의 싸늘한 목소리에 결아의 창백하게 질린 얼굴이 이젠 퍼렇게 변하고 있었다.

"정말, 정말 죄송합니다. 제가 백 번 천 번 잘못한 일이니 부디 하, 한 번만 용서를……."

"용서? 내가 왜 그래야 되는데?"

조금의 자비심도 없이 흘러나오는 차가운 목소리에 결아는 사지가 바들바들 떨렸다.

"아, 아니 그게…… 히끅."

"넌 사과를 바닥 보고 하냐?"

그 말에 움찔한 결아는 내내 숙이고 있던 고개를 조심스럽게 들어 올렸다.

꼴깍. 휘를 본 결아는 저도 모르게 침을 삼켰다. 그의 얼굴은 그야말로 그리스 남신의 조각을 가져다 놓은 듯 빼어났다. 깎아지른 날렵한 턱과 높은 콧날, 색기를 품은 듯한 섬세한 입술과 사람을 끌어당기는 매력을 지닌 짙은 다크브라운색 눈동자까지. 보기만 해도 여자들 눈에서 하트를 뿅뿅 튀어나오게 할 마성의 마스크였다.

하지만 결아에겐 그저 공포의 대상일 뿐이었다.

무, 무서워……!

결아는 오들오들 떨리는 강아지 같은 눈으로 휘를 올려다봤다. 저렇게 사람 얼굴 같지 않게 생긴 남자와 이런 밀폐된 곳에서 단둘이 있으니까 꼭…….

꼬, 꼭 미술실에 있는 눈깔 없는 석고상이랑 마주 보고 있는 것 같단 말이야!

한밤중에 미술실에서 석고상을 봤을 때의 공포심이 떠올라 결아는 쭈뼛 소름이 돋았다. 그때 이후로 석고상과 닮은 조각남은 결아에겐 공포의 대상이 되어 버렸다.

휘는 결아가 떨든 말든 팔짱을 끼고 얼굴을 더 가까이 가져갔다.

"내가 왜 널 용서해 줘야 되냐고."

결아는 본능처럼 뒷걸음질 치며 옹알거렸다.

"아, 안 되겠지……요? 하, 하긴 배우는 얼굴이 생명인데…… 그 얼굴에 상처를 입혀 놓고 그냥 용서해 달라고 하는 건 너무 염치없는 짓……."

휘는 한쪽 눈썹을 치켜올린 채 눈앞에 있는 여자를 위아래로 쓰윽 훑어보았다. 햄스터처럼 귀엽게 생긴 여자가 바들바들 떨며 물기가 가득 들어찬 눈으로 울먹거리고 있었다.

그때 결아를 보고 있던 그의 눈에 의외의 빛이 스쳐 지나갔다.

……아, 넌?

동글동글한 눈에 동글동글한 얼굴에 동글동글한 머리통을 가진 단발머리 여자애는 분명 그의 기억에 있던 여자였다. 그것도 여러 번.

왜 몰라봤지?

휘는 오히려 자신이 이 여자를 지금까지 몰라봤다는 것이 신기할 정도였다. 아마 코가 뭉개져서 화가 난 데다 여자가 거의 고개를 들지 않았기 때문인 것 같았다. 계속 뒤통수만 보고 있었으니까. 말없이 결아를 내려다보던 휘가 입술 끝을 말아 올렸다.

재밌네.

입가에 슬몃 떠올랐던 미소를 싹 지운 그가 싸늘하게 말했다.

"어떻게 할 거야?"

"제가 어떻게 하면 좋을……."

"돈으로 보상하든가, 아님 몸으로 때우든가."

"도…… 돈이라면 얼마를……."

달달 떨며 결아가 묻자 휘가 가볍게 손가락을 하나 펴 들었다.

"1억."

"네에?"

1억이란 소리에 결아가 고개를 퍼뜩 들자, 눈앞에서 휘가 조각 같은 얼굴로 자신을 내려다보고 있었다.

"너 이 얼굴로 벌어들이는 돈이 얼마인 줄 알아? 한 5억 부르려던 거 불쌍해서 봐준 거야."

잔인한 목소리에 결아의 커다란 눈망울에 눈물이 그렁그렁 차올랐다.

"저, 그, 그런 큰돈은 없는데……."

눈물 때문에 결아의 말끝은 알아들을 수 없을 정도로 흐려지고 있었다. 하늘이 무너지고 땅이 갈라진다는 것이 이런 기분이구나. 이 바보! 이런 엄청난 일을 저지르다니.

"돈 없어? 그럼 몸으로 때우는 수밖에 없겠네."

냉랭한 휘의 목소리에 결아가 결국 흐느끼기 시작했다.

"흑…… 흐윽……. 원하시면 자, 장기라도 팔 테니 우리 식구들만은 제발……."

그 짧은 시간에 1억 원을 얻기 위해 새우잡이 배에 실려 가는 부모님과 언니가 통곡을 하는 장면까지 상상해 버린 결아는 오열하기 시작했다. 터져 버린 결아의 울음소리에 휘가 인상을 썼다.

"별로 건강해 보이지도 않는데 장기 같은 건 필요 없고, 할 줄 아는 거 있어?"

"전 그냥…… 흑. 호, 혼자 하는 걸 잘…… 흐으윽."

결아가 말 반, 공기 반이 아니라 말 반, 흐느낌 반으로 대답하자 휘가 인상을 썼다.

"울지 마. 우는 여자 싫어하니까."

"흑. 네, 알았습…… 힉. 히끅. 히끅."

억지로 울음을 멈추려 하자 무서워서 멈췄던 딸꾹질이 다시 터져 나왔다. 결아가 놀란 얼굴로 얼른 제 입술을 손으로 막았지만 딸꾹질은 계속 이어지고 있었다.

"쯧."

휘가 짜증스럽게 손목시계로 시간을 확인하고는 휴대폰을 꺼냈다.

"일단 자세한 건 나중에 다시 말할 테니까, 전화번호."

"히끅…… 네?"

휘가 휴대폰을 불쑥 꺼내 들었다. 결아는 휴대폰을 잡고 있는 그의 우아하고 기다란 손가락을 의아하게 쳐다보며 물먹은 눈을 깜박거렸다.

"부르라고."

"아, 네, 네. 공일공……."

결아가 부른 번호를 빠르게 입력한 휘가 통화 버튼을 눌렀다. 그러자 결아의 가방 안에 있는 휴대폰 벨소리가 청아하게 울리기 시작했다.

— 사노라면~ 언젠가는~ 바앍은 날도 오겠지~

결아가 허둥지둥 가방에서 휴대폰을 꺼내려는데 벨소리를 확인한 휘가 툭, 종료 버튼을 눌렀다. 그러고는 결아를 냉랭한 시선으로 내려다봤다.

"벨소리 취향 한번."

"죄, 죄송……."

왜 벨소리로 사과해야 하는지도 몰랐지만, 엉겁결에 나온 결아의 사과 멘트가 끝나기도 전에 휘가 뒤돌아섰다. 그러더니 뒤도 안 돌아보고 비상구를 빠져나갔다.

"……."

문이 닫히자 그가 가고 난 자리에서 서늘한 바람이 일더니 결아의 온몸을 감쌌다. 정적에 휩싸인 비상구 안에서 온몸을 푸르르 떤 결아가 그제야 입을 열었다.

"……갔다."

하아, 토해져 나온 한숨과 함께 결아는 다리에 힘이 풀렸는지 그 자리에 털썩 주저앉았다. 혼이 빠져나간 얼굴로 손에 쥔 휴대폰 액정을 바라보자 처음 보는 번호가 부재중 전화로 떡하니 떠 있었다.

"이제 어떡하면 좋지……?"

화면을 멍하니 보고 있던 결아의 커다란 두 눈이 다시 촉촉하게 젖어 들었다.

미간을 일그러뜨린 휘가 피 묻은 손수건을 짜증스럽게 쓰레기통으로 툭 던졌다.

"진짜 상처라도 난 거 아냐?"

명품 콧대라고 추앙받는 이 코에 문제가 생겼으면 너 진짜 가만 안 둔다.

휘가 얼얼한 콧대를 매만지며 방송국 로비를 가로지르는데 그의 뒤에서 쨍한 목소리가 터져 나왔다.

"꺄악! 휘 오빠!"

"오빠아아아!"

휘가 시야에 포착되자 입구에 진을 치고 있던 팬들이 돌고래 비명을 질러 대기 시작했다.

"이런."

인상을 찡그린 휘는 그들을 피해 엘리베이터 쪽 통로로 들어갔다. 아까도 팬들 때문에 비상구로 갔던 건데, 거기서 하필 이런 일이 생길 줄이야. 엘리베이터 앞에 도착한 휘가 신경질적으로 제 머리칼을 흩트리다가 피식 웃었다.

"세상 참 좁아."

그 여자를 이렇게 만나다니……. 휘가 쿡쿡 웃고 있는데 엘리베이터 문이 열렸다.

"어머!"

엘리베이터 안에서 막 내리려던 여자 아나운서가 휘를 보더니 눈을 크게 떴다.

선우휘잖아?

지금까지 수많은 연예인을 인터뷰해 봤지만 실물이 이만큼 잘생긴 남자는 처음이었다. 인터뷰 이후 따로 마주칠 일이 없어서 내심 아쉬웠는데, 마침 기회다 싶어 그녀가 엘리베이터에서 나와 그의 앞에 섰다.

"전에 인터뷰 때 뵀는데, 잘 지내셨……. 어어?"

눈웃음을 살랑살랑 날리며 인사하는 그녀의 옆을 휘가 쓱 지나갔다. 상큼한 미소를 짓고 있던 아나운서가 뒤돌아보자 휘는 태연한 얼굴로 닫힘 버튼을 누르고 있었다.

뭐, 뭐 저런……!

아나운서는 닫히는 문 사이로 보이는 휘를 새빨개진 얼굴로 바라봤다.

"하! 뭐야? 듣던 것보다 더 싸가지잖아? 대놓고 사람을 무시해? 잘생긴 얼굴만큼이나 성격이 개차반이라더니. 소문이 맞는 모양이네."

이미 위로 올라가고 있는 엘리베이터의 문을 노려보며 쏘아붙이던 여자는 몸을 홱 돌렸다.

"형! 어디 갔다 와요?"

막 전화를 걸려던 정석이 대기실로 들어오는 휘를 보고는 잽싸게 다가왔다.

"내가 너한테 일일이 보고하고 다녀야 되냐?"

휘가 시니컬한 얼굴로 소파에 털썩 앉았다.

"아, 아니 스케줄 남았는데 또 저번처럼 사라졌을까 봐 걱정을……. 형! 얼굴이 왜 그래요! 어디서 맞았어요?"

휘의 코가 빨개진 것을 본 정석이 놀란 얼굴로 득달같이 달려들었다. 호들갑스럽게 얼굴을 살피는 정석에게 휘가 성가시다는 듯 손을 휘저었다.

"별거 아니야. 좀 부딪혔어."

"엑스레이 찍어 봐야 하는 거 아니에요?"

"됐어. 메이크업으로 가려지기만 하면 되니까."

"그래도 얼굴로 먹고사는 사람이 조심 좀 하지……."

물러난 얼굴에 다시 바짝 다가와선 요리조리 살피는 정석의 얼굴을 휘가 손으로 밀어 냈다.

"시끄러워, 니 할 일이나 해."

"배우 얼굴 관리하는 것도 내 일인 거 몰라요? 그만해서 다행인데 앞으론 정말 조심 좀 해요."

정석이 구시렁거리며 소파에 앉더니 한숨을 푹 내쉬었다.

"그나저나 새 코디 뽑아야 되는데……. 형, 조금만 성질 좀 죽여 주시면 안 될까요? 그럼 제 수명도 십 년은 늘 것 같은데."

정석이 신세 한탄하듯 중얼거리며 힘 빠진 얼굴로 휴대폰 전화번호부를 뒤졌다. 그러다 문득 휘의 얼굴을 유심히 바라봤다.

"근데 뭔가 나 모르는 좋은 일이라도 있어요? 코디도 도망가고 코도 다쳐서 와 놓곤 기분은 아까보다 좋아 보이는 것 같은데."

대충 메이크업으로 상처를 가린 휘가 소파에 앉으며 긴 다리를 꼬았다.

"재밌는 걸 발견했거든."

"……네?"

정석이 눈을 둥그렇게 뜨고 휘를 바라봤다. 그러자 볼 때마다 악마란 이렇게 생기지 않았을까 싶을 정도로 사악하게 잘생긴 휘가 씨익 웃었다. 하얀 치아를 드러내며 근사하게 웃는 얼굴을 보자 정석은 본능적으로 불안한 기분이 들었다.

"재밌는…… 거요? 그게 뭔데요?"

"있어. 그런 거."

정석의 의심스러운 눈빛은 가볍게 무시한 휘가 휘파람을 불며 스마트폰을 들었다.

"뭔데요? 아, 게임 시작하면 안 돼요. 이제 진짜 준비해야 될 시간이니까."

"게임하려는 거 아니야."

휘가 최근 통화 목록에 입력된 번호를 누르고 저장하기를 연달아 눌렀다. 그러고는 뭔가 곰곰이 생각하는 듯 눈을 가늘게 떴다.

"흠. 뭐가 좋을까……. 그래. 이게 딱이다."

휘가 생각났다는 듯 터치패드를 누르곤 씨익 웃었다.

[호구]

액정 위에 뜬 두 글자를 휘가 만족스럽게 바라봤다.

사람이 믿기 힘든 일을 겪게 되면 일반적으로 거치는 코스가 있다. 처음엔 현실 부정. 그다음엔 분노. 그리고 마지막은 체념의 단계. 결아는 지금 현실 부정의 상태였다.

도대체 무슨 일이 벌어진 거지……?

그 남자와 헤어진 이후 내내 머릿속에선 같은 말만 떠오르고 있었다. 이게 무슨 일이야? 내 인생에 갑자기 이런 일이 왜?

"그 선우휘, 선우휘라니! 왜 하필 그 남자의 얼굴을!"

뒤늦게 부르짖어 봐야 무슨 소용이 있겠냐마는…… 그래도 왜 하필 그 남자란 말인가! 지금 이 나라에서 가장 주목받고 있는 남자를!

선우휘는 데뷔하자마자 드라마에서 잘생기고 성격 까칠한 재벌 3세 역으로 공전의 히트를 쳤다. 그 이후로 재벌 3세 역을 또 했는데, 그것도 연달아 대박을 치는 바람에 몇 년 사이 몸값이 폭등했다. 그래서 지금 연예계에서 가장 높은 주가를 올리고 있는 남자였다.

그런 남자와 얽히게 되다니…….

"도, 도저히 안 되겠다. 일단 청심환을 하나 먹고……."

결아는 벌렁거리는 심장을 진정시키기 위해 액상 청심환을 한 병 꺼내어 벌컥벌컥 들이켰다.

"후우, 진정하자. 진정…… 헉!"

— 사노라면~ 언젠가는~ 바맑은~

그러고도 안 되겠는지 환으로 된 청심환도 꺼내 달달 떨리는 손으로 껍질을 벗겨 내는데 갑자기 전화벨이 울려 결아가 화들짝 놀랐다. 서, 설마? 결아는 숨을 꿀꺽 삼킨 뒤 청심환을 내려놓고 부들거리는 손으로 휴대폰을 들어 올렸다.

그, 그 남자다!

저장하지는 않았으나 딱 한 번 보고도 머릿속에 각인처럼 새겨진 전화번호가 휴대폰 액정에 보란 듯이 떠 있었다. 10초 동안 숨도 쉬지 않고 휴대폰을 보고 있던 결아가 핏기 없는 얼굴로 전화를 받았다.

"여…… 여보세."

— 왜 이렇게 늦게 받아?

'요' 자가 나오기도 전에 짜증 섞인 목소리가 흘러나왔다. 결아는 식은땀을 흘리며 얼른 사과했다.

"죄송해."

— 집 주소.

이번에도 그는 '요' 자를 들을 마음이 없어 보였다. 잠깐, 그런데 방금 이 남자가 뭐라고 했지?

"……네?"

— 집 주소 부르라고.

"집 주소는 왜……."

— 두 번 말하게 하지 마라.

"여, 영등포구……."

무서운 목소리에 겁에 질린 결아가 집 주소를 줄줄 읊어 줬다.

— 30분 후에 집 앞에 은색 승용차 하나 서 있을 거니까 나와서 타.

"그걸 타면 어디로 가는……."

뚝.

어? 끊었어? 결아는 끊긴 휴대폰을 든 채로 방금 들은 말을 곱씹었다. 나오라니……. 설마 지금 그 남자가 여기로 온다는 건가?

"안 돼!"

결아는 절규하듯 소리치며 두 손으로 얼굴을 감쌌다. 그 선우휘가 온다니……. 차라리 저승사자가 온다는 말이 덜 무섭겠어!

정석은 휘가 불러 준 주소 앞에 차를 댔다.

"여기 맞지?"

주변을 휘 둘러보자 전방에 딱 봐도 수상해 보이는 여자가 서 있었다. 마스크, 모자, 머플러를 있는 대로 온몸에 칭칭 감고 있는 여자.

한여름에 덥지도 않나?

별 이상한 사람도 다 있다고 생각하며 보고 있는데 그 여자가 더 수상한 행동을 하기 시작했다. 다섯 걸음 뒷걸음질 치더니 다섯 걸음 또 다가왔다가 다시 다섯 걸음 뒷걸음질 치고……. 그렇게 같은 자리를 문워크 하듯 뱅글뱅글 돌고 있었다.

"날이 덥다 보니 정신이 혼미한 사람이 많네. 하긴 요즘 날이 좀 더워야지. 쯔쯧."

정석이 측은지심이 섞인 시선으로 보다가 고개를 돌려 주변을 둘러봤다.

"그런데 형이 말한 여자는 어딨는…… 어?"

접신한 사람처럼 같은 자리를 뱅뱅 돌던 여자가 우뚝 멈추더니 자신의 차로 돌진해 오고 있었다. 설마 저 여자인가? 정석이 긴가민가한 표정으로 창문을 내렸다. 그러자 질주해 오던 여자가 정석의 얼굴을 보곤 그 자리에 딱 멈췄다.

어? 그 남자가 아니잖아?

결아는 은색 승용차에 휘가 아닌 다른 남자가 타고 있는 것을 보고 낭패감에 젖었다. 모르는 사람 차를 향해 달려드는 여자라니. 얼마나 자신을 수상하게 생각할까? 쥐구멍이라도 있으면 숨고 싶은 심정이었다.

결아가 주춤주춤 뒷걸음치고 있는데 정석이 고개를 내민 채 말했다.

"형한테 전화받으신 분이죠?"

"네? 아, 네. 네."

정석의 말을 알아들은 결아가 얼른 고개를 끄덕였다.

"타세요. 형이 보내서 왔어요."

굳이 이름은 말하지 않았지만 결아는 이 차가 휘가 보낸 차가 맞다는 걸 알고 다시 다가갔다.

"초면에 실례합……니다."

옹알거리는 목소리로 말한 결아가 조심스럽게 조수석에 올라탔다. 긴장된 표정으로 벨트를 매고 있는 결아의 모습을 정석이 관찰하듯 바라봤다.

흐음. 이 여자였단 말이지……. 정석이 몹시 흥미진진한 눈빛으로 자신을 바라보고 있자 결아의 몸이 뻣뻣하게 굳었다. 아, 긴장되나? 돌덩이처럼 굳어 있는 결아에게 정석이 얼른 웃으며 말했다.

"전 형 매니저 유정석이라고 해요."

"아, 전 이결아예요."

옹알거리는 목소리가 제대로 들리지 않았다. 아무래도 얼굴을 칭칭 감싼 머플러 때문인 것 같았다.

"덥지 않아요? 그건 벗는 게 나을 것 같은데."

"아아, 네. 네."

결아가 얼른 머플러와 마스크를 벗었다. 야구 모자를 쓴 그녀는 모자에 얼굴이 거의 가려질 정도로 작은 얼굴이었다. 자세히 보니 어깨 정도까지 내려오는 단발머리가 잘 어울리는 것이 학생이 아닐까 싶어 정석이 물었다.

"실례지만 몇 살이세요?"

"스물다섯 살……이요."

개미만 한 목소리로 대답한 결아가 고개를 숙이자 정석은 놀란 표정을 지었다.

스물다섯? 중학생이라고 해도 믿을 것 같은데?

아이처럼 뽀얀 피부에 수시로 흔들리는 까만 동공을 보고 있자니 정석은 왠지 그녀가 안쓰럽다는 생각이 들었다. 첫 만남에 보호 본능을 자극하는 여자라니, 신선하네. 그래서 형이 관심 가진 건가? 정석은 그렇게 생각하며 차 시동을 걸었다.

"형이 직접 오지 않아서 실망했어요?"

"아! 아뇨! 그, 그럴 리가요!"

결아가 필사적으로 고개를 저었다. 너무 격렬하게 젓다 보니 모자가 홀렁 벗겨질 정도였다. 그 바람에 결아는 머리가 핑 돌아 모자를 잡고 고개를 푹 숙였다.

"아, 현기증이……."

"하핫. 재밌는 분이네. 아무튼 출발합니다."

정석이 웃으며 차를 출발시켰다. 태연한 정석에 반해 결아는 산소 결핍을 느끼며 불안한 얼굴로 차 문에 바짝 달라붙어 있었다.

이 차가 향하는 곳은…… 선우휘가 있는 곳이겠지?

그런 생각을 하자 심장이 미친 듯이 뛰며 식은땀이 났다. 도망가고 싶지만 그랬다간 언니가 내 대신 새우잡이 배에 타게 되겠지? 아아, 그건 안 돼…….

결아는 침통한 표정으로 창밖을 응시하며 뒤로 물러나는 풍경들을 암울하게 응시했다.

입구부터 으리으리한 고급 주상 복합 건물에 들어선 결아는 정석의 안내에 따라 전용 엘리베이터를 타고 17층으로 올라갔다. 17층까지 올라가는 시간이 영겁의 세월처럼 길게 느껴졌다.

〈잭과 콩나무〉처럼 콩나무 줄기라도 내려왔으면. 아니, 여긴 한국이니까 우리나라 전래동화처럼 동아줄이라도……! 결아가 헛된 구원을 바라는 사이 17층에 도착한 엘리베이터의 문이 열렸다.

"어?"

결아가 눈을 동그랗게 떴다. 엘리베이터 문 앞에 복도도 입구도 없이 바로 축구장처럼 넓은 거실이 떡하니 펼쳐졌다. 놀란 결아가 내리질 않고 서 있자 뒤에 있던 정석이 그녀의 어깨를 톡톡 쳤다.

"결아 씨? 안 내려요?"

"아아, 네!"

결아가 그제야 화다닥 엘리베이터에서 내려섰다. 그녀가 집 안으로 들어가자 뒤에서 정석의 목소리가 들렸다.

"그럼 전 가 볼게요."

"네? 가, 가신다고요?"

결아가 토끼 눈을 뜨고 뒤돌아보니 이미 엘리베이터 문이 닫히고 정석은 내려가 버린 뒤였다. 나만 두고 가 버리다니……! 결아가 두려움과 절망에 젖어 있는데 뒤에서 TV로 많이 듣던 목소리가 들렸다.

"늦었어."

헉……. 결아는 그 순간 깨달았다. 어떻게 해서든 이곳에 도착하기 전에 탈출을 감행했어야 했다고. 매니저의 정석같이 생긴 정석이라는 남자가 생각보다 편안하게 대해 줘서 그만 망각해 버리고 만 것이다.

나를 이곳으로 부른 남자가…… 지금 이 나라에서 가장 유명한 남자라는 걸.

결아가 불안한 얼굴로 천천히 돌아봤다. 그곳엔 팔짱을 끼고 서 있는 휘가 보였다. 블랙 티셔츠에 블랙 진을 입은 올 블랙의 기다란 남자는 마치 방금 TV 화면에서 빠져나온 것처럼 이질적이었다.

"아, 안녕하세⋯⋯."

"따라와."

결아의 인사를 끊은 휘가 오만하게 턱짓을 했다. 그러고는 몸을 돌려 소파가 있는 쪽으로 먼저 걸어갔다. 결아는 앞서 걸어가는 휘를 멍하니 바라봤다.

저 남자의 군살 없는 탄탄한 뒤태를 보니⋯⋯ 왜 갑자기 슈베르트의 〈마왕〉이 생각나는 걸까? 아, 나 그 노래 음악 시간에 배우고 무서워서 일주일 동안 밤에 잠도 못 잤는데⋯⋯.

"오라는 소리 안 들려?"

"아, 네!"

흠칫 놀란 결아는 그제야 넓은 거실 한복판을 종종거리며 가로질렀다. 엉거주춤 휘 앞에 서자 그가 소파 쪽으로 슥 턱짓을 했다.

"앉아."

키우는 개한테 명령하는 듯한 턱짓이었지만, 결아는 고급스러운 레오파드 러그가 깔린 화이트 소파에 잽싸게 앉았다. 한여름에 웬 러그가 깔려 있나 싶었는데 추울 정도로 냉방이 잘되어 있어 전혀 덥게 느껴지지 않았다.

아, 냉방만이 아니라 저 남자 눈에서 느껴지는 냉기 때문⋯⋯인가?

결아가 오도카니 소파 위에 앉은 채 휘를 흘끔거리자 그가 긴 다리를 우아하게 교차시켜 걸어왔다. 그러더니 맞은편 소파에 앉⋯⋯는 게 아니라 왜, 왜 내 옆에 앉는 건데요?

"자."

결아는 바로 옆에서 들리는 중저음의 목소리에 어깨를 흠칫거렸다. 눈앞 테이블 위의 종이를 그가 기다란 손가락으로 끌어당기는 것이 보였다.

"여기 사인해."

종이 위로 펜을 툭 던지며 휘가 시크하게 말하자 결아가 의아스러운 눈으로 바라봤다.

"이게 뭔데요?"

"계약서."

"무슨 계약서요?"

결아가 동그란 눈을 깜빡이며 휘를 바라봤다. 그러자 그는 마치 마왕처럼 무시무시한 얼굴로 입술 끝을 말아 올렸다.

"하나를 해도 확실히 해야지. 시간 줄 테니까, 잘 읽어 보고 사인해."

"아, 네……."

휘가 자신의 손목시계를 힐긋 보며 관용을 베푼다는 식으로 말하자 결아는 엉겁결에 대답했다. 그러니까 읽어 보라는 말……이지? 결아가 조심스럽게 종이를 잡고 눈앞에 갖다 댔다. 제일 위에 쓰여 있는 커다란 글씨가 보였다.

"노예 계약서……?"

결아의 까만 눈이 쟁반만큼 커졌다. 제 눈앞에 버젓이 쓰여 있는 글씨를 보고도 믿을 수가 없었다. 노예 계약서라니……?

"저, 저기 이, 이게 무슨……."

결아가 바들바들 떨리는 손가락으로 종이를 가리키며 옹알거렸다.

"한글 못 읽어?"

휘가 인상을 찡그리자 결아가 침을 꼴깍 삼켰다.

"설마 진짜로, 정말로 이대로 하실 건…… 아니죠?"

"네 눈엔 내가 장난으로 이런 걸 만들 만큼 한가해 보이냐?"

시베리아 북풍 같은 휘의 차가운 시선에 결아는 말문이 막히고 숨이 막히고 기가 막히고 코가 막혔다.

"뭐 해? 빨리 읽지 않고."

"아, 네."

정신 차리자. 호랑이 굴에 끌려가도 정신만 똑바로 차리면 산댔어. 결아는 혼미해지는 정신을 다잡으며 다시 글씨를 읽어 내려갔다.

「을은 지금부터 세 달간 갑의 말에 무조건적으로 복종해야 하며 만일 이를 어길 시엔 을이 손해를 끼친 1억 원에 위약금 5억 원을 추가로 배상…….」

"5, 5억? 5억 원이라고요?"

결아가 눈을 쟁반만 하게 뜨고는 고개를 쳐들었다.

"왜? 너무 적나? 하긴, 내가 생각해도 내 몸값이 있는데 너무 적은 것 같다는 생각은 했어. 한 10억 원쯤은 했어야 하는데."

악마 같은 얼굴로 중얼거리는 휘를 보며 결아가 입을 뻐끔거렸다. 이, 이게 신체 포기 각서와 뭐가 달라?

"자. 읽었으면 사인해."

휘는 태연하게 결아가 사인해야 할 곳을 손가락으로 툭툭 쳤다. 펜을 들고 굳어 있던 결아가 흔들리는 동공으로 종이를 내려다보다가 말을 꺼냈다.

"저…… 물어볼 것이 있는데……."

"뭔데."

휘가 한쪽 눈썹을 날카롭게 치켜올리고 쳐다보자 결아는 눈을 스리슬쩍 내리깔았다.

"저기…… 호, 혹시 노예라는 것이 그…… 말하자면 그…… 그 러니까 예컨대 말하자면 그……."

"그러니까 말하자면, 뭐."

휘가 짜증스럽게 되묻자 결아의 얼굴이 화르륵 달아올랐다.

"설마 유, 육체적 관계라거나 그런 건……!"

용기를 최대한으로 끌어모은 결아가 겨우 말하다가 차마 뒷말을 잇지 못하고 두 손으로 얼굴을 가렸다. 휘의 수려한 얼굴이 잠시 그녀를 향했다. 그의 시선을 느낀 결아가 새빨갛게 달아오른 얼굴을 가린 손에서 두 손가락만 벌리고 휘를 쳐다봤다.

"……."

말없이 결아를 보던 그의 입술 끝이 호선을 그리며 길게 휘어져 올라갔다.

"육체적 관계라."

갑자기 휘가 소파 위를 손으로 짚더니 결아 쪽으로 몸을 기울였다.

어……!

조각 같은 얼굴이 자신에게 다가오자 결아는 소파에 등이 찰싹 달라붙을 정도로 뒤로 물러났다. 그러자 휘가 한 팔을 소파 등에 뻗어 그 사이에 결아를 가뒀다.

이 남자가 도대체 왜 이래? 자기 콧날이 얼마나 명품 콧날인지 보여 주려고 이럴…… 리는 없겠고, 자기 속눈썹이 얼마나 긴지 보여 주려고 이러는 거야?

TV 화면에서만 보던 여심을 사로잡는다는 짙은 다크브라운색 눈동자가 지근거리에서 자신을 보고 있었다. 무서워만 보이던 그의 눈을 가까이서 보니, 시선이 포박당한 듯 꼼짝을 할 수가 없었다. 왜 이러지? 눈동자에 무슨 마력이라도 지닌 걸까?

결아가 혼란스러운 표정으로 휘를 응시하자 그가 거리를 더 좁혀 왔다.

"네가 말한 그 육체적 관계라는 게……."

휘가 나지막하게 속삭이며 결아의 동그란 턱을 들어 올렸다.

뭐, 뭘 하려는……? 휘의 입술이 점점 가까이 다가오고 있었다. 거, 거기서 더 다가오면 어쩌려고!

결아는 숨도 못 쉬고 제 앞에 가까이 있는 휘를 바라봤다. 휘가 천천히 고개를 기울여 결아의 입술에 닿을 듯 다가갔다. 그러자 결아가 눈을 질끈 감았다. 안 돼! 닿는……!

"혹시 이런 관계를 말하는 건가?"

……어? 냉기 어린 목소리에 결아가 슬쩍 눈을 떴다. 눈앞에서 휘가 싸늘한 얼굴로 자신을 쳐다보고 있었다.

"너, 제정신이냐?"

"그, 그럴, 그럴 리가 없겠죠! 죄, 죄송합니다!"

휘의 냉랭한 목소리에 정신을 차린 결아가 얼른 소리쳤다. 토마토처럼 시뻘겋게 달아오른 얼굴로 필사적으로 사과하자 휘가 쿡, 하고 비웃더니 물러갔다.

"내가 누구라고 생각하는 거야."

신랄한 목소리에 결아는 창피함에 고개를 푹 숙였다.

"······죄송합니다. 사인할······게요."

이 무서운 눈에 순간 홀릴 뻔하다니······. 내가 미쳤지. 결아는 민망한 기분에 얼른 계약서에 사인을 하고 두 손으로 종이를 공손히 내밀었다. 그걸 휙 낚아챈 휘가 계약서를 훑어보더니 빠르게 사인을 휘갈겼다.

아아, 정말 미친 소리를 해 버렸어. 어쩌지?

결아가 땅바닥을 파서 기어 들어가고 싶은 처참한 심정으로 보고 있는데 사인한 노예 계약서를 그가 테이블 위로 가볍게 날렸다.

"이 정도로 용서해 주는 걸 다행으로 알아. 네가 문으로 뭉갠이 얼굴로 한 해에 벌어들이는 광고료만 해도 위약금의 수십 배는 되니까."

"감사······합니다."

결아가 시무룩한 얼굴로 휘가 던진 계약서를 바라봤다. 종이 위에 연예인과 자신의 사인이 나란히 있는 걸 보니 왠지 무척 비현실적으로 느껴졌다.

"뭐 해?"

"······네?"

결아가 멍하니 보고 있던 계약서에서 고개를 들자 휘가 한쪽 눈썹을 추켜올리고 자신을 보고 있었다.

"볼일 끝났으면 재깍 가야지 남의 집에서 뭐 하고 있냐고."

"아! 죄, 죄송합니다. 그럼 안녕히 계세요!"

파다닥 일어선 결아는 얼른 엘리베이터 쪽으로 달려갔다. 이 집에 들어온 뒤로 가장 빠른 행동이었다.

"······."

휘는 결아가 빛의 속도로 달려가 엘리베이터에 타는 모습을 보고 있다가 휴대폰을 꺼내 들었다. 그러고는 [호구]라고 저장되어 있던 이름을 바꿨다.

[노예]

새로운 이름이 마음에 드는지 휘의 입술 끝이 비스듬히 기울어 졌다.

결아가 엘리베이터를 타고 내려가니 아까 데려다줬던 정석이 기다리고 있었다.

"바래다줄 테니 타요."

"괜찮……."

"사양 말고 타요. 길도 모르잖아요."

결아는 혼이 빠져나간 얼굴로 사양했지만 정석이 차 문을 열어줬다. 그러고 보니 허둥지둥 나오느라 집에서 지갑도 챙겨 오지 않았다는 게 그제야 떠올랐다.

"감사합니다. 그럼 염치 불고하고……."

결아가 꾸벅 고개를 숙이고 조수석에 올라타자 정석이 차를 출발시켰다. 집으로 향하는 동안 결아는 어두운 얼굴로 창밖을 바라봤다.

노예라니……. 우리나라에 노비 제도가 사라진 지가 언제고, 태평양 건너 미국에도 노예 제도가 사라진 지가 언젠데…….

언니 때문에 방송국을 드나들며 연예인과 그런 식으로 마주친 것도 처음이었는데, 이런 말도 안 되는 계약서까지 쓰게 되어 버리자 결아는 정말 우울한 심정이었다. 하지만 자신이 저지른 죄가 있으니 뭐라 말도 못 하겠고, 휘의 냉랭한 분위기가 사람을 꼼짝없이 만들어 버려 결국 노예 신세가 되어 버렸다.

결아가 우울하게 창밖만 바라보고 있는데 정석의 목소리가 들렸다.

"표정이 왜 그래요?"

"……네?"

결아가 그새 다크서클이 짙게 내려온 눈을 하고 있자 정석이 의
아하게 쳐다보고는 말했다.

"형이 뭐라고 했기에 표정이 그런가 해서요."

"아…… 그냥 좀 그런 일이 있었어요."

차마 자신이 노예가 되어 버렸다는 말을 하지 못한 결아가 두루
뭉술하게 돌려 말하자 정석이 고개를 갸웃거렸다.

"아까 올 때도 꼭 팔려 가는 사람 표정 같던데."

저 팔린 거 맞아요. 계약서 한 장에…… 문 하나 잘못 열었다고
노예 신세가 되어 버렸어…….

서러운 기분이 북받친 결아는 눈물이 그렁그렁 차오르는 것을
느끼고 얼른 고개를 숙였다. 결아의 심정을 아는지 모르는지 정석
은 전방을 보며 제 얘기만 하고 있었다.

"좀 신기해서요. 우리 형이 부르면 모든 걸 팽개치고 따라나서
는 게 보통 여자들의 반응인데, 결아 씨는 전혀 다른 것 같달까."

"전 연예인은 좀……."

"연예인 싫어해요?"

정석이 의외라는 듯 물었다.

"싫다기보다는 어, 어렵고 긴장되고……. 어쨌든 그다지 마주치
고 싶지 않은 상대예요."

"특이하시네."

결아는 땀이 밴 손바닥을 꼬옥 쥐며 말했다.

"제가 좀 소, 소심하거든요."

"아아, 그건 딱 봐도 그래 보여요. 근데 뭐 사람이 소심할 수도 있고 그렇죠."

"그 정도가 아니라……."

"네?"

"아, 아니에요."

결아는 뒷말을 삼키고 어색하게 웃었다. 그리고는 정석의 의아해하는 시선을 비켜 창밖으로 고개를 돌렸다. 자신을 잘 모르는 사람에게 제가 가진 콤플렉스에 대해 일일이 설명하고 싶진 않았다. 그런 말까지 해 버리면 스스로가 너무 한심할 것 같기도 했으니까.

"어쨌든 너무 걱정 말아요."

"네. 고맙습니다."

정석이 신경 써 주듯 말하자 결아는 작게 대답했다. 창밖에는 올 때처럼 무심한 풍경이 지나가고 있었다. 아무 일도 없는 듯한 도심의 길거리 풍경을 보다 보니 오늘 있었던 일이 너무도 비현실적이라 다 꿈인 것만 같았다.

꿈이라면 얼마나 좋을까.

하지만 현실은……. 이제 난 노예 제도가 사라진 21세기에 신개념 노예가 되어 버린 거야. 그것도…… 우리나라에서 가장 유명한 남자의 노예.

결아는 창밖에 시선을 고정하고 정석 몰래 방울방울 떨어지는 눈물을 훔쳤다.

이태원 고급 바 안쪽 깊숙한 자리에 앉은 세 명의 남자에게 홀

내의 모든 여자들의 시선이 쏠려 있었다. 하나같이 자석처럼 남의 시선을 빨아들이는 미남인데 그런 남자가 셋이나 모여 앉아 있으니, 아무리 어두운 자리라 해도 번쩍번쩍 빛을 발했다.

"휘, 너 오랜만에 기분 좋아 보인다?"

칵테일 잔을 빙글빙글 돌리고 있는 휘를 재영이 호기심 어린 시선으로 바라봤다.

"그래?"

휘가 입술 끝을 말아 올리자 재영은 더욱 궁금하다는 표정으로 재촉했다.

"불어 봐. 뭔데? 뭔가 대박 작품이라도 들어온 거야?"

"휘가 그런 걸로 기분 좋아할 타입은 아니지."

현석이 울림 좋은 저음의 목소리로 무감하게 말하자 재영이 눈을 가늘게 뜨고 휘를 봤다.

"그럼 뭔데?"

"글쎄."

휘가 입술 끝을 말아 올리더니 칵테일 잔을 입으로 가져갔다. 휘의 얼굴을 보고 있던 재영과 현석은 서로 시선을 교환했다.

"쟤 표정 보니까 정말 뭔가 있는 것 같은데."

"그러게. 나 쟤 저런 표정 지을 때마다 불안해. 또 뭔 사고 칠까봐."

"내가 왜 사고를 쳐. 쓸데없이."

휘가 느른하게 말하며 칵테일을 마셨다.

그때 그들이 앉아 있는 자리 쪽을 흘끔거리던 여자들이 숙덕거렸다.

"휘랑 걔네 맞지?"

선우휘는 한눈에 시선을 사로잡는 화려한 외모의 소유자이며, 최근 출연한 드라마 두 편에서 재벌 3세 역으로 연속 홈런을 쳤다. 두 드라마 모두 50%에 근접하는 시청률을 올려 '시청률 깡패' 라는 별명을 얻을 정도였다.

그 선우휘와 누나들의 하트를 훔쳤다는 귀염상의 아이돌 출신 강재영, 목소리 좋고 지적인 이미지의 현석이 사적으로 친해 이 가게에 종종 나타난다는 소문이 돌았는데, 오늘이 바로 그날인 모양이었다.

"맞네, 맞아. 세상에! 진을 치고 있던 보람이 있네. 선우휘를 실물로 영접하다니!"

"어쩜 얼굴도 정말 작다. 무슨 남자가 나보다 작은 것 같아."

"배우들은 확실히 다르긴 하네. 시선 확 끄는 것 봐. 자리로 가 보면 안 되나? 쟤네도 술 먹고 있으니까 좀 유할 것 같은데."

주변이 점점 더 시끄러워지는 것을 느낀 현석이 눈짓을 했다.

"여기서 더 못 먹겠는데. 나가자."

"아무래도 그래야겠지?"

일어서는 현석을 따라 재영도 미련 없이 일어섰다. 휘까지 일어서자 다른 테이블에서 아쉬운 탄식들이 터져 나왔다.

"벌써 가나 봐."

"아, 기회였는데…… 아쉽다."

가게를 빠져나가는 그들 뒤에서 여자들의 한숨 소리가 흘러나왔다.

빠르게 가게를 빠져나와 대기시켜 놓은 차에 올라타자 자고 있던 정석이 푸드득 일어섰다.

"생각보다 일찍 나오셨네요?"

정석이 벨트를 매며 묻는 말에 재영이 투덜거렸다.

"더 마시고 싶어도 주변이 소란스러워져서 그럴 수가 없었어. 맘 편히 술 좀 마실 수 없나? 그냥 봐도 모른 척해 주면 안 되냐고."

"얻는 게 있으면 잃는 게 있는 법이지. 인기 없어지면 얼마든지 마실 수 있을 거다."

현석의 말에 재영이 어깨를 으쓱였다.

"뭐, 그건 그렇다만……. 그런데 휘, 너 정말 뭐야?"

"뭐가?"

창밖을 보고 있던 휘가 슥 고개를 돌렸다. 재영이 의미심장한 표정으로 눈을 가늘게 떴다.

"이상하잖아. 평소였으면 제일 짜증 냈을 녀석이 싱글거리고, 오늘 왜 이렇게 즐거워 보이는 건데? 정말 말 안 해 줄 거냐?"

"나한테 관심 끄지. 집착도 과하면 피곤해져."

휘가 시크하게 말하자 재영이 인상을 팍 썼다.

"잘난 척은……. 아, 그나저나 너 다음 분기 드라마 나갈 거라면서?"

"드라마? 영화 할 거라더니?"

현석도 의아한 시선으로 보자 휘가 머리칼을 성마르게 쓸어 넘겼다.

"말도 마라. 그거 때문에 지금 아주 피곤해."

"회사에서 드라마 하래?"

재영의 물음에 휘가 한쪽 눈썹을 추켜올리며 한숨을 내쉬었다.

"아니면 내가 왜 또 드라마 대본을 보고 있겠냐. 지금 이 타이밍에 치고 나가야 된다나 뭐라나."

"그래서 그렇구나. 들리는 소문에 요즘 물 좋은 시나리오들 다 너한테 간다더라. 지금 돌고 있는 시나리오 중에서 선우휘 거치지 않은 배역이 없다고 하니까."

"하긴 연달아 대박 터뜨렸으니 너네 대표 눈이 돌 만도 하지. 그래서, 드라마 할 거야?"

"……생각 중이야."

휘가 짧게 말하고는 창밖으로 시선을 돌렸다. 평소 자신이 원하지 않는 건 절대 하지 않는 걸로 유명한 휘였다. 하지만 이번엔 소속사 대표가 워낙 완강했다. 더욱 짜증스러운 건 들어오는 시놉 대부분이 재벌 3세 역이라는 거였다.

이미 드라마에서 여러 번 비슷한 역할을 했으니 이번엔 영화 쪽으로 활동 영역을 넓혀서 배우로서 폭 넓은 필모그래피를 만들고 싶었다. 하지만 그런 자신의 의지와 상관없이 회사에서는 휘가 지금 한창 인기 있는 이미지를 계속 고수하려고만 들었다.

……어쩌라는 거야. 아예 재벌 3세 전문 배우로 낙인찍히라는 건가.

작품 선택권에 있어서 본인에게 유리한 조건의 계약이 아니라 회사 측의 말을 따를 수밖에 없는 상황에서는 혼자 답답할 수밖에 없었다.

휘가 피곤한 얼굴로 엘리베이터에서 내렸다. 집 안에 들어온 순간 그의 눈썹이 꿈틀거렸다.

"아주머니!"

"에그머니!"

소파에 늘어지게 누워 거대한 벽걸이 TV를 보고 있던 가사도우미 아주머니가 깜짝 놀라 고개를 돌렸다.

"버, 벌써 왔어요?"

아주머니가 민망하게 웃으며 얼른 TV를 끄자 휘는 시베리아 북풍의 찬기가 스며든 차가운 시선으로 쳐다봤다.

"제가 청소 끝나면 재깍재깍 돌아가시라고 했을 텐데 또 드라마 보고 누워 있어요?"

"아니, 호호호. 여기 TV가 워낙 좋아서 나도 모르게 자꾸만 보게 되네. 호호호호."

솔직히 청소하러 오는 집이라지만 꼭 영화 같은 인테리어에 전망이 좋은 이런 집에서 그냥 청소만 하고 가긴 아쉬웠다. 그래서 마치 자기 집인 것처럼 한강이 내려다보이는 창에 서서 엘레강스하게 커피도 한잔 마시고, TV도 보고 하는 것이 어느새 아주머니의 습관이 되어 버렸다.

"그, 그럼 난 이만 갈게요."

휘의 표정이 워낙 살벌해 아주머니는 얼른 가방을 챙겨 슬금슬금 나가려고 했다. 그때 등 뒤로 휘의 목소리가 날아들었다.

"이제 오실 필요 없습니다. 오늘까지 일한 건 계좌로 보내 놓을 테니까."

"네, 네?"

허둥지둥 나가던 아주머니가 흠칫 놀라 뒤돌아봤다. 그러자 휘가 차가운 얼음 석상처럼 위압적으로 선 채 다시 말했다.

"아주머니 새로 뽑을 거니까 올 필요 없단 뜻입니다. 그럼 안녕히."

"아, 아니 이렇게 갑자기……."

당황스러운 얼굴로 보고 있는 아줌마에게서 먼저 몸을 돌린 휘가 식당으로 성큼성큼 걸어갔다. 냉장고 문에서 스위치를 누르고 얼음과 스파클링 워터를 받아 벌컥벌컥 마셔도 짜증이 가시질 않았다.

"기분 더럽게."

휘의 눈썹이 예리하게 모여들었다. 평소 자신의 영역에 타인이 들어오는 걸 끔찍이 싫어했기에 가사도우미를 구하는 데도 특히 까다로운 편이었다. 사십 대 이상 기혼자에 한정해서 모집해도 어떻게 알고 왔는지 팬들이 변장을 하고 찾아오기까지 했다.

"그래도 아주머니니까 봐줬더니, 이젠 주인 없는 시간에만 청소하고 나가라는 룰까지 어겨?"

아주머니가 청소만 하지 않고 있다는 건 알고 있었다. 집 안에는 CCTV가 설치되어 있었으니까. 하지만 굳이 말을 하지 않은 건 다시 가사도우미를 뽑는 것이 번거로운 데다 자신의 마음에 드는 사람은 처음부터 없다는 걸 알기 때문이었다.

그래서 이 집에서 무슨 짓을 하든 내가 오기 전에만 나가라는 생각이었는데…….

휘가 까드득거리며 분노의 얼음 씹기를 하고 있을 때, 문득 머릿속으로 억울한 강아지 같은 까만 눈망울이 휙 지나갔다.

"……아, 그래. 그게 있었지."

탁. 빈 물컵을 소리 나게 내려놓은 휘의 눈빛이 은밀하게 빛났다.

02.

새치기당하는 여자

"어? 너 왜 그렇게 얼굴이 부었어?"

아침에 마주친 결아의 얼굴이 띵띵 부은 것을 본 루리가 눈을 둥그렇게 뜨고 물었다.

"아, 아니야. 아무것도."

결아는 루리의 시선을 슬쩍 피해 고개를 옆으로 돌렸다.

실은 어젯밤, 노예가 된 자신의 처지가 서러워 일기장에 마구 화풀이를 했다.

「20XX년 8월 XX일

나쁜 사람!

그 잘난 콧대도 멀쩡해 보이던데 굳이 노예 계약서까지 쓰게 할 필요 없었잖아!

그냥 장기를 팔아서라도 돈을 줘 버릴까? 그런데…… 내 장기를 팔면 과연 1억 원이 나올까? 안 나오면 어쩌지?

흐엉! 나쁜! 나쁘디나쁜!! 에라이! 확 계단에서 자빠져 버려라! 노예라니…… 내가 노예라니이이이이!」

이렇게 분노의 일기를 휘갈기다가 결국 서러움이 복받쳐 이불 안에 뛰어들어서 밤새 울었다. 밖으로 표출하지 못하는 성격의 결아에게 일기란 최소한의 감정 표출 도구였다. 그래서 가끔 보면 데스노트같이 음침하게 되어 버릴 때가 있지만, 어쨌든 그녀의 유일한 스트레스 해소 방법이었다.

"언니 나 먼저 씻을게."

루리에게는 자초지종을 설명할 수 없어 대충 둘러댄 결아는 황급히 욕실로 향했다. 그러자 루리가 눈을 가늘게 뜨고 득달같이 쫓아와 다다다 쏘아 댔다.

"결아 너 또 〈동물농장〉 봤지?"

"안 봤는데……."

"그거 보지 말라니까 또 말 안 듣고. 맨날 불쌍하다고 오열하면서 왜 자꾸 그런 걸 봐?"

"아니 안 봤다니까."

"아니긴 뭐가 아니야. 너 분명 저번 주에도…… 어? 야!"

확신에 찬 루리의 끊임없는 잔소리를 막으려 결아는 욕실 문을 잽싸게 닫았다. 휴우. 안도의 한숨을 내쉬던 결아가 거울을 보고는 흠칫했다.

"헉, 깜짝이야. 나잖아?"

결아는 거울을 유심히 쳐다봤다. 퉁퉁 부어 툭 튀어나올 것 같은 도전적인 눈두덩이가 참으로 볼만했다.

"완전 괴물이 따로 없네. 개구리도 아닌 것이, 붕어도 아닌 것이……."

씁쓸하게 옹알거린 결아가 차가운 물을 틀어 한참 세수를 했는데도 상태는 호전될 기미가 보이지 않았다. 안 되겠어, 중얼거린 결아는 할 수 없이 욕실에서 나와 주방으로 향했다. 냉동실에 늘 상비되어 있는 얼려 놓은 숟가락 두 개를 빼서 눈에 척 댔다.

"아, 시원해……. 역시 부은 눈 가라앉히는 데는 숟가락이 최고라니까."

결아가 익숙한 시원함을 음미하고 있는데 루리가 우당탕거리며 뛰어나오는 소리가 들렸다.

"결아야 언니 갔다 올게! 문 잘 잠그고 있어!"

"아, 언니! 지갑이랑 휴대폰이랑 다 챙겼어?"

"그럼, 그러엄."

운동화에 발을 이리저리 구겨 넣으며 대충 대답하는 루리를 미심쩍게 보고 있던 결아가 숟가락을 들고 다가갔다.

"언니 맨날 놓고 다니잖아. 또 빼놓지 말고 다시 봐 봐. 빠뜨린 거 없나."

"없어, 없어. 갔다 올게!"

루리가 허둥지둥 현관문을 열고 나서자 결아가 몸을 돌렸다. 그런데 3초도 지나지 않아 닫혔던 문이 다시 벌컥 열렸다.

"아차! 결아야, 언니 책상 위에 USB 좀 주라! 빨랑!"

"거봐. 잘 챙기라니까."

결아는 그럴 줄 알았다는 얼굴로 루리 방으로 종종 달려갔다. 난장판으로 어질러진 책상 위에서 익숙하게 USB를 찾아 들고 나가려는 순간, 침대 위에 뒤집혀 있는 빨간 지갑이 눈에 들어왔다.

"언니도 참. ……어어?"

지갑을 주워 드니 그 아래 깔려 있던 루리의 휴대폰이 떡하니 나타났다. 하나도 안 챙겨 놓곤 다 챙겼다고 하고, 으이구. 결아는 또 방송국에 불려 나가는 사태를 미연에 방지하기 위해 얼른 그것도 챙겨서 루리에게 전해 줬다.

"고맙다. 결아야!"

계단을 쿵쾅쿵쾅 내려가는 루리의 뒷모습을 보며 결아가 작게 중얼거렸다.

"정말 신기하다니까. 휴대폰이고 지갑이고 다 까먹어도 용케 일에 필요한 USB는 안 까먹다니."

하긴 저 정도의 집중력이 있으니까 버젓한 지상파 라디오 피디가 된 거겠지. 루리는 원래도 일에 대한 의욕이 과하게 넘쳤지만, 피디가 되어 처음 단독으로 맡은 프로가 승승장구하고 있는 지금은 완전히 에너지 풀가동 모드였다. 이루리라는 이름과 꼭 맞는 삶을 살아가고 있는 언니가 결아는 한편으로 참 부러웠다.

"언니는 이루리라의 이루리고, 난 이겨라의 이결아인데……. 난 왜 이기지 못하고 늘 이 모양이지? 언니랑 딱 반만 섞였으면 얼마나 좋았을까."

결아가 돌이킬 수 없는 유전자 분배 법칙을 습관적으로 탓하는데 갑자기 전화벨이 울렸다.

— 사노라면~ 언젠가는~ 바앍은~

"엄마야!"

급작스러운 벨소리에 깜짝 놀란 결아가 숟가락을 떨어뜨렸다. 평소 식구 외에는 스팸전화가 고작인 결아에게 저 벨소리는 매우 불길했다.

호, 혹시? 설마 아침부터 노예로 부려 먹겠다고 전화하진 않…… 헉. 왜 항상 설마는 사람을 잡는 것인가.

"여, 여보세……."

— 늦어.

"네?"

휘의 짜증스러운 목소리에 결아의 어깨가 반사적으로 흠칫거렸다.

— 받는 게 느리다고. 앞으로 내가 전화하면 3초 안에 받아.

"맨날 휴대폰을 손에 쥐고 살 수는 없잖……."

결아의 필사의 옹알이를 무시한 휘가 바로 말했다.

— 차 보낼 테니까 30분 후에 나와.

뚝.

어어? 이번에도 휘는 자기 할 말만 하고 쿨하게 전화를 끊었다. 끊긴 전화기를 들고 결아가 어이없는 표정을 지었다.

"나쁜! 이 남자는 늘 이런 식인가 봐. 인기 있는 연예인들은 성격이 나쁘다더니……. 아, 모든 사람들이 그렇지는 않겠지. 험담해서 죄송합니다."

자신이 모든 연예인을 싸잡아 비난했다는 생각에 결아는 얼른 사과했다. 누가 보고 있는 것도 아닌데 머리까지 조아리며 사과한 결아는 물끄러미 휴대폰을 내려다봤다.

"……노예에게 거부할 수 있는 권리란 없겠지?"

피할 수 없는 일은 즐기라던데 이건 도저히 즐길 수가 없을 것 같아 결아는 우울했다. 에휴, 한숨을 포옥 내쉰 결아가 퉁퉁 부은 붕어눈을 두드린 뒤 일어섰다.

"그럼 올라가 봐요."

"아…… 네."

오늘은 정석이 휘의 집 엘리베이터 입구에서 보안키만 눌러 주고 차로 가 버렸다. 멀어져 가는 정석을 아련하게 보고 있던 결아는 두 주먹을 불끈 쥐고 엘리베이터에 올라탔다.

괜찮아. 쫄지 말자. 쫄지 말자!

굳건히 의지를 다졌건만 청아한 소리와 함께 엘리베이터 문이 열리는 순간, 모든 결의는 삽시간에 사라져 버리고 말았다.

"왔냐?"

열린 문 사이로 악마 같은 주인님이 서 있었다. 한여름인데 추울 정도로 냉방이 잘되는 집에 있어서 그런지 휘는 루즈한 코발트 블루 색상의 니트에 블랙 진을 입고 있었다. 무, 무서워……. 어제도 봤는데 휘는 여전히 무서웠다.

결아가 돌처럼 굳어 있자 이온음료병을 든 휘가 매끈한 이마를 살짝 찌푸렸다.

"왜 대답을 안 해."

"아, 죄송합니다."

결아가 퍼뜩 놀라 사과하자 못마땅한 얼굴로 빤히 보고 있던 휘가 인상을 썼다.

"하루 사이에 얼굴이 왜 그렇게 부었어? 라면 먹고 잤냐?"

"아뇨……."

"못 봐 줄 정도네."

으윽, 노예 계약서 때문에 밤새 오열하느라 얼굴이 이 모양 이 꼴이 된 거라구요! 차마 그 말을 내뱉지 못한 결아가 속으로만 옹알거리고 있는데 문득 휘의 시선이 느껴졌다.

휘가 시선을 고정한 채 점차 다가오자 결아가 흠칫해선 고개를 뒤로 뺐다.

"왜, 왜요?"

"뭐랑 닮았는데……."

휘가 결아의 얼굴을 가까이에서 관찰하듯 바라봤다.

"닮았다니, 뭐…… 뭐랑요?"

휘가 가까이 다가오자 결아가 거북이처럼 목을 넣고 점차 뒤로 물러났다. 하지만 휘는 그런 결아를 뚫어지게 바라보며 거리를 좁혀 왔다. 이건 너무 가깝잖아! 결아는 숨이 턱턱 막혀 왔다. 자꾸 그렇게 눈깔 없는 석고상같이 생긴 얼굴 들이밀지 말라구요!

산소 결핍에 걸리기 직전 휘가 물러났다.

"……아닌가."

고개를 비스듬히 기울인 휘가 자신의 결 좋은 웨이브 머리칼을 손으로 대충 흐트러뜨리며 몸을 돌렸다.

"너, 뭐 할 줄 알아?"

"네? 뭘요?"

휘가 앞서 걸어가자 결아는 일정한 거리를 두고 그의 뒤를 졸졸 따르며 되물었다.

"노예로 부려 먹으려고 해도 할 줄 아는 게 있어야 부려 먹을 거 아냐. 요리나 청소 같은 거 잘해?"

휘가 소파에 느른히 앉으며 결아를 쳐다봤다. 그의 시선이 날아오자 결아는 커다란 눈동자를 옆으로 데굴 굴려 시선을 피했다.

"어…… 그냥…… 보통은요."

"해. 그럼."

"네?"

결아가 되묻자 휘는 태연히 이온음료를 한 모금 마시더니 이어 말했다.

"청소하라고. 마침 가사도우미를 잘라서 청소할 사람이 없거든. 청소 도구는 저쪽 다이닝룸 안에 있어."

응? 그러니까 이 집을…… 청소하라고 부른 건가? 결아가 퉁퉁 부은 눈을 최대한 크게 뜨고 멍하니 보고 있자 휘가 인상을 팍 썼다.

"안 들려?"

"아! 네, 네. 할게요."

퍼뜩 제정신을 차린 결아가 얼른 대답하고 뒤돌아섰다. 그렇게 종종거리며 거실을 가로지르던 결아가 슬쩍 뒤돌아봤다. 소파 위에 앉아 있던 휘는 어딘가로 사라지고 없었다.

"휴우……"

어디로 사라졌든 잠시 해방이다. 결아는 그제야 잔뜩 긴장했던 몸에 힘을 빼고 주변을 천천히 둘러봤다.

그런데 무슨 집이 이렇게 넓어?

지금까지는 휘 때문에 무서워서 제대로 살펴볼 겨를이 없었다. 그런데 자세히 둘러보니 과연 톱스타의 집답게 엄청나게 넓고, 넓었으며…… 넓었다. 끝이 보이지 않게 긴 복도로 이어진 거대한 공간을 보다 보니 결아는 절로 기가 질렸다. 대체 방이 몇 개며 복도가 몇 개로 뻗어 있는 건지. 무슨 미로도 아니고…….

"이런 집에 살면 당연히 가사도우미가 필요하긴 하겠구나. 청소부로 부려 먹을 생각이라면 차라리 다행이지, 뭐."

결아는 고개를 끄덕이며 조금 안심한 얼굴로 다이닝룸 안으로 들어갔다. 넓은 다이닝룸 안 어디에 청소 도구가 있는지 한참 헤맸는데 슬라이딩 도어로 나뉜 공간에서 겨우 찾을 수 있었다.

"집이 넓어서 다행이야. 청소만 하고 있어도 하루가 금방 가겠어."

게다가 청소하고 있으면 저 남신이라 불리는 생명체와 마주칠 일도 그다지 많을 것 같지 않았다. 이렇게 청소만 하다 세 달이 후딱 지나 노예 생활이 끝난다면 얼마나 좋을까?

"그럼 정말 좋겠는데. 후후."

결아는 나름 긍정적인 상상을 하며 고급 조명이 달린 복도를 무선 청소기로 슥슥 밀고 나갔다.

그 시간, 휘는 헬스 기구들을 배치해 둔 체력 단련실에 있었다. 흰 티셔츠에 짙은 회색 트레이닝 바지로 갈아입고 러닝머신 위를 일정한 속도로 달렸다. 그가 거친 숨을 몰아쉴 때마다 티셔츠가 쫀득하게 근육 잡힌 가슴에 찰싹 달라붙고, 완벽하게 균형 잡힌 탄탄한 근육질 육체에 땀이 맺혀 있었다.

삑삑삑. 휘가 러닝머신의 버튼을 눌러 속도를 줄였다. 그러고는 빨리 걷기 정도의 속력을 유지하며 거친 숨을 진정시켰다. 그러다 무언가 생각난 듯 피식 웃음을 흘렸다.

"……쿡."

새까만 눈이 커다래져선 바들바들 떠는 모습이라니. 조금 전의 결아를 떠올린 휘의 입술 끝이 말려 올라갔다.

저 여자를 처음 본 건 방송국 근처 이벤트 응모권 추첨을 하는 행사장 앞에서였다. 그날 정석이 살 게 있다며 밖으로 나가는 바람에 휘는 잠시 세워 둔 차 안에 앉아 있었다. 창밖에는 딱히 시선을 끌 만한 특별한 일은 없었다. 추첨 행사에 참여하는 사람들만이 득

시글거릴 뿐이었으니까.

그런데 그 흔한 풍경 안의 한곳을 휘가 흥미로운 눈빛으로 주시하고 있었다. 그 시선의 끝에 닿은 것은 작은 체구의 여자였다. 한여름 뙤약볕 아래 야구 모자를 쓴 채 응모권을 두 손에 고이 든 여자는 시선을 끌 만한 이유가 전혀 없어 보였지만,

'……세 번째군.'

확실히 이유는 있었다. 저 어처구니없는 광경이 이유라면 이유랄까? 여자는 아까부터 계속 새치기만 당하고 있었다. 휘의 눈에 띈 것만 해도 벌써 세 번째.

'쯧, 선착순 추첨에 새치기를 당하면 어쩌자는 거야?'

긴 줄이 그 여자에게만 전혀 줄어들지 않고 있었다. 새치기를 여러 번 당하고도 아무 말 못 하고 서 있는 여자를 보고 있는 게 답답하긴 했지만, 무료함은 잊게 해 주니까 그냥 보고 있었다.

'늦어서 미안해요. 형.'

정석이 허둥지둥 차에 올라타 시동을 걸었다.

'괜찮아. 뭐 심심하진 않았으니.'

'다행이네요.'

예상과 달리 휘가 성질을 부리지 않아 안심한 정석이 얼른 차를 출발시켰다. 차가 움직이기 시작하자 휘가 힐끗 창밖을 바라봤다. 백미러로 보이는 그 작은 여자가 점차 멀어졌다.

새치기만 당하는 여자라.

……어?

여자의 모습이 작아질 때쯤 어떤 건장한 아저씨한테 또 새치기를 당하는 모습이 보였다.

'하.'

'왜 웃어요?'

휘가 헛웃음을 흘리자 운전하던 정석이 이상한 듯 물었다.

'한심해서.'

'네? 제, 제가요?'

'너 말고.'

'형, 역시 제가 늦게 와서 기분이 상했죠? 어쩐지 너무 쿨하게 넘어간다더니…….'

'아니라니까.'

아니라고 했는데도 정석은 의기소침한 표정을 짓고 있었다. 휘는 더 설명해 주기도 귀찮아져 의자 시트에 몸을 묻고 눈을 감았다.

그날 이후 그 여자는 잊었다. 하지만 잊었던 여자를 다시 본 것은 그로부터 얼마 지나지 않은 어느 날의 점심시간이었다.

휘는 당시 함께 드라마를 했던 감독과 방송국 앞 식당에 앉아 있었다. 그때 가게 문을 열고 야구 모자를 쓴 여자가 들어왔다. 단발머리 여자는 '나 무지 겁 많아요!'라고 외치고 있는 듯한 커다란 눈을 가지고 있었다. 보기만 해도 보호본능을 일으키는 그 큰 눈을 휘가 예리하게 쳐다봤다.

왠지 낯이 익은데?

낯이 익는다고 생각했지만 어디서 봤는지는 기억이 나지 않았다. 방송국 근처니 같이 일했던 촬영 스태프거나 작가 정도겠지, 그렇게 생각하고 있는데 여자는 주저주저 식당에 들어오더니 근처 자리에 앉았다. 그러고는 주문을 하기 위해 아주머니에게 몇 번 손을 들었지만, 자세히 보지 않으면 알지 못할 정도로 소심하게 들고 있었기에 한참이나 무시당했다.

'뭘로 줄까?'

결국 주문을 받으러 먼저 테이블로 온 아주머니에게 여자는 모기만 한 목소리로 주문을 했다.

'서, 설렁탕 두 개…… 주세요.'

들릴 듯 말 듯 아주 작은 목소리를 들으니 머릿속에 무언가 떠오를 것 같았다. 어디서 봤지? 분명 어디서 본 것 같긴 한데…….

도통 생각이 나지 않아 휘의 미간이 바짝 좁혀질 무렵, 어떤 여자가 달려오더니 그 여자의 맞은편에 앉았다.

'미안, 결아야! 기다렸지?'

'괜찮아. 별로 안 기다렸어.'

결아? 역시 아는 여자가 아닌 모양이군. 이름이 생소한 걸 보니.

휘는 관심을 접고 감독과의 대화에 집중하려 했다. 그런데 나중에 온 여자의 목소리가 워낙 커서 관심을 안 가질 수가 없었다.

'어? 그런데 왜 선짓국 시켰어? 너 선짓국 못 먹잖아.'

음? 그러고 보니 저 여자가 시킨 건 설렁탕이었는데 저 테이블에 있는 뚝배기엔 뻘건 국물이 담겨 있었다. 설렁탕이 선짓국으로 변신하는 매직……일 리도 없고, 뭐야? 잘못 나온 건가?

그때 그 여자가 아주 어색한 미소를 지었다.

'그, 그냥 시켜 봤어. 어서 먹자, 언니. 바쁘다면서.'

아, 그 새치기! 그 순간 생각났다. 몇 주 전엔가 행사장에서 봤던 내리 새치기만 당하던 여자.

'목소리 큰 여자가 있나 했더니, 이루리 피디네?'

시끄러운 소리에 시선을 돌려 본 감독이 맞은편 여자 쪽을 보며 말했다. 휘가 감독을 힐끗 바라봤다.

'감독님 아는 사람이에요?'

'뭐, 잘 알진 못하는데 라디오 쪽에선 유명해. 아주 열정이 장난 아니거든.'

'아아.'

휘가 고개를 끄덕이며 여자들 쪽을 주시했다.

'거봐. 먹지도 못할 거면서 왜 이런 걸 시켜? 다른 거 먹을래?'

'아, 아니야. 그냥 이렇게 김치에다 먹어도 맛있어. 하하……'

여자는 선짓국엔 손도 대지 않은 채 맨밥에 밑반찬으로 나온 김치만 얹어 먹고 있었다.

'참 피곤하게 사네.'

'응? 뭐라고 했나?'

저도 모르게 나온 소리에 설렁탕을 먹고 있던 감독이 눈을 둥그렇게 뜨고 휘를 바라봤다.

'아, 아닙니다. 갑자기 생각난 사람이 있어서요.'

'그래?'

감독이 자기한테 한 말이 아니라니 안심한 얼굴로 다시 설렁탕으로 시선을 돌리는데 휘가 말했다.

'가끔 보면 일부러 세상 피곤하게 살려고 작정한 사람들이 있는 것 같잖아요. 감독님은 그런 사람들 보면 무슨 생각이 드세요?'

'흠…… 글쎄. 내 주변 사람이면 답답하겠지만 어차피 남 일이니까. 허허.'

감독은 대수롭지 않게 웃어넘겼다.

'하긴, 그렇겠죠. 남 일이니까.'

어깨를 으쓱인 휘의 시선이 자연스럽게 여자 쪽으로 향했다. 언니라는 여자는 선짓국을 뚝배기째 들고 마신 건지 그새 그릇을 비우고는 휴대폰을 들고 일어서고 있었다.

'아! 네! 부장님. 네? 아니, 그럴 리가……. 섭외는 제가 한 게 아니라서요. 지금 바로 가서 알아볼 테니 잠시만 기다려 주세요!'

전화를 끊은 루리라는 여자가 부랴부랴 가게를 빠져나가며 소리쳤다.

'결아야! 언니가 바빠서 먼저 간다! 집에 가서 보자!'

'아, 응. 수고해.'

혼자 남은 여자는 곧 자리에서 조용히 일어나 카운터로 향했다. 카운터로 가자 직원이 친절한 얼굴로 말했다.

'맛있게 드셨나요? 설렁탕 두 그릇, 만육천 원입니다.'

'만육천…….'

여자의 시선이 벽에 붙어 있는 메뉴판으로 향하자 휘의 시선도 절로 그쪽으로 움직였다.

설렁탕 8,000원
선짓국 6,000원

그걸 물끄러미 보던 여자의 얼굴에 잠시 고민의 빛이 스쳤다. 동시에 휘의 눈에도 흥미로움이 스쳐 지나갔다.

자, 어떡할래?

즐거운 마음으로 구경하려는데 찰나의 고민이 끝났는지 여자가 조용히 지갑에서 지폐 두 장을 꺼내 내밀었다.

'여기…….'

'네, 거스름돈 사천 원입니다.'

저 멍청이가!

휘의 인상이 자기도 모르게 팍 구겨졌다. 그게 뭐 어렵다고 말을 못 해? 하긴, 새치기를 그렇게 당하던 여자인데 어련할까. 그렇게 생각하면서도 휘는 목에 뭔가 걸린 듯 답답한 기분이었다.

'안녕히 계세요……'

여자는 나가기 전 다시 한번 메뉴판을 힐끔 보더니 어깨를 축 늘어뜨리고는 가게를 빠져나갔다. 그 모습을 본 휘가 낮게 중얼거렸다.

'다행이네요.'

'음?'

설렁탕을 다 비운 감독이 무슨 소리냐는 듯 묻자 휘가 싱긋 웃으며 대답했다.

'그냥, 제 주변 사람이 아니라서 다행이라는 생각이 들어서요. 그 답답한 사람이.'

'아아. 뭐, 그렇지.'

감독이 대수롭지 않게 끄덕이자 휘는 고개를 돌려 창밖으로 지나가는 그 여자를 바라봤다. 여자는 아쉬움이 담긴 눈빛으로 가게를 한번 올려다보더니 자신의 머리를 주먹으로 콩콩 때렸다.

바보 같긴. 이제 와서 후회하면 뭘 하냐.

정말 보고 있으면 절로 답답증을 불러일으키는 여자였다. 그런데 한편으로는 묘한 호기심도 생겼다. 이 세계에 있다 보니 주변엔 늘 화려하고 자기주장 강한 여자들만 있었다. 안 그런 척해도 어떻게든 튀고 싶어서 안달한 여자들만 겪다 보니, 저렇게 소심한 여자가 신선한 면도 있었다.

"그땐 속을 그렇게 답답하게 만들어 놓더니, 내 코를 뭉개 버렸단 말이지."

과거에서 빠져나온 휘가 러닝머신 위에서 몹시 매혹적이며 사악한 미소를 지었다. 겁먹은 강아지처럼 안절부절못하며 자신을 바라보는 결아의 표정을 떠올리니 절로 웃음이 새어 나왔다.

삑.

작동을 중단시킨 휘가 즐거운 얼굴로 러닝머신에서 내려왔다.

휘가 체력 단련실로 들어간 이후 결아는 좀 안심이 되는 기분이었다. 아무리 무서운 사람이라도 눈앞에서 안 보이면 그만이라지 않은가. 혼자 청소만 열심히 하면 된다고 생각하니 조금 기운이 났다.

그 남자가 다시 나타나기 전에 빠릿하게 움직여 어서 청소를 끝내고 가자!

그렇게 생각하며 복도를 열심히 닦고 있는데 갑자기 옆에 있던 문이 벌컥 열렸다.

"어?"

놀란 결아가 고개를 들었다. 그랬더니 눈앞에 타월 하나만 허리에 걸친 휘가 떡하니 나타났다.

"으아악!"

"으아악?"

휘는 물기 젖은 머리칼을 푸르르 털다가 자신의 벗은 상체를 보고 결아가 내지른 비명에 인상을 찌푸렸다.

"그게 이 예술적인 상체를 보고 낼 소리냐?"

꾸준히 체력 관리를 해 온 덕에 가오리 갑빠와 초콜릿 복근을 장착한 자신의 상체를 자랑스럽게 드러내며 휘가 말했다. 결아는 몹시 충격을 받은 얼굴로 시선을 바닥으로 수직 낙하 시켰다.

"왜, 왜 그렇게 헐벗고 다니시는……."

"내 집에서 내가 편하게 다니는 게 어때서?"

음? 휘의 눈이 반짝 빛났다. 어쩔 줄을 모르고 얼굴이 터질 듯 붉어진 결아의 모습이 꽤 재미있었다.

조금 놀려 줘 볼까?

입술 끝을 말아 올린 휘는 머리를 떨구고 죽어라 바닥만 보고 있는 결아에게 가까이 다가갔다. 슬금슬금 다가가 옆에 떡하니 선 휘는 모른 척 그대로 있었다.

"아, 아무리 집이라지만 그래도…… 으아아악!"

옹알거리며 고개를 들던 결아는 바로 옆에 있는 휘를 발견하고 기함하듯 비명을 내질렀다.

뭐야? 못 볼 거라도 봤어? 예상했던 대로 과하게 놀라는 모습이긴 했지만, 막상 펄쩍 뛰며 뒷걸음질 치는 결아를 보자 휘는 저도 모르게 기분이 나빠졌다.

"그, 그럼 전 마저 청소를 해야 해서……!"

결아가 청소기를 들고 냅다 거실로 내달렸다. 원래는 저쪽 복도까지 청소할 생각이었는데 당황한 나머지 유턴을 해 버렸지만 어쩔 수가 없었다.

휘는 조각 같은 탄탄한 근육질 상체를 드러낸 채 멀어지는 결아의 뒷모습을 바라봤다.

"……진심으로 도망가냐?"

그의 얼굴이 못마땅하게 굳어 있었다.

결아는 야심한 시각에도 잠들지 못하고 침대 위에서 떨리는 심장을 진정시키고 있었다.

태어나서 처음 본 남자의 몸이 선우휘라니……. 세상에. 정말 말도 안 돼. 어떻게 그런 일이?

믿기 어려운 아까의 일을 떠올리며 중얼거렸지만, 어찌 된 일인지 자신의 뇌는 안구로 인식한 휘의 탄탄한 견갑골과 올록볼록한 식스팩 복근을 스캔을 뜨듯 머릿속에 세밀하게 입력하고 있었다.

"헉! 무, 무슨 짓이야! 당장 안 지워?!"

결아가 이불 속에서 머리를 세차게 흔들었다. 이게 다 그 남자 때문이야! 그런 조각 같은 몸매로 야성미를 흩뿌리고 있으니 어찌 뇌에서 자동 입력 장치를 가동시키지 않을 수가 있느냐고? 하긴. 연예인이 괜히 연예인이겠어? 그렇게 완벽한 얼굴과 퍼펙트한 몸매 정도는 갖춰 줘야 인기 있을 수 있는 거겠지…….

"그러고 보니 신기하네. 겉보기엔 그냥 쭉쭉 길고 말라 보였는데 어디에 그런 옹골찬 근육이 숨어 있었던 걸까? 이래서 사람은 벗겨 봐야 안다는…… 헉! 내가 지금 무슨 소릴!"

결아는 잘 익은 토마토 같은 새빨간 얼굴로 버럭거렸다. 그런데이 몹쓸 뇌가 당장 잊어버려도 시원찮을 판에 자꾸 그 남자의 몸을 무한 리플레이 시키는 것이 아닌가. 이를테면 팽팽한 대흉근이라든가, 짱짱한 견갑골이라든가, 옹골찬 식스팩이라든……

"이놈의 뇌가 음란마귀에 씌었나! 안 돼! 그만! 그만 떠올려!"

결아는 이불을 머리끝까지 뒤집어쓰고는 새우처럼 몸을 팔딱팔딱 뒤집어 댔다. 하지만 아무리 떨쳐 내려 해도 그 남자의 몸이 밤새 머릿속을 떠나지 않았다. 휘의 몸이 떠오를 때마다 심장은 쫄깃하게 조여들고 얼굴에선 열이 올랐다 내려갔다 하고 손에는 식은 땀이 나고, 순진한 결아에게는 정말이지 괴로운 밤이었다.

♡　♥　♡

팡! 팡!

역삼동에 마련된 거대한 세트장에서 연신 카메라 플래시가 터졌다. 신형 스마트폰 광고 촬영장에서 콘셉트 화보를 찍고 있는 모델은 요즘 한창 잘나가는 배우 선우휘와 조연아였다. 최고의 주가를 올리고 있는 선우휘는 말할 것도 없고, 조연아는 예쁜 얼굴과 상큼한 매력으로 최근 드라마에서 여주인공을 맡아 인기몰이를 하고 있었다.

"자, 시선 처리 아래로, 그렇지! 좋습니다!"

휘는 격식 있는 오팔컬러의 슈트를 감각적으로 소화했다. 모델같은 비율로 서서 웨이브 진 연갈색 머리칼을 멋스럽게 넘긴 채익숙하게 카메라를 응시했다.

"예술이네, 예술이야. 내가 먹을 떡은 아니지만 정말 군침 도는남자야. 안 그러냐?"

모니터에 비치는 휘의 자태를 보고 있던 여자 스태프들에게서절로 탄성이 쏟아져 나왔다.

"말해 봐야 뭣 하겠어요. 아무리 성격이 네가지 없다지만 저 얼굴이라면 뭐, 그까짓 싸가지 정도야 충분히 감당하고도 남죠."

"하긴 저 완벽한 외모에 그 정도 흠이 없으면 오히려 매력 없지. 나 나쁜 남자 좋아하거든."

흐뭇하게 웃는 스태프의 얼굴에는 욕망이 너울져 있었다. 그 보습을 본 다른 스태프가 입술을 삐죽거렸다.

"치. 휘가 우리 같은 일반인에게 관심이나 있겠어요?"

볼멘소리가 들려오자 흐뭇하게 웃던 스태프가 고개를 홱 돌렸다.

"그러니까 그림의 떡이라는 거 아냐. 아, 누가 나가서 떡 좀 사 와라."

"떡은 갑자기 왜요?"

"아주 목 턱턱 메이는 떡. 그거 휘 먹이고 물 건네주면서 말 좀 붙여 보게."

"어머, 그거 좋은 방법인데요?"

"그치?"

낄낄거리며 농담을 하면서도 여인네들의 시선은 휘에게서 떠나 질 못했다.

그때 휘의 옆에서 그림 같은 화사한 미소를 짓고 있던 연아가 고개를 기울이며 슬쩍 귓속말을 해 왔다.

"의외네."

"뭘?"

휘가 연아 쪽을 힐긋 쳐다보고는 다시 카메라를 주시하며 물었다. 그가 각도를 바꿔 카메라를 볼 때마다 플래시가 요란하게 터졌다.

"이 광고, 내가 여자 파트너랑 안 찍는다고 할 줄 알았는데."

연아가 시선은 카메라에 향한 채로 은근한 목소리로 말하자 휘 가 의아스러운 표정을 지었다.

"내가? 왜?"

"왜라니, 그야……!"

발끈해서 말하려던 연아가 얼른 주위를 둘러보고는 소리 죽여 속삭였다.

"우린 사귄 적이 있잖아."

"아아. 그랬던가?"

휘의 무심한 목소리에 연아가 하얀 이마를 찌푸렸다.

"……그랬던가, 라니?"

"잊고 있었어."

"뭐?"

날카로워지는 연아의 목소리 위에 촬영 감독의 목소리가 겹쳐졌다.

"둘 좀 더 밀착해 보자."

"아, 네."

휘가 대답하며 망설임 없이 팔을 뻗어 연아의 허리를 척 끌어당겼다. 둘의 시선이 가까이 닿고 몸이 밀착되자 또다시 카메라 플래시가 연달아 터졌다.

"아주 좋아! 연아는 좀 더 자연스럽게 웃지?"

"네."

연아는 대답하면서도 입맛이 썼다. 여전하네, 정말……. 짧지만 엄연히 사귄 적이 있음에도 지극히 태연한 태도의 휘가 얄미워 연아의 입술에 절로 힘이 들어갔다.

"웃으라니까? 휘 앞이라 긴장했어?"

"아, 아니에요. 그런 거."

자존심이 상한 연아는 억지로 자신의 트레이드마크인 상큼한 미소를 지어 보였다.

사귈 때도 이러더니 똑같아.

매혹적인 휘의 마스크를 흘끔거리며 연아는 머릿속이 복잡해졌다. 휘와 사귀게 되기까진 생각보다 어렵지 않았다. 의외로 쉽게 작업에 넘어와 준다 했더니, 사귀면서도 휘는 자신에게 아예 관심이 없어 보였다. 그게 무척 자존심이 상했는데 지금도 자신의 자존심을 긁는 건 마찬가지였다. 게다가 무감한 휘의 얼굴을 보니 자신과 사귀었던 걸 잊고 있었다는 게 그냥 해 본 말이 아닌 진심인 것 같았다.

정말 뻔뻔하기 이를 데 없다니까. 내가 왜 이 남자를 아쉬워해서…….

카메라를 향해 웃고 있는 연아의 얼굴에 그늘이 졌다. 자존심이 상해 휘와 헤어진 뒤 일부러 다른 남자들과 연이어 스캔들을 뿌려 댔다. 그 남자들과 실제로 연애를 했으면서도 막상 휘를 보니 또 탐이 났다.

특히 저 빠져들 듯한 눈빛을 보면…… 어떻게 안 넘어갈 수가 있겠어?

연아는 비록 연기 중이지만 자신을 사랑스럽다는 표정으로 보고 있는 휘를 보자 몸이 달아올랐다.

"컷! 좋아. 30분 쉬고 의상 갈아입고 콘셉트 바꿔서 찍읍시다!"

컷 소리와 함께 연아는 타이밍을 놓치지 않고 휘에게 슬쩍 귓속 말을 했다.

"휘. 있잖…… 어엇!"

휘는 무슨 거머리라도 붙은 듯 곧장 연아를 떼어 놓고 돌아섰다. 그 바람에 높은 힐을 신고 있던 연아가 중심을 잃고 풍선 인형처럼 허우적거렸다. 겨우 몸을 바로 세우고 고개를 들자 휘는 이미 저만큼 성큼성큼 가 버린 후였다.

"뭐야? 정말!"

연아가 멀어지는 휘를 보며 짜증스럽게 입술을 깨물었다.

촬영을 마치고 돌아오는 차 안에서 정석이 휘에게 물었다.

"형. 이결아 씨 말인데요."

"누구?"

스마트폰 게임에 빠져 있던 휘는 정석의 말에 일순 신경이 그쪽으로 옮겨 갔지만 일부러 무심한 말투로 물었다.

"이결아 씨요. 형이 노예……."

"아아. 걔. 왜?"

그제야 생각났다는 듯 휘가 되묻자 정석이 눈치를 보며 입맛을 다셨다.

"형 일에 참견하려는 건 아닌데…… 정말 괜찮을까요? 아무리 보안이 철저한 건물이라고 해도 자꾸 집에 드나들면 기자들이 의심할까 봐서요."

사실 휘는 워낙 알 수 없는 행동을 많이 해서 이번에도 순순히 시키는 대로 계약서를 작성해 주긴 했다. 하지만 솔직히 속으로는 스타라는 양반이 이게 뭐 하는 짓인가 싶었다. 장난도 정도가 있는 건데 이건 너무 심하지 않나 싶기도 하고.

"별게 다 걱정이다. 의심 안 하게 하면 되지."

"아, 그럼 계약 해지하게요?"

휘가 드디어 정신 차린 건가 싶어 정석이 안심하려는데 휘가 휴대폰에서 슥 시선을 들어 올렸다.

"미쳤냐?"

"그, 그럼 왜……."

휘의 싸늘한 시선에 정석은 움찔해선 물었다. 다시 휴대폰으로 시선을 옮긴 휘가 입술 끝을 휘어 올렸다.

"따로 생각해 둔 게 있거든."

엇? 저 사악한 미소, 부, 불길한데……. 정석이 왠지 불길해지는 기분을 휘이휘이 내쫓으며 다시 물었다.

"그게 뭔데요?"

"넌 몰라도 돼."

"아니 전 매니저니까 알아야 하지 않을……."

"몰라도 된다고 했다."

"아, 네……."

할 수 없이 대답하면서도 정석은 알 수 없는 불안감을 느꼈다. 이유는 모르겠지만 지금 휘는 몹시 즐거워 보였다. 이상하게도 휘가 즐거워 보일수록 자신이 고단해지는 일이 많았기에 더 불안했다.

생각이라니……. 형이 좋은 쪽으로 뭔가 생각할 리가 없는데. 차라리 아무 생각도 하지 말아 줬으면!

이상한 사고를 칠 바에야 그게 훨씬 나았다. 정석은 스멀스멀 올라오는 불안한 기운을 애써 무시하며 차를 몰았다.

03.

잠자는 야수의 코털을 건들다

정석은 부디 아무 일도 없길 바랐지만, 휘는 회사에 돌아오자마자 소속사 대표에게 폭탄을 던졌다.

"저 새 코디 구했어요."

"아, 그래? 누구?"

회사 수입의 일등 공신인 휘를 금이야 옥이야 아끼는 GN엔터테인먼트 금대호 대표가 함박웃음을 지으며 물었다.

······응? 새 코디? 형의 새 코디를 왜 매니저인 자신이 모른단 말인가. 정석은 눈을 둥그렇게 뜨고 휘를 바라봤다.

헉. 저 얼굴은······ 크, 큰일이다.

묘한 미소를 띠고 있는 휘를 본 순간 정석은 자신의 불안이 현실화되는 것을 느꼈다. 휘가 저런 얼굴을 할 때 상황이 좋게 흘러갔던 적은 단 한 번도 없었으니까.

"이결아라고 있어요."

소파 위에 않은 휘가 여유 있게 긴 다리를 꼬며 말했다.

"응? 그게 누군데? 우리 회사 애야?"

대호는 여전히 함빡 웃는 얼굴로 휘를 보며 물었다.

"뭐든 시키면 한댔으니까 잘할 거예요."

"뭐든 시키면 한……다고?"

대호는 불길한 뭔가를 느꼈는지 미소를 지은 채 이게 뭔 소리냐는 시선으로 정석을 쳐다봤다. 그러자 정석은 자연스럽게 그 시선을 피했다. 먹이사슬처럼 치열하게 쫓고 쫓기는 시선을 무시한 휘가 자리에서 일어섰다.

"자세한 건 정석이한테 들으세요. 전 배고파서 그만 가 보겠습니다."

"혀, 형. 나도 같이……."

휘가 휘파람을 불며 문 쪽으로 걸어가자 정석이 허둥지둥 따라 일어섰다.

"어딜 가려고?"

"엑."

대호가 어림없다는 듯 정석의 뒷덜미를 잽싸게 낚아챘다. 도주에 실패한 정석이 사색이 되어 잡혀 있는 동안 휘는 유유히 사장실을 빠져나갔다.

"어서 설명해 봐. 지금 떨어진 폭탄이 뭔지. 뭐든 한다니, 설마 휘 녀석 자기 열성팬한테 코디 시키려는 거냐? 그런 거야?"

"아, 아니 그러니까 그게……."

대호가 정석의 멱살을 잡고 짤짤 흔들어 댔다.

"빨리 말하지 못해?!"

정석은 대호의 격노를 받아 내며 휘가 사라진 문을 원망스럽게 쳐다봤다. 왜 맨날 일을 벌여 놓는 건 형인데 뒷감당은 늘 내 차지냐고!

결아는 또다시 휘의 호출을 받고 정석이 운전하는 차에 앉아 있었다. 노예 생활은 생각보다 힘들진 않았다. 물론 그 큰 집을 청소하는 일은 꽤 고된 일이라 어깨에 피로 곰이라도 얹고 있는 기분이었지만······.

그래도 이런 식으로라도 때울 수 있다면 그깟 청소쯤이야. 결아가 스스로 의지를 다지는 사이 어느새 휘의 집 주차장에 도착했다.

"그럼 올라가 봐요."

정석이 주차장 엘리베이터 입구에서 보안키를 눌러 주자 결아가 다소곳이 고개를 숙였다.

"태워다 주셔서 고맙습니다."

"아니 뭘요, 제 일인데요. 하하하······."

다크서클이 진하게 내려온 정석을 올려다보던 결아가 고개를 갸웃거렸다.

"저기······ 몸이 어디 안 좋으세요? 얼굴이 안 좋으신데."

"아니, 그것도 제 일 때문입니다. 하하하하하······. 어서 올라가 보세요."

"아, 네, 네."

도착한 엘리베이터에 타라는 듯 정석이 손을 휘이휘이 내젓자 결아는 얼른 올라탔다. 문이 닫히자 정석은 후우, 한숨을 내쉬며 돌아섰다.

휘가 떨어뜨린 폭탄을 수습하느라 회사에서 대호에게 내내 볶이다 왔으니 정석도 피로 곰 너덧 마리가 어깨 위에 올라와 있는 기분이었다.

아까 회사에서 정석의 설명을 들은 대호는 뭔 코피 낸 것 정도로 그렇게 할 것 있냐고 투덜거리긴 했지만, 휘의 성격을 잘 아는지라 달리 방법은 없는 듯 보였다.

'어쩌겠냐. 지가 하고 싶다는 대로 하게 해 줘야지. 배알 꼴리면 또 촬영 펑크 내고 집 안에 틀어박힐 텐데.'

'그럼 그냥 형이 하라는 대로 해요?'

'그래야지 별수 있냐. 이상한 소문 안 나게 네가 잘 막아 둬. 어차피 세 달이면 계약 끝난다며. 휘 성격에 그 전에 지겨워질 수도 있을 거고.'

'네. 그렇긴 한데…… 어쨌든 최대한 신경 쓸게요.'

연예기획사에서 최고의 갑은 잘나가는 연예인이다. 고로 대표인 대호 역시 별다른 도리는 없었다. 대호와의 대화를 떠올린 정석이 간절한 표정으로 중얼거렸다.

"부디 세 달이 무사히 지나가야 할 텐데."

하지만 이 세 달이 무척 길 것 같은 불길한 예감이 뇌리를 스쳐 지나가자 정석은 습관처럼 위장약을 꺼냈다. 자신이 빨리 죽으면 이건 다 휘 때문이라고 중얼거리며 위장약을 삼킨 정석은 비척비척 차로 돌아갔다.

엘리베이터 문이 열리자 결아는 본능적으로 숨을 멈추고 있었다. 어제 봤던 휘의 식스팩이 머릿속에 아른거려 올라오는 사이 자기도 모르게 긴장이 되어 버렸기 때문이다.

……어? 오늘은 없네?

그런데 웬일로 오늘은 이 악마 같은 남자가 보이지 않았다.

"휴, 다행이다. 오늘은 없구……."

"왔냐?"

"헉!"

안도의 한숨을 내쉬며 엘리베이터를 빠져나오던 결아는 휘의 목소리에 움찔했다. 목소리가 들리는 쪽으로 고개를 돌리자 밤새 머릿속을 어지럽혔던 휘가 서 있었다. 그것도 탄탄한 가슴팍이 훤히 들여다보이는 두툼한 샤워가운을 걸친 채로.

또 웃을……! 덜 마른 머리칼을 한 채 자신을 보고 있는 조각남을 결아가 화르륵 붉어진 얼굴로 올려다봤다.

"뭐 해? 왔으면 청소하지 않고."

"아…… 네, 네! 그렇죠. 처, 청소해야죠!"

퍼뜩 놀란 결아가 휘의 곁을 쌩하니 지나쳐 다이닝룸으로 달려갔다. 날다람쥐처럼 빠르게 다이닝룸으로 도망친 결아는 바닥에 주저앉아 놀란 가슴을 진정시키며 숨을 몰아쉬었다.

"헥, 헥. 까, 깜짝이야……."

슬쩍 벌어진 앞섶 사이로 비친 맨살은 그야말로 정신을 혼미하게 만들었다. 남자다운 근육질 가슴과 그 아래로 슬쩍 내비친 탄력적인 늑간근과 복직근이…….

"으아아! 저 남자는 왜 사람을 불러 놓고 저리 헐벗고 있는 거야? 노출광인가?"

물론 자기 집에서 자기 맘대로 입고 있겠다면 할 말이야 없겠지만…… 그래도 저런 차림은 지나치게 심장에 좋지 않다고!

"에잇, 잊어버리고 청소나 하자."

결아는 괜히 얼굴을 뜨겁게 만드는 휘의 자태를 머릿속에서 억지로 밀어 내며 청소기를 들고 나왔다.

그런데 휘가 방금 전의 그 차림 그대로 소파 위에 느른히 누워 있는 것이 아닌가? 움찔한 결아가 청소기를 들고 빠르게 몸을 돌리는데 휘의 목소리가 들렸다.

"아, 노예. 이리 와 봐."

"네, 네?"

결아가 머뭇거리며 돌아보자 휘가 한쪽 눈썹을 치켜올리며 손가락을 까닥거렸다.

"이리 오라고."

결아는 얌전히 청소기를 내려놓고 다가갔다.

"왜……요?"

가까이서 보니 휘의 벌어진 샤워가운이 더욱 자극적이었다. 결아가 차마 휘에게 시선을 둘 수 없어 슬쩍 고개를 옆으로 돌리는데 휘가 인상을 찌푸렸다.

"사람이 앞에 있는데 딴 데 보는 건 어디서 배운 예의야?"

"아, 죄송합……니다."

결아가 마지못해 다시 고개를 돌렸다. 휘가 소파 위에서 한 손을 머리에 괴고 섹시한 포즈로 누운 채 결아를 올려다보고 있었다.

사람을 불러 놓고 누워 있는 건 또 무슨 예의람.

결아는 그렇게 생각하면서도 시선 둘 곳이 없어 어쩔 줄을 몰라했다. 두툼한 로브 사이로 보이는 남자답고 탄력적인 허벅지 근육이 머릿속을 팽글팽글 돌게 만들었다. 자신의 특기인 양 눈깔을 양쪽으로 빼기 신공을 펼쳐 보였지만, 자기도 모르게 자꾸만 한곳으로 다시 집중해 버리고 마는 것이었다. 특히 로브가 점점 더 벌어지고 있는 것이 몹시 신경이 쓰였다.

"무슨…… 일이세요? 저는 어서 청소를 시작해야 하는데……."

결아가 어서 이 정신을 혼미하게 만드는 장소를 벗어나기 위해 침을 삼키고 말하자 휘는 들고 있던 대본을 테이블 위로 툭 던졌다.

"넌 앞으로 내 가사도우미 겸 코디야."

딴 데를 보던 결아의 눈이 놀라서 절로 휘를 향했다.

"코디요?"

"그래. 내가 깜빡하고 말을 안 했는데, 가사도우미를 자르기 전에 코디도 잘랐거든."

휘가 태연한 얼굴로 말하자 결아의 까만 눈망울이 크게 흔들렸다.

"저, 전 그런 거 해 본 적이……."

"시키는 건 뭐든 한다고 계약서에 써 있을 텐데."

"아니, 그래도……."

"왜? 싫어?"

휘가 서늘한 표정으로 묻자 결아의 동공이 급격히 흔들렸다.

"그, 그런 건 그러니까 전문적인 지식을 갖춘 사람들이 하는 거 잖…… 헉."

휘가 웨이브 진 옅은 갈색 머리를 푸르르 털며 소파 위에서 몸을 일으켰다. 그 바람에 그와 거리가 가까워져 맨살이 더 잘 보이자 결아는 퍼드득 놀라 얼른 시선을 돌렸다.

휘는 그대로 선 채 삐딱하게 결아를 내려다봤다.

"노예로서의 본분을 망각하지 마라."

"……네."

휘가 차갑게 말하자 결아는 시무룩한 얼굴로 뒤돌아섰다. 여기서 청소만 하는 걸로 곱게 노예 기간이 끝나길 바랐건만……. 역시 세상은 호락호락하지 않나 봐.

결아는 깊은 탄식을 흘리며 청소기를 들고 비척비척 걸어갔다.

결아가 음침한 얼굴로 청소를 하는 동안 휘는 테이블 위에 놓인 대본 더미를 응시하고 있었다. 산더미같이 쌓인 대본들은 다 요즘 잘나간다는 연출진들의 신작 드라마 대본이었다. 이 중에서 차기 작을 고르라고 했지만, 휘의 눈에 들어오는 게 딱히 없었다. 솔직히 그 전에 했던 역할들과 다 비슷비슷해 보였으니까.

"이번에도 철없고 시크한 재벌 3세 역……이라고."

시니컬하게 내뱉은 휘가 읽던 대본을 던지듯 툭 내려놓고 소파 위에 다시 누웠다. 천장을 멍하니 바라보던 그의 입술에서 무감한 목소리가 흘러나왔다.

"지루하다……."

화려한 명성과 광고 수익만으로도 한 해에 남부럽지 않은 거액을 벌어들이고 있는데도 인생이 무미건조하다는 생각이 들었다.

처음부터 연기자가 되고 싶었던 것도 아니었다. 워낙 외모가 뛰어나다 보니 이쪽 제의를 많이 받게 되었고 우연찮게 시작한 일이 연달아 대박을 터뜨렸다. 데뷔 때부터 연기력 논란도 없었고, 자기가 생각해도 연기가 그리 어렵지 않았다. 어렵지 않아서인지 그다지 재미도 보람도 느끼지 못하고 있었다.

휘가 말없이 천장을 응시하고 있는데 머뭇거리는 목소리가 들렸다.

"저……."

고개를 돌리니 결아가 한참 멀리 떨어져서는 오도카니 서 있었다. 작은 동물 같은 그녀를 그가 가만히 바라봤다.

"청소 다 해서 이제 가 보려구요. 그런데 아까 말씀하셨던 일은 언제부터 해야 하는 건가요……?"

"다음 주."

"다음 주……. 그럼 이만 가 보겠습니다."

휘는 시무룩한 얼굴로 뒤돌아 멀어지는 결아를 조용히 응시했다. 엘리베이터 문이 닫히고 결아가 시야에서 사라지자 몸을 일으켜 소파 위에 앉았다.

솔직히 처음 봤다. 저렇게 자기를 볼 때마다 흠칫흠칫 놀라고 같이 있고 싶지 않아서 안달 난 애는.

"내 몸을 봐도 까아악이 아닌 으아아악이 튀어나오고……."

진심으로 저러는 건가? 휘가 생각에 잠긴 얼굴로 고개를 비스듬히 기울였다. 지금까지 그에게 여자란 귀찮을 만큼 들러붙거나, 관심 없는 척 도도하게 굴다가도 손가락만 까딱하면 기다렸다는 듯 달려오는 존재였다. 그래서 저 여자도 그런 부류인가 생각했지만, 보면 볼수록 그건 아닌 것 같았다. 저 여자는 진심으로 자길 피하고 있었다.

"……."

무료했던 휘의 눈빛이 생기 있게 빛나며 입술 끝이 비스듬히 휘어 올라갔다.

"역시 독특해."

휘가 피식 웃었다.

다음 날 대낮에 결아는 휘로부터 한 통의 전화를 받았다.

― 12시까지 청담동 P.A로 와.

"네? 거기가 어딘……."

뚝.

암요, 끊으셔야죠. 바쁘신 분이 노예의 말을 들어 줄 시간이 있으실리가요. 결아는 이제 익숙하게 받아들이며 스마트폰 지도 앱을 켰다.

"그나저나 피에이가 어디야? 청담동 잘 모르는데."

게다가 자신은 길치였다. 지도 앱을 이용해 처음 듣는 장소에 찾아갈 생각을 하니 결아는 한숨이 포옥 나왔다.

휘가 전화를 끊자마자 같은 소속사 배우인 유라가 그의 어깨에 동그란 가슴을 바짝 밀착했다.

"오빠. 지금 누구한테 전화한 거야?"

그녀가 긴 머리칼을 늘어뜨리며 귓가에 속삭이자 휘가 힐끗 쳐다봤다.

"떨어져. 더워."

"덥긴 뭐가 더워. 에어컨 빵빵한데."

유라는 투덜거리면서도 휘에게서 슬쩍 떨어졌다. 휘의 심기를 거스르면 절대 자신에게 좋지 않았으니까.

치. 아무튼 까칠하긴.

유라는 인기 있는 아이돌 그룹에 속해 있었지만 연기도 꽤 해서 드라마에도 나오고 있었다. 발랄한 외모와 통통 튀는 성격으로 시트콤에서 특히 좋은 평을 얻었다.

"방금 전화한 게 누구냐니까? 정석 오빠는 아닌 거 같은데."

유라가 긴 다리를 뽐내듯 살랑살랑 걸어가 휘의 맞은편 소파에 다리를 꼬고 앉았다. 짧은 스커트 때문에 날씬한 다리가 유혹적으로 달랑거렸지만 휘는 대본에만 시선을 둔 채 무심하게 말했다.

"관심 끊지."

"왜? 누군데 말 안 해 주는데?"

"채유라."

휘가 눈썹 한쪽을 치켜올리자 유라가 불퉁하게 입을 다물었다.

"너무해."

유라가 못마땅한 표정으로 입술을 샐쭉거렸다. 솔직히 자신은 꽤 잘나가가는 중이었다. 얼굴은 귀엽고 몸은 쭉쭉빵빵이라고 베이글녀로 한창 주가를 올리고 있어서 여기저기서 작업도 많이 들어오는데 왜 이 남자한테는 자신의 매력이 통하지 않는 건지 심통이 났다.

그때 한창 전화기를 붙들고 있던 사장 대호가 다가왔다.

"휘 너 그 애랑 혹시 무슨…… 그런 사이는 아니지?"

"그 애? 그 애라니? 누군데요?!"

대호의 말에 유라가 눈에 쌍심지를 켜고 달려들었다.

"오해가 지나치시네. 그런 거 아닙니다."

휘가 대번 인상을 쓰자 그 표정을 보고 대호가 안심한 듯 웃었다.

"하하! 하긴. 휘 네가 일반인과 스캔들을 일으킬 리는 없을 거 같다고 생각하긴 했…… 어? 너 어디 가냐?"

휘가 일어나자 대호가 성마르게 물었다.

"집에 갑니다."

"가긴 어딜 가? 아직 후속작도 안 정했잖아."

"아직 시나리오도 다 안 읽어 봤어요."

"빨리 읽어 봐. 지금 사방에서 대본 걸어 놓고 아주 난리다, 난리. 어서 결정을 해야 좀 잠잠해지지."

"알았어요."

대충 대답한 휘가 몸을 돌렸다.

"오빠, 잠깐! 그 애가 누구냐니까?"

휘는 뒤에서 터져 나오는 유라의 질문 세례를 무시하고 사장실을 빠져나왔다. 복도를 빠르게 걸으며 주머니에서 휴대폰을 꺼내 든 그가 곧장 전화를 걸었다.

"지금 내려가니까 시동 걸어 놔."

— 네, 형.

정석의 대답을 들은 휘가 전화를 끊고 엘리베이터에 올라탔다

결아는 민트색 야구 모자를 쓰고 지도 앱의 길 찾기 기능에 의지해 청담동에 도착했다. 〈P.A〉는 골목 안에 있는 카페라 찾기가 꽤나 어려웠지만 앱을 의지해 무사히 찾을 수 있었다. 요즘 지도 앱은 내비게이션 기능도 해 준다니 정말 좋은 세상이다.

"그런데 이런 최첨단 시대에 구시대적 노예 제도가 도대체 웬 말이냐는…… 헉!"

모자를 눌러쓴 채 카페 안으로 조심스럽게 들어가던 결아는 움찔하고 멈춰 섰다. 평일 대낮의 한적한 카페 안. 구석 자리에 앉아 있는데도 모든 이의 시선을 잡아끄는 남자가 있었다.

무슨 티셔츠에 청바지만 입고도 저렇게 후광을 뿜어 대?

결아는 질린 눈으로 휘를 보고 있다가 주변을 휙휙 둘러봤다. 누가 봐도 연예인인 거 티가 다 나는데 저길 가서 앉으라고? 아, 안 돼. 난 못 해. 결아는 저도 모르게 주춤주춤 뒷걸음질 쳤다. 들어왔던 입구 손잡이를 잡으려 몸을 돌리는 순간,

쿵!

"아얏!"

순간 눈앞에서 별이 반짝이자 결아가 모자 위로 제 머리통을 감싸며 휘청거렸다.

"죄송합니다. 괜찮으시…… 어? 결아 씨?"

그 와중에도 모자를 사수하고 있던 결아가 익숙한 목소리에 고개를 들었다. 눈앞에는 막 카페 안으로 들어온 정석이 눈을 둥글게 뜨곤 서 있었다.

"아, 안녕하세요."

"지금 도착했어요? 잘됐네요. 난 주차하고 오느라 형 먼저 들어가 있으라고 했어요. 이쪽으로 와요."

정석이 싱글거리며 결아의 팔을 잡고 카페 안으로 이끌기 시작했다.

"아, 아니 실은 제가 급작스러운 볼일, 볼일이 생각나서……."

결아는 사색이 되어 버렸지만 워낙 가벼운 몸이다 보니 정석이 이끄는 대로 발이 멋대로 움직였다.

저길 가면 시선이 몰릴 텐데!

마치 도살장에 끌려가는 소처럼 필사적으로 버티던 결아는 그 노력이 무색하게도 어느 순간 휘의 자리까지 와 있었다.

"형. 입구에서 만났어요."

정석의 말에 휘가 고개를 들었다. 순간 모자챙 아래로 눈이 마주치자 결아는 정석의 등 뒤로 잽싸게 숨었다. 그 모습을 본 휘의 눈썹 끝이 날카롭게 올라갔다.

"앉아요. 결아 씨."

"아, 네. 네."

결아는 휘의 맞은편에 슬쩍 앉았다. 마주 앉아 있으니 그의 찌르는 듯한 시선이 느껴졌다.

왜 사람을 저렇게 노려보고 그런대? ……무섭게.

결아는 속으로 옹알거리며 휘의 날카로운 시선을 피했다. 기분 탓인가 했지만 휘의 눈초리는 앞에 있는 건 무엇이든 꽁꽁 얼려 버릴 정도로 차가웠다. 원래 그렇긴 했지만 오늘은 유독 날카로운 그 시선 앞에 결아는 마치 뱀 앞의 개구리처럼 점점 몸이 움츠러들었다.

그때 정석이 해맑게 일어섰다.

"형은 에스프레소죠? 결아 씨는 뭐 드실래요?"

"저는 괜찮……."

결아가 말하려는데 휘가 낚아챘다.

"얘 얼굴 창백한 거 보니까 당 필요해 보인다. 아주 토할 정도로 달게 만든 카페모카 사 와. 휘핑 잔뜩 올려서."

"하긴 여자들은 그런 거 좋아하죠."

휘의 비꼬는 말을 눈치채지 못한 정석이 싱글거리며 주문하러 갔다. 자리에서 정석이 사라지자 결아는 더욱 긴장이 됐다.

선우휘와 단둘이 카페 안에 앉아 있다니……. 도, 도망치고 싶어!

결아가 탈주 본능을 억누르며 고개를 푹 숙인 채 두 손을 꼭 맞잡고 있자 휘가 서늘한 목소리로 말했다.

"내가 메두사냐?"

"……네?"

결아가 흠칫 놀라 고개를 들었다. 그러자 모자챙 아래 높은 콧날과 날렵한 턱, 그리고 지나치다 싶을 만큼 예쁜 색의 눈동자가 시야에 떡하니 들어왔다.

휘가 못마땅한 눈빛으로 결아를 응시했다.

"보면 큰일이라도 날 사람처럼 필사적으로 시선을 피하고 있으니까 묻는 거잖아."

"그게 아니라……. 지금까진 집 안에서만 보다가 밖에서 보니까 왠지 이상해서……."

결아가 작은 목소리로 옹알거리자 휘가 테이블 위에서 느른히 턱을 괴고 그녀를 빤히 바라봤다.

"이 정도로 겁먹으면 어떡해? 앞으로는 계속 같이 다녀야 될 텐데."

그, 그러게요……. 결아는 식은땀을 흘리며 손가락만 쪼물거렸다.

휘는 그런 결아를 물끄러미 바라봤다. 난감한 얼굴로 어쩔 줄 몰라 하는 모습을 보자 왠지 기분이 좋아지기도 하고, 한편으론 자기 앞에서 가시방석에 앉은 것처럼 불편해하는 모습이 기분 나빠지기도 했다. 자신도 이해할 수 없는 상반된 감정이 동시에 떠오르자 휘는 단정한 이마를 살짝 찡그렸다.

……그런데 이거 왠지 익숙한 기분 같은데?

이 기시감의 정체가 뭔지 정확히 떠오르지 않아 휘가 눈을 가늘게 떴다.

"저 그런데…… 여긴 무슨 일로 부르신 거예요? 코디 일은 다음 주부터라고……."

무언가 떠오를 것 같던 기분이 결아의 질문과 함께 사라져 버렸다. 뭐, 별거 아니겠지. 대수롭지 않게 생각한 휘가 시니컬하게 대답했다.

"그냥."

"……네?"

"그냥 불렀다고. 내가 지금부터 시간이 좀 남거든."

결아가 눈을 댕그랗게 떴다. 아니 그럼 뚜렷한 임무나 목적도 없이 이 남자와 계속 마주 보고 앉아 있어야 한다는 소리? 물론 계약상엔 모든 것이 휘의 마음대로였으니 심심해서 부르든 청소하라고 부르든 그의 뜻이겠지만, 결아는 이해할 수가 없었다. 왜 이유도 없이 여기까지 자신을 불러낸 것인지.

그때 정석이 커피 트레이를 들고 나타났다.

"자. 커피 나왔습니다!"

커피를 각자의 앞에 배급해 준 정석이 결아의 옆에 앉으며 물었다.

"결아 씨 다음 주부터 코디 행세 해야 될 텐데, 괜찮겠어요?"

"아…… 해 봐야죠."

결아가 대답하자 정석이 끄덕거렸다.

"뭐, 그게 나아요. 사실 형 집 왔다 갔다 하면 파파라치한테 찍힐 수 있잖아요. 그런 장치가 없으면 바로 열애설 뜰걸요?"

"여, 열애설요……?"

커피 잔을 든 결아의 손이 파들파들 떨렸다. 열애설이라니……. 그건 정말 호환마마보다 무서운 말이었다.

"그러니까 안전하게 세 달을 보내기 위해선 이런 임시방편도 필요하다는 거죠."

"아아…… 그런 거였구나."

열애설이라는 말 때문에 동공이 흔들리던 결아는 정석의 말에 조금 안심한 표정을 지었다. 생각지도 못한 코디네이터 임무에 이런 의미까지 숨어 있으리라곤 생각 못 했는데. 결아가 의외라는 표정으로 휘를 힐끔거렸다. 휘는 커피 모델처럼 우아하게 커피만 마시고 있을 뿐이었다.

그럼 이 남자가 스캔들이 안 나도록 날 배려해 준 건가……? 에이, 설마. 그럴 리가 없잖아. 자기가 스캔들의 피해를 입고 싶지 않은 거겠지. 결아는 슬며시 머릿속에 떠오른 생각을 지워 버리고는 크림이 잔뜩 올라간 카페모카의 스트로를 잡았다. 그러곤 보드라운 휘핑크림을 떠서 입속에 넣자 달콤한 크림이 사르르르 녹았다.

"아, 맛있다."

결아가 행복한 얼굴로 휘핑크림을 먹는 모습을 맞은편에서 휘가 가만히 응시했다. 하얀 크림이 체리색 입술 안으로 들어갈 때 작은 혀가 살짝 보이자 휘의 목구멍이 순간 꽉 막힌 듯한 기분이 들었다.

뭐야. 목이 마른가?

휘는 미간을 좁히고 물컵을 들어 입술로 가져갔다.

그때 카페 안으로 여자들이 우르르 들어오는 소리가 들렸다. 뒤돌아본 결아가 흠칫 놀라자 휘가 낮게 말했다.

"그러니까 더 시선 끌잖아. 가만있으면 못 알아봐."

"아, 네."

휘의 말에 얼른 고개를 돌리던 결아가 멈칫했다. ……잠깐. 이 남자를 못 알아본다고? 당신 자체발광을 생각하면 못 알아보는 게 이상한 거 같은데?

"형. 폰으로 사진 찍는 거 같은데요? 일어나는 게 낫겠어요."

정석은 선우휘 매니저답게 고개를 돌리지 않고도 뒤를 볼 줄 아는 능력이 있는 모양이다. 정석이 시선을 이쪽으로만 향한 채 말하자 휘가 일어섰다.

"할 수 없군. 나가자."

정석이 따라 일어서자 결아도 허둥지둥 일어나 졸졸 따라 나갔다.

♡ ♥ ♡

며칠째 밤을 새다시피 한 루리가 새벽 늦게 좀비가 되어서 집에 들어왔다. 비척거리며 거실을 가로지르던 루리는 주방에 오도카니 서 있는 결아를 보고는 흠칫거렸다.

"어? 뭐야. 너 아직 안 잤냐?"

커피머신 앞에 서 있던 결아가 루리를 보고는 퀭한 얼굴로 웃었다.

"으응. 언니 늦었네. 많이 바쁜가 봐."

"아우, 나야 뭐 그렇지. 이번에 짜투리 프로 하나 또 맡게 돼서……. 그런데 아직 안 자고 뭐 했어?"

"그냥 할 게 좀 있어서. 곧 잘 거야."

결아가 슬쩍 시선을 피하며 둘러댔다.

"그래. 늦게 자지 마. 〈동물농장〉 같은 거 보지 말고. 또 울다 눈 팅팅 부어서……. 아, 그렇지. 다음 주부터 대본 도와줄 수 있지?"

"아, 응. 꼭지 나눠서 미리 메일로 보내 줘. 설명 필요한 거면 전화 주고."

"그래……. 들어와서 같이 일하는 건 아직 싫어?"

루리가 슬쩍 결아의 표정을 살피며 물었다. 글재주가 있는 동생이었기에 결아에게 새끼작가 역할을 자주 떠맡겼다. 웬만한 작가들보다 훨씬 감각이 있어 보여 방송국에 들어와 함께 일하자고 했지만, 결아는 번번이 거절했다. 그 이유를 모르지 않는 루리는 천천히 결아가 준비되길 기다리는 중이었다.

"그건……."

결아가 우물쭈물 대답을 못 하고 있자 루리는 웃으며 괜찮다는 듯 결아의 어깨를 토닥거렸다.

"뭐, 천천히 생각해 봐. 그럼 언니 먼저 뻗는다."

"으응. 피곤해 보이는데 얼른 자."

다크서클이 턱까지 내려온 루리가 좀비처럼 휘적휘적 걸어가자 결아도 조심스럽게 방으로 들어왔다. 책상 위에 커피가 담긴 머그컵을 내려놓고 컴퓨터 앞에 앉자 한숨이 새어 나왔다.

"휴……."

언니의 제안은 고마웠지만, 자신의 지나치게 소심한 성격으로 인해 어떤 피해를 줄지 두려웠다. 대본을 쓰는 일은 재미있고 자신이 쓴 글이 라디오에서 나오면 신기하면서 보람도 있었다. 하지만 사회생활을 하는 것이 결아에겐 모험과 가까운 일이었으니까. 다른 데도 아니고 방송국이 아니던가. 휘같이 온 나라에서 주목받는 반짝반짝 생명체들이 넘쳐 나는 방송국.

"하고 싶긴 한데……. 노력하면 소심함도 극복할 수 있을까? 조금씩 나아지기라도 한다면……."

결아가 작게 옹알거리며 스크린 세이버를 풀었다. 모니터 화면 위에는 다양한 연예인들의 공항 패션 사진들이 떠 있었다. 결아는 그것들을 열심히 보며 다이어리에 메모했다. 갑작스럽게 맡게 된 일이고 그저 스캔들 무마용 방패일 뿐일지라도 무슨 일이든 해야 할 것 같았다.

"혹시 도움이 될 수도 있으니까."

결아는 작은 머리통을 끄덕거리며 모니터를 바라봤다. 이런 벼락치기 공부가 얼마나 쓸모 있겠냐마는 그래도 지금 자신이 할 수 있는 일은 이것밖에 없으니까. 결아는 졸린 눈을 비비며 열심히 다

이어리에 메모했다.

♡　♥　♡

　드디어 휘의 코디네이터 임무를 맡게 된 첫날, 결아는 긴장된 표정으로 집에서 나왔다.
　"하, 할 수 있다! 아자!"
　두 주먹 쥐고 소심하게 파이팅을 외치는 결아의 눈은 토끼 눈처럼 빨갰다. 나름 감각적인 코디법 공부를 해 보겠다고 결국 밤을 꼴딱 새우다시피 했기 때문이다.
　"여긴가……? 헉."
　미리 연락받은 장소에 도착한 결아가 움찔했다. 파리 신규 명품 브랜드의 한국 런칭쇼가 열리는 백화점 내 이벤트 홀은 수많은 인파와 기자들로 북새통을 이루고 있었다. 여기저기 번쩍이는 카메라 불빛과 환한 조명 아래서 인터뷰를 하고 있는 연예인들까지, 결아의 정신을 혼미하게 만드는 요소가 사방에 넘쳐 났다.
　― 사노라면~ 언젠가는~ 바닭은~
　벨소리가 울리자 움찔 놀란 결아는 구석으로 사사삭 숨으며 전화를 받았다.
　"여, 여보세요."
　― 결아 씨 지금 어디예요?
　"저 도착했는데……."
　― 아, 홀이에요? 입구에 서 있어요. 지금 갈 테니까.
　"네, 네."
　정석이 이쪽으로 온다는 말에 결아는 안도했다. 어차피 혼자서는 입구에서 안으로 들어가지도 못할 상태였으니까.

"결아 씨!"

정석이 복도에서 달려오며 손을 흔드는 것이 보이자 결아는 안심한 얼굴로 얼른 정석에게 쪼르르 달려갔다.

"대기실은 저쪽이에요. 따라와요."

결아는 믿음직한 정석의 등을 보며 열심히 따라갔다. '관계자 외 출입 금지' 라인을 지나 복도 안쪽에 고급스러운 문이 보였다.

"저기 제일 안쪽 방에 형 있으니까 먼저 들어가 있어요."

"네!"

결아가 씩씩한 목소리로 대답하자 정석이 호오, 하는 얼굴로 바라봤다.

"오늘은 웬일로 군기가 바짝 들었네요?"

"이왕 하기로 한 거 열심히 해야죠……. 잘 부탁드립니다!"

"하하하. 진짜 코디 같네. 어쨌든 부탁해요."

결아가 꾸벅 인사하자 정석이 웃으며 고개를 끄덕이더니 반대편에서 오는 스태프를 향해 갔다.

여기가 대기실인가? 마치 몰래 자신이 좋아하는 연예인을 찾아온 팬처럼 결아가 좌우로 고개를 두리번거리며 문고리를 꼬옥 붙잡았다. 하지만 문고리가 덜컥거리기만 할 뿐 돌아가질 않았다.

"응? 이게 왜 안 열려?"

문이 열리지 않자 결아는 문고리를 움켜잡고 이리저리 돌려 댔다.

"에잇! 그만 좀 열리…… 앗!"

문이 갑자기 안쪽으로 열리며 그 힘에 의해 결아의 몸이 안으로 딸려 들어갔다. 으앗! 넘어진……!

……응? 뭐지? 뭔가 단단한데…….

분명 넘어진 것 같은데 바닥에 떨어진 느낌은 아닌 것 같아 결아가 꼭 감았던 눈을 슬쩍 뜨자 귀에 낮은 목소리가 들려왔다.

"야."

"엇!"

익숙한 목소리에 결아가 퍼뜩 놀라 고개를 번쩍 치켜들었다. 눈앞에는 휘가 자신을 내려다보고 있었다.

아…….

결아는 휘를 본 순간 자기도 모르게 멍한 얼굴이 되어 버렸다. 턱시도 차림의 휘는 스타일링을 끝낸 상태라 그야말로 귀공자 같은 얼굴이었다. 머리칼은 평소보다 고급스러운 컬링으로 웨이브졌고, 메이크업 때문에 가뜩이나 조각 같은 얼굴은 더 윤곽이 뚜렷했다. 그의 짙고 예쁜 눈동자 색이 사람을 현혹시키듯 시선을 포박하는 통에 결아는 숨 쉬는 것도 잊은 채 휘와 시선을 맞추고 있었다.

"언제까지 그러고 있을 거야?"

"네? ……아! 죄, 죄송합니다!"

세상에! 나 지금 이 남자 가슴에 안겨 있는 거야? 자신이 휘의 몸 위에 올라탄 상황이라는 걸 깨달은 결아는 얼른 그의 몸에서 떨어졌다.

휘는 느른하게 머리칼을 쓸어 넘기며 몸을 세우고는 수려한 얼굴을 살짝 찡그렸다.

"문 하나 못 여는 바보가 있나 하고 열어 주려고 했더니, 너였어?"

"그게…….."

휘의 말에 결아는 얼굴이 빨개져선 뻘쭘하게 섰다. 의자 쪽으로 걸어가고 있는 그를 보니 날렵한 블랙 슈트를 입은 모습이 그야말로 완벽한 모델 핏을 연출하고 있었다.

패션의 완성은 얼굴이라더니……. 바로 이런 걸 두고 하는 말이었구나.

물론 휘는 몸매도 완벽했다. 훤칠한 키에 탄탄하고 날렵한 몸매, 동양인 같지 않은 긴 다리와 착 올라붙은 엉덩이는 그야말로 모델 체형이었으니까. 하지만 똑같은 몸매를 가진 남자가 옆에 있더라도 휘가 훨씬 우월해 보일 거라는 생각이 들었다. 저 수려한 얼굴 때문에.

눈깔 없는 석고상 같아서 무섭기만 하더니, 이제 좀 눈이 적응 됐나?

결아가 자기도 모르게 감탄하며 보고 있다가 속으로 갸웃거리는데 휘가 커프스단추를 채우며 슥 쳐다봤다. 눈이 마주친 순간 노크 소리와 함께 대기실 문이 열렸다.

"형, 나가죠. 포토라인 준비됐대요."

"그래."

정석의 말에 휘가 고개를 끄덕이고 문 쪽으로 걸어갔다. 결아가 방금 전 일의 여파로 아직도 발갛게 익은 얼굴로 머뭇거리고 있자 문 앞에 선 휘가 돌아봤다.

……어? 휘가 나가지 않고 그 자리에 선 채 자신을 응시하자 결아가 의뭉스러운 얼굴로 그를 바라봤다.

"안 오고 뭐 해?"

"아, 네. 가, 가요."

휘가 한쪽 눈썹을 치켜올리자 결아가 얼른 달려 나갔다. 그녀가 자신 쪽으로 다가올 때까지 그 자리에 서서 기다리고 있던 휘는 그제야 복도로 나갔다. 나란히 밖으로 나선 결아는 조금 이상한 기분이었다.

날 기다려 준 건가……?

방금 전까진 문 하나 못 여는 바보라고 놀리더니, 무슨 바람이 불어 이리 친절한 거지? 결아가 고개를 갸웃거리고는 넓은 휘의 등을 따라갔다.

파바바바바밧!

휘가 포토라인에 등장하자마자 모든 카메라들이 그를 향해 일제히 플래시를 터뜨렸다.

"선우휘 씨! 이쪽 쳐다봐 주세요!"

"이쪽도 부탁합니다!"

여기저기서 쏟아지는 주문에 휘는 우아한 동작으로 익숙하게 시선을 옮겼다. 휘가 시선을 옮기고 포즈를 바꿀 때마다 강렬한 플래시가 번쩍였다.

"응? 결아 씨 왜 그래요?"

"아, 아뇨. 아, 아무것도……."

아무것도 아니라면서 결아는 창백한 얼굴로 정석의 등 뒤에 찰싹 달라붙어 있었다. 옷깃을 꼬옥 움켜잡은 채 덜덜 떨고 있는 결아를 정석이 의아스럽게 바라봤다. 카메라 세례를 받고 있는 건 휘인데 왜 뒤쪽에서 지켜보고 있는 결아가 공포에 휩싸이는 건지 의문이었다.

"무서우면 나가 있어도 돼요."

"괘, 괘, 괜찮아요. 이게 앞으로 제 일인데…… 히익! 카메라다!"

정석 앞으로 방송 카메라가 지나가자 결아가 기겁을 하며 더욱 깊이 숨어들었다. 사방에서 화려한 연예인들과 카메라를 대동한 사람들이 넘실거리는 이곳은 결아에겐 역시 너무 무서운 곳이었다.

마음을 강하게 먹었지만 역시 안 되겠어. 히잉. 무서워. 너무 무서워.

정석의 뒤에 몸을 숨긴 결아는 공포심에 눈물이 핑 돌았다. 이런 것조차 이겨 내지 못하는 자신이 한심하다는 생각이 들었지만, 그래도 공포를 느끼는 신체 반응을 이길 수가 없었다. 쭈뼛 소름까지 돋아나는 통에 몸이 덜덜 떨릴 정도였다.

정석의 등 뒤에서 결아가 식은땀을 죽죽 뽑아내고 있던 그때, 포토라인에 서 있던 휘의 눈썹 끝이 예리해졌다.

……뭐야?

휘의 날카로운 시선은 정석의 뒤에 숨어 머리통만 빼꼼 보이고 있는 결아에게 향해 있었다. 그걸 오해한 정석은 자신을 보는 줄 알고 휘를 향해 신나게 손을 흔들었다.

"선우휘 씨, 이쪽 부탁합니다!"

오늘 스타일 최고로 멋지다는 듯 엄지손가락을 뻗으며 오버를 떠는 정석을 눈을 가늘게 뜨고 보던 휘가 기자의 말에 시선을 돌렸다. 그가 목소리가 들려온 쪽을 바라보자 요란한 카메라 플래시가 터져 댔다. 휘는 눈부시도록 하얗게 터지는 카메라 불빛들을 익숙하게 응시하다가 다시 결아 쪽으로 시선을 향했다. 그녀는 여전히 정석 뒤에 꼭꼭 숨어라 머리카락 보일라 모드로 숨어 있었다.

어제도 정석 뒤에 숨더니. 휘는 점점 기분이 나빠졌다. 저쪽에 경호원들 경계 너머에서 자신의 이름을 연호하는 팬들이 많았지만, 코알라처럼 정석 등짝에 찰싹 달라붙어 있는 여자는 그들과 달리 황홀한 얼굴로 자신을 보지 않았다.

······내 앞에선 도망치기 바쁘더니 정석은 안전하고 믿을 만한 사람으로 보이는 모양이지?

서늘한 표정으로 결아의 머리통을 보고 있던 휘의 눈썹 사이가 좁혀 들었다. 삐딱한 표정의 휘에게 연신 카메라 플래시가 터졌다.

후아, 무사히 끝났다.

런칭쇼를 마치고 정석의 차에 휘와 함께 올라탄 결아는 안도의 한숨을 내쉬었다. 비록 자신이 한 일은 아무것도 없지만, 그래도 도망치지 않고 행사장을 지키고 있었던 스스로가 결아는 무척 뿌듯했다. 훌륭해. 훌륭해. 결아가 스스로에게 머리 쓰담쓰담을 해 주고 싶은 심정으로 흐뭇하게 앉아 있는데 왠지 따가운 시선이 느껴졌다.

······웅? 북풍한설 같은 이 서늘한 기운은······?

익숙한 냉기를 느낀 결아가 서늘한 기운의 발원지 쪽으로 슥 고개를 돌렸다. 그랬더니 팔짱을 끼고 조각상처럼 앉아 있는 휘가 찌르는 듯한 시선으로 자신을 보고 있었다.

"왜 그렇게 보세······요?"

결아가 조심스럽게 묻자 휘가 불쾌한 얼굴을 한 채 창 쪽으로 고개를 휙 돌려 버렸다.

내가 뭔가 실수한 게 있나?

결아는 자신이 노예의 본분을 다하지 않았는지 생각해 봤지만 딱히 떠오르는 것이 없었다. 오늘 하루 열심히 행사장을 지킨 것만으로도 자신이 할 수 있는 역량을 넘어선 일이었으니까.

거참 도무지 모르겠네. 결아는 뒤통수가 따끔한 기분을 느끼며 휴대폰을 꺼내 인터넷 창을 열었다.

눈치가 보이니 뭔가 다른 거라도 하고 있어야 될 것 같…… 어? 휘잖아?

결아의 눈이 둥그레 하게 커졌다. 포털 메인에는 방금 전 런칭 쇼 행사장에서의 슈트 차림의 휘가 떡하니 걸려 있었다. 우와, 아주 실시간이구나. 방금 있던 행사인데 벌써 메인에 걸리다니. 신기한 마음에 클릭해 보니 올라온 지 얼마 안 되는 기사에 벌써 댓글이 몇 천 개가 달려 있었다.

「너란 남자, 슈트 핏도 어쩜 이러니.」
「선우휘 너 별로. 내 마음에 별로……☆」
「누구야? 내 남편 사진 허락도 없이 올린 게.」

실시간으로 스피디하게 올라오는 댓글 수가 장난 아니었다. 이 남자 정말 인기가 장난 아니구나, 하며 새삼 놀라운 기분으로 화면을 보고 있는데 여전히 뒤통수가 따끔따끔했다. 저 남자는 대체 왜 저렇게 레이저를 쏴 대는 것인가. 이러다 타 버리겠네 정말. 결아는 영문을 알 수 없어 더욱 불안했다.

그러는 사이 어느새 휘의 집에 도착했다.

"형. 그럼 이따 전화 주세요."

정석이 지하 주차장에 차를 세우고 말하자 내리려던 결아가 간절한 얼굴로 정석을 바라봤다.

"정석 씨는 같이 안…… 내리세요?"

"네. 전 볼일이 있어서요."

"아아…… 그래요……."

실낱같은 희망이 사라지자 결아의 눈에 절망이 들어찼다. 그럼 아까부터 냉기를 뿜어내고 있는 저 남자와 단둘이 있어야 한단 말인가. 그런 결아의 고뇌는 알 바 아니라는 듯 먼저 내린 휘가 서늘하게 말했다.

"뭐 해? 안 내리고."

"내, 내릴게요. 내려요."

허둥지둥 차에서 내린 결아는 죄인처럼 휘를 따라갔다. 그가 엘리베이터 보안패드의 비밀번호를 누르는 사이 결아는 멀찍이 떨어진 채 불안한 얼굴로 서 있었다.

안 그래도 마왕 같은 남자인데 표정을 저러고 있으니까 더 무섭잖아.

결아는 생존 본능을 발휘해 엘리베이터에 타서도 최대한 휘와 떨어진 구석에 찰싹 달라붙어 있었다. 휘는 냉랭한 시선으로 결아를 힐긋 내려다봤다.

완전히 얼었군.

정석과 있을 때는 그나마 낫더니 둘만 남자 이 여자가 몹시 긴장하고 있다는 것이 눈에 보일 정도였다. 그것이 보통 여자들이 자신을 볼 때 긴장하는 것과는 다르다는 것도 확연히 느껴졌다.

아, 왠지 기분이 점점 나빠지는데.

그때 결아가 눈을 굴리며 슬쩍 휘를 올려다보다가 그와 눈이 딱 마주쳤다.

"헉! 죄, 죄송합니다!"

결아가 기겁을 하자 휘의 표정이 살짝 굳었다. 눈 마주쳐서 꺄악 소리는 들어 봤어도 죄송하다는 말은 처음이었다.

엘리베이터가 멈추고 집 안에 들어서자 결아는 슬금슬금 청소 도구를 가지러 갔다. 최대한 휘의 눈에 거슬리지 않게 멀찍이서 청소하려는데 그의 목소리가 뒷덜미를 낚아챘다.

"어이, 노예."

"네, 네?"

흠칫 놀란 결아가 뒤돌아봤다.

"이리 와."

휘가 턱짓을 하자 결아는 할 수 없이 방향을 바꿔 휘가 있는 소파 쪽으로 걸어갔다. 머뭇거리며 다가가 휘가 앉아 있는 소파 앞에 어정쩡하게 섰다.

"뭐 해? 안 앉아?"

"아, 앉을게요."

휘의 짜증스러운 어조에 결아가 얼른 그와 멀찍이 떨어진 자리에 앉았다. 휘가 모자를 벗어 테이블 위에 툭 던지고 머리를 푸르르 털며 말했다.

"너, 내가 출연한 드라마 중에서 뭘 제일 감명 깊게 봤어?"

"⋯⋯네?"

결아가 커다랗고 둥근 눈으로 자신을 보자 휘는 느슨하게 헝클어진 머리칼을 우아하게 쓸어 넘기며 말했다.

"그냥 네가 느낀 대로 말해 봐."

질문이 너무 갑작스러웠나. 결아는 쉽게 대답하지 못하고 눈만 데굴데굴 굴리고 있었다. 그럴수록 휘는 점점 더 초조해졌다. 뭘 망설여?

"저어⋯⋯."

좀. 속 시원히 말해 보지?

"저⋯⋯."

휘의 답답증이 한계점에 임박하려는데 순간 머릿속에 어떤 생각

하나가 스쳐 지나갔다.

"잠깐, 설마……."

휘가 눈을 가늘게 떴다. 아니, 설마 그럴 리는 없겠지. 하지만 저 흔들리는 동공은 마치…….

"너 내가 나온 영화나 드라마, 본 적은…… 있긴 한 거지?"

"아…… 그게…… 아뇨."

결아가 머뭇거리다 결국 실토하자 휘의 조각 같은 얼굴이 믿을 수 없는 이야기를 들었다는 듯 딱딱하게 굳었다.

"한 번도 안 봤다고?"

"……네."

결아가 무슨 죄라도 지은 양 조심스럽게 대답했다. 휘는 입을 굳게 다문 채 아무 말이 없었다. 결아가 슬쩍 눈만 굴려 쳐다봤지만 휘의 표정이 너무 살벌해 얼른 다시 시선을 내렸다.

아, 역시 기분이 나쁘려나?

아무래도 배우에게는 자신이 출연한 작품을 하나도 보지 않았다는 건 자존심이 상하는 일일 것이다. 하지만 거짓말을 할 순 없잖아. 금방 들켜 버리고 말 테니까.

"……."

침묵이 흐르는 거실 안에는 북풍한설이 휘몰아치고 있었다. 그 한기에 결아의 몸이 반쯤 얼어붙을 즈음 휘가 조용히 입을 열었다.

"너 혹시 내 안티냐?"

"아, 아뇨!"

결아가 필사적으로 머리를 붕붕 저었다. 휘는 무서운 얼굴로 내려다보며 낮게 말했다.

"내가 출연한 드라마 중 이 나라 인구의 절반이 본 드라마가 두 작품 이상인데 본 적이 없다고?"

"음, 저기, 그러니까……. 광고! 광고는 몇 번 봤어요."

"……."

휘가 눈깔 없는 석고상 같은 얼굴로 아무 말이 없자 결아는 식은땀이 날 지경이었다.

"저, 그럼 전 이만 청소하러……."

휘의 눈치를 보며 결아가 소파에서 슬쩍 일어나려 했다. 그러자 순식간에 바짝 다가온 휘가 홱 하니 결아의 팔목을 낚아챘다.

"앗!"

급작스러운 행동에 깜짝 놀란 결아가 눈을 크게 뜨고 휘를 올려다봤다. 그가 굳은 표정으로 결아를 내려다보고 있었다.

"지금 청소가 중요해?"

"그야 청소하러 왔으니 청소가 중요하…… 어?"

휘가 결아를 끌어와 바로 자신의 옆자리에 앉히더니 서랍 안에서 상자를 꺼내 내놓았다.

"너, 이거부터 봐."

"그게 뭔데요?"

결아가 정체 모를 상자를 보며 어리둥절한 표정을 지었다.

"내가 나온 드라마."

"아, 드라마 DVD요?"

휘가 평소에는 보지도 않던 자신이 출연했던 드라마 〈블루레이〉 DVD를 꺼내어 플레이어에 넣었다. 그러고는 결아를 똑바로 응시하며 말했다.

"너 이거 다 못 보면 오늘 집에 못 갈 줄 알아."

"네에?"

이게 무슨 소리? 지금 이 남자 옆에서 이 남자가 나온 드라마를 다 봐야 된다는 건가? 결아는 패닉에 빠져 있었지만 휘는 아랑곳하지 않고 드라마를 플레이 시켰다. 그러고는 그녀의 옆으로 다가와 털썩 앉았다.

아, 아니 왜 내 옆에…….

결아는 머릿속의 산소가 급속도로 희박해짐을 느꼈다. 왜 이 남자 바로 옆에 찰싹 붙어 앉아 이 남자가 나온 드라마를 봐야 하는 것이란 말인가. 결아는 이해할 수 없었지만 고개만 돌리면 얼굴이 바로 마주칠 정도로 가까운 거리에서 휘가 팔짱을 낀 채 자신을 응시하고 있었다. 똑바로 드라마를 보지 않으면 가만두지 않겠다는 표정이었다.

결아는 할 수 없이 눈앞의 대형 TV에만 시선을 고정한 채 드라마에 집중했다.

휘 때문이 집중이 안 될 줄 알았는데 다행스럽게도 시간이 지날수록 드라마 내용에 몰입이 됐다. 말만 들었지 한 번도 보지 않았는데 지금 보니 상당히 잘 짜인 드라마였다. 방송 대본을 많이 봐왔기에 드라마의 특성도 어느 정도 이해하고 있는 결아였다. 그런 결아가 보기에 이 드라마는 시청률이 잘 나온 이유가 확실히 있어 보였다.

"……."

바짝 얼어 있던 결아가 어느 순간 화면에만 빠져 있자 휘가 고개를 비스듬히 기울였다.

진짜 저것만 보는 거야?

결아가 완전히 집중해 있는 모습을 보자 휘는 솔직히 신기한 기분이었다. 자존심이 상해 자기가 보라고 했지만 자기 앞에서 이렇게 완벽하게 드라마에 집중할 줄은 몰랐다.

옆에 있는 날 완전히 잊을 정도란 말이지…….

그러고 보니 자신의 앞에서 긴장하지 않은 결아의 모습은 처음 보는 것 같았다. 휘는 대놓고 결아를 쳐다보기 시작했다.

늘 까만 눈망울이 이리저리 흔들리고 바짝 얼어붙어 있는 모습만 봐 왔는데, 이렇게 멀쩡한 표정도 지을 줄 아네. 까맣고 윤기 있는 단발머리와 보얀 피부와 앙증맞은 코, 살짝 벌어진 작고 도톰한 체리색 입술을 보니 지금까지 봐 오던 얼굴과는 많이 다르다는 기분이 들었다. 늘 자신 앞에서 움츠려들고 벌벌 떠는 이미지였으니까.

……그런데 이상하다. 결아가 자신을 지척에 두고 태연하게 다른 데 집중해 있는 모습을 보니 썩 기분이 좋지가 않았다. 게다가 이렇게 한참을 대놓고 보고 있는데도 전혀 눈치를 못 채다니.

"아니다."

휘가 리모컨을 들어 TV를 껐다.

"……에?"

한창 드라마에 빠져 있던 결아가 그제야 그에게 시선을 돌렸다. 그제서야 자신의 존재를 눈치챈 듯 그녀가 흠칫거리자 휘가 만족스럽게 입술 끝을 살짝 말아 올렸다. 자신을 까맣게 잊고 드라마에만 집중하는 모습보다 이렇게 겁을 먹는 것이 보기 좋다는 생각이 들었다.

그 생각을 감춘 휘는 짐짓 엄중한 목소리로 말했다.

"넌 노예로서 여기 청소하러 온 거잖아. 그런데 이걸 보면서 땡땡이치게 할 순 없지."

"아, 그, 그렇죠. 알았어요."

결아가 얼른 대답하며 아쉬운 얼굴로 자리에서 일어섰다. 자기가 보라고 해 놓고 자기가 보지 말라고 하고……. 정말 종잡을 수 없는 남자야. 속으로 구시렁거리며 청소 도구를 가지러 가는데 뒤에서 휘의 목소리가 들렸다.

"드라마는 집에서 다 보고 오도록. 이번 주 안에 감상문 써 오고."

감상문까지?

"아. 네……."

결아가 의아스러운 얼굴로 대답하고는 다시 뒤돌았다. 어차피 재미있어서 찾아볼 생각이었지만, 왜 꼭 감상문까지……?

"아. 그리고."

휘의 목소리가 다시 들렸다. 결아가 돌아보자 소파 위에 느른히 앉은 휘가 말했다.

"청소 다 하면 식사 준비 해."

"밥이요?"

"어. 밥할 줄 몰라?"

"할 줄은 알지만……. 어떤 거요?"

"아무 거나 상관없어. 재료는 냉장고 안에 다 있을 거고, 참고로 고칼로리는 안 돼."

"아, 네."

일단 대답한 결아가 고칼로리, 고칼로리를 중얼거리며 다이닝룸으로 걸어갔다. 시야에서 멀어지는 결아를 휘가 눈을 가늘게 뜨고 보고 있었다.

전에도 느꼈지만 아무리 봐도 뭐랑 닮은 거 같은데……. 그게 뭘까. 생각이 날 듯 말 듯 하면서 잘 떠오르지 않는…….

"아, 몰라."

귀찮아진 휘가 대본으로 얼굴을 덮고 소파 위에서 돌아누웠다.

청소를 끝낸 결아는 번쩍번쩍한 냉장고 앞에 쪼그리고 앉아 고민에 빠져 있었다. 연예인은 도대체 뭘 만들어 줘야 된단 말인가. 배우란 일반인과 다른 특별한 식단을 가질 것 같은데 그걸 자신이 알 방도가 없었다. 상상 속의 외계 생명체를 그려 내듯 고민에 빠진 얼굴로 앉아 있던 결아가 조심스럽게 냉장고 문을 열었다.

"우와…… 배우는 다 관리해 주는 사람이 따로 있다더니."

신선한 야채부터 과일, 닭가슴살, 등심, 안심, 고기류와 각종 해산물에 야채들까지. 남자 혼자 사는 집에 장정 열댓 명은 배불리 먹이고도 남을 식재료가 쌓여 있었다.

"아무리 봐도 혼자 다 못 먹을 양인데 이렇게 넣어 두면 버리게 될 거 아냐. 아깝게."

전 세계에 먹을 것이 없어 굶어 죽는 아이가 7초에 한 명꼴이라던데……. 생각하다 보니 눈물이 핑 돌아 결아는 얼른 야채를 집어 들었다.

"그래. 내 처지가 노예인데 지금은 누굴 걱정할 때가 아니야."

우선 노예로서 맡은 일을 충실히 해치우자. 결아는 결연한 표정으로 냉장고에서 재료들을 꺼내기 시작했다.

잠시 후. 결아가 소파 위에서 얼굴에 대본을 덮고 자고 있는 휘에게 쭈뼛쭈뼛 다가갔다.

"저기, 다 됐어요."

휘가 그 소리에 덮고 있던 대본을 슥 내렸다.

"알았어."

소파 위에서 몸을 일으킨 휘가 긴 다리로 성큼성큼 식당으로 걸어갔다.

이제 다 끝났으니 집에 가면 되겠지?

결아가 안심한 표정을 짓고 있는데 휘가 갑자기 우뚝 멈춰 서더니 휙 돌아봤다.

"뭐 해? 안 오고."

"네? 저도……요?"

"그럼 나 혼자 먹으라고?"

"그럼 같이 먹으려고요?"

결아가 자신도 모르게 본심을 내뱉으며 눈을 깜빡이고 있자 휘가 인상을 썼다.

"오라고."

"네, 네."

휘의 표정이 무서워 결아는 얼른 그를 따라 식당으로 들어갔다. 결아가 준비한 메뉴는 볶음밥이었다. 커다란 식탁 위에 볶음밥을 올려놓고 앉자 결아는 본의 아니게 휘와 마주 앉아 밥을 먹는 신세가 됐다.

이 무슨…….

결아의 동공이 사시나무처럼 흔들렸다. 이 남자와 마주 보며 밥을 먹으면 체할 거야. 분명 체하고 말 거야. 결아가 침을 꼴깍 삼키고 슬쩍 보니 휘는 마치 CF의 한 장면처럼 우아하게 수저를 움직이고 있었다.

"안 먹어?"

"머, 먹어요. 먹을게요."

에잇, 체해도 할 수 없지 뭐! 결아가 자포자기한 심정으로 숟가락을 움켜잡고 전투적으로 볶음밥을 입안에 퍼 넣기 시작했다.

"우웁."

꾸역꾸역 입에 밀어 넣던 결아가 목에 걸린 듯 가슴을 팡팡 두드렸다. 그러자 휘가 인상을 쓰고 물컵을 내밀었다.

"애도 아니고."

"그아함이아.(감사합니다.)"

결아는 잔뜩 벌게진 얼굴로 물컵을 받아 얼른 들이켰다. 목구멍에 걸려 있던 밥 덩이가 그제야 쑥 내려갔다.

"후아……."

크게 숨을 내쉰 결아는 눈치를 보며 다시 식사를 시작했다. 휘는 결아의 얼굴을 가만히 바라봤다. 크고 동그란 까만 눈망울로 자신의 눈치를 보며 밥을 먹고 있는 모습이…… 왠지 작은 동물 같달까. 꽤 귀여운 면이 있었다.

그런데 왜 저렇게 불편해 보여?

지금까지 살아온 시간 동안 맹세컨대, 자신과 밥을 먹고 싶어서 머리끄덩이 붙잡고 싸운 여자는 있어도 같이 밥 먹는다는 이유로 저렇게 저승사자한테 끌려가는 얼굴을 한 여자는 없었다.

휘가 관찰하듯 결아를 빤히 보고 있자 결아는 본능적으로 또 숟가락 놀림이 빨라졌다. 왜 사람을 저렇게 빤히 쳐다보는 거야? 불편해. 불편해. 너무 불…….

"켁, 케엑."

햄스터처럼 볼을 빵빵하게 부풀린 채 가슴을 퍽퍽 쳐 대는 결아에게 휘가 또다시 물컵을 건네줬다.

"학습 능력이라곤 없는 모양이군."

"그아합……."

결아가 급히 물을 원샷 하고는 크게 숨을 내쉬었다. 휘가 피식

111

웃으며 손가락을 슥 뻗어 올렸다.

"생긴 것도 애 같더니 먹는 것도 애네."

휘의 기다란 손가락이 결아의 입술을 스쳤다.

……어? 방금 이 남자의 손가락이 내 입술을…….

결아가 놀란 얼굴로 보자 휘가 악마처럼 매혹적인 미소를 지었다.

"사레들리고, 다 흘리고 먹고."

헉! 내 입술에 뭐가 묻은 거였어?

"죄, 죄, 죄송합……."

결아가 몹시 당황스러운 얼굴로 사과하는데 휘가 태연하게 물잔을 내려놓고 일어섰다.

"그럼 다 먹고 치우고 가라."

"아, 네."

휘가 일어서서 식당을 나섰다. 결아는 그제야 어깨가 들썩일 정도로 크게 한숨을 내쉬었다.

"후아…… 놀래라."

저 남자는 순간순간 아주 간이 배 밖으로 튀어나오게 할 정도로 놀라게 한다니까.

"근데 왜 같이 밥 먹자고 한 걸까. 혼자 밥 먹는 거 싫어하나? 하긴 그래서 맨날 저렇게 냉장고 안에 재료만 쌓아 두고 안 먹는 걸지도. 그래, 그렇구나."

고개를 갸웃거리던 결아는 나름 합리적인 결과를 도출해 내곤 혼자 흡족해하며 밥을 먹었다.

04.
심장을 조련하는 방법

　욕실로 들어온 휘는 셔츠를 벗고 인상을 쓴 채 거울 속에 비치는 자신을 바라봤다.

　"흠…… 아무리 봐도 완벽한데."

　조각 같은 완벽한 이목구비와 다크브라운색 깊이 있는 눈동자. 그리고 남성적인 매력을 발산하는 탄탄하고 쫀쫀한 근육질 몸매는 자신이 봐도 훌륭했다. 그런데…….

　"왜 그 여자는 반응이 그따위야?"

　휘는 도저히 이해가 안 가는 얼굴로 인상을 썼다.

　"내가 뭘 했다고 식은땀까지 흘려? 내가 옆에 앉으면 여자들은 좋아서 어쩔 줄 모르는데 쟨 녹아들진 못할망정 얼어붙고 말이야."

　낮게 중얼거리던 휘가 결 좋은 갈색 머리칼을 푸르르 흩뜨렸다. 그러고는 섹시하게 헝클어진 머리칼을 손가락으로 쓸어 넘기며 눈을 가늘게 떴다.

"애라서 그런가."

딱 봐도 순진해 보이긴 했다. 이십 대 중반이 아니라 십 대 중반이라고 생각될 정도로. 하긴 그렇게 소심한 여자가 남자에 대해 면역이 있을 리가 없겠지. 바보 같을 정도로 소심한 모습은 그전에도 여러 번 봐 왔지만, 그중 하나의 기억은 특히 인상적이었다.

그러니까…… 그때가 언제더라?

이미 그 답답한 행동을 몇 번이나 본 이후에 '이결아'라는 이름까지 본의 아니게 외우게 된 이후였을 거다.

그날은 드라마 세트 촬영이 있는 날이었다. 방송국 앞에 거의 당도했을 무렵, 차가 급정거하는 바람에 몸이 앞으로 튀어 나갈 뻔했다.

'인마! 너 똑바로 운전 못 해?'

'미안해요, 형. 앞차가 갑자기 급정거하는 바람에 저도 깜짝 놀랐어요. 어디 다치신 건 아니죠?'

'다쳤으면 어쩔 뻔……'

그때 식은땀을 흘리는 정석 앞 유리 너머로 시선이 갔다. 도로에 웬 여자 하나가 덩그러니 서 있는 모습. 앞차의 차주가 뛰쳐나와 도로에 선 여자에게 삿대질을 하고 있었다. 차창을 살짝 내리니 바깥 소리가 차 안으로 흘러들어 왔다.

'갑자기 뛰어들면 어떻게 해!'

'죄, 죄송합니다. 죄송……'

여자는 얼굴이 창백하게 질려선 손에 풍선을 든 채 머리를 조아리고 있었다.

'에잇, 재수가 없으려니!'

앞차 남자가 신경질적으로 차를 출발시키자 그 여자는 그 차가 사라질 때까지 고개를 숙이고 있었다. 곧 고개를 들고 야구 모자를 눌러쓴 여자가 종종거리며 보도 위로 올라섰다. 가만, 저 익숙한 체구와 야구 모자…….

뭐야, 또 저 여자야?

최근 몇 번이나 눈에 띄었던 극도로 소심한 여자. 그 여자가 또 시야에 들어오다니. 창밖에서 시선을 떼지 않은 채 보고 있는데 정석이 말했다.

'아, 풍선. 풍선 때문인가 봐요.'

'뭐?'

인상을 찌푸리자 정석이 창밖을 가리켰다.

'저기요, 저기.'

창밖엔 여자가 보도 구석에서 울고 있는 꼬마 아이에게 종종종 달려가는 모습이 보였다. 제 손에 쥐고 있었던 풍선을 꼬마 아이의 손에 꼭 쥐어 주자, 울던 아이가 활짝 웃으며 받아 들고는 달려갔다.

'풍선 주워 줄라고 그랬나 봐요.'

'별…….'

한심하단 듯 중얼거리며 차 시트에 기대자 정석이 다시 시동을 걸었다.

'형. 다친 데는 없죠? 혹시 모르니까 다시 한번 잘 살펴봐요.'

'괜찮으니까 정신 차리고 운전이나 똑바로 해.'

무심한 목소리로 말하며 창밖을 바라봤다. 시선이 저절로 그 여자에게 향했다.

고작 풍선 주워 주겠다고 도로에 몸을 날려? 정신이 있는 건지, 없는 건지.

엄청 소심해 보이더니 잘도 저런 대담한 짓을 한다고 생각하며 시선을 여자에게 고정시켰다. 밴이 여자의 곁을 스쳐 지나가자 얼굴이 자세히 보였다. 파랗게 질린 얼굴로 바들바들 떨리는 손을 꼬옥 쥐곤 후하후하 심호흡을 하고 있었다.

어지간히 놀란 모양이군. ……그러기에 왜 그런 미친 짓을 해?

작아지는 여자를 향해 있던 못마땅한 시선을 거둬들였다. 그런데 차가 멀어질수록, 묘하게도 열심히 심호흡하고 있는 여자의 작은 얼굴이 뇌리에 남았다.

그런 일이 있고 얼마 동안은 지방 로케를 떠나 있어 오랜만에 방송국에 들르게 됐다. 날이 좋다며 요 앞 카페 야외 테라스에서 스태프들과 둘러앉아 있다가 무심코 밖을 내다보니 어느새 익숙해져 버린 동그란 머리통이 보였다.

또 저 여자야?

여러 번 우연이 반복되다 보니 이젠 헛웃음이 나올 정도였다. 쟨 왜 맨날 이 방송국 근처를 얼쩡대는 거야? 언니가 라디오 피디라더니, 그래서 그런가? 하긴 그런 거라면 그리 특별한 우연은 아닐 수 있겠지. 이렇게 자주 만나는 것도.

그렇게 생각하며 무감하게 여자를 내려다보고 있는데 뭔가 바쁜 일이 있는 건지 그 여자는 커다란 가방을 메고 방송국 쪽으로 달려가고 있었다. 몹시 바삐 달려가던 여자가 갑자기 멈추더니 자신을 지나쳐 간 남자가 떨어뜨리고 간 무언가를 열심히 줍고 있었다. 바닥에 떨어진 여러 장의 종이를 이리저리 뛰어다니면서 주운 여자가 숨을 몰아쉬며 또 열심히 반대 방향으로 달려가 남자에게 전해 줬다. 하지만 남자는 고맙다는 말도 하지 않고 횡하니 떠나 버렸다.

바보 같긴. 인사도 못 받을 걸 뭘 그리 열심히…….

휘는 자신도 모르게 미간에 내 천(川) 자가 그려지는 것이 느껴졌다. 여자는 처음 봤던 자리보다 훨씬 뒤까지 물러나서 다시 리셋된 게임을 하듯 방송국 쪽으로 오도도 달려갔다. 그런데 이번엔 위태롭게 폐지를 쌓은 리어카를 끌고 옆을 지나는 할머니를 보더니 또 유턴을 하는 것이 아닌가. 여자는 할머니 옆에 서서 굼벵이 같은 속도로 같이 밀어 주기 시작했다.

대체 뭐 하자는…….

보고 있자니 정말 환장할 노릇이었다. 뭔가 신이 저 여자로 하여금 자신을 고문하고 있는 게 아닐까 하는 생각이 들 정도로 답답증이 일었는데, 문제는 무시하고 시선을 뗄 수가 없다는 거였다.

'뒷덜미를 잡아채서 방송국에 던져 넣고 싶네.'

'……네?'

자신도 모르게 툭 내뱉은 말에 함께 있던 작가가 되물었다.

'아닙니다. 아무것도.'

'아아, 네…….'

휘가 싱긋 웃어 주자 작가는 홍조 띤 얼굴로 머리칼을 귀 뒤로 쓸어 넘겼다. 휘는 시선을 돌려 계속 바깥의 여자를 응시했다. 보기만 해도 답답증을 맥스로 향하게 하는 여자인데 이상하게도 시선을 떼기가 어려웠다. 뭐랄까, 고군분투하는 작고 귀여운 동물을 보고 있는 느낌이랄까?

그때, 할머니의 리어카에서 위태롭게 흔들리던 폐지들이 우르르 자동차 도로 위로 떨어졌다.

'뭐 하는 거야!'

도로에 주차되어 있던 자동차의 주인으로 보이는 남자가 때마침

이 모습을 봤는지 주위가 쩌렁쩌렁하게 큰소리를 냈다. 조폭같이 인상도 험악한 차 주인은 제 차 앞에 폐지가 떨어져 있는 상황을 보더니 당장 때리기라도 할 것처럼 할머니에게 거친 액션을 취했다.

'늙었으면 집에나 박혀 있을 것이지 왜 리어카 끌고 다니면서 멀쩡한 사람들에게 피해를 주고 지랄이야, 지랄이?!'

'미, 미안합니다……'

노쇠한 할머니가 굽은 허리를 더욱 깊게 숙이며 사죄를 하고는 떨어진 폐지를 줍기 시작했다. 그 옆에서 여자도 남자의 눈치를 살피며 빠르게 할머니를 도왔다.

남자는 할머니가 폐지를 줍고 있는 것을 알면서도 위험하게 발길질을 하며 떨어진 것들을 차 댔다.

'빨리 안 치워?! 날도 더운데 짜증 나게 진짜.'

남자가 할머니가 주워 들려는 폐지를 구둣발로 짓뭉개자 제법 가까운 자리에서 이 광경을 모두 보고 있던 휘의 일행들이 분개하며 말했다.

'저런 미친놈을 봤나.'

'세상에…… 너무 심하다.'

'젊은 놈이 인성이 썩어 빠져선.'

'저거 도와줘야 하는 거 아니에요?'

여자 작가 한 명이 할머니가 안쓰럽다는 얼굴로 말했지만, 누구도 선뜻 몸을 일으키진 않았다.

그때였다.

'야! 너 뭐라고 그랬어!'

여자가 뭐라고 했는지 남자가 얼굴이 벌게져선 여자에게 달려들었다. 그러자 순식간에 리어카 근처에 있던 모든 사람들이 그쪽으로 몰려들었다.

뭐라고 한 거지?

사람들이 몰려들었지만 휘는 약간 높은 위치인 테라스에 앉은
터라 그 상황이 잘 보였다.

'아, 아저씨가 잘못하셨잖아요. 폐지를 일부러 떨어뜨린 것도
아니고……. 리어카 끌고 다니는 게 부, 불법이라도 되나요?'

'뭐? 누가 잘못해?!'

'아저씨가 잘못하셨어요. 할, 할머니한테 이렇게까지 하실 필
요는 없는 건데.'

여자는 얇은 목소리에 힘을 주어 제법 큰 소리를 내고 있었다.
의외의 모습을 흥미롭게 보고 있는데 옆에 있던 작가가 소곤거리
며 말했다.

'어머, 저 아가씨. 엄청 떨면서 당차게 말하네?'

'그르게.'

'아! 어디서 봤나 했더니. 나 저 사람 알아. 라디오국 이루리
피디라고, 그 사람 여동생이야. 이름이 이결 아였나?'

'아, 그 목소리 크기로 유명한 이루리 피디?'

그래, 그런 이름이었지.

'어? 휘 씨. 어딜……'

휘가 모자를 들고 몸을 일으키자 작가들의 의문스러운 시선이
그를 향했다. 깊이 모자를 눌러쓴 휘가 사람들이 몰려든 쪽으로 다
가가자 남자의 걸걸한 목소리가 울려 퍼지고 있었다.

'넌 뭔데 시끄럽게 앵앵거려? 잘못은 누가 저질렀는데 불법
운운하고.'

'아, 아저씨는 뭐가 그렇게 당당해요? 지금 아저씨도 도로에

불법 주차 하신 거잖아요!'

몰려든 사람들이 웅성거리는 소리로 주변이 시끌시끌해지기 시
작했다.

'저 아가씨 말이 맞네.'

'똥 묻은 개가 겨 묻은 개 나무란다더니.'

'인간이 덜 된 거지. 경로사상도 모르나? 말세야, 말세. 도와주
지는 못할망정 아까 저 할머니가 줍던 폐지 발로 뭉개는 거 봤
어? 신고해야 되는 거 아니야?'

급기야 신고라는 말까지 나오자 남자가 갑자기 여자 쪽을 향해
달려들었다.

'히익!'

여자가 비명을 지르며 제 머리를 감싸는 것을 보고 휘는 저도
모르게 발걸음이 빨라졌다.

'에잇!'

쿠당탕! 여자에게 달려들 줄 알았던 남자가 가만히 서 있던 리
어카를 밀어 넘어뜨렸다. 그러곤 신경질적으로 차 문을 열고 운전
석으로 들어서는 모습을 보고 휘는 우뚝 걸음을 멈췄다.

……뭘 하려던 거야.

얼굴이 알려진 사람이 사람들이 몰려 있는 쪽으로 오다니. 매끈
한 이마를 찌푸리고 몸을 돌리는데 뒤에서 목소리가 들렸다.

'수고했어, 아가씨.'

'몸집은 작은데 아주 당차네. 응? 무서웠을 텐데. 훌륭해.'

'고마워요. 학생.'

'아…… 감사합니다.'

힐긋 쳐다보니 여자는 땀이 송골송골 맺힌 이마를 닦으며 할머

니를 향해 웃었다. 저 창백하게 질린 얼굴을 보니 보통 용기 낸 것이 아니라는 것을 알 수 있었다.

'…….'

다시 고개를 돌리고 스태프들이 있는 곳으로 걸어가는데 뒤에 있는 여자가 자꾸 신경에 밟혔다. 전에 풍선을 아이에게 돌려준 뒤처럼, 혼자 심호흡하다가 털썩 자리에 쓰러지는 건 아닌지 쓸데없는 걱정까지 들었다.

무슨 상관이야.

모자챙을 깊숙이 눌러쓰며 휘는 다시 카페로 향했다.

'휘 오빠!'

그런 일이 있고 며칠 후, 방송국에 들렀다가 자신을 부르는 하이톤 목소리에 고개를 돌렸다. 보아하니 어디선가 봤던 신인 여배우였다. 얘 이름이 뭐더라? 기억이 나지 않아 눈을 가늘게 뜨고 쳐다보니 여자는 생글생글 웃으며 말했다.

'안녕하셨어요? 전에 시상식 때 보고 처음 뵙는데 너무 반가워요! 오늘 어쩐 일로 오신 거예요? 혹시 드라마 들어가세요?'

귀가 아프게 떠드는 이름도 기억 안 나는 여자 뒤에 의상을 잔뜩 든 코디네이터가 따라오고 있었다. 저렇게 앞이 안 보일 정도로 들고 다니면 부딪힐 텐데, 생각하는 순간 정말 맞은편에서 오는 사람과 부딪혔다.

'엇!'

그 코디네이터는 자기가 부딪쳐 놓고는 의상이 바닥에 떨어지자 버럭 성질을 냈다.

'뭐예요! 이게 얼마짜린 줄 알아요?!'

'죄, 죄송합니다.'

자기가 부딪친 것도 아닌데 넙죽넙죽 사과하는 저 야구 모자를 쓴 여자의 뒷모습은……

……결아?

앞에 있던 여배우의 이름을 제치고 먼저 떠오른 건 저 소심한 여자의 이름이었다.

'똑바로 좀 보고 다녀요!'

'네. 죄송합니다. 정말 죄송…….'

연신 꾸벅이며 멀어지는 여자를 보니 역시 그때 일은 우연인 모양인지 또다시 소심하기 짝이 없는 모습으로 돌아와 있었다.

'오빠. 그래서요. 다음 주에 제 생일 파티가 있거든요. 혹시 시간 되시면…….'

신인 여배우의 떠드는 소리는 이젠 아예 들리지도 않았다. 그저 이제 거의 시야에서 사라질 정도로 멀어진 그 여자만 눈에 들어올 뿐.

전혀 눈에 안 띌 것 같은 여자인데, 왜 자꾸 내 눈에 띄는 걸까.

이쯤 되니 왠지 슬슬 짜증이 났다. 저 여자가 무언가 신경을 거슬리게 한다. 알 수 없는 무언가를 자꾸 건드는 느낌……. 답답증 때문일까? 왜 알지도 못하는 여자를 내가 이렇게 생각하고 있어야 하는 거지?

그렇게 생각하던 때에 방송국 비상구 사건이 터졌다.

'죄, 죄송합니다!'

그리고 그녀와 처음으로 제대로 대면하는 순간 묘한 미소가 흘렀다.

……차라리 잘됐군.

넌 전혀 모르겠지만 지금까지 네가 날 꽤 거슬리게 했거든. 그런데 이렇게 네가 먼저 얽혀 들어와 주니 고마운 일이지. 안 그래?

과거의 생각에 빠져 쿡쿡 웃던 휘가 방금 전 식탁 앞에서 창백해지던 결아를 떠올렸다. 그러자 그의 얼굴에 번졌던 미소가 싹 사라졌다.

"그런데, 대체 내가 뭘 어쨌다고 그렇게 떨어?"

젠장. 다시 기분이 나빠졌다.

집으로 돌아온 결아는 그가 떠안겨 준 DVD를 틀고 새벽 늦게까지 휘가 출연한 드라마를 봤다.

"이렇게 보니 휘가 왜 그렇게 인기가 있는지 조금 이해가 가네."

결아가 자기도 모르게 중얼거렸다. 솔직히 드라마 속의 휘는 충분히 매력적이었다. 조금은 철이 없지만 사랑하는 여자에게는 모든 걸 쏟아부을 정도로 정열적인 재벌 3세 역은 휘와 딱 잘 어울렸다. 그 무섭던 남자가 이렇게 멋있게 보일 정도였으니까.

"에잇, 씻고 잠이나 자자."

결아는 자꾸 머릿속에 떠도는 휘의 얼굴을 지우기 위해 드라마를 끄고 벌떡 일어나 욕실로 향했다. 욕실에 들어서자 거울이 딱 보였다. 거울 속의 자신을 보던 결아는 곰곰이 기억을 떠올렸다.

"가만……."

결아가 눈앞에 비친 자신의 얼굴을 보며 표정을 이리저리 바꾸기 시작했다.

"어떻게 했더라? 이랬던가?"

비열해 보이는 웃음을 짓는 휘의 표정을 떠올리며 입꼬리를 삐죽 치켜올렸다.

"그런데 어쩌지? 난 그러고 싶지 않은데?"

드라마의 대사를 따라 하며 이죽거리던 결아는 거울 속의 자신의 얼굴을 보고 흠칫했다.

"으앗! 전혀 안 닮았어!"

결아는 닭발처럼 오그라든 자신의 두 손으로 얼굴을 가렸다. 그 남자는 그렇게 멋있었는데 난 이게 뭐야? 창피해! 그걸 또 왜 따라 하고 있어,·으휴! 결아는 저 혼자 있는 욕실 안인데도 창피함에 온몸을 파르르 떨었다.

"인공 조미료가 팍팍 들어간 대사를 치는 그 남자한테 속으면 안 되지. 암. 평소엔 얼마나 성격 나쁜 대마왕인데……. 뻑하면 야, 노예! 아니 이 톤이 아닌데……. 야, 노예. 야, 노예? 이건가?"

입술을 삐죽이며 휘의 음성을 흉내 내던 결아가 한숨을 포옥 내쉬었다.

"그래도 드라마 속의 그 남자는…… 비열해도 역시 멋있긴 하더라."

만약 현실의 선우휘를 모르고 드라마만 봤다면 자신도 남들처럼 선우휘앓이를 할 수도 있었을 거다. 하지만 현실에서의 그는 결아에게는 너무나 무서운 '갑' 님이셨다.

"환상과 현실은 이렇게 다른 거라니까."

결아가 꼬물거리며 손가락을 펴서 천천히 하나씩 접었다.

"하루, 이틀, 사흘……. 노예 해방까진 앞으로 80일 남았네."

벌써 열흘이나 지나다니. 생각보다 시간이 빨리 지나는 것 같아 다행이라는 생각이 들면서도 앞으로 80일이나 남았다는 생각에 또 한편으로는 막막해졌다.

씻고 방으로 돌아온 결아는 비장한 표정으로 서랍에서 일기장을 꺼냈다.

「20○○년 8월 ○○일

80일.

앞으로 80일만 버티면 그 심장 떨리게 만드는 무시무시한 남자에게서 해방될 수 있다.

부디 그때까지만 버텨 주렴. 내 비리비리한 심장아. 콩알만 한 간아!」

"부디 부탁해. 내 오장육부들아."

자신의 장기에게 응원의 말을 읊조린 결아는 컴퓨터를 끄고 꾸물꾸물 침대 속으로 파고들었다.

"안녕하세요."

소심한 목소리로 옹알거리며 등장한 결아는 모자로 얼굴의 절반을 가리고 있었다. 영화를 보고 있던 휘가 결아를 힐긋 보고는 시선을 다시 화면으로 돌렸다.

"저……."

결아가 조심스럽게 휘에게 다가가서 무언가를 건넸다.

"이게 뭐야?"

A4 용지를 건네받은 휘가 물었다.

"드라마 감상문 써 오라고……."

"아아."

그랬지, 참. 휘가 그제야 생각났다는 듯 종이에 시선을 두자 결아가 물러섰다.

"저기, 그럼 청소할게요."

"그래."

가방을 내려놓고 다이닝룸으로 들어가던 결아는 어딘가 이상한 기분에 다시 슬며시 뒤돌아봤다.

아아. 안경. 안경 때문이구나.

두꺼운 뿔테 안경을 끼고 있는 휘는 생소했다. 깔끔한 면티와 블랙 슬랙스 차림인데도 연한 갈색 머리칼과 창백한 피부가 마치 영국의 유명 모델 같은 분위기를 풍기기도 했다. 역시 사람은 본판이 중요해. 저런 헐렁한 면티를 입으면 보통은 없어 보이기 딱 좋은데 어쩜 저렇게 스타일리시해 보이냐고. 아마 나 같으면 노숙자 같을걸.

결아는 속으로 구시렁거리며 청소를 시작했다. 며칠간 닦아 댄 덕에 모든 곳이 반들반들 윤이 날 정도였지만 청소에 한이 맺힌 사람처럼 청소에만 몰두했다. 뭐든 하나에 집중하면 성에 찰 때까지 완벽하게 해내는 그녀였으니까.

어느새 청소를 끝낸 결아가 난감한 표정을 지었다.

……어쩌지? 깨워야 되나?

휘가 소파 위에서 잠들어 있었다. 자는 모습도 우아한 남자를 내려다보며 깨워야 하나 말아야 하나 한참 고민하던 결아가 결심했는지 다가갔다.

"저…… 저기요."

조심스럽게 불러 봤지만 역시 휘는 미동이 없었다.

"저기요."

한 번 더 옹알이해 봤지만 이번에도 아무런 반응이 없었다. 결아는 할 수 없이 소심하게 손을 뻗어 휘의 어깨를 살살 흔들었다.

"저기, 청소 다 했……! 엄마야!"

갑자기 휘가 팔을 뻗어 결아를 자신의 품으로 끌어당겼다. 느닷없이 휘의 품에 안기게 된 결아가 눈을 크게 떴다.

"……채은아."

잠에 취한 듯 낮게 잠긴 휘의 목소리에 결아가 멈칫했다.

누……구? 채은이?

처음 듣는 여자 이름에 잠시 멍하게 있던 결아가 퍼뜩 정신을 차렸다.

"저, 저기요! 전 채은이가 아니라구요! 이봐요! 이거 좀 놔요. 놓으라니까요?"

결아가 빠져나오려 온 힘을 다해 발버둥 치자 휘가 그제야 눈을 떴다.

"……어?"

헉헉거리며 숨을 몰아쉬는 결아의 새빨개진 얼굴을 본 휘가 대번 인상을 썼다.

"뭐야? 지금. 누굴 덮치려고?"

결아가 억울하다는 듯 소리쳤다.

"더, 덮치다니 누가요! 청소 다 해서 깨우려는데 그쪽이 막무가내로 껴안았잖아요."

"내가? 그럴 리가."

"막! 막! 뭐였지? 그래! 채은! 채은이라고 부르면서……."

"……누구?"

휘의 얼굴이 순간적으로 굳어 결아가 이상하다는 표정으로 보고 있자 그가 언제 그랬냐는 듯 다시 평소 같은 얼굴로 말했다.

"뭐, 잠결에 착각한 모양이지. 그런데 넌 언제까지 내 몸 위에 올라타고 있을 거야?"

"네? 오, 올라타다니…… 헉!"

결아는 자신이 휘의 몸 위에 올라가 있다는 사실을 그제야 깨닫고 파다닥 떨어져 나왔다.

"죄, 죄송합니다!"

아니 끌어당긴 건 저쪽인데 왜 내가 사과하는 거지? 발갛게 익은 얼굴로 시근덕거리면서도 결아는 왠지 억울한 기분이었다.

휘는 태연하게 소파에서 일어나 기지개를 켜며 말했다.

"청소 끝났으면 식사 준비 해."

"……네."

결아는 억울한 마음을 구겨 넣고 잘 익은 홍시 같은 얼굴로 도망치듯 뒤돌아섰다. 종종거리며 식당으로 들어온 결아는 두두두두 울리고 있는 심장을 진정시키느라 이리저리 서성였다.

심장이 왜 이래? 미쳤나!

쿵떡이는 심장을 다스리려 했지만, 오히려 터질 듯 심해지고 있었다. 비록 다른 여자와 착각한 것일지라도 포옹…… 포옹이라니! 휘와 포옹이라니?!

쿵쾅쿵쾅쿵쾅! 엇! 심장 박동이 더 빨라진다! 이러다 심장 발작으로 사망에 이르면 내일 모든 포털 메인에는…….

「선우휘 자택에서 이 모양(25세) 심장 발작으로 사망. 그의 저택에서 발견된 노예 계약서로 밝혀진 둘의 관계는…….」

"그, 그건 절대 안 돼!"

뉴스를 보고 시름에 잠긴 루리 언니가 술독에 빠져 찌개에 머리를 담그고 괴로워하다 한강 다리 위로 올라가는 데까지 생각이 미치자 결아는 머리를 세차게 붕붕 저었다.

정신 차리자! 정신! 죽더라도 절대 이 남자 집에서 죽을 순 없어! 무사히 노예 임기를 마치고 모든 것을 깨끗이 처리한 후…….

"뭘 처리해?"

"헉!"

갑자기 뒤에서 들려온 목소리에 결아는 심장이 입 밖으로 튀어나올 뻔했다. 돌아보니 언제 온 건지 휘가 뒤에 서 있었다.

"모든 것을 깨끗이 처리한 후, 뭘 어떻게 한다는 건데?"

휘의 말에 결아의 얼굴이 창백해졌다.

"……제, 제가 그걸 입 밖으로 주절거렸나……요?"

"아니면 내가 어떻게 알겠어?"

헉…….

돌하르방처럼 딱딱하게 굳어 있는 결아를 슥 지나친 휘가 정수기에서 물을 따랐다.

"식사 준비 하라고 했더니 살해 계획을 세우고 있던 거야?"

"아, 아니에요! 얼른, 얼른 준비할게요!"

결아가 사색이 되어선 냉장고 쪽으로 달려갔다. 막 냉장고를 열던 결아는 퍼뜩 생각난 것이 있어 뒤돌아봤다.

"그런데, 저기……."

뒤돌아보니 휘는 거대한 식탁 앞에 긴 다리를 척 꼬고 앉아 있었다. 그가 무슨 말이냐는 듯한 눈으로 보자 결아가 말했다.

"아, 배우들은 먹는 것도 하나하나 다 식단 짜서 트레이너가 관리해 준다던데…… 아무거나 만들어도 괜찮을지 해서요……."

"아직 작품 컨택 전이니까 상관없어. 그리고 난 평소에 꾸준히 운동으로 관리를 하고 있고. 내 몸 봤으니 알 텐데?"

휘의 의미심장한 말에 아까의 상황과 더불어 전에 본 벗은 상체가 저절로 떠올랐다. 탄탄한 가슴팍과 꽉 조여진 올록볼록 식스팩 복근이 막 뭉게뭉게 떠오르자 결아는 고개를 푸르르 저었다. 안 돼! 사라져!

결아가 가까스로 정신을 차리고 다시 물었다.

"저, 그럼 뭐 드시고 싶은 거라도 있으세요?"

"고칼로리만 아니면 돼. 이왕이면 밥이 좋고."

"아, 밥. 알겠어요."

다시 냉장고로 고개를 돌리며 결아가 갸웃거렸다.

……밥이라니 한식을 좋아하나? 생긴 건 꼭 아침엔 블랙커피, 점심엔 브런치, 저녁엔 파스타나 스테이크만 먹게 생겨선.

생각보다 토속적인 입맛이라고 생각하며 결아는 만만한 김치찌개를 만들기로 했다. 김치 통에서 꺼낸 잘 익은 신 김치를 조심스럽게 썰던 결아가 또 고개를 돌렸다.

"저……."

"이번엔 또 뭐야?"

휘가 식탁 앞에서 배고파 죽겠다는 얼굴로 인상을 썼다.

"그냥 궁금해서 물어보는 건데요."

"웬일이야? 나 나오는 드라마 한 편도 안 본 주제에 나에게 궁금한 게 있어?"

"아, 하하하……."

휘가 입술을 비틀며 뒤끝 작렬함을 보이자 결아가 민망하게 웃었다.

"뭔데, 궁금한 게."

"저기, 휘 씨는 혼자 사시잖아요. 근데 냉장고가 너무 꽉꽉 차 있는 거 같아서요. 상해서 다 버리게 될까 봐 걱정도 되고……."

휘의 한쪽 눈썹이 치켜 올라갔다. 드디어 자신에게 궁금한 것이 생겼나 했더니 고작 음식 쓰레기 걱정이었나.

"그런 영양가 없는 질문 하려고 내 식사 시간을 늦춘 거냐?"

"아, 죄송합니다."

싸늘한 휘의 말에 결아가 얼른 몸을 돌려세웠다. 그래, 노예 주제에 무슨 참견질이래……. 결아가 시무룩하게 다시 칼질을 시작하는데 나지막한 목소리가 들려왔다.

"……정석이가 한 거야."

"네?"

결아가 뒤를 돌아보자 휘가 삐딱한 표정이지만 조금 전같이 차갑진 않은 눈빛으로 그녀를 보고 있었다.

"냉장고. 그거 정석이가 채운 거라고."

"아아. 그래요? ……그렇구나."

대답해 준 것이 뭐 기쁜 일이라고 결아는 뿌듯한 얼굴로 다시 음식을 하기 시작했다. 그런데 시간이 갈수록 뒤에 앉아 있는 휘가 점점 신경 쓰이기 시작했다.

설마 저기 계속 앉아서 지켜볼 셈인가? 뒤에서 휘가 자신을 보고 있다고 생각하니 잔뜩 긴장이 됐다. 아, 불편해, 불편해, 너무 불편……

"아얏."

짧막한 비명이 새어 나오자 휘가 곧장 의자에서 일어났다.

"뭐야? 베였어?"

휘가 일어나는 소리가 들리자 결아는 움찔 놀랐다. 동시에 어떤 장면이 머릿속으로 휙 지나갔다.

그, 그러고 보니 저 남자가 나온 드라마에서 여주인공이 요리하다 손가락을 베니까 다가가서 입술로 쭙쭙 빨아 주는 장면이 나왔던 것 같은데……?

어느새 휘가 성큼 다가와 있었다. 그가 가까이 다가오자 순간 훅, 하고 익숙한 향기가 콧속으로 밀려 들어왔다. 뭐지? 뭔가 남성적이고 상쾌한 향기는……. 아! 향기의 정체가 아까 이 남자에게 안겼을 때 느꼈던 체취라는 걸 깨닫자 결아의 얼굴이 새빨갛게 달아올랐다.

어쩜 좋아. 또 생각났잖아!

결아가 달아오른 얼굴을 숙이자 가까이 다가온 휘가 진지한 얼굴로 말했다.

"어디 봐."

"괘, 괜찮, 괜찮습니다."

"혼난다."

휘가 강압적으로 결아의 손을 확 낚아챘다. 휘의 시선이 자신의 손가락에 닿자 결아는 드라마 속의 장면이 머릿속에 오버랩 됐다.

서, 설마? 진짜로 그거?!

드라마처럼 여기서 자신의 손가락을 가져가 저 관능적인 입술로 물고 시선을 똑바로 올려 눈을 맞추는 휘의 모습을 상상하자 결아는 숨이 턱 막혔다. 아, 안 돼. 그건 심장이 버티질 못⋯⋯.

"멍청하긴. 김치 하나 못 썰어?"

휘가 방울방울 피가 맺힌 결아의 손가락을 보고 인상을 확 구기자 결아가 민망한 기분으로 얼른 손을 빼어 내 뒤로 감췄다.

"뒤에 계셔서 저도 모르게 기, 긴장이 되어 그만⋯⋯."

나도 참, 대체 무슨 상상을 한 거야? 평소 드라마 여주인공과 자신을 동일시한 적은 없는데, 아무래도 남주인공인 배우가 눈앞에 있어서 이런 말도 안 되는 상상을 한 모양이었다.

결아가 민망함으로 얼굴이 붉어져 고개를 숙이는데 휘는 선반에서 구급상자를 꺼내 싱크대 위에 턱 하니 올렸다.

"손 이리 줘."

"제가 할⋯⋯."

"빨리 줘. 네 피 들어간 김치찌개 먹을 생각 없으니까."

"⋯⋯네."

결아는 할 수 없이 숨긴 손을 빼꼼 내밀었다. 팔을 홱 낚아챈 그가 능숙하게 지혈을 하더니 연고를 발랐다. 결아는 그의 섬세한 손가락이 자신의 상처를 치료하는 모습을 신기한 눈빛으로 바라봤다.

"상처는 깊지 않네."

"다행⋯⋯이네요."

빠르게 밴드를 꺼내는 모습을 보며 결아가 눈을 깜빡였다. 되게 익숙해 보이네⋯⋯. 이런 경험이 많나? 응급 처치의 달인이라거나.

"숙련된 조교⋯⋯."

"뭐?"

헛, 나도 모르게 또 입 밖으로 중얼거린 거야?

"아, 아뇨. 아무것도 아니에요."

"넌 도대체……."

휘가 한심하다는 듯 말하면서도 손으로는 야무지게 밴드를 꺼내고 있었다. 그가 손가락으로 시선을 내리자 무척 긴 속눈썹이 시야에 들어왔다.

무슨 남자가 속눈썹이 저렇게 길어?

결아가 신기한 듯 보고 있는데 갑자기 이 남자가 자신의 손을 잡고 있다는 것이 무척 신경 쓰이기 시작했다. 아까의 영향인가? 이건 그냥 치료를 해 주는 것뿐이야. 심장 떨릴 이유는 아무것도 없다고! 그런데 심장은 왜 이리 쿵떡질이야? 게다가 이 남자 체향 때문에 머릿속이 빙글빙글 돈다고!

요란하게 들썩이듯 콩콩거리는 심장 소리가 귓속을 먹먹하게 만들었다. 그때 밴드를 다 붙였는지 그가 손을 놔줬다.

"감사합니다."

결아가 얼른 물러나며 발갛게 달아오른 얼굴로 인사했다. 휘는 구급상자를 선반에 넣더니 몸을 돌렸다.

"빨리 만들어. 뱃가죽이 등에 달라붙게 생겼으니까."

"네. 그럴게요."

"이번엔 손 썰지 말고."

당부하듯 말한 휘가 식당을 빠져나갔다.

"휴……."

안도의 숨을 내쉰 결아가 얼른 다시 요리를 시작했다. 심장의 떨림이 아직 가라앉지 않았지만 뭐, 금방 괜찮아지겠지.

한편 휘는 거실 소파에 앉아 TV를 켜려다 식당 쪽을 힐끔 바라봤다.

긴장한다기에 자리를 피해 줬더니, 정말 그랬던 모양인지 써……걱……써……걱…… 썰던 김치를 썩썩썩 잘만 썰고 있었다.

뭘 저렇게 긴장을 해? 팬심이라면 이해가 가겠지만 그것도 아니고. 세상 모든 여자가 다 내 팬이길 바란 적은 없지만 막상 자신만 보면 도망가려고 발악하는 여자를 보니 심기가 불편했다.

잠시 뒤에 결아가 식당 쪽에서 머뭇거리며 걸어 나왔다.

"저…… 다 됐어요."

연약한 모기 한숨 쉬는 소리로 결아가 말하자 휘는 소파에서 일어섰다.

"그렇게 말해서 들리겠냐."

결아를 스쳐 지나가며 말한 휘가 식당으로 들어가니 아일랜드 식탁 위에 맛깔스러워 보이는 김치찌개가 뚝배기 안에서 보글보글 끓고 있었다. 식탁 앞에 앉으려던 휘가 쳐다보자 결아가 긴장된 눈빛을 했다.

"뭔가 입에 안 맞는 거라도……."

"아직 맛도 안 봤는데 어떻게 알아."

"아, 그렇……죠."

결아가 멋쩍은 표정으로 콧대를 살짝 매만지는데 휘가 식탁 위를 둘러보고는 말했다.

"네 건?"

"네?"

결아가 바라보자 그가 당연하다는 듯 물었다.

"혼자 먹으라고?"

또……? 이미 한 번 겪었던 패턴인지라 결아는 **빠르게** 현실을 직시하고 싱크대로 갔다. 빨리 먹고 가는 게 낫겠어. 이 남자는 자기가 원하는 건 어떻게 해서든 하고야 마는 남자니까.

결아가 밥그릇에 찔끔 밥을 푸는 모습을 보고 휘가 말했다.

"왜 담다 말아? 내가 퍼 줘?"

"아, 아뇨! 아닙니다."

휘의 말에 흠칫 놀란 결아가 얼른 밥을 푹푹 떠 담았다. 꼼수가 들켰다는 당혹감에 정신없이 밥을 푸던 결아가 움찔거렸다. 헉, 너무 많이 담았어!

"뭐 해? 앉지 않고."

"네……."

다시 덜어 낼 타이밍을 놓친 결아가 고봉으로 쌓인 밥그릇을 들고 와 앉았다.

"잘 먹겠습니다……."

마치 사약을 앞에 둔 사람처럼 암울한 얼굴로 젓가락을 집어 드는 결아의 모습을 보던 휘가 자신도 숟가락을 들었다. 국물을 떠 찌개 맛을 본 휘가 흥미로운 표정을 지었다.

꽤 괜찮은데.

첫맛은 칼칼하고 뒷맛에 묘한 감칠맛이 나는 것이 딱 자신의 입맛에 맞았다. 사실 어제 먹은 볶음밥이 상당히 자신의 취향이었던지라 내심 오늘의 식사도 기대가 되긴 했다.

정석은 냉장고는 종류별로 꽉꽉 채워 놓는 데 능했으나 요리엔 영 소질이 없었다. 그렇다고 자신도 요리에 취미가 있는 건 아니라서 아무리 재료가 많아도 대충 때우는 식이었으니까. 그런데 결아가 한 음식은 자신의 입맛에 딱 맞았다. 신기할 정도로.

"맛은…… 괜찮으세요?"

"뭐, 그냥 먹을 만해."

소심하게 묻는 결아에게 휘가 무심한 어조로 말했다.

그래도 못 먹어 줄 정도는 아니라니 다행이다.

결아는 휘의 대답에 내심 안도하며 찌개에서 자신이 좋아하는 말랑말랑한 두부 하나를 건져 올렸다. 결아는 두부를 참 좋아했다. 부드럽고 말랑한 두부를 한입 먹으려는데, 갑자기 인터폰 현관 벨 소리가 요란하게 울렸다.

"어?"

결아가 고개를 번쩍 들었다. 뭐, 뭐지? 누가 온…… 건가?

당황스러운 얼굴로 휘를 보니 눈을 가늘게 뜬 그가 벌떡 일어나고 있었다.

"넌 여기 있어."

그 말만 남긴 휘가 빠르게 식당 안을 빠져나갔다. 혼자 식당에 남은 결아의 커다란 눈이 불안하게 흔들렸다. 그대로 꼼짝도 못 하고 굳어 있는데 밖이 한창 시끌시끌했다.

"어떡해. 정말 누가 왔나 봐."

거실에서 처음 듣는 목소리가 들리자 심장이 쿵쾅거리기 시작했다. 결아는 본능적으로 숨을 곳을 찾았다. 빌트인 된 싱크대 서랍 안에 자신의 몸이 들어갈지 가늠하고 있는데 갑자기 식당 안으로 웬 남자가 불쑥 들어왔다.

"이, 이거 뭐야?!"

결아를 본 남자가 몹시 놀라운 눈으로 소리쳤다.

05.

불편한 관계

　그러니까…… 지금 이 상황은 뭐지?

　결아는 3분 정도 같은 자세를 유지 중이었다. 엘리베이터가 도착하는 소리가 요란하게 울렸을 때부터 내내 한 손으로 숟가락을 쥔 채로 굳어 있었다. 수저 위엔 결아가 좋아하는 말랑말랑한 두부가 올려져 있었다.

　두부가 있는데 왜 먹지를 못하니……가 아니라, 왜 저 반짝반짝 생물들이 내 눈앞에 서 있는 거지?

　선우휘와 함께 한창 인기 배우로 이름을 날리고 있는 강재영과 현석이 갑자기 나타나다니. 믿기 힘든 현실에 결아는 하얗게 질려선 두부를 든 채로 석고상처럼 굳어 있었다.

　"초면에 실례했네요. 아, 전…… 아시죠? 누군지."

　초면에 실례란 방금 자신을 보고 '이거 뭐야.'라고 한 걸 지칭하는 걸까? 언니의 표현을 빌리자면 방긋방긋 웃는 얼굴이 그렇게

고울 수가 없다는, 꽃미남 배우 강재영이 자신의 맞은편에 자연스
럽게 앉고 있었다.

헉! 거, 거긴 왜 앉는 건데요?

"어쩐지 오늘 촉이 딱 서더라니. 이런 일이 있으려고 그랬던 건
가? 선우휘에게 집에서 나란히 밥도 먹는 여자가 있을 줄이야.
응?"

생크림처럼 사르르 녹을 듯한 반달 눈웃음을 지으며 재영이 싱
글거렸다. 그러는 중에도 결아는 여전히 굳어 있었다. 차갑게 식어
가는 두부를 얹은 숟가락을 든 채로.

"반갑습니다. 현석입니다."

이번엔 또 다른 남자가 자신의 앞에 앉았다. 쌍꺼풀 없는 긴 눈
과 날이 선 턱 선, 그리고 검은색 뿔테 안경이 트레이드마크인 현
석. 그는 저음의 목소리가 예술이라고 루리 언니가 그렇게 말했었
지⋯⋯. 언니. 보고 싶어.

"그런 거 아니야."

어느새 본래 자리에 떡하니 앉은 휘가 태연하게 말했다. 세 남
자가 자리에 착석하자 돌덩이가 되어 있는 결아의 신체에서 동공
만이 극심한 지진을 일으키기 시작했다.

수, 숨이 안 쉬어져! TV에서만 보던 그 배우들이 한 명도 아니
고 세 명이나 눈앞에 나타나 에워싸다니⋯⋯. 오, 하느님, 부처님,
알라님, 남녀호랭이님⋯⋯! 이 순간 부디 저를 차원 이동 시키시어
제 방으로 옮겨 주신다면, 제가 가진 모든 재산을 불우 이웃 돕기
에 쓸 테니 제발 저를 이 악의 구렁텅이에서 꺼내 주시옵⋯⋯!

그때 결아의 숟가락 쪽으로 무언가가 쑤욱 다가왔다.

"이거 휘한테 이렇게 먹여 주려고 했던 건가?"

재영이 몸을 앞으로 쭉 내밀더니 싱글거리며 그녀의 숟가락 위에 담긴 하얀 두부를 한입에 쏙 넣었다.

가, 강재영이 내가 먹던 숟가락에 있던 두부를……!

챙그랑! 충격을 받은 결아의 손에서 숟가락이 식탁으로 떨어졌다.

"강재영. 그런 거 아니라고 했잖아."

휘가 눈썹을 치켜올리고 말했다. 하지만 재영은 싱글거리면서도 예리함을 숨기지 않는 눈빛으로 물었다.

"그런 게 아니면 뭔데?"

"얘는 내 노예야."

"……뭐?"

일순 싸한 정적이 식탁 위를 훑었다.

오, 맙소사……. 결아의 얼굴은 그야말로 흙빛이 됐고, 재영과 현석은 눈을 커다랗게 뜨고는 서로 믿기 어려운 듯한 시선을 교환했다. 그 와중에 휘만이 태연자약한 얼굴이었다.

"왜? 뭐 문제 있어?"

결아는 의식이 서서히 멀어지는 기분이었다. 아스라한 의식 속으로 재영의 목소리가 들렸다.

"아아! 알겠다. 그거 말하는 거구나. 사랑의 노예?"

"……어?"

그때 쿵 소리가 나자 세 명의 시선이 소리가 난 쪽으로 몰렸다. 그곳에는 결아가 밥그릇에 얼굴을 박은 채 쓰러져 있었다.

"이결아!"

결아의 깜깜한 의식 속으로 휘의 목소리가 아스라이 점멸됐다.

♡ ♥ ♡

"엇. 깨어난다!"

재영의 말에 휘와 현석의 시선이 동시에 소파 위에 누워 있는 결아에게 향했다.

"으음⋯⋯."

정신을 잃고 누워 있던 결아가 얼굴을 살짝 찡그리고 천천히 눈을 떴다. 시야에 TV에서 많이 보던 남자 세 명이 보였다.

어⋯⋯? 뭐지⋯⋯? 나 TV 켜 놓고 잤나?

결아가 눈을 깜빡이며 주변을 살피는 동안 뿌연 의식이 서서히 돌아왔다. 동시에 저 남신들이 TV가 아닌 이곳에 실제로 존재하는 생물체라는 것을 떠올렸다. 맞다! 여긴 휘의 집이지?!

결아가 벌떡 몸을 일으키자 휘가 그녀의 얼굴을 살피며 물었다.

"괜찮아?"

"아, 아니 제가 어떻게 된⋯⋯."

"너 기절했었어. 오래되진 않았지만."

"네? 기절이요?"

이럴 수가. 이젠 기어이 기절까지 한 건가? 충격을 받아 파르르 흔들리는 결아의 눈동자를 휘가 심각하게 들여다봤다.

"너 원래 자주 이러냐?"

"아뇨. 기절한 적은 없었는데⋯⋯. 아!"

당혹스러운 표정으로 이마를 짚고 있던 결아가 뭔가 깨달은 듯 화들짝 놀라더니 옷매무새를 가지런히 하고 단정히 앉았다.

"본의 아니게 피해를 끼쳐 드려 정말 죄송합니다."

결아가 머리를 깊게 조아리며 사과하자 현석이 말했다.

"그러실 것 없어요. 오히려 우리가 놀라게 해 드려 죄송한데요."

"제가 장난이 너무 지나쳤어요. 미안해요."

현석에 이어 재영까지 풀 죽은 얼굴로 사과하자 결아는 더욱 민망한 표정을 지었다.

"아뇨, 제 잘못이에요. 제가 순간 너무 긴장을 해서……."

"괜찮으니까 사과할 거 없어. 그보다 넌 괜찮아?"

휘가 결아의 얼굴을 들여다보며 물었다.

"전 괜찮아요."

"그럼 일어나."

"네?"

휘가 일어서자 결아가 눈을 깜빡이며 그를 올려다봤다. 그러자 휘가 결아의 팔을 잡고 일으켜 세웠다.

"집에 안 갈 거야?"

"아, 집이요? 집, 집은 가야죠."

급작스러운 물음에 결아가 얼른 고개를 끄덕이자 휘가 결아의 팔을 잡고 엘리베이터 쪽으로 걸어가기 시작했다. 곧장 잡아끄는 손길을 보며 결아는 내심 서운한 기분이었다. 물론 자신이 손님들 앞에서 창피한 모습을 보이긴 했지만, 굳이 끌고 나가지 않아도 내 발로 갈 수 있는데……. 애초에 노예 계약을 하지 않았으면 이런 일도 없었을 텐데 하는 마음에 서운했다.

"저 갈 테니 이것 좀 놔주……."

"오늘은 정석이 없으니까 내가 바래다줄게."

"네?"

의기소침하게 말하던 결아가 고개를 들었다. 그러자 휘가 엘리베이터 버튼을 누르며 그녀를 내려다봤다.

"내가 바래다준다고."

"아! 아뇨. 괜찮아요! 혼자, 혼자 갈 수 있어요!"

격렬히 고개를 저으며 팔을 빼내려 하는 결아의 손을 휘가 더 세게 잡아끌었다. 그러고는 인상을 쓰고 내려다봤다.

"네가 몸이 안 좋아 보여서 특별히 바래다주는 거니까 따라와."

"정말 괜찮아요. 정말이에요!"

휘와 단둘이 차 안에 있는 상황을 상상하고 사색이 된 결아가 고개를 저어 대자 그 모습에 휘의 얼굴이 점점 굳어 갔다.

"괜찮다니…… 꺅!"

휘는 힘으로 결아를 엘리베이터에 밀어 넣고는 문을 닫아 버렸다.

사, 살려 줘!

결아는 소리 없는 절규와 함께 엘리베이터 안으로 사라졌다.

엘리베이터 문이 닫히자 현석과 재영은 서로 말없이 시선을 맞췄다. 의미심장한 미소를 지은 재영이 현석에게 말했다.

"넌 어떻게 생각해?"

재영의 물음에 현석이 곧게 앉은 채 진지한 얼굴로 말했다.

"진맥해 보기론 저 여자는 상당히 심약한 체질인 것 같……."

"아니, 그거 말고. 휘와 저 여자와의 관계 말이야."

"관계? 무슨?"

현석이 무슨 소리인지 모르겠다는 표정으로 바라보자 재영은 답답한 얼굴을 했다.

"저 녀석이 노예니 뭐니 하는 걸 키울 성격이 아니잖아. 아닌 척해도 저 여자한테 마음이 있는 거야. 노예는 분명 구실일 거라고."

"흐음, 그런가."

현석이 무심하게 대꾸하며 막걸리병을 들었다.

"넌 관심 없어?"

"관심이라……."

재영의 재촉에 현석은 방금 전에 사라진 여자를 떠올렸다. 동그란 눈으로 어쩔 줄 몰라 하는 여자의 얼굴이 묘하게 뇌리에 남았다.

현석이 대답 없이 앉아 있자 재영이 어깨를 으쓱이고는 잔을 내밀었다.

"에이, 됐다. 너도 이런 데는 영 재미없다니까. 나도 한 잔 따라줘."

재영이 내민 잔에 막걸리를 따라 주며 현석이 말했다.

"솔직히 관심은 있는데."

그의 말에 재영이 곧장 눈을 반짝였다.

"오, 거봐! 역시 너도 관심 생기지? 휘 녀석 오랜만이잖아. 한동안 여자는 본 척도 안 했으니. 이야, 이게 얼마 만의 분홍분홍한 기운이냐. 응? 노예니 뭐니 사실 다 핑계가 분명해. 저 녀석이 아무리 그래도 그런 유치한 게임 같은 걸 왜 하겠어. 안 그래?"

"……."

재영이 즐거운 얼굴로 떠들어 대는 사이 현석은 조용히 막걸리만 마셨다.

지하 주차장에서 휘가 손수 차 문을 열어 줬는데도 타지 않고 버티고 선 결아가 옹알거렸다.

"전 정말로, 정말로 괜찮아요. 바래다주시지 않아도……."

"타. 빨리."

아무리 그래도 둘만 있는 차에 탔다간 또 기절할지도 몰라 결아가 머뭇거리고 있자, 휘가 눈을 부라렸다.

"자꾸 말 두 번씩 하게 할 거야?"

"······탈게요."

결아는 할 수 없이 그제야 조수석에 올라탔다. 휘가 운전석에 타자 결아는 식은땀을 흘리며 안전벨트를 매려고 했다. 그런데 안전벨트를 매려는 손가락이 바들바들 떨려 제대로 끼우질 못했다. ······큰일이야. 결아는 마른침을 꿀꺽 삼켰다. 넓은 휘의 집에 있을 땐 좀 나아졌는데 이렇게 좁은 공간에 둘만 있다고 생각하니, 생각만으로도 패닉이 될 것만 같았다.

"그런 것도 못 하냐."

휘가 결아 쪽으로 상반신을 기울이자 그의 얼굴이 순식간에 가까워졌다.

어어······. 좁은 공간에서 갑자기 밀착되자 결아가 흡 숨을 들이켰다. 휘가 팔을 뻗어 결아의 벨트를 매 주고 있었다. 그때 아까 그 향기가 코끝을 스쳤다. 숨을 들이마실 때마다 후각을 자극하는 남성적이고 시원한 향기에 결아는 자기도 모르게 아까 일을 떠올렸다.

이 남자의 품에 얼떨결에 안겼던 때와 똑같은 체향에 저절로 그일이 오버랩 됐다. 안 돼. 잊자, 잊어! 결아가 필사적으로 자신을 다잡는 사이 벨트를 매 주고 자기 자리로 돌아간 휘가 차를 출발시키며 말했다.

"원래 그래?"

"네? 뭐가······요?"

머리를 과하게 흔들었는지 결아가 어질어질한 현기증을 느끼며 휘를 바라봤다. 휘는 본능적으로 차 문 쪽에 바짝 달라붙은 결아를 힐긋 쳐다봤다.

"원래 그렇게 소심의 극치를 달리는 성격이냐고."

"아. 좀…… 그런 편이에요. 많이 보셨으니 아시겠지만요."

결아가 어색한 웃음을 보이자 휘가 무감한 목소리로 말했다.

"그런 식으로 살면 인생이 너무 피곤하지 않아?"

"물론 피곤하지만 저도 이러고 싶어서 이렇게 사는 건…… 아니랍니다."

결아가 나름의 항변이 담긴 옹알이를 하고 있는데 휘가 부드럽게 운전대를 돌리며 말했다.

"하긴 피곤하게 살고 싶어서 일부러 그렇게 사는 사람은 없겠지."

윽. 맞는 말이라 반박을 할 수가……. 정곡을 찔린 결아는 입술을 삐죽이며 다시 창밖으로 고개를 돌렸다. 서운하긴 했지만 그의 말이 맞다는 걸 알기에 뭐라 대꾸할 말도 없었다. 설사 솔직한 사정을 말한들, 휘같이 매사에 강한 사람은 자신을 절대 이해할 수 없을 거였다.

아무리 그래도 처음 본 여자가 뜬금없이 기절하다니……. 그 사람들도 얼마나 기분이 나빴을까? 아아, 나는 정말 왜 이 모양이지?

차창 밖에 시선을 고정한 결아의 표정이 점점 어두워졌다.

지나가던 운전자가 시꺼먼 눈 밑을 하고 창문에 달라붙어 있는 여자의 얼굴을 보고 기겁하는 것도 모른 채 결아는 음침하게 자기 혐오에 빠져 있었다. 늙어 죽을 때까지 계속 이렇게 소심하게 살아야 할지도 모른다고 생각하니 모든 것이 슬퍼졌다. 이대로 일도 못 하고, 백수처럼 집에 박혀서 평생 언니 등골이나 빼먹으며 얹혀살면, 언니는 나 때문에 시집도 못 가고…….

미안함에 눈물이 그렁그렁 차오르는데 옆에서 휘의 목소리가 날아들었다.

"이제 얼굴에 붙은 그 밥풀 좀 떼지 그래?"

"……네?"

감상에 젖어 있던 결아가 깜짝 놀라 얼른 자신의 얼굴을 손바닥으로 더듬었다.

"헉!"

선명하게 만져지는 이 밥알은……! 결아의 커다란 눈이 이리저리 흔들렸다.

지, 지금까지 이 얼굴로 그 집에 있었단 말인가?! 안 돼!

결아의 얼굴이 절규 어린 뭉크가 되는 것을 보며 휘가 웃음을 흘렸다. 그래도 우울한 얼굴보단 저게 보기에 낫다고 생각하며.

휘의 집에 청소하러 가야 했지만 결아는 아직 가지 못했다. 음울한 얼굴로 방 모서리에 오도카니 앉아 고뇌에 빠져 있었다.

"어쩌지……."

연예인을 봤다는 이유로 기절까지 한 데다, 얼굴에 밥풀을 덕지덕지 붙이고 있었다니…….

"아아! 생각만 해도 너무 부끄러워!"

결아가 창피함으로 새빨개진 얼굴을 두 손으로 감싸고는 휙 몸을 날렸다. 꼬물거리며 침대 밑으로 기어 들어가 어두운 공간에 몸을 숨기자 어두컴컴한 침대 밑은 마음의 안정을 줬다. 하아, 숨으니까 좀 낫네. 이대로 여기에서 안 나가면…….

"정신 차려. 이결아. 넌 노예라고, 노예!"

잠시 갈등하던 결아가 스스로를 타박하며 침대 밑에서 꾸물꾸물 기어 나왔다.

"그래. 가자. 노예에게 주인을 거부할 권리란 없어. 노예 해방의 날까진 한낱 저당 잡힌 인생에 불과할 뿐."

결아는 욕실로 가 정신이 번쩍 들 정도로 차가운 물에 당차게 세수를 했다. 옷을 갈아입은 뒤 야구 모자를 대충 눌러쓰고 집을 나서려는데 갑자기 전화벨이 울렸다.

— 사노라면~ 언젠가는~ 바맑은 날도 오겠~

갑자기 울린 전화벨 소리에 결아의 심장이 바닥으로 쿵 떨어졌다. 서, 설마 왜 아직도 안 오냐는 독촉 전화인…… 어? 그 남자가 아니네? 액정에 떠 있는 건 다행히도 휘의 번호가 아닌 정석의 번호였다.

"여보세요?"

— 결아 씨, 전데요. 형 해외 광고 촬영이 급작스럽게 당겨져서 오늘 밤에 출국하거든요. 5일간 안 오셔도 돼요.

"아, 그렇구나. 알겠어요. 조심히 잘 다녀오세요."

그럼 그 남자를 5일 동안 안 봐도 되는 건가? 전화를 끊은 결아가 안도의 한숨을 크게 내쉬었다.

"다행이다……."

"뭐가?"

"꺅!"

결아가 뜨악한 표정으로 뒤돌아보니 그곳엔 루리가 서 있었다.

"어, 언니? 집에 있었어?"

"어제 새벽부터 있었다. 몰랐냐?"

"으응. 몰랐어."

워낙 늦게 들어오는 날이 많은 루리였던지라 결아는 언니가 퇴근하고 들어왔다는 걸 다음 날 출근할 때에야 알게 되는 경우가 많았다.

"그런데 뭐가 다행이라는 건데?"

루리가 막 잠에서 깬 듯 까치집 진 머리를 긁적이며 물었다.

"아, 아무것도 아니야."

결아가 얼버무리려 하자 루리가 눈을 가늘게 뜨고 쳐다봤다.

"근데 너 또 울었냐? 왜 눈이 개구리가 돼 있어?"

"응? 아, 아니. 울긴 누가 울어."

결아가 본능적으로 모자를 더욱 깊게 눌러썼다.

"이상한데?"

루리가 미심쩍은 시선으로 고개를 숙여 결아의 얼굴을 확인하려 하자, 결아가 철벽 방어를 하며 요리조리 피했다. 매의 눈으로 집요하게 좇던 루리가 결국 포기했는지 몸을 돌렸다.

"누가 못살게 굴면 언니한테 말해. 혼내 줄 테니까."

……혼내 준다고? 결아는 루리의 말에 언니를 빤히 바라봤다. 욕실에 들어가려던 루리가 늘어지게 하품을 했다. 결아는 그것이 꼭 사자의 용맹한 포효 소리처럼 들렸다. 거기다 루리의 이리저리 뻗친 머리카락이 꼭 사자의 갈기처럼 보이기도 하고…….

한번 말해 볼까?

혹시 언니가 자신의 이 비천한 노예 신분에서 벗어나게 해 줄지도 모른다. 결아가 침을 꼴깍 삼키고는 루리를 불렀다.

"저…… 언니."

"응?"

자신을 부르는 목소리에 루리가 머리를 벅벅 긁으며 돌아봤다.

"있잖아. 만약에, 아주 만약에, 아주 마아아안야아아약에 말이야."

"응. 마아아아아안야아아악에. 뭐?"

"그……러니까. 그…… 언니가 항상 말하던 남자 배우들 있잖아. 선우휘랑……."

"강재경, 현석?"

"만약 그 사람들이 언니 눈앞에 갑자기 떡 나타나면 언니는 어떨 거 같아?"

결아는 심각한 얼굴로 질문했지만, 루리는 단 1초의 고민도 없이 단박에 대답했다.

"어쩌긴. 일단 우리 방송에 한번 나와 달라고 빌고, 그다음엔 난 어떠냐고 묻고, 우리 연애 한번 해 보면 어떻겠냐고 한 놈씩 붙잡고 물어봐야지?"

"아아……."

예상치 못한 대답에 결아의 눈이 흔들렸다. 그러다가 가까스로 다시 정신을 다잡고 물었다.

"그럼 그 사람들 앞에서 언니가 너무 놀라 기절했다면……?"

"얘가. 아깝게 왜 기절해? 내가 기절시켜서 보쌈해도 모자랄 판인데."

……안 되겠어. 결아가 자신이 헛된 기대를 했다는 것을 깨닫고 입맛을 쓰게 다시는데 루리가 물었다.

"근데 그건 왜? 꿈에 나왔냐?"

"아니, 그건 아니고 그냥, 그냥 한번 물어봤어. 아하하."

결아가 상담을 포기하고 어색하게 웃자 루리가 결아의 옷차림을 의아하게 훑어봤다.

"근데 나가는 길인가 봐? 어디 가려고? 또 도서관?"

"응? 아, 응. 나갔다 올게."

사실 방금 전 정석의 전화로 나갈 일이 사라졌지만 현관 앞에서 다시 들어가기 뻘쭘해져 결아는 밖으로 나왔다.

그런데 어디로 간담? 떠밀리듯 나오긴 했지만 어디로 가야 할지 몰라 집 앞 골목 갈림길에서 접신한 사람처럼 뱅글뱅글 돌고 있었다.

"역시 도서관에 가야겠네."

평소 사람들이 많은 곳을 싫어하고 만날 친구도 없어서 늘 집과 도서관을 오가는 생활이었다. 그래서 딱히 갈 데가 없었다. 생각해 보면 늘 이런 생활이었는데 한동안 휘 때문에 정신없이 바쁜 일상을 보냈더니 갑자기 뭔가 할 일이 뚝 끊긴 사람처럼 느껴졌다.

"뭐, 그래도 오랜만에 한가하게 책을 읽는 건 무척 즐거울 것 같으니까. 응!"

고개를 끄덕이며 목적지를 정한 결아는 뽈뽈거리며 도서관으로 향했다. 그런데 열람실에 착석하자마자 휴대폰 진동이 울렸다.

액정을 확인하니 아까 용맹한 사자처럼 돌아다니던 루리였다. 급한 일인가? 별일 아니면 울리다 말 텐데 계속 울리는 걸 보니 아무래도 급한 일인 것 같았다. 결아는 얼른 열람실을 나와 휴게실로 가서 전화를 받았다.

"응. 언니."

— 결아야. 언니 출근했는데 너 여기 좀 빨리 와 줘야겠다.

"무슨 일인데?"

다급한 루리의 목소리에 결아의 목소리도 덩달아 다급해졌다.

— 우리 작가가 오늘 맹장 때문에 병원에 실려 가서 당장 생방

원고 써 줄 사람이 없어. 또 하나는 휴가라 해외에 있어서 연락도 안 되고! 으아아! 미치겠네. 큐시트만 나온 상태라 오프닝부터 멘트까지 하나도 없어! 하나도! 게다가 난 급한 회의 때문에 여기저기 불려 다녀야 되는데, 나 어떡하니?!

패닉에 빠진 루리의 절규에 결아는 종종걸음으로 곧장 휴게실을 빠져나갔다.

"알았어. 언니 일단 내가 갈 테니까 진정해."

— 바로 올 거지? 빨리 와야 된다?!

"응. 지금 바로 갈게."

당장 포효라도 할 기세인 루리를 안심시킨 결아가 전화를 끊었다. 사실 방송국이라는 장소는 많이 꺼림칙한 장소지만 언니가 위기에 처했다는데 그까짓 공포가 대수더냐.

"방송을 목숨같이 생각하는 언니니까 언니부터 살리고 봐야지."

결아는 결연한 표정으로 심호흡을 한 뒤 도서관을 빠져나왔다.

♡　♥　♡

현석은 방송국 로비에 있는 커피숍에 앉아 있었다. 라디오 출연이 있어 방송국에 왔다가 아는 피디를 만나 커피 한잔하는 중이었다. 짙은 네이비색 재킷에 스트라이프 티셔츠를 깔끔하게 받쳐 입은 현석은 큰 키와 단정한 분위기로 지나가는 사람들의 시선을 모았다.

"얼마 전에 끝난 드라마 반응 좋던데, 기분 좋겠어."

"감사한 일이죠."

현석이 뿔테 안경을 추켜올리며 스마트한 미소를 짓자 피디가 싱글거렸다.

"드라마 끝났으니 한동안 좀 쉬겠네?"

"그럴 계획입니다."

"다음엔 내가 기획하고 있는 드라마 같이하자고. 아, 그러고 보니 선우휘는 차기작 아직 안 정했대?"

"네. 제가 알기로는 아직……."

"흐음. 거기 목매달고 있는 피디들 많던데. 언제 결정한대?"

"글쎄요. 그건 휘가 결정할 일이라 잘 모르겠습니다."

현석은 요즘 여기저기에서 이런 질문을 많이 받은 터라 익숙하게 넘겼다.

그때 그의 시야에 한 여자가 들어왔다. 작은 머리통에 야구 모자를 쓰고 있어 얼굴의 절반이 가려져 있었지만, 수상할 정도로 주변을 살피며 벽에 붙어 가는 저 여자는 왠지 낯이 익었다.

……어제 휘의 집에서 봤던 여자잖아?

묘하게 기억에 남는 여자였다. 자신이 진맥해 본 사람 중 가장 여린 여자라서 그런 건가? 걱정될 정도로 연약하게 뛰던 맥이 인상적이었는데……. 그런데 이상하게도 그 여자는 엘리베이터가 아니라 비상구 계단으로 들어가고 있었다.

왜 저기로?

현석은 의아한 시선으로 계속 지켜보고 있었다. 그때 맞은편에 앉아 있던 피디가 정신없이 울리는 휴대폰을 꺼내 들며 일어섰다.

"아! 이런, 그만 올라가야겠군. 그럼 다음에 또 보도록 하고, 다음 거 꼭 나랑 같이하는 거야. 알았지?"

"알겠습니다. 감독님."

피디가 시야에서 사라지자 현석의 단정한 미간이 살짝 좁혀 들었다. 자신에 대한 질문보다 휘에 대한 질문을 더 많이 했으면서 다음 건 왜 자기랑 하자는 건지. 휘가 워낙 잘나가다 보니 요즘 휘와의 매개체로 취급받는 경우가 종종 있었다. 친구긴 하지만 이런 경우에는 배우로서 썩 유쾌한 기분은 아니었다.

그나저나 시간이 좀 남았는데…….

매니저도 없이 온 터라 방송국에서 딱히 할 일이 없었다. 잠시 고민하던 현석은 일어서서 엘리베이터가 있는 곳으로 향했다.

라디오 스튜디오가 있는 14층으로 올라와 막 엘리베이터에서 내리는데 옆에 있는 비상구 문이 벌컥 열렸다.

"헥. 헥."

소리가 난 쪽을 쳐다보니 야구 모자를 쓴 여자가 가쁜 숨을 몰아쉬며 비상구에서 빠져나오고 있었다.

설마 여기까지 계단으로 온 건가? 순간 엘리베이터가 고장 났나 생각했지만 살펴보니 엘리베이터는 다 정상적으로 운행되고 있었다. 자신도 멀쩡히 타고 올라왔으니까.

"어?"

어디로 사라진 거야? 다시 고개를 돌려 보니 그사이 여자는 어딘가로 사라지고 없었다. 라디오 스튜디오가 밀집해 있는 복도를 두리번거렸지만 어디에도 보이지 않았다.

"신기한 여자네. 발에 날개라도 달렸나."

현석은 피식 웃고는 몸을 돌렸다.

"아이고! 내 구세주!"

루리는 작가실로 들어온 결아를 두 팔 벌려 환영하며 달려왔다. 결아는 황소처럼 돌진하는 루리를 슬쩍 피하며 옆으로 섰다.

"결아 씨 왔어?"

"안녕하세요."

결아는 앉아 있는 다른 피디에게 공손하게 고개를 숙이고 루리를 바라봤다.

"언니. 여기서 쓰면 돼?"

"그래. 이 노트북 사용하고, 이게 큐시트니까 이거 보고……."

그때 노크 소리와 함께 문이 열렸다. 루리의 설명을 듣던 결아는 열리는 문을 향해 고개를 돌렸다.

이, 이럴 수가! 어제 그 남자네 집에서 봤던 현석이잖아?

결아는 작가실로 들어온 남자를 당혹스러운 표정으로 쳐다보다가 얼른 고개를 숙였다. 어제 저 남자 앞에서 얼굴에 밥풀때기를 잔뜩 묻히고 기절했었는데! 그 후유증에서 아직 벗어나지도 못하였거늘 이 무슨 잔인한 우연이란 말인가.

"아! 현석 씨. 어서 와요."

"안녕하세요. 피디님."

오후의 라디오 프로그램 피디인 도환이 얼른 일어나 현석을 반기자 그도 악수를 하며 인사했다.

"어?! 현석 씨 오늘 도환 씨네 게스트로 나오는 거예요?"

루리가 현석을 보고는 눈을 번뜩였다. 현석의 시선이 이쪽으로 향하자 결아는 시선을 피해 잽싸게 야구 모자를 더욱 깊게 눌러썼다. 엇, 잠깐.

순간 결아의 머릿속으로 아까 집에서 루리와 나눴던 대화가 휙하니 지나갔다.

'만약 그 사람들이 언니 눈앞에 갑자기 떡 나타나면 언니는 어떨 거 같아?'

'어쩌긴. 일단 우리 방송에 한번 나와 달라고 빌고, 그다음엔 난 어떠냐고 묻고, 우리 연애 한번 해 보면 어떻겠냐고 한 놈씩 붙잡고 물어봐야지?'

안 돼! 결아가 뜨악한 표정을 지으며 고개를 쳐들었다. 그러자 결아의 시야에 루리가 현석의 손을 두 손으로 꼬옥 잡고 있는 모습이 보였다. 당장 눈에서 하트라도 발사할 기세로 현석을 보는 애틋한 눈빛에 결아는 마른침을 꿀꺽 삼켰다.

"저 현석 씨 정말 정말 완전 팬이에요! 이런 데서 만나니까 더 영광스럽네요."

"아 감사합니다."

"다음엔 저희 프로에도 꼭 좀 나와 주세요. 네?"

"네. 그럴게요."

"아유, 말로만 그러지 말고요. 꼭, 꼭이요. 꼭. 부탁드려요. 제발요."

루리는 자신의 말대로 현석에게 자기 방송에 나와 달라고 빌고 있었다. 그, 그다음엔 난 어떠냐고 묻는댔던가?

"그리고 혹시나 해서 묻는데 저 같은……."

언니, 제발!

결아가 벌떡 일어서려는 그때, 갑자기 작가실 문이 열리더니 한 남자가 들어왔다.

"우민 씨 왔네?"

도환이 정우민을 반겼다. 정우민은 루리가 삼고초려 해서 DJ 섭외에 성공한 유명 작곡가였다. 그런 정우민이 싸한 시선으로 루리와 현석을 번갈아 봤다. 그 시선에 루리가 흠칫하더니 잡고 있던 현석의 손을 슬그머니 놨다.

"아. 우민 씨 왔어요? 오늘은 왜 이렇게 빨리 왔대?"

루리가 어색하게 웃으며 자리로 돌아가려 하자 우민이 싸늘한 얼굴로 보고 있다가 말했다.

"나오시죠. 회의할 거 있다면서요."

"네, 회의! 회의해야죠. 회의. 아하하하."

우민이 몸을 돌려 작가실을 빠져나가자 루리가 비굴한 미소를 지으며 얼른 뒤따라갔다.

웅? 뭐지? 방금 두 사람 사이에 뭔가 이상한 기류가 흐른 것 같은데⋯⋯?

고개를 갸웃거리던 결아는 문득 자신에게 박히는 시선을 느꼈다. 고개를 돌리자 현석이 자신을 빤히 쳐다보고 있었다.

아차! 잊고 있었다!

잠시 루리와 우민에게 정신이 팔려 있던 사이 이곳에 현석이 있었다는 것을 망각해 버린 결아는 얼른 고개를 푹 숙였다.

"아, 내 정신 좀 봐. 일단 앉아요. 차 좀 마시겠어요?"

"괜찮습니다."

도환의 권유에 현석이 대답하며 자리에 앉았다. 그사이 슬쩍 자리에서 일어난 결아가 슬금슬금 문을 향해 걸어갔다. 조용히 작가실을 빠져나가려는데 갑자기 뒤에서 현석의 목소리가 들렸다.

"저기요."

결아는 흠칫거리며 잠시 멈췄다가 못 들은 척 다시 빠져나가려고 했다. 그런데 현석의 목소리가 다시 들렸다.

"아는 분 같은데."

더는 무시할 수 없게 된 결아가 슬쩍 몸을 돌렸다.

"……저요?"

결아가 식은땀을 흘리며 돌아보자 현석이 고개를 옆으로 기울이며 싱긋 웃었다.

"맞네. 저 아시죠?"

현석은 작가실에 처음 들어왔을 때부터 결아를 주시하고 있었다. 자신과 눈이 마주치자마자 얼굴에 핏기가 싹 가실 때부터 알아봤다. 하긴 어제 그런 일이 있었으니 불편하긴 하겠다만……. 그래도 사람을 보고 저렇게 대놓고 창백해질 건 없잖아?

야구 모자로 얼굴 전체를 가린 결아는 고개를 들면 죽는 병이라도 걸린 사람처럼 고개를 숙이고 있었다. 그러더니 자신이 의자에 앉는 사이 슬금슬금 탈출을 감행하려 했다. 자신이 부르자 돌아보는 얼굴이 꼭 간식 훔쳐 먹다 들킨 강아지 같다. 눈이 댕글해선.

현석이 쿡 번져 나오는 미소를 참으며 말했다.

"아는 사이에 인사 정도는 하지 그래요."

현석은 나름 상냥하게 말한다고 했지만, 그의 말투는 천성적으로 무뚝뚝했다. 게다가 쿡 하고 웃는 얼굴은 시크하게 비아냥거리는 모습으로 보이기 딱 좋았다.

무, 무서워……!

저음의 무감한 목소리가 여자들에게 인기 있는 요인 중 하나였지만 지금 이 순간 결아에게는 무서운 목소리로 들릴 뿐이었다. 어제 그런 추태를 보이고는 아는 척도 안 한다고 화가 난 건가? 겁을 먹은 결아가 눈을 데굴데굴 굴리며 숨을 곳을 찾고 있는데 다행스럽게도 피디인 도환이 끼어들었다.

"뭐야? 둘이 아는 사인가?"

도환이 눈을 끔뻑거리며 쳐다보는데 마침 그의 전화벨 소리가 울렸다.

— 네가 나를 모르는데 난들 너를 알겠느냐~ 한 치 앞도 모두
몰라 다 안다면 재미없지~

지금 이 상황에 너무나 잘 어울리는 벨소리가 울려 퍼지자 결아
의 얼굴은 잿빛이 됐다.

"어이쿠, 이런! 전화가 왔네. 잠시 실례 좀 할게요."

도환이 현석에게 양해를 구하고는 휴대폰을 들고 재빨리 문밖으
로 나갔다. 그 바람에 결아는 작가실 안으로 떠밀려 들어오게 됐
다.

어, 어쩌지? 작가실 안에 현석과 단둘이 남게 되는 예상치 못한
사태에 결아는 머릿속이 팽글팽글 돌았다. 거대한 원형 책상 아래
들어가 숨고 싶은 충동을 억지로 눌러 참고 있는데 현석의 목소리
가 들렸다.

"어제 봤는데, 저 기억 안 나요?"

"아, 어제는 죄송했습니다. 못 볼 꼴을 보이게 되어……. 다시
한번 사과드릴게요."

결아가 머리를 조아리자 현석이 손을 저었다.

"나한테 죄송할 거 있나. 괜찮아요. 그런데 어쩌다가 휘하고 얽
히게 된 거예요? 팬?"

"아! 아뇨. 그런 게 아니라……. 제가 휘 씨에게 실수한 게 좀
있어서요."

결아가 어두운 얼굴로 말하자 그가 고개를 끄덕였다.

"흠. 하긴 휘가 자기 팬을 그런 식으로 옆에 두진 않을 것 같긴
했어요."

현석이 결아를 가만히 바라봤다. 작고 동글동글한 얼굴에 딱 봐

도 겁 많아 보이는 크고 까만 눈망울이 뭔가 보호본능을 자극하는 인상이었다.

보고 있으니 왠지 귀엽기도 하고, 건들고 싶기도 한 그런 분위기네. 그런 점이 휘를 자극한 건가?

채은 이후 가볍게 사귀는 여자는 많았지만 이런 식의 관계는 한 번도 없던 휘였는데, 이 여자는 의외의 상대이긴 했다.

현석이 뚫어져라 자신을 보고 있자 결아는 등에서 식은땀이 날 지경이었다. 아까부터 애써 시선을 무시하고 있었는데 더 이상은 견디기가 힘이 들었다. 결국 결아는 다시 탈출을 시도하려 문손잡이를 부여잡았다.

"그럼 전 잠시 볼일이 있어서……. 안녕히 계세요."

"아, 저……."

현석이 무언가 더 말을 하려 했지만 결아는 빠르게 인사하고는 도망치듯 나가 버렸다. 닫힌 문을 보고 있던 현석이 헛웃음을 흘렸다.

"안녕히 계세요라니."

이상한 인사네. 현석이 조용히 웃고 있는데 문이 열리고 루리와 도환이 들어왔다.

"오늘 펑크 날 뻔했는데 결아 씨 덕분에 살았겠어. 이 피디."

"아유. 그러게요. 아하하……."

도환의 말에 루리가 웃었다. 그런데 아까와는 달리 왠지 얼굴이 핼쑥해 보였다. 하지만 그 변화는 눈치채지 못한 듯 도환은 자기 말만 했다.

"결아 씨 말이야. 이 피디 동생이라서 하는 말이 아니라 작가로서 아주 감각이 좋던데 왜 대타로만 쓰는 거야? 이 피디 안 쓰려면 나한테 넘겨주지?"

"안 쓰긴요. 아껴 쓰는 중이라 그런 거죠. 아직 더 배워야 되기도 하구요."

"배우긴 뭘 더 배워! 우리 메인 작가보다 훨씬 낫더만."

"어어? 소영 언니 없다고 디스하는 거예요? 언니한테 다 일러야지."

"헙. 아니, 방금 내 말은 그런 뜻이 아니라……."

도환의 당혹스러운 목소리를 들으며 스마트폰을 보고 있던 현석이 속으로 생각했다.

결아 씨라면…… 좀 전에 도망친 그 여자 맞지?

저 여자 피디의 동생인 모양이었다. 라디오 작가 아르바이트를 하나? 그래서 휘와 만나게 된 것일 수도 있겠지. 본의 아니게 듣게 된 대화 내용에 현석은 왠지 작은 흥미가 생겼다.

"타, 탈출 성공!"

작가실을 벗어나 휴게실로 도망친 결아는 벌렁거리는 심장을 진정시키는 중이었다. 요즘 액이 꼈나? 왜 이리 식은땀 나는 일들이 많이 생기는 건지 매일매일이 긴장의 연속이었다. 특히 휘와 부딪친 다음부터.

"아무래도 푸닥거리라도 한판 해야 되려나. 그래서 평화로운 일상을 다시 찾을 수 있다면야 그깟 푸닥거리쯤이야 몇 번이든……. 어?"

결아가 결연한 얼굴로 중얼거리는데 휴대폰 진동이 울렸다. 진동하는 휴대폰을 꺼내 액정을 확인한 결아의 얼굴에서 핏기가 싹 가셨다.

[주인놈]

아, 아니 해외에 있는 남자가 왜 전화를……. 아차, 이럴 때가 아니지.

"여보세……."

— 늦어. 내가 전화하면 3초 안에 받으랬잖아.

"해, 해외 전화라 신호음이 늦게 울렸나 봐요."

— 핑계 좋네. 나 지금 인천인데.

"네?"

휘의 말에 결아의 눈이 휘둥그레졌다. 아니 오늘 해외로 간 사람이 웬 인천?

— 공항이니까 지금 출발하면 두 시간이면 도착해. 바로 집으로 와.

"아니 자, 잠깐만요! 오늘 해외 일정 있다고 하지 않았어요?"

— 있었지. 지금은 없어졌고.

없어졌다고? 결아가 영문 모를 표정으로 눈을 깜빡이는데 휘의 말이 이어졌다.

— 설마, 하루에 삼백만 원에 육박하는 고급 인력값을 쳐주고 있는데 나 없다고 농땡이라도 피울 생각이었어?

"아뇨. 그런 게 아니라……."

— 어쨌든 두 시간이다. 내가 도착하기 전까지 집에서 대기하고 있어.

"아! 안 돼요. 지금은."

— 왜?

결아가 급히 말하자 휘의 짜증스러운 물음이 돌아왔다.

"제가 지금 언니 일을 도와줘야 해서 방송국에 와 있거든요. 언니 방송 끝나야 갈 수 있는데…… 그럼 너무 늦을 것 같……."

— 몇 시.

"12시……요."

— …….

결아가 기어 들어가는 목소리로 말하자 휘에게서 대답이 없었다. 무언 속에 분노가 느껴지는 것 같아 결아가 얼른 덧붙였다.

"시, 심야 방송이라……."

— 8시.

"네?"

— 8시까지 안 오면 계약 불이행으로 위약금 각오해야 할 거다.
끊는다.

"네에? 아, 아니 잠깐……!"

뚝 하고 전화가 끊기자 결아가 당혹스러운 얼굴로 휴대폰을 바라봤다.

"대체 어떻게 된 거야? 인천이라니……."

분명 해외 촬영이 있다고 해서 며칠간 자유라고 생각했는데 오늘 간 사람이 왜 오늘 돌아와? 영문 모를 상황에 머릿속으로 이런저런 생각을 하고 있는데, 퍼뜩 정신이 차려졌다.

"아, 지금 그게 문제가 아니지!"

결아는 발딱 일어나 휴대폰을 쥐고 작가실로 뛰어갔다.

"갑자기 급한 일이 생겨?"

"으, 응. 그러니까 나 지금 대본만 써 놓고 가야 될 것 같은데……. 본방에 나 없어도 괜찮아?"

결아가 손가락을 꼬물거리며 미안한 얼굴로 말하자 잠시 생각하던 루리가 곧 고개를 끄덕였다.

"대본만 써 주면 괜찮아. 오늘 전화 연결도 없으니까."

"다행이다. 미안."

"갑자기 부탁한 건 난데 뭐. 그런데 무슨 급한 일이기에?"

"아, 좀, 개, 개인적인 일이라서. 하하."

"그래……. 역시 너한테 생방송은 아직 무리겠지."

루리가 씁쓸한 표정을 짓자 결아는 더 미안한 기분이 됐다. 사실 생방송을 하는 건 두렵긴 한데, 지금은 그것 때문이 아니라 더 큰 문제 때문인데……. 하지만 루리에게 사정을 설명할 수 없는 결아는 그저 가만히 서 있을 수밖에 없었다.

"어쨌든 대본 잘 좀 부탁할게."

"응. 그건 걱정 마."

대답하며 루리의 표정을 살피던 결아가 문득 의아스러움을 느꼈다. 응? 이상한데……? 우민과 함께 나갔다 온 사이 왠지 루리의 얼굴이 부쩍 수척해진 듯했다.

"그런데 언니 얼굴이 왜 그래? 갑자기 퀭해진 것이……."

"아! 아니야, 아무것도. 신경 쓰지 말고 어서 대본 써 놓고 가. 급한 일 있다면서. 언니 잠깐 자료실 갔다 올게."

"아, 응."

루리가 허둥지둥 밖으로 나가자 결아는 갸웃거리며 노트북 앞에 앉았다. 그러고는 시선으로만 앞을 힐끔거렸다.

그런데…… 저 남자는 왜 아직도 작가실에 있는 거지?

피디는 어디로 갔는지 사라지고 현석만 덩그러니 자리에 남아 있었다. 자신을 보고 있진 않았지만, 그가 같은 장소에 앉아 있다는 것만으로도 여간 불편한 일이 아니었다. 여기선 도저히 집중을 할 수 없을 것 같지만 휘가 말한 시간 안에 가려면 지체할 시간이 없었다.

할 수 없지. 최대한 빨리 하는 수밖에.

역시 사람은 궁지에 몰리면 어떻게든 하는 법인가. 결아가 그렇게 생각하며 빠르게 타자를 치고 있는데 저쪽에서 현석이 전화를 받는 소리가 들렸다.

"여보세요? 어. 아니야. 말해. 뭐? 휘가?"

……휘?

현석의 목소리에 결아가 반사적으로 고개를 반짝 들었다.

"또 사고 쳤어? 후, 그 녀석……. 나한텐 연락 안 왔어."

손가락은 노트북 자판 위에 올라가 있으면서도 결아는 귀를 쫑긋 세우고 현석의 말에 집중하고 있었다. 무슨 일인지 궁금했지만 현석은 휴대폰을 귀에 댄 채 문을 열고 밖으로 나갔다.

사고를 쳤다니……. 그 남자가 무슨 사고를 쳤다는 거지?

신경이 쓰여 아무것도 쓰질 못하고 있는데 곧 현석이 돌아왔다. 얼른 화면으로 시선을 내리고 대본을 쓰는 척하는데 현석의 목소리가 들렸다.

"저기요."

"아, 저요……?"

현석이 자신을 부르자 결아가 그를 바라봤다.

"혹시 휘한테 연락 오지 않았어요?"

"연락이라면 조금 전에 왔는데……. 무슨 일인데요?"

말을 해도 되는 건지 싶어 잠시 고민한 결아가 작게 대답하자 현석이 안경 너머로 눈을 빛냈다.

"휘가 뭐라고 해요?"

"그냥 지금 한국이라고……. 청소하러 오라고요."

"좀 전에 급한 볼일이라는 게, 그거?"

"네."

현석은 의미심장한 표정으로 무언가를 생각하는 듯했다.

왜 이런 걸 묻는 거지? 아까 언니와의 대화를 들어서 급한 볼일에 대해 묻는 건가?

결아는 영문 모를 표정으로 현석을 힐끔거렸다. 휘가 무슨 사고를 쳤다는 건지도 계속 궁금했다. 아까 통화상으로는 그런 분위기가 없었는데……. 물어보면 대답해 주려나?

고민하는 사이 현석이 다시 고개를 결아에게 돌리더니 말했다.

"휘한테는 언제 갈 건데요?"

"이거 다 쓰면……."

왠지 취조당하는 기분이라 결아가 슬쩍 말끝을 흐리자 현석이 말했다.

"그럼 그때 태워 줄 테니 같이 가요."

"……네?"

결아의 눈이 확 커졌다. 현석은 안경 너머로 미소를 지으며 말했다.

"나도 휘한테 갈 거니까 같이 가자구요."

"아, 아뇨. 괜찮아요!"

절대, 절대 괜찮아요! 결아가 손과 머리를 동시에 흔들며 강력히 거부하자 현석이 고개를 옆으로 비스듬히 기울였다.

"휘가 데리러 온댔어요?"

"그건 아니지만……."

"그럼 거절할 거 뭐 있어요. 어차피 목적지가 같은데."

"그래도 괜찮……."

결아가 필사적으로 고개를 젓고 있는데 문이 벌컥 열렸다.

"현석 씨. 곧 들어갈 거니까 나와요."

"네."

도환의 말에 현석이 일어났다. 결아의 곁을 지나쳐 걸어가며 현석이 그녀에게만 들리도록 작게 말했다.

"그럼 끝나고 봐요. 결아 씨."

"아니 전⋯⋯."

대답이 끝나기도 전에 문이 닫히자 결아의 커다란 눈이 사시나무 떨리듯 흔들렸다.

사람들의 시선을 피해 콜택시를 타고 집으로 돌아온 휘는 소파 위에 털썩 누웠다. 지이이잉. 지이이잉. 공항에서부터 내리 울리고 있던 휴대폰을 그제야 꺼내 든 그가 전화를 받았다.

"어."

— 형! 도대체 어디예요?

정석의 숨넘어갈 듯한 소리가 쩌렁쩌렁 울려 대자 휘가 휴대폰을 귀에서 잠시 떼고 인상을 찌푸렸다.

"집이야."

— 지, 집이요?

"그래."

담백한 휘의 목소리에 정석은 어버버 하며 한동안 말을 잇질 못했다. 홍콩 공항에서 사라진 휘를 찾아다니느라 지금까지 눈썹이 휘날리게 뛰어다녔는데, 휘는 그사이 한국에 가 버렸다니?

— 혀엉! 그렇게 가 버리면 정말 어쩌려고 그래요? 이쪽 촬영은 어떡하고…….

"내가 그 여자 다신 안 본다고 했을 텐데?"

— 아, 그건 저도 정말 몰랐어요! 이쪽 담당은 분명 다른 사람이라고 들었는데 와 보니 그 여자로 바뀌어 있더라구요. 저도 보고서 아까 엄청 놀랐…….

"그런 변명이 나한테 먹힐 거라고 생각해?"

휘의 냉소적인 목소리에 정석은 정말이지 피가 마르는 기분이었다. 지난번 홍콩 촬영 때 휘에게 유독 집적거리던 광고 회사 쪽 여자가 있었다. 그 여자는 휘가 자신의 뜻대로 되지 않자 파티 때 휘의 술잔에 마약까지 탔다. 다행히 휘가 마시기 전에 다른 여자 스태프가 슬쩍 언질해 줘서 위기는 모면할 수 있었지만, 그 일로 휘는 그 여자에게 이를 갈고 있었다.

그런데 하필 그 여자가 이번 광고 담당이라니! 절대 그 여자는 참여하지 못하게 하라고 그렇게나 말해 뒀는데…….

아무리 자신이 그렇게 말했더라도 무슨 백이 있는지 자기 몰래 담당자로 나타난 그 여자를 보고 휘는 그대로 촬영장에서 사라져 버렸다. 이렇게 된 데는 어쨌든 자신의 책임도 크다는 생각에 정석은 난감한 얼굴로 휘를 타이르기 시작했다.

— 어쨌든 형. 그래도 이왕 이렇게 된 거 어쩔 수 없잖아요. 제가 형 옆에 24시간 붙어 있으면 그 여자도 수 쓰진 못할 거예요. 그러니 걱정 말고…….

들어 줄 가치도 없다는 듯 전화를 끊은 휘는 휴대폰을 테이블 위로 던졌다. 곧바로 다시 울리기 시작한 전화를 무시하고 손목시계를 흘끗 쳐다봤다.

"배고픈데 왜 안 와?"

미간을 찌푸리던 휘는 순간 스스로에게 의아함을 느꼈다. 대충 때울 것들이야 많은데 왜 굳이 그 여자를 기다리고 있는 건지. 이렇게 무작정 촬영장을 벗어나는 일이 생기면 평소엔 재영이든 현석이든 불러내 술을 마시러 갔을 테지만, 곧장 결아에게 전화를 했다. 안 된다는 사람을 억지로 집에 오라고 하고, 배고픔을 참아 가며 결아를 기다리고 있는 자신이 이해가 가지 않았다.

"……이상할 거 없지. 노예는 써먹으라고 있는 거잖아."

마치 누구 들으라는 듯 말한 휘는 소파 위에 길게 누웠다. 누워서 화려한 조명이 달린 넓은 천장을 바라보니 왜 이런 기분이 드는 건지는 모르겠지만, 평소보다 집이 훨씬 더 크고 휑하게 느껴졌다.

"……."

아무 소리도 나지 않는 적막한 실내에서 말없이 누워 있던 그는 조용히 팔을 들어 눈을 가렸다.

결국 결아는 현석의 차를 타고 휘의 집으로 가는 중이었다. 빨리 대본을 쓰고 도망갈 계획을 세웠으나, 대본을 다 쓰기도 전에 현석이 다시 나타나는 바람에 그녀의 야심 찬 계획은 물거품이 되어 버렸다.

도대체 무슨 저주를 받았기에 인생이 이리 꼬이는 거람. 선우휘 다음엔 현석이라니…….

떠오르는 스타 두 명의 차에 연달아 타게 되는 일은 남들에겐 행운일지 모르겠지만 결아에겐 저주에 가까웠다.

문에 찰싹 달라붙어 있는 결아의 창백한 얼굴을 현석이 힐끔 바라봤다. 그의 머릿속에 라디오국에서 받았던 재영의 전화가 떠올랐다.

　── 어이. 전화받기 괜찮아?

　'괜찮아. 말해.'

　── 휘가 광고 일로 오늘 홍콩으로 촬영 갔는데 사라졌대. 지금 정석이한테 전화받았는데 혹시 휘한테서 연락 왔냐?

　'또 사고 쳤어? 후, 그 녀석……. 나한텐 연락 안 왔어.'

　── 혹시 그 여자랑 있는 거 아닐까?

　'누구?'

　── 어제 휘네 집에 있던 애 있잖아.

　'그건 아니야. 나 지금 방송국에 있는데 그 여자 지금 여기 있어.'

　── 뭐? 거기? 왜?

　'오늘 라디오 스케줄로 왔는데 그 여자의 언니가 라디오 피디인 모양이야.'

　── 와우. 이거 얘기가 재밌게 돌아가는데? 그럼 그 여자한테 연락 갔을 수도 있잖아. 물어봐서 연락됐다고 하면 휘한테 같이 찾아가 봐.

　'내가?'

　── 그래! 너랑 그 여자랑 동시에 등장하면 휘 표정이 어떨 거 같아? 재밌을 거 같지 않냐?

　'그게 무슨…….'

　── 생각해 봐. 어제 휘가 말한 거 이상했잖아? 너네가 같이 찾아가도 휘가 별 반응 없으면 정말 그놈 말이 맞는 거고, 아니면 휘도 뭔가 있다는 거잖아.

'쓸데없는 행동이야.'

— 쓸데없는 건지 어떻게 알아?

'나 이제 들어가 봐야 돼.'

— 할 거지? 꼭 물어봐서 해야 된다, 너?

'……일단 알았어.'

— 한다는 거지?

'그래.'

괜히 한다고 했나? 재영과의 통화 내용을 떠올린 현석은 잔뜩 움츠러든 결아에게 미안한 기분이 들었다. 재영의 성격상 한번 징징거리기 시작하면 끝도 없이 귀찮게 해서 그냥 오케이 한 건데, 이렇게까지 겁을 먹을 줄 알았더라면 그냥 거절할 걸 그랬다.

"긴장돼요?"

"아…… 아니요."

아니라고 하면서도 결아의 얼굴은 그사이 핼쑥해 보였다. 그걸 보니 현석은 더 미안해졌다.

"생각해 보니 내가 너무 일방적이었던 것 같네. 미안해요."

"괜찮, 괜찮아요."

"전혀 괜찮은 얼굴이 아닌데."

"괜찮다니까요. 하하."

차라리 말을 걸지 않는 게 좋을까. 얼굴 근육이 꿈틀거리는 것이 보일 정도로 부자연스러운 얼굴로 웃는 결아를 보니, 현석은 차라리 그게 나을 것 같아 조용히 운전만 했다.

지나친 긴장 때문인지 현석과 함께 휘의 집으로 오르는 엘리베이터에서 결아는 거의 탈진 상태였다.

하아…… 쓰러지겠어. 휘와 함께 있을 때도 긴장되었지만, 현석은 잘 모르는 사람이라 긴장이 더했다.

그때 엘리베이터가 멈추고 청아한 소리와 함께 문이 열리자 눈앞에 휘가 나타났다.

……어?

휘가 나타난 순간 결아는 왠지 모를 안도감을 느꼈다.

이상하네. 안도감이라니……. 톱스타의 급으로 따지면 휘가 훨씬 숨 막히는 존재인데……. 그나마 현석보다는 휘가 덜 낯선 남자이기 때문인 걸까? 하긴, 요즘 휘와는 매일 같이 있었으니까.

"여어."

현석이 싱긋 웃으며 휘의 반응을 살폈다. 잠시 자신과 결아를 번갈아 보던 휘가 한쪽으로 비스듬히 고개를 기울였다.

"왜 둘이 같이 나타난 거지?"

흠…… 이건 무슨 표정일까? 현석은 휘의 미소를 짓고 있는 것 같지만 눈은 전혀 웃고 있지 않은 표정을 바라보며 속마음을 가늠하기가 어렵다고 생각했다.

"방송국에서 만났는데 마침 너한테 간다기에 같이 가자고 했어. 너 홍콩에서 광고 촬영 펑크 내고 사라졌다며."

현석이 엘리베이터에서 내리며 말하자 휘가 눈을 가늘게 떴다.

"그건 누구한테 들었어?"

"재영이. 정석이한테 전화받은 모양이던데?"

"……그래?"

휘가 현석의 뒤를 졸졸 따라 내리는 결아를 힐끗 보며 말했다.

"넌 인사도 안 하냐?"

"아, 두 분이 대화 중이시라······."

결아가 움찔거리며 대답하자 휘가 퉁명스럽게 말했다.

"배고프니까 식사부터 준비해."

"네, 네."

결아가 빛의 속도로 식당 쪽으로 사라졌다. 마치 제집을 찾아 날쌔게 들어가는 듯한 결아에게 현석의 시선이 닿아 있었고, 그 시선 위에 휘의 시선이 겹쳐졌다.

"앉아."

"아, 그래."

휘가 소파 쪽으로 고갯짓하자 현석이 결아에게서 시선을 떼고 그쪽으로 다가갔다. 소파에 마주 앉은 현석이 휘에게 물었다.

"어쩔 생각이야? 정말 촬영 펑크 내려고?"

"어."

휘가 무감하게 대답했다.

"이번엔 무슨 일이야? 가자마자 되돌아올 정도면 꽤 큰일인 거 같은데."

"그냥, 짜증 나는 사람이 있어서."

"짜증 나는 사람······. 그게 다야?"

"어."

현석이 할 말을 잃은 듯 휘를 마주 봤다. 익히 봐 오던 모습이긴 하지만 참 신기했다. 본인으로 인해 거액의 위약금을 물어내야 할 수도 있는 상황인데 이런 초연함이라니······.

"정석이가 참 고생이 많네. 동정이 간다."

"동정은."

스마트폰으로 게임을 실행하며 휘가 시니컬하게 웃었다.

"그런데……."

현석이 식당 쪽을 잠시 쳐다보고는 물었다.

"결아 씨는 식사 준비 시키려고 부른 거야?"

"이름도 안다?"

"어?"

현석이 의문 어린 시선으로 바라보자 휘가 휴대폰에서 시선을 떼지 않고 말했다.

"내가 어제 이름 말해 준 기억이 없어서."

"아아, 오늘 방송국에서 만났다니까. 거기 결아 씨 언니가 라디오 피디로 있더라고."

"이루리 피디?"

"아, 맞아. 그런 이름이었지. 어쨌든 결아 씨한테 물어보니까 너한테 무슨 잘못을 한 모양이던데, 무슨 대단한 잘못을 했기에 그러냐?"

"어이."

"어?"

게임에 집중하고 있던 휘가 갑자기 고개를 들고 현석을 바라봤다.

"내 노예한테 관심 꺼라."

무표정하지만 순간적으로 보인 서늘한 시선에 현석은 일순 긴장했다.

"취미를 나눠 가질 생각은 없으니까."

휘가 싱글거리며 말하고는 다시 스마트폰으로 시선을 돌렸다. 언제 표정이 굳었냐는 듯 평소 같은 얼굴로 게임에 몰두하고 있는 휘를 보니 현석은 복잡한 기분이었다.

장난일까? 아니면…….

현석이 안경을 추켜올리며 생각했다. 재영의 말대로 해 보긴 했는데 휘의 반응만 봐서는 정확히 알 수가 없었다. 아까 엘리베이터 문이 열렸을 때 슬몃 얼굴이 굳어지는 것도 같았는데, 착각인 것 같기도 하고. 지금도 진심으로 하는 말인지 그냥 하는 말인지 감이 잡히지 않았다. 휘는 원래 겉으로는 가벼워 보여도 속을 알 수 없는 녀석이니까.

"어쨌든 웬만하면 마음 고쳐먹고 다시 촬영장으로 가. 한동안 안 그러더니 왜 또 정석이 피를 말리고 그래."

"내가 알아서 해."

"하긴 네가 언제는 내 말을 들었냐만……. 아, 그러고 보니 아까 라디오국에서 들었는데, 결아 씨가 펑크 난 작가 대신 투입될 정도로 괜찮은 작가인 모양이더라? 라디오국 내에서 꽤 평이 좋은 모양이던데."

"흐응. 그래?"

휘가 게임을 하며 무감하게 대답했다.

"다른 피디가 눈독 들일 정도인가 봐. 결아 씨 원래 그쪽 일 하는 사람이었어?"

"……글쎄."

게임을 실행하던 휘의 손이 서서히 느려졌다.

"저……."

그때 식당에서 머뭇머뭇 다가온 결아가 가까이 다가오진 못하고 조금 거리를 둔 곳에 오도카니 서서 말했다.

"식사 준비 다 됐어요."

휘가 일어서며 현석에게 말했다.

"너 아직 밥 안 먹었지? 같이 먹자."

"그래."

현석이 끄덕이며 따라 일어섰다.

식당으로 가자 식탁 위에는 밥을 선호하는 휘의 성향에 맞춰 흰 쌀밥과 보글보글 끓고 있는 두부찌개와 계란말이가 놓여 있었다.

식탁 앞에 휘와 현석이 앉는 것을 보며 결아는 이상한 기분이 들었다. 깎은 듯한 조각형 미남과 엘리트형 미남이 나란히 앉은 모습이 마치 시청자가 되어 드라마를 보는 것 같달까.

"그럼 전 이만 청소하러……."

결아가 숨 막히는 식당을 빠져나가려 몸을 돌리는데 휘의 목소리가 그녀를 붙잡았다.

"너도 앉아."

"네?"

결아가 움찔해서 쳐다보자 휘가 시선을 맞추고 말했다.

"너도 밥 안 먹었을 거 아냐."

"아, 아뇨. 전 아까 먹었어요."

결아가 황급히 거짓을 고하자 휘가 눈을 가늘게 떴다.

"그래? 뭐 먹었는데?"

"그, 그게……."

급작스러운 질문에 허를 찔린 듯 얼른 대답하지 못하는 결아를 보며 휘가 피식 웃었다.

"너 정말 거짓말 못한다. 같이 먹어. 청소하다 쓰러진다."

여기서 같이 밥 먹어도 쓰러져요! 또 기절할 수는 없다는 생각에 결아는 필사적으로 고개를 붕붕 저었다.

"정말 배가 안 고파서 그래요. 전 괜찮으니 두 분 어서 식사하세요. 그럼!"

허겁지겁 말을 늘어놓은 결아가 부리나케 식당을 빠져나갔다. 도망치는 결아의 뒷모습이 귀여워서 휘가 조용히 입술 끝을 끌어올렸다. 그걸 본 현석이 의아스러운 표정을 지었다.

"왜 웃어?"

"아, 아무것도 아니야. 어쨌든 먹자."

휘가 젓가락질을 시작하자 현석도 계란말이를 집어 입으로 가져갔다. 정갈하게 계란말이를 씹으며 현석이 고개를 끄덕였다.

"맛있네."

현석의 말에 휘가 잠시 멈칫거렸다.

……괜히 같이 먹자고 했나. 대수롭지 않게 제안하긴 했지만, 결아가 만든 음식을 현석이 맛있게 먹고 있다는 사실이 왠지 거슬리기 시작했다. 나를 위해서만 음식을 만들어야 하는데, 그 음식을 다른 사람과 공유하고 있다는 것이 왠지 자신의 소유 영역을 침범당한 기분이 들었다.

뭘 그렇게까지.

자신의 입맛에 딱 맞는 찌개를 떠먹으면서 휘의 표정은 묘하게 굳어졌다.

식사를 마친 현석이 잠시 휘와 대화를 나누다가 몸을 일으켰다. 그만 가야겠다며 엘리베이터 쪽으로 향하자 휘도 그를 따라 나왔다.

"정말 복귀 안 할 거야?"

"네가 우리 사장이냐? 잔소리 늘어놓게."

휘가 장난스럽게 받아넘기자 현석도 포기한 듯 돌아섰다. 그렇게 엘리베이터 쪽으로 향하던 그가 거실 한편에서 거대한 도자기를 열심히 닦고 있는 결아를 바라봤다. 아무리 노예라지만 이 시간까지 밥도 안 먹고 청소만 하고 있는 결아가 신경이 쓰였다.

"결아 씨."

"네?"

이마에 송골송골 맺힌 땀을 닦아 내며 결아가 돌아봤다.

"바래다줄 테니 같이 가시죠."

같이 가자고? 결아의 눈에 당혹감이 어렸다. 이 남자의 차를 또 타는 것은 절대 싫었다. 단둘뿐인 차 안의 긴장된 공기가 얼마나 숨이 막히는데!

"아, 전⋯⋯."

결아가 뭐라 입을 떼기도 전에 옆에 있던 휘가 먼저 말했다.

"쟤 청소할 거 남았으니까 신경 쓰지 말고 먼저 가."

"시간도 늦었는데 언제까지 일 시키려고."

"괜찮아. 네가 신경 쓸 일도 아니⋯⋯."

"네. 괘, 괜찮아요!"

언제 다가온 건지 결아가 옆에서 휘에 말에 동조하며 격하게 고개를 끄덕이고 있었다.

또 저 남자와 단둘이 차에 있을 바엔 여기서 밤새 청소를 하는 게 백번 낫지, 암!

이런 속사정도 모르고 현석은 미친 듯이 고개를 끄덕이고 있는 결아를 측은하게 바라봤다. 휘한테 겁을 먹은 건가? 아무리 친구 녀석이라지만 이런 행동을 하는 걸 용납해 줘야 하는지, 아님 잔소리라도 해 줘야 하는지 고민하다가 결아에게 다시 말했다.

"그러지 말고 같이 가죠. 아직 식사도 못 했잖아요."

"아뇨! 전 청소를 완벽하게 다 끝내지 못하면 찝찝해서 잠을 못 자는 습성이 있어서요. 마저 다 하고 갈게요."

"……정말 괜찮겠어요?"

"네, 네! 그럼요."

결아는 진심으로 대답했지만, 현석의 눈엔 그저 겁을 먹은 불쌍한 여자로만 보였다. 하지만 더 권할 수는 없어 마지못해 돌아섰다.

"그럼 다음에 봐요."

"네. 안녕히 가세요."

넙죽 인사하던 결아가 흠칫 놀랐다. 우리 집도 아닌데 안녕히 가시라니……? 나도 참.

다행히 현석은 이상함을 느끼지 못했는지 엘리베이터를 타고 내려갔다. 어쨌든 낯선 사람이 사라져서 조금 긴장이 풀렸다. 휘와 단둘이 남게 되긴 했지만, 매일 겪다 보니 이 상황엔 익숙해지기도 했으니까.

역시 사람이란 적응의 동물이야.

결아가 세상의 진리를 깨달은 듯 고개를 끄덕이며 닦던 도자기 쪽으로 다시 걸어갔다.

"……."

휘는 조금 전에 결아가 현석의 제안을 극구 부인할 때부터 결아에게 시선을 두고 있었다. 다시 섬세한 손길로 도자기를 광내기 시작하는 결아를 그가 조용히 응시했다. 그나마 자신에게 덜 낯을 가려서겠지만, 방금 전 완강한 태도로 현석과 가지 않겠다고 말하던 모습이 그의 가슴에 묘한 감정을 맺히게 하고 있었다.

"이결아."

"네?"

휘가 부르는 소리에 결아가 반사적으로 대답하며 뒤돌아봤다. 그런데 그 순간 결아의 배 속에서 우렁찬 소리가 터져 나왔다.

꼬로로로록!

"앗!"

다가오던 휘와 돌아보던 결아가 동시에 멈칫했다. 일말의 안도 감을 느꼈기 때문인지 결아의 텅텅 빈 위장이 밥을 내놔라 거센 폭동을 일으켰다. 꼬로로로록!

이, 이놈의 위장이 미쳤나. 때와 장소를 가리지 않고……!

결아가 창백해진 얼굴로 굳어 있자 휘가 피식 웃었다.

"청소를 아주 열심히 한 모양이지? 안 고프다던 배가 갑자기 고 픈 걸 보니."

"그, 그게……."

결아가 식은땀을 뻘뻘 흘리며 난처해하자 그 모습을 내려다보던 휘가 부드럽게 미소 지었다.

"밥 먹고 해. 난 악덕 주인은 아니니까 내 노예에게 밥은 줘야 지."

"네에……."

민망해라. 더는 아니라고 말할 수도 없는 상황이라 결아는 소심 하게 대답하고는 식당으로 갔다. 그러곤 찌개만 데워서 얼른 먹으 려고 식탁 앞에 앉자 휘가 맞은편에 떡하니 앉았다.

응? 막 수저를 들려던 결아가 당연하게 자신 앞에 앉는 휘를 바 라봤다.

"왜 여기……."

"난 이거 마시려고."

휘가 태연하게 자신의 커피 잔을 들어 올렸다.

그걸 꼭 여기서······ 마셔야 되나요?

묻지 못할 소리를 목구멍으로 꿀꺽 삼킨 결아가 마지못해 숟가락을 들었다. 솔직히 이젠 조금 적응이 돼서 처음처럼 마냥 불편하고 목이 콱 메고 그러진 않으니까. 오물오물 밥을 먹으면서도 힐끔거리며 휘를 살피니 그는 식탁 위의 커피 잔을 물끄러미 응시하고 있었다.

이상하네······.

이유는 모르겠지만 휘는 무언가 고민이 있어 보이는 얼굴이었다. 기다란 손가락으로 식탁 위를 두드리거나, 가끔 초조한 듯 손목시계를 살피는 모습도 그렇고······. 신경 쓰이는 일이 있는 걸까?

그러고 보니 아까 현석이 방송국에서 휘가 사고를 쳤으니 했던 말이 떠올랐다. 그 말은 뭐였을까? 이 남자가 평소와 너무 똑같은 모습이라 완전히 까먹고 말았다. 해외에 촬영 갔다가 하루 만에 돌아온 것도 이상하고.

그때 인터폰에서 알림음이 울렸다.

"왔군."

휘가 예상한 일이라는 듯 의자에서 일어나 식당을 빠져나갔다. 그 모습을 본 결아는 당혹스러운 표정을 지었다.

어? 뭐지? 설마 또 어제 같은 상황이······.

결아가 밥숟가락을 입에 문 채 불안한 얼굴로 휘의 뒷모습을 바라봤다.

"형! 혀엉!"

정석이 헐레벌떡 뛰어 들어오자 휘가 인상을 썼다.

"귀청 떨어지겠다."

"전화 꺼 놓는 게 어딨어요! 내가 전화를 수십 번을 했는데! 여기 형 없을까 봐 내가 아주 심장이 쫄깃해져선……. 아! 그게 문제가 아니고 빨리 홍콩으로 돌아가요. 일정은 일단 제가 미뤄 놨으니까 지금이라도 가면 안 늦어요!"

"안 간다고 했다."

휘가 딱 자르자 안 그래도 달려오느라 산소 부족으로 창백해진 정석의 얼굴이 그야말로 사색이 됐다.

"형 이대로 촬영 펑크 내면 저 정말 죽어요! 이번 촬영에 중국쪽도 얽혀 있어서 아주 골치 아파진다니까요?"

"그게 나와 무슨 상관인데."

"상관 있죠! 형 지금 중국에서 서서히 반응 올라오고 있는데 이번에 얽힌 데가 거기 언론사 다 휘어잡고 있는 재벌이란 말이……!"

휘가 날카로운 눈으로 쏘아보자 정석이 움찔했다.

"그래서 나보고 성희롱을 참고 견뎌라? 자칫하면 내 의사와 상관없이 그 여자에게 당할 수도 있는데?"

"그, 그건 염려 마세요. 제가 형 옆에 24시간 딱 붙어 있을 거라니까요."

"전에도 그랬던 거 같은데?"

"그땐 그…… 여자를 좀 우습게 봐서 그런 건데, 이번엔 절대 그런 실수 안 할게요. 만약 제가 없을 때를 대비해 저 말고 한 명 더 가드 붙일 거니까 안심하고……."

"너, 내가 한 번 안 한다고 못 박은 거 다시 하는 거 봤어?"

휘가 서늘하게 말하자 정석이 땀을 뻘뻘 흘렸다.

"그, 그래도 형. 어떻게 좀…… 안 될까요? 이번 건 정말 커요. 그냥 광고 캔슬 정도의 문제가 아니라구요. 중화권 전체에 이미지

타격이 갈 수도 있는데……."

정석이 우는 소리를 하자 휘는 인상을 쓰고 그를 끌어냈다.

"시끄럽게 하지 말고 가."

"어엇, 형! 자, 잠깐만요!"

휘가 엘리베이터 버튼을 누르고 정석을 억지로 다시 밀어 넣었
다.

"형! 내 말 좀 더 들어 봐요. 정말 큰일 난다고요! 혀엉!"

정석의 절규에는 아랑곳없이 휘는 그를 엘리베이터에 태워 내려
보냈다.

"후우."

휘가 머리칼을 성마르게 쓸어 올리며 짜증스러운 한숨을 내쉬는
데 뒤에서 인기척이 들렸다.

"저……."

뒤에서 들린 자그마한 목소리에 그가 고개를 돌렸다. 언제 식당
에서 나온 건지 결아가 눈을 깜빡이며 서 있었다.

"혹시 광고 촬영 중에 그냥 온 거예요? 방금 정석 씨 말을 들어
보니까 그런 것 같은데……."

"네가 상관할 일 아니야."

휘가 낮게 말하고는 소파 쪽으로 걸어가자 결아가 눈치를 보며
졸졸 뒤따라갔다.

"저기…… 그래도 가 봐야 되지 않아요?"

걸어가다가 그 자리에 우뚝 멈춰 선 휘가 몸을 빙글 돌려 결아
를 내려다봤다.

"내가 왜?"

혁. 또 눈깔 없는 석고상이……! 휘의 굳은 얼굴에 결아가 움찔

했다. 화가 단단히 난 것 같아서 너무 무서운데 입으로는 자기도 모르게 소심한 목소리로 옹알거리고 있었다.

"왜라니……. 프로면 자기 일에 책임지는 게 당연한 거잖아요. 펑크는 무책임한 행동…… 합."

내, 내가 무슨 소릴? 결아가 뒤늦게 자신의 입을 막았지만, 이미 휘는 시베리아 벌판에서 굶주린 백곰 같은 표정이 되어 있었다.

이런 바보! 일방적인 출연자의 펑크로 발을 동동 구르던 루리 언니의 모습을 봐 왔던지라 나도 모르게 실언을 해 버리다니……. 왜 평소엔 소심의 극치를 달리면서 종종 간이 배 밖으로 튀어나온 짓을 하는 거냐고!

결아는 자신의 무모함을 질책했다. 자신도 이해할 수 없는 자신의 성격 때문에 곤란에 빠졌던 적이 한두 번이 아니었으니까. 하지만 이미 뱉어 버린 말을 주워 담을 수도 없고, 휘의 얼굴만 점점 더 굳어 가고 있었다.

"그, 그러니까……."

"지금 그 말은."

휘가 무서운 얼굴로 결아 쪽으로 천천히 몸을 숙이며 말했다. 그의 얼굴이 다가오자 결아가 흡 하고 숨을 삼켰다. 가까이 시선을 맞춘 휘가 그녀를 똑바로 응시했다.

"내가 프로 의식 없는 무책임한 놈이란 뜻이야?"

낮은 목소리에 결아는 머리털이 쭈뼛 서는 기분이었다.

"아, 아뇨! 그, 그럴 리가……. 죄송, 죄송합니다!"

결아가 고개를 붕붕 저으며 사과를 난사했으나, 휘는 미동 없이 결아에게 시선을 박고 있었다. 그러자 결아는 당황한 표정으로 눈을 데굴데굴 굴리다가 고개를 숙이며 말했다.

"정말 그런 뜻이 아니에요. 그냥 전 그…… 일로 마음 쓰고 있는 것 같아서……."

"마음을 써?"

결아의 말에 휘가 한쪽 눈썹을 홱 휘어 올렸다.

"누가?"

"차, 착각이라면 할 말은 없지만, 아까 보니 어딘가 초조해 보이고…… 촬영 펑크 내고 마냥 속 편해 보이진 않으셔서……."

결아가 땀을 삐질삐질 흘리고 있는데 휘가 허리를 더 숙여 냉소를 머금은 얼굴을 결아에게 바짝 갖다 댔다.

"재밌네. 내 속을 네가 그렇게 잘 알아?"

냉소적인 휘의 목소리에 결아가 얼른 고개를 저었다.

"그, 그럴 리가요."

"방금 네가 한 말은 나에 대해 상당히 잘 안다는 투인데."

"죄송해요. 그런 의도는……."

자신에게 바짝 다가온 휘 때문에 결아의 눈동자가 시선 둘 데를 찾지 못하고 이리저리 흔들렸다.

왜 자꾸 다가오는 거야?

깊은 다크브라운색 눈동자가 가까이 오자 그야말로 숨이 멎을 것만 같았다. 결아가 최대한 허리를 뒤로 젖혀 얼굴을 멀리하려 했지만, 휘는 아랑곳없이 거리를 좁혔다.

"넌 죄송하다고 하면 아, 그래, 하고 용서해 줄 만큼 내가 아량이 넓어 보여?"

"아…… 그건……."

결아의 얼굴이 벌겋게 물들어 허둥대자 휘는 가까이서 그녀를 내려다보며 낮게 말했다.

"그건?"

가까이서 들으니 이 남자의 목소리도 숨 막히게 하는 주요인이었다. 뭐야, 이 나른하고 섹시한 목소리는! 이 상황이랑 전혀 안 맞는데?

"그러니까……. 죄송합니다."

"말끝마다 붙이는 사과가 무슨 진정성이 있나."

"죄송…… 아, 아니. 송구합…… 아, 아니. 죄송……."

결아는 점점 더 패닉으로 빠져들고 있었다. 새빨개진 얼굴이 꼭 잘 익은 사과 같았다. 그 모습을 가만히 바라보던 휘가 말했다.

"……네 말대로 촬영 복귀 하면 네가 내게 뭘 해 줄 수 있는데?"

머릿속이 혼미해져서 사과만 하고 있던 결아가 휘의 말에 고개를 들었다.

"네? 뭘요……?"

그러자 휘가 은근한 미소를 지었다. 헉, 심장 떨리게 또 저런 표정을?

"내가 내 노예의 말에 따라 다시 홍콩으로 돌아가 촬영을 마치는 행동을 한다면 넌 주인님에게 뭘 해 줄 거냐고."

크고 동그란 눈망울을 순진하게 깜빡이며 결아가 그를 바라봤다.

"제가 뭘…… 해 드려야 하나요?"

결아가 어리둥절한 표정으로 되묻자 휘가 생각에 빠진 표정을 지었다.

저…… 고민을 하시려면 좀 떨어져서 해 주시면 안 될까요, 주인님? 제가 숨을 쉴 수가 없는데요. 결아가 어제에 이어 오늘까지 산소 부족으로 기절할 수도 있겠다는 생각을 진지하게 하고 있는데 휘가 말했다.

"그건 촬영 기간 동안 생각해 보지. 내 노예에게 뭘 받을 수 있는지."

"아, 네, 네."

한 뼘도 안 되는 거리에서 느른한 목소리로 말하는 휘 때문에 결아는 정신이 혼미해져 미친 듯이 고개를 끄덕였다. 알겠어요. 알겠으니 제발 물러나 주시옵소서!

"참고로 말해 두지만 네가 무책임하다고 해서 다시 간다는 건 아니다? 내 노예에게 받아 낼 것이 있어서 가는 거지."

"암요, 암요."

얼굴이 벌게져선 정신없이 고개를 끄덕거리는 결아를 내려다보던 휘가 싱긋 웃었다.

"잊지 마. 지금 한 말."

휘의 사악할 정도로 근사한 미소를 보면서 결아는 순간 깨달은 것이 하나 있었다.

아…… 당했다.

이게 미남계인지 뭔지 모르겠지만, 정신이 혼미한 와중에 자신의 의도와는 다르게 상황이 전개되어 버렸다는 걸 깨닫자 그제야 현실감이 찾아들기 시작했다.

나, 어쩌지?

즐거운 미소를 짓고 있는 휘와 달리 후회해도 이미 늦어 버린 결아의 얼굴이 당황으로 물들었다.

06.

두근, 두근, 두근두근두근!

그 시간, 정석은 입에서 불을 뿜고 있는 소속사 대표 대호와 함께 있었다.

"도대체 어쩔 셈이야! 어? 홍콩에서 잘 구슬렸어야지 한국까지 오게 하면 어떡해?"

"죄송합니다."

"이게 손해가 얼만지 알아? 위약금에, 캔슬 비용 우리가 다 감당해야 하지, 거기에 중국 프로젝트 얽혀 있는 것까지 틀어지면 손해는 이십 배로 뛰니까……."

"으윽. 대표님 그 계산기는 제발 내려놓고……."

대호의 계산기 두드리기 고문 앞에서 정석의 얼굴이 비쩍비쩍 말라 갔다. 쓰라린 위장을 부여잡듯 배를 움켜잡는 순간, 휘에게서 전화가 왔다.

"대, 대표님! 형한테서 전화가……!"

"뭐? 받아! 당장 받아!"

대호가 계산기를 집어 던지고 메모장을 잡아채며 소리치자 정석이 얼른 전화를 받았다.

"형. 저예요. 아, 네. 회사 들어와 있어요. 네."

「무슨 짓을 해서라도 설득해! 달라는 거 다 해 준다고 해! 차 바꿔 준다고 해! 촬영 복귀하면 회사 지분도 줄 수 있다고 해!」

전화를 받고 있는 정석의 옆에서 대호가 메모장에 닥치는 대로 글씨를 휘갈기고 있었다.

"형. 대표님이…… 네?"

일순 정석의 눈이 댕그래졌다.

"저, 정말이요? 네? 아니……. 네! 알겠어요! 당장 그리로 갈게요!"

정석이 빠르게 전화를 끊자 대표가 득달같이 물었다.

"왜? 뭐라는데! 대체 뭘 요구했어? 어?!"

대호가 마치 납치범에게 딸이 인질로 잡힌 사람처럼 성마르게 물었다. 그런데 정작 정석은 대답 없이 눈만 끔뻑거리며 서 있었다.

"에잇, 답답하게 왜 그러고 있어? 도대체 휘가 뭐라고 했냐고!"

"형 복귀하겠대요."

"그래. 그거 당장 준다고 하란……. 뭐?"

대호도 눈을 둥그렇게 뜨고 정석을 마주 봤다.

"홍콩 다시 가겠다고 했다고? 휘가?"

"네."

"아무런 대가도 없이? 가, 가, 갑자기 왜?"

믿을 수 없는 이야기에 대호는 말까지 더듬었다. 먼저 정신을 차린 정석은 얼른 짐을 챙기며 말했다.

"결아 씨랑 같이 있는 모양인데 결아 씨가……. 어쨌든 자세한 건 가서 들어 볼게요!"

"그, 그래! 맘 변하기 전에 빨랑 가! 당장!"

"가 보겠습니다!"

정석이 빛의 속도로 대표실을 빠져나가자 대호가 멍한 얼굴로 서 있었다.

"거참, 이상하네. 휘가 그럴 놈이 아닌데……."

가만, 결아? 방금 전 정석의 말을 떠올린 대호가 멈칫했다.

"그 애가 그 노예라는 앤가?"

사업가로서 동물적 감각을 타고난 대호의 눈이 예리하게 빛났다.

정석이 오길 기다리며 소파에 느른히 누워 있는 휘는 아까 다녀간 현석의 말이 계속 신경 쓰였다.

'아까 라디오국에서 들었는데, 결아 씨가 펑크 난 작가 대신 투입될 정도로 괜찮은 작가인 모양이더라? 라디오국 내에서 꽤 평이 좋은 모양이던데.'

그런 얘기는 자신이 알지 못하는 부분이었다. 그 피디라는 언니를 돕고 있다는 것도 몰랐으니까. 그런데 그걸 자신이 아닌 현석이 먼저 알게 되었다는 부분이 묘하게 거슬렸다. 자신이 모르는 결아에 대해 현석이 먼저 알았다는 사실이.

"아!"

갑자기 떠오른 생각에 휘가 소파에서 벌떡 일어섰다. 거실을 가로질러 서재로 들어온 그가 서랍을 뒤적거렸다.

"어디다 뒀지? 분명 여기 어딘가에……. 아, 여기 있었군."

휘가 찾은 건 결아가 그동안 자신이 출연했던 드라마를 보고 쓴 감상문이었다. 책상 앞에 앉은 휘는 천천히 감상문을 읽기 시작했다.

그리고 한참 감상문을 읽고 있던 휘가 의외라는 표정을 지었다.

"제법인데."

자신이 요구했던 감상평만이 아니라, 드라마에서 자세히 표현할 수 없었던 작가의 숨은 의도까지 캐치한 눈썰미는 보통이 아니었다.

"……그 말은 사실인 모양이네."

현석이 들은 말이 헛소문은 아니라는 걸 확인한 휘는 감상문을 책상 위에 툭 내려놨다. 그러고는 가만히 종이를 내려다봤다. 이걸 쓰라고 했던 것도 결아가 자신이 출연한 드라마를 한 번도 보지 않았기 때문이었다. 그 사실이 기분이 나빠 무작정 드라마를 틀어 놓고도 결아가 막상 드라마에만 심취하니 그게 또 심기를 건드렸다.

그리고 아까 전, 무작정 한국으로 돌아온 후에 결아를 불렀는데 그녀가 현석과 함께 나타난 걸 보고 순간 내부에서 뜨거운 것이 치밀어 올랐다. 순간적으로 표정 관리가 되지 않을 정도였다. 어제 처음 봤으면서 결아 씨가, 결아 씨가 하며 결아에 대해 현석이 알은체를 하는 것도 화가 났다. 결아가 만든 음식을 현석이 맛있게 먹는 것도 화가 났다.

"……분노 장애도 아니고."

낮게 내뱉은 휘는 결아가 쓴 감상문에 시선을 박은 채 생각에 잠긴 얼굴로 한참 앉아 있었다.

♡　♥　♡

휘가 다시 홍콩으로 가게 되면서 결아는 취소되었던 며칠간의 휴식을 되찾게 되었다. 덕분에 오랜만에 집에서 마음 편히 언니의 대본 일과 휘의 코디 공부를 할 수 있었다. 집순이답게 혼자 침대 위에서 시체놀이도 할 수 있고.

"헤헤. 오랜만에 집에서 뒹굴거리니 참 편하네. ……어?"

그때 뜬금없이 휘에게서 영상 통화가 왔다.

"이 남자는 왜 해외에서까지……. 엇, 잠깐. 설마 또 촬영 그만두고 돌아온 건가?"

결아는 침대 위에서 벌떡 일어나 전화를 받았다. 그런데 화면엔 웬 비키니 차림의 서양 미녀들과 함께 해변 모래사장 위에 있는 듯한 휘가 보였다.

— 어이. 잘 보여?

"아…… 네. 잘 보이긴 하는데…… 촬영 중 아니세요?"

— 지금은 쉬는 시간이야.

"아. 그렇구나."

휘가 아직 홍콩에 있다는 사실에 안도한 결아가 배시시 웃었다. 결아의 얼굴에 떠오른 미소를 본 휘가 한쪽 눈썹을 휘어 올렸다.

— 그 바보 같은 표정은 뭐야?

"네? 아, 아뇨. 아무것도."

바나 장편 소설

내 안에
퐁당

DAHYANG ROMANCE STORY

결아가 얼른 표정을 재정비했다.

"그런데 무슨 일로 전화하신⋯⋯."

결아가 묻는데 화면 속의 금발 미녀가 휘의 귀에 대고 뭐라고 속삭였다. 그녀와 대화하는 휘를 결아가 빤히 바라봤다.

휘 영어 잘하네⋯⋯.

영어로 금발 미녀와 속삭이듯 대화하던 휘가 카메라를 힐끗 바라봤다.

뭐지? 자신의 표정을 살피는 듯한 휘의 눈빛에 결아가 눈을 깜빡이며 마주 봤다. 그때 휘가 갑자기 마음에 안 든다는 듯 인상을 찌푸리고는 말했다.

— 끊는다.

"네? 아, 촬영 잘하세⋯⋯."

또 자신의 말이 끝나기도 전에 전화가 끊기자 결아가 입술을 삐죽였다.

"일방적으로 전화 끊는 건 영상 통화래도 똑같네."

결아가 한숨을 내쉬고 휴대폰을 책상 위에 올려놓다가 고개를 갸웃거렸다.

"그런데 왜 전화한 거지?"

홍콩 해변에서 비키니 차림의 서양 미녀들에게 둘러싸인 휘가 미간을 좁히고 휴대폰을 보고 있었다.

『뭘 그렇게 보고 있어?』

휘의 바로 옆에 있던 금발의 늘씬한 모델 제인이 눈웃음을 흘리며 물었다. 광고가 해변에서 남성적인 섹시함을 어필하는 콘셉트라 휘는 물 빠진 청바지만 입은 채 탄탄한 근육질 상체를 완전히 드러내고 있었다.

『아무것도 아니야.』

휘가 무심히 고개를 흔들자 제인이 눈을 빛냈다.

『방금 통화한 여자 누군데? 애인?』

『설마.』

휘가 휴대폰에 시선을 둔 채 무심하게 대답하자 제인이 웃음을 지으며 그의 팔뚝을 가느다란 손가락으로 쓰다듬었다. 그녀의 은밀한 손길에 휘가 시선을 내렸다.

『어쩐지, 너무 어려 보이더라.』

제인이 유혹적인 시선으로 그를 올려다봤다. 지금까지 동양 남자에게 끌린 적은 없었는데 이 남자는 달랐다. 동서고금을 막론하고 여자라면 도저히 끌리지 않을 수 없는 신비한 매력을 지닌 남자였다.

『그보다 휘. 오늘 촬영 끝나면 뭐 할 거야?』

은밀한 목소리에 휘가 입술 끝을 말아 올렸다.

『나? 약속 있는데. 남자랑.』

『뭐? 남자?』

제인이 얼굴을 찌푸리고 휘의 팔뚝을 쓸던 손을 얼른 내려났다. 이런, 게이였어? 제길, 왜 탐나는 남자는 죄다 게이야?

망했다는 표정의 제인을 휘가 즐거운 표정으로 내려다봤다.

촬영이 끝나고 호텔로 들어가는 길에 정석은 휘를 철벽 마크 했다. 혹여나 그 여자가 마수를 뻗친다면 이번에야말로 휘는 촬영을

엎고야 말 테니까. 매의 시선으로 사방을 살피며 걷고 있는데 휘가
말했다.

"낮에 시험해 봤는데."

"네? 뭘요?"

주변에 대한 경계를 늦추지 않으며 정석이 물었다.

"이결아 말이야. 내가 비키니 입은 여자 모델들하고 같이 있는
걸 봐도 전혀 질투를 안 해."

"아아. 그래요?"

"왜일까?"

휘의 말에 정석이 고개를 들었다.

"왜라뇨. 결아 씨는 형을 무서워하잖아요."

"흠…… 그건 그렇지. 그래서인가?"

납득한 듯 고개를 끄덕이면서도 휘는 무언가 마음에 안 든다는
표정이었다.

"근데 형, 왜 갑자기 그런 시험을 했어요? ……어? 어어? 설마,
형? 설마?"

정석이 빙글빙글 웃으면서 놀리는 듯한 목소리로 캐묻기 시작했
다. 정석의 음흉한 미소에 휘의 기분이 더 나빠졌다.

"갑자기 웬 버퍼링이야? 무슨 말이 하고 싶은 건데."

휘의 한쪽 눈썹이 삐쭉 올라가자 정석이 다 안다는 듯 말했다.

"형이 질투를 왜 안 하니 하며 굳—이 궁금해하는 거 좀 이상하
다고 생각 안 해요?"

"뭐가 이상한데? 지극히 정상이구만."

"에이, 그러지 말고 솔직해져 봐요, 좀."

"……"

순간 싸늘한 정적이 흐르는가 싶더니 곧 모든 걸 얼려 버릴 정도로 냉랭한 휘의 목소리가 흘러나왔다.

"너, 내가 누구라고 생각하는 거야?"

목소리에 이은 살벌한 휘의 얼굴을 확인한 정석이 흠칫 놀랐다.

"하하! 노, 농담한 거죠, 농담. 형도 참 예민하게 받아들이시네. 하하하."

민망한 웃음을 짓고 있는 정석을 뒤로한 채 휘가 룸으로 휙 들어가 버렸다. 쾅! 부서져라 닫힌 문을 보며 정석이 고개를 절레절레 저었다.

"그럼 그렇지, 형이 여자는 무슨 여자."

그래도 휘의 마음을 돌려 다시 촬영장으로 돌아오게 한 이는 결아가 확실했다. 그런 것을 보면 아예 아무 관련이 없는 것 같지는 않은데……. 좋아하는 여자를 노예로 부려 먹는 것도 또 이상하고. 그리고 결아와 있을 때의 휘의 태도를 보면 꽁냥꽁냥한 분위기는 전혀 느껴지지 않는단 말이지.

"하지만 또 저런 식으로 묘한 시험을 해 보지 않나……. 우우, 복잡해. 모르겠다."

가뜩이나 골치 아픈 일도 많은데 더 신경 쓰긴 싫다는 얼굴로 정석이 머리를 푸르르 흔들고는 돌아섰다.

휘가 홍콩에서 촬영을 마치고 돌아오자 결아의 보람찬 노예 생활이 다시 시작되었다. 노동요를 흥얼거리며 익숙하게 무선 청소기를 밀고 있는데 휘의 목소리가 들렸다.

"어이."

"네!"

휘의 부름에 결아는 청소기를 놓고 부랴부랴 달려갔다. 달려가 보니 휘는 핏 좋은 멜란지 컬러 티셔츠에 베이지색 치노바지를 입고 있었다. 거기에 선글라스를 끼니 이게 바로 톱스타의 아우라다, 하는 것을 제대로 보여 주는 듯했다.

"어디 가시게……요?"

결아가 기대감으로 만면에 퍼지는 홍조를 감추지 못하고 물었다. 그러자 삐딱한 시선으로 그 얼굴을 내려다보던 휘가 고개를 획 돌리며 말했다.

"약속 있어서 나갔다 올 테니까 청소 잘해 놔."

"네. 다녀오세요."

결아가 얼른 달려가 엘리베이터 앞까지 휘를 배웅했다.

……아주 대놓고 신나 하는군.

휘는 자신이 나간다는 소리에 표정이 환해진 결아가 못마땅했다.

"갔다 와서 검사할 거니까 대충 할 생각 하지 말고."

"네, 네. 다녀오세요."

휘가 엘리베이터를 타고 사라지자 결아는 두 손을 번쩍 들었다.

"와! 자유다!"

거실로 돌아가며 결아는 덩실덩실 춤이라도 추고 싶은 기분이었다.

"이제 눈치 볼 상대 없이 맘 편히 청소만 하면 되겠지? 후후."

사실 휘가 있을 때도 이젠 많이 익숙해져 있긴 했지만, 그래도 혼자 있을 때와 비교할 수는 없었다. 아무리 그래도 휘와 같이 있으면 어느 정도 긴장이 되긴 하니까.

"노예 생활이 끝나기 전엔 완전히 적응이 될까? 흠······ 역시 그건 무리겠지?"

결아는 혼자 옹알거리며 다시 청소를 시작했다.

"어이구! 우리 휘, 아주 고생 많았어."

휘가 대표실로 들어오자 대호가 얼른 의자에서 일어나 걸어 나왔다.

"뭘요."

심플하게 대답한 휘가 소파 위에 털썩 앉았다. 대호도 맞은편에 앉아 기특하다는 얼굴로 말했다.

"그쪽 담당자랑 통화했는데, 화면이 아주 기가 막히게 나왔대. 아직 정식 광고 풀리기 전인데도 포스터랑 포털 메인 광고 쫙 깔아 놨대고. 워낙 유명한 브랜드니까 꽤 영향력 있을 거다."

"휘 오빠 왔어?"

대표실 문이 벌컥 열리더니 유라가 요란스럽게 들어왔다.

"넌 노크도 모르냐? 노크?"

"오빠! 내 톡 자꾸 씹고 너무한 거 아냐?"

대호의 통박을 산뜻하게 무시한 유라가 휘에게 달려와 세발낙지처럼 엉겨 붙었다.

"이번 폴스 광고 아시아 모델로 발탁됐다며? 홍콩 가서 찍고 온 게 그거야? 완전 대박이다, 오빠! 그거 한국인이 모델 한 거 처음이잖아!"

"떨어져라."

휘가 까칠하게 말하자 유라가 그의 목을 감고 있던 팔을 풀었다.

"치이."

유라가 샐쭉거리며 휘의 옆에 털썩 앉자 대호가 싱글거리며 말했다.

"아, 휘. 새 작품 이번 주 내로 결정해. 뭘로 하든 네 선택에 따라 줄 테니까."

"다 똑같던데요, 뭐."

"그럼 내가 고를까? 안 그래도 밀고 있는 게 있는데."

대호가 눈을 빛내며 치고 들어오자 휘가 단박에 차단했다.

"됐어요. 제가 할게요."

"그, 그럴래?"

쩝, 하며 아쉬운 얼굴로 입맛을 다시던 대호를 휘가 삐딱하게 쳐다봤다. 대호가 미는 건 딱 하나밖에 없을 거였다. 최대한 스폰서를 많이 끌어모아 돈을 긁어모을 수 있는 드라마로 선택할 게 뻔했으니까. 선우휘의 배우로서의 커리어보다는 거기에 훨씬 관심이 많다는 걸 잘 알고 있었다.

그때 대호가 생각났다는 듯 말했다.

"아! 그러고 보니 네 노예라는 애 말인데."

대호의 말에 유라가 휙 고개를 돌렸다.

"오빠! 걔가 아직도 있어?"

전에 꼬치꼬치 캐물어서 대호에게 정보를 입수한 유라가 앙칼진 목소리로 물었다.

"걔가 왜요?"

유라의 말은 무시한 휘의 말에 대호는 손가락으로 턱을 매만지다가 눈을 가늘게 떴다.

"혹시 이번에 홍콩에서 되돌아왔다가 맘 바꾼 거, 그 애 영향이냐?"

"아닙니다."

"아니라면서 왜……. 어? 왜 일어서?"

휘가 자리에서 일어서자 대호가 눈을 둥그렇게 떴다.

"다음 작품 결정하라면서요. 가서 대본 봐야죠."

"그래도 밥은 먹고 가지. 너 온다고 해서 예약 다 해 놨는데."

"다음에요."

휘가 바지 주머니에 손을 찔러 넣고 바람같이 나가 버리자 도끼눈을 뜨고 있던 유라가 득달같이 대호에게 물었다.

"대표님! 방금 그 얘기 뭐예요? 그 애가 뭘 어떻게 했는데요?"

유라의 말에 대호가 귀찮다는 듯 이마를 찡그렸다.

"너랑 관계없는 얘기야. 넌 촬영 없냐? 안 나가고 뭐 해?"

"궁금해서 그러죠! 아직 샵에 갈 시간 안 됐어요. 빨리 말해 줘요. 뭔데요?"

끙. 유라의 닦달에 대호가 피곤한 표정을 지었다.

대표실 문밖으로 나오던 휘가 배우 차준과 마주쳤다.

"휘! 오랜만이다?"

"아, 그래. 오랜만."

준은 자주 보는 사이는 아니지만, 드라마에 같이 출연했던 소속사 동료라 휘도 반갑게 인사했다. 준이 휘의 어깨에 팔을 걸치곤 싱글거렸다.

"자식. 너 잘나가니까 나한테는 연락도 안 하고, 치사하게 그러기냐?"

"내가 언제."

휘가 피식 웃으며 대꾸하자 준이 떠들어 댔다.

"우리 술 마신 지도 백만 년은 됐겠다. 아! 말 나온 김에 지금 어때? 스케줄 있어?"

휘가 손목시계를 확인하고는 말했다.

"괜찮아. 마시자."

휘가 승낙하자 준이 싱글벙글 휘를 잡아끌었다.

"좋아! 가자! 마시자!"

"이 남자가 언제 올라나……."

휘의 집 청소를 다 끝낸 결아는 소파 위에 오도카니 앉아 시계를 보고 있었다. 검사한다고 기다리라고 해 놓고선 시간이 9시가 넘었는데도 오지 않다니. 텅 빈 집에 혼자 있으려니 조금 심심했다. 남의 TV를 함부로 볼 수도 없고…….

"하암—"

늘어지게 하품을 한 결아는 소파 위에 고양이처럼 몸을 둥글게 웅크리고 누웠다.

"빨리 왔음 좋겠는데……. 집에 가고 싶다."

솔솔 밀려오는 잠에 취한 목소리로 중얼거린 결아가 천근만근 무거워진 눈꺼풀을 스르르 감았다.

오랜만에 기분 좋게 술을 마시고 집에 들어온 휘가 멈칫했다.

……아차, 얘를 잊고 있었군.

소파 위에서 새근새근 잠들어 있는 결아를 보고서야 휘는 자신이 나오기 전에 한 말을 깨달았다. 그걸 까먹다니. 인상을 쓴 휘가 휴대폰을 꺼내며 소파 쪽으로 다가갔다.

"어, 난데. 너 다시 돌아와야겠다. 애 좀 태워다 줘. 내가 청소 시키고 잊었어. ……어. 그래."

정석에게 전화한 휘는 결아의 어깨 쪽으로 손을 내렸다.

"어이, 일어……."

순간 휘가 멈칫거렸다. 평소처럼 유아틱한 캐릭터가 그려진 티셔츠에 반바지를 입고 있는 여자인데…… 뭔가 다르게 보였다. 눈을 감고 있어서 그런지 까맣고 숱 많은 긴 속눈썹이 시선을 잡더니 그 아래 작은 콧방울과 체리색 선명한 붉은 입술로 내려갔다. 거기다 반바지 아래 드러난 미끈한 다리를 보니 왠지 온몸에 열이 훅 오르는 기분이었다. 갑자기 심장이 빠르게 뛰기 시작했다.

……왜 이래?

지금껏 여신이라 불리는 여배우들과 함께 화보나 광고를 찍을 때도 느껴지지 않던 기분이…… 왜 이 여자의 초딩 몸매를 보고 느껴지는 거야? 잠든 결아를 혼란스럽게 내려다보던 휘가 고개를 흔들었다.

정신 차려, 선우휘. 이건 술 때문이야. 망할 알코올이 뇌의 착각을 일으키고 있는 게 틀림없어.

휘는 그렇게 생각하며 결아의 어깨를 흔들었다.

"어이. 일어나."

흔들흔들. 몇 번 작은 어깨가 흔들리더니 동그란 눈망울이 천천히 드러났다.

"어……? 주인노……옴? 헉!"

"뭐?"

잠에 취해 자기도 모르게 중얼거리던 결아가 싸늘해지는 휘의 얼굴을 보고 빠르게 제정신을 찾았다. 아차! 이 남자 집에서 잠들었었지!

"어, 언제 오셨어요?"

결아가 발딱 일어나며 묻자 휘가 예리한 시선으로 결아를 응시했다.

"너 방금 뭐라고 했냐?"

"주, 주인, 주인님이라고 했죠."

"내 귀엔 다른 걸로 들렸는데?"

날카로운 눈빛으로 노려보는 휘에게 결아가 필사적으로 고개를 붕붕 저어 댔다.

"주인님 맞아요! 하하, 자, 자다 깨서 발음이 잘······."

휘가 미심쩍은 시선으로 노려보는데 마침 엘리베이터가 도착했다.

"저 왔어요."

"어? 정석 씨!"

코너에 몰려 식은땀을 흘리고 있던 결아가 정석을 보자마자 잽싸게 달려갔다.

"무, 무슨 일로 오셨어요?"

"아, 형이 결아 씨 데려다주라고······."

"아아! 고마워요. 어, 어서 가요."

결아가 정석의 등을 다시 엘리베이터 쪽으로 밀며 황급히 휘에게 인사했다.

"안녕히 계세요!"

"그럼 형 저 갈게요. 쉬세요."

결아와 정석이 바람과 같이 사라지는 모습을 삐뚜름한 시선으로 보고 있던 휘가 눈을 가늘게 떴다.

"감히 날 주인놈이라고 불러?"

낮게 중얼거리던 휘가 픽 웃었다. 이상하게 그런 말을 듣고도 화가 나지 않다니. 이것도 역시 술 때문이겠지.

"그래도 우리 노예 군기 좀 잡아야겠는데."

휘가 나른하게 내뱉으며 욕실을 향해 걸어갔다.

다음 날.

결아는 냉랭한 기운을 강렬하게 내뿜고 있는 휘의 집에서 눈치를 보며 청소 중이었다.

왜 저리 저기압이지? ⋯⋯설마 어제 내가 한 말 때문인가?

아무리 떠올려 봐도 걸리는 건 그것밖에 없는데. 결아가 소심하게 청소기를 돌리며 휘가 있는 소파 쪽을 슬슬 피해 가는데,

"노예."

"네, 네?"

그의 부름에 결아가 움찔 놀라선 파다닥 다가갔다. 자기 앞에 서서 손가락을 꼼질거리는 결아를 올려다보던 휘가 입술 끝을 말아 올렸다.

"주인놈이 부르니까 바로 와 주네. 황송하게."

"아⋯⋯ 그⋯⋯."

역시 그것 때문이었어! 결아가 이 싸늘한 냉기의 원인을 간파한 순간 휘가 말했다.

"오늘 메뉴는 신선로와 혼돈병으로 해."

"네? 신선…… 혼돈 뭐요?"

혼돈의 카오스에 빠진 결아가 눈을 깜빡이자 휘가 자신의 카드를 휙 던져 줬다.

"앗!"

"신선로와 혼돈병. 난 오늘 그게 꼭 먹고 싶으니까 필요한 재료 있으면 그걸로 사."

엉겁결에 카드를 집어 든 결아가 소심하게 말했다.

"저 그거 할 줄 모르는데……."

"모르면 검색이라도 하든가. 왜? 주인놈에게는 그런 정성 어린 음식을 만들어 줄 가치가 없나?"

휘가 한쪽 눈썹을 치켜올리고 냉기를 뿜어내며 웃었다.

"아, 아니 그게에……."

이 남자 정말 화가 많이 났나 봐. 어쩌지?

"……알겠어요."

자신 없는 얼굴로 대답한 결아가 스마트폰 웹 페이지를 실행하며 엘리베이터 쪽으로 걸어갔다. 어쨌든 시켰으니 분부대로 하는 수밖에. 그런데 이름만 들어도 어려운 음식을 어떻게 만든담?

"잠깐."

걱정이 가득 담긴 얼굴로 엘리베이터를 향해 걸어가던 결아가 뒤돌아봤다.

"네?"

"청소는 마저 다 하고 가야지? 노예님."

"아…… 네, 네."

결아는 청소기가 있는 쪽으로 방향을 바꿔 종종걸음으로 걸어갔다. 말만 들어도 엄청 오래 걸릴 것 같은 요리니까 최대한 빨리 청소를 끝내야 했다. 청소기를 들고 바쁘게 움직이는 결아를 휘가 조용히 바라봤다.

"……."

어젯밤 잠든 결아를 보고 느꼈던 이상한 두근거림은 뭐였을까. 요즘 결아와 함께 있다 보니 자신에게 이상한 점이 점점 많아지고 있었다. 이럴수록 더 표정 관리를 잘해야 한다고 생각하며 휘는 짐짓 화가 난 얼굴을 유지했다.

"완성이다아……."

식탁 위에 금빛 영롱한 신선로와 거피팥 고물이 잔뜩 올라간 혼돈병을 차려 놓은 결아는 다 이루었다는 표정으로 바닥에 널브러졌다. 어쩌면 이렇게 복잡하고 어려운 요리만 주문한 건지, 네 시간을 꼬박 매달려 겨우 신선로와 혼돈병을 완성할 수 있었다.

"그래도 해냈으니까 됐어."

결아는 자신의 머리를 스스로 쓰담쓰담 해 준 뒤 비척거리며 거실로 나갔다. 휘는 테이블 위에 산더미같이 쌓아 둔 대본을 안경을 낀 채 읽고 있었다.

"저어…… 식사 다 완성됐는데요."

결아가 조심스럽게 다가가 말하자 휘가 팔을 들어 자신의 손목시계를 힐긋 확인했다.

"생각보다 많이 안 걸렸네?"

네 시간이나 걸렸는데……. 결아의 눈이 가자미눈이 되고 있는데 휘가 말했다.

"놔둬. 나중에 먹을 거니까."

"네. 그럼 전 이만 가 보겠습……. 어?"

206

씁쓸한 얼굴로 돌아서던 결아의 시선이 테이블 위 대본 더미에 고정됐다.

"그것들 혹시…… 새 작품 후보작들 대본이에요?"

물먹은 파김치처럼 피곤해 보이던 결아가 갑자기 초롱초롱한 눈 빛으로 묻자 휘가 눈을 가늘게 떴다.

"그런데, 왜?"

"아, 저 그럼…… 제가 잠깐 봐도 괜찮을까요? 저 드라마 대본 보는 걸 무척 좋아해서……."

게다가 미공개 대본이라니, 이런 건 정말 쉽게 못 구하는 거라 더 흥미가 동했다.

휘는 삐뚜름한 시선으로 결아를 바라봤다. 자신은 지금 사악한 주인님의 역할이니까 당연히 안 된다고 해야 하는데, 잔뜩 기대 어 린 눈을 반짝이고 있는 결아를 보니 다른 말이 흘러나왔다.

"……그러든가."

"감사합니다."

휘가 펼친 대본에 시선을 두고 심드렁하게 말하자 결아가 밝은 얼굴로 얼른 소파에 앉았다.

얼씨구, 평소엔 내 곁에 앉을 생각도 안 하더니…….

자신 옆에 떡하니 앉아 대본을 집어 드는 결아를 휘가 삐딱하게 바라봤다. 결아는 발갛게 상기된 얼굴로 대본을 집어 들고는 무척 진지한 표정으로 읽어 내려가기 시작했다. 휘가 자신을 빤히 보고 있다는 것도 모른 채 결아는 한참을 대본에만 빠져 있었다.

……기분 나쁘네.

전에도 느꼈지만 자신을 옆에 두고 태연하게 다른 곳에 빠져드 는 모습을 보자 이상하게 짜증이 일었다. 아니, 지금은 그때보다 더 짜증의 강도가 강했다.

"그렇게 열심히 읽을 거 없어."

"……네?"

휘의 까칠한 목소리에 대본에 코를 처박고 있던 결아가 고개를 들었다.

"어차피 다 똑같은 재벌물인데 뭘 그렇게 힘을 빼."

대본을 한 번 쳐다보고 휘에게 고개를 돌린 결아가 갸웃거렸다.

"음…… 아닌데요?"

"아니긴. 맞잖아. 죄다 돈만 더럽게 많은 재벌 3세와 사랑에 빠지는 신데렐라물."

휘가 들고 있던 대본을 테이블 위로 휙 던지며 냉소적으로 말했다. 그러자 결아가 눈을 깜빡거리다가 이상하다는 표정을 지었다.

"아닌데……. 대본 제대로 안 읽어 보셨죠?"

"뭐?"

휘가 눈썹을 날카롭게 휘어 올렸다.

"남자 주인공 인물 설정이 대체적으로 재벌 3세인 건 맞는데, 그전에 출연하셨던 드라마와 비슷한 콘셉트는 이거랑 이거밖에 없어요. 나머진 전혀 다른 내용인데……. 혹시 앞장에 인물 소개만 보고 대충 넘겨 보신 거 아니에요?"

핵심이 찔리자 휘가 인상을 썼다.

"그래도 재벌 3세인 건 마찬가지야. 이번에 또 하면 연속 세 개째인데, 재벌 전문 배우로 낙인찍힐 일 있냐?"

"상업성을 고려하면 재벌이라는 설정 자체는 어쩔 수 없는 부분이 많잖아요. 방송은 원래 스폰에 의지하는 경우가 많고요."

의외로 따박따박 맞는 말을 하는 결아를 휘가 바라봤다. 그녀는 대본을 가리키며 열심히 설명했다.

"재벌이라는 설정만 겹칠 뿐 아주 신선한 소재가 많아요. 그중에서도 이 재벌가의 범죄 다루는 거랑 요 타임워프물, 특히 반전에 반전을 거듭하는 스릴러가 가미된 이건 아주 재미있는데요?"

"……."

"왜…… 왜 그렇게 보세요?"

휘가 팔짱을 끼고 가만히 쳐다보고 있자 결아가 의문 어린 표정으로 물었다.

"너, 말 잘한다? 여태 내 앞에서 입 꾹 다물고 있더니?"

결아는 퍼뜩 제정신을 차렸다.

"……네? 아, 아니요. 그러고 보니…… 그러네요. 하하하……."

나 좀 봐! 주제넘게 무슨 말을 한 거야? 결아가 뒤늦게 후회했지만, 이미 휘의 표정은 살벌하게 변해 있었다. 냉기를 뿜어내는 휘를 결아가 침을 삼키고 바라봤다.

화가 났……나?

결아가 긴장된 표정으로 보고 있는데 휘가 시선을 박은 채 입을 열었다.

"방금 네가 한 말은, 배우인 나보다 대본을 잘 본다는 뜻인가?"

서늘한 휘의 목소리에 결아의 얼굴이 하얗게 질렸다.

"제가 주제넘었어요. 죄송합니다!"

무서운 얼굴로 자신을 보고 있는 휘에게 얼른 사과를 한 결아가 벌떡 일어섰다.

"전 이만 가 볼……."

"앉아."

도망칠 태세로 선 결아의 손목을 끌어당긴 휘가 그녀를 다시 소파 위에 앉혔다. 푹신한 소파에 털썩 앉은 결아가 조심스럽게 휘의 표정을 살폈다.

"화 많이 나셨……어요?"

"뭐가 재밌다고?"

휘가 대본에 시선을 두고 묻자 결아가 얼른 고개를 돌려 대본 하나를 집어 들었다.

"그러니까 이거…… 이거랑요, 이거요."

결아가 내민 대본을 휘가 받아 들며 물었다.

"확실해?"

"네?"

"재밌는 거 확실하냐고."

"네. 제가 보기엔 그 세 개가 무척…… 재밌었어요."

결아가 고개를 끄덕이며 말하자 휘가 그걸 따로 옆으로 빼 두고 하나를 들어 읽기 시작했다. 그 모습을 눈을 깜빡이며 보던 결아가 슬쩍 물었다.

"읽어 보시게요?"

"……너도 마저 읽든가."

"아, 네."

휘가 대본에만 시선을 둔 채 대답하자 결아도 읽다 만 대본을 살며시 다시 집어 들었다. 그의 옆에서 대본을 읽기 시작하려다 흘 금 보니 휘의 안경 낀 단정한 옆모습이 보였다. 마치 뿔테 안경을 낀 우아한 영국 귀족이 책을 읽고 있는 모습 같아서 결아는 잠시 홀린 듯 바라보다가 정신을 차리고 얼른 고개를 돌렸다.

아니, 아니지. 신성한 대본을 앞에 두고 무슨…….

대본에 시선을 고정하고 읽기 시작했지만, 어쩐지 옆에 있는 휘가 신경 쓰여 좀처럼 집중이 되지 않았다.

내가 왜 이러지? 책이나 대본을 읽을 땐 아무 생각도 안 났는데…….

결아는 휘에 대한 신경을 끊어 내려 노력하며 대본에 집중했다.

"뭐? 결정했어?"

대호가 휘 앞에 앉으며 성마르게 물었다.

"영 맘에 드는 게 없다고 심드렁하더니, 뭘로 결정했어?"

"읽어 보니까 의외로 괜찮은 것들이 있던데요. 특히 재벌가 범죄물이나 타임워프물, 스릴러가 가미된 범죄물이요."

결아가 말한 것을 그대로 읊어 주자 대호가 몹시 놀랍다는 표정을 지었다.

"이야! 휘 너, 눈썰미 장난 아니구나. 어떻게 그 수많은 대본 더미에서 작품성 높은 진주알만 착착 찾아냈냐? 그래서, 결정은 뭘로?"

기대감을 감추지 못한 얼굴로 대호가 눈을 빛냈다. 휘는 들고 있던 커피 잔을 우아하게 내려놓으며 대답했다.

"스릴러요. 〈시간의 꽃〉."

"역시!"

대호가 손뼉을 짝! 쳤다.

"그래! 그거야. 그게 내가 내심 가장 밀고 있던 작품이라고. 시나리오 좀 봐 봐. 얼마나 탄탄해? 그걸 쓴 게 무려 장준영 감독이다. 이십 대에 칸에서 수상한 천재 감독!"

장준영 감독은 휘 역시 잘 알고 있었다. 이십 대의 나이에 칸에 진출하고, 세계 영화제에서 상을 휩쓴 천재 감독. 그런 감독이 드라마에 진출한다?

"그건 몰랐는데."

휘가 중얼거리자 대호가 또 손뼉을 쳤다.

"모르고 골랐으니 더 대단한 거지! 그 장준영의 첫 상업 드라마 도전작이야. 이건 성공하지 않을 수가 없어. 선우휘와 장준영의 조합이면 사방에서 온갖 스포트라이트가 쏟아질 테니까. 장 감독이 자기 이름 빼고 시나리오 돌리라고 해서 할 수 없이 뺐지만 말이야. 하핫!"

"일부러요?"

"그래. 내가 내심 네가 그거 안 고를까 봐 전전긍긍했었다."

대호가 한시름 났다는 표정으로 싱글거리며 커피 잔을 들었다.

"그런데 어떻게 그걸 딱 골라냈냐? 뭐 아까 네가 고른 후보군들도 다들 좋은 작품이라 괜찮긴 하지만, 그래도 장준영인데 포기하긴 아깝지. 역시 선우휘는 남달라. 천재적인 촉이 있어. 응."

대호의 추켜세우는 말에 휘가 눈을 예리하게 떴다. 그 말은……. 이결아 그 애한테 천재적인 촉이 있다는 건가?

대단한데. 이결아.

휘가 입가를 부드럽게 늘이고 커피 잔을 응시했다.

07.

익룡이 나타났다

「만인의 연인 선우휘, 〈시간의 꽃〉으로 안방 복귀!」

「선우휘의 출연 소식만으로도 들썩이는 연예계」

「초절정 인기 배우 선우휘와 천재 영화감독 장준영의 블록버스터급 만남!」

"우와, 기사가 엄청 쏟아져 나오네요. 차기작 정해진 지 얼마 되지도 않았는데 메인을 완전 점령했는데요?"

휘의 집으로 가는 길에 결아가 놀랍다는 듯 말했다.

"워낙 형에 대한 관심이 높으니까요."

정석이 자랑스러움을 담은 얼굴로 우쭐거렸다.

"첫 주연으로 초대박을 치기는 힘든데 형은 그것보다 더 힘들다는 차기작도 홈런을 때렸잖아요."

"하긴……."

결아가 수긍하듯 끄덕거렸다. 생각해 보면 드라마 하나로 대박 난 배우들은 많았지만 차기작에 실패하고 어느 순간 사라진 케이스가 대부분이니까.

"한 방에 빵 뜬 배우들은 차기작에 실패했을 때 그 거품이 훅 빠져 버리거든요. 그래서 차기작 흥행 여부가 무엇보다 중요한 거죠."

"그럼 둘 다 성공시킨 선우휘의 경우는 어떤 거예요?"

결아의 질문에 자신감 넘치던 정석의 얼굴에 슬쩍 불안함이 드리워졌다.

"그야말로 기대감이 최고조에 달해 있죠. 두 번째 작품을 적당히 흥행시켰어야 했는데……. 원래 사람들 심리가 그렇잖아요. 두 번 성공시키면 세 번째도 당연히 성공시킬 거라고 생각하는 거."

"하긴, 그런 게 있긴 하죠."

"그래서 좀 부담스럽긴 해요. 대중이 당연하다고 생각하는 기대치를 채워 주지 못하면 그만큼 실망도 크거든요. 그렇게 되면 아무래도 타격도 커지고……. 당연히 될 거라고 생각하면 스폰서도 이런저런 요구 사항이 많아져요. 그만큼 크게 밀어주지만 리스크도 커지는 거죠. 배우로서 부담이 안 될 수가 없어요."

"아아…… 그렇구나."

결아가 고개를 끄덕였다. 잘나가는 휘에게는 그런 걱정이 없을 줄 알았는데 정석의 말을 들어 보니 그게 아니라는 걸 알았다.

그래서 그 남자도 부담감에 대본 고르기가 더 까다로웠던 걸까? 산더미 같은 대본을 못마땅하게 보던 휘가 떠오르자 결아는 왠지 납득이 되는 기분이었다.

"어쨌든 그래서 이번 작품이 중요해요. 다행히 천재 영화감독이

214

라는 장준영 감독의 첫 상업 드라마라 더 관심이 높아요. 알아서 기사들을 쏟아 내 주니 홍보는 제대로 되겠어요."

"저도 그 시나리오가 장준영 감독님 거라는 걸 알고 놀랐어요. 어쩐지, 글에 흡입력이 엄청나더라구요."

눈을 빛내며 말하는 결아도 장준영 감독의 팬이었다. 장준영 감독은 아직 젊은 나이인데도 늘 쟁쟁한 영화제에 1순위로 초청되는 천재 감독이었다. 특히 전작인 〈피를 감은 태엽〉도 남주인공으로 출연했던 이하준이 칸에서 남우주연상을 수상했을 정도로 큰 이슈를 모았었다.

그 감독의 드라마에 남주인공 역으로 캐스팅되다니. 결아가 새삼 휘가 대단하다고 생각하고 있는데 정석이 눈을 크게 떴다.

"어? 결아 씨도 시나리오 읽어 봤어요?"

"네. 읽어 봤는데……. 다른 사람이 읽으면 안 되는 거였……어요?"

결아가 괜히 위축돼서 옹알거리자 정석이 손을 저었다.

"아! 아뇨. 좀 의외라서 그래요. 형은 남이 자기 대본이나 시나리오 보는 거 엄청 싫어하거든요."

"정말요?"

정석의 말에 결아가 눈을 동그랗게 떴다. 그러자 정석이 고개를 절레절레 저으며 한숨을 내쉬었다.

"네. 오죽하면 저한테도 성질낼 때 있는데요 뭐. 전 당연히 보는 사람인데도요."

"그렇구나……."

그럼 그날 그 남자가 싫어하는 행동을 한 데다가 거기에 설교까지 늘어놓은 건가?

"어? 결아 씨 표정이 왜 그래요?"

"아무것도 아니에요. 하하……."

결아가 어두워진 얼굴로 웃었다.

……그래서 요즘 그렇게 어려운 요리를 시키는 건가? 괜히 심술부리는 게 아니었어.

결아가 우울한 얼굴로 창밖을 바라보니 휘의 집 주차장으로 진입하고 있었다.

휘의 집으로 들어온 결아는 긴장된 얼굴로 그의 주문을 기다렸다. 그리고 잠시 생각하던 휘는 결정했다는 듯 결아를 보며 말했다.

"오늘은 닭볶음탕이 좋겠어."

"네!"

휘의 주문에 결아는 내심 안도하고는 식당으로 향했다.

다행이다. 오늘은 적어도 듣도 보도 못한 음식은 아니니까. 요즘 신종 괴롭힘 수법인지 듣도 보도 못한 음식을 먹고 싶다고 시켜 대는 통에 아주 피가 마르고 있었다. 게다가 그 와중에 결아 스스로 묘한 승부욕까지 발동해 버려서 아무리 어려운 요리라도 반드시 성공시키지 않으면 성에 차지 않는 것이었다.

"생닭 팩이 여기 있던데……. 아, 있다."

스마트폰으로 레시피를 검색한 결아는 곧바로 요리에 들어갔다.

"식초는 됐고, 그다음 여기에 고추장을……."

"어이."

"꺅!"

양념장 만들기에 초집중 상태였던 결아는 갑자기 뒤에서 들려오는 휘의 목소리에 소스라치게 놀라고 말았다. 그 바람에 들고 있던 양념장 그릇을 바닥으로 떨어뜨려 버렸다.

헉, 큰일 났다!

주변이 온통 벌건 양념장 범벅이 되어 버리자 결아의 얼굴이 창백해졌다.

"바보냐?"

인상을 쓰며 다가오는 휘를 보며 결아는 움찔 놀랐다. 이 고급 인테리어의 식당을 엉망으로 만들었다고 혼나는 거 아냐? 그런데 휘는 주변에는 시선도 주지 않고 자신에게 똑바로 다가와 살폈다.

"다친 덴 없어?"

"아…… 그, 그냥 양념장만 엎은 거라……. 죄송해요."

결아의 말에 휘가 인상을 쓰고 그녀를 바라봤다.

"넌 죄송을 입에 달고 살지. 제 옷은 다 버려 놓고."

"오, 옷이야 빨면 되니까 괜찮아요."

결아가 괜찮다는 듯 휘휘 손을 젓자 휘가 인상을 쓴 채 결아의 얼굴을 바라봤다. 어……? 왠지 진지한 시선에 결아는 긴장이 됐다.

"넌."

휘가 손을 들어 얼굴 쪽으로 뻗자 결아가 흠칫거렸다. 잠시 움직임을 멈춘 그가 결아의 볼에 묻은 양념장을 엄지손가락으로 슥 닦아 냈다.

아, 양념이 묻어서…….

결아가 머쓱하게 눈을 굴리는데 휘가 말을 이었다.

"내가 뭘 어쨌다고 그냥 부른 것만으로 그렇게 놀라지?"

"아……."

내가 너무 지나치게 놀랐나? 결아는 휘의 말에 왠지 미안해지는 기분이었다. 하긴, 매일같이 보는 사람이 자길 볼 때마다 기겁을 하면 기분이 나쁠 만도 하겠지. 하지만 자신의 이 소심한 성격을 어떻게 설명해야 할지 알 수가 없었다. 휘 같은 성격을 가진 사람은 절대 이해할 수 없을 테니까.

결아가 머뭇거리며 대답을 못 하고 있자 휘가 낮게 한숨을 내쉬었다.

"온몸에 다 묻었네. 씻어야겠다."

"그래야……겠죠?"

결아가 민망한 표정을 지으며 제 몸을 내려다봤다. 살펴보니 팔다리에도 끈적이는 양념장이 묻어 있었다.

"욕실에 가서 씻고 와. 요리는 천천히 해도 되니까."

"여기 먼저 치우고요."

결아가 행주를 집어 들려 하자 휘가 그 손을 잡았다. 자신의 손이 그의 커다란 손에 잡히자 결아가 휘를 바라봤다. 순간 그의 진지한 표정에 결아는 숨을 삼켰다.

"놔두고 우선 씻어."

"그, 그럼 얼른 씻고 올게요."

결아가 얼른 식당을 빠져나가자 혼자 남은 휘는 낮게 한숨을 내쉬고 머리칼을 쓸어 넘겼다.

왜 이렇게 짜증이 나는지. 자기가 부른 것만으로도 죽을 듯이 놀라 양념장을 엎어 버린 것도, 제 몸 닦는 것보다 치우는 걸 먼저 하려는 것도 짜증이 났다.

"후."

머리칼을 신경질적으로 쓸어 넘긴 휘는 키친타월을 뽑아 사방에 튄 양념장을 닦기 시작했다.

"내가 왜 이런 걸 해 주고 있는 거야."

인상을 찌푸린 휘가 불퉁하게 중얼거렸다. 자신이 생각해도 이해가 되지 않는 행동이었다.

그렇게 양념장이 튄 곳을 깨끗하게 다 닦고 보니 결아가 갈아입을 옷이 없다는 것이 떠올랐다.

양념이 잔뜩 묻은 옷을 다시 입고 나오기 전에 갖다 줘야겠군.

휘가 식당에서 나와 드레스룸으로 향했다.

똑똑똑.

자신의 옷을 챙겨 든 휘가 욕실 문을 노크했다. 하지만 대답이 없자 다시 한번 노크했다.

똑똑똑.

"어이. 안에 있어?"

대답이 없는 걸 보니 아직 샤워실 안에 있는 모양이었다. 이 욕실은 안에 문이 하나 더 있어서 그 문 안으로 들어가야 욕조와 샤워부스가 나오는 구조였다.

들고 있는 옷을 내려다보며 잠시 어떻게 해야 하나 고민하던 휘가 이것만 두고 나오자고 생각하며 욕실 문을 열었다.

"!"

그때 막 샤워실 문을 열고 나오던 결아와 휘의 눈이 공중에서 딱 마주쳤다. 1, 2, 3……. 수 초가 흘러가는 동안 휘와 결아는 꼼짝도 않고 선 채 그대로 있었다. 마침내 상황 인식이 됐는지 커다란 수건으로 몸의 아슬아슬한 부분만 가린 결아의 눈이 쟁반만큼 커졌다.

"꺄아아아아아아아아아아아아—!"

결아가 익룡 소리를 내질렀다.

"아! 미안."

퍼뜩 정신을 차린 휘가 몸을 돌렸다. 그때 뒤에서 쿵— 소리가
들렸다. 그 소리에 반사적으로 돌아보자 숨이 멎을 것처럼 길게 포
효하던 결아가 그 자리에 쓰러져 있었다.

"이런."

또 기절? 휘가 당혹스러운 얼굴로 쓰러진 결아에게 달려갔다.
하얀 나신의 결아가 쓰러지는 순간에도 수건을 부여잡고 정신을
잃은 상태였다. 휘는 당황한 얼굴로 그 자리에 앉아 결아에게 조심
스럽게 손을 뻗어 얼굴을 툭툭 두드렸다.

"어이, 일어나 봐. 어이."

결아가 정신을 차리지 못하자 휘는 잠깐 갈등하는 표정을 지었
다. 그러고는 몸을 일으켜 수납장에서 박스타월을 꺼내 결아의 몸
을 최대한 가린 뒤 안아 올렸다.

"뭐야. 왜 이렇게 가벼워."

결아를 안은 채 다급하게 욕실을 빠져나오던 휘가 인상을 썼다.
작은 키에 작은 몸이라고 생각은 했지만 막상 안아 보니 너무 가
벼웠다. 그리고 의식하지 않으려 했지만 자신의 팔에 닿은 부드러
운 피부가 신경을 자극했다.

미쳤냐. 기절한 여자한테 무슨 생각을 하는 거야.

그렇게 생각하지 않으려고 했지만, 온몸에 닿은 모든 부위가 결
아의 몸을 예민하게 감지하고 있었다. 늘 초딩 같은 몸이라고 생각
했지만 방금 전 욕실을 나오던 결아의 몸은 생각과 달랐다. 크림처
럼 새하얀 피부에 가녀린 어깨와 잘록한 허리, 그리고 수건 사이로

슬쩍 보이던 탱탱하고 탄력적인 가슴과 엉덩이 라인이 머릿속에 어지럽게 엉켜들었다.

제길.

보드랍고 말랑한 피부의 감촉에 목이 졸리듯 갑갑한 느낌이 들었지만 애써 무시한 그가 침실로 들어와 자신의 침대 위에 결아를 눕혔다. 이불을 목까지 바짝 끌어당겨 덮어 주자 그제야 시선을 둘 곳이 생겼다.

"후우."

이대로 있으면 깨어나려나? 전에 현석이 잠시 시간이 지나면 깨어난다고 했었는데……. 찬 물수건이라도 갖다가 얹어 줘야 하는지……. 휘가 눈을 감고 있는 결아의 얼굴을 초조하게 바라봤다.

"기절까지 할 건 뭐냐……. 이결아."

그의 목소리가 낮게 흘러나왔다. 마치 잠든 것처럼 무방비한 얼굴을 내려다보고 있으니 미친 듯이 뛰고 있는 자신의 심장 소리가 그제야 느껴졌다. 그리고 온몸을 뜨겁게 달구는 열기가 몸의 일정 부위에 몰려드는 것이 느껴지자 휘가 미간을 일그러뜨렸다.

자신 때문에 기절한 여자에게 이런 육체적인 반응을 하다니. 미안한 기분에 휘는 자신의 머리칼을 성마르게 쓸어 넘기고 일어서서 침실을 빠져나왔다.

"어……?"

눈을 뜬 결아는 익숙하면서도 생소한 천장을 보고 의아스러움을 느꼈다.

여긴 어디…… 헉! 맞다! 그 남자의 집이지!

침대에서 벌떡 일어나던 결아는 제 이마에서 수건이 떨어지자 그것을 잡아 쥐었다. 그리고 곧 자신이 아무것도 입고 있지 않은 것을 깨달았다.

"꺅!"

깜짝 놀라 다시 이불 안으로 들어간 결아가 거북이처럼 목만 내밀고 주변을 둘러봤다. 다행히 휘는 이 방 안에 없었고, 옆 선반 위엔 잘 개켜 놓은 휘의 옷이 보였다.

아, 갈아입으라고 두고 나간 건가?

결아는 그걸 홱 낚아채선 이불 안으로 가지고 들어가 꾸물꾸물 꿰어 입었다. 일단 옷을 입고 급한 불을 끄고 나니 중요한 문제가 떠올랐다.

그, 그 남자가 내 몸을……! 어떡해!

결아는 절망 어린 표정으로 이불 속에서 포효했다. 그때, 문이 열리는 소리가 들렸다.

"이결아. 정신이 들었어?"

헉……! 휘의 목소리에 결아는 이불을 뒤집어쓴 채로 딱딱하게 굳었다. 그 움직임을 고스란히 간파한 휘가 침대 앞으로 걸어가 옆에 있던 의자를 끌어다 앉았다. 그러고는 동그란 동산이 되어 있는 이불을 보며 말했다.

"미안."

"……."

"많이 놀랐겠지만 고의는 아니었어. 갈아입을 옷이 없을 것 같아서 가져다줄 생각이었는데, 그렇게 되어 버렸어."

"……."

"수건으로 가려져서 다 본 건 아니야."

이불 동산이 말이 없자 휘가 한숨을 쉬더니 일어섰다.

"그래. 이렇게 말해도 내 실수인 건 변하지 않으니까. ……알았어. 그럼 공평하게 하자."

……공평하게? 의자 끄는 소리와 함께 들린 심상치 않은 말에 이불 안에 있던 결아가 움찔거렸다. 뭘 공평하게 한다는 건지 생각하고 있는데 휘의 목소리가 날아들었다.

"네가 보였듯이 나도 똑같이 내 몸을 보여 줄게. 그럼 되는 거지?"

뭐, 뭐라고? 결아가 벌떡 몸을 일으켰다.

"아뇨! 돼, 됐어요!"

막 상의를 머리 위로 벗고 있던 휘가 결아를 내려다봤다. 위로 들쳐 올라간 티셔츠 때문에 탄탄한 가슴 근육과 올록볼록 식스팩 복근이 드러났다. 산발을 한 결아가 경악에 어린 얼굴로 휘의 그 쫄깃한 복근을 보고 있었다.

"됐다고?"

"네, 네! 아, 안 보여 주셔도 돼요!"

"억울하지 않겠어?"

"전혀요! 하, 하나도 억울하지 않아요! 괜찮아요! 괜찮습니다!"

결아가 다급하게 소리쳤다. 그 말에 벗던 상의를 다시 내린 휘가 의자에 얌전히 앉자 결아는 내심 아쉬운 기분이 드는 것을 느끼고 흠칫 놀랐다.

미쳤어! 무슨 생각이야? 아쉽다니!

전에도 본 적이 있지만, 이 남자의 상체는 정말이지 숨 막히게 할 정도로 남성적이었다. 상체만으로도 그 정도인데 하, 하체까지 봐 버리면……. 그땐 정말 기절로 안 끝날지도 몰라!

결아의 내적 갈등을 알 수 없는 휘가 진지하게 말했다.

"다시 사과할게. 그건 실수였어. 미안."

"네. 그…… 그래요. 고의는 아니었다니까……."

결아가 헝클어진 머리칼을 매만지며 얼굴을 붉혔다. 자신의 몸을 보였다는 것도 너무 창피하지만, 휘가 슬쩍 보인 몸이 주는 자극이 엄청나서 침이 꼴깍꼴깍 삼켜졌다. 아, 왠지 목이 마르는 것 같아.

결아가 자신의 목덜미 부근을 만지작거리는데 휘가 그녀를 주의 깊게 바라봤다.

"그럼 사과 받아 주는 거야?"

"네에."

결아가 침대 위에 오도카니 무릎을 꿇고 앉아 고개를 끄덕였다. 후우. 휘는 내심 안도의 한숨을 쉬었다.

"……일어날 수 있겠어?"

휘가 의자에서 몸을 일으키며 묻자 결아가 정신을 차렸다. 자신이 지금까지 누워 있던 곳이 휘의 침실이라는 것을 그제야 깨달은 듯 결아가 허둥지둥 침대에서 내려왔다.

휘를 따라 침실을 나서자 그가 그녀를 식당으로 이끌었다.

아차. 식당 청소!

결아는 아까 양념장 만들다 엎지른 이후 그대로 놔뒀다는 것도 뒤늦게 떠올라 허둥지둥 식당으로 향했다.

"어?"

부랴부랴 식당에 들어서자 어질러져 있던 것들과 사방에 튄 양념장의 잔해가 말끔히 정리되어 있었다. 그리고 식탁 위에는 자신이 만들다 만 닭볶음탕이 완성되어 있었다. 2인분의 세팅과 함께.

"이거 휘, 당신이…… 만든 거예요?"

결아가 눈을 둥그렇게 뜨고 묻자 휘가 식탁에 앉으며 말했다.

"그런 일까지 있었는데 너한테 만들라고 할 수는 없잖아. 오늘은 내가 잘못한 것도 있고 하니까 특별히."

휘는 평소의 말투였지만 왠지 겸연쩍어하는 표정이었다. 이 남자가 나 대신 요리를……?

"앉아. 맛은 보장 못 하지만."

"아, 네."

어리둥절한 얼굴로 보고 있던 결아가 얼른 식탁으로 다가왔다. 휘가 의자에 앉는 결아를 슥 보니, 자신의 옷을 입고 있는 모습이 꼭 커다란 아빠 옷을 입은 어린아이 같았다. 하지만 저 옷에 숨겨진 몸은 전혀 어린아이가 아니다. 문득 아까 봤던 장면이 떠오르자 휘는 목이 뜨거워지는 것이 느껴졌다.

휘가 크게 숨을 들이켜며 목 부근을 매만지는 사이 결아가 인사했다.

"잘 먹을게요."

"아, 그래."

조심스럽게 수저를 들던 결아가 멈칫하더니 아무래도 신경이 쓰인다는 얼굴로 물었다.

"그런데 저기……."

"뭐가?"

"아까 그…… 수, 수건 때문에 제대로 못 봤다고 한 거…… 정말이죠?"

순간 휘는 조금 전 자신의 생각을 들킨 것 같아 흠칫거렸다. 하지만 연기력을 발휘해 태연자약하게 말했다.

"못 봤다고 했잖아. 맹세해."

……완벽하게 보지 못한 건 사실이니까. 휘가 내심 찔리는 기분을 누르며 앉아 있는데 결아가 크게 한숨을 내쉬었다.

"휴우, 다행이다……."

그제야 안도한 듯 아이처럼 배시시 웃는 결아의 얼굴을 휘가 잠시 멍하니 바라봤다. 천진난만한 아이 같은 귀여운 얼굴로 웃는 모습이 어딘가 가슴 한구석을 찌리릿 하게 만들었다.

……뭐야? 이건.

심장이 조여드는 듯한 이상한 통증에 휘가 미간을 좁히고 젓가락을 들었다. 결아도 수저를 들고 작은 닭 조각 하나를 집어 들었다. 발갛게 익은 닭고기를 동시에 한입 씹는 순간,

"윽."

"……엑."

똥 씹은 얼굴로 시선을 교환한 두 사람은 입을 가리고 벌떡 일어났다. 그러고는 허둥지둥 각자 다른 화장실로 향했다.

맛이 없어도 이 정도로 사악하게 없을 수 있다니…….

악마의 음식을 소환한 것이 틀림없는 공포의 벌건 덩어리를 냄비째 음식물 쓰레기통에 버린 결아가 창백한 얼굴로 말했다.

"제, 제가 최대한 빨리 되는 걸로 뭔가 만들어 볼게요."

"……괜찮아."

입맛을 싹 잃게 할 정도로 엄청난 맛을 본 뒤라 휘가 핏기 없는 얼굴로 손을 저었다.

"그래도 식사는 하셔야……."

"괜찮다니까. 아, 네 옷은 세탁 맡겼으니 오늘은 그거 입고 가야겠다."

"아……."

결아가 자신이 입고 있는 헐렁헐렁한 휘의 티셔츠와 트레이닝 바지를 내려다봤다. 언니가 보면 이상하게 생각하려나? 시간을 확인한 결아는 얼른 집에 도착해 있으면 루리에게 들키지 않겠지, 생각하며 고개를 끄덕였다.

"그럼 전 이만 가 볼게요."

결아가 말하자 식탁 앞에 앉아 있던 휘가 일어섰다.

"바래다줄게. 오늘 정석이 집안일 때문에 못 와."

"전 괜찮……."

"그렇게 입고 나가면 남들이 이상하게 볼 텐데?"

아차. 사람들의 시선을 모으는 일은 절대 싫은 결아가 고민하는 얼굴로 입술을 다물고 있는데 휘가 식당을 빠져나갔다.

"기다려. 차 키 가져올 테니까."

"……네."

고분고분 대답하는 결아의 목소리를 들으며 휘는 그녀를 다루는 방법을 조금 알게 된 것 같다는 생각이 들었다.

집으로 가는 차 안은 조용했다. 결아는 자꾸만 떠오르는 아까의 창피한 순간 때문에 수시로 얼굴이 빨개졌다.

생각하지 말자. 생각하지 말자. 자꾸 생각하면 도로 한가운데서 차 문을 열고 탈주하고 싶어질지도 몰라. 그러니까 제발 잊자, 잊어!

창문에 기댄 머리를 콩콩 박으며 결아는 필사적으로 평정심을 유지하려 했다.

그때 휘가 습관처럼 차 문에 최대한 몸을 밀착하고 있는 결아를 힐끗 쳐다봤다. 모자를 쓴 채 헐렁헐렁한 자신의 옷을 입고 있는 모습이…… 보면 볼수록 왜 이렇게 귀여운 거야? 아까 본 장면 때문에 눈이 착시를 일으키는 건가?

휘는 제 눈을 비비고 다시 결아를 쳐다봤다. 모자 아래로 보이는 동그란 눈과 작은 코, 체리색 입술, 그리고 하얗고 여린 목덜미를 보자 왠지 온몸에 열이 올랐다.

정신 차려.

요즘 결아 때문에 감정적으로 혼란스러운 일이 많았지만, 이렇게 육체적으로까지 혼란스러워진 건 처음이었다. 저렇게 작은 여자에게 이런…… 욕망이 일어나는 것 자체가 왠지 죄책감이 들어 휘는 복잡한 감정을 억지로 봉인하며 운전에만 집중했다.

서로 다른 생각에 빠진 두 사람이 내뿜는 묘한 열기로 차 안의 온도가 조금씩 올라가고 있었다.

"대표님!"

대표실 문이 벌컥 열리고 유라가 등장했다. 화려한 금발로 염색한 유라가 짧은 핫팬츠를 입고 성큼성큼 들어오자 막 전화를 끊은 대호가 인상을 찌푸렸다.

"넌 어떻게 매번 노크를 안 하나?"

"저 휘 오빠 들어가는 드라마에 넣어 줘요!"

"아이고 두야……."

대호가 골치 아프다는 듯 지끈거리는 머리를 주물렀다. 그사이 유라는 대호의 눈앞까지 다가와 서 있었다.

"오빠 새 드라마 정해졌다면서요! 정해지면 미리 알려 달라니까 대표님은 왜 말을 안 해 줘요? 그러시기예요?"

유라가 씩씩거리자 대호가 한심한 얼굴로 보며 말했다.

"유라 너, 왕따지?"

"네? 그게 무슨 소리예요?"

뜬금없는 말에 유라가 인상을 찌푸렸다.

"다른 애들 한 번씩 다 와서 너랑 똑같은 소리 하고 갔어. 네가 마지막이야."

"뭐라고요? 이것들이 치사하게 나한테만……! 내가 잘나간다고 질투하는 게 분명해요!"

유라가 불을 내뿜을 듯 분노를 터뜨리다 다시 대호를 향해 고개를 휙 돌렸다.

"어쨌든 대표님! 나 꼭 넣어 줘야 돼요! 단역 말고 좀 비중 있는 걸로요. 안 넣어 주면 나 스케줄 안 가! 안 갈 거야!"

유라가 소파 위에 벌렁 누우며 어린애처럼 떼를 쓰기 시작하자, 대호가 피곤한 얼굴로 지끈거리는 머리를 눌렀다.

"아, 정말……."

"언니. 여기……."

"고맙다. 결아야! 언니 바빠서 가 볼게! 잘 들어가!"

또 지갑을 놓고 간 루리에게 그것을 전해 주자마자 그녀는 바람같이 사라져 버렸다. 그리고 맡은 바 임무를 완수한 결아는 오늘도 비상구로 숨어들었다. 14층의 계단을 익숙하게 밟아 내려가는데 10층에서 웬 남자 목소리가 들렸다.

"아니 최 피디, 그건 오해라니까 그러네. 내가 걔를 **빼** 오려던 게 아니라······."

엇! 사람이다!

계단 아래에 통화 중인 남자 사람이 보이자 결아는 주춤주춤 뒷걸음질 치며 11층으로 올라갔다. 아래에서는 보이지 않는 11층 비상구 모서리에 몸을 숨긴 결아가 귀를 쫑긋 세웠다.

할 수 없지. 여기서 통화가 끝날 때까지 기다렸다 내려갈 수밖에.

결아가 벽에 달라붙어 그렇게 생각하고 있는데 갑자기 비상구 문이 열렸다. 헉! 예상치 못한 상황에 결아의 눈이 크게 흔들렸다. 여, 여긴 피할 데가 없는데!

"······어?"

비상구 안으로 들어온 건장한 남자와 딱 눈이 마주쳤다.

"아! 이결아 씨?"

결아는 자신을 내려다보고 있는 현석을 당혹스럽게 바라봤다.

"현석····· 씨?"

이럴 수가. 원수는 외나무다리에서 만난다더니, 피하고 싶은 상대를 비상구에서 떡 만나 버렸다.

"여, 여긴 어쩐 일이세요?"

결아는 뒷걸음치고 있었지만 뒤는 벽이라 본의 아니게 제자리에서 문워크를 하고 있었다.

"······네?"

현석이 의문스러운 얼굴로 보자 결아는 그제야 제 질문이 이상하다는 것을 깨달았다. 나 좀 봐! 여긴 어쩐 일이냐니. 그게 비상구에서 마주친 사람에게 할 소리냐고?

"아니 그…… 제 말은……."

결아가 당혹스러운 얼굴로 식은땀만 뻘뻘 흘리고 있자 현석이 빙긋 웃었다.

"좀 피하고 싶은 사람이 있어서 도망친 건데, 결아 씨도 한잔할 래요?"

"네? 아…… 아뇨. 괜찮아요."

현석이 제 손에 들린 커피를 보여 주며 말하자 결아가 얼른 사 양했다.

"그러지 말고 한잔해요. 요즘 마음고생 심할 텐데 당분이 도움 이 될 거예요. 커피 뭐 좋아해요?"

"아니, 전 정말 괜찮……."

"아, 전에 작가실에서 마시던 거 뽑아 오면 되죠? 이거 잠깐 가 지고 있어요."

아니라고 몇 번을 말했으나 현석은 젠틀한 얼굴로 미소 짓고는 문을 열고 나갔다. 자신의 손에 커피 잔을 달랑 쥐여 주고는.

……이, 이게 무슨. 이런 걸 보고 뭐라고 하더라. 똥 피하려다 똥 밟았다? 아래에 있는 남자 사람을 피하려다 현석을 만나 버리 다니.

결아가 그냥 커피 잔을 놓고 도망칠까 궁리하는 사이 현석이 다 시 나타났다.

"전에 마신 거 이거 맞죠? 화이트모카."

현석이 내민 컵을 결아가 잠시 멍하니 바라봤다.

"아, 맞아요. 감사합니다."

그런 것도 기억해 주다니. 기억력이 정말 좋은 사람인가 봐. 결 아는 현석이 내미는 잔을 조심스럽게 받았다. 이 커피를 다 마셔야

이곳에서 탈출할 수 있겠지? 결아가 급히 커피 잔을 입술로 가져
가려는데 현석이 먼저 말했다.

"천천히 마셔요. 괜히 급하게 먹다가 입천장 다 뎁니다."

"누가 뜨거운 커피를 그렇게 빨리 마신다고……."

결아는 당연한 듯 옹알거리고는 커피를 최대한 자연스럽게 다시
아래로 내렸다.

……데, 델 뻔했네.

괜히 입천장이 쓰리는 기분에 혀로 살살 매만지는데 옆에서 웃
는 소리가 났다.

왜 웃지? 결아는 쿡쿡거리며 웃고 있는 현석을 의아스럽게 쳐다
봤다. 이유도 없이 웃는 데다, 더구나 이 남자는 웃는 얼굴도 무표
정에 가까웠다. 무서워……. 그런데 이 커피는 왜 이렇게 빨리 안
식는 거야?

"커피가 왜 이렇게 빨리 안 식나, 싶죠?"

"헉! 독심술 하세요?"

결아가 충격 어린 눈으로 뎅그렇게 쳐다보자 현석이 무표정에
가까운 얼굴에 희미한 미소를 띠고 말했다.

"결아 씨는 표정에 다 드러나요."

"정말요? 몰랐는데……."

결아가 괜히 제 얼굴을 매만지며 슬그머니 눈치를 보다 말했다.

"제가 현석 씨한테 개인적인 악감정이 있어서 그런 건 아니니
오해는 하지 마세요. 그냥 성격 때문……이거든요."

"그런 오해는 안 해요. 그런데 결아 씨는 오늘도 언니 일 때문
에 여기 온 건가요?"

"아, 네."

"라디오 일?"

"그건 아니고…… 언니가 두고 간 물건이 있어서요."

"아아. 그렇군요."

"현석 씨……는요?"

"아, 저도 일이요. 더빙 일을 좀 맡게 되어서 당분간 방송국에 자주 올 것 같네요."

"아아…… 그렇구나. 하긴 목소리가 좋으시니까……."

"칭찬 감사합니다."

"……."

그리고 당연하게도 대화가 끊기고 침묵이 이어졌다. 지금 현석은 본래 자신의 성격보다 훨씬 말을 많이 하는 건데도 더 이상 대화가 진행되지 않았다. 그러고 보니 자신이 원래 그다지 말이 많지 않은 편이라는 것이 떠올랐다. 특히 여자한테는 더욱. 즉 지금 그로서는 무척 노력을 하고 있다는 뜻이었다.

"저, 그럼…… 커피 잘 마셨어요."

언제 커피를 다 마신 건지 어느새 빈 종이컵을 든 결아가 슬그머니 움직였다. 비상구 표시등 그림처럼 날쌔게 사라지려는 결아를 현석이 황급히 불렀다.

"결아 씨, 잠깐만요."

"네?"

총알처럼 내빼려던 결아가 계단에 한쪽 발을 걸친 채 엉거주춤 뒤돌아봤다. 그러자 현석이 커피 잔을 든 상태로 잠시 고민하다가 입을 열었다.

"많이 힘들지 않아요?"

"뭐가요?"

결아가 영문 모를 얼굴로 고개를 갸웃거렸다. 그러면서도 발은 한 계단씩 천천히 아래로 내려가는 것을 멈추지 않았다.

"휘 녀석한테 시달리는 거요."

"아, 뭐. 괜찮아요."

왜 그런 걸 물어보는 걸까? 결아는 현석의 의도를 짐작하지 못해 아리송한 표정을 지었다.

그리고 현석은 점점 멀어지는 결아를 보다가 말했다.

"많이 힘들면……."

뭔가 말을 더 이으려던 입을 다물고 그가 어색한 미소를 지었다.

"아닙니다. 아무것도."

"그럼, 커피 잘 마셨습니다."

꾸벅 인사를 한 결아가 도도도 계단을 내려갔다.

현석은 커피 잔을 든 채 계단 아래로 멀어지는 결아를 바라봤다. 그녀가 사라질 때까지 그 자리에 서 있던 현석이 살짝 표정을 굳히고 안경을 추켜올렸다.

"뭘 말하려고……."

방금 전 왠지 자신과는 어울리지 않는 말을 꺼내려고 했던 것 같다는 생각이 들었다. 일전에 휘의 집을 찾아갔던 것도 그렇고, 굳이 대화를 이어 가기 위해 애쓰는 것도…… 자신과는 어울리지 않는 행동이었다.

저 여자에 관해서는 본의 아니게 예상을 벗어나는 행동을 자꾸하게 된다. 전에 계단으로 오르락내리락하는 결아를 본 이후로 습관처럼 비상구를 찾게 된 것도 그렇고.

현석은 그 자리에 조용히 선 채 생각에 잠겨 있었다.

♡　♥　♡

결아는 휘의 집 주차장 엘리베이터 입구에서 버튼을 누르지 못하고 서성거리며 입술을 깨물었다. 그날 일은 생각하지 않기로 했으면서 역시 무리인 모양인지 결아의 얼굴은 홍당무처럼 발그레했다.

아아, 안 되겠어. 너무 부끄…….

번뇌에 빠져 있던 결아가 갑자기 엘리베이터 도착음과 함께 눈앞에서 문이 확 열리자 고개를 번쩍 들었다.

헉!

눈앞엔 번뇌의 대상인 휘가 떡하니 서 있었다.

"지금 오는 길이야?"

"아, 네."

휘는 댄디한 브리티시 스타일 슈트를 입고 선글라스까지 장착하고 있었다. 온몸으로 배우 포스를 뿜어내는 휘를 위아래로 쳐다보며 결아가 물었다.

"그런데 어디 가시는……."

"약속이 있어. 다녀올 테니 청소하고 식사 준비 해 놔."

"네."

휘가 자신을 지나쳐 주차장 쪽으로 걸어가자 결아는 내심 안도했다. 게다가 휘는 그날 일을 전혀 염두에 두고 있는 것 같지도 않고…….

"저 남자에게는 별일이 아니었나?"

저렇게 아무렇지 않은 걸 보면 지금까지 그런 일들이 많았다거나……? 여자 몸을 볼 일이 많은 상황이란…… 역시 그런 거겠지?
그렇게 생각하니 결이는 왠지 기분이 묘하게 가라앉았다.

"에이, 무슨 생각 하는 거야. 평소와 똑같으면 좋은 거지, 뭐."
고개를 붕붕 저은 결이는 잽싸게 엘리베이터에 탑승했다.

휘는 그의 날렵한 은색 포르쉐가 주차되어 있는 곳으로 걸어가
차에 올라탔다.

"……."
시동을 건 채로 휘는 운전석에 잠시 앉아 있었다. 방금 결이를
본 순간 그날 일이 저절로 오버랩 됐다. 막 목욕을 끝낸 매끄러운
살결과 의외로 굴곡진 몸의 라인이 다시 떠오르자 휘가 곧장 고개
를 저었다.

"떠올리지 마. 떠올리지 말라고."
사춘기 청소년도 아니고, 여자 몸에 설렐 일이 뭐 있어?
하지만 생각과 다르게 뇌라는 녀석은 한번 저장한 이미지를 제
멋대로 점점 더 윤곽을 뚜렷하게 드러내는 데 최선을 다하고 있었
다. 한줌에 잡힐 듯한 허리, 쭉 뻗은 다리와 허벅지보다 유독 긴
종아리가 상체의 비율과 합쳐져…….

"합쳐지긴 뭘 합쳐져. 미쳤냐?"
바짝 미간을 좁힌 휘는 머릿속에 두둥실 떠올라 있는 선명한 살
색 영상을 애써 무시하며 차를 출발시켰다.

"처음 뵙겠습니다. 선우휘입니다."
"장준영입니다."
휘와 준영은 가볍게 악수를 하고 자리에 앉았다. 업계에서 최고

주가를 달리고 있는 감독인 장준영과 뜨거운 인기몰이를 하고 있는 배우 선우휘의 첫 만남이었다.

자리에 앉아 있는 것만으로도 빛을 발하는 미모의 휘와 큰 키에 깡마른 몸을 가지고도 예술가적 포스가 충만한 준영은 이번 드라마의 감독과 주연 배우였다.

"최고의 라인업을 갖춘 만큼 국장님도 아주 기대가 크다고 하셨어요. 제작발표회 전에 따로 자리를 만들겠다고 했으니 다들 참석 부탁드려요."

드라마 제작 총괄을 맡은 희연의 말에 대호가 바로 대답했다.

"아이고, 국장님이 만드신 자리면 무슨 일이 있어도 꼭 참석해야죠. 하하."

그러자 희연이 생긋 웃으며 말했다.

"이미 언론에서 열심히 홍보해 줘서 저희 홍보팀에선 따로 할일이 없을 정도예요."

"워낙에 기대를 모으는 분들의 합작이니 그럴 법도 하지요. 오랜만에 진행하는 큰 프로젝트라 기자들도 단 냄새 맡고 달려들 만합니다."

제작 대표와 소속사 대표는 화기애애한 분위기로 대화를 이어 갔지만, 정작 그 기대를 모으는 주역들은 무심한 얼굴이었다. 모델처럼 앉아 있는 휘와 조용히 술만 마시고 있는 준영을 희연과 대호가 힐끔거렸다.

"휘 씨가 우리 장 감독님 시나리오를 직접 지목하셨다고요?"

희연이 분위기를 부드럽게 이끌기 위해 휘를 띄워 줄 생각으로 물었다.

"아, 네."

휘가 대답하자마자 쿡, 하고 김빠진 웃음소리가 들렸다. 그러자 그 자리에 있는 사람들 모두가 소리가 난 쪽으로 고개를 돌렸다. 그 소리의 진원지가 위스키 잔을 들고 있는 장 감독이라는 걸 확인하자 희연이 당황스러운 표정을 지었다.

"뭐 재미있는 일이라도 떠올랐나 봐요, 감독님?"

희연의 얼굴에 낭패감이 스쳐 지나갔지만 다시 얼른 웃으며 준영에게 말하니, 그는 위스키 잔을 내려놓으며 어깨를 으쓱했다.

"지금 내 앞에 앉아 있는 배우가 한 말이 꽤 재미있어서요."

"……저 말입니까?"

휘가 한쪽 눈썹을 치켜올리며 준영을 바라봤다. 아까 처음 만났을 때 악수하는 몸짓과 표정으로 이미 자신에게 우호적이지는 않다는 걸 본능적으로 눈치챘다.

"네. 시청률 깡패라 불리신다는 대배우께서 손수 제 작품을 골라 주셨다니 황송하기 짝이 없어서 말입니다."

준영이 위스키 잔을 빙글빙글 돌리며 말하자 휘가 말없이 그를 마주 봤다.

두 사람 사이에 서늘한 시선이 오가자 옆에 앉아 있던 정석이 바짝 긴장한 채 대호를 바라봤다. 대호 역시 불안한 눈동자로 둘을 주시하고 있었다.

'시, 시선이 심상치 않은데요.'

'내 말이.'

대호와 정석이 거친 생각과 불안한 눈동자로 대화하고 있는데, 휘가 빙글거리며 입을 열었다.

"감독님의 말씀이 칭찬으로 들리지는 않는군요."

"연기력이 갖춰지지 않은 배우에게 듣기 좋은 말을 하는 배려는 없어서."

"……!"

희연이 뜨악한 표정을 짓는 순간, 룸 안에 정적이 흘렀다. 정석과 대호는 끝장났다는 표정으로 서로를 바라봤다.

'물 건너갔군.'

'갔네요.'

누가 들어도 비꼬는 것이 역력한 삐딱한 시선을 던지고 있는 준영을 희연이 잽싸게 잡아 일으켰다.

"죄송하지만 잠시 실례할게요. 감독님. 잠깐 저 좀……."

"왜? 여기서 얘기하면 안 되나? 아까 했던 입 좀 조심해 달라는 얘기라면."

"가, 감독님!"

희연의 얼굴은 그야말로 사색이 됐다.

"어쨌든 따라오세요! 그, 그럼 잠시 대화들 나누고 계세요. 호호호……."

필사적으로 희연이 준영을 끌고 나갔다. 정적이 흐르는 룸 안에 남아 있는 사람들은 휘의 눈치만 살폈다. 제작사 쪽의 박 부장이 이 분위기를 타파해 보고자 과도한 웃음을 지으며 말했다.

"자, 장 감독이 조금 취한 모양입니다. 하하하. 기분 상하신 건……."

"취중진담이라는 말이 괜히 있는 건 아니죠."

휘가 시니컬하게 응수하자 박 부장이 식은땀을 삘삘 흘렸다.

"아니, 그게……."

"걱정 마세요."

"네, 네?"

239

휘가 박 부장을 보며 싱긋 웃었다.

"방금 전의 일로 기분 나쁘다고 제가 계약을 캔슬시키는 일은 없을 테니까 안심하시라는 뜻입니다."

"아…… 네."

박 부장은 천만다행이라는 얼굴로 안도의 숨을 내쉬었다. 휘의 성격상 분명 계약을 엎을 거라고 생각했던 대호와 정석은 의아스러운 시선으로 서로를 멀뚱멀뚱 바라봤다.

'이게 무슨 소리야? 방금 계약 엎는다는 걸 내가 잘못 들은 거야?'

'아뇨. 대표님이 들으신 게 맞아요. 저도 지금 제 귀를 의심 중입니다.'

'엎지 않겠다니 다행이긴 한데, 얘가 이렇게 나오니까 또 불안한데…….'

'사람이 갑자기 바뀌면 죽을 때가 됐다고 하잖아요. 설마…….'

대호와 정석의 은밀한 숙덕거림과는 상관없이 휘는 태연한 얼굴로 위스키를 마셨다.

"형. 잘 참았어요. 전 정말 형이 당장 엎어 버릴까 봐 얼마나 조마조마했었는데요."

돌아오는 차 안에서 정석이 휘의 프로페셔널한 인내심을 침이 마르도록 칭찬했다. 그러자 휘는 스마트폰에 시선을 고정시킨 채 무감하게 되물었다.

"참다니, 누가?"

"장 감독님 도발에 형이 참고 넘어간 거잖아요. 분명 기분 나빴을 텐데 그래도 같이하겠다니, 지금까지의 형 성격으로는 상상도 못 할 일 아니에요? 형의 눈부신 성장에 대표님이랑 저랑 얼마나 뿌듯하고 자랑스러웠는…….."

"잘못 짚었어."

"네? 잘못 짚다니, 뭐가요?"

정석이 의아한 표정을 짓자 휘가 입술 끝을 말아 올리곤 말했다.

"그 감독은 내가 하차하길 바라고 그딴 소리를 한 거야. 내가 하차하면 그거야말로 그 감독 뜻대로 되는 거겠지. 안 그래?"

"그야…… 그렇겠죠."

"내가 미쳤다고 그 감독 의도대로 움직여?"

휘의 말에 눈을 끔벅거리던 정석이 말했다.

"그럼 형은 이대로 계속하는 게 그 감독을 엿 먹이는 방법이라 그대로 하기로 한 거예요?"

"당연하지."

휘의 사악한 목소리에 정석이 어이없는 눈으로 그를 쳐다봤다.

"어후, 형은 정말……."

정석은 고개를 절레절레 저으며 잠시나마 휘가 발전했다고 뿌듯해한 자신을 질책했다. 휘는 자신을 도발한 상대에게 굽히고 넘어갈 사람이 절대 아니다. 집요하게 따라가서 장딴지를 걸었으면 걸었지…….

아무튼 감독이랑 이렇게 삐거덕대서야 앞으로 촬영을 어떻게 하는지, 원.

정석은 앞일을 생각하는 것만으로도 십 년은 더 늙는 기분에 한숨을 푸욱 내쉬었다.

결아는 먼지 하나 없이 말끔하게 청소가 끝난 휘의 집 안에 오도카니 앉아 있었다.

"그때처럼 기다리라는 말은 없었지만…… 그렇다고 먼저 가라는 말도 없었잖아."

사실 청소는 진즉 끝났다. 그런데 집에 가야 할지 말아야 할지 고민하며 여기저기 계속 닦아 댔더니 집 안에선 그야말로 광채가 흐르고 있었다.

"아아, 눈부셔……."

자신이 닦아 놓고도 번쩍번쩍한 광채에 시력을 잃을 지경이었는데 때마침 휘가 도착했다.

"아."

집 안에 들어온 휘가 엉거주춤 일어선 결아를 보고 멈칫했다. 결아는 휘와 눈이 마주치자 얼굴이 화르륵 붉어졌다.

으윽, 역시 얼굴 마주치긴 불편해. 고의든 아니든 역시 알몸 공개에 기절 콤보는 감당하기 어려운 대미지였다.

"다녀오셨……어요."

결아가 뻘쭘한 얼굴로 인사하자 휘는 그제야 생각났다는 듯 말했다.

"아, 청소시킨 걸 잊고 있었군."

"잊으셨구나……. 어쨌든 오셨으니 전 이만 가 볼게요."

결아가 얼른 인사하고 휘를 지나쳐 엘리베이터가 있는 쪽으로 도망치자, 그가 멀어지는 그녀를 슥 돌아보며 말했다.

"오늘처럼 농땡이 피우다 늦게 오지 말고 내일은 제시간에 와라."

"네. 그, 그럴게요."

농땡이가 아니라 민망해서 그랬을 뿐인데. 결아는 속으로 중얼거리며 엘리베이터에 올라탔다.

그리고 결아가 탄 엘리베이터가 내려가는 것을 확인한 휘가 어깨를 들썩이며 크게 숨을 내쉬었다.

"후우."

바보같이. 뭘 긴장까지 하고 있어?

휘가 매끈한 이마를 일그러뜨렸다. 방금 전 결아를 잊은 척한 건 연기였다. 실은 오늘 미팅하는 내내 머릿속에서는 집에 있는 결아를 떠올렸다. 엘리베이터를 타고 올라오는 동안에도 계속.

"……설마 그걸 봤다고 이러는 건 아니겠지."

휘가 못마땅한 듯 중얼거렸다.

귀찮다고 여자를 너무 안 만났나? 그래서 저런 유아틱한 여자의 몸에도 이런 반응을……. 아니, 몸은 분명 유아틱하진 않았……. 아, 이런. 또 떠올려 버렸잖아!

휘가 짜증스러운 손길로 제 머리칼을 흩뜨렸다. 거칠게 반응하며 점점 커지는 심장 소리에 그의 얼굴이 당혹스럽게 일그러졌다.

08.

별이 빛나는 밤에

J호텔 페어리스 홀에서 열린 〈시간의 꽃〉 제작발표회에는 수많은 기자들이 몰려들었다. 카메라 플래시와 스포트라이트가 쏟아지는 무대 위에 장준영 감독과 주연 배우들이 앉아 있었다. 그중 가장 많은 카메라 세례를 받는 건 단연 선우휘였다.

"이번에 맡은 강도욱이라는 역은 지금까지 맡았던 배역과는 다른, 어두운 내면을 가진 인물입니다. 많이 긴장되지만 좋은 연기 보여 드리기 위해 노력하겠습니다."

휘의 멘트와 함께 플래시가 사방에서 동시다발적으로 터졌다. 속기사처럼 빠르게 휘의 멘트를 받아 적은 기자들은 실시간으로 포털에 기사를 송고했다. 시크한 블랙 재킷에 실켓 화이트 티셔츠를 매치한 휘의 완벽한 신체 비율, 조각 같은 외모와 헤어스타일까지 그의 모든 것이 기사화되어 쏟아졌다.

"정말 대단하네요."

기자석 뒤에 멀찍이 떨어져 앉은 결아가 옆에 앉아 있는 정석에게 소곤거렸다.

"올해 최고 기대작이니까 당연히 기자들 경쟁이 치열하죠."

정석은 대답하면서도 조금 불안한 표정을 지었다. 겉보기엔 장 감독이나 휘는 전혀 문제없는 것처럼 보이지만, 그들 사이에는 알래스카 저리 가라의 싸늘한 냉기류가 흐르고 있었다.

그날 이후 장 감독 쪽에서도 아무런 코멘트가 없었는데……. 캐스팅에 대해 대놓고 불편한 심기를 드러냈던 첫 미팅 이후로 제작사 측에서 사과는 받았으나, 감독 본인의 의사와는 관련이 없어 보였다.

그럼 여전히 휘를 안 좋게 보고 있다는 뜻인데……. 이대로 크랭크인을 해도 괜찮을까? 그래서 제작발표회를 최대한 늦췄으면 했는데 드라마 일정을 미룰 수 없다고 하여 뜻대로 되지 않았다.

정석의 고민이 깊어지는데 마침 휘가 취재진의 질문을 받았다.

"장준영 감독님은 국내 최연소 칸 영화제 진출 감독이시고 세계 유수의 상을 휩쓸어 명성이 대단하신데요. 감독님과는 어떤 인연으로 이번 드라마를 함께하시게 된 건가요? 평소 감독님에 대한 배우로서의 선우휘 씨 개인적인 생각도 궁금합니다."

질문을 받은 휘가 마이크를 들고 준영을 힐끗 쳐다봤다.

하필 지금 이런 질문을……!

정석이 몹시 당혹스러운 표정으로 휘의 얼굴을 바라봤다. 그리고 찰나의 순간이 지나 휘가 빙긋 웃으며 대답했다.

"평소 무척 존경하던 감독님이셨는데 이번 기회를 통해 함께 작업하게 되어 영광스럽게 생각하고 있습니다."

휴우. 다행이다. 우려와는 달리 틀에 박힌 멘트긴 했지만 나쁘지 않은 대답을 해서 정석이 안도의 한숨을 내쉬었다.

"이번에는 장준영 감독님께 질문드립니다. 감독님은 배우 선우휘 씨에 대해 어떤 생각을 가지고 캐스팅하셨나요?"

"공교롭게도 캐스팅한 건 제가 아니라."

"……네?"

"저의 의사와는 관계없다는 뜻입니다."

준영의 말에 질문한 기자가 눈을 깜빡였다. 그러더니 순식간에 먹이를 노리는 매서운 독수리의 눈빛으로 마이크를 움켜잡았다.

"그렇다면 혹, 감독님께서는 이번 캐스팅에 불만이 있으시다는 뜻인가요?"

"그야 저 재……."

"자, 잠시 쉬는 시간 갖고 진행하겠습니다! 30분만 끊을게요!"

출동 명령을 받고 황급히 튀어나온 진행요원의 말에 따라 진행이 뚝 끊겼다.

"뭐야? 방금. 장준영 감독이 한 소리 들었어?"

"나도 내가 잘못 들은 건 줄 알았는데, 그 말 맞지?"

"장 감독이랑 선우휘랑 사이가 안 좋나?"

술렁이는 소리가 홀 전체에 흘러넘쳤다. 주변을 모조리 당혹감에 빠뜨려 놓고도 준영과 휘만 태연한 얼굴로 앉아 있었다.

아깝다! 특종을 건질 기회였는데! 기자의 촉을 살려 대형 떡밥을 건질 기회를 놓친 기자가 마이크를 잡고 아쉬운 표정을 지었다. 그러나 지금 나온 말대로만 기사를 써도 여러 가지 유추가 가능했다. '그야 저 재수 없는 배우'라거나 '그야 저 재벌 3세 전문 배우 따위'라거나, 쓸 수 있는 말은 많고도 많았으니까.

비슷한 생각을 한 기자들이 마음껏 상상의 나래를 펼치며 타자를 두들겨 대는 모습을 보며 정석이 절망감에 사로잡혔다.

"아아, 결국 벌어졌어."

"뭐, 뭐가요?"

결아가 영혼이 빠져나간 듯한 정석을 걱정스러운 시선으로 보며 물었다.

"우려하던 일이 말이죠……."

정석이 창백해진 얼굴로 가방에서 위장약을 찾아 꺼냈다. 그 모습을 본 결아가 휘에게 시선을 돌렸다. 그는 평소와 전혀 다르지 않은 얼굴로 앉아 있었기 때문에 정말 속을 알 수가 없었다.

대체 뭐가 우려스럽다는 걸까.

결아는 앞으로 엄청 신경 쓰일 일이 벌어질 것 같은 기분에 괜히 긴장이 됐다.

"난 괜찮다니까. 기분 나쁠 것도 없고."

대기실에 앉아 있는 휘는 놀랄 만큼 태연한 얼굴이었다. 휘파람이라도 불 기세로 삐콩거리며 스마트폰 게임 안에서 또 정체불명의 작물을 키우고 있었다.

"그, 그래도 형. 정말 기분 나빠 하지 마세요. 기사는 회사에서 잘 막을 거니까 걱정하지 말고."

"걱정할 게 뭐 있어."

휘가 입술을 말아 올리며 멋들어진 미소를 지었다. 그 미소를 보니 정석은 더욱 불안해졌다. 경험상 휘의 미소에서 빛이 나면 날수록 자신에게 곤란한 일이 생기곤 했으니까.

조금 전엔 잘 몰랐지만 뒤늦게 상황 파악을 한 결아도 휘의 눈치를 보며 대기실 한쪽에 앉아 있었다.

장준영 감독님은 이 남자가 맘에 안 드는 걸까……?

아까 봤던 장면에 따르면 휘는 속이야 어쨌든 겉으로는 예의 바르게 나갔지만, 장준영 감독은 그럴 생각이 전혀 없어 보였다.

지금까지 감독이랑 배우 사이가 안 좋은 케이스는 많이 봐 왔어도 이렇게 제작발표회부터 대놓고 드러낸 경우는 본 적이 없는데……. 감독한테 그런 말 들으면 배우로서 자존심 상하긴 하겠다.

그렇게 생각하니 왠지 싱글싱글 웃고 있는 휘가 조금 안쓰러워 보이기도 했다. 일부러 괜찮은 척하는 것 같기도 하고. 결아가 그런 생각을 하며 휘를 물끄러미 바라보고 있는데 그가 말했다.

"뭘 봐?"

"……네?"

그러고 보니 언제부터 이 남자와 눈이 마주치고 있었지? 정신을 차리고 보니 휘가 한쪽 눈썹을 홱 치켜올리곤 자신을 마주 보고 있었다.

"할 말 있는 표정으로 뭘 그렇게 빤히 보냐고."

"아, 정말 괜찮으신가…… 해서요."

"너도 정석이랑 같은 소리 하는 거야?"

휘가 언짢은 표정으로 시선을 돌리더니 다시 스마트폰 게임에 집중했다.

"감독이 날 어떻게 생각하든 상관 안 해."

"그래도 불편할 것 같은데……."

"불편한 공기가 흐르면 사람들은 감독을 탓하겠지. 대놓고 그런 분위기를 만든 건 감독이니까."

그것도 그런가……? 결아가 고개를 갸웃거리고는 눈동자를 데굴 굴려 휘를 바라봤다.

"그래도 촬영장 분위기는 살벌한 것보다는 화기애애한 게 낫잖아요. 몇 달간 함께 촬영해야 할 텐데."

"상관없다니까."

휘가 관심 없다는 듯 느른하게 말하자 결아는 답답한 기분이었다. 그래도 그 극본에 조금은 관심이 생긴 줄 알았는데…… 착각이었나 봐.

결아는 조금 시무룩한 표정이 되어 괜히 손가락을 꼼질거렸다.

기대했는데. 장준영 감독과 선우휘의 드라마…… 물론 순수한 시청자의 팬심으로. 하지만 시작부터 배우와 감독이 삐거덕거리는 드라마라니, 아무래도 잘되긴 힘들겠……지?

결아가 휘를 힐끔거렸다. 드라마와 아무 관련이 없는 자신조차 이렇게 불안한데 왜 정작 주연 배우인 휘는 저리도 태연해 보이는 건지.

결아는 도저히 이해할 수 없다는 표정으로 고개를 살랑살랑 저었다.

회사의 힘으로 기사는 막았지만, 제작발표회장에 있던 수많은 입들까지 모두 봉쇄하기는 무리였다. 올해 최고 기대작으로 손꼽히는 드라마라 사람들의 관심은 더욱 많은 루머를 양산해 냈다.

감독과 주연 배우의 불화설이 암암리에 퍼져 가는 가운데 고사를 지내는 날이 됐다.

"딱히 코디까지 따라올 자리는 아닌 것 같은데……."

소심한 옹알거림을 무시당한 결아도 정석과 함께 그 자리에 있었다. 고사를 지내는 곳에는 많은 출연진과 스태프들이 있어서 조금 멀찍이 떨어져 앉긴 했지만 솔직히 긴장이 됐다.

"김길수 님 나와 주시죠."

사회자의 말에 출연진 중 가장 나이가 많은 베테랑 배우가 대표로 나가 향을 피웠다. 그 모습을 무심한 얼굴로 보고 있던 휘에게 여주인공 역을 맡은 한주미가 다가왔다.

"잘됐으면 좋겠어요. 그죠?"

주미는 소위 A급이라 불리는 여배우였다. 톱배우들만 찍을 수 있는 각종 화장품과 휴대폰 등 굵직한 광고를 섭렵하고 있는 그녀가 말을 걸자 휘가 내려다봤다.

"그래야죠."

휘가 짧게 대답하자 주미가 머리칼을 귀 뒤로 넘기며 속삭였다.

"어느 정도의 불화설은 노이즈 마케팅도 되니까 너무 신경 쓰지 말아요."

은근한 목소리로 말한 주미가 미소를 지으며 지나치자 휘가 뒤쪽으로 고개를 돌렸다. 아까부터 습관적으로 결아가 있는 곳을 주기적으로 확인하고 있었다. 아니, 아까 전이 아니라 최근…… 언제 부터인지는 기억나지 않지만, 자신의 행동이 꽤 익숙하게 느껴지고 있었다.

뭐야?

그런데 결아를 본 순간 휘가 의아스러운 표정을 지었다. 그녀의 눈에는 눈물이 그렁그렁 맺혀 있었다. 그 모습을 미심쩍게 바라보던 휘가 주변을 한 바퀴 둘러봤다. 연예인들이 너무 많이 있어서 겁을 먹었나?

몸을 돌린 휘는 사람들 사이를 지나쳐 멀리 떨어진 정석과 결아가 있는 곳으로 걸어갔다.

"부정 타게 고사장에서 왜 울고 그래?"

휘가 말하자 고개를 숙이고 있던 결아가 빠끔 얼굴을 들었다.

……역시.

눈물이 그렁그렁 맺혀 있는 결아의 얼굴을 본 휘가 미간을 좁혔다. 잘못 본 게 아니라 결아는 역시 울고 있었다. 결아의 우는 얼굴을 본 게 한두 번이 아닌데 휘는 왠지 가슴이 막힌 듯 답답해지는 것을 느꼈다.

"왜 우냐고."

휘가 성마르게 묻자 결아가 손으로 어느 한 곳을 가리키며 대답했다.

"아, 아니…… 돼지가."

"돼지?"

휘가 결아의 손가락 방향에 따라 고개를 돌려 고사상 위에 떡하니 올라간 돼지머리를 바라봤다.

"저 돼지가 왜? 설마 돼지머리가 너무 불쌍하다거나 그런 건 아니겠지."

휘가 농담조로 말하자 결아의 얼굴이 더욱 울상이 됐다.

"부, 불쌍해요……."

……진짜였어? 설마 했는데 진짜 그래서였다니. 당혹스러운 표정으로 정석과 시선을 교환한 휘가 말했다.

"입에 돈다발을 잔뜩 물고 있는데 뭐가 불쌍해."

"그래도요. 죽었는데도 편히 영면하지 못하고 이렇게 사람들한테 둘러싸여선……."

결아가 방울방울 맺힌 눈물을 손등으로 훔치자 휘가 한숨을 내쉬었다.

"하여간. 이런 유리멘탈로 세상을 어떻게 살아왔냐."

결아가 울고 있는 모습이 왠지 안타까운 마음에 휘는 점점 더 속이 답답해졌다. 성마르게 머리칼을 쓸어 올리는데 그때 진행 멘트가 들렸다.

"이번엔 주연 배우분들 차례입니다. 선우휘 씨부터 나와 주세요."

잠시 생각에 잠겨 있던 휘는 결아를 힐끗 내려다보며 말했다.

"알았어. 더는 저 돼지가 불쌍하다는 생각이 들지 않게 해 주지."

"⋯⋯네?"

결아가 물기 어린 눈을 동그랗게 뜨고 고개를 드니 휘는 그대로 고사상 쪽으로 걸어가 지갑에서 수표 한 장을 꺼냈다.

"헉! 저, 저거 백만 원짜리야!"

"설마 저걸 꽂으려고?!"

휘를 지켜보던 사람들의 눈이 휘둥그레졌다. 그 소란에 아랑곳하지 않은 휘가 허리를 숙여 빳빳한 수표를 돼지 입에 척하니 물렸다.

"우와, 대박! 진짜 꽂았어!"

"역시 주연 배우는 달라. 통이 크다니까!"

사람들의 놀라운 목소리를 뒤로한 휘가 자연스럽게 결아가 있는 쪽으로 돌아왔다. 그러고는 멍하니 자신을 보고 있는 결아 앞에 섰다.

"이제 됐지? 다들 저 돼지머리를 부러워하잖아."

결아는 왠지 자랑스러운 얼굴을 하고 있는 휘를 보며 뭐라 말해야 할지 몰라 어색하게 웃었다.

"아…… 그러……네요. 하하……."

"어엇!"

"뭐, 뭐야?"

그때 갑자기 주변이 더 소란스러워졌다. 어색하게 웃고 있던 결
아도 고사 지내는 쪽을 바라보니 돼지머리 앞에 준영이 서 있었다.
그리고 출연진과 스태프들이 다들 놀란 눈으로 그런 준영을 바라
보고 있었다.

"사…… 삼백씩이나!"

"무려 세 장! 휘의 세 배를 꽂았어! 과연 감독이 주연 배우에게
질 순 없다는 건가?"

사람들의 흥분된 숙덕거림을 들은 휘가 예리한 시선으로 앞을
보더니 그대로 성큼성큼 걸어 나갔다. 거액의 수표를 입에 물고 있
는 돼지머리를 힐끗 쳐다본 휘가 감독 쪽으로 시선을 돌렸다.

"감독님도, 쓸데없는 데에 자존심 세우시네."

휘가 피식 웃으며 말하자 준영이 태연한 얼굴로 대답했다.

"신성한 고사를 쓸데없는 일로 치부하는 주연 배우만큼 쓸데없
진 않을 것 같은데."

그들 사이로 보이지 않는 묘한 기류가 흐르고 있었다. 순식간에
싸늘해진 분위기에 다들 숨을 죽이고 두 사람을 바라봤다.

"뭐, 뭐야. 분위기 또 왜 이래?"

"제작발표회 이후로 고사 지내는 날까지…… 무사히 지나가는
날이 없네요."

불안하게 수군거리는 사람들 사이에서 결아와 정석도 걱정스러
운 얼굴로 서 있었다.

"으으. 형은 왜 굳이 저런 말을 해선. 분위기 험악해지게 참……."

결아는 안절부절못하는 정석을 보며 자신도 덩달아 초조해지는 기분이었다.

이 드라마 정말 괜찮을까……?

고사장에서의 일 이후 집에 와서까지 휘는 기분이 안 좋아 보였다.

"처음부터 오백, 아니 큰 거 한 장쯤은 꽂았어야 되는 건데."

자존심이 상한 듯 중얼거리는 휘의 눈치를 보며 결아는 조심히 그가 앉아 있는 소파에 다가갔다. 한 장은 도대체 얼마를 말하는 걸까. 보통 드라마 고사라는 것이 그렇게 거액이 오가는 자리였던가. 결아는 몹시 궁금했지만 묻지 못한 채 다른 말을 꺼냈다.

"저어…… 청소 다 했는데 이만 가 봐도 될까요?"

오늘은 코디네이터 임무로 아침부터 휘를 따라나섰기에 청소와 음식 만들기는 집에 돌아온 이후에야 할 수 있었다. 심기 불편한 얼굴로 소파에 앉아 있던 휘가 휙 고개를 돌렸다.

"넌 내가 자존심에 극심한 스크래치를 입었는데 아무런 위로의 말도 없냐?"

"네? 아…… 그, 그럼 심심한 위로의 말씀 드리겠……."

"그게 뭐야! 더 열받잖……."

짜증을 부리던 휘가 갑자기 눈을 가늘게 뜨고 말했다.

"그러고 보니까 이게 다 너 때문이야."

"네? 그게 왜 저 때문……인데요?"

"그 망할 돼지머리 때문이니까 그렇지! 네가 그 망할 돼지머리가 불쌍하다고 울지만 않았어도 내 고귀한 자존심에 기스 날 일은 없었다고!"

"네에?"

영문 모를 말에 결아가 물음표가 가득 담긴 얼굴로 휘를 바라봤다. 돼지머리와 휘의 자존심 간의 상관관계는 또 뭐란 말인가.

"그러니까!"

휘가 손가락으로 가리키며 자신에게 고개를 홱 돌리자 결아가 움찔했다. 그러자 눈을 동그랗게 뜬 결아와 휘의 시선이 딱 맞닿았다.

"……."

겁먹은 얼굴로 움츠러든 결아를 인상을 쓴 채 보고 있던 휘가 한숨을 내쉬며 손을 내렸다.

"됐다. 아무것도 아니야. 정석이 불러 뒀으니까 내려가 봐."

몸을 돌려 소파에 털썩 기댄 휘가 피곤한 얼굴로 손을 휘휘 저었다.

"아, 네. 안녕히……."

얼른 인사를 하고 휘에게서 돌아선 결아는 엘리베이터로 뽈뽈 걸어가며 고개를 살며시 기우뚱거렸다.

역시 저 남자는 이해할 수가 없어.

이 노예 계약이 끝날 때까지 아마 절대로 이해할 수 없을 것 같았다.

보안이 철저한 밀실형 바 내부 VIP룸에 영화배우 이하준과 준영이 앉아 술잔을 기울이고 있었다.

"농담인 줄 알았는데, 진짜 하네요?"

하준은 준영의 영화 〈피를 감은 태엽〉에 출연해 재작년 칸에서 남우주연상을 수상했다. 그때 쌓은 친분으로 지금도 준영과 종종 술잔을 기울이는 사이였다.

하준의 질문에 준영이 피식 웃었다.

"드라마?"

"네."

하준이 고개를 끄덕이자 준영이 그를 힐긋 쳐다봤다.

"너도 고귀하신 영화감독님께서 한낱 상업 드라마에 뛰어들어 돈이나 왕창 벌 궁리한다, 뭐 그런 말 하려는 거냐?"

"흠음. 전 그것도 나쁘진 않다고 생각하지만요."

하준이 전국의 여심을 잡고 탈탈 흔들던 특유의 녹아드는 미소를 지었다. 이하준은 지금은 한 여자의 남자로 자리 잡았지만, 몇 년간 안기고 싶은 남자 1위를 고수했던 인기 배우였다. 준영의 영화에 출연한 이후로 인기 스타보다 실력파 배우로 자리매김에 성공했지만, 아직도 맡는 역할마다 전국적인 앓이를 하게 만드는 죄 많은 남자였다.

하준의 웃는 얼굴을 보고 있던 준영이 시니컬하게 말했다.

"난 고고한 척하는 취미는 없다. 영화든 드라마든…… 내가 만들고 싶은 이야기에 어울리는 방식이면 관계없어. 다만."

말을 멈춘 준영이 짧게 한숨을 내쉬자 하준이 의아스러운 표정을 지었다.

"다만, 뭐예요?"

"드라마는 사공이 너무 많아."

"아아. 배가 산으로 가기 쉬운 제작 환경이긴 하죠. 그쪽 바닥은."

하준이 수긍하듯 어깨를 으쓱이며 술잔을 입으로 가져갔다. 그러자 준영이 고개를 저으며 자신의 잔에 위스키를 따랐다.

"이건 그냥 산 수준이 아니라, 이대로면 아주 에베레스트를 타겠어."

"하하. 마음에 안 드시는 게 많나 봐요."

"주연부터 내 마음대로 하기 힘든데, 내가 할 맛이 나겠냐?"

"음. 저도 기사 봤는데 확실히 감독님 취향하고는 거리가 좀 있네요. 선우휘였던가요?"

"……맞아."

인상을 찌푸린 준영이 위스키를 한입에 털어 넣으니 하준이 그의 빈 잔을 채워 주며 위로하듯 말했다.

"꽤 인기 많잖아요. 분명 드라마 흥행에 도움이 될 거예요."

"하준이 너까지 제작사 놈들이랑 같은 소리 하기냐?"

준영이 못마땅한 표정을 짓자 하준이 넉살 좋게 웃었다.

"그런데 선우휘가 그렇게 마음에 안 드시는 이유가 뭐예요? 그 친구 연기도 나쁘지 않고 지금 한창 주가도 높은데. 신인치고 연기력이 문제 된 적도 없을걸요."

하준의 질문에 술잔을 천천히 돌리던 준영이 입을 열었다.

"너, 내가 뭘 제일 싫어하는지 알지?"

준영이 술잔을 응시하며 묻자 하준이 잠시 생각하고는 그의 질문에 답했다.

"감독님은…… 연기를 진지하게 하지 않는 배우를 싫어하시죠."

"빙고."

준영이 싱긋 웃으며 하준의 잔에 자신의 잔을 챙 부딪쳤다.

"난 연기 못하는 배우보다 연기를 우습게 보고 대충 하는 배우가 제일 싫어."

"선우휘가 그렇다는 말씀이세요?"

"어. 내가 딱 싫어하는 부류."

준영이 불쾌한 얼굴로 또다시 술잔을 비웠다.

"아하……."

"작품을, 시나리오와 대본을 얼마나 우습게 여기면 대충대충 연기를 하겠어. 배우라는 직업을 가진 사람이……. 그건 배우가 아니야. 잘나가는 작품 만나서 인기나 얻어 보겠다는 속물류지."

"이쪽 바닥에 그런 부류 꽤 많아요. 하나하나 거를 수는 없을 거예요."

"그래서 싫다는 거야."

준영이 짜증스러운 얼굴로 말하자 하준은 준영의 잔에 위스키를 따르며 생각했다.

선우휘도 앞으로 꽤 고단해지겠군.

같이 작업해 본 결과 준영은 자신의 마음에 드는 배우에게는 한없이 쿨하지만, 반대의 경우에는 무척 피곤한 타입의 감독이라는 걸 알게 됐다. 그 준영에게 촬영 전부터 찍혔으니……. 하준은 속으로 선우휘에게 동정을 표하며 준영과 잔을 부딪쳤다.

크랭크인이 가까워지자 휘는 본격적으로 바빠졌다. 몸만들기를 위한 트레이닝도 하드하게 진행되고, 드라마 홍보와 촬영 준비 일정이 더해져 스케줄이 **빽빽**했다.

아침부터 밤까지 바빠진 휘의 일정에 따라 결아 역시 덩달아 바**빠졌다**. 거기에 오늘처럼 광고 일정까지 틈틈이 껴 있어서 결아는 자신이 노예인지 휘의 매니저인지 헷갈릴 지경이었다.

"결아 씨. 오늘 보성 가는 거 알죠? 난 잠깐 회사 들러야 되니까 형 메이크업 끝나면 바로 출발해요. 나도 거기로 곧장 갈 테니까."

"아, 네!"

결아가 얼른 대답하자 정석은 시계를 확인하며 허둥지둥 샵을 나섰다. 정석의 뒷모습을 보던 결아는 의자에 앉아 생각했다.

정석 씨도 이제 완전히 날 보조 매니저로 생각하는 것 같고……?

하긴, 무늬만 코디네이터인 것보다는 이 편이 훨씬 도움이 되는 것 같긴 했다. 자신은 코디 쪽으로는 영 재능이 없는 모양이니까. 오늘 아침만 해도.

'저어, 이렇게 이렇게 입으시면 어떨까요?'

코디네이터로서 조금이나마 도움이 되고자 휘의 엄청난 드레스 룸에서 심혈을 기울여 고른 옷들을 내밀었다. 그런데 휘의 반응은……

'센스라고는.'

아아, 그 비웃는 표정이라니! 오늘도 코디네이터로서 실패의 쓴 잔을 마신 결아는 의기소침한 표정으로 메이크업을 받고 있는 휘를 바라봤다. 산뜻한 트리아세테이트 소재의 카라 티셔츠와 슬림 핏 진을 입은 휘는 오늘도 완벽한 패셔니스타의 면모를 보여 주고 있었다. 거기에 오늘 촬영 콘셉트에 맞게 헤어와 메이크업까지 마치니, 으윽, 범접할 수 없는 연예인 아우라가…….

이 남자의 조각 같은 외모에는 도저히 익숙해질 수가 없다. 매번 저렇게 광채를 뿜어내면 어쩌라는 건지. 결아는 자체발광 하는 휘에게서 눈을 내려 자신의 운동화 앞코만 응시했다.

그때 휘가 거울을 통해 결아를 힐끗 쳐다봤다.

또 다른 데 보지. 이결아.

휘의 얼굴이 슬며시 굳었다. 거울로 쳐다보면 샵의 모든 여자와 눈이 마주치는데 저 여자와는 그런 적이 없다. 정석이 있을 때는 정석만 보고, 혼자 있을 땐 죽어라 땅바닥만 보고 있다. 바닥에 뭐 좋은 거라도 붙여 놨나…….앞에 이렇게 보기 좋은 게 있는데 뭘 보고 있는 거야?

"어머, 휘. 안 돼. 메이크업 중에 인상 쓰면. 다 끝나 가니까 조금만 참아."

……내가 인상을 썼다고? 휘는 그제야 자신이 인상을 썼다는 걸 알아채고 억지로 미간의 주름을 폈다.

"끝! 수고했어. 자기 오늘 너무 멋있다. 촬영 잘하고 와!"

결아는 메이크업 디자이너의 한껏 팽창된 콧소리를 듣고는 잽싸게 먼저 일어나 부랴부랴 샵을 빠져나왔다. 그런데 휘와 최대한 거리를 두고 싶은 시도가 무색하게도 엘리베이터 앞에서 나란히 서게 됐다. 윽, 벌써 따라잡히다니.

"짧은 다리로 뭘 그렇게 열심히 가냐."

휘의 무심한 목소리에 결아는 얼른 엘리베이터 버튼을 눌렀다.

"엘리베이터 잡아 놓으려고……."

결아가 궁색한 변명을 옹알거리며 고개를 들자 자신을 내려다보고 있는 휘와 눈이 마주쳤다.

……어?

왠지 냉랭함이 감도는 눈빛에 결아가 동그란 눈을 깜빡였다. 뭐지? 기분 탓인가? 그런데 이 순간 신기하게도 휘의 작은 표정 변화나 눈빛의 변화를 알아챌 수 있게 됐다는 걸 깨달았다. 겉보기엔 똑같은 무표정 같은데 휘의 사소한 변화들이 눈에 보이기 시작한 거였다. 언제부터였지?

결아가 곰곰이 떠올리고 있는데 엘리베이터가 도착했다.

"안 타고 뭐 해?"

"아, 네."

휘의 말에 제정신을 차린 결아가 잽싸게 올라탔다. 엘리베이터 안에서도 묘한 침묵이 흘렀다.

역시 기분이 안 좋은가 봐. 이상기류를 감지한 결아는 이 남자가 왜 기분이 안 좋은 건지를 생각해 보려 했지만, 전혀 감이 잡히질 않았다.

"저기, 정석 씨가 먼저 보성으로 출발하래요. 회사에 볼일 있어서 따로 오신다고 차는 현장 가는 다른 스태프 차량 따로 보낸댔어요."

"……."

휘는 대답 없이 얼굴을 굳힌 채 엘리베이터 문만 노려보고 있었다. 이유를 알 수 없는 싸한 분위기에 결아가 내심 긴장하고 서 있는데 위에서 휘의 목소리가 내려왔다.

"너 장준영 감독 팬이었냐?"

뜬금없는 휘의 질문에 결아가 눈을 둥그렇게 뜨고 올려다보니, 그가 그 눈을 서늘하게 응시했다.

"아까 정석이한테 들었어. 네가 장준영 감독 사인 받아 달라고 했다던데."

"그건 맞는데⋯⋯."

자신이 사인 받을 용기가 없어 정석에게 부탁했는데 그걸 휘한테 말한 모양이었다.

"네 성격에 따로 부탁까지 해서 사인 받을 만큼 팬이란 말이지."

"그야⋯⋯ 대감독님이시잖아요. 그리고 그건 전에 부탁한 건데⋯⋯."

결아가 휘의 기에 눌려 어물어물 말하자 그가 예리한 눈빛을 하고 결아 쪽으로 고개를 기울였다.

"내 노예가, 날 대놓고 마음에 들어 하지 않는 감독의 팬이란 말이지?"

"아, 그, 그건⋯⋯."

갑자기 잘생긴 얼굴이 쓱 가까워지자 결아가 허둥지둥 뒤로 물러섰다.

앗, 뒤에 벽이⋯⋯!

등에 닿는 서늘한 감촉에 더 이상 물러설 데가 없는 것을 깨달은 결아가 당혹스러운 표정으로 휘를 올려다봤다. 싸늘한 표정을 짓고 있는 휘가 점점 더 가까워지고 있었다. 속눈썹 그늘까지 보일 정도로 가까워지자 결아는 엘리베이터 벽에 찰싹 달라붙은 채로 사색이 됐다.

"잘못했……."

땡.

결아가 사과하기도 전에 휘는 열린 문 사이로 성큼 나가 버렸다.

아, 놀래라.

위협을 당해 쪼그라든 간덩이를 진정시키며 따라 내린 결아는 휘의 등을 바라봤다. 넓은 등에서 풍겨 나오는 심기 불편 아우라에 결아는 침을 꼴깍 삼켰다. 그게 그렇게 화가 날 일인가? 솔직히 잘 이해가 되진 않았지만 지금 상황을 보니 휘의 기분이 쉽게 풀릴 것 같지 않았다.

으으. 보성까지 가는 내내 이런 분위기면…….

결아는 불안한 얼굴로 휘를 뽈뽈 따라갔다.

스태프의 차로 이동하는 차 안에는 예상했던 대로 정적이 흘렀다. 나란히 앉아 있는 휘가 말없이 창밖만 응시하고 있는 동안 결아는 그야말로 입안이 바짝바짝 말랐다.

이대로 계속 있다가는 진주를 생산해 내겠어!

입을 다물고 조개 모드로 앉아 있던 결아가 더 이상의 침묵을 참지 못하고 말을 꺼냈다.

"다행히 차는 안 막히네요."

"……."

딴에는 분위기 좀 누그러뜨리려고 용기 내서 말을 걸었는데 싹 무시당하자 결아는 얼굴이 화르륵 붉어졌다.

이런 속 좁은 남자 같으니! 이상한 데서 화를 내고 계속 공포 분위기만 조성하더니 이젠 사람 말까지 무시한다. 흥! 나도 이제 말 안 걸어!

"날씨도 참 좋네요. 그죠?"

……이 무슨 언행불일치인가. 결아는 자기도 모르게 소심한 대화를 다시 시도하고 있었다. 그런데 이번에도 휘는 아무 말이 없었다. 그냥 조용히 있는 게 낫겠다는 생각에 결아는 머쓱한 얼굴로 반대쪽 창밖으로 시선을 돌렸다. 그때 휘의 목소리가 들렸다.

"장 감독 영화는 다 봤나?"

휘가 갑자기 말을 걸자 결아가 차창에서 고개를 돌렸다.

"네? 아…… 다 보지는 못하고 몇 개만 봤어요."

결아의 말에 휘가 조소를 흘렸다.

"무려 몇 개씩이나 봤군. 내가 나온 건 하나도 안 봤으면서."

역시 이 남자가 화가 난 이유가 이거였어? 내가 배우의 자존심을 건든 걸까? 결아는 빠른 상황 파악을 하고는 얼른 다시 말했다.

"아, 잘 생각해 보니까 장 감독님 영화는 딱 하나 본 것 같네요. 휘 씨 나온 건 다 챙겨 봤고요."

결아가 마지막 멘트에 힘주어 말하자 휘가 힐끗 쳐다봤다.

"내가 억지로 보게 해서 마지못해 본 거 말이군."

"네에? 아유, 아니에요. 무척 감명 깊게 봤어요. 특히 휘 씨의 능청스러운 듯하면서도 비열한 듯하면서도 시크한 연기는 정말 대단하던데요."

"대단하긴."

피식 웃는 듯 보여도 휘의 입꼬리는 진심으로 올라가고 있었다. 그걸 잽싸게 캐치한 결아가 타이밍을 놓치지 않고 말했다.

"정말 깜짝 놀랐어요. 듣던 것보다 훨씬 연기력이 좋으시더라고요."

"마음에도 없는 소리 하고 있다……. 그래서, 어느 장면이 특별히 인상적이었는데?"

"주인공 태성이 유리와 헤어질 위기에 처했을 때 회장인 아버지와 기 싸움 하는 장면이랑요……."

결아가 봤던 드라마를 떠올리며 열심히 설명하자 휘의 표정이 눈에 띄게 풀어졌다.

"그 장면 찍기 힘들었지. 절벽에 기어오르는 장면도 대역 없이 찍었고. 그날 온몸에 상처가 얼마나 났는지 옷이 다 너덜너덜해질 정도였어."

"와! 그걸 직접 찍었어요? 어쩐지. 그래서 더 실감 나고 멋진 연기였던 것 같아요."

"뭐, 감독도 같은 소리 하긴 하더라."

결아는 기분 좋은 듯 싱글거리는 휘를 힐끔 쳐다보고는 속으로 안도의 한숨을 내쉬었다. 휴우, 칭찬은 고래도 춤추게 한다더니……. 과연 옛말은 틀린 게 없다니까.

그제야 차내에 감돌던 살벌한 분위기가 사라지자 결아는 안심하고 창밖을 바라볼 수 있었다.

보성 녹차 밭의 싱그러운 녹음을 배경으로 깔끔한 화이트 셔츠의 휘가 천천히 걸어갔다. 바람에 흩날리는 연한 갈색 머리칼을 보기 좋게 쓸어 넘긴 그가 카메라를 응시하며 부드럽게 미소 지었다.

"내 영혼이 순수해지는 시간."

"컷!"

감독이 컷을 외치자 촬영을 지켜보고 있던 결아가 조그맣게 숨을 내쉬었다. 휴우. 드디어 컷이네. 50번쯤 반복된 촬영이 드디어 끝이 났다.

"광고 촬영은 엄청 쉬운 줄 알았는데……. 똑같은 장면을 이렇게 많이 찍는 줄 몰랐어요."

결아가 맥이 풀린 얼굴로 중얼거리자 옆에 서 있던 정석이 웃으며 말했다.

"아아. 광고는 찰나의 미학이라고들 하잖아요. 몇 초 안에 강렬한 임팩트를 남겨야 하니 좋은 장면이 나올 때까지 계속 반복해서 찍는 거죠."

"그렇구나. 연예인들도 생각보다 고생이네요."

"뭐, 그만한 대가를 받으니까요. 하하."

정석의 말을 들은 결아는 머릿속으로 생각했다. 하긴 저 남자가 모델로 있는 광고만 해도 대기업 자동차, 은행, 전자 제품, 의류, 화장품까지 엄청나던데……. 가만, 그럼 그게 다 얼마야? 방송국 비상구 계단에서 저 남자 콧대를 망가뜨릴 뻔했을 때 얼마짜리 얼굴인 줄 아냐고 한 말이 괜히 나온 말이 아니었구나.

결아는 새삼 선우휘라는 배우의 값어치가 대단하다는 것을 느꼈다. 매일 같이 있다 보니 좀 무뎌졌었는데……. 휘는 방송국 벽에 붙어 다닐 시절에 자신이 가장 마주치기 싫었던 반짝반짝 인간 1순위가 아니던가.

"결아 씨. 형 끝났으니 가죠."

"아, 네."

정석이 차가 있는 쪽으로 몸을 돌리자 결아는 휘가 있는 쪽을 바라봤다.

촬영 스태프들에게 둘러싸여 있는 휘는 푸른 하늘 아래 혼자 빛나고 있었다. 남들보다 머리 하나는 더 있는 큰 키와 같은 동양인이라고는 생각하기 힘든 조각 같은 비율을 멀리서 보고 있으려니 기분이 이상했다.

지금은 이렇게 옆에 있어도 계약 기간이 끝나면 다시 본래의 거리로 멀어질 텐데, 그럼 전혀 모르는 사이로 되돌아가겠지?

그렇게 생각하니 왠지 가슴 끝에 돌이 얹힌 듯 묵직해져 왔다.

……이 기분은 뭘까?

그때 휘의 시선이 누군가를 찾듯 여기저기를 헤맸다. 응? 뭘 찾는 거지? 결아가 의아스럽게 보고 있으려니 주변을 한 바퀴 돈 휘의 시선이 자신에게 고정됐다. 시선이 마주치는 순간 결아의 심장이 쿵 소리를 냈다.

휘가 촬영 감독에게 인사하고는 스태프들 사이를 지나 걸어왔다. 자신에게 똑바로 다가오는 그를 보자 결아의 심장이 빠르게 뛰었다.

왜, 왜 이러지?

휘가 점점 더 가까이 다가올수록 더 크게 울리는 심장 소리에 결아는 귀가 먹먹할 정도였다. 숨을 크게 들이켜는 사이 휘는 결아의 바로 앞까지 성큼 다가왔다. 그의 연한 갈색 머리칼이 바람에 부드럽게 흩날리는 모습에 시선을 뺏겨 멍하니 보고 있다가 정신을 차리니, 휘가 자신을 진지하게 내려다보고 있었다.

"왜…… 그렇게 봐요?"

결아가 콩닥거리는 심장 소리를 숨기고 태연한 척 묻자 휘가 집요하게 결아의 얼굴을 응시하며 대답했다.

"네가 그러고 보니까."

그의 목소리도 왠지 진지하게 들려 심장이 간질간질해지는 기분에 결아가 얼른 되물었다.

"제가 어, 어떻게 봤는데요."

"꼭 모르는 사람 보듯 보고 있었잖아."

휘의 말에 결아가 천천히 눈을 깜빡였다. ……내가 그런 생각을 하고 있었다는 걸 이 남자가 멀리서 어떻게 알았을까? 결아는 속으로 무척 놀랐으면서도 아닌 척 웃었다.

"그냥 기분 탓이겠죠. 정석 씨 기다리겠어요. 빨리 가요."

차가 있는 곳으로 가려고 결아가 몸을 돌리자 휘가 그녀를 잡아 자신 쪽으로 빙글 돌렸다.

넓은 녹차 밭이 시야에서 한 바퀴 빙그르르 돌더니 다시 휘가 떡하니 나타나자 결아가 눈을 동그랗게 떴다. 휘가 짙은 다크브라운색의 눈동자로 자신을 내려다보고 있었다.

"기분 탓, 맞아?"

휘가 집요하게 내려다보자 그의 진지한 눈빛과 목소리에 결아는 순간 침을 꼴깍 삼켰다. 햇빛 아래에서 엉켜든 시선이 꼼짝도 할 수 없게 만들고 있었다.

"그럼 뭐가 있겠어요? 휘 씨도 참. 하하하."

결아는 어색하게 웃으며 그에게 잡힌 손을 슬쩍 풀어냈다. 그러고는 잽싸게 차가 있는 곳으로 도망치듯 걸어갔다. 등 뒤로 휘의 시선이 콕콕 내리박히는 것 같아 긴장이 돼서 손발이 동시에 튀어나갈 지경이었다.

하아, 심장이야…….

누가 배우 아니랄까 봐. 가끔 보면 행동이 드라마틱한 데가 있다니까……. 직업병인가? 그런데 심장은 왜 이렇게 난리 부르스야? 아, 정말! 결아는 화르륵 붉어진 얼굴을 손바닥으로 얼른 두드렸다.

"형. 수고했어요."

정석이 다가오는 휘를 보고 말하자 옆에 있던 결아도 힐끔 고개를 돌렸다. 휘가 자신을 내려다보고 있자 움찔한 결아가 얼른 시선을 피했다.

어쭈?

휘가 못마땅한 얼굴로 결아를 집요하게 쳐다봤다. 그에 지지 않고 결아도 필사적으로 그의 시선을 피해 도망쳤다.

"뭐 해요?"

쫓고 쫓기는 시선을 영문 모를 얼굴로 바라보던 정석이 물었다.

"아무것도 아니야. 아, 오늘 스케줄 끝났지?"

"네. 오늘은 이것만 잡아 놨어요. 왜요?"

"이 근처가 기훈이 형 집이잖아."

"아! 그렇구나. 그럼 온 김에 들렀다 가려고요?"

"꽤 오래 못 봤으니까."

"그래요, 그럼."

평풍처럼 오가는 둘의 대화를 듣고 있던 결아가 얌전히 뒤로 물러나며 말했다.

"그럼 볼일 보시고 오세요. 저는 스태프 차량 타고 돌아갈게요."

"이거 타."

하지만 휘가 조수석의 문을 열며 말했다.

"네? 아니 전……."

옹알거리는 결아를 귀찮게 한다는 듯 휘가 끌어당기더니 순식간에 정석이 먼저 타고 왔던 제 차에 태웠다. 반항할 새도 없이 조수석에 앉게 된 결아가 눈을 뎅그렇게 뜨고 물었다.

"지인분 만나신다면서요?"

"벨트."

"네? 아, 네. 벨트가······."

휘가 태연히 시동을 걸며 말하자 결아는 반사적으로 주섬주섬 벨트를 맸다. 그래. 안전벨트는 중요한 거······ 앗, 그게 문제가 아니잖아?

"잠깐만요. 전 내릴······."

부아아아아앙!

"꺅!"

결아가 뭐라 말하기도 전에 휘가 레이서 본능을 발동시키며 거칠게 차를 출발시켰다.

"까아아악!"

"으악! 형! 속도!"

구불구불한 험한 산길을 오프로더처럼 터프하게 운전한 휘 덕분에 도착지에 다다를 무렵엔 결아는 거의 기절 직전이었다.

"사, 살았다······."

"아우, 형! 운전 좀 살살 해요! 형 때문에 황천길 볼 뻔한 게 몇 번인 줄 알아요?"

그새 늙은 듯한 정석이 핼쑥한 얼굴로 차에서 내리자 결아가 동병상련의 시선으로 바라봤다. 그런데 눈앞에 웬 오두막집이 보였다. 어? 그야말로 깊은 산속 오두막집을 그대로 옮겨 놓은 것 같은 집이네? 외딴집처럼 덩그러니 서 있는 집을 제외하고는 주변엔 풀 말곤 아무것도 없었다.

"여기가 아시는 분 집이에요?"

"어."

"그런데 왜 이렇게 깊은 산속에 집을 지어 놨어요? 꼭 곰이라도 나올 것 같…… 으악! 곰이다!"

오두막집 뒤편 텃밭에서 거대한 반달곰이 슥 모습을 드러내자 결아가 비명을 내질렀다.

"기훈이 형. 저 왔어요."

"형님! 오랜만입니다!"

어? 곰이 아니라 사람이네?

휘와 정석이 반갑게 인사하자 결아는 놀란 가슴을 진정시키고 반달곰같이 생긴 남자를 다시 봤다. 곰같이 커다란 체구의 우락부락한 남자가 자신을 노려보고 있었다.

어떡해! 내가 곰이라고 해서 기분이 상하셨나 봐.

결아는 실례를 범했다는 생각에 사과하고 싶었지만, 험상궂게 생긴 남자의 가늘고 긴 눈이 자신을 똑바로 노려보는 것이 무서워 간덩이가 쪼그라들었다.

"죄, 죄송합……니다. 제가 실례를……."

결아는 모기만 한 목소리로 사과하며 자기도 모르게 옆에 서 있는 휘의 등 뒤로 숨어들었다. 휘는 겁먹은 다람쥐처럼 자신의 등 뒤에 숨어 오들오들 떨고 있는 결아를 흘끗 쳐다보고는 입술 끝을 말아 올렸다.

"누구냐?"

기훈이 휘 뒤에 숨어 있는 결아를 고갯짓으로 가리키며 물었다.

"아! 새로 온 매니저예요. 하하하."

휘가 노예니 뭐니 이상한 소릴 꺼내기 전에 정석이 얼른 차단했다.

"······그래? 일단 들어와."

"네."

기훈이 현관 쪽으로 향하자 휘와 정석이 뒤따랐다. 결아는 은둔술을 펼치듯 휘의 등에 달라붙어 그림자처럼 집 안으로 들어섰다. 나무로 지은 집의 넓은 거실에 네 사람이 모여 앉았다.

······나 아무래도 찍힌 모양이야.

결아는 반달곰 같은 기훈과 최대한 떨어져 앉았다. 하지만 그 노력이 무색하게도 기훈은 무서운 시선으로 결아를 집요하게 노려보고 있었다.

반달곰이라는 말에 트라우마라도 있는 사람인가? 으앗, 또! 따끔따끔한 기훈의 시선에 결아는 사색이 되어 바들바들 떨었다.

"그런데 무슨 일로 온 거냐?"

기훈의 시선이 휘에게 옮겨지자 결아는 그제야 안도의 숨을 포옥 내쉬었다.

"근처에서 촬영이 있어서 왔다가 들러 봤어."

"연락이라도 하고 오든가."

"형이 여기서 외출할 데가 어디 있다고. 기껏해야 텃밭이겠지."

휘가 싱글거리며 말하자 기훈이 인상을 썼다.

"자식이. 넌 농사가 손이 얼마나 많이 가는 일인지 아냐? 텃밭 키우기 수준과는 차원이 달라."

"그래 봐야 큰 텃밭 작은 텃밭이겠지."

"어쭈?"

농담하듯 대화를 이어 가는 기훈과 휘를 보며 결아는 둘이 꽤 친한 사이라는 걸 느꼈다. 그와 함께 지내며 알게 된 건 휘는 자신과 가깝지 않은 사람에겐 여자고 남자고 할 것 없이 선을 긋는 타입이라는 거니까.

"형님. 그런데 이런 데 사시면 답답하지 않으세요? 벌써 2년도 넘은 것 같은데."

정석이 숲만 무성한 창밖을 보며 기훈에게 물었다.

"답답할 게 뭐 있어."

"그래도 주변에서 형 소식 궁금해하는 사람도 많고……."

헉. 왜 또 날 보는 거야?

기훈이 또다시 예리한 시선으로 쳐다보자 안심하고 있던 결아가 흠칫거렸다. 휘가 사색이 된 결아를 보고는 기훈에게 말했다.

"형. 배고픈데 뭐 먹을 거 없어?"

"자식이. 그러니까 미리 말하고 오라니까. 아무것도 없는데 갑자기 찾아와선……. 기다려."

기훈이 투덜거리면서도 일어서서 주방으로 향했다. 기훈이 사라지니 결아가 슬그머니 고개를 들었다.

"그렇게 무서워?"

휘가 묻자 결아가 울상을 지었다.

"네……. 제가 말실수를 하는 바람에 기분이 나쁘셨나 봐요."

"에이, 그런 걸로 화낼 사람은 아니니 걱정하지 말아요. 결아 씨."

그치만 아까부터 계속 무서운 눈으로 쳐다보셨는걸요…….

정석의 위로에도 결아는 불안이 가시지 않았다. 결아가 시무룩한 얼굴로 나무 바닥을 손가락으로 빡빡 문지르고 있는데 휘가 그녀에게 말했다.

"괜찮아. 나쁜 사람 아니야."

"아…… 네."

이상하게도 휘의 말을 들으니 정말 조금 마음이 안정되는 것 같 았다.

잠시 뒤에 주방에서 목소리가 들렸다.

"준비 다 됐으니까 와."

"네, 형."

얼른 대답한 정석이 일어서자 휘와 결아도 따라 일어서서 주방 으로 향했다.

식탁 위에 그림 같은 산채 정식이 펼쳐져 있자 결아는 놀라움을 금치 못했다. 보기만 해도 건강해질 듯한 각종 나물이며 쌈이며 겉 절이를 보니 절로 침이 고일 정도였다.

"이야. 아무것도 없다더니 언제 이런 진수성찬을 차리셨어요?"

정석이 먼저 의자에 앉기에 결아도 그 옆에 얌전히 앉으려는데 기훈이 제지했다.

"어엇."

결아는 기훈의 팔에 잡혀 반대편 자리로 이동했다.

"응?"

앉고 보니 눈앞에 밥을 고봉으로 높다랗게 쌓은 밥공기가 떡하 니 들어왔다. 다른 사람의 밥공기는 다 평범한데 결아의 앞에 있는 것만 탑을 쌓아도 될 정도로 밥이 수북했다. 결아가 의문 어린 눈 으로 올려다보자 기훈은 이미 맞은편 자리로 걸어가 앉아 있었다.

"어…… 저기……."

결아가 당황해 하자 휘가 그녀의 옆에 앉으며 말했다.

"보면 모르겠냐. 너 많이 먹으라는 거잖아."

"네? 저를요?"

아까부터 노려보셨는데 그럴 리가?

274

"원래 형이 작고 귀여운 거엔 약하거든요. 작고 귀여운 생물체로 봤을 뿐, 다른 뜻은 없으니 무서워할 거 없어요."

정석이 친절하게 설명해 주자 결아가 눈을 깜빡거리며 기훈을 바라봤다. 그는 정석의 말에 별다른 내색 않고 묵묵히 밥만 먹고 있었다.

아…… 그럼 화가 난 게 아니었나? 다행이다. 그제야 긴장이 풀린 결아가 배시시 웃으며 인사했다.

"잘 먹겠습니다."

기훈이 대답 없이 고개를 끄덕이자 결아는 안심한 얼굴로 산처럼 쌓인 밥을 먹기 시작했다.

맛있게 저녁을 먹고 나니 해가 뉘엿뉘엿 넘어가고 있었다. 차를 마시면서 결아가 오두막집의 창문으로 밖을 힐끔거리자 기훈이 물었다.

"밖에 뭐 신경 쓰이는 거라도 있어요?"

"네? 아……."

결아는 잠시 주저하다가 말했다.

"저기, 아까 오면서 봤더니 이 앞에 예쁜 오솔길이 있던데 어두워지기 전에 잠깐 보고 와도 될까요?"

"얼마든지요. 자, 얼른 가서 안내해 드리고 와라."

기훈이 옆에 있는 휘의 어깨를 밀며 말하자 결아가 놀라서 고개를 저었다.

"요 앞에만 가 볼 거니까 혼자 보고 와도 돼요. 담소 나누세요."

"여긴 산이라 금방 어두워져서 위험해요. 뭐 하고 있어? 얼른 일어서라니까."

"알았어."

휘가 귀찮다는 듯 대꾸하고는 일어서서 현관 쪽으로 향했다. 결아가 주저하며 그런 휘를 보고 있자 기훈이 웃으며 말했다.

"어서 다녀와요."

"아, 네. 감사합니다."

결아는 어쩔 수 없다는 듯 일어서서 휘를 따라나섰다.

기훈의 말대로 얼마 둘러보지도 못했는데 금방 사위가 어두워지며 하늘이 까매졌다. 결아는 휘와 단둘이 있어서 그런지 다시 긴장되기 시작했다.

왜 또 심장이 빨리 뛰는 거야?

게다가 휘는 아까부터 말없이 걷고만 있어서 더 분위기가 묘했다.

"어두워져서 이제 잘 안 보이네요. 그만 돌아……."

"저 위에 별이 잘 보이는 정자가 있어."

"네?"

결아의 말을 뚝 끊어 먹은 휘가 대답도 듣지 않고 앞장서 걸었다.

별이 잘 보이는 정자라고? 책에서 보면 산속에서 보는 밤하늘은 별이 꼭 쏟아질 것처럼 많다던데…… 진짜일까? 내심 기대감에 찬 결아는 긴장감도 잊고 열심히 휘를 따라갔다.

"아. 정말 있네요."

휘의 말대로 정말 멀지 않은 곳에 꽤 번듯한 정자가 있었다. 정자까지 올라가는 계단이 높아서 휘가 걸음을 멈추고 결아에게 손을 내밀었다.

"잡아."

"아, 네."

결아는 휘가 내민 손을 잡고 정자에 올라가 앉았다. 두근. 크고 남자다운 휘의 손의 감촉에 또 심장이 뛰기 시작했다. 결아가 심장 부근을 손으로 지그시 누르는데 휘의 투덜거리는 목소리가 들렸 다.

"가는 날이 장날이라더니."

"네?"

손에 남은 온기에 정신이 팔려 있던 결아가 뒤늦게 고개를 들었 다. 휘가 하늘을 바라보고 있었다. 그의 시선에 맞춰 결아도 밤하 늘을 바라봤다.

"아……. 별이 안 보이네요."

구름이 낀 건지 별이라고는 하나도 보이지 않았다.

"혼자 와서 볼 땐 매번 쏟아질 것처럼 많았는데……."

휘가 인상을 쓰자 결아가 물었다.

"여기 혼자 온 적이 많았어요?"

"뭐, 가끔. 형한테는 종종 왔으니까."

"아아. 여기 올 때마다 정자에 오셨나 봐요."

"정말 장관이거든. 여기서 별을 보면……."

불만스럽게 하늘을 올려다보던 휘가 결아에게 고개를 돌리며 피 식 웃었다.

"네가 운이 없는 거야."

"그러게요……. 아쉽다."

결아가 정말 아쉽다는 듯 시무룩한 표정을 짓자 놀리듯 말하던 휘가 입을 다물었다. 가로등 불빛에 비치는 결아의 하얀 얼굴과 까

많고 긴 속눈썹이 그의 시선을 잡아끌었다. 밤에도 색이 선명하게 보일 정도로 작고 도톰한 붉은 입술도……. 순간 저 입술을 머금으면 어떤 맛이 날까, 하는 생각이 들었다.

무슨 생각을 하는 거야?

순간 스스로의 생각에 놀란 휘가 결아에게서 고개를 돌렸다. 하지만 시선을 거둬도 한번 떠오른 상상에 심장 부근에서 묘한 열기가 피어올랐다. 그리고 뜨겁게 달궈진 심장이 쾅음을 내며 울리기 시작했다.

툭. 툭.

"어? 웬 물방울이……?"

결아가 손바닥을 펼쳐 보이며 하늘을 올려다보자 이마에 툭, 하고 물방울 하나가 더 떨어졌다.

"앗. 비가……!"

굵은 빗방울이 이내 후드득 떨어지며 거센 비가 퍼붓기 시작했다.

"제길. 여기 있다간 다 젖겠어. 이리 와."

정자 안까지 들이치는 빗줄기에 휘가 결아의 팔을 잡고 더 안쪽으로 이끌었다. 정자의 지붕 덕분에 다행히 안쪽에선 쏟아지는 비로부터 몸을 피할 수 있었다.

"많이 젖었어?"

휘가 젖은 머리칼을 푸르르 털며 결아를 바라봤다.

"아, 조금요."

그새 비 맞은 생쥐 꼴이 되어 놓곤 그녀가 괜찮다는 듯 말하자 휘가 인상을 썼다.

"다 젖은 것 같은데. 봐 봐."

휘가 결아의 어깨를 잡고 자신 쪽으로 돌렸다. 그리고 물기 어린 그녀의 까만 눈동자와 마주치자 휘의 눈동자가 크게 흔들렸다. 잡고 있는 결아의 옷이 비에 젖어 둥글고 작은 어깨가 손 아래 선명하게 느껴졌다. 맨살에 찰싹 달라붙은 옷 때문에 몸의 굴곡이 여실히 드러나고, 젖은 머리칼에서 익숙한 샴푸향이 났다.

그 순간 자신의 집 욕실에서 우연치 않게 봤던 결아의 나신이 또다시 머릿속을 점령했다. 그러자 휘는 자신의 의도와는 상관없이 결아에게서 시선을 떼지 못했다.

……위험해.

어둠 속에서 자신을 빤히 바라보고 있는 결아의 눈을 보니 머릿속에서 위험 경보를 쉴 새 없이 울려 댔다.

결아는 휘의 어두워진 눈동자를 응시하며 숨을 들이켰다.

왜 저런 눈으로 보는 거야? 숨도 못 쉬겠어…….

자신의 어깨를 잡은 채 시선을 고정시키고 있는 휘에게서 묘한 관능적인 분위기가 흐르고 있었다.

뭐라고 말을 해야 될 것 같은…… 어?

그때 휘가 손을 들어 결아의 선명한 붉은 입술을 엄지손가락으로 쓰윽, 쓸었다. 그가 어둡게 물든 눈동자로 응시하며 입술을 쓸자 결아는 조용히 숨을 들이켰다. 심장이 미친 듯이 방망이 치고 입안의 침이 바짝바짝 말라 왔다.

내가 왜 이러는 거지?

지금 이 기분은 불안하고 두려운 것과는 달랐다. 심장이 쿵쿵거리고 머릿속이 아득해질 정도로 긴장이 되지만, 휘가 무섭거나 한 건 아니었다. 뭔가 좀 더 다른…… 다른 의미로 숨이 막혀 오고 있었다.

결아가 꿀꺽 침을 삼키는 사이 휘는 진지한 눈빛으로 그녀를 내려다보고 있었다. 방금 전 손가락에 닿은 말랑한 입술의 감촉이 자신의 내부에 억누르고 있는 어떤 욕망을 강하게 자극했다.

그가 짙게 가라앉은 눈동자로 말없이 자신을 응시하고만 있자 결아가 입술을 달싹였다.

"휘 씨……?"

결아의 작은 목소리에 휘가 정신을 번쩍 차렸다. 의아스럽게 자신을 올려다보고 있는 그녀를 보며 그가 빠르게 말했다.

"여기 나뭇잎이 붙어 있어서."

"아, 저, 정말요? 고맙습니다."

휘가 한 걸음 물러서며 말하자 그녀도 얼른 제 입술을 문지르며 뒤로 물러섰다. 결아의 얼굴은 새빨간 토마토처럼 붉어져 있었다. 시선을 똑바로 마주친 채 입술을 매만지던 휘의 모습에 심장이 아주 폭주 기관차처럼 빠르게 쿵쾅댔다.

나뭇잎 때문이라잖아, 나뭇잎! 좀 진정하라고! 이러다 이걸 들키기라도 하면…….

이 비정상적인 심장 박동을 이 남자에게 들켰다간 어떤 멸시를 당할지 상상도 하기 싫었다. 아마 주인님을 상대로 불경하고 음험한 상상을 한 게 분명하다며 엄청난 독설을 할 게 뻔해. 으으, 무서워!

그때 휘는 젖은 머리칼을 쓸어 넘기며 혼란스러운 표정을 짓고 있었다.

내가 방금 무슨 짓을 한 거지?

결아의 입술에 홀리듯, 전혀 의식하지 못하고 한 행동이었다. 그리고 그 입술의 감촉을 느낀 순간, 그는 마치 전혀 다른 사람처럼 자신의 의지를 벗어났다. 그는 결아의 입술에 강한 갈증을 느끼고 있었다. 시선을 뗄 수 없게끔 현혹시키는 체리색 입술이 자그마하게 벌어지는 순간, 하마터면 결아를 끌어당겨 그 입술을 삼킬 뻔했다.

……단단히 미쳤군.

요즘 대체 왜 이러는 건지. 도무지 자신답지 않은 생각과 행동들 때문에 휘는 스스로에게 당혹감을 느꼈다.

두 사람 사이에 묘한 침묵이 흐르는 가운데 빗소리가 서서히 잦아들고 있었다.

"다행히 소나기였나 봐요."

결아가 정자의 끄트머리로 걸어가 작은 손바닥을 지붕 밖으로 뻗어 잦아드는 빗줄기를 확인하며 말했다.

"그런 모양이네. 조금만 더 있으면 그칠 테니 내려갈 수 있을 거야. 많이 추워?"

휘가 묻자 결아가 얼른 웃으며 고개를 저었다.

"전 괜찮으니 신경 쓰지 마세요."

"네가 감기 같은 걸 걸리면 내가 불편하잖아."

"그런 거 안 걸리니까 걱정 마시라니까요."

투덕거리며 태연한 척 말하고 있었지만, 어둠에 가려진 두 사람 사이에는 묘한 분위기가 흐르고 있었다. 누구의 심장 소리인지 알 수 없는 쿵쿵대는 요란한 박동과 함께.

09.
성스러운 아드리안의 기쁨

보성에서 돌아온 뒤에도 휘와 결아 사이에는 그날 있었던 묘한
어색함이 아직도 흐르고 있었다. 서로 의식하지 않으려 노력했지
만 그럴수록 더 의식하게 됐다.

"물."

"아, 여기……."

얼른 생수병을 대령하던 결아의 손가락이 휘의 손에 스쳤다.

"!"

순간 두 사람의 손이 로봇처럼 굳더니 생수병이 바닥으로 떨어
져 나뒹굴었다. 바닥에서 데구루루 구르고 있는 생수병을 보고 뒤
늦게 정신을 차린 결아가 얼른 몸을 숙였다.

"아, 죄송합……."

"내가 잡을……."

뒤따라 몸을 숙인 휘가 손을 뻗자 결아의 손과 닿았다.

"!"

일시 정지 모드인 두 사람 사이로 생수병이 하염없이 굴러갔다.

"뭐 해요?"

막 대기실로 들어오던 정석이 제 앞으로 굴러오는 생수병을 집어 들자 휘와 결아가 얼른 몸을 일으켜 세웠다.

"아무것도 아니야."

휘가 미간을 좁힌 채 말하고는 정석의 손에서 생수병을 낚아챘다. 결아는 생수병 뚜껑을 여는 휘를 힐끔거리며 입술을 잘근잘근 씹었다.

아, 정말. 왜 이렇게 어색한 거지? 결아는 보성에 다녀온 이후 휘와 내내 어색어색열매를 먹은 사람처럼 되어 버리자 난감했다.

괜히 의자를 만지며 뻘쭘해하고 있는데 정석이 해맑게 말했다.

"오늘 포스터랑 콘셉트 촬영 하면 이제 본격적으로 본촬영 들어가겠네요."

"그렇겠지."

휘가 대본에 시선을 두고 대답하자 정석이 무언가 생각났다는 듯 결아에게 말했다.

"아! 맞다. 결아 씨. 그러고 보니 이제 얼마 안 남았네요."

"네?"

결아가 의아한 얼굴로 올려다보자 정석이 눈을 깜빡였다.

"어? 몰라요? 이제 계약 기간 5일밖에 안 남았잖아요."

"풋!"

"으앗!"

생수를 들이켜던 휘가 정석에게 시원하게 분사했다.

"형! 저한테 왜 이래요?"

정석이 투덜거리며 티슈를 뽑는데 입가를 손등으로 닦은 휘가 인상을 쓰고 되물었다.

"뭐가 5일 남아?"

"뭐긴요. 결아 씨 계약 기간…… 형도 몰랐어요?"

정석이 어리둥절한 표정으로 보자 휘와 결아의 놀란 시선이 공중에서 부딪쳤다.

세상에…… 5일밖에 안 남았다니. 결아는 멍한 얼굴로 한참 동안 그대로 굳어 있었다.

♡ ♥ ♡

"결아 씨. 좋은 아침."

"네. 안녕하세요."

다소곳하게 인사한 결아가 차에 올라타자 정석이 시동을 걸며 그녀를 향해 미소 지었다.

"이제 얼마 안 남았다고 생각하니 아쉽네. 정들었는데."

"아, 네……. 저도요."

"시간이 생각보다 빠르죠? 처음에 결아 씨 얼굴 정말 안 좋았는데 그래도 무사히 시간이 지나서 정말 다행이에요."

"그러게요."

정석의 말에 결아가 벨트를 매며 어색하게 웃었다.

충격. 정말 충격이다. 정석도 안 잊고 있는데, 자신이 노예 계약 종료 날짜를 잊고 있었다니……. 하긴 요즘 너무 피곤하고 바빠서 일기 쓸 정신도 없었고, 시간 가는 줄도 모르긴 했지만.

어젯밤 그 충격으로 일기를 쓰다가 한동안 돌이 되어 있었다. 하루하루 손꼽아 기다리던 날짜를 잊고 있었다는 것도 충격인데, 거기에 더해 그 사실을 깨달았을 때의 자신의 감정이 믿기 힘들었다.

뭐랄까, 시원하면서도 한편으론 아쉽……다는 생각이 드는……

헉! 아쉽다니! 무슨 그런 천인공노할 생각을!

결아는 자신의 노예근성을 자책하며 제 머리를 양손으로 콩콩 때렸다. 노예 생활 세 달 만에 익숙함을 넘어 완벽한 노예마인드가 되어 버린 걸까? 계약이 5일 남았다는 사실을 깨닫는 순간 느꼈던 감정이 시원함보다는 서운함이 더 크다니.

"말도 안 돼……."

"네? 뭐가요?"

어제 일을 떠올리며 결아가 저도 모르게 중얼거리자 정석이 물었다.

"아! 아뇨. 아무것도 아니에요."

흠칫 놀란 결아가 얼른 손을 내저었다. 나도 참. 뭐라고 중얼거리는 거야? 결아가 조용히 반성하고 있는데 정석이 운전하며 말했다.

"그동안 마음고생 심했을 텐데, 정말 수고 많았어요. 제가 말하긴 좀 그렇긴 하지만 형 성격이 참 거시기 하잖아요."

"아…… 뭘요."

"그 성격 때문에 스태프도 자주 바뀌고, 가사도우미도 얼마 못 버티고……. 이런 말 하면 기분 나쁘실 수도 있겠지만, 솔직히 결아 씨 있는 동안엔 제가 참 편했어요. 그동안은 형도 크게 사고 치지도 않았고요."

"그거야 제가 한 일은 아니죠. 하하."

결아가 머쓱한 얼굴로 웃자 정석이 확고하게 말했다.

"아뇨. 제가 볼 때 이번 드라마 결정한 거나, 홍콩 촬영 캔슬 낼 뻔한 거 잘 마무리된 것도 결아 씨 영향이 커요."

"아닌데……."

"정말이라니까요? 솔직히 형을 그렇게 잘 다루는 사람은 처음 봤어요."

"헉. 잘 다루다뇨! 전 맨날 당하기만 하는데……."

결아가 그럴 리 없다는 듯 정색하자 정석이 웃었다.

"그게, 형을 다루는 거예요. 결국 형은 결아 씨 말에 다 따랐잖아요?"

그의 말에 결아가 알쏭달쏭한 얼굴로 고개를 갸웃거렸다.

……그런가? 듣고 보니 정석의 말이 맞는 것도 같은…… 에이, 그래도 설마 그럴 리가 없잖아. 그냥 그 남자가 그렇게 결정한 것뿐이니까.

결아가 혼자 납득한 얼굴로 고개를 끄덕이는 사이 휘의 집에 도착했다. 이제 곧 여기 올 일도 없겠구나. 결아가 왠지 센티해진 기분으로 밖을 바라보고 있는데 정석이 차를 세우고 벨트를 풀며 말했다.

"잠깐 기다려요. 형 깨워서 내려올 테니까."

"아, 네."

멍하니 생각에 잠겨 있던 결아가 정석의 말에 정신을 차리고 얼른 고개를 끄덕였다. 엘리베이터로 사라지는 정석을 보며 결아는 민망한 표정으로 볼을 긁적거렸다.

내가 왜 이렇게 감상적이람. 감동에 젖을 일인데 말이야. 그렇잖아? 응. 맞아. 그런 거야.

결아가 세뇌에 가까운 생각을 하며 혼자 고개를 주억거리고 감정을 다잡았다. 그런데 휘를 기다리며 엘리베이터를 보고 있자니,

286

또 오만 가지 생각이 들었다.

한 달간 저 엘리베이터를 매일같이 타고 다녔었지……. 처음 만났을 때 그 남자가 뭐라고 했더라? 헉, 내가 지금 그 남자와의 추억을 곱씹고 있는 거야? 생각하지 말라니까!

아무도 없는 차 안에서 결아가 미친 듯이 고개를 흔들었다. 이게 다 그 남자가 늦게 나와서 그런 거야. 정석 씨가 올라간 지가 언젠데 왜 아직 안 내려오는 거람? 아침 스케줄이 있을 때 정석이 휘를 깨우러 가면 늘 한참 동안 이렇게 기다리고 있어야 했다.

그런 생각들로 본의 아니게 번뇌에 휩싸여 있는데 드디어 엘리베이터에서 휘가 모습을 드러냈다.

……어?

휘를 보자마자 결아가 눈을 크게 떴다. 이상하다. 요즘 촬영용 의상과 메이크업을 한 휘의 모습을 많이 봐서 상당히 익숙해져 있는데도…… 티셔츠와 빈티지 청바지만 입고 있는 그를 보자마자 심장이 요란하게 들썩이기 시작했다.

이놈의 심장이! 이제 아주 습관적으로 들썩이네?

그래. 드디어 저 악마 같은 남자에게서 탈출한다는 기쁨에 심장이 제멋대로 널뛰기를 하는 것이 틀림없어! 결아는 스스로의 생각을 공고히 하며 이상 박동 수를 보이는 심장을 진정시키려 후하후하 심호흡을 했다.

"제발 미리 전화하면 바로 준비하고 있으라고 제가 몇 번을 말해요?"

"그만 잔소리해라."

저혈압인지 아침마다 불퉁한 표정을 짓고 있는 휘는 오늘도 심기 불편한 얼굴로 차에 올라탔다.

"안녕하세요."

결아가 인사하자 선글라스를 끼던 휘가 움직임을 멈추고 뒤돌아 봤다.

"어."

그리고 나서 휘가 다시 앞으로 슥 고개를 돌리자 결아는 왠지 서운한 기분이었다.

……얼마 안 남았는데 저 남자는 아무렇지도 않은가? 평소와 전혀 다를 게 없네. 따, 딱히 무슨 말을 해 주길 기대한 건 아니지 만.

결아는 몽글몽글 솟아오르는 서운한 감정을 가슴 깊숙한 곳에 꼬깃꼬깃 접어놓고는 창밖으로 시선을 돌렸다.

어쨌든 해방이 멀지 않았다. 아싸!

결아는 일부러 신이 난다는 듯 속으로 중얼거렸다. 이왕 이렇게 된 거 노예로서의 마지막을 즐기기로 하는 편이 나을 거라고 생각 하며 환한 햇빛이 쏟아지는 창밖 도심 풍경을 바라봤다.

그런 결아에게 휘의 시선이 조용히 따라붙었다.

"……."

기분 좋은 듯 보이는 결아를 향한 휘의 눈이 예리해졌다.

♡　♥　♡

스케줄이 끝나고 집에 돌아왔을 때 결아가 청소를 시작하려 하 자 휘가 말했다.

"노예."

"네?"

평소처럼 소파 위에 느른히 누운 채로 휘가 오만하게 말했다.

"세탁물이 저렇게 쌓일 때까지 뭐 했어? 당장 세탁기 돌려."

"아아. 네."

괜히 틱틱대는 휘의 말에도 익숙한 듯 결아가 세탁실로 총총 걸어갔다. 그런 결아의 뒷모습을 보며 휘가 입술을 말아 올렸다.

"그걸 세탁기로 돌려 버리는 순간, 넌 끝난 거지."

그 재킷의 가격이 얼마더라? 이태리 장인이 섬세한 손길로 만든 가죽 재킷은 워낙 고가라 전문 업체에 맡겨 특수 드라이 처리를 해야 하는 옷이었다. 그리고 휘는 그 재킷을 세탁 바구니 안에 깊숙이 숨겨 둔 것이다.

넌 그냥 바구니째 세탁기 안에 옷들을 부어 넣기만 하면 돼.

휘는 입술을 느른히 말아 올리고 저걸로 노예 기간을 얼마나 더 연장할 수 있을까, 계산하고 있었다.

넌 억울할지 몰라도 난 할 말 많지. 세탁물 구분하는 건 기본 중 기본이잖아?

그때 결아가 세탁실에서 나오는 소리가 들렸다.

"세탁기 다 돌렸어?"

"네!"

경쾌하게 대답하는 결아의 목소리에 휘는 회심에 찬 미소를 지었다.

"아, 깜박했는데 그 세탁 바구니 안에 가죽 재킷이……!"

느른하게 말하며 결아에게 시선을 돌리던 휘가 놀란 눈으로 그녀를 바라봤다.

"혹시 몰라서 세탁물 뒤져 봤는데 이 가죽 재킷이 깊숙이 들어가 있더라고요. 몹시 비싸 보이는데 그냥 세탁기에 돌렸으면 큰일

날 뻔했지 뭐예요."

결아가 팔에 가죽 재킷을 걸치고 다행이라는 얼굴로 말했다.

"그래도 세탁기 돌리기 전에 발견해서 다행이에요. 그죠?"

해맑은 얼굴로 함빡 웃는 결아를 휘는 미동도 하지 않고 바라보고만 있었다. 그러자 결아가 의아한 표정으로 말했다.

"저기…… 휘 씨?"

"아, 그래. 잘했어."

휘는 불만스럽게 노려보던 재킷에서 휙 고개를 돌리며 짜증스럽게 소파 위에 누워 버렸다.

다음 날 아침.

휘는 드레스룸 진열대 위에 놔뒀던 다이아몬드 목걸이를 들어 올렸다.

"이게 아마……."

영롱한 빛깔을 띠는 목걸이를 눈을 가늘게 뜨고 응시하던 휘가 그것을 진열대 뒤로 툭 떨어뜨렸다.

"억대였지?"

그의 관능적인 입술이 느리게 호선을 그리며 올라갔다.

"형! 준비 다 됐어요?"

"다 됐어."

밖에서 들리는 정석의 목소리에 휘가 대답하곤 다시 진열대 뒤를 바라봤다.

"이걸로 몇 달은 충분히 연장 가능하겠는데?"

휘는 즐거운 마음으로 결아가 청소를 시작하는 저녁 시간을 기다리기로 했다.

"안녕하세요."

휘가 정석과 함께 차로 내려오니 결아가 기다리고 있었다.

"그래."

휘는 휘파람을 불며 차에 올라탔다.

저 남자가 웬일로 아침에 기분이 좋지? 아침엔 늘 인상을 찌푸리고 있던 휘가 오늘따라 기분이 좋아 보이자 결아는 의아한 표정으로 그를 바라봤다.

계약 기간이 끝나 가니까 후련해서 그런가? 그렇게 생각하니 왠지 서운한 마음이 들었다. 에잇! 서운하긴 뭐가! 고개를 저은 결아는 창밖을 바라봤다.

그래. 저 남자도 기분 좋아 보이는데 노예 해방을 앞둔 나는 더 기분 좋아야지. 즐기자, 즐겨. 룰루루.

이번엔 결아가 생글거리며 창밖을 보고 있는 모습을 본 휘의 눈매가 예리해졌다. 계약이 끝난다는데 노골적으로 즐거운 기색을 보이는 결아가 휘는 무척 못마땅했다. 물론 세 달간 결아를 옆에 두고 있던 자신이야 이것저것 부려 먹으면서 편하게 지내긴 했다지만…… 그에 반해 노예 일정을 소화해 내야 하는 결아에게는 힘든 시간이긴 했겠지…….

그래도 저렇게까지 즐거워할 필요는 없는 거잖아. 아주 룰루랄라 신났군. 신났어.

창밖을 보며 콧노래를 흥얼거리고 있는 결아를 휘가 눈을 가늘게 뜨고 응시했다. 솔직히 자신이 하는 행동이 조금 치사한 게 아닐까 하는 일말의 죄책감도 들었다. 하지만 자신과의 계약 기간이 끝나기만을 기다리며 들떠 있는 결아를 보니 콩알만큼의 죄책감 따윈 완전히 사라져 버렸다.

지금 충분히 즐거워해 둬, 이결아. 네가 청소하는 사이 다이아몬드 목걸이가 사라졌다고 하면 그만이니까.

휘는 자신의 계략을 다시 떠올리며 사악하게 눈을 빛냈다.

그날 밤. 결아가 청소하러 드레스룸으로 들어가는 것을 휘가 소파 위에 앉아 안 보는 척 보고 있었다. 이제 나오기만 하면 옷을 갈아입는 척 자연스럽게 들어가서 '어? 내 목걸이가 어디 갔지?' 하고 덮어씌워야지.

그런 생각을 하며 휘가 입술 끝을 말아 올리는데 청소하러 들어간 결아가 5분 만에 갑자기 종종걸음으로 달려 나왔다.

"휘 씨! 정리함 뒤에 이 목걸이가 떨어져 있었어요!"

달려 나온 결아의 손에서 목걸이가 달랑거렸다. 그걸 본 휘의 얼굴이 굳었다.

……젠장, 거기까지 청소할 줄이야!

"비싸 보이는데 잃어버리지 않게 조심해야겠어요. 일단 서랍 안에 넣어 둘게요."

"어, 그래."

인상을 쓴 휘가 불퉁하게 대답했다.

"빌어먹을!"

휘가 짜증스럽게 침대에 몸을 던졌다.

이쯤 되면 굴욕이었다.

어젯밤 고가의 체력 단련 기구를 고장 난 것처럼 조작해 놨는데 결아가 손대기 전에 정석이 만져 버려 실패로 돌아갔다. 그 일로 휘의 분노는 극에 달했다. 거기다 도처에 벌려 놓은 자잘한 함정들을 결아가 가뿐하게 피해 버리자, 이쯤 되면 거의 신의 보호를 받는다는 생각이 들 정도였다.

"내가 무슨 신의 보호까지 받아서 벗어나야 되는 악마야? 대체 어디까지 치사해져야 되냐고! 아오!"

휘가 침대 위에서 분노의 몸부림을 쳤다.

그렇게 한참 씩씩거리다가 털썩 누운 그가 한숨을 내뱉었다.

"후우…… 됐어. 그만하자."

그 여자 하나 때문에 배우 선우휘의 자존심이고 뭐고 바닥까지 떨어져 버린 기분이었다. 그까짓 노예 계약 연장시키자고 여기서 더 치졸해질 순 없었다. 더 이상 자존심에 상처 입을 것 없이 여기서 끝내는 게 나았다. 게다가 그 여자는 계약이 끝나는 데에 마냥 즐거워 보였으니까.

"그래. 그렇게 즐거워하는데……."

자신이 생각해도 억지인 요구들이 많았는데도 결아는 성실하게 최선을 다했다. 그래서 더 많은 걸 바라게 된 걸지도 모르지. 어쨌든 이제 장난은 끝낼 시간이 온 것이다.

결아는 방에서 루리의 라디오 방송 오프닝 대본을 쓰다가 모니터를 보며 멍하니 앉아 있었다.

"내일이 마지막이네……"

그토록 바라 마지않던 시간이 도래했는데 기분은 괜히 싱숭생숭
했다. 요즘 휘도 기분이 좋았다가 안 좋았다가 롤러코스터를 타고
있어서 신경 쓰이는데……. 혹시 그 남자도 나처럼 기분이 싱숭생
숭해서 그런 걸까?

"에이, 설마."

그럴 리가 없잖아. 결아가 단호한 표정으로 고개를 붕붕 저었다.

마지막이라고 생각하니 휘를 처음 만났던 순간부터의 일들이 주
마등처럼 머릿속을 스쳐 지나갔다. 처음 비상구 계단에서 코피 터
뜨리고, 말도 안 되는 노예 계약을 하게 되고, 현석이나 재영도 만
나게 되고…… 가사도우미에 코디네이터에 어쩌다 보니 매니저 역
할까지 하게 됐다. 짧은 시간이었지만 자신의 소심한 인생에선 다
시없을 버라이어티한 일들을 정말 많이 겪었던 것 같다.

"기절도 하고 부끄러운 일을 벌인 적도 많았지만…… 그래도
덕분에 나도 꽤 많이 바뀐 것 같지?"

결아가 제 스스로 뿌듯한 표정으로 고개를 주억거렸다.

"그래. 이만하면 많이 바뀌었지. 암."

처음 만난 사람 앞에서는 말도 제대로 안 나오던 과거보단 적어
도 한 뼘 정도는 더 발전한 것 같았다.

"이게 바로 충격 요법이라는 걸까? 뭐…… 그것도 이제 내일이
면 끝나니까."

노예 계약이 끝난 후에도 지금의 모습을 유지할 수 있을지, 아
니면 본래의 소심하기 짝이 없는 모습으로 돌아갈지는 솔직히 알
수가 없었다. 그래서 한편으론 불안하기도 했다.

그리고 무엇보다……. 휘가 다시 구름 위의 존재가 되어 버린다는 것이 낯설었다.

"이제 내일이 지나면 나완 더 이상 마주칠 일 없는 톱스타 선우 휘로 돌아가겠지."

사악한 주인님과 구름 위의 존재. 그 둘 중에서 하나만 골라야 한다면 난 뭘 선택할까? 문득 보성에서의 휘의 눈빛이 떠올랐다. 환한 햇빛 아래서 자신을 발견하고 똑바로 걸어오던 순간과, 그날 빗속에서 시선을 맞추고 손가락으로 입술을 쓸던 모습…….

"그건…… 아마 평생 동안 기억에 남을 것 같아."

작게 중얼거린 결아는 마음속에 소중하게 남을 추억 하나를 간직하듯 한참 동안 조용히 앉아 있었다.

계약 마지막 날.

스케줄을 끝내고 휘의 집으로 돌아왔을 땐 밤늦은 시간이었다. 주차장에 차를 댄 정석이 고개를 돌리며 말했다.

"형. 수고했어요. 들어가서 푹 쉬시고……. 결아 씨는 어떡할래요? 바로 집으로 태워다 줄까요?"

"네. 그래 주시면……."

"마지막 날이라고 제 할 일을 안 하면 곤란하지. 청소시키고 보낼 거니까 먼저 들어가."

휘가 결아의 말을 끊고 말하자 정석이 너무한다는 얼굴로 바라봤다. 마지막 날까지 알차게 부려 먹을 셈인가. 악랄하네, 정말.

하지만 차마 속에 있는 말을 하지 못한 정석은 결아를 연민 어린 시선으로 바라보며 말했다.

"결아 씨. 그럼 청소 다 끝날 때쯤 연락 주세요."

"네. 고맙습니다."

결아와 휘를 내려 준 정석이 차를 출발시켰다.

함께 엘리베이터에 올라탄 결아는 옆에 서 있는 휘를 힐끔 올려다봤다.

처음 이 남자의 집 엘리베이터에 탔을 때는 차라리 추락해 버리는 게 낫겠다고 생각할 정도였는데…… . 이젠 옆에 타고 있는 것이 자연스러울 정도로 어느새 익숙해져 있었다. 이 남자한테 면역력이 생기는 날이 올 줄이야…… . 뭐, 그것도 오늘이 마지막이지만.

결아는 오늘 하루 종일 여러 가지 생각이 들었다. 샵에 있는 휘를 보면서, 대본 리딩 하는 휘를 기다리면서, 콘셉트 촬영 하는 휘를 보면서…… 그리고 지금.

"…… ."

결아가 어쩐지 복잡한 심경으로 휘를 올려다보고 있는데 그가 시선을 내렸다.

아차!

결아는 자신이 휘를 빤히 바라보고 있었다는 걸 그제야 깨닫고는 황급히 고개를 돌렸다. 다행히 시선이 부딪치기 전에 피해 결아가 속으로 안도의 한숨을 내쉬었다.

휴우. 들킬 뻔했네.

결아가 안심하는 사이 휘는 그녀의 동그란 머리통을 내려다보고 있었다. 그때 엘리베이터가 멈추고 문이 열렸다.

"식사 준비 먼저 할게요."

얼른 엘리베이터를 빠져나오며 말한 결아는 곧장 식당으로 들어갔다.

휘는 촬영 전이라 식단 조절을 하고 있어 요즘은 닭가슴살과 채소 위주의 식사만 만들고 있었다. 그래서 그가 왜 평소에 그리도 밥을 찾는지 알 것 같았다.

"촬영 기간엔 철저하게 탄수화물이 배제된 식사만 하니까 그런 거였어……. 역시 배우에게도 고충이 있구나."

닭가슴살 요리를 만들기 시작하며 결아가 중얼거렸다.

"마지막 날이니 특별한 만찬이라도 준비해 주고 싶지만…… 어쩔 수 없지."

엇, 잠깐. 왜 만찬씩이나? 결아가 고개를 푸르르 흔들었다. 아아, 요즘 머리를 너무 흔들어 대서 목 디스크가 오겠어. 결아는 다시 마음을 다잡고 감상적인 상념에 빠지지 않도록 스피디하게 음식을 만들어 냈다.

"저, 식사 준비 다 됐는데요."

요리를 끝낸 결아가 휘를 부르자 그가 소파 위에서 몸을 일으켰다.

"마지막 날이니 같이 먹어."

"아, 네."

평소엔 같이 식사하는 일이 많았지만, 최근 휘의 식단이 변한 뒤로는 꽤 오랜만이었다. 그래도 마지막 만찬을 같이 먹는 게 맞는 일인 것 같아 결아도 군말 없이 휘를 따라 식당으로 들어갔다.

그렇게 식탁에 마주 앉아 조용히 식사를 하는데 휘가 말을 꺼냈다.

"홍콩에 촬영하러 갔을 때 내가 했던 말 기억해?"

"……네?"

결아가 눈을 동그랗게 뜨고 휘를 바라봤다.

무슨 말을 했더라……? 아!

'내가 내 노예의 말에 따라 다시 홍콩으로 돌아가 촬영을 마치는 행동을 한다면 넌 주인님에게 뭘 해 줄 거냐고.'

'제가 뭘…… 해 드려야 하나요?'

'흠…… 그건 촬영 기간 동안 생각해 보지. 내 노예에게 뭘 받을 수 있는지.'

'아, 네, 네.'

'잊지 마. 지금 한 말.'

그때 휘와 나눴던 대화가 떠오르자 결아가 놀란 눈을 크게 떴다.

맞다. 그런 약속을 했었지! 하지만 설마 그걸로 노예 계약 기간을 연장시키려고 하는 건가?

결아가 침을 꿀꺽 삼키는데 휘가 식사를 하며 무감하게 말했다.

"그때 그 약속을 써먹을까 하다가, 그냥 그만두기로 했어."

"저, 정말요……?"

예상외의 말에 결아가 눈을 깜빡이자 휘가 시선을 들어 그녀와 눈을 마주쳤다.

"그래. 그러니까 안심하라는 뜻이야."

"아, 감사합니다."

결아가 얼른 대답하고는 복잡한 표정으로 휘를 바라봤다. 정말 예상 밖이네. 이 남자 성격에 그 약속을 구실로 얼마든지 우길 수 있다고 생각했는데…….

생각 외로 그냥 놓아준다는 말을 들으니 한편으로는 기분이 이상했다. 그냥 이제 노예놀이에도 질린 게 아닐까? 하긴, 세 달이면 충분히 질릴 시간이다. 그게 아니라면 저렇게 좋은 건수를 가지고도 그냥 순순히 보내 준다고 하는 게 이상하잖아.

……그래도 정들었다고 마음 한편에서 아쉬워한 내가 바보였어.

결아는 괜히 서운한 감정을 느끼며 조용히 식사만 했다.

마지막이라 더 꼼꼼히 청소를 마친 결아가 청소 도구를 넣어 놓고 거실로 나왔다.

"휘 씨……. 어?"

휘가 평소와 달리 소파가 아닌 통유리로 되어 있는 창가에 서 있었다. 뒤돌아선 채 창밖을 보고 있는 휘에게 조심스럽게 다가간 결아가 말했다.

"청소 다 끝났거든요. 이제 그만 가 볼게요."

조용히 서 있던 그가 천천히 몸을 돌렸다. 결아는 순간적으로 휘의 표정을 살폈지만, 평소와 다를 바 없는 그의 표정에 마음 한편이 쓸쓸했다. 그는 역시 아쉬울 것도 없다는 건가?

"이제, 마지막인가."

"그동안 감사했습니다."

꾸벅 인사한 결아는 순간 자신의 말을 후회했다. 감사하다니! 노예 생활이 뭐가 감사해? 하지만 엄연히 자신이 지은 죄도 있고…… 그동안의 시간이 나쁘지 않았으니까.

"세 달 동안 힘든 것도 많았겠지만 나름 즐거웠던 것 같아. 심심하지도 않았고."

"저도 나름 즐거웠어요."

휘가 무감하게 말하자 결아도 지지 않고 최대한 쿨한 표정으로 대꾸했다.

"······."

휘와 결아는 잠시 말없이 서로를 바라봤다. 조용한 거실에 침묵이 감돌자 왠지 사방이 더 고요해지는 기분이었다.

한참 동안 결아의 동그란 눈을 바라보고 있던 휘가 어깨를 으쓱였다.

"이걸로 계약은 끝났다. 그동안 수고했고······. 잘 가."

'잘 가.'라는 휘의 말이 묘하게 결아의 가슴속을 파고들었다. 순간 욱신거리듯 심장에 찌릿한 통증이 일었다. 왜 심장이 아픈 것 같지······? 잘 가라는 말에 이렇게 심장이 동요하다니.

"네. 휘 씨도 잘 지내세요. 이번 작품, 꼭 대박 나시구요."

"안 그래도 잘될 텐데 뭘."

휘다운 답변에 결아가 작게 웃었다.

"······."

마지막 인사까지 했지만, 무슨 미련이 남아서인지 쉽게 발이 떨어지지 않았다. 결아가 돌아서지 못하고 머뭇거리고 있자 휘가 고개를 비스듬히 기울였다.

"······안 가고 뭐 해?"

"아, 아뇨! 가, 가야죠! 그럼!"

휘의 의아스러운 표정에 괜히 뻘쭘해진 결아는 황급히 몸을 홱 돌렸다.

에잇, 바보 같으니! 뭘 아쉬워하고 있······.

"꺅!"

퍽! 쿵! 와장창!

헉! 뭐지? 이 심상치 않은 파열음 삼중주는?!

평화롭지 못한 삼중주가 들려온 곳을 향해 결아의 시선이 천천히 돌아갔다. 그러자 아름다운 천사 조각상의 머리가 결아의 발치까지 데굴데굴 굴러오더니 자애로운 미소를 머금은 채 멈춰 서며 그녀를 똑바로 응시했다.

"끼, 끼아악!"

경악에 찬 비명을 지른 결아가 박살 난 조각상 머리 앞에 쭈그려 앉으며 부들부들 떨기 시작했다.

"이, 이, 이걸 어째……!"

방금 전 결아가 몸을 돌린 순간, 어깨에 걸려 있던 크로스백이 후웅 하고 큰 원을 그리며 퍽! 하고 문 앞의 천사 조각상을 강타한 것이다. 그리고 쿵! 와장창!

결아는 흔들리는 동공으로 박살 난 조각상을 보며 차마 만지지 못해 손만 덜덜거리고 있었다.

그때 머리 위에서 휘의 몹시 안타깝다는 듯한 목소리가 들려왔다.

"이런, 이런. 이태리에서 직수입한, 세계에 단 세 명뿐인 크리스털 공예 명인이 만들어 낸 '성스러움과 타락을 겸비한 아드리안의 기쁨' 조각상이 깨어져 버리다니."

"네, 네? 성스러움과 타락…… 뭐요?"

당혹스러운 표정의 결아에게 휘가 한숨을 내쉬며 다가왔다.

"게다가 전 세계에 세 개밖에 없는 리미티드 에디션인데 이렇게 작살내 버렸네? 이게 시가 3억 원 정도 되려나?"

3…… 3억 원? 결아가 눈을 뎅그렇게 뜨고 어버버거렸다.

그런 결아의 얼굴을 휘가 즐거운 듯 보다가 입술 끝을 사악하게 말아 올렸다.

"이를 어쩌지? 할 수 없이 또 몸으로 때우는 수밖에 없겠네?"

"……!"

결아의 눈이 더 커지는데 휘가 느른하게 말을 이었다.

"아, 이번엔 특별히 한 달 감면해 줄게. 3억 원이면 세 달 연장인데 그간의 정을 봐서 두 달로 해 줄게. 어때? 내 배려가. 고맙지?"

휘가 어깨를 으쓱이며 선심 쓰듯 말하자 결아의 까만 눈동자가 극심한 동공지진을 일으켰다.

"뭐……라구……요?"

"물론 추정가긴 하지만, 못 믿겠다면 소더비 경매가 알아봐 줄 순 있어. 아마 세 개 있던 게 두 개가 되었으니 가격이 더 오르지 않았을까?"

쐐기를 박는 휘의 말에 결아의 얼굴에서 핏기가 싸악 가셨다.

이, 이건 말도 안 돼!

10.
트러블

"형 곧 내려올 거예요. 대본 리딩 끝나면 7시까지 상암동으로 오면 돼요."

"네."

결아를 두고 차에서 허둥지둥 나가던 정석이 갑자기 생각났다는 듯 뒤돌았다.

"아차! 중간에 식사할 시간 없을 테니 이동 중에 먹을 수 있는 간단한 거 사야 될 거예요. 샐러드 위주로 사면 될 텐데 이 근방에 마땅한 데가……."

"제가 도시락 싸 왔어요."

"오, 정말요? 역시 결아 씨는 센스 있다니까! 지금까지 믿고 맡길 사람이 없어서 저 혼자 처리 못 하는 일은 안 받았는데, 결아 씨 덕분에 회사 수익이 껑충 뛰겠어요. 하하."

정석이 엄지를 척 치켜세우며 칭찬하자 결아가 수줍게 웃었다.

"뭘 그렇게까지……. 그럼 다녀오세요."

"네. 이따 봅시다!"

쌩하니 달려 나가는 정석의 만면에 번진 미소를 보니 결아는 조금 심란한 기분이었다.

……이로써 완전한 보조 매니저가 된 것인가.

노예 생활이 두 달 더 연장됨과 동시에 매니저 생활도 당연히 같이 연장됐다. 문제는 거기에 점점 익숙해진다는 거지……. 과연 이게 옳은 방향일까? 결아는 정석에게 칭찬받은 토끼 모양의 귀여운 도시락을 심란한 표정으로 바라봤다. 노예 생활이 길어질수록 본의 아니게 매니저 공력이 날로 업그레이드되고 있었다.

"이게 바로 노예력…… 어?"

결아가 혼잣말처럼 중얼중얼하고 있는데 원치 않은 레벨업을 시킨 당사자가 엘리베이터에서 내리는 모습이 보였다.

끙. 오늘도 저기압이네.

차로 다가오는 휘의 미간에 선명하게 그어진 세로줄 두 개를 보고 결아는 긴장하기 시작했다. 극심한 저혈압 때문인지 아침마다 기분이 저조해서 가급적 아침 스케줄을 잡진 않지만, 드라마 촬영이 본격적으로 들어간 이상 어쩔 수 없었다.

지금까지 휘를 깨우는 건 늘 정석 씨 담당이라 몰랐는데 아무래도 상당히 힘든 일인 것 같았다. 정석은 험한 꼴(?) 보고 싶지 않으면 차에 있으라며 휘를 깨울 땐 비장하게 혼자 올라가곤 했으니까.

탕!

"이크."

운전석 문을 세게 닫는 소리에 결아가 흠칫 놀랐다. 옆을 보니

304

심기 불편한 표정의 휘가 신경질적으로 벨트를 매고 있었다.

아차. 이 남자는 저기압일 땐 난폭 운전의 대명사가 아니던가. 뒤늦게 생각난 결아는 조심스럽게 손잡이를 움켜잡았다.

"저, 아직 시간 여유 있으니 천천히 가셔도…… 꺅!"

휘가 냅다 시동을 건 뒤 거칠게 차를 출발시키는 바람에 결아의 몸이 용수철처럼 앞뒤로 크게 흔들렸다. 선글라스를 낀 휘는 마치 F1 시합을 벌이듯 아슬아슬한 곡예운전을 했다.

"소, 속도 좀 줄여요! 사고, 사고 나겠…… 꺅!"

휘는 찌뿌둥한 얼굴로 핸들을 확확 돌려 대며 속도를 줄일 생각을 전혀 하지 않았다.

"꺄아아아아악! 사람 살려!"

결아는 생명줄인 양 손잡이를 꽉 움켜쥔 채 하얗게 질려선 연신 돌고래 비명을 질러 댔다.

"사, 살았다……."

대본 리딩 장소에 도착한 결아는 혼백이 빠져나간 얼굴로 차 안에 널브러져 있었다.

오, 오늘도 황천길이 수도 없이 눈앞에…….

죽음의 레이스 뒤에 빈껍데기만 남아 있는 결아를 힐끗 본 휘는 태연한 얼굴로 차에서 내리며 말했다.

"스릴 있고 좋잖아."

"하, 하나도 안 좋아요! 무서워서 눈물까지 찔끔 났는데!"

결아는 필사적으로 소리치고는 훌쩍이며 눈물을 닦았다. 이래서 휘에게는 웬만하면 운전대를 맡기고 싶지 않았지만 보조 매니저인 자신에겐 면허증이 없고, 휘는 정석 외의 다른 매니저가 자신의 차의 운전대를 잡는 것을 좋아하지 않았다. 그래서 가능한 한 그런 상황을 피하다 보니 결국 정석이 바쁠 땐 휘가 직접 운전하게 되는 일이 많아지는 거였다.

결아가 힐긋 쳐다보니 휘는 과속운전을 한 덕분인지 기분이 한결 나아 보였다. 그래도 리딩 장소 도착 전에 기분이 나아져서 다행…… 응? 잠깐. 나 지금 또 뼛속까지 매니저 같은 생각을…….

"안 나와?"

휘가 열린 창문에 얼굴을 가까이 대고 말하자 결아가 퍼뜩 정신을 차렸다.

"아, 전 차에 있을 테니 다녀오세요."

"심심하게 그 안에서 몇 시간을 있으려고?"

"하나도 안 심심해요. 여기 읽을 책도 있고……."

결아가 꼬물거리며 가방에서 책을 몇 권 꺼내 수줍게 내밀자 휘가 인상을 썼다.

"네가 정석이 대신 옆에서 대기하고 있어야 할 것 아냐. 필요한 일 생기면 누구 찾으라고."

"시키실 일 있으시면 바로 연락 주세요. 그럼 제가 가서…… 어이쿠!"

휘가 차 문을 벌컥 열자 결아의 몸이 확— 문 쪽으로 쏠렸다. 휘는 그런 결아의 팔을 낚아채선 밖으로 나오게 한 뒤 차 문을 닫았다.

"제, 제가, 제가 갈게요!"

휘에게 팔목이 잡힌 채 끌려가며 결아가 소리쳤지만, 그는 들리지 않는다는 듯 그대로 성큼성큼 걸어갔다.

"안녕하세요."

휘가 들어서자 배우들이 모여 있는 공간의 공기가 일순 긴장됐다.

웅? 뭐지? 휘 뒤에 서 있던 결아는 순식간에 바뀐 공기를 눈치채고 안을 슬쩍 들여다봤다.

"네. 안녕하세요."

하준에게 인사를 하면서도 다들 감독을 힐끔거렸다.

아, 그렇구나…… 제작발표회 때부터 신경전이 오갔으니 배우들이 눈치를 보는 모양이야.

"오빠!"

그때 유라가 벌떡 일어나더니 휘에게 팔랑팔랑 날아왔다.

"드라마 같이 하니까 너무 좋다. 그치?"

대표를 달달 볶아 결국 드라마에서 역할을 하나 맡은 유라가 휘에게 찰싹 달라붙으며 콧소리를 냈다. 그러면서 뒤로 물러서는 결아를 힐끔 보고는 눈을 매섭게 치떴다. 유라가 흡사 구미호의 눈처럼 흰자위를 번뜩이자 결아가 움찔거렸다.

얘가 그 노예인지 뭔지 하는 애였어?

유라는 재빨리 결아를 위아래로 스캔하고는 입술 끝을 휘어 올렸다.

흥. 지극히 평범한 일반인이네 뭐.

소속사 대표인 대호에게 휘와 노예 계약을 쓴 여자애가 있다는 말을 듣고 내내 신경 쓰였는데, 막상 마주하고 보니 얼굴로 보나 몸매로 보나 아이돌인 자신이 훨씬 나았다. 상대가 되지 않는다고 판단한 유라는 레이저를 쏠 듯한 시선을 거둬들이고 휘에게 상큼하게 웃었다.

"오빠. 감독님한테 인사해야지."

"이거 놓고 말해."

"아이참, 일단 와 봐."

귀찮은 듯 대꾸하는 휘의 팔을 잡아 끈 유라가 감독이 있는 곳으로 끌고 가자 결아는 조용히 뒤에 있는 의자에 앉았다. 대놓고 적의를 보이는 유라 때문에 소심한 간이 쪼그라들 지경이었다.

후아, 시선에 찔려 죽는 줄 알았네. 다시 차에 가 있을까? ……안 돼. 안 되지. 난 정석 씨 대신 매니저로서 여기 앉아 있는 거니까 정신 똑바로 차리자.

결아는 자꾸 소심해지려는 마음을 다잡으며 주먹을 꼬옥 움켜쥐었다.

그나저나 감독님이랑 빨리 화해를 해야 할 텐데…….

결아가 걱정스러운 시선으로 멀리서 준영에게 인사하는 휘를 바라봤다. 휘의 인사에도 대본만 보며 건성으로 고개를 끄덕이는 준영과, 자신은 인사했으니 할 일 다 했다는 식으로 몸을 돌리는 휘를 보니 화해는 아직 멀일 같았다.

걱정이네, 정말. 앞으로 두 달 더 늘어난 노예 기간 동안 지금처럼 임시 매니저 일을 해야 할 때가 많을 텐데, 그때마다 이런 살얼음판 같은 분위기면 어쩌지?

"……아. 결아. 이결아."

생각에 빠져 있던 결아가 자신을 부르는 목소리에 뒤늦게 정신을 차리고 고개를 들었다.

"네?"

눈앞에는 휘가 자신을 보며 서 있었다.

"휴식 시간이라는 소리 못 들었어?"

"아, 죄송해요. 잠깐 생각 좀 하느라……."

결아가 민망한 얼굴로 벌떡 일어났다. 휘와 감독을 화해시켜 줄 방법에 대해 고민하다 보니 쉬는 시간이 된 것도 모르고 있던 모양이다.

"나가자. 뭐든 먹어야겠어. 배고파."

"제가 도시락 싸 왔는데 차에서 드실래요?"

"차 안은 답답해. 1층 카페에 있을 테니 거기로 가져와."

"알겠어요. 금방 가져올게요."

얼른 대답한 결아가 종종걸음으로 복도로 나갔다. 결아가 사라지자 근처에 있던 유라가 얼른 휘에게 달라붙었다.

"다 같이 밥 먹으러 갈 건데 오빠 같이 안 가?"

"난 됐어."

휘가 감독 쪽을 힐끗 보고는 말했다. 유라는 휘의 시선을 좇더니 목소리를 낮춰 속닥였다.

"감독 있어서 그래?"

휘가 인상을 찡그렸다.

"아니야."

"그런 거 아니면 같이 가자."

"난 됐다니까."

"그럼 나도 빠질 테니까 같이……."

"나 쉴 거니까 따라오지 마라."

휘가 엄포를 놓고 가 버리자 유라가 불퉁하게 뺨을 부풀렸다.

"치. 맨날……."

뭐, 그래도 같이 드라마 하게 됐으니까 앞으로 얼마든지 기회가 있을 거라고 속으로 중얼거린 유라가 몸을 돌려 배우들이 있는 곳으로 돌아갔다.

"선우휘는 어디 갔어?"

단체로 엘리베이터로 향하며 중견 배우인 허우석이 묻자 유라가 잽싸게 둘러댔다.

"아, 오빠 피곤해서 차에서 쉴 건가 봐요."

유라의 말에 우석이 입술 끝을 비틀었다.

"아무리 잘나가는 배우래도 팀워크에 신경 좀 써야지. 아무 말 없이 슥슥 빠지면 쓰나. 그것도 주연 배우가."

옆에 있는 준영을 의식하며 우석이 크게 투덜거리자 기다렸다는 듯 다른 배우들이 맞장구를 쳤다.

"그러니까요. 감독도 있고 선배 연기자들도 다 있는데 너무 예의가 없어요. 인사도 대충 하고. 아니 우리한테야 그렇다 치지만 감독님한테는 그러면 안 되는 거 아니에요?"

"한창 잘나가는데 그런 데 신경이나 쓰겠어? 속으론 우리도 다 우습게 볼걸?"

"이래서 갑자기 뜬 애들이랑 같이 작품 하고 싶지 않다니까. 하나같이 기고만장해선……. 감독님, 안 그렇습니까?"

배우들이 웅성거리며 복도를 빠져나가자 거대한 화분 뒤에서 결아가 핼쑥한 얼굴로 슥 빠져나왔다.

"역시…… 평판이 안 좋구나."

조금 전 휘의 도시락을 챙겨 들고 걸어오다가 우르르 몰려오는 배우들을 보고 본능적으로 화분 뒤에 몸을 숨긴 참이었다. 안 그래도 감독과의 트러블 때문에 걱정이었는데 본의 아니게 휘에 대한 뒷담화를 듣게 되자 결아는 더더욱 신경이 쓰였다.

그런데 그런 자신의 마음을 아는지 모르는지 휘는 그런 데는 전혀 관심 없다는 듯 도시락을 말끔히 비우고 여유롭게 스마트폰 게

310

임만 하고 있는 게 아닌가. 보다 못한 결아가 후식으로 싸 온 과일을 자르며 말을 꺼냈다.

"저기, 다른 사람들은 다 같이 밥 먹으러 가던데……."

"그래서?"

휘가 게임을 하며 무감하게 되묻자 결아는 보지 않고 슥슥 사과 깎기 신공을 펼치며 말했다.

"같이 안 나가 봐도 돼요? 주연 배우잖아요."

"따라가도 내가 먹을 수 있는 게 없는데? 배우는 철저히 식단 조절 해야 하는 거 몰라?"

"그건 다른 배우들도 다 마찬가지일걸요. 여주인공인 한주미 씨도 갔는데 남주인공이 안 가면 되겠…… 히익."

휘의 날카로운 눈빛에 결아가 움찔해선 얼른 고개를 숙였다. 휘가 못마땅한 표정으로 결아를 보다가 말했다.

"네가 내 매니저라도 돼?"

"지금 하는 일이 사실 그거 아닌가……."

"어쭈? 이젠 말대답도 한다?"

"그래도 전 걱정이 돼서 하는 말인데…… 매니저니 아니니 그런 말을 하면 좀 서운하네요. 저도 나름 휘 씨를 생각해서 하는 말인데."

결아가 고개를 숙인 채 손은 쉬지 않고 사과를 능숙하게 깎아 보이며 말대답도 서슴지 않자 휘가 눈을 가늘게 떴다. 결아가 말을 많이 할 때는 대체적으로 맞는 말만 한다는 걸 알고 있었다. 그게 그의 심기를 건드렸다.

"시끄럽게."

"앗. 자, 잠깐만요."

휘가 인상을 쓰고 일어나 버리자 결아가 데커레이션 하던 과일 접시를 내려놓고 황급히 따라 일어섰다.

"그 많은 시놉 중에서 장준영 감독님 작품을 선택한 건 휘 씨도 이 드라마가 마음에 들었다는 뜻이잖아요. 이왕 좋은 작품 하게 된 거니까 감독님이나 다른 배우들과도 불화가 없는 것이 촬영을 수월하게……."

결아가 밖으로 나가 주차장으로 향하는 휘를 졸졸 따라가며 옹알거리자 휘가 미간에 세로줄을 빡 세웠다.

"거참, 시끄럽다니까. 그리고 난 그 시놉 좋아서 선택한 적 없어."

"그럼 지금이라도 다시 읽어 봐요. 정말 좋은 내용이에요. 읽어 보면 분명 감독님에 대한 생각이 바뀔……."

"너!"

휘가 버럭거리며 뒤돌자 필사적으로 설명하던 결아가 움찔해서 멈춰 섰다. 휘가 싸늘한 눈으로 결아를 내려다보며 말했다.

"내 앞에서 한 번만 더 그 감독 칭찬하기만 해."

차갑게 말한 휘가 휙 몸을 돌려 걸어가 버렸다. 휘의 서슬에 놀란 결아는 그 자리에 굳은 채로 서 있다가 다시 오도도 달려갔다.

"아니 전 감독님 칭찬을 한 게 아니라 시놉을 칭찬한 건데요."

"너 오늘 왜 이렇게 끈질겨?"

그때 차 안에 있던 준영이 뒤에서 휘와 결아가 투닥거리는 소리를 들으며 살짝 열어 뒀던 창문을 슥 내렸다. 백미러에 비치는 결아의 모습을 확인한 준영이 눈을 가늘게 떴다.

"아, 쟤였어?"

자다 깬 허스키한 목소리로 낮게 중얼거린 준영의 눈이 호기심으로 빛났다.

"그런 일이 있었어요?"

상암동 스튜디오에서 조우한 정석이 결아의 말을 듣고 걱정스러운 얼굴로 되물었다.

"네. 그 뒤에 대본 리딩은 잘 끝내긴 했는데 뭔가 분위기도 싸한 것 같고……."

"걱정이네요. 배우들 자존심 세서 파벌 싸움 한번 벌어지면 아무리 잘나가는 배우라도 힘들어지는데."

"방법이 없을까요?"

결아가 두 손을 꼬옥 쥐고 묻자 정석이 고개를 저었다.

"글쎄요. 방법이 있다 해도 형이 따라 줄 리가 없으니까요."

정석이 영혼 없는 웃음을 흘리며 위장약을 한 움큼 집어 입에 털어 넣자 결아가 깜짝 놀랐다.

"그, 그렇게 많이 드셔도 돼요?"

"걱정 마세요. 뭐 이제 일상이니까요. 하하……."

정석은 아무렇지 않은 척 말했지만, 결아는 그래도 걱정이 됐다. 뭔가 방법이 없을까? 이러다간 정석 씨 위장에 빵꾸가 나겠어. 늘 잘 대해 주는 정석 씨에게 도움을 주고 싶은데 딱히 떠오르는 건 없고……. 결아가 끙끙거리며 고민해 봤지만 역시 명쾌한 해답은 나오지 않았다.

결아는 정석과 나란히 선 채 수심이 가득한 얼굴로 휘를 바라봤다.

찰칵! 찰칵!

휘는 그들의 고민은 알 바 아니라는 듯 화려한 매력을 뽐내며 플래시 세례를 받고 있었다.

"태워다 주셔서 감사합니다."

결아가 다소곳하게 인사하자 정석이 사람 좋게 웃었다.

"뭘요. 어서 들어가요. 매니저 일에다 가사도우미 일까지 해서 피곤할 텐데 푹 쉬고 내일 아침에 봐요."

"네. 안녕히 들어가세요."

그런데 집 앞 골목에서 내린 결아가 집 쪽으로 몸을 돌리다 움찔했다.

저, 저 사람은?

자신의 집 앞에서 진한 포옹 씬을 연출하고 있는 사람은…… 아무리 봐도 루리와 그녀의 방송 DJ를 맡고 있는 정우민이었다. 결아는 얼른 뒤돌아서 옆 골목으로 빠져나왔다.

"우와, 언니가 저 남자와 저런 사이였다니……."

괜히 마주쳤다가 언니가 당황해 할까 봐 피해 주긴 했는데 예상치 못한 장면에 결아도 심장이 콩콩 뛰었다.

동네를 뱅글뱅글 돌다가 다시 집 앞에 와 보니 다행히 아무도 없었다. 안심하고 집에 들어가자 루리가 소파 위에 멍한 얼굴로 앉아 있었다.

"언니 나 왔어."

"응? 아, 응. 왔어? 좀 일찍일찍 다니지. 시간도 늦었는데."

결아를 본 루리는 빠르게 제정신을 찾는 듯했다.

"또 도서관 갔다 왔어?"

"아, 응."

"세상 험하니까 아무리 도서관이라 해도 오래 있으면 안 돼. 알 아들어? 요즘 세상이 얼마나 험한데. 세상 험하니까 아무리 도서 관이라 해도 오래 있으면 안 돼. 알아듣니? 요즘 세상이……."

응? 제정신을 찾는 듯했지만 아닌 모양이다.

"아, 알았어. 조심할게."

고장 난 인형처럼 같은 말을 반복하고 있는 루리에게 대충 대답 한 결아가 얼른 방으로 들어왔다. 문에 기대선 결아는 신기한 얼굴 로 중얼거렸다.

"언니 멘탈이 저렇게 흔들리다니……."

모진 풍파에도 굴하지 않는 굳건한 바윗덩이 같은 루리가 아니 었던가. 그 루리가 저 정도로 제정신을 못 차리는 건 처음 봤다.

"그 남자 정말 대단하구나."

결아가 새삼 놀랍다는 듯 고개를 끄덕이며 되뇌었다.

이게 그 유명한 사랑의 힘이란 건가?

드라마 첫 촬영 전날, 결아는 급박한 전화를 받고 황급히 병원 으로 향했다.

"정석 씨. 괜찮으세요?"

결아가 창백하게 질린 얼굴로 병실로 달려 들어갔다.

"아, 결아 씨 왔어요? 하하. 대수롭지 않은 건데 왜 결아 씨가 사색이 돼서 왔어요?"

환자복을 입은 정석이 너스레를 떨자 결아가 눈물이 그렁그렁한 눈으로 바라봤다.

"대수롭지 않다뇨. 2주나 입원해 있어야 한다던데⋯⋯ 으흐흑."

"이결아. 불길하게 왜 그래? 죽을병도 아닌데."

결아가 오열하며 침대 위에 쓰러지자 휘가 인상을 찌푸렸다.

"죄, 죄송해요. 제가 그만⋯⋯."

결아가 몸을 일으키며 손등으로 눈물을 슥슥 훔쳐 냈다.

"괜찮아요. 하하. 뭐 그냥 위에 구멍이 좀 크게 났을 뿐이니까요. 하하하. 그나저나 결아 씨한테 미안해서 어쩌죠?"

"네? 미안하다니⋯⋯ 뭐가요?"

"그게⋯⋯ 제가 입원해 있는 동안 결아 씨가 제 역할을 해 주셔야 될 것 같아서요."

"제가요?"

결아가 눈물 젖은 눈을 깜빡거리며 정석을 바라봤다.

"물론 당연히 결아 씨 혼자 할 수는 없는 일이니 도와줄 사람들은 붙여 줄 거지만, 형 커버할 수 있는 사람은 결아 씨밖에 없어서요."

정석의 설명에 결아의 눈이 흔들렸다.

"제가 어떻게 그런 큰일을⋯⋯."

"형 지금 중요할 땐데, 촬영장 분위기도 걱정되고⋯⋯. 제가 지금 아플 때가 아닌⋯⋯ 으윽."

"괘, 괜찮으세요?"

정석이 배를 부여잡고 허리를 숙이자 화들짝 놀란 결아가 어쩔 줄을 몰라 했다. 정석이 그런 결아의 손을 꼬옥 잡고는 당부하듯 말했다.

"제가 안심하고 맡길 사람은 결아 씨밖에 없으니 부탁 좀 할게요."

자신의 위통보다 휘의 안위를 생각하는 숭고한 정석의 매니저 정신에 감복한 결아는 자기도 모르게 고개를 끄덕였다.

"그럼 제가 최선을 다해 볼 테니 걱정 마세요. 정석 씨."

"고마워요. 이제 좀 안심이 되네요."

정석이 안도한 얼굴로 웃으니 그 모습을 보고 있던 휘가 매끈한 이마를 찌푸렸다.

"유난 떨 거 없어. 2주 정도는 나 혼자서도 충분히 스케줄 소화할 수 있으니까. 내가 애야?"

다음 날.

"제발 일어나세요오!"

결아는 아무리 깨워도 꿈쩍하지 않는 휘를 30분째 흔들고 있었다. 거짓말쟁이! 혼자서도 충분히 스케줄 소화할 수 있다더니, 이건 뭐 잠자는 숲속의 공주도 이거보단 잘 깨겠다! 결아는 씩씩거리며 휘를 붙잡고 흔들어 댔다.

"이러다 스케줄 늦어요! 어서 일어나라니까요? 선우휘 씨이이이이이!"

30분 뒤 휘는 미간에 굵은 세로 주름을 빡 세우고 운전석에 앉아 있었다.

"연예인한테 운전시키는 매니저가 어딨어?"

"전 면허가 없어서…… 헥헥. 내일부턴 다른, 다른 분 부를까요?"

"……됐어."

역시 다른 사람에게 운전대를 맡기는 건 싫은 모양인지 휘가 불퉁하게 말하며 시동을 걸었다.

결아는 헥헥거리며 녹초가 된 얼굴로 조수석에 널브러졌다. 정석이 험한 꼴 보여 줄 수 없다며 매번 혼자 깨우러 가더니, 과연 험한 꼴을 보지 않고선 절대 깨지 않는 남자였다.

이런 남자를 지금껏 깨워 왔다니…… 존경스럽네요. 정석 씨.

결아가 속으로 정석에게 경의를 표하는 동안 또다시 분노의 질주가 시작됐다.

"자, 잠깐만요! 아직 마음의 준비가…… 꺄아아아아악!"

매니저 대행 첫날 아침부터 결아의 초음파 비명은 끊이지 않았다.

"빨리빨리요!"

차에서 내린 결아가 발을 동동 구르며 재촉했지만 휘는 지극히도 느긋한 걸음으로 걸어오고 있었다.

아아, 역시 늦겠어!

휘를 깨우느라 예상 시간보다 많이 늦어진 데다 샵에 들렀다 오는 길엔 차까지 막히는 바람에 시간이 더 지체됐다.

첫 촬영 날인데 주연 배우가 지각이라니!

정석을 볼 면목이 없다는 생각에 결아는 심장이 타들어 갔다. 하지만 그녀의 타는 심장은 알 바 아니라는 듯 휘는 여유로운 모델 워킹으로 촬영 스튜디오로 들어갔다.

휘가 들어서자 스튜디오 안이 일순 술렁였다. 휘와 자신에게 쏠리는 시선이 느껴지자 결아는 순간 본능적으로 휘의 등 뒤로 숨고 싶은 기분이었다.

아, 안 되지. 내가 매니저잖아!

자신의 역할을 다시 떠올린 결아가 얼른 앞으로 튀어 나갔다.

"늦어서 죄송합니다."

"죄송합니다."

결아가 배우와 스태프들한테 고개를 숙이며 사과하자 휘가 인상을 쓰고 결아의 팔을 잡았다.

"고작 2분 늦었는데 뭘 그렇게까지 해."

"2분도 지각은 지각이잖아요. 어서 사과하세요."

"내가?"

결아가 빠르게 속삭이자 휘가 당혹스러운 얼굴로 되물었다.

"주연 배우잖아요. 적어도 선배 연기자분들보다 빨리 왔었어야 됐다고요. 어서 감독님께 사과부터 하고 와요!"

휘가 못마땅한 표정을 짓고 있자 결아가 그를 떠밀었다.

"얼른, 얼른요!"

결아의 재촉에 못 이긴 휘가 준영에게 다가갔다.

"늦어서 죄송합니다."

세트를 확인하고 있던 준영이 휘를 힐끗 쳐다보고는 휙 지나쳐 갔다.

"씬 넘버 7부터 찍을 거니까 동선 확인하고, 병철아! 거기 그거 치워!"

준영의 뒷모습을 보고 있던 휘가 기분 나쁜 얼굴로 몸을 돌려 의상실로 가려고 하자 결아가 그를 황급히 잡아 세웠다.

"다른 분들한테도 제대로 사과해야죠."

"너 진짜."

휘가 짜증스러운 표정을 지었지만 배우들 앞으로 떠미는 결아 때문에 사과를 안 할 수도 없는 노릇이었다.

"늦어서 죄송합니다."

"아니, 뭐 그럴 수도 있지. 하하."

"늦어서 죄송합니다."

"어머. 뭘 사과까지 하고 그래. 나한테 그럴 거 없어. 오호호
호."

휘가 사과하는 모습을 보며 결아가 안도의 한숨을 내쉬었다. 휴
우. 다행히 그날 휘를 안 좋게 말하던 사람들도 반응이 나쁘지 않
네⋯⋯. 한 명만 빼고. 결아가 준영 쪽을 힐끔 바라봤다.

감독님은 왜 휘를 마음에 안 들어 하시는 걸까?

휘를 대놓고 무시하는 감독의 태도에 결아는 불안감을 느꼈다.

"컷!"

준영의 목소리와 함께 결아는 자신의 불안이 틀리지 않았다는
걸 알았다.

"다시."

휘의 얼굴이 확연히 일그러졌다. 벌써 같은 씬만 10번째. 배우
들의 표정에도 난처함이 흐르고 있었다.

계속되는 촬영에도 휘는 아직 첫 대사도 못 하고 있었다. 스타
트 포지션에서 걸어와 먼지 더미 위로 쓰러지는 장면에서 준영이
계속 컷을 날리고 있었기 때문이다.

"저거 일부러 저러는 거지?"

"휘 상당히 자존심 상하겠어. 나라면 계속 저렇게 이유도 없이
NG 날리면 못 참고 뛰쳐나갈 것 같은데."

지켜보는 사람들의 속닥거림을 들으며 결아는 초조하게 두 손을

모으고 휘를 바라봤다. 괜찮을까? 휘 씨…….

휘는 주먹을 불끈 움켜쥐었다 펴고는 몸을 돌려 처음 지점으로 다시 돌아갔다.

"7번 씬 다시 들어갑니다. 레디, 슛!"

신호와 함께 다들 긴장된 표정으로 준영을 바라봤다.

"컷!"

휘가 먼지 더미로 몸을 날려 쓰러지는 순간 어김없이 준영의 목소리가 들렸다. 그러자 찬물을 끼얹은 것처럼 사방이 조용해졌다. 팔짱을 끼고 있던 준영이 귀에 끼고 있던 무선 인터컴을 **빼며** 말했다.

"영 나올 것 같지 않으니 선우휘 씨는 혼자 머리 좀 식히고, 나머진 스튜디오 B로 이동합시다."

준영의 말에 다들 눈치를 보며 이동 준비를 했다.

"어, 어쩌지?"

드라마 시작과 함께 새로 투입된 코디네이터 혜진은 휘의 표정이 너무 살벌해 멀찍이 떨어진 채 다가가지 못하고 있었다.

"메이크업도 수정해야 될 것 같은데……."

"제가 가 볼게요."

혜진에게 말한 결아는 얼른 휘에게 달려갔다.

"휘 씨, 괜찮아요?"

결아는 열심히 휘의 옷에 묻은 먼지를 털어 주며 걱정스럽게 물었다.

"……."

휘는 다들 **빠져나간** 세트 안에서 얼굴을 딱딱하게 굳힌 채 서 있었다. 그의 주먹에 불끈 돋아나 있는 퍼런 핏줄을 보자 결아는 숨을 들이켰다. 역시 자존심이 많이 상한 모양이야……. 어쩌지?

"저기. 의상을 갈아입는 게…… 앗."

결아의 손을 탁 뿌리친 휘가 몸을 돌려 성큼성큼 걸어갔다.

"잠깐만요! 어딜 가는 거예요?"

살벌한 기운을 풍기며 촬영 스튜디오를 빠져나가는 휘를 결아가 당혹스러운 얼굴로 따라갔다.

스튜디오 밖으로 나온 휘가 쓰레기통을 발로 차서 쓰러뜨렸다.

"후우."

제 머리칼을 엉망으로 흩뜨린 휘가 어깨를 들썩이며 크게 숨을 내쉬었다. 결아는 분노에 가득 차 있는 휘의 주변을 안절부절못해하며 맴돌고 있었다.

어쩌지? 촬영 첫날부터 파행이라니…….

어찌할 바 모르고 결계 주위를 맴도는 혼령처럼 주변만 뱅뱅 배회하고 있는데 휘가 벤치 위에 털썩 앉았다. 두 팔로 벤치 위를 지탱하고 고개를 숙인 채 그가 앉아 있자 결아도 조심스럽게 다가가 그의 옆에 앉았다.

"저……."

결아가 말을 걸자 휘는 그제야 그녀의 존재를 눈치챈 듯 고개를 돌렸다.

"제 생각엔 휘 씨의 연기가 나쁘진 않았다고 생각해요."

결아의 말에 휘가 헛웃음을 흘렸다.

"……연기랄 게 있었나."

"그, 그러니까요. 그러니까 그냥…… 감독님의 심술이 아닐까 하는데……."

양 주먹을 무릎 위에서 쥐었다 폈다 하며 열심히 말하는 결아를 휘가 가만히 내려다봤다.

"너 지금 나 위로해 주는 거냐?"

"제 생각에도 감독님이 너무 심한 게 아닌가 싶어서요. 다른 배우들도 다 있는데 굳이 그렇게까지 할 필요가 있나 싶고……. 아마 저 말고 다른 사람들도 다 그렇게 생각할 거예요. 그러니까…… 너무 기분 나빠 하지 않으셨으면 해서요."

열심히 자신의 의견을 피력하는 결아를 내려다보던 휘가 피식 웃었다.

"맨날 감독 편만 들더니, 어쩐 일이야?"

"제가 언제 감독님 편만 들었다고……."

"그랬잖아."

"아, 아니거든요."

"맞는데?"

"아니에요. 아까도 얼마나 기분 나빴다구요. 아무리 감독이라지만 정말 너무해! 하고요."

"……."

결아가 손바닥에 맺힌 땀을 무릎 위에 슥 닦았다. 휘는 그 모습을 가만히 응시했다.

그러고 보니…….

휘의 눈이 가늘어졌다. 그 소심한 성격으로 아침부터 자신을 깨워 샵으로 끌고 가고, 촬영장에 도착했을 때 사람들한테 고개를 숙이며 사과하던 결아의 모습이 떠올랐다.

"……기분 나쁘지 않았어?"

뜬금없는 질문에 결아가 영문 모를 표정으로 휘를 올려다보니, 그가 자신을 똑바로 바라보고 있었다.

"네? 뭐가요······?"

"갑자기 매니저 대리까지 떠맡게 돼서. 너 그런 거 어려워하잖아."

휘가 진지한 표정으로 말하자 결아는 고개를 저었다.

"그건 정석 씨가 몸이 안 좋아서 그런 거잖아요. 그런데 기분 나쁠 리가 있나요. 물론 좀 당황스럽긴 했지만요."

결아가 말을 멈추고 한숨을 포옥 내쉬었다.

"아아. 그래도 첫날부터 이런 일이 생겨 버렸으니, 정석 씨한테 미안해서 어쩌죠? 정석 씨가 있었더라면 틀림없이 일이 이렇게 되기 전에 원만하게 해결했을 텐데······. 왠지 다 저 때문인 것 같아요."

결아의 얼굴이 우울해지자 휘가 인상을 쓰고 그녀의 콧등을 손가락으로 튕겼다.

"그럴 리가 있냐. 이건 그냥 나와 감독의 기 싸움일 뿐이야. 너와는 아무 상관 없어."

"그래도······."

"오히려 난 네가 의외야."

"저요?"

결아가 동그란 눈을 깜빡이자 휘가 그 눈을 가만히 응시했다.

"솔직히 맡겠다고 했어도 네 성격상 어딘가에 숨어 벌벌 떨고 있을 줄 알았으니까."

"아아······."

하긴 기절까지 했었으니. 결아가 자신의 부끄러운 과거를 떠올리며 민망한 표정을 지었다. 그러자 휘가 입술 끝을 휘어 올리며 부드럽게 미소 지었다.

"그런데 꽤 잘하잖아. 너."

"정말요……?"

의외의 말을 들은 결아가 휘를 멍하니 바라봤다. 하루 종일 정신이 없어서 몰랐는데 휘의 말을 들으니 왠지 커다란 칭찬을 들은 것처럼 뿌듯해졌다.

이 남자 노예 생활을 하면서 조금은 담력이 생긴 걸까? 저도 모르게 입꼬리가 슬슬 올라가던 결아가 얼른 표정을 재정비했다.

아차. 나 좀 봐. 방금 감독님이랑 싸운 남자 앞에서 속없이 헤실 거릴 뻔했잖아?

결아가 실룩이는 자신의 뺨을 매만지고 있는데 휘가 벤치에서 일어섰다.

"어디 가시려고……."

걱정스럽게 올려다보자 휘가 어깨를 으쓱였다.

"들어가 봐야지. 뭐, 분풀이는 했으니까."

"아, 정말요?"

결아가 환해진 얼굴로 얼른 일어섰다. 다행이야. 이대로 촬영장에 복귀하지 않으면 어쩌나 했는데……. 아니 솔직히 이 남자는 충분히 그러고도 남을 거라고 생각했으니까.

결아는 안심한 얼굴로 앞서 걸어가는 휘를 졸졸 따라갔다.

정적이 흐르는 차 안에서 결아는 눈동자만 데굴 굴려 운전석을 힐끔거렸다. 휘는 말없이 운전만 하고 있었다.

힘이 없어 보이네…….

차라리 쓰레기통을 발로 차는 게 이 남자다운 행동인데, 기운 없이 운전만 하는 걸 보니까 더 신경 쓰이잖아? 역시 아까 그 말 때문일까?

결아는 아까 촬영장으로 휘가 돌아갔을 때 준영이 했던 말을 떠올렸다.

'안 돌아올 줄 알았는데.'

'주연 배우 교체를 너무 쉽게 생각하는군요.'

'이 정도 일로 트러블 일으킬 배우라면 애초에 끊어 버리는 게 낫다고 판단했으니까.'

'그게 대사 칠 시간도 주지 않고 계속 NG 낸 이유입니까?'

'너, 연기가 쉽다고 생각하지? 한 번도 연기에 몰입한 적 없으면서 설렁설렁 하던데…… 그게 아주 같잖게 보였거든.'

준영의 그 말에 휘는 별다른 반응을 보이진 않았다. 그 후 곧바로 의상을 갈아입은 배우들이 돌아오고 촬영이 재개됐다. 다행히 휘의 씬에서도 더 이상 NG가 나오진 않았지만 쉬는 시간마다 휘의 표정은 무척 안 좋았다.

하긴. 감독한테 이유 없는 NG 굴욕을 당한 데다 그런 소리까지 들었으니…… 기분이 상했겠지.

"너도 내가 대충 하는 것 같아?"

"……네?"

갑자기 정적을 뚫고 들려오는 휘의 목소리에 결아가 고개를 돌렸다. 휘는 전방을 응시하고 있었다.

"뭐가요?"

"내가 연기하는 거. 예전 드라마 봤잖아."

휘가 전방에 시선을 고정한 채 낮게 말했다.

"아, 그거요? 음……."

결아가 휘의 연기를 떠올리는 듯 동그란 눈을 이리저리 굴리다 말했다.

"솔직히 말하면 막 연기파 배우의 느낌은 아니긴 했는데, 그 역할 자체가 좀 가볍고 쿨한 성격이라 나름 잘 어울렸던 것 같아요."

"그럼 지금 맡은 무거운 역할을 소화하기엔 내 역량이 부족하다는 말인가?"

휘의 말에 결아가 당황스러운 표정을 지었다.

"아, 아뇨! 그런 뜻은 아니고요."

"그럼?"

신호에 걸리자 휘가 핸들 위에 두 손을 올리고 결아에게 고개를 돌렸다. 푸르스름할 정도로 흰 피부를 가지고 있는 휘의 얼굴이 왠지 더 창백해 보였다.

"그게……."

뭐라고 해야 하지? 결아가 할 말을 찾지 못해 끙끙거리는 사이 다시 신호가 바뀌었다. 휘가 차를 출발시키며 한숨을 내쉬었다.

"……거짓말로라도 잘한다고 해 주면 안 되나."

휘가 투덜거리는 목소리도 왠지 기운 없어 보이자 결아는 미안해졌다. 거짓말로라도 위로를 바라고 있는데 임시 매니저로서 자신의 역할을 제대로 하지 못했다는 생각이 들었다.

생각해 보니 그 많은 배우와 스태프들 앞에서 그런 모욕을 당했으면 자신도 지금의 휘처럼 의기소침해질 수 있을 것 같았다. 아니, 자신은 그 상황을 못 참지 않았을까? 그렇게 생각하니 끝까지 휘가 참고 있던 것이 새삼 대단해 보였다.

어떻게 위로해야 하지……? 결아는 미안한 마음에 창밖을 보며 손가락만 꼼질거렸다.

"앗!"

창밖을 보던 결아가 갑자기 소리쳤다.

"왜?"

"잠깐만 세워 주세요."

"지금?"

"네. 지금요."

결아가 급히 말하자 휘가 의아스러운 얼굴로 차를 세웠다.

뭘 만든다는 거야?

집에 들어온 휘는 결아가 만드는 의문의 음식을 기다리며 소파에 앉아 있었다. 갑자기 차를 세워 달라더니 뭔가를 한 아름 사 들고 오더니만……

"후우."

휘가 피곤한 얼굴로 소파 등에 몸을 기댔다.

'너, 연기가 쉽다고 생각하지?'

솔직히, 정곡을 찔린 기분이었다. 지금까지 누구에게도 그런 말을 들어 본 적 없으니까. 데뷔 후 단 한 번도 연기력 논란은 없었다. 오히려 모든 매스컴에선 신인이 하기 힘든 자연스러운 힘 뺀 연기라며 그의 연기력을 칭찬했다.

자연스러운 힘 뺀 연기……

'한 번도 연기에 몰입한 적 없으면서 설렁설렁 하던데……'

맞다. 대충 한 거.

'그게 아주 같잖게 보였거든.'

젠장. 휘가 주먹을 움켜쥐었다. 누구에게도 들키지 않았다고 생각한 치부를 그 감독한테 낱낱이 까발려진 기분이었다. 제기랄. 그 순간 진심으로 당황해선 아니라고 말하지 못한 자신에게 화가 치밀었다.

"저……."

그때 이제는 익숙해진 소심한 옹알거림이 들렸다. 휘가 고개를 돌리니 결아가 여전히 어정쩡한 거리에 서서 말했다.

"식사 준비 다 됐어요."

아까는 그렇게 따박따박 말 잘하더니 집에 오니 또 원위치인가?

"아, 그래."

하긴 사람은 쉽게 변하진 않으니까. 휘는 솔직히 식욕은 전혀 일지 않았지만 소파에서 일어났다. 뽈뽈거리며 앞서 걸어가는 결아를 따라 식당에 들어서자 식탁 위에 커다란 스튜 접시가 보였다.

"이건 뭐야?"

거대한 접시에 주황색의 무언가가 흘러넘칠 듯 담겨 있는 걸 보고 휘가 눈을 가늘게 떴다.

"당근 수프예요."

"당근? 저게 다 당근이라고?"

휘의 물음에 결아가 수줍은 얼굴로 고개를 끄덕였다.

"네. 책에서 봤는데 당근 수프는 해독 작용이 무척 뛰어나대요. 그래서인지 뭔가 기분이 안 좋을 때 뜨거운 당근 수프를 먹으면 몸과 마음이 정화되는 기분이더라고요. 그래서 혹시 휘 씨한테도 도움이 되지 않을까 해서……."

소심한 목소리지만 열심히 설명하는 결아를 보고 있던 휘가 접시 위로 시선을 옮겼다.

"아까 중간에 내려서 사 온 게 이거 때문이었어?"

"아, 네. 이게 꽤 당근이 많이 필요해서……. 저기 한 솥 가득 해 놨거든요. 칼로리 높지 않게 만든 거니까 일단 드셔 보세요."

의자에 앉은 휘가 은색 스푼을 들고 거대한 접시에 담긴 주황색 수프를 한입 떠먹었다.

맛있어야 될 텐데…….

결아는 긴장된 얼굴로 휘가 정갈하게 수프를 떠먹는 모습을 바라봤다. 차 안에서 본 휘의 얼굴이 너무 기운이 없어 보여 충동적으로 떠올린 메뉴이긴 한데 휘가 맛있게 생각할지는 자신이 없었다.

앗, 잠깐. 그러고 보니 이 남자는 수프를 해 달라고 한 적이 없잖아? 수프 별로 안 좋아하나?

뒤늦게 깨달은 생각에 결아가 안절부절못해 하며 보고 있는데 휘가 말없이 계속 수프를 먹었다. 결아는 그런 휘의 모습을 보며 눈을 깜빡였다.

"……."

식당 안에는 달칵거리는 휘의 스푼 움직이는 소리만이 조용히 울렸다. 휘는 아무 말 없이 커다란 접시 가득 담겨 있는 수프를 말끔히 비워 냈다.

빈 접시 옆에 스푼을 내려놓은 휘가 티슈로 입가를 닦았다.

"잘 먹었어."

"아, 네."

휘가 식탁에서 일어서서 식당을 빠져나갔다. 결아는 그 자리에 선 채 휘가 깨끗하게 비운 접시를 멍하니 바라봤다.

"그래도 다 먹어 줬네. 다행이다……."

휘가 자신의 말을 믿어 준 것 같다는 생각에 결아는 작게 미소 지었다.

다행이야, 정말.

"그럼 전 가 볼게요. 내일도 아침 일찍부터 촬영해야 되니까 일 찍 주무세요."

청소를 끝낸 결아가 가방을 챙기며 휘에게 말했다.

"잠깐만."

대본을 보고 있던 휘가 결아에게 시선을 옮겼다. 엘리베이터로 향하려던 그녀도 고개를 돌려 그를 바라봤다.

"거기 앉아 봐."

"네? 아, 네."

결아는 휘가 가리킨 소파 옆자리 맨 끄트머리로 가서 얌전히 앉 았다.

"자."

휘가 대본 하나를 결아에게 건넸다.

……응? 이걸 왜 주는 거지? 대본을 받아 든 결아가 의문 어린 얼굴로 바라보자 휘가 말했다.

"네가 여주인공 대사를 해."

"제가요?"

결아가 눈을 뎅그렇게 뜨자 휘가 대본을 휘릭휘릭 넘기더니 손가락으로 가리켰다.

"여기부터 읽으면 돼."

"전 연기를 전혀 못하는……."

"그냥 국어책 읽듯이 읽기만 해 줘도 되니까 상관없어."

대본을 부여잡은 결아가 긴장된 표정으로 침을 꼴깍 삼켰다. 긴장되지만 이것도 휘의 연기를 위한 거니까 매니저 혼을 짜내서 어떻게든……!

"그, 그, 그, 그러니까……."

"그러니까라는 대사는 없어."

"아, 죄송합니다. 다시 할게요."

결아는 후하후하 하고 숨을 크게 들이켜고 내쉰 뒤 다시 대본을 움켜잡았다. 그러고는 대본에 써진 글씨를 읽기 시작했다.

"뭘…… 말하고 싶은 거죠?"

결아가 긴장된 목소리로 대사를 읽자 휘가 곧바로 연기 모드로 들어갔다.

"노리는 게 뭐냐고. 목적이 있으니 우리 형한테 접근한 거잖아?"

갑자기 진지해진 휘의 얼굴에 결아도 덩달아 진지한 얼굴로 대사를 읽었다.

"왜 내가 목적이 있다고 생각하죠? 난 그저 정훈 씨를 사랑할 뿐이에요."

"내가 그 말을 믿을 거라고 생각하나? 미안하지만 진희경…… 난 널 잘 알아."

"하, 우습네요. 내 예전 이름을 말하면 내가 당황할 거라 생각했었나 보죠?"

"그 가면 쉽게 벗을 생각 없다는 건 이미 알고 있어. 언제까지 버틸지 두고 보지. 내가 널 이대로 놔둘 생각은 없다는 것만 알아 둬."

결아는 로봇같이 딱딱한 자신의 대사에 전혀 흔들림 없이 연기하는 휘를 신기하다는 듯 바라봤다. 감독님의 말 때문일까? 휘가 대본 리딩을 하는 건 처음 봐. 그것도 이렇게 진지한 자세로…….

"다음은 여기."

휘가 다시 대본을 넘겨 한 지점을 가리키자 멍하니 그를 보고 있던 결아가 얼른 정신을 차렸다.

"아, 네. 여기요? 당신이 어떻게?"

"네 생각대로만 놔두지 않겠다고 했을 텐데."

결아가 대사를 읽자마자 조금 전과는 전혀 다른 톤으로 휘가 대사를 읽었다. 역시 휘는 연기에 대해선 타고난 끼가 있는 것 같았다. 잠깐 사이에 이렇게 톤이 바뀌다니……. 잠시 멈칫거리던 결아는 마음을 다잡고 휘를 방해하면 안 된다는 생각에 대본에 집중했다.

"당신 은근히 집요한 구석이 있군요. 어디 한번……."

결아도 최선을 다해 대본을 읽어 나갔다. 두 사람 다 시간이 흐르는 것도 잊은 채 한참 동안 대본 리딩이 이어졌다.

"후아. 피곤하다."

대본 리딩을 끝내고 집에 돌아오니 밤 12시가 훌쩍 넘은 시간이었다. 뽀송뽀송하게 샤워를 마친 결아는 거울을 멍하니 바라봤다. 눈앞에서 연기하는 휘는 생소한 느낌이었다.

"그 남자가 진지하게 연기하면 그런 표정이 되는구나……."

지금까지 봐 오던 휘의 연기와는 확실히 다르긴 했다. 결아는 머릿속으로 아까 봤던 휘의 모습을 떠올리며 눈을 가늘게 뜨고 거울을 응시했다.

하, 한번 따라 해 볼까? 전에 한번 흉내 냈다가 굴욕을 당한 적이 있었는데……. 아니. 그래도 지금은 왠지 할 수 있을 것 같아!

연기 연습 하는 걸 코앞에서 한참 봤으니 왠지 따라 할 수 있을 것 같았다.

"좋아. 까짓것 뭐! 해 보자!"

결아는 굳은 결심을 하고 진지하게 거울을 바라봤다.

"네 생각대로만 놔두지 않겠다고 했을 텐데."

대사를 친 결아가 이죽거리며 거울을 응시했다.

"으악! 역시 하나도 안 닮았어!"

결아는 보기만 해도 민망한 표정의 자기 얼굴을 얼른 손바닥으로 가렸다. 그러고는 황급히 욕실 문 쪽으로 몸을 돌렸다.

"이상하네. 왜 머릿속 이미지랑 짓는 표정이 다를까? 목소리도 완전 로봇 톤이고 말이지. 하긴, 연기는 아무나 하는 게 아니니. 그 남자처럼 맘먹는다고 뚝딱 나오는 거면 개나 소나 다…… 으악!"

구시렁거리며 욕실을 빠져나오던 결아가 문 앞에 떡하니 서 있는 루리를 보고 기겁을 했다.

"뭘 그렇게 소스라치게 놀라냐? 못 볼 거라도 본 사람처럼."

"가, 갑자기 나타나니까 당연히 놀라지."

결아가 놀란 가슴을 부여잡고 있자 루리가 슥 지나쳐선 욕실 안으로 들어가며 말했다.

"오줌보가 터질 지경이니 서 있었지. 뭘 하기에 이렇게 늦게 나와?"

결아는 혼자 거울 보고 휘를 따라 하던 걸 들켰을까 봐 지레 찔려 얼른 말했다.

"샤, 샤워하느라……."

결아가 옹알거리는 사이 욕실 문이 탁 하고 닫혔다.

"휴우……."

결아는 아직도 뛰고 있는 심장을 진정시키며 자신의 방으로 향했다.

아. 그러고 보니까 정우민 씨와 무슨 사이냐고 아직 못 물어봤네. 집 앞에서 정우민과 포옹 씬을 연출하고 있던 루리의 모습을 본 뒤로 결아는 둘의 관계가 궁금했는데 휘의 매니저 일로 정신없는 사이 잊어버린 것이다.

"뭐, 그건 언니 프라이버시긴 하니까. 응."

결아는 고개를 주억거리며 자기 방으로 들어갔다. 그래. 누구에게나 비밀은 있는 법이니까. 지금 내가 그러하듯 말이지.

11.

비상구에서 만나요

"명심해. 가만 안 둬. 너! 네가 파멸시키려는 것으로 인해 너도 똑같이 파멸시켜 버릴 테니까!"

"……!"

주미의 어깨를 잡고 휘가 잡아먹을 듯 사납게 소리치자 그의 기백에 눌린 주미가 그 자리에 얼어붙어 버렸다.

"컷! 주미 씨. 거기서 굳어 버리면 어떡해? 지지 않고 표독스럽게 노려보는 희경이라고 쓰인 지문 안 보여?"

준영의 사인에 씬을 끊은 조연출이 말하자 주미가 얼른 웃으며 사과했다.

"어머, 죄송합니다. 다시 할게요."

NG가 날 때마다 그녀가 보이는 반응이었지만 주미는 내심 진심으로 당황하고 있었다. 하루 사이에 분위기가 왜 이렇게 바뀌었지? 어젠 이렇지 않았는데…….

"진희경은 고혹적인 팜므파탈인 거 잊지 마. 자, 다시!"

"네."

주미는 휘의 연기에 말려들지 않도록 정신 바짝 차리고 촬영에 임했다. 주미만이 아니라 다른 배우들 역시 놀라운 얼굴로 휘를 보고 있었다.

"저거 선우휘 맞아?"

"하루 사이에 무슨 일이 있었던 거야?"

휘에 대해 탐탁지 않아 했던 중견 배우 우석도 의외라는 표정이 역력히 얼굴에 드러났다. 그 모습을 본 결아는 왠지 자신이 뿌듯해지는 기분이었다.

"헤…… 다행이다."

별로 노력을 기울이지 않은 상태에서도 연기력 논란이 없던 그였으니 집중 모드로 바뀐 지금은 제대로 실력 발휘가 되고 있는 모양이었다. 원래 이쪽 분야는 노력보다는 타고난 재능이 가장 중요하다고 전에 루리 언니가 했던 말을 들은 적이 있었는데, 휘를 보니 정말 그게 사실인 것 같았다.

"어쨌든 정말 다행이야."

배시시 웃으며 준영을 힐끔 보니 그는 표정 변화 없이 모니터만 체크하고 있었다. 휘가 하루 만에 놀라운 연기 변신을 보여 주고 있는데도 아무런 반응이 없는 준영에게 결아는 내심 실망스러운 마음이었다.

"치이, 칭찬이라도 한마디 해 주지. 독설만 하고 칭찬엔 영 인색한 감독 같으니……"

괜히 서운한 마음에 뾰로통하게 입술을 내밀던 결아는 순간 움찔 놀랐다. 헉. 나한테 매니저의 정석인 정석 씨 같은 마인드가 또!

정석과 비슷해지는 자신에게 결아가 당혹스러워하고 있는데 전화 진동이 울렸다.

"어? 정석 씨도 호랑이 과인가?"

제 말 하면 온다는 호랑이 과인지 타이밍 좋게 정석에게서 전화가 왔다. 결아는 촬영에 방해되지 않도록 휴대폰을 들고 살금살금 스튜디오를 빠져나왔다.

"네. 촬영장 분위기도 많이 나아졌어요. 걱정 안 하셔도 돼요. 네. 오늘 야외 촬영은 없고 스튜디오 촬영만 있어요. 스케줄 관리는 부장님이랑 정석 씨가 다 해 주시잖아요. 저야 그냥 정해진 대로 이동만 하면 되는데 뭐가 고생이겠어요. 하하. 네, 괜찮으니까 걱정 마세요. 몸조리 잘하시구요."

전화를 끊은 결아는 문득 주변을 둘러봤다. 엇! 나도 모르게 또 비상구로 들어왔네? 휘를 따라다니는 동안 소심증이 많이 나아졌다고는 하나, 오래된 버릇마저 고칠 순 없던 모양인지 정신 차리고 보면 비상구일 때가 많았다.

"그래도 방송국은 아직 무섭긴 하니까."

결아가 변명처럼 옹알거리며 비상구 문손잡이를 잡았다. 그러자 갑자기 문이 반대쪽으로 벌컥 열렸다.

"앗……!"

바깥쪽으로 확 열린 문 때문에 결아의 몸이 쑥 딸려 갔다. 갑자기 눈앞에 벽이 나타나자 결아가 눈을 질끈 감았다.

부딪친다!

"꺅!"

비명과 함께 무언가와 부딪쳤지만 뭔가 이상한 느낌이 들었다.

어? ……뭐지, 이 단단한 감촉은? 벽의 딱딱함과는 다른 느낌

338

인데…….

결아가 슬쩍 얼굴을 떼어 보니 자신이 얼굴을 묻은 곳은 벽이 아니라 외간 남자의 탄탄한 가슴팍이었다.

"으앗! 죄, 죄송합니다!"

내가 미쳐! 비상구 문이랑 원수라도 졌나? 남자 코피 터뜨리질 않나, 남자 가슴에 박치기를 하지 않나! 결아가 사과하며 허둥지둥 몸을 떼어 내는데 위에서 목소리가 내려왔다.

"또 만났네요?"

왠지 익숙한 저음의 목소리에 결아가 천천히 고개를 들었다. 눈앞엔 깔끔한 체크무늬 셔츠를 입은 현석이 서 있었다.

"현석 씨?"

결아가 어리둥절한 얼굴로 묻자 현석이 싱긋 웃었다.

"여기서 꽤 자주 보는데요? 오늘도 언니 일로 왔어요?"

결아는 패닉에 빠진 머리로 그나마 아는 사람에게 박치기를 해서 다행인 건지, 더 난감한 건지를 생각하다가 얼른 말했다.

"아뇨. 저기, 휘 씨 일로…….."

결아의 말에 현석이 고개를 기울였다.

"그러고 보니 휘와는 계약 기간 끝나지 않았어요?"

"원래는 그런데 그…… 늘어났거든요."

멋쩍게 웃으며 말하는 결아의 모습에 현석은 의아스럽게 되물었다.

"계약 기간이? 왜요?"

"아, 그게…….."

"이결아."

갑자기 들려온 목소리에 결아와 현석의 고개가 동시에 소리가 난 쪽으로 향했다. 그곳엔 휘가 삐딱한 시선으로 둘을 보고 서 있었다.

"촬영은요?"

결아가 자신에게 다가오는 휘를 향해 눈을 깜빡이며 물었다.

"여어."

현석이 인사하자 결아를 보고 걸어오던 휘가 그에게 시선을 옮겼다.

"너도, 촬영?"

"아니. 난 더빙 건으로. 잠깐 쉬러 왔는데 여기서 결아 씨를 우연히 만났어."

"그래? 우연히라."

휘가 날카로운 시선을 결아에게 내리자 그녀가 움찔했다. 뭐, 뭐지. 이 시베리아 얼음요괴 같은 차가운 시선은?

결아가 혀를 날름거리는 독사 앞의 노란 병아리처럼 고개를 푹 숙이고 벌벌 떨고 있자 현석이 결아의 앞을 가로막듯 섰다. 갑자기 눈앞에 그늘이 드리워지자 결아가 고개를 들었다. 휘도 마치 결아를 숨기듯 선 현석을 바라봤다.

"아, 너한테 물어볼 게 있는데."

현석이 싱긋 웃으며 휘에게 말하고는 고개를 내려 결아에게 가 보라는 눈짓을 했다.

······응?

현석의 의도를 파악하지 못한 결아가 눈만 깜빡거리고 있자 그가 부드럽게 말했다.

"휘와 할 얘기가 있으니 잠시 자리 좀 피해 주겠어요?"

"네? 아아, 네. 그럼 말씀 나누세요."

결아는 자신이 눈치 없이 굴었다는 생각에 얼른 몸을 돌려 자리를 피해 줬다.

"……."

휘는 결아의 뒷모습을 보고 있는 현석을 눈을 가늘게 뜨고 응시했다. 본인은 느끼고 있을지 모르지만 타인에게 무관심하며 방관주의에 가까운 평소의 현석과는 사뭇 다른 행동이었다.

지켜보던 결아의 뒷모습에서 휘에게 시선을 돌린 현석이 미소지었다.

"제작발표회 영상 봤다. 아주 매스컴을 뜨겁게 달궜던데. 감독과의 불화설 사실이야? 아니면 노이즈 마케팅?"

"내가 그런 노이즈 마케팅이 필요한 드라마에 출연할 것 같냐?"

"하긴. 그럼 촬영이 꽤 힘들 텐데 괜찮아?"

"뭐 그럭저럭."

휘가 어깨를 으쓱이며 현석을 응시했다.

"왜?"

현석이 미소 지은 얼굴로 물었다.

"전부터 문득문득 느꼈던 건데. 너……."

뭔가 말하려던 휘가 말을 끊었다. 설마. 내가 과민한 거겠지.

"아니다. 아무것도. 재영이는? 요즘 연락 뜸하던데."

"재영이 요즘 드라마 때문에 바쁘잖아. 그래도 너랑 막판 시간대 안 겹친다고 다행이라고 하던데."

"그것도 시청률 꽤 괜찮다던데 뭘."

휘가 피식 웃자 현석이 단호하게 말했다.

"그 좋은 시청률, 경쟁 방송사에 네가 딱 들어오는 순간 박살날 테니까. 솔직히 나라도 무섭겠다."

"오버는. 아, 나 그만 가 봐야겠다. 당분간은 바쁠 것 같고 좀 한가해지면 연락할게."

"그래. 들어가 봐."

"넌?"

"아, 난 여기서 좀 쉬려고."

비상구 문을 가리킨 현석이 싱긋 웃자 휘가 끄덕이며 몸을 돌렸다.

"그럼 간다."

비상구 앞에 현석을 홀로 두고 스튜디오 쪽으로 걸어가던 휘의 가슴 한구석에 이유 모를 의문이 어렸다.

……저 녀석이 언제부터 비상구를 휴게실로 썼지?

순간 휘의 머릿속으로 결아와 비상구 문에서 맞닥뜨렸던 기억이 떠올랐다. 휘는 왠지 스멀스멀 올라오는 정체불명의 불안감을 무시하며 스튜디오로 향했다.

혼자 남은 현석은 비상구 계단에 앉아 결아의 말을 떠올리고 있었다.

'원래는 그런데…… 늘어났거든요.'

"계약 기간이 늘어났다라……."

휘가 그걸 원해서? 한 달을 노예로 두고도 모자랐나? 하긴 청소에 식사 준비에, 온갖 수발을 다 드는 모양이니 그런 상대가 없어지면 꽤 불편하긴 하겠지…….

그런 생각을 하니 현석의 가슴 한편이 답답해졌다. 이 기분은 뭘까. 높은 성에 갇혀 있는 라푼젤을 보는 기분……? 정말 이상한 기분이었다. 높은 성에 가둔 사람은 자신의 친구, 그리고 해맑은 얼굴로 나갈 생각은 전혀 없다는 듯 성에 갇혀 있는 라푼젤이라니.

"아아, 복잡하군."

현석이 안경을 벗고 피곤한 얼굴로 마른세수를 했다. 복잡해지는 건 딱 질색이다. 그런데…… 모호하던 것이 점차 복잡한 쪽으로 감정이 발전하고 있었다. 그것도 점점 더 확연하게.

결아는 우반신이 딱딱하게 굳는 기분이었다. 차례를 기다리고 있는 휘가 자신의 오른편에 서서 팔짱을 낀 채 레이저 빔을 쏘고 있기 때문에.

무서워서 고개를 돌릴 수가…….

결아는 아까 비상구 문 앞에서 느꼈던 독사 앞의 노란 병아리 모드가 되어 식은땀을 삐질삐질 흘렸다.

"저어, 혹시 저 없는 사이에 감독님한테 또 안 좋은 소리라도 들었어요?"

"전혀."

으앗. 목소리가 심해 암반수를 터뜨릴 정도로 낮아!

"아, 그, 그렇구나……."

두려움을 느낀 결아는 휘에게서 슬슬 멀어지기 스킬을 시도했다. 한 발 한 발 휘에게서 티 나지 않게 멀어지고 있는데, 갑자기 휘가 손을 뻗어 결아의 팔을 움켜잡고 확 끌어당겼다.

결아의 눈이 확 커지는데 갑자기 귓가에서 낮은 목소리가 들렸다.

"어딜 도망가려고."

꺄아악! 결아는 공포에 휩싸인 채 소리 없는 비명을 내질렀다.

"언제부터 내 친구와 비상구 밀담을 할 정도로 가까워진 거지?"

까악! 귀, 귓가에다 대고 말하지 마요!

"그것도 소리 소문 없이 몰래 빠져나가선. 들키고 싶지 않았던 건가?"

까악! 수, 숨결이! 귓가에 울리는 낮은 목소리와 훅 끼쳐 오는 숨결에 패닉에 휩싸인 결아가 황급히 말했다.

"모, 몰래 빠져나가다뇨! 그냥 정석 씨한테 전화가 와서 촬영에 방해되지 않게 나가서 받으려고 한 것뿐인데……."

결아가 휘에게서 도망치려 아등바등 힘을 써 봤지만 꽉 잡힌 손은 꿈쩍도 하지 않았다.

"흐응. 핑계 좋다?"

휘의 눈이 집요하게 가늘어졌다.

"핑계 아닌데……."

귓가에 입술이 닿을 듯 가까이서 속삭이는 휘 때문에 결아는 머릿속이 팽글팽글 돌았다.

"세트 완료됐습니다. 스탠바이 해 주세요!"

스태프의 목소리에 휘가 결아의 팔을 잡은 채로 뒤를 힐끗 돌아봤다. 그러고는 다시 서늘한 눈빛으로 결아를 내려다봤다.

"너, 끝나고 보자."

휘가 살벌한 목소리를 남기고 가자 결아가 움찔거렸다.

"내가 뭘 잘못했다고……."

멀어지는 휘의 탄탄한 등을 보며 결아는 억울한 심정으로 뒤늦은 옹알이를 했다.

어? 그런데 또 살벌한 기운이? 휘는 이미 멀어졌는데 심상치 않은 기류를 감지한 결아가 주변을 획획 돌아봤다. 그러자 조금 떨어진 곳에서 도끼눈을 뜨고 자신을 보고 있는 유라를 발견했다.

눈이 마주치자 유라는 온몸으로 분노의 분위기를 풀풀 풍기며 높은 힐을 신고 결아에게 똑바로 다가왔다. 결아 앞에 딱 멈춰 선 유라가 팔짱을 끼고 말했다.

"너, 노예라더니 왜 휘 오빠 매니저 일까지 하고 있는 거야?"

못마땅한 표정으로 반말을 하는 유라에게 결아가 의아스러운 얼굴로 대답했다.

"정석 씨가 입원하셔서요."

"매니저가 입원했다고 해도 그렇지. 너 같은 초보가 뭘 안다고 촬영장까지 따라다니냐고."

유라가 날카로운 눈빛으로 쏘아붙였다. 겨우 휘와 같은 드라마를 하게 됐는데, 휘는 저 초딩 같은 여자애와 내내 같이 있으니 짜증이 치밀었다. 더욱이 방금 전 휘가 결아의 손을 잡고 끌어당겨 귓가에다 달콤하게 속삭이는 장면을 본 순간 분노는 극에 달했다.

"여기, 관계자도 아닌 사람이 함부로 드나들 만큼 만만한 데 아니야. 당장 나가."

유라가 팔짱을 낀 채 문 쪽으로 턱짓을 하자 결아가 휘가 있는 쪽을 한 번 보고는 말했다.

"저…… 하지만 제가 매니저 대행으로 있어서요. 정석 씨 퇴원할 때까지만 양해해 주세요."

결아가 작은 목소리지만 제 할 말을 하자 유라의 눈이 살벌해졌다.

"관계자도 아니면서 쓸데없이 왔다 갔다 하면 연기 몰입 안 되는 거 몰라? 다른 배우들한테 피해 주지 말고 나가라고!"

"아, 그건…… 그렇겠네요. 죄송합니다."

결아는 자신이 촬영을 방해하고 있다는 말에 얼른 사과하고 유라를 지나쳐 촬영장을 빠져나갔다. 유라는 문밖으로 사라지는 결아의 뒷모습을 매서운 눈빛으로 노려봤다.

"정말 맘에 안 들어."

난 그렇게 노력해도 차지할 수 없던 휘의 옆자리를 노예라는 말도 안 되는 명분으로 꿰차고 있다니!

"나한테는 옆에 오지도 못하게 하면서."

유라의 질투가 이글거리는 시선이 카메라 앞의 휘를 향했다. 그리고 감독의 컷! 소리와 함께 휘가 유라가 있는 쪽을 바라봤다. 그러자 유라는 얼른 표정을 바꿔 생글거리며 손을 흔들었다.

하지만 그런 유라를 무시한 휘가 무언가를 찾는 듯 주변을 두리번거렸다. 그걸 본 유라의 얼굴이 또다시 일그러졌다.

"뭐야? 또 그 계집애를 찾는 거야?"

유라가 표독스러운 얼굴로 짜증스럽게 내뱉었다.

밖으로 쫓겨난 결아는 갈 곳이 없어 결국 또다시 비상구로 숨어들었다.

"그래도 여기가 제일 마음이 편하니……."

"또 왔네요?"

결아가 목소리가 난 쪽으로 고개를 돌리자 계단 위쪽에 앉아 있는 현석이 보였다.

"아직 여기 있었어요?"

결아가 둥그런 눈으로 묻자 현석이 고개를 끄덕였다.

"네. 시간이 좀 비어서요. 아까부터 계속 있었는데……. 그런데 결아 씨는 왜 다시 왔어요?"

"아, 저도 좀 시간이 비어서요. 하하."

차마 출연 배우한테 쫓겨났다는 말은 하지 못한 결아가 머쓱하게 웃었다.

"그럼 같이 시간 때우게 이쪽으로 오세요."

현석이 단정한 미소를 지으며 말하자 결아가 손을 내저었다.

"아! 아뇨. 전 방해 안 되게 요 아래 계단에 앉아 있을 테니 신경 쓰지 말고 쉬세요."

"같은 공간에 있으면서 그것도 이상하잖아요. 모르는 사이도 아니고 비상구에서 커피 한잔한 사인데. 이쪽으로 오세요."

현석이 계단 한쪽 끝으로 몸을 옮기며 손짓하자 더 이상 호의를 거절하는 것도 실례라고 생각한 결아가 조심스럽게 계단을 올라갔다.

이쯤 앉으면 되겠지?

결아가 현석과 멀찌감치 거리를 두고 오도카니 앉으니 그가 쿡하고 웃었다.

……응? 왜 웃지? 그냥 앉기만 했는데?

흠칫한 결아가 의문 어린 눈으로 보자 현석이 웃음기 밴 얼굴로 말했다.

"결아 씨는 늘 준비 태세인 거 알아요?"

"무슨 준비요?"

결아가 의뭉스러운 눈으로 보자 현석이 안경 너머로 다정한 웃음을 지었다.

"언제라도 도망칠 만반의 준비를 하고 있잖아요. 늘 문 쪽에 붙어 있거나, 앉는 것도 최대한 멀리 엉덩이만 살짝 걸치고 있다거나. 내가 그렇게 불편한가?"

"네? 아, 그게 아닌…… 게 아니라 사실은 조금 불편한 것도 같…… 아니 내가 무슨 말을! 아, 아니에요."

저도 모르게 실언을 해 버린 결아가 깜짝 놀라선 고개를 붕붕 저었다. 그런 결아를 가만히 보던 현석이 다시 물었다.

"혹시 휘가 많이 괴롭혀요?"

결아가 놀란 얼굴로 또다시 고개를 붕붕 가로저었다.

"아뇨! 절대 아니에요!"

귀엽게 작은 머리를 저어 대는 결아를 현석이 조금 짙어진 눈빛으로 내려다봤다. 손가락을 꼬물거리던 결아가 머뭇거리며 말을 꺼냈다.

"아시겠지만, 제가 많이 소심하거든요. 처음엔 분명 휘 씨가 무섭고…… 그랬는데 지금은 많이 나아졌어요."

"같이 있다 보니 적응이 된 모양이죠?"

결아에게서 좀 더 대화를 이끌어 내기 위해 현석이 안경을 추켜올리며 물었다.

"네. 그리고 원래는 반짝반짝한 사람들을 보면 겁부터 먹었는데 휘 씨 일을 도와주다 보니 제 소심증도 좀 많이 나아진 것 같고…… 좋은 점도 있어요. 때때로 친절하기도 하구요."

"친절이라……."

현석이 고개를 기울이자 결아가 배시시 웃었다.

"뭐, 아직도 가까이서 보면 심장이 주체를 못 하고 날뛰긴 하지만요."

"……네?"

현석의 되물음에 결아가 저도 모르게 읊조린 말을 알아채고 얼굴이 새빨개졌다.

"아, 아뇨! 아무튼 많이 괜찮아졌어요."

필사적으로 손사래를 치는 결아를 현석이 가만히 바라봤다. 가슴 한편에서 느껴지는 욱신거림에 짧게 숨을 들이쉰 현석이 말했다.

"하긴, 매일 같이 있으니 적응이 안 되는 것도 이상하죠."

"하하……. 그렇죠."

결아가 어색함을 웃음으로 얼버무리려 하자 현석이 마성의 중저음이라 불리는 목소리로 낮게 말했다.

"그럼 나도 자주 보면 편해지지 않을까요?"

"……네?"

그게 무슨 뜻? 결아가 자신을 똑바로 응시하고 있는 현석을 눈을 깜빡이며 바라봤다. 현석의 눈동자가 안경 너머로 흔들림 없이 자신을 향해 있었다.

그때 비상구 문이 갑자기 벌컥 열렸다. 그 소리에 결아와 현석이 비상구 문 쪽으로 고개를 돌리니, 문을 박차고 들어온 휘가 싸늘하게 둘을 올려다봤다.

"내 이럴 줄 알았어."

휘가 아까보다 더 살기등등해져서 등장하자 결아는 등골이 오싹했다.

"휘 씨? 아니……!"

거침없이 계단을 올라온 휘가 결아의 팔을 움켜잡았다.

"어어? 자, 잠깐요. 아파요!"

결아가 휘의 우악스러운 손에 움켜잡힌 채 끌려 내려가는데 뒤에서 현석의 목소리가 들렸다.

"휘."

휘가 멈춰 서선 천천히 고개를 돌리자 현석이 몸을 일으키는 모습이 보였다.

그가 휘를 똑바로 내려다보며 계단을 하나하나 밟아 내려왔다. 결아는 심상치 않은 시선을 교환하고 있는 휘와 현석 사이에 갇힌 채 난감한 얼굴로 둘을 바라봤다.

"아프다잖아. 너무 심한 거 아니냐?"

현석이 진지한 얼굴로 말하자 휘가 예리한 시선으로 현석을 쳐다봤다.

"네가 신경 쓸 일 아니야. 매니저가 배우만 놔두고 말도 없이 돌아다녀서 잡으러 온 것뿐이니까."

휘가 마치 내 노예에게 신경 끄라는 눈빛으로 현석을 쳐다보고는 몸을 돌렸다. 그러고는 결아의 손을 붙잡고 그대로 계단을 내려갔다.

"제가 내려갈 수 있어요."

결아의 말은 귓등으로도 안 듣는 듯 휘가 무시무시한 분위기를 내뿜으며 문 쪽으로 향했다. 당황스러운 얼굴로 휘와 현석을 번갈아 보던 결아는 비상구 문밖으로 끌려 나가며 황급히 말했다.

"아, 저기…… 안녕히 계세요!"

문이 닫히고 비상구 안에 혼자 남게 된 현석이 어깨를 으쓱였다.

"……또 이상한 인사를 남기고 가네."

그리고 결아를 데리고 밖으로 나온 휘는 저승사자 같은 얼굴을 하곤 위압적으로 섰다. 집요하게 내리꽂히는 날카로운 시선을 결아가 자신의 특기인 사시 만들기로 슬슬 피했다.

"눈동자 고정."

흠칫. 휘가 서늘하게 말하자 양옆으로 갈라지던 눈동자가 우물쭈물 제자리로 돌아왔다.

"매니저의 본분을 잊고 놀고 있는 걸 붙잡아 놨더니, 그새를 못 참고 또 사라져?"

"그건 사정이……."

휘가 입술 끝을 비틀어 올리며 사악한 미소를 지었다.

"사정? 아까는 정석이 전화라더니 이번엔 뭘까?"

"아…… 그게…… 촬영에 방해될까 봐……."

"호오, 매니저가 배우의 촬영에 방해될까 봐 촬영장을 이탈한다? 그거 참 참신한 발상이군그래."

이, 이죽대고 있어! 누가 봐도 이죽대는 얼굴로 휘가 고개를 비스듬히 기울였다. 식은땀을 삐질거리는 결아를 눈을 가늘게 뜨고 내려다보던 그가 서늘하게 말했다.

"앞으로 보고 없이 개인행동 금지."

휘의 말에 결아가 고개를 번쩍 들었다.

"……네? 그럼 화장실 갈 때에도요?"

"어."

"말도 안 돼. 그, 그건 인권 침해라고요. 이 나라는 민주 국가로서 노예에게도 언행의 자유와 시위의 자유가 법으로 보장되는…… 앗, 이봐요!"

결아가 옹알거리며 나름의 항변을 하는데 휘는 듣지도 않고 촬영장으로 획 가 버렸다.

"정말, 일방적으로 그러는 게 어딨어!"

결아가 멀어지는 휘를 보며 울상을 지었다.

12.

그곳에서 무슨 일이

"매니저! 물!"

"네!"

휘가 애용하는 프리미엄 생수병을 아이스박스에서 꺼낸 결아가 얼른 달려왔다.

"여기요."

야외 촬영장 그늘막에 앉은 휘가 자신 앞에 내밀어진 생수병을 힐끗 보고는 말했다.

"이거 말고."

"아, 네. 잠시만요."

결아가 얼른 아이스박스가 있는 곳까지 달려가 프랑스제 다른 브랜드의 생수병을 가져와 고이 바쳤다.

"이거요?"

앞에 내민 병을 본 휘가 인상을 찌푸렸다.

"생수는 됐고, 이온음료로 가져와."

"네? 네."

결아는 다시 아이스박스로 도도도 달려갔다. 휘는 싸늘한 시선으로 그런 결아의 뒷모습을 주시하고 있었다.

······왜 이렇게 화가 나는 거야?

애꿎은 심술이라는 걸 알고 있는데도 왜 자신이 이런 유치한 행동을 하고 있는지 이해가 가지 않았다. 정확한 건, 전에 방송국에서 현석과 결아가 두 번이나 비상구 밀담을 나눈 것을 본 이후로 주체할 수 없이 화가 치솟고 있다는 거였다.

그러니까······ 그 둘이 따로 만났다는 걸로 왜 내가 화가 나는 거냐고.

휘가 험악한 얼굴로 심기 불편 아우라를 내뿜고 있는데 결아가 이온음료를 한 아름 안고 달려왔다.

"어떤 걸 드시고 싶으신지 몰라서 일단 종류별로 가져와 봤거든요."

결아가 품 안의 이온음료병들을 휘에게 보여 주며 말하자 휘는 마음 한편에 죄책감이 들었다.

내가 왜······. 얘한테 화풀이를 하고 있는 걸까. 뭐가 마음에 안 들어서? 아니, 실은 마음에 안 들기 때문이 아니라 이렇게라도 자신의 시선 안에 가둬 두고 싶어서이기 때문이라는 생각도 들었다.

"······?"

휘가 음료가 아니라 자신을 응시하고 있자 결아가 의문 어린 목소리로 물었다.

"드시고 싶은 게 없으세요?"

"이거."

휘가 이온음료 중 아무거나 하나 빼내고는 고개를 돌렸다.

"그럼 나머지는 가져다 둘게요."

결아가 음료수병들을 안고 뽈뽈거리며 걸어가는 모습을 조연출과 준영이 보고 있었다.

"저 여자애, 휘 매니저인가 봐요?"

조연출이 준영에게 고개를 돌리며 말하고는 쯧쯧 혀를 찼다.

"불쌍하네. 아까부터 음료수 하나 가지러 몇 번이나 왔다 갔다 하더라고요. 매니저치곤 아직 나이도 좀 어려 보이는데……."

"임시 매니저라던데."

준영이 말하자 조연출이 눈을 크게 떴다.

"아, 그래요? 전 몰랐는데. 어쩐지. 휘 매니저 얼굴 아는데 안 보인다 했어요. 감독님은 어떻게 아셨어요? 아, 하긴 트러블은 있어도 주연 배우인데 당연히 관심 있으시겠죠."

조연출이 고개를 끄덕거리자 대본에 시선을 둔 준영이 대수롭지 않게 말했다.

"관심은 그쪽 말고 다른 쪽에 있는데."

"네?"

조연출이 영문 모를 표정으로 눈을 끔뻑이자 준영이 안경을 추켜올렸다.

"시간 남아돌아? 언제까지 떠들 거야. 가서 동선이나 다시 체크해."

"아, 네."

조연출이 허둥지둥 걸어가자 준영이 대본에서 결아에게로 시선을 옮겼다. 그녀는 대본을 읽고 있는 휘를 방해하지 않으려 조금 멀리 떨어져서 얌전히 앉아 책을 보고 있었다. 조용히 책을 읽다가도 언제든 휘의 명령이 떨어지면 바로 일어나 달려갈 태세인 결아를 보는 준영의 눈이 가늘어졌다.

'선우휘 씨 매니저를 임시로 맡고 있는 이결아라고 합니다.'

준영을 처음 만났을 때 결아는 바짝 긴장한 상태로 그렇게 인사했다. 그런 결아를 잠시 쳐다본 준영이 피식 웃었다.

'아, 그 개?'
'네? 개, 개요?'

긴장한 데다 영문 모를 소리까지 들으니 결아는 무척 당황한 얼굴이었다.

'아무것도 아닙니다.'
'아아…… 네. 잘 부탁드려요.'

준영은 꾸벅 인사하는 결아를 유심히 내려다봤다. 맞는데. 그 개. 이 여자는 한두 달쯤 전에 본 '개' 사건과 연루되어 있는 여자였다.

방랑벽이 있는 준영은 그날도 드라마 제작 건으로 방송국으로 오는 길을 빙빙 돌아서 걸어오고 있었다. 칸의 단골손님인 인기 감독이라 알아보는 사람이 꽤 있는데도 준영은 남의 시선은 의식하지 않는다는 듯 인파가 몰린 곳을 태연히 걸어 다녔다. 오히려 그 당당함이 그를 천재 감독 장준영이라고 의심하지 않게 만들었다.

컹컹컹!

일부러 골목으로 빙 둘러 오는데 어디선가 개 짖는 소리가 들렸다. 소리를 들어 보니 보통 사나운 개가 아닌 것 같았다.

준영이 그런 생각을 하며 고개를 돌리니 정말 그림으로 그린 듯한 사나운 들개가 떡하니 나타났다.

컹컹컹컹!

개가 짖고 있는 곳 앞에는 어떤 여자애가 네다섯 살 정도의 아이를 보호하듯 가로막고 서 있었다. 그 여자는 커다란 눈에 겁을 잔뜩 먹고는 벌벌 떨며 가방을 휘적거렸다.

……놀라울 정도로 위협적이지 않잖아. 저렇게 일부러 흔들려고 해도 못 하겠다.

준영이 이상한 곳에서 놀라움을 느끼는 동안 결아는 필사의 사투를 벌이고 있었다.

'저…… 저리 가아아아.'

컹컹컹컹!

'히익!'

덜덜거리는 여자애에게 기고만장해진 들개가 더욱 위협적으로 짖어 댔다. 딱 봐도 개가 만만하게 보겠군. 재미있는 볼거리라 생각한 준영은 벽에 기대선 채 그 모습을 보고 있었다.

컹!

그때 들개가 사납게 이를 드러내고 여자애와 아이에게 돌진했다.

'꺄악!'

준영은 빠르게 묵직한 돌을 집어 개를 향해 던졌다. 커다란 돌이 바로 머리 앞에 떨어지자 깜짝 놀란 개가 멈추더니 꽁지가 빠지게 내뺐다.

'개 주제에 사람을 공격하다니.'

준영이 중얼거리며 결아 쪽을 바라봤다.

'가, 갔다.'

눈을 질끈 감고 있다가 개가 달아나는 장면만 본 결아는 준영을 눈치채지 못하고 안도한 얼굴로 얼른 우는 아이를 달랬다.

'으아앙!'

'이제 괜찮아. 봐, 개가 사라졌잖아. 그치? 이제 안심해.'

준영은 아이의 눈물을 닦아 주는 여자를 여전히 관찰 모드로 지켜보고 있었다. 동생치고는 나이 차이가 지나치고, 자식이라 하기엔 여자가 너무 어려 보이고…… 조카인가?

그런데 울고 있는 아이에게 어떤 여자가 달려왔다.

'민혁아! 아이고, 여기 있었어?'

'엄마!'

아이가 엄마 품에 안기는 모습을 보며 흐뭇하게 웃은 결아는 옆에 던져뒀던 가방을 집어 들고 타박타박 걸어갔다.

'아아, 전혀 모르는 사이였나.'

의외의 결말에 준영은 피식 웃고는 자신도 뒤돌아 방송국으로 향했다.

"하긴. 그때 나만 봤으니 내가 '개'라고 해도 못 알아듣는 게 당연한가."

촬영이 끝난 후 하준과 단골 바에서 술잔을 기울이며 준영이 중얼거렸다.

"꽤 인상 깊었나 봐요. 대화를 나눈 것도 아닌데 지금도 마음에 담고 있는 걸 보면."

하준의 말에 준영은 생각에 빠진 얼굴로 위스키가 묻은 입술을 손가락 끝으로 쓸었다. 그 모습을 보던 하준이 갑자기 웃음을 터뜨렸다.

"감독님 가끔 보면 되게 섹시한 거 알아요?"

"뭐 시?"

준영이 불쾌함이 역력한 표정으로 눈썹을 추켜올리자 하준이 관찰하듯 준영을 보며 설명하기 시작했다.

"천재 감독이라는 타이틀이 붙어 있어서 그런지 깡마른 몸과 신경질적인 성격도 고뇌에 찬 예술가처럼 보이고…… 감독님 키도 모델 못지않게 크시잖아요. 솔직히 꽤 미남이고."

"중간에 디스가 섞여 있다?"

"하하. 칭찬이에요. 거기에 감독님은 뭐랄까…… 묘한 분위기가 있거든요. 그 예술가적 아우라와 시니컬한 성격이 합쳐져서 시너지 효과를 낸달까. 이 세계에 있는 사람들 저마다 꽤 별나다지만 그중에서도 보기 드문 그런 분위기를 감독님은 가지고 있어요."

"술맛 떨어지는 소리 그만하고 마셔."

준영이 하준의 말을 끊으려는 듯 그의 잔에 넘치게 위스키를 따라 주고 잔을 부딪쳤다.

"칭찬도 질색하시니 원. 그보다 신경 쓰인다는 그 여자가 지금 선우휘 매니저로 있다고 했죠?"

"정식 매니저는 아니고 임시."

준영이 무심하게 대답하며 위스키를 입술로 가져갔다.

"원래 뭐 하는 여자인데요? 선우휘 소속사 직원입니까?"

"글쎄, 그것까진 모르고. 그런데 너 왜 과도하게 눈을 반짝거리고 있냐?"

준영이 미심쩍은 얼굴로 보자 하준이 호기심을 숨기지 않고 물었다.

"솔직히 감독님이 '배우' 외의 여자 사람에 대해 언급하는 건 처음 봐서요. 그 관심이 이성으로서의 관심은 혹시 아닙니까?"

"글쎄."

준영이 말버릇인 '글쎄'로 일관했지만 하준의 눈은 더욱 반짝였다.

"어? 감독님 지금 부정하지 않았어요. 그렇죠?"

"글쎄는 긍정도 부정도 아니야."

준영이 하준에게 브레이크를 걸 심산으로 말했지만, 하준은 놀랍다는 얼굴로 고개를 절레절레 저었다.

"와, 이거 사건인데……."

"이하준. 쓸데없는 소리 하지 말고 술이나 마셔."

"감독님한테도 드디어 봄날이 오는 모양이네요. 정말 기쁩니다, 전."

그 말에 준영이 인상을 써도 하준은 장난을 멈출 생각은 없어 보였다. 결국 헛웃음을 흘린 준영이 못 말리겠다는 듯 고개를 저었다.

"네? 형이 연기 연습을 한다고요?"

병상에서도 노트북과 전화기를 붙잡고 휘의 스케줄을 관리하고 있던 정석이 믿기 어렵다는 얼굴로 되물었다.

"네. 어젯밤에도 촬영 끝나고 연습하고……. 촬영 틈틈이 차 안에서 대본 보고 연습하고 있어요."

결아는 제가 가져온 따뜻한 죽이 든 보온병을 꺼내며 대답했다.

"그건 그냥 대본 외우는 걸 결아 씨가 잘못 아신 거 아니에요?"

"아닌데……."

결아는 자신이 상대역 대사를 해 주고 있다는 말은 부끄러워서 차마 하지 못하고 말끝을 흐렸다.

"하긴, 형은 대본도 그렇게 열심히 안 외우지. 가끔 보면 쓸데없는 데서 천재 같아요. 대본 그냥 휘리릭 넘기는 것 같은데 머릿속에 다 들어가 있더라고요. 신기하게."

"배우는 좀 특별한 게 있는 것 같아요. 이거 따뜻할 때 드셔 보세요."

결아가 죽을 수저와 함께 내밀자 정석이 눈을 번쩍 떴다.

"오! 이거 직접 만든 죽이에요?"

"네. 삼계랑 같이 끓인 전복죽인데 입맛에 맞으실지 모르겠네요."

"으아으! 으아으!(맞아요! 맞아요!)"

정석이 흡입하듯 게걸스럽게 죽을 먹으며 말하자 결아가 생긋 웃었다.

"다행이다."

자신이 만든 죽을 정석이 너무 맛있게 먹어 주니 안심이었다. 흐뭇하게 정석이 죽을 먹는 모습을 보던 결아가 몸을 일으켰다.

"여기 큰 통에 담아 놨으니까 출출하시면 꺼내 드세요. 그럼 휘 씨 스케줄 때문에 전 이만 가 볼게요."

"아, 어아 이!(아, 결아 씨!)"

전복죽을 흡입하던 정석이 막 일어나려는 그녀를 황급히 불러 세웠다. 가방을 메던 결아가 멈춰 서서 뒤돌아보자 정석이 티슈로 얼른 입가를 닦으며 물었다.

"혹시 여권 있어요?"

"여권요? 있는데…… 왜요?"

뜬금없는 여권 질문에 결아가 윤기 나는 까만 눈을 동그랗게 뜨고 되물었다. 사실 결아는 일찍이 배낭여행의 로망을 가지고 5년 전부터 단수 여권을 만들어 매년 갱신하는 수고를 아끼지 않고 있었다.

……아직 해외여행은커녕 국내 공항에도 가 본 적이 없지만.

그럴 바에야 그냥 기간이 긴 걸로 만들면 되지만, 그래도 매년 여권을 갱신하며 새로운 포부로 자신을 채찍질하기 위해 단수 여권으로 만들고 있었다. 하지만 아직도 도장 한 번 찍히지 않은 자신의 여권을 떠올리며 결아가 우울한 표정을 짓고 있는데 정석이 다행이라는 얼굴로 말했다.

"원래는 제가 퇴원한 이후로 스케줄을 조절하려고 했는데 잘되지 않아서요. 아무래도 결아 씨가 형 해외 스케줄에 동행해 줘야 될 것 같은데……."

"해외 스케줄……이요?"

예상치 못한 말에 결아의 얼굴이 하얗게 질렸다. 여행을 가기 위한 포부를 다지기 위해 여권을 만드는 것과 당장 해외 로케에 참여해야 한다는 것은 전혀 다른 문제였다.

청천벽력 같은 소리에 결아가 돌처럼 굳어 있는데 정석이 눈치채지 못한 듯 말했다.

"네. 프랑스와 뉴질랜드 로케인데, 시간상 일정도 무척 빡빡하긴 하지만…… 저 대신 부탁 좀 할게요. 결아 씨."

"프랑…… 프랑소와즈는 피카소의 여섯 번째 애인인……."

결아가 퍼렇게 질린 얼굴로 헛소리를 옹알거리자 정석이 그녀의 손을 꽉 잡았다.

"형 전에 홍콩에서도 심기 건드렸다고 바로 한국으로 돌아온 거 알죠? 지금 형을 컨트롤할 수 있는 건 결아 씨밖에 없어요."

"제, 제가 어떻게……."

"아뇨, 결아 씨는 충분히 가능해요! 퇴원하는 대로 제가 바로 날아갈 테니 그동안만 형을 좀 부탁해요."

정석이 간절한 눈빛으로 말하자 누군가의 '부탁'을 한 번도 거절해 보지 못한 결아는 마지못해 천천히 고개를 끄덕였다.

"……네."

정석이 환하게 웃으며 잡고 있는 결아의 손을 격하게 흔들었다.

"휴우. 이제 살았네! 정말 고마워요!"

"뭘요……. 하하."

결아가 핏기 가신 얼굴로 미소 지었다. 그래. 어쩔 수 없지……. 아픈 사람이 부탁하는데 거절하는 건 사람 된 도리로 할 짓이 아니니까. 어쨌든 이번 기회에 드디어 여권을 사용할 수 있게 됐잖아. 하하하…….

결아는 그렇게 생각하며 핼쑥한 얼굴로 계속 영혼 없는 웃음을 지었다.

"휴우, 걱정이네……."

결아가 크게 한숨을 내쉬었다. 충격이 좀 완화되니 새로운 걱정 거리가 떠오르고 있었다. 최근 짜증을 흩뿌리는 휘와 함께 해외에 나가는 것도 걱정이었지만, 또 다른 걱정도 있었다.

"언니한테는 뭐라고 하냔 말이지."

해외 로케 일정은 2주. 뉴질랜드로 이동 후엔 정석이 와 준다고 했으니 좀 안심이지만, 어쨌든 2주간 집을 비워야 한다는 소리다.

"언니가 아무리 바쁘다지만 2주씩이나 집을 비우면 정말 이상 하게 생각할 텐데……."

밤새 대책을 생각하던 결아는 루리가 잠에서 깨자 머뭇거리며 다가갔다.

"언니."

"응?"

루리가 오늘도 용맹한 사자 갈기를 뽐내며 퉁퉁 부은 얼굴로 돌 아봤다.

"저기, 나 다음 주에 2주 정도 집을 비워야 될 것 같은데……."

결아는 차마 루리 눈을 보고 말할 수가 없어 시선을 약간 내리 깔고 머뭇머뭇 말했다.

"2주나? 무슨 일인데?"

소심한 성격 탓으로 학창 시절엔 늘 수학여행 전날 배탈이 나 한 번도 참석 못 해 본 결아가 아닌가. 그런 결아가 2주씩이나 집 을 비운다니, 루리도 순식간에 잠이 달아난 듯 눈을 크게 떴다.

"아, 아니…… 그냥 나 혼자 여기저기 좀 여행을 해 보고 싶어 서."

거짓말은 영 서툴렀기 때문에 결아는 옹알대듯 말하고는 최대한 고개를 숙였다. 언니가 어딜 가냐고 추궁하면 어쩌지? 그렇게 되면 바로 실토를 하게 될 것 같아 결아는 긴장이 돼 손바닥에 땀이 배어났다. 밤새 고민해 봤지만, 친구도 없어서 누군가와 함께 여행을 간다는 핑계도 댈 수 없고, 지방에 놀러 간다고 둘러댈 만한 아는 사람도 없었다. 그야말로 인맥이란 게 전무했으니까.

정말 눈물 날 정도로 아는 사람이 없구나. 나란 아이는 참⋯⋯.

결아는 자신의 인생을 씁쓸히 반성하며 결국 혼자 여행 가기 플랜을 내세우기로 했다. 로케를 여행이라고 셀프 세뇌를 시키면 그럭저럭 덜 거짓말처럼 느껴지긴 했으니까⋯⋯. 그런데 정말 속아 줄까?

조마조마한 심정으로 기다리고 있는데 루리가 갑자기 박수를 짝! 쳤다.

"그래! 잘 생각했다. 이제 좀 혼자 여행도 다니면서 세상도 경험해 보고 해야지. 지금까지 너무 집에만 박혀 있었어!"

루리가 기쁜 얼굴로 말하자 결아는 당혹스러운 표정으로 눈을 깜빡거렸다. 미, 믿어 주는 건가?

"우리나라 은근 혼자 여행할 데 많다? 어디로 갈진 정했어?"

"아, 이, 일단 특별히 정해 놓은 데는 없⋯⋯."

루리가 다시 박수를 짝! 쳤다.

"그래! 바로 그 정신이야! 미리 다 알아보고 정해 놓으면 혼자 하는 여행이 무슨 의미가 있겠어. 그냥 발길 닿는 대로 가다 보면 그게 다 여행으로 이어지게 될 거야."

루리가 격하게 고개를 끄덕이며 청춘 시트콤의 마음씨 좋은 선생님 같은 흐뭇한 표정을 지었다. 이렇게 쉽게 오케이⋯⋯? 결아는 당혹스러운 얼굴로 서 있다 얼른 말했다.

"허락해 줘서 고마워, 언니."

감사의 인사를 전한 결아는 루리가 이것저것 물어보기 전에 잽싸게 몸을 돌렸다.

"잠깐만."

헉! 역시 들켰나?! 루리가 등 뒤에서 불러 세우자 결아가 벌벌 떨리는 심장으로 몸을 돌렸다. 그러자 루리가 던져 놨던 자신의 빨간 지갑을 열어 카드 하나를 쑥 꺼내 내밀었다.

"여행 중에 돈 필요한 일 생길 수 있으니까 그럴 땐 이거 써."

"아, 아니야. 나도 돈 있어."

"에헤이. 넣어 둬. 넣어 둬."

루리는 일방적으로 결아 주머니에 카드를 넣어 주고는 환하게 웃었다.

"앞으론 여행도 좀 자주 다니고, 사람들도 많이 만나 보고 해. 그렇게 잔소리해도 안 듣더니…… 이제라도 생각을 바꿔서 다행이다. 안 그래도 요즘 여기저기 다니느라 바쁜 것 같아서 너도 좀 달라지나 했는데, 언니가 이제 좀 마음이 놓이네."

"언니……."

결아는 대견하다는 듯 웃고 있는 루리를 보니 눈망울에 눈물이 그렁그렁 맺혔다.

미안, 언니. 거짓말해서……. 자신을 이렇게 아끼는 언니인데 거짓말을 하게 되어 결아는 양심이 콕콕 찔렸다.

미안한 마음에 다 고해바칠까 하는 생각이 들려던 찰나, 다행히도 루리의 휴대폰이 울렸다.

"네. 저예요. 네. 오늘 2시였죠?"

루리가 통화를 하며 욕실로 들어가 버리자 혼자 남은 결아가 주머니에서 카드를 꺼내 손에 꼬옥 쥐었다.

"언니. 미안……. 하지만 이것도 여행은 여행이니까. 더구나 언니가 원하는 대로 스케일이 무척 큰 해외여행이니…… 거짓말한 거 용서해 줄 거지?"

괜히 미안한 마음에 작게 옹알거리던 결아가 한숨을 크게 내쉬었다. 괜찮아. 잘될 거야. 결아는 그렇게 생각하며 비장한 표정으로 고개를 주억거렸다.

♡ ♥ ♡

임시 매니저 기간에 해외 로케까지 동행하게 된 결아는 긴장된 얼굴로 휘의 집으로 갔다. 트렁크를 낑낑대고 옮기며 엘리베이터에서 내리려는데 휘가 안으로 쑥 들어왔다.

"어? 일어나 있었어요?"

선글라스를 끼고 찌뿌둥한 얼굴로 버튼을 누르는 휘를 결아가 놀란 눈으로 올려다봤다. 아무리 깨워도 일어나지 않던 초반과 달리 요즘은 그래도 수월하게 깨우는 편이긴 했다.

그래도 도착 전에 먼저 일어나 있는 걸 보는 건 처음인데?

결아가 신기한 듯 보고 있는데 대답 없이 인상만 쓰고 있던 휘가 결아를 힐끗 내려다봤다.

"어디 한 3년쯤 장기 출장 가는 사람 같다?"

"네?"

"무슨 짐이 그렇게 많냐고. 고작 2주 나가 있으면서."

양손에 든 커다란 트렁크와 어깨에 메고 있는 거대한 배낭을 보며 휘가 말하자 결아가 그제야 대답했다.

"아아. 제가 여행은 처음이다 보니…… 뭘 챙겨야 되는지 도통

감이 잡히지 않아서요."

그래서 커다란 트렁크를 사서 몇 번이나 넣었다 뺐다 쇼를 하는 사이 짐은 점점 불어나 지금 같은 모양새가 되고 말았다.

역시 너무 많이 가져온 모양이야. 이 남자는 짐이 달랑 저거 하나인 것 같은데……. 휘가 들고 있는 심플한 블랙 토트백을 힐끔거린 결아가 뻘쭘한 얼굴로 트렁크 손잡이를 만지작거렸다.

그런데 보통 남자들에게 이런 가방 어울리기 쉽지 않은데 역시 휘는 다르구나. 티셔츠에 블랙 진, 거기에 토트백 하나 들었을 뿐인데 방금 패션 잡지에서 빠져나온 사람 같았다. 저대로 파리를 걸어가도 여기저기서 패셔니스트로 사진이 찍힐 것 같을 정도로.

엘리베이터 문이 열리자 휘가 결아의 트렁크 두 개를 뺏듯이 낚아채 자신이 끌고 갔다.

"어? 주세요. 제가 들게요."

결아가 얼른 따라가며 말했지만 휘는 들은 척도 하지 않았다.

"타."

"아…… 네. 고맙습니다."

차 트렁크에 짐들을 넣은 휘가 문을 가리키자 그사이에도 짐을 받으려 손을 벌리고 있던 결아는 뻘쭘한 손을 슬쩍 거둬들였다. 요즘 기분도 안 좋아 보이는데 가방까지 들게 했으니, 짜증 게이지가 더 높아지면 어쩌지?

결아가 걱정스러운 얼굴로 조수석에 앉았다. 휘는 자신의 가방을 뒷좌석에 툭 던져두고 운전석에 올라탔다. 꼬물거리며 안전벨트를 매고 있는 결아를 쳐다본 휘가 말했다.

"여권은."

"아, 챙겼나 확인해 볼까요? 가방 좀……."

"내 거 말고. 네 거."

"아아. 제 건 가지고 왔어요."

결아가 메고 있던 작은 가방에서 얼른 여권을 꺼내 보여 주자 휘가 피식 웃었다.

"생전 처음 여권 만들어 본 기분이 어때?"

"네? 처음 아닌데요."

차를 출발시키려던 휘가 갑자기 멈추고는 결아를 봤다.

"그 소심한 성격으로 해외여행을 다녔다고? 그리고 너 아까 여행 처음이라면서?"

휘가 성마르게 묻자 결아가 의아한 얼굴로 대답했다.

"아직 가 본 적은 없지만 그래도 만에 하나 갈 일이 있을지도 모른다고 생각해서 미리 만들어 뒀거든요."

배낭여행의 원대한 꿈은 누설하지 않은 결아가 대답하자, 매서운 눈으로 보고 있던 휘가 표정을 풀고 어깨를 으쓱했다.

"어쩐지."

어쨌든 이번이 이 여자의 첫 해외여행인 건 맞는 모양이다. 자신이야 지겹도록 다닌 해외지만 결아에겐 첫 비행이었다. 휘는 그 사실이 묘하게 마음에 들었다. 그리고 해외에선 자기 몰래 현석과 만난다거나 하지는 못한다는 것도…….

……뭐가 마음에 들어?

선글라스를 끼고 운전하던 휘가 얼굴을 험악하게 굳혔다. 왜 아직도 그 일을 신경 쓰고 있는 거야! 그런 생각에 휘가 짜증스럽게 액셀을 밟았다.

"까아아악!"

결아가 다시 시작된 휘의 질주 본능에 얼른 손잡이를 움켜잡았다.

"꺅! 휘, 휘 씨! 속도 좀 줄여요!"

그날, 비상구에서의 현석과 결아를 본 일이 왜 아직까지 신경 쓰이는 건지 이제는 자신에게 화가 날 지경이었다. 이건 전에 홍콩에서 일을 캔슬하고 돌아왔던 날 현석이 결아와 함께 나타났을 때도 느꼈던 불쾌감이었다.

뭐가 불쾌한 거냐고. 현석이가 내 노예한테 관심 가지는 것이? 아니면 노예가 주인을 속이고 내 친구를 탐내서?

부아아아아아아앙!

"꺄아아아아아아아아악! 제발 천천히, 천천히요!"

분노의 레이스를 벌이는 휘의 차 안에서 결아가 쉴 새 없이 익룡 소리를 내질렀다.

약 열두 시간의 비행시간을 거쳐 드디어 프랑스에 도착했다. 결아는 차에서부터 혼이 빠져나가 인천 공항에서 샤를 드골 공항에 오기까지 정신이 나가 있었다. 그러다 정신이 드니 낯선 외국의 공항이었고, 이곳이 프랑스라는 걸 체감하자마자 휘의 등 뒤로 사삭 몸을 숨겼다.

"……뭐 하는 거냐?"

휘가 내려다보자 그의 등에 껌딱지처럼 달라붙어 있는 결아가 달달 떨며 말했다.

"죄, 죄송해요. 퍼런, 퍼런 눈이 엄청 많…… 히익!"

바로 옆에서 여러 명이 단체로 우르르 지나가자 결아가 거북이 목처럼 움츠러들어선 휘에게 더욱 찰싹 달라붙었다.

"……."

자신의 옷깃을 꼬옥 움켜잡고 바들바들 떨고 있는 결아를 휘가 내려다봤다. 잠시 보고 있던 그가 입술 끝을 슬며시 끌어 올리고 핀잔을 주듯 말했다.

"촬영팀과 따로 오길 잘했지. 배우 등 뒤에 숨어서 벌벌 떠는 매니저가 어딨냐?"

"죄송, 죄송합……."

"정말 피곤하다니까."

즐거운 얼굴로 말한 휘가 일부러 걸음을 조금 늦춰 걸어가자 결아는 휘가 걷는 대로 그의 등 뒤에 찰싹 달라붙은 채 따라갔다. 종종 자신 뒤에 바짝 붙어 있는 결아를 확인하듯 던지는 그의 시선이 부드럽게 풀어졌다.

공항 앞에서 대기하고 있던 리무진을 타고 호텔로 온 휘는 탈진으로 흐물흐물해진 결아를 호텔 객실에 집어넣었다. 문이 닫히는 소리에 결아는 본능적으로 바닥을 기어가 커튼 뒤로 몸을 숨겼다. 그 모습을 본 휘가 어이없다는 듯한 표정을 지었다.

……고양이냐? 가끔 저 여자의 숨기 본능은 놀라울 정도라니까.

"여긴 퍼런 눈 따위는 없으니 이제 나와도 돼."

"헛! 저도 모르게 그만……."

커튼을 몸에 둘둘 감고 숨어 있던 결아는 그제야 제정신을 차리고 얼른 밖으로 나왔다. 정석 씨한테 부탁을 받고 왔는데 이런 부끄러운 행동을 보이다니.

"죄송해요. 해외는 처음이라 많이 긴장했나 봐요."

결아가 미안한 얼굴로 사과하자 휘가 무심하게 대꾸했다.

"됐어."

"그런데 여기까지 어떻게 왔는지 전혀 기억이…… 아차! 도착하자마자 정석 씨한테 전화 주기로 했었는데!"

결아가 퍼뜩 생각났다는 듯 벌떡 일어서자 휘가 소파에 앉으며 말했다.

"그건 내가 했어."

"아…… 언제요?"

"너 얼어 있는 동안."

"그, 그랬구나……."

결아가 민망한 얼굴로 볼을 긁적였다. 이런 바보 같으니! 매니저 역할을 하려고 온 건데 그런 것도 다 배우한테 떠넘기면 어떡해? 결아가 자책하고 있는데 휘가 말했다.

"촬영팀 쪽에도 연락해 봤는데 촬영 스태프들과 우리 쪽 직원들은 오늘 밤에 도착할 예정이라더라."

"아아…… 그렇구나. 죄송해요. 제가 했어야 됐는데……."

"나가자."

결아가 의기소침하게 사과하는데 휘가 벌떡 일어섰다.

"네? 어딜요?"

결아가 어리둥절한 표정으로 휘를 따라 일어서자 그가 손목시계를 확인했다.

"파리까지 와서 호텔에만 박혀 있을 거야? 내일부터는 촬영 일정 빠듯해서 어디 보러 다닐 시간도 없어."

"그래도 밖은 퍼런 눈이 드글드글한데……."

결아가 머뭇거리며 말하자 휘가 그녀의 팔을 잡았다.

"나만 믿고 따라와."

"어? 자, 잠깐요!"

휘가 막무가내로 끌고 나가는 통에 결아가 당황스러운 목소리로
소리쳤다.

호텔 밖으로 나오자 결아는 휘의 소매를 꼬옥 붙들고 작은 짐승
처럼 불안한 눈을 데굴데굴 굴렸다. 그럼에도 처음 와 보는 해외라
가슴이 들뜨는 건 어쩔 수 없었다.

책이나 영화 속에서만 접했던 파리 거리를 이렇게 직접 걷고 있
다니, 아! 심장이 벌렁거려!

휘는 자신의 소매를 꼭 붙든 채 경계 어린 시선으로 주변을 살
피는 결아를 내려다봤다.

"기훈이 형 만났을 때도 그러더니. 넌 숨는 게 특기냐?"

"누, 누차 말하지만 해외는 처음이라······."

"해외 나온다고 다 너처럼 벌벌 떨진 않아."

"그치만, 그치만······."

휘가 순간 멈칫했다. 잔뜩 겁먹은 얼굴의 결아를 내려다보고 있
으려니, 한동안 잊고 있던 기시감이 다시 떠올랐다.

맞아. 얘 뭐하고 닮았었어.

결아를 처음 봤을 때부터 종종 떠오를 듯 말 듯 머릿속을 간질
이던 증상이 다시 도지고 있었다. 아, 한동안 안 그러더니 왜
또······.

휘가 선글라스를 낀 채 눈썹 사이를 바짝 모았다. 도대체 그게
뭐기에 감질나게 자꾸 머릿속에만 뱅뱅 도느냐 말이야! 아예 떠오
르질 말든가. 휘가 자신을 농락하듯 머릿속을 배회하는 기시감을
떨쳐 내며 결아에게 물었다.

"어디 가 보고 싶은 데 있어?"

"네, 네?"

결아가 바짝 긴장한 채 휘를 올려다봤다.

"파리에 오면 꼭 가 보고 싶었던 장소 있냐고."

"전 괜찮으니 휘 씨가 가고 싶은 곳으로……."

"난 질리게 와 봤던 데니까 됐어."

"아, 자주 왔었어요?"

"그래. 그러니까 빨리 말해. 마음 변하기 전에."

하긴 배우들은 촬영으로도 해외에 자주 다니는 모양이니까…….

잠시 눈을 굴리던 결아가 수줍게 말했다.

"저, 그럼 에펠탑을……."

"촌스럽긴."

휘가 픽 하고 실소를 흘리자 결아가 분개했다.

"촌스럽다뇨! 아마 에펠탑은 모든 여자들의 로망……."

"목소리 커지는 거 보니 긴장은 좀 풀린 모양이지? 어쨌든 알았어. 에펠탑이란 말이지."

휘가 고개를 끄덕이고는 결아의 손을 끌어당겨 잡았다.

……어?

결아가 자신의 손을 잡고 앞장서는 휘를 어리둥절하게 바라봤다. 그러자 휘가 그녀를 돌아보며 말했다.

"여기서 미아가 되기라도 하면 큰일이니까."

"제가 애도 아니고……."

"방금 전까지 벌벌 떨었으면서 무슨. 아무튼 가자."

휘가 결아의 손을 잡고 성큼성큼 걸어가자 결아는 조금 붉어진 얼굴로 종종거리며 휘를 따랐다.

"눈 빠지겠다."

"······네?"

휘의 말에 택시 창문에 달라붙어 넋을 잃고 밖을 구경하던 결아가 돌아봤다. 그가 긴 다리를 꼰 채 그녀를 보고 있었다.

"밖에선 제대로 쳐다보지도 못하더니 차 안에선 열심히 보고. 넌 참 이해가 안 돼."

휘의 말에 결아가 조금 머쓱한 얼굴로 웃었다.

"아······ 이렇게 보니 거리가 참 예쁘긴 하네요. 고딕형 건물들이 주욱 늘어선 게 꼭 장난감 병정들이 사는 예쁜 마을 같지 않아요?"

"글쎄."

휘는 심드렁하게 대꾸했지만 결아는 눈을 반짝반짝 빛내며 말했다.

"이렇게 예쁘니까 헤밍웨이, 까뮈, 피카소 같은 수많은 예술가들이 이곳에 반했던 거겠죠? 19세기에도 이렇게 예뻤나 봐요."

휘가 생기 있게 빛나는 결아의 얼굴을 가만히 바라봤다. 말이 많아지는 걸 보니 뭔가 그쪽으로 발동이 걸린 모양이군.

"난 옛날 옛적에 죽은 예술가들한테는 관심 없어."

"전 신기해요. 그들이 살았던 장소에 제가 지금 와 있다는 게······."

결아가 꿈꾸는 듯한 표정으로 창밖의 파리 시내를 바라봤다. 역사의 숨결이 느껴지는 오래된 건축 양식의 유럽식 건물들 사이를 파리지앵들과 관광객들이 섞여 거니는 모습을 보니 무척 신기했다.

정말 내가 지금 파리에 있구나. 평생 비행기는 타 보지도 못할 줄 알았는데······.

사실 파리는 결아가 존경하는 여러 문인과 예술가들이 살았던 도시라 어릴 때부터 동경했던 여행지였다. 그래서 자신이 지금 그곳에 와 있단 걸 실감하자 심장이 콩닥거렸다.

"……."

휘는 발그레한 얼굴로 차 유리에 찰싹 달라붙어 있는 결아를 바라봤다. 좋긴 정말 좋은 모양이지? 보석처럼 반짝이는 눈동자로 흥분해서 말하던 모습을 떠올리자 그의 입술 끝에 부드러운 미소가 걸렸다.

"요트 타고 가요?"

세느강 선착장에 세워진 고급스러운 하얀 요트 위로 휘가 승선하자 결아가 눈을 크게 떴다.

"어. 세느강 구경도 하고 싶다며."

휘가 당연하게 말하자 결아가 주변을 둘러봤다. 세느강 유람선은 들어 봤어도 요트는 못 들어 봤는데……. 이런 건 그야말로 파리의 부르주아들만 타는 거 아닌가?

"자."

휘가 결아에게 어서 타라는 듯 손을 내밀자 그녀가 머뭇거렸다.

"이런 거 빌리는 데 비쌀 것 같은데……."

"거참 말 많네. 빨리 타라니까."

"아, 네."

휘가 인상을 쓴 것을 본 결아는 얼른 내민 손을 잡고 요트에 올라탔다. 하얀 계단을 지나 휘를 따라 2층으로 올라가자 요트가 출발했다. 고급스러운 요트의 하얀 갑판에 올라 쪽빛 하늘과 그림 속의 풍경 같은 세느강 강변을 본 결아가 탄성을 터뜨렸다.

"와아…… 예뻐요."

강 길을 따라 양쪽으로 유구한 역사를 지닌 오래된 고딕 건물들이 늘어서 있는 모습을 보니 가슴이 크게 부풀어 올랐다.

"아! 저기 보이는 거 노트르담 성당 아니에요? 사진으로만 봤었는데, 우와……."

전에 없이 흥분하는 결아를 휘가 입술을 늘리고 바라봤다.

"그게 그렇게 신기해?"

"당연하죠. 실물로 보는 건 처음인데."

"에펠탑 보고 싶다며."

"제일 보고 싶은 게 뭐냐고 물어봐서 그런 거지 파리엔 에펠탑 말고도 얼마나 가 보고 싶은 데가 많은데요. 방금 지나간 노트르담 성당도 그렇고, 몽마르뜨 언덕이나 오르세 미술관이나……. 아, 사르트르와 헤밍웨이 같은 문인들이 드나들던 카페도 있는 거 알아요? 문화살롱이라고 불리던 곳인데……."

들뜬 목소리로 종알종알 얘기하는 결아의 얼굴에 환한 햇빛이 쏟아져 내렸다. 싱그러운 파리의 햇살을 한껏 머금은 그녀의 얼굴에서 휘는 한참이나 눈을 떼지 못했다.

13.

파리의 밤은 길다

……이 여자가 왜 이렇게 예뻐 보이냐.

내가 술을 마셨던가? 아직인데. 휘는 아직 열지도 않은 와인병을 쳐다보고는 미간을 좁히고 다시 결아를 바라봤다.

햇빛을 받아 갈색빛으로 빛나는 머리칼과 꿈꾸는 듯 반짝이는 눈동자, 그리고 체리색의 앙증맞은 입술……. 그 입술이 와아, 하고 탄성을 터뜨릴 때마다 자그맣게 벌어지고 있었다.

아, 정말 왜 이래?

결아의 작고 보드라워 보이는 입술이 벌어질 때마다 휘는 왠지 가슴께가 간질거리고 마시지도 않은 술기운이 올라오듯 열기가 확 끼쳐 왔다. 비 오는 보성에서의 밤, 저 입술에 닿았던 손가락 끝의 감촉이 떠오르자 심장이 빠르게 뛰기 시작했다.

제길. 이럴까 봐 일부러 한동안 그쪽으로는 생각 안 하려고 했던 건데.

휘는 인상을 찌푸리며 가슴께를 문지르고는 와인병을 집어 들었다.

"마실래?"

휘의 말에 열심히 구경하고 있던 결아가 고개를 돌렸다.

"네? 어? 와인이네요?"

결아가 호기심 어린 눈으로 휘의 옆으로 다가왔다. 그녀가 가까이 다가오자 향긋한 프리지아 꽃향기가 훅 풍겼다. 샴푸향인 듯 비누향인 듯 익숙한 결아의 달달한 향기에 휘가 숨을 삼켰다. 온몸에 열이 감돌아 마치 감기에 걸린 것처럼 몽롱한 기분 같기도 하고 어지러운 것 같기도 했다. 이 느낌은 대체 뭘까.

"어디서 난 거예요? 아깐 못 봤는데……."

"요트 탈 땐 항상 준비시키니까."

휘는 아무렇지 않은 말투로 말하며 둥근 잔에 와인을 따랐다.

"자."

"감사합니다."

휘가 건네준 잔을 결아가 두 손으로 공손하게 받아 들었다. 술을 건네준 휘가 혹시나 하는 마음에 확인차 물었다.

"술은 마셔 본 적 있지?"

"아뇨."

"뭐?"

자신의 와인 잔을 입으로 가져가던 휘가 놀란 얼굴로 결아를 바라봤다. 하지만 그녀는 와인 잔을 두 손으로 잡고 단숨에 꿀꺽꿀꺽 마시고 있었다.

"잠깐. 그렇게 마시면……."

휘가 결아의 손에서 잔을 낚아챘지만 이미 잔은 텅 비어 있었다.

"너⋯⋯."

휘가 어이없는 눈으로 결아를 바라봤다.

"후아."

한 잔을 싹 비운 결아가 만족스럽게 숨을 토해 내고는 촉촉해진 입술을 제 혀로 핥았다. 윤기 나는 체리색 입술을 핥는 작은 혀가 휘의 머릿속을 순간 아찔하게 만들었다.

왜 이래? 이번에야말로 취한 게 분명⋯⋯. 젠장, 아직 안 마셨잖아!

휘는 제 손에 들린 아직 입도 안 댄 와인 잔을 노려보며 눈썹을 바짝 모았다.

"술 처음 마신다는 애가 겁도 없이. 와인이 맛은 술 같지 않아도 얼마나 무서운 술인데 그걸 함부로 들이켜?"

휘가 일부러 엄한 얼굴로 말하자 결아는 꿈꾸는 얼굴로 그를 바라봤다.

"감동이에요. 제 인생의 첫 술을 세느강 위에서 마실 수 있다니⋯⋯. 스콧 피츠제럴드도 이 강 위에서 술을 마셨을까요?"

"뭐?"

휘는 두 손을 꼬옥 맞잡고 어딘가 꿈속을 헤매는 듯한 결아의 얼굴을 보며 눈썹을 휘어 올렸다. 아주 딴 세상에 가 있군. 내가 눈앞에 있는데도 아까부터 헤밍웨이니 피츠제럴드니⋯⋯. 휘는 빈정이 상한 얼굴로 자신의 와인을 들이켰다. 이곳에선 현석과 결아가 만날 일이 없어서 안심하고 있었는데, 오히려 더 막강한 상대들이 결아의 모든 신경을 빼앗고 있는 기분이었다.

자기도 모르게 잔을 다 비워 버린 휘가 와인을 더 따랐다.

"저도 한 잔 더 주세요."

언제 잔을 다시 가져간 건지 결아가 당당하게 빈 잔을 내밀었다.

"얼씨구."

휘가 핀잔을 줬지만 결아는 홍조 띤 얼굴로 배시시 웃었다.

"취하면 어쩌려고."

벌써 취한 것 같기도 한데? 휘가 미심쩍은 얼굴로 보자 결아가 말했다.

"괜찮아요. 살면서 언제 또 이런 경험을 해 보겠어요. 주세요."

"……너 취해도 난 책임 안 진다."

"네. 걱정 마세요."

결아가 끄덕이자 휘는 마지못해 잔을 채워 줬다. 솔직히 거절할 자신도 없었다. 저런 눈으로 보는데. 꼭 강아지처럼 반짝이는 까만 눈망울로 와인 잔을 두 손 모아 받친 채 바라보고 있는데 어떻게 거부하란…….

"어?"

순간 휘가 무언가 번뜩 깨달았다는 얼굴로 눈을 크게 떴다. 홀짝이며 와인을 한 모금씩 마시고 있던 결아가 의아스러운 표정으로 휘를 바라봤다.

"왜요?"

커다란 눈망울을 깜빡이는 결아를 놀란 얼굴로 보고 있던 휘가 헛웃음을 흘렸다.

"……그렇구나."

그랬어. 결아를 처음 마주쳤을 때 겁먹은 까만 눈동자나 오들거리는 모습이 자꾸 무언가를 떠오르게 만든다 했더니…….

"네? 뭐가요?"

"그랬던 거야. 맞아. 그래서 처음부터 기시감이 들었던 거였어."

휘가 혼잣말하듯 중얼거리자 결아가 알쏭달쏭한 얼굴로 고개를 갸웃거렸다. 이 남자가 왜 깨달았다는 얼굴로 고개를 주억거리고 있지? 보리수나무 아래에서 깨달음을 얻은 붓다처럼 이 남자도 세느강에서 어떤 깨달음을 얻은 걸까?

"내가 초등학생 때."

뭔가를 깨달은 사람처럼 한참을 혼자 웃고 있던 휘가 갑자기 말을 꺼내자 결아가 호기심 어린 얼굴로 그를 바라봤다. 그런데 벌써 술기운이 돌았는지 눈이 절로 게슴츠레하게 떠졌다.

"초등학교 때, 왜요?"

"키우던 개가 있었거든."

"……개요?"

"어. 아주 형편없이 못생긴 개."

결아가 알딸딸한 얼굴로 고개를 갸웃거렸다.

"못생긴 개요……?"

머릿속으로 못생기고 귀여운 개를 상상하고 있는데 휘가 와인잔을 들고 말을 이었다.

"그 개가 처음 집에 왔던 새끼 때부터 못생겼다고 내가 괴롭혔어. 그런데 그 개는 내가 괴롭혀도 날 피하질 않는 거야."

"나쁜 사람. 힘없는 개를 괴롭히다니, 천벌받을 거야. 불쌍하게도……."

와인 두 잔을 비운 결아의 눈에 눈물이 그렁그렁했다.

"초등학생이 살짝 장난친 정도지 절대 심한 건 아니었어. 부모님이 동물을 아주 좋아하셔서 조금이라도 과한 장난을 치면 혼쭐이 났으니까."

"나쁜 사람."

결아는 추임새처럼 중얼거리며 휘가 생각에 빠져 있는 틈을 타 잽싸게 제 잔에 와인을 한 잔 더 따랐다.

"그 개 이름이 모모였는데 난 '못난이'라고 불렀어."

"아아…… 저 미하엘 엔데의 〈모모〉 정말 감명 깊게 봤어요."

결아가 고개를 끄덕이며 와인을 홀짝였다. 휘는 양 볼이 잘 익은 탐스러운 사과처럼 붉어져 있는 결아에게 고개를 돌렸다. 휘와 눈이 마주친 결아가 눈을 깜빡였다.

……응? 왜 나를 빤히 보지?

결아에게 시선을 맞춘 채 휘가 낮게 말했다.

"네가 그 못난이를 닮았어."

"네? 제가요?"

눈을 둥그렇게 떴던 결아가 눈썹 사이를 바짝 모았다. 잠깐. 이건 지금 내가 아주 형편없이 못생겼다는 뜻?

결아가 기분 나쁜 듯 게슴츠레한 눈으로 휘를 힘껏 째려봤다. 그 시선을 눈치채지 못한 휘는 후련한 얼굴로 말했다.

"그게 생각날 듯 말 듯 아주 사람 미치게 만들더니 방금 갑자기 생각난 거야. 그래. 못난이였구나, 못난이."

"개는 좋아하지만 자꾸 못난이, 못난이 강조하지 말아 줄래요?"

결아가 입술을 삐죽대며 투덜거리자 휘가 부드럽게 미소 지으며 자신의 잔을 결아의 잔에 부딪쳤다.

아……. 그 순간 휘의 미소가 너무나 매력적이라 결아는 기분 나쁜 것도 잊고 그를 멍하니 바라봤다.

"영광인 줄 알지 그래?"

"여, 영광은 무슨……."

느른하게 쿡쿡 웃는 휘를 홀린 듯 바라보던 결아가 얼른 말하고
는 와인 잔을 입으로 가져갔다.

……저 남자는 순간순간 사람 놀라게 하는 표정을 짓는다니까.
나도 모르게 두근거렸잖아.

결아는 아직도 두근거리는 심장 박동을 느끼며 몰래 휘를 힐끔
거렸다. 보트 위에 앉아 선글라스를 머리 위로 올린 채 강을 바라
보고 있는 휘의 옆모습은 마치 영화 속의 한 장면 같았다.

그렇게 둘이 와인을 홀짝이는 사이 어느새 요트 주변으로 금빛
노을이 내려앉고 있었다. 황금색 노을빛까지 더해지자 강가의 풍
경이 더 아름다워졌다. 하얀 보트와 반짝이는 세느강의 물비늘, 강
둑을 따라 모여 앉아 술잔을 기울이는 연인들, 이곳 파리라는 도시
특유의 오래된 향기…….

그런 풍경들을 한참 바라보고 있던 결아가 숨을 천천히 들이켰
다.

이 순간을 평생 잊지 못할 것 같아.

결아가 속으로 그런 생각을 하고 있는데 휘가 주변을 한 바퀴
휘 둘러보더니 그녀에게 시선을 고정시켰다.

엇, 또 그 얼굴!

휘가 또 심장이 쿵 내려앉을 듯한 매혹적인 미소를 지으며 말했
다.

"지금 든 생각인데…… 왠지 말이야. 이 순간이 아주 오랫동안
기억될 것 같다는 예감이 들어."

휘가 나른하게 웃는 얼굴로 와인 잔을 들고 있는 모습을 보며
결아의 심장은 터질 듯 빠르게 뛰고 있었다. ……신기해라. 똑같
은 순간, 똑같은 생각을 하다니……. 무척 동경하던 세느강에서

겪은 경험이라 그런지 결아는 지금의 상황이 더욱 놀랍고 신비롭게 느껴졌다.

"아, 시간 됐다."

휘가 손목시계를 확인하며 말했다.

"무슨 시간이요?"

결아가 홀짝홀짝 마셔 댄 와인 탓에 발그스름해진 얼굴로 물었다.

"봐, 저기."

결아는 의문스러운 얼굴로 휘가 가리키는 곳을 향해 고개를 돌렸다. 까맣게 물들기 시작한 하늘 아래 황금빛 전등이 켜진 에펠탑이 시야에 들어왔다.

"세상에…… 너무 예뻐요."

조명이 켜진 에펠탑을 본 결아가 탄성을 내질렀다. 세느강 위에서 바라보는 에펠탑은 언젠가 봤던 예쁜 엽서에 찍힌 사진처럼 예뻤다. 반짝반짝한 전구들이 에펠탑 모양을 그대로 비춰 주는 황홀한 광경을 유람선 안의 관광객들도, 강둑을 따라 앉아 있는 사람들도 모두 바라보았다.

결아가 빠져들 듯한 얼굴로 에펠탑을 보고 있자 휘가 말했다.

"꽤 화려하지?"

"네. 정말 화려하고 예뻐요……."

조명쇼가 펼쳐지는 에펠탑에서 결아가 시선을 떼지 못하자 휘가 그녀를 보며 빙글거렸다.

"한 시간에 딱 10분만 하는 거니까 많이 봐 둬."

"아…… 네."

10분 동안 초집중할 생각인지 결아가 눈도 깜빡거리지 않고 에펠탑을 응시했다. 그 모습을 즐거운 얼굴로 보며 휘가 들고 있는 와인을 한 모금 마셨다.

그때 결아의 콧방울에 물방울이 톡 떨어졌다.

"어? 비가 와요."

후드득 소리와 함께 빗방울이 점점 많이 떨어졌다.

"이쪽으로 와."

휘가 앉은 자리는 위에 요트 지붕이 있어서 비를 피하기에 적당했다. 결아는 와인 잔을 들고 비틀거리며 휘의 옆자리로 걸어갔다.

"너 비 몰고 다닌단 소리 들은 적 없냐? 왜 너랑 있으면 유독 비가 자주 오는 것 같지? 그때도……."

보성에서의 일이 떠오르자 휘는 순간 입을 다물었다.

"여기서도 에펠탑은 잘 보이네요."

결아는 앉자마자 에펠탑 조망권부터 확인하고는 만족스러운지 흡족하게 고개를 끄덕였다.

"……내내 보고 있었으면서 집착하긴."

휘가 일부러 퉁명스럽게 말하며 새 와인을 땄다. 결아가 옆자리로 오자 또 프리지아 향기가 머릿속을 어지럽히고, 보성에서의 야릇한 상황이 다시 떠올랐다. 그리고 그 전에 실수로 봤던 결아의 몸까지…….

총체적 난국이군.

휘가 입매를 단단히 굳혔다. 신경 쓰지 말자고 스스로 되뇌며 와인을 마시는데 결아가 와인 잔을 들고 하얀 다리를 천진하게 앞뒤로 흔들었다.

"있죠. 에펠탑은 1889년에 프랑스 혁명 100주년 기념으로 구스타프 에펠이 건립해서 에펠탑인 거 알아요?"

"관심 없어."

휘는 무감한 목소리로 흥미 없다는 듯 대답했지만, 그의 머릿속은 지금 온통 자신의 쿵쿵거리는 심장 소리로 가득 차 있었다.

비를 맞든 말든 그냥 둘 것을, 괜히 옆으로 오게 했어.

휘가 낮게 한숨을 내쉬며 자신의 섣부른 행동을 후회하고 있는 것은 전혀 모르는 결아는 즐거운 얼굴로 계속 재잘거렸다.

"그거 알아요? 에펠탑은요, 역사적으로……."

결아가 에펠탑에 대해 한창 설명하는 것을 가만히 바라만 보던 휘가 불쑥 말했다.

"넌 그걸 다 외우고 있냐?"

핀잔주듯 말하는 휘를 향해 결아가 민망한 얼굴로 웃었다.

"아…… 에펠탑은 너무 와 보고 싶었는데 가질 못하니까 내내 그런 것만 찾아서 읽고 그랬거든요. 하도 많이 보다 보니 저절로 외워지더라구요."

얼마나 가고 싶었으면 외울 만큼 찾아보냐. 휘는 결아가 미련하면서도 안쓰럽게 느껴져 자기도 모르게 손을 뻗었다. 그러다 멈칫거리며 다시 내렸다.

무슨 짓을 하려고.

휘가 당혹스러운 표정으로 손바닥으로 제 얼굴을 쓸었다. 이상한 걸로 따지면 아까부터지만, 자신의 상태는 지금 정상이 아니었다. 결아가 과도하게 사랑스러워 보이고, 자꾸 심장이 뜨거워지고…… 마치 옆에 앉은 그녀에게 온몸의 신경 세포가 모조리 반응하는 기분이었다. 휘가 이를 악물었다.

사실 이 반응은 낯설지 않았다. 보성에서의 그 밤 이후로…… 아니 고의는 아니었지만 결아의 생각보다 여성스러운 몸을 본 이후로 주기적으로 자신을 자극시키는 반응이었다.

결아의 반달 모양으로 곱게 접히며 웃는 눈매라든가 하얀 치아를 드러내며 벌어지는 입술, 그리고 여성스러운 목덜미와 긴 종아리를 볼 때마다 수시로 뻗치던 열감.

휘의 그런 고민을 알 리 없는 결아가 속삭이듯 말을 이었다.

"비 오는 파리도 너무 예쁘네요. 〈미드나잇 인 파리〉라는 영화 봤어요?"

"……아니."

휘는 자신의 목소리가 가라앉은 듯 낮게 흘러나오는 걸 느꼈다.

"그 영화에서 파리가 정말 예쁘게 나오거든요. 영화에서 이런 대사가 나와요. 사실 파리는 비 올 때 가장 아름답다고."

빗방울에 촉촉이 젖은 결아가 에펠탑에서 시선을 돌려 휘를 바라봤다. 반짝이는 까만 눈동자가 휘에게 닿더니 달콤한 미소를 지으며 휘어졌다.

"정말 그 대사가 맞는 것 같아요. 제가 봐도…… 어?"

순간 휘가 고개를 숙이더니 결아의 살짝 벌어진 입술에 제 입술을 포갰다. 입술에 와 닿는 감촉에 결아의 눈이 동그랗게 커졌다.

지금 이건…… 키스?

키스라고 인식한 순간 휘의 입술이 다시 떨어졌다. 휘는 짙게 어두워진 눈동자로 결아의 커다래진 눈을 바로 앞에서 응시했다. 그의 손이 결아의 뺨에 부드럽게 닿았다.

"……눈 감아."

낮게 말한 휘가 고개를 천천히 옆으로 기울이며 결아의 보드라운 입술을 다시 삼켰다. 체리색 입술을 부드럽게 가르고 들어가자 촉촉한 혀가 엉켜들었다. 맞물리는 말캉한 혀의 감촉에 결아는 숨을 들이켰다. 아아, 그렇구나. 이건 꿈이었어.

분명 와인을 마시고 알딸딸한 기분으로 호텔에 돌아가 잠든 뒤에 꾸는 꿈이 틀림없다고 생각한 결아는 천천히 눈을 감았다.

아, 부드러워……

달콤한 케이크를 혀로 핥고 있는 것 같은 기분에 결아는 발갛게 달뜬 얼굴로 입술을 더 벌렸다. 작은 입술이 크게 벌어지자 휘는 결아의 허리를 끌어당기며 더 깊이 혀를 밀어 넣었다.

"아음……."

혀가 엉켜들 때마다 결아의 입술에서 한숨 같은 야릇한 소리가 흘러나왔다. 휘는 그녀의 말랑한 입술이 타액으로 윤기 나게 물들 만큼 빨며 결아의 혀와 입술을 탐했다. 마치 사탕처럼 달달한 향이 그를 자극시켰다.

충동적인 행동이었지만 늘 이 입술에 키스하고 싶었다는 것이, 그 욕망을 가까스로 눌러 참았던 적이 한두 번이 아니었다는 것이 이 순간 휘의 뜨거운 머릿속으로 느껴졌다.

그가 결아를 더 자신 쪽으로 끌어당겼다. 입술에 닿은 감촉과 촉촉한 혀에서 느껴지는 짜릿한 감각에 점점 더 숨결이 거칠어지고 있었다.

"……하아."

진하게 타액을 빨아들이다가 입술을 떼어 냈을 때 결아는 몽롱한 눈동자로 휘를 바라보고 있었다. 젖은 듯 매혹적인 눈동자를 신기한 듯 응시하던 결아가 촉촉한 입술을 열었다.

"이거 꿈인데…… 꼭 진짜 같아요."

결아가 신기한 표정으로 작은 혀를 살짝 날름거리자 휘가 그녀의 젖은 입술을 엄지로 가볍게 쓸었다.

"꿈 아닌데."

휘의 말에 결아가 고개를 갸우뚱거렸다.

"꿈이 아니면…… 뭐지?"

진심으로 의아스러운 표정을 짓자 그가 매혹적인 눈빛으로 결아
를 응시하며 보드라운 뺨을 매만졌다.

"뭐겠어. 현실이지."

"어……? 이상하다……. 그럴 리가 없는데……?"

결아가 눈을 깜빡이며 미간을 좁히자 휘가 그녀의 이마를 손가
락으로 살짝 튕겼다.

"정신 차려. 이결아. 내가 지금 너에게 키스했잖아."

휘가 말한 키스라는 단어에 결아는 정신이 번쩍 들었다. 눈을
커다랗게 뜬 결아가 두 손으로 자신의 입을 가렸다.

"그, 그럼 지금 지, 진짜로 키스한……."

"키스한 거 맞아."

말도 안 돼!

결아의 얼굴이 충격으로 하얗게 질렸다.

호텔로 돌아온 결아는 침대 위에 멍하니 앉아 있었다. 자신의
입술을 손가락 끝으로 더듬자 그녀의 얼굴이 확 붉어졌다.

"꺅! 새, 생각하지 마! 생각하지 말라고! 꺄악!"

결아가 도리질 치며 침대 위로 풀썩 몸을 날렸다. 갓 잡은 날생
선처럼 침대 위에서 한참 퍼덕거리던 결아가 제풀에 지쳐 헥헥댔다.

키스라니……. 선우휘과 키스라니!

그땐 꿈이라고 생각했기 때문에 키스의 보드랍고 말랑한 감촉에 기분 좋았는데…… 그게 꿈이 아니었다는 걸 알자 정말 코뿔소 떼가 초원을 가로지르듯 심장이 쿵쿵거렸다. 귀가 먹먹하도록 요란하게 울리는 심장 소리를 들으며 결아는 침을 꿀꺽 삼켰다.

왜 키스한 걸까? 휘도 술김이었던 걸까? 현실인 걸 알고 완전히 굳어 버린 자신과 달리 휘는 평소와 별다를 것이 없어 보였다. 혹시 주사가 멀쩡한 얼굴로 아무한테나 키스를 퍼붓는 거라든가…….

"하긴 그런 술버릇이 많다고 하잖아. 술버릇이 아니라면 이유도 없고……."

그렇게 생각하니 요란하게 뛰어 대던 심장이 조금 진정이 되는 것도 같았다.

"그래. 휘도 술이 무척 약했던 거야. 그래서 와인을 마시고 나에게 키, 키스를……. 하지만 옆에 있던 게 나밖에 없으니 별수 없잖아."

자신에게 들으라는 듯 말했지만 옆방의 휘가 신경 쓰여 영 마음의 안정을 찾지 못했다. 최근 조금 친해진 지원팀 코디 언니라도 와서 같이 있으면 좀 나을 것 같아 기다리고 있는데 아직까지 깜깜무소식이었다.

— 사노라면~ 언젠가는~ 바맑은 날도 오겠지이~

벨소리가 울리자 결아는 순간 스프링처럼 침대에서 벌떡 튀어 올라 휴대폰을 낚아챘다.

"어? 정석 씨네?"

코디네이터인 혜진이 아니라 정석의 이름이 떠 있자 결아가 의문스러운 얼굴로 전화를 받았다.

"여보세요?"

— 아, 결아 씨. 지금 촬영팀이 경유지에서 비행기 연착 때문에 발이 묶였대요. 그래서 내일 아침에나 도착할 것 같아요.

"네……?"

자, 잠깐. 그 말은……?

— 일단 오늘 밤은 푹 쉬고 촬영팀 합류하면 스케줄대로 진행하면 될 거예요. 형한테도 그렇게 전해 주시고…… 뭐 그럴 일은 없겠지만 이국의 분위기에 취해서 문제 일으킬 일은 없도록 감시 좀 해 줘요.

정석의 말에 결아가 움찔했다. 이, 이국의 분위기에 취해 문제 일으킬 일이 혹시 키스라거나 그런 건……?

"아, 알았어요. 걱정 마세요."

결아는 왠지 찔리는 기분으로 후다닥 전화를 끊었다. 미안해요. 정석 씨.

"이미 뭔가 저질러 버린 것 같은데……. 하지만 휘의 주사는 정석 씨도 알고 있을 테니까. 그렇죠, 정석 씨?"

결아는 대답 없는 휴대폰을 보며 중얼중얼 혼잣말을 하다가 퍼뜩 고개를 들었다.

"아차! 휘 씨한테 전해 달랬지?"

으아, 그런데 그 남자 얼굴을 어떻게 보지……?

잠시 후, 결아는 휘의 객실 문 앞에서 8자 모양으로 춤을 추는 꿀벌처럼 같은 자리를 뱅뱅 돌고 있었다. 다행히 스태프용 룸으로 한 층을 다 예약해 둔 상태라 자신의 이상한 행동을 보는 사람은 없었다.

이내 결아가 결심한 듯 딱 멈춰 서선 객실 문에 노크하듯 손을 올렸다.

"에잇!"

그런데 호기롭게 손을 뻗어 올린 다음 순간, 그 손을 다시 슬슬 내렸다.

"히잉. 어떡하지……?"

손가락을 입술로 앙 문 채 결아가 난감한 표정을 지었다. 왜 이렇게 용기가 안 나냐구! 머릿속에 자꾸 맴도는 아까의 장면 때문에 도저히 노크를 못 하겠어. 어쩌지?

"그, 그냥 문자로 알려 줄까?"

슬그머니 자신의 객실로 몸을 돌리려던 결아는 퍼뜩 정석의 말이 떠올랐다.

"가만. 이국의 분위기에 문제 일으킬 일이라는 게 혹시…… 이 남자한테 해외만 나오면 불나방처럼 유흥가를 전전하는 버릇이 있다거나?"

결아가 진지한 얼굴로 중얼거렸다. 그래서 키스도 그렇게 쉽게 했을 수도 있잖아. 헉! 잠깐. 설마 벌써 어딘가로 나가 버린 건……!

결아는 순간 매니저 자격 실격의 위기감에 휩싸여 휘의 객실 문을 급히 두드렸다.

콩콩콩!

"……."

노크했지만 아무런 반응이 없자 결아는 얼굴에 핏기가 싸악 가셨다. 지, 진짜 나갔나 봐!

콩콩콩콩콩!

머릿속에 파리의 금발 미녀들에게 키스를 뿌리며 금단의 사랑을 나누는 휘의 모습이 두둥실 떠오르자 노크 소리가 점점 더 급박해졌다. 휘 씨! 스캔들은 안 돼요!

결아가 결박한 표정으로 문을 쾅쾅 두드리자 순간 벌컥 문이 열렸다.

"아! 있었네요? 전 또 어디 나간 줄 알았⋯⋯."

휘가 룸 안에 있었다는 사실에 안도한 얼굴로 말하던 결아가 흠칫거렸다. 눈앞에는 타월만 허리에 감고 물에 젖은 상체를 고스란히 드러낸 휘가 서 있었다.

결아는 자신도 모르게 숨을 들이켰다. 전에도 분명 본 적이 있었지만 남자다운 넓은 어깨와 꾸준한 운동으로 다져진 탄탄한 근육질 상체는 그때와는 전혀 다른 강도로 다가왔다.

결아가 놀란 눈으로 올려다보자 휘가 인상을 쓰고 있었다.

"문 부수겠네. 무슨 일이야?"

휘의 수려한 얼굴 위로 젖은 머리카락이 흐트러져 내려왔다. 거기에서 물이 똑똑 떨어져 단단한 가슴 근육과 식스팩 복근 사이, 갈라진 틈으로 흘러 내려갔다. 마치 무언가 격한 운동(?) 뒤에 땀에 젖은 남자의 모습을 상상하게 만들어 결아의 얼굴이 확 붉어졌다.

"아니, 저기, 정석, 정석 씨한테서 전화가 왔는데 휘 씨가 밤의 불나방이 되어 금발의 여자들과 뒹굴⋯⋯."

"뭐?"

휘가 인상을 쓰자 결아의 얼굴이 더욱 시뻘게졌다. 아차! 그건 내 상상이지!

"그, 그게 아니라! 그⋯⋯ 아! 촬영팀! 촬영팀이랑 회사 직원들

이 비행기 연착 때문에 내일 아침에나 도착한대요. 그걸 전해 주라
고 해서…….”

“그건 이미 들었어.”

“아…… 그래요? 죄송해요. 씻는 중이셨던 것 같은데 방해해
서……. 그럼 푹 쉬세요.”

결아가 고개를 푹 숙이고 얼른 돌아섰다. 그때 휘가 그녀의 손
을 잡고 몸을 빙글 돌려세웠다.

“어…….”

결아의 동그란 눈이 휘와 마주친 순간, 그가 결아를 룸 안으로
끌어당겼다. 그리고 문이 닫혔다. 닫힌 문 안, 그의 커다란 손에
잡혀 있는 결아와 휘가 정적 속에 서 있었다.

“…….”

이게 무슨 상황이지? 헐벗은 휘의 탄탄한 근육질 상체에 갇힌
결아가 눈을 둥그렇게 떴다. 그러니까 지금 이건, 허리에 타월 한
장 걸친 남자가 지금 자기 룸 안으로 끌어당긴…… 상황?

결아의 머릿속이 패닉으로 빠져드는데 그때 휘가 손을 놨다. 그
가 물에 젖은 머리칼을 관능적으로 쓸어 넘기자 보기 좋은 단정한
이마가 드러나 조각 같은 얼굴의 잘생김을 더욱 돋보이게 해 주고
있었다.

……뭐지 이건? 미남계로 내 정신을 더 혼미하게 만들 심산인
가?

결아가 아득해지는 정신을 다잡으려는데 휘가 말했다.

“머리 말리고 올 테니까 저기서 기다려.”

휘가 가리킨 곳을 바라본 결아가 움찔했다.

“치, 침대요?”

"그 옆에 소파."

휘가 무슨 소리냐는 듯 눈썹을 휘어 올리자 결아가 발갛게 변한 얼굴로 빠르게 고개를 끄덕였다.

"아, 네! 소파요. 그런데 무슨 일로……."

결아가 욕실로 향하는 휘를 바라보자 느슨하게 타월이 감긴 남성적인 골반과 대둔근이 눈에 딱 들어왔다. 숨을 삼킨 결아가 휘가 몸을 돌리기 전 얼른 고개를 숙였다.

으아, 어쩌지?

급작스러운 키스 때문인지 저 남자의 페로몬 풀풀 풍기는 탄탄한 몸이 더욱 위험하게 느껴졌다. 특히 심장에.

"아직 저녁 안 먹었잖아. 배 안 고파?"

휘의 말에 결아는 정신이 번쩍 들었다. 그러고 보니 와인만 홀짝이느라 비행기에서 먹은 기내식이 마지막 식사였던 것이 생각났다. 나 좀 봐! 배우의 식사를 관리하는 것도 매니저의 역할일진대, 맡은 바 임무를 소홀히 했다는 생각에 결아는 얼른 고개를 끄덕였다.

"그렇죠! 식사해야죠. 머리 빨리 말리고 오세요."

결아가 대답하자 휘가 잠시 그대로 서서 그녀를 바라봤다.

"……금방 나올 거니까."

"네. 네."

격하게 고개를 끄덕이는 결아에게서 시선을 돌린 휘가 다시 욕실로 향했다. 멀어지는 그의 예술적 뒤태를 보던 결아가 크게 숨을 내쉬었다.

"후아……."

일단 시야에 저 위험한 몸뚱이가 사라지니 좀 살겠네. 정말 위험한 페로몬남 같으니라고. 그냥 있어도 관능의 신 같은 남자가 허구한 날 저렇게 헐벗고 다니면 세상이 무너지고 나라가 무너지고…… 응? 이건 아닌가?

"하긴. 지금은 내가 갑자기 문을 두드렸기 때문이지?"

결아는 머쓱한 얼굴로 룸 내부를 둘러봤다. 호오? 바로 옆 객실인데도 주연 배우라 그런지 자신의 룸보다 훨씬 크고 시설이 좋았다. 한 바퀴 구경하듯 훑어본 결아는 소파에서 일어나 야경이 보이는 전면 창 쪽으로 다가갔다.

"와…… 멋지다."

탁 트인 창밖으로 반짝이는 파리 시내가 한눈에 들어왔다. 결아가 넋을 잃고 아름다운 파리의 야경에 빠져 있는데 어느 순간 뒤에서 인기척이 들렸다.

"뭘 그렇게 열심히 보고 있어."

엇……. 예상치 못하게도 휘의 매력적인 중저음의 목소리가 바로 귓가에서 들려왔다. 아주 가까운 곳에서 귓가를 스치는 목소리에 결아는 뒤돌아보지 못하고 그 자리에 그대로 굳어 버렸다.

그리고 순간 뒤에서 뻗어 나온 휘의 손이 결아의 얼굴 옆을 스쳐 지나 유리벽을 탁 짚었다. 익숙한 스킨향이 코를 스치고, 등 뒤에 바짝 다가와 서 있는 휘의 존재감이 똑똑히 느껴졌다.

"……."

결아가 그 자리에 굳어 있는 사이, 휘는 뒤에서 그녀를 자신의 팔과 창 사이에 가둔 채 내려다보고 있었다.

그때 한참 동안 돌덩이처럼 굳어 있던 결아가 게처럼 슬슬슬 몸을 옆으로 움직였다. 휘는 자신의 앞에서 옆으로 점점 멀어지는 결아를 미간을 좁힌 채 내려다봤다. 연체동물처럼 흐느적거리며 휘의 팔 밖으로 탈출하듯 이동한 결아가 게걸음으로 1미터쯤 떨어지고 나서야 빙글 몸을 돌렸다.

"죄송해요. 제가 제때 식사를 잘 챙겼어야 되는데 매니저로서 마땅히 할 일도 놓치고……. 저 정말 매니저 자격이 없는 것 같아요. 지금이라도 빨리 식사하러 가요."

자연스러운 척하고 있지만 또 눈을 사시로 만들며 시선을 피하는 결아의 말에 휘의 눈초리가 예리해졌다.

"왜 피하는데."

"피, 피하지 않았어요."

강하게 거부하면서도 얼굴이 화르륵 빨개지는 결아를 휘가 가만히 내려다봤다. 그의 시선에 결아는 아주 어색하게 시선을 아래로 내리깔았다. 온몸으로 불편함을 표시하는 결아 때문에 휘가 짧게 한숨을 내쉬고 말했다.

"그래. 가야지. 가자."

휘는 몸을 돌려 성큼성큼 앞서 걸어갔다. 결아는 발그스름해진 얼굴로 크게 숨을 내쉬고는 얼른 그를 따랐다.

에펠탑이 한눈에 보이는 전망 좋은 레스토랑에 앉아 있으면서도 결아는 가시방석이었다.

이 남자가 왜 또 기분이 나빠졌지? 까칠한 표정으로 앉아 값비싼 요리를 포크로 뒤적거리는 휘를 보며 결아는 머리를 굴렸다. 조금 전 룸에서도 화가 나서 그랬던 걸까?

바로 뒤에 휘가 바짝 다가왔을 때 심장이 입 밖으로 튀어나올 뻔했다. 임시 매니저가 식사도 제대로 챙기지 않는다고 항의를 하는 것 같아 슬쩍 피해서 사과했는데……. 역시 그게 기분이 상했던 걸까?

정말 알 수 없는 남자야. 술버릇 때문에 아무 감정 없는 여자에게 키스하고…….

순간 결아는 몹시 억울한 기분이 들었다. 첫 키스를 이런 말도 안 되는 이유로 가져가 놓고 이유도 모른 채 눈치를 보고 있어야 하다니. 아무리 노예라도 이건 너무 심하잖아? 생각하다 보니 점점 억울해져 결아가 눈을 가늘게 뜨고 휘에게 물었다.

"왜 한 거예요?"

결아가 뾰족한 목소리로 묻자 한쪽 팔로 턱을 괴고 접시만 뒤적거리던 휘가 슥 시선을 올렸다.

"뭘."

"키, 키스요."

결아가 확 달아오른 얼굴로 개미만 한 목소리로 말했다. 그러자 휘의 눈썹이 날카롭게 휘어 올라갔다.

왜 키스했냐니?

휘는 점점 더 기분이 안 좋아지고 있었다. 결아에 대한 자신의 육체적인 욕망만으로도 충분히 당혹스러운데, 키스만으로 성이 안 차 호텔에서 위험한 상황으로 갈 것 같아 일부러 밖으로 빠져나왔다. 그런데 왜 키스했냐며 질타까지 받으니 자존심이 완전히 구겨지는 기분이었다. 휘는 분노를 삭이며 고개를 삐딱하게 기울였다.

"그깟 키스가 뭐 대단한 거라고."

"뭐라고요?"

결아는 기가 막힌다는 얼굴로 휘를 바라봤다.

"당신한테는 아무 일도 아닐 수 있지만 난 아녜요. 나, 난 키스가 처음이었단 말이에요!"

결아가 확 붉어진 얼굴로 말하자 휘가 인상을 썼다.

"그게 어쨌다는 거야."

휘의 냉정한 목소리에 결아가 멍한 얼굴로 그를 바라봤다.

그게 어쨌다니……. 설사 술주정에 지나지 않다 해도 이렇게 말하는 건 너무하잖아.

결아는 속상해서 눈물이 핑 돌았다. 눈물이 쏟아질 것만 같아 얼른 자리에서 일어서자 시선을 돌리고 있던 휘가 고개를 들었다.

"어디 가려고."

"호텔로 돌아갈 거예요."

"뭐?"

뾰족한 목소리로 빠르게 말한 결아가 문 쪽으로 달려가자 휘가 급히 따라 일어섰다.

"여기가 어딘지도 모르면서 어딜 가겠다고…… 어이, 기다려!"

휘가 결아를 잡으려 달려 나가는데 식당 직원이 그를 막아섰다.

『손님. 죄송하지만 계산을 하셔야 나가실 수 있습니다.』

"제길."

얼굴을 일그러뜨린 휘가 시선으로 직원 뒤를 좇았지만 이미 결아는 사라지고 없었다.

비가 쏟아지는 빌딩 밖으로 나온 결아는 낭패감을 느꼈다. 홧김에 나오긴 했는데…… 이곳은 퍼런 눈과 갈색 눈과 녹색 눈이 마구잡이로 뒤섞여 있는 낯선 곳이라는 인식이 뒤늦게 후두부를 강타했다.

게다가 욱해서 나오는 바람에 휴대폰과 우산을 고스란히 의자 위에 두고 나오다니……. 나 정말 바보인가 봐.

결아가 시무룩한 얼굴로 비 오는 파리의 밤거리를 바라봤다. 낯선 이국의 풍경에 덜컥 겁도 났지만 마음을 다잡았다.

"이제 와서 다시 올라갈 순 없잖아! 용기를 내자! 얍!"

결연하게 주먹을 움켜쥐곤 개미만 한 목소리로 기합을 넣은 결아는 수첩을 꺼내 팔랑팔랑 넘겼다.

"그러니까 호텔 주소가 여기 어디 있었는데……. 아, 여기 있다! 택시를 잡아서 여기로 가 달라고 하면 되겠지?"

결아는 비장하게 고개를 끄덕이고 도로 쪽으로 타박타박 걸어갔다. 마침 초록불이 켜진 빈 택시가 다가오자 결아는 손을 번쩍 쳐들었다.

"택시!"

휘는 엘리베이터를 타고 1층으로 내려와 정신없이 로비를 가로질렀다.

"헉, 헉……."

숨을 몰아쉬며 주변을 둘러봤지만 비가 쏟아지는 거리 어디에도 결아의 모습은 보이지 않았다. 휘는 거칠게 숨을 몰아쉬며 머리칼을 엉망으로 흐트렸다.

"그 바보가…… 휴대폰도 우산도 없이 어딜 간 거야!"

휘의 매끈한 이마가 일그러졌다.

'당신한테는 아무 일도 아닐 수 있지만 난 아녜요. 나, 난 키스가 처음이었단 말이에요!'

'그게 어쨌다는 거야.'

400

그 말은 진심은 아니었다. 자신의 감정도 혼란스러운데 왜 키스했냐며 다그치는 듯한 결아의 행동에 반항심이 들어 그런 식으로 말이 나간 것뿐이었다. 그런데 결아가 그렇게 나가 버릴 줄은 정말 몰랐다.

"외국이라는 것만으로도 그렇게 무서워하는 애가……."

그의 심장이 세차게 요동치기 시작했다. 만약 결아가 동양 여자를 노리는 질 나쁜 놈들한테 걸리기라도 한다면……. 그런 생각을 하자 태어나서 처음 느끼는 공포감에 발아래 바닥이 푹 꺼지는 느낌이 들었다. 빌어먹을.

"이결아!"

휘는 크게 소리치며 비가 퍼붓는 거리로 달려 나갔다. 제발 내 눈에 띄어라, 이결아. 비에 젖은 그의 얼굴이 핏기 없이 창백해져 갔다.

"메르시."

택시로 호텔 입구까지 온 결아는 기사에게 인사하고 긴장된 얼굴로 내렸다.

"후우……."

호텔에 도착하니 바짝 경직되어 있던 몸에 긴장이 확 풀렸다. 그리고 동시에 뿌듯함이 가슴 가득 차올랐다.

해냈다! 남들이 보기엔 별거 아닌 일일 수도 있지만, 낯선 이국 땅에서 혼자 택시를 타고 호텔로 돌아온 일은 결아에겐 무척 대견하고 뿌듯한 일이었다.

"후후. 얄밉긴 하지만 그래도 그 남자 덕분에 조금씩 성장하고 있는 게 분명해. 응."

흡족한 얼굴로 고개를 끄덕인 결아는 몸을 돌려 호텔 안으로 총총 들어갔다. 무사히 도착했다는 뿌듯함에 왜 호텔에 먼저 오게 됐는지는 이미 까마득히 잊은 상태였다.

"이상하네……."

결아는 손목시계를 보며 중얼거렸다. 벌써 두 시간이 지났는데 휘가 돌아오지 않고 있었다.

"올 시간이 훨씬 넘었는데…… 어떻게 된 거지?"

기분 나쁘다고 금발 여자들과 놀러 갔다거나 한 건……?

"에이, 설마."

결아는 작은 머리를 붕붕 저었다. 아무리 그래도 설마 그러겠어? ……아니지. 화가 나면 뭐든 제 맘대로 하는 남자잖아. 레스토랑에 갈 때부터 이미 기분이 안 좋아 보였던 데다가 내가 일방적으로 나가 버렸다고 화가 많이 났을 텐데.

결아가 급속도로 어두워진 얼굴로 침을 꼴깍 삼켰다. 아까는 휘의 말에 화가 나서 뛰쳐나왔지만, 혼자 택시 타고 호텔로 돌아오기 미션을 완수하는 동안 이미 욱한 마음은 다 사라지고 없었다. 냉정을 찾고 보니 오히려 너무 과한 행동이 아니었나 하는 생각이 슬슬 밀려들고 있는 참이었다.

"그러고 보니 그 남자, 에펠탑도 구경시켜 주고 요트도 태워 줬는데…… 내가 너무 심했나?"

곰곰이 생각해 보면 오늘 휘는 나름 다정했던 것 같다. 파리까지 와서 피곤했을 텐데 일부러 관광도 시켜 주고 말이지. 하지만 키스를 대수롭지 않게 말하는 그에게 서운했던 것도 사실인데…….

"휘도 너무했잖아. 아니, 내가 너무 심했나? 아니지. 휘가 그렇게 말 안 했으면 나도 안 그랬을 거라고. 하지만 나 역시 떳떳하진……."

혼잣말을 옹알옹알하며 갈팡질팡하던 결아는 다시 손목시계를 확인했다.

"안 되겠어. 혹시 모르니까 1층에 내려가 있자."

결아는 벌떡 일어났다. 시간이 늦어질수록 왠지 마음이 불안해졌다.

잰걸음으로 룸을 나선 그녀는 곧장 엘리베이터로 향했다.

엘리베이터를 타고 호텔 로비로 내려와 밖으로 나오자 그사이 빗발은 더 거세져 있었다. 결아는 세차게 퍼붓는 빗줄기를 보며 호텔 입구 앞에 오도카니 앉았다.

"정말 난 임시 매니저 자격 박탈감이야."

이렇게 비가 쏟아지는데 배우를 내팽개치고 혼자만 호텔로 돌아오다니. 그래 놓고 뿌듯하긴 뭘 뿌듯해? 바보 이결아. 한숨을 포옥 내쉰 결아는 걱정스러운 시선으로 굵어지는 빗줄기를 바라봤다.

"설마 무슨 일이 생긴 건 아니겠지……?"

무턱대고 달려 나간 자신을 잡으러 나오다가 미처 휘를 보지 못한 차에 치인다거나…….

"헉! 무, 무슨 무서운 생각을! 에비!"

결아가 세차게 머리를 흔들었다. 하지만 한번 떠오른 생각은 상상력이 남다른 그녀의 머릿속에서 꼬리에 꼬리를 물고 이어지고 있었다.

"으앙! 죽으면 안 돼! 휘 씨!"

상상 속에서 심폐소생술에 실패한 휘의 얼굴 위에 흰 천이 드리워지자 결아가 눈물을 왈칵 터뜨리며 벌떡 일어섰다. 당장 휘를 찾으러 나서야겠다는 생각에 계단으로 내려서려는데 빗속을 뚫고 익숙한 목소리가 들렸다.

"이결아!"

결아가 눈물이 그렁그렁한 눈으로 소리가 난 쪽을 바라봤다. 그곳엔 비에 흠뻑 젖은 휘가 결아를 향해 서 있었다.

"휘 씨……."

왈칵 안심이 된 얼굴로 결아가 그를 부르자 온몸이 비에 젖은 휘가 그녀 쪽으로 빠르게 걸어왔다. 가까워진 그의 완전히 젖은 몸을 본 결아가 걱정스러운 눈빛으로 물었다.

"왜 다 젖은 거예요? 우산은 어디다……."

성큼 다가온 휘가 팔을 뻗어 그녀를 끌어안았다. 그의 품에 안기자 비에 완전히 젖은 휘의 단단한 가슴과 복근이 고스란히 느껴졌다. 놀란 결아가 숨을 삼키는데 휘가 팔에 힘을 줘 그녀를 강하게 껴안았다.

"……바보야. 길도 모르면서 그렇게 나가 버리면 어떡해."

휘의 낮게 깔리는 처음 듣는 목소리에 결아가 당황한 얼굴로 말했다.

"죄, 죄송해요. 난 그냥……."

휘의 젖은 셔츠 아래 단단한 가슴에서 빠르게 뛰는 거친 심장 소리가 들려왔다. 휘가 크게 숨을 토해 내며 결아의 귓가에 낮게 말했다.

"네가 어떻게 됐을까 봐…… 심장이, 정말 심장이 터지는 줄 알았어."

진지한 목소리에 결아는 꼼짝도 할 수가 없었다. 그의 거친 심장 소리에 맞춰 자신의 심장 소리도 요란하게 울리고 있다는 것만

이 느껴졌다. 주변의 빗소리가 아득하게 멀어지는 기분에 눈만 깜빡이는데 휘가 그녀의 어깨를 잡고 천천히 몸을 떼어 냈다.

비에 젖은 휘의 창백한 얼굴과 짙게 가라앉은 눈동자가 바로 위에서 결아를 내려다보고 있었다.

"걱정이 돼서 미칠 것 같았다고."

굳은 얼굴로 말하는 휘에게서 진심이 느껴졌다. 그가 자신을 이렇게까지 걱정하고 있을 줄은 꿈에도 몰랐던 결아는 아무 말도 못하고 휘를 올려다봤다. 휘가 손을 뻗어 결아의 뺨을 조심스럽게 어루만졌다.

"……그러니 함부로 내 곁에서 사라지지 마."

"……네."

결아는 자신을 가만히 응시하는 짙은 눈동자에 심장이 떨려 겨우 그렇게 대답했다.

14.

눈 내리는 날에

띠리리리리리.

알람 소리에 잠에서 깬 결아는 서서히 눈을 떴다. 생소한 높은 천장에 흠칫 놀랐던 결아는 곧 이곳이 파리의 호텔이라는 걸 떠올렸다.

맞다! 어젯밤⋯⋯!

그리고 뒤이어 어젯밤에 있었던 일들이 순식간에 머릿속에 떠올랐다. 세느강에서의 키스와 빗속에서의 포옹이 2단 콤보로 연달아 떠오르자 결아는 이불을 머리끝까지 뒤집어썼다.

"꺅! 어떡해!"

이불로 온몸을 둘둘 만 결아가 침대 위를 데굴데굴 굴렀다. 어젯밤 호텔에 돌아와서도 한참을 굴러 댔는데 지치지 않고 또 비명을 지르며 굴러 대던 결아는 헉헉거리며 멈췄다.

처음이고 나발이고 어쨌든 그 키스는 아무것도 아니었다잖아!

술주정일 뿐이니까 괜찮고, 포, 포옹은…… 포옹은…….

'네가 어떻게 됐을까 봐…… 심장이, 정말 심장이 터지는 줄 알았어. 그러니 함부로 내 곁에서 사라지지 마.'

"꺄아아아아아아!"
어젯밤 귓가에 울리던 낮은 휘의 목소리가 떠오르자 애벌레같이 꿈틀거리던 이불 덩어리가 미친 듯이 퍼덕거리기 시작했다.
"꺄…… 으앗!"
결국 결아는 침대 아래로 굴러떨어졌다.
"아고고고…… 이게 무슨 짓이람."
꾸물거리며 이불 굴을 헤치고 나온 결아가 혹이 난 뒤통수를 손바닥으로 문질렀다. 그러다 머리를 문지르던 손의 움직임이 천천히 느려졌다. 두근. 두근. 두근. 휘의 그 말을 떠올린 순간부터 계속 심장이 빠르게 뛰고 있었다.
왜 그랬을까? 키스가 의미 없는 일이라고 하더라도 포옹의 이유는 도무지 모르겠다. 어젯밤에도 내내 그걸 고민하다 잠들었는데 도저히 답을 찾을 수가 없었다.
"내가 예전에 키우던 개와 닮았다더니……. 혹시 집 나간 개를 찾은 심정이었나? 떠오르는 이유라곤 그거밖에 없는데……."
그때 갑자기 들린 노크 소리에 결아가 흠칫 놀랐다. 그, 그 남자인가? 벌떡 일어선 결아가 당황한 얼굴로 이리저리 뻗쳐 있는 제 머리칼을 황급히 정리했다.
"네! 나가요."
얼른 소리친 결아가 도도도 달려가 문을 열었다.

"일어나셨……."

문을 열던 결아가 멈칫했다. 문밖에는 휘가 아닌 유라가 실내인데도 화려한 선글라스를 낀 채 생글생글 웃으며 서 있었다. 유라를 본 결아도 놀라고, 결아를 본 유라도 얼굴이 굳었다.

유라가 선글라스를 내리고 인상을 확 쓰며 다그쳤다.

"뭐야? 왜 네가 여기 있는 거야?"

"네?"

유라의 앙칼진 목소리에 결아는 영문 모를 얼굴로 눈을 깜빡였다.

"왜 휘 오빠 방에 네가 있는 거냐고!"

유라가 짜증을 팍 내자 결아가 이상하다는 표정으로 말했다.

"휘 씨 방은…… 옆방인데요."

"뭐?"

유라는 인상을 찌푸린 채로 뒤로 물러나더니 결아 방의 룸 넘버를 확인했다. 그러고는 옆방의 룸 넘버도 동시에 확인했다.

"세상에, 옆방이라니! 미쳤나 봐 정말!"

신경질을 낸 유라가 씩씩거리며 엘리베이터 쪽으로 빠르게 걸어갔다.

"응? 그냥 가네……? 휘 씨 방에 볼일 있어 온 게 아니었나? 어쨌든 참 예의 없는 사람이네."

결아는 구시렁거리며 유라의 뒷모습을 보고 있다가 휘의 룸 쪽으로 다가갔다. 문 앞에 서서 흠, 흠 헛기침을 하고 정갈하게 목을 다듬은 결아가 조심스럽게 문을 두드렸다.

"휘 씨. 아직 안 일어나셨어요?"

안에서 반응이 없자 결아가 노크를 더 하려는데 문이 열렸다. 갑자기 문이 열리자 노크하려던 결아가 깜짝 놀라 멈칫했다. 브이

넥 티셔츠와 색이 예쁜 청바지를 입고 있는 휘는 예상과 달리 잠에서 막 깬 얼굴이 아니었다.

"왜?"

휘가 평소와 다름없는 말투로 묻자 결아는 조금 당황했다. 이 남자가 오늘따라 왜 이렇게 더 반짝반짝해 보여? 안 그래도 반짝반짝 열매를 먹은 사람이!

결아는 괜히 볼이 발그레해지는 것 같아 슬쩍 고개를 숙이며 말했다.

"아, 저…… 촬영팀이 왔나 봐요. 씻고 내려가 봐야 할 것 같아서……."

"알았어. 준비할게."

"네. 준비 끝나면 알려 주세요."

휘가 대답하자 결아는 고개 숙인 채로 얼른 끄덕이고 몸을 돌렸다. 뒤에서 문이 닫히는 소리가 들리자 결아는 그제야 힐끔 돌아봤다.

"평소랑 똑같잖아……?"

휘의 태도가 평소와 전혀 다른 것이 없어 보이자 결아는 피시식 김이 빠지는 기분이었다.

"정말 잃어버린 개를 찾은 심정 같은 거였나? 나 밤새 뭐 한 거니?"

한숨을 내쉰 결아는 입술을 삐죽이고는 룸으로 들어갔다.

그 시간. 아래층에서 FD는 득달같이 달려온 유라에게 시달리고 있었다.

"왜 휘 오빠랑 매니저 방만 층을 따로 쓰는 거예요?"

"매니저만이 아니라 선우휘 개인 스태프들이 다 한 층을 쓰는 건데요."

FD의 말에 유라가 눈을 빛냈다.

"그럼 나도 같은 회사니까 휘 오빠 옆방으로 옮겨 줘요."

"아, 그건 안 돼요. 휘 씨가 개인 스태프 외엔 같은 층에 들이지 말라고 했거든요."

"그런 게 어디 있어요!"

유라가 소리를 빽 지르자 FD가 난감한 얼굴로 말했다.

"그건 내가 어쩔 수 없는 거니까 나한테 말해 봐야 소용없어요. 그럼……."

난색을 표하며 슬슬 사라지는 FD를 유라가 씩씩거리며 째려봤다.

"아악! 짜증 나!"

유라가 짜증을 내며 발을 동동 굴렀다.

이게 다 저 노예 계집애의 농간이야! 바로 옆방에서 오빠를 어떻게 해 보겠다는 계획이 있는 게 분명해! 그 여자가 순진한 척 아무것도 모르는 척 휘의 곁에서 노예니 뭐니 하며 시키는 대로 다 하는 것을 생각하니 화가 치밀었다. 저런 식으로 길들여선 휘를 자기 것으로 만들 셈이 분명하니까.

방법을…… 방법을 찾아야 돼.

유라의 눈이 표독스럽게 떠졌다.

촬영팀이 도착하고 본격적인 해외 로케가 시작되자 결아는 휘와 둘만 있을 시간이 없을 정도로 바빠졌다.

세느강 다리 위에서 연기 중인 휘를 보며 결아는 복잡한 심경이었다. 혹시 어색해질지 모른다고 생각했는데 다행이지 뭐.

하지만 다행이라고 생각하면서도 왠지 마음 한구석에 서운함이 생겼다. 휘는 전혀 태도의 어색함을 찾을 수 없을 정도로 자연스러웠는데 그게 그날 일을 전혀 진지하게 생각하고 있지 않다는 방증 같아서 마음이 자꾸만 우울해졌다.

"아니야. 잘된 거야. 잘된 거지 뭐. 우울할 거 뭐 있어. 괜찮아!"

괜히 크게 옹알거려 본 결아가 잠시 햇빛을 피하려 대기 장소로 쓰고 있는 버스 안으로 들어갔다.

버스 안에는 유라와 몇몇의 조연 여배우들이 앉아 수다를 떨고 있었다. 여기 있으면 방해가 될 것 같아 다시 나가려는데 뒤에서 유라의 목소리가 들렸다.

"마침 잘 왔어."

유라의 말에 결아가 의아한 얼굴로 돌아봤다. 주변을 둘러봤지만 지금 버스에 들어온 사람은 자신밖에 없었다. 유라가 팔짱을 끼고 의자에 몸을 기대며 명령하듯 말했다.

"여기 좀 치울래?"

과일 껍데기들과 음료수병들로 어질러진 바닥을 유라가 턱짓으로 가리켰다.

"제가요?"

결아가 되묻자 유라가 오만한 얼굴로 생글거렸다.

"너 임시 매니저라며. 정식 매니저도 아니면서 촬영장 기웃거리려면 이 정도 일은 해야지 않겠어?"

유라가 꼰 다리를 까닥거리며 노래하듯 말했다.

"안 그래도 오빠가 노예처럼 부려 먹고 있는 걸로 아는데. 이 정도는 쉽잖아. 그렇지?"

"……."

마치 노예라는 약점을 잡고 있다는 듯 말하는 유라를 결아가 말없이 쳐다봤다. 평소 휘 옆에 붙어 있는 결아를 탐탁지 않게 봤던 여자들은 인상을 찌푸리고 결아를 위아래로 훑어봤다.

"임시였어? 어쩐지 매니저치고는 너무 어리다 했다. 근데 노예같이 부리면 시키는 건 다 할 거 아니야. 막 이상한 거 하고 그런 거 아니야?"

"어머, 너무 싫어."

혐오스럽다는 듯 여자들이 인상을 찡그리자 유라가 입술 끝을 비틀어 올리며 말했다.

"설마. 휘 오빠가 저런 애한테 그러겠어?"

"하긴. 휘가 그럴 리가 없겠지."

굳은 듯이 가만히 서 있는 결아를 유라가 날카롭게 쳐다봤다.

"뭐 해? 빨리 안 치우고."

"……."

말없이 서 있던 결아가 유라 쪽으로 다가갔다. 다리를 꼬고 있는 유라 옆에 몸을 숙여 과일 껍질을 집어 들자 유라가 니까짓 게 그럼 그렇지, 하는 얼굴로 피식 웃었다. 그런데 다음 순간 결아는 주워 든 과일 껍질을 유라의 하얀 허벅지 위로 우수수 떨어뜨렸다.

"야! 뭐 하는 거야?!"

유라가 앙칼지게 소리치자 결아가 생긋 웃으며 말했다.

"자기가 어지른 건 자기가 치우는 거예요. 그건 유치원 꼬맹이들도 아는 건데."

"뭐, 뭐라고? 얘 뭐라는 거야? 너 미쳤어?"

사나워지는 목소리를 무시한 결아가 빙글 몸을 돌려 문 쪽으로 걸어갔다.

"야! 거기 안 서?!"

유라가 벌떡 일어나 소리치자 결아가 그 자리에 우뚝 멈춰 섰다. 그리고 서서히 다시 몸을 돌리더니 유라를 똑바로 바라봤다.

"전 선우휘 씨의 임시 매니저지 모든 사람들의 매니저는 아니거든요. 멋대로 착각하지 말아 주셨으면 하네요."

"뭐, 뭐……."

늘 시키는 대로만 하는 소심한 모습만 봐 오던 유라의 얼굴이 새빨갛게 달아올랐다. 그런 유라와 시선을 맞추고 있던 결아는 그대로 버스를 빠져나갔다.

"저게 진짜! 가만 안 둘 거야, 너!"

유라의 히스테릭한 목소리가 버스 안에 쩌렁쩌렁하게 울렸다.

버스 밖으로 나온 결아는 힘차게 걷다가 아무도 없는 주차장의 차량들 사이로 슥 기어 들어갔다.

"후, 후아…… 심장이야."

다리가 떨려 그 자리에 쪼그려 앉은 결아가 숨을 크게 토해 냈다. 유라 앞에선 당당하게 말했지만, 실은 심장이 펄떡거리고 손에 땀이 날 정도로 긴장이 됐었다.

"그 여자 서슬에 쫄아서 나도 모르게 쓰레기를 주워 줄 뻔했잖아. 휴……."

그래도 그 순간 그건 아니라는 걸 알았다. 아무리 생각해도 유라의 요구는 불합리한 거였으니까. 내가 무슨 잘못을 했다고 남의 쓰레기나 주워 줘야 하는가. 설사 그 자리에서 노예 계약이 탄로

난다고 해도 그건 아닌 거였다.

"잘했어. 암, 잘한 거야."

결아가 두 주먹을 불끈 쥐었다. 남이 불합리한 일을 겪는 걸 보면 자신도 모르게 용기가 불끈 나서 나서게 되는 일은 가끔 있었다. 하지만 자신에게 가해진 불합리에 제대로 표현한 건 처음이었다. 그 사실이 신기해 결아는 방금 전의 상황을 다시 떠올려 봤다. 붉으락푸르락해지는 유라의 표정이 생각나 왠지 뿌듯함이 가슴 전체에 차올랐다.

"그래. 나도 하면 되잖아! 앞으로도 잘할 수 있어! 아자!"

결아가 다짐하듯 고개를 주억거리고 있는데 전화벨이 울렸다.

아차, 휘다!

결아는 퍼뜩 놀라 얼른 전화를 받았다.

"네!"

— 어디로 사라진 거야? 보고 없이 사라지지 말라고 했을 텐데.

"근방이에요. 금방 갈게요!"

결아는 전화를 끊고 벌떡 일어났다. 차들 사이를 빠져나오다가 잠시 멈춰 서서 손에 든 휴대폰을 바라봤다. 역시 이런 변화를 준 데는 휘의 역할이 큰 것 같다는 생각이 들었다.

"당신과 함께하면서…… 나도 참 많이 변한 것 같네요."

입가에 살포시 미소를 지은 결아가 몸을 돌려 촬영장 쪽으로 달려갔다.

저녁 식사 후 결아는 호텔 1층 카페에서 휘와 나란히 앉아 차를 마셨다. 호록호록 차를 마시는 결아를 가만히 응시하던 휘가 그녀에게 물었다.

"아까 어디 갔던 거야?"

카페 벽에 진열된 프로방스풍 앤티크 찻잔 무늬에 빠져 있던 결아가 휘를 바라봤다.

"네?"

휘는 긴 다리를 꼰 채 찻잔을 들고 모델처럼 앉아선 예리한 시선으로 결아를 보고 있었다. 휘의 시선에 결아는 의아스러운 눈빛을 빛냈다. 저 남자가 왜 또 저렇게 보지?

"촬영 중간에 사라졌었잖아. 너."

"아아, 그때요? 그냥 잠깐 햇빛 좀 피하려고요."

결아가 말하자 휘가 눈을 예리하게 떴다.

"햇빛? 외국 남자 구경하던 게 아니고?"

"네에? 제가요?"

결아가 어리둥절한 얼굴로 되묻자 휘의 눈이 더욱 가늘어졌다.

"조금 전에도 한참 구경하고 있던데. 저기 저 남자."

휘가 턱으로 가리킨 곳을 바라보니 앤티크 찻잔이 진열된 선반 앞에 금발의 백인 남자가 앉아 있었다.

"저 사람을요? 아닌데요……?"

"거짓말하지 마. 아까부터 네 시선이 끊임없이 저 남자에게 닿았던 거 다 봤으니까."

휘의 싸늘한 눈빛에 결아는 자신의 억울함을 주장했다.

"저 진짜 안 봤어요!"

"퍼런 눈이 무섭니 어쩌니 하더니, 그새 퍼런 눈의 남자가 좋아진 거냐?"

"정말 아니라니까요? 사람 말 안 들어요?"

"내가 똑똑히 봤다니까."

"아휴, 답답해라. 전 그냥 저기 있는 찻잔이 귀여워서 봤을 뿐이에요."

"핑계 좋다?"

"아, 정말……."

아무래도 이 남자는 자신의 말을 들어 줄 생각이 전혀 없는 모양이었다. 괜히 틱틱거리는 휘를 보면서 결아가 억울한 표정을 짓고 있는데, 마침 카페에 들어오던 유라 일행이 그들을 발견했다.

"저기 휘 씨랑 아까 걔 맞지?"

"왜 항상 저 둘만 같이 있는 거야? 다른 스태프들도 있으면서."

숙덕거리는 여자들 사이에서 유라가 서슬 퍼런 시선으로 결아를 노려봤다. 그러고는 곧장 휘와 결아 쪽으로 다가갔다.

"휘 오빠!"

자신을 부르는 소리에 휘가 고개를 들었다. 테이블 앞에 선 유라는 결아를 한 번 째려보고는 휘에게 애교를 부렸다.

"저녁 같이 먹자고 하려 했는데 사라져서 한참 찾았잖아. 여기서 뭐 하고 있어?"

"보다시피 차 마시고 있는데."

휘가 무심하게 말하자 유라는 그의 옆자리에 얼른 앉았다.

"차 마시고 올라가려고? 그럼 나도 같이 마실래."

유라가 멋대로 의자를 빼내 앉자 휘가 곧바로 일어섰다.

"올라가려던 참이었으니까 넌 마시고 올라가라."

"어? 오빠!"

자신이 앉자마자 휘가 일어서서 결아를 데리고 가 버리자 유라가 자존심이 상한 얼굴로 입술을 깨물었다.

분해……!

유라의 날카로운 시선이 휘의 뒤를 따라가는 결아에게 박혔다. 휘에게 자존심이 상하면 상할수록 그의 옆에 착 달라붙어 있는 결아가 눈엣가시로 보였다.

노예라는 이유로 쟤만 옆에 둔다니, 말이 돼? 난 왜 안 되는데!

유라의 커다란 눈동자가 질투로 활활 타올랐다.

에펠탑을 배경으로 파리에서의 마지막 씬을 위해 촬영 준비가 분주했다. 이 씬은 드라마 후반 촬영분이지만 해외 로케 스케줄상 먼저 찍게 됐다. 경호원들이 통제를 하고 있음에도 휘를 알아본 한국인 관광객들이 꺅꺅 소리를 질러 댔다.

"우와! 저기 선우휘다! 대박, 대박, 완전 대박!"

"휘 이번에 새로 들어간다는 드라마 촬영하는 건가 봐!"

"딱 맞춰 오다니 우리 운 진짜 좋다! 그치?"

"어쩜 좋아. 완전 멋있어……. 실물 영롱한 거 봐. 얼굴은 주먹만 하고, 완전 비율 깡패잖아?"

휘는 점차 몰려드는 사람들의 목소리에도 신경 쓰지 않는 듯 대본만 노려보고 있었다. 눈썹 사이를 바짝 좁힌 채 무서운 얼굴로 집중하고 있는 휘 옆에서 결아는 오도카니 앉아 있었다. 힐끔거리며 휘를 쳐다보던 결아가 고개를 갸웃거렸다.

잘 안 외워지나?

아까부터 같은 장만 읽고 있는 휘를 보니 또 몰입이 안 되는 모

양이었다. 휘는 평소엔 대본을 술술 외우면서 본인이 의문을 가지
게 되는 장면에선 영 진도가 나가지 않았으니까. 익히 봐 오던 패
턴에 결아가 슬쩍 다가가 물었다.

"저…… 어디가 이상해요?"

결아의 목소리에 휘가 인상을 쓴 채 고개를 들었다.

"대사 쳐 봐."

"아, 네."

결아가 익숙하게 몸을 가까이 붙이고 대본에 고개를 숙였다. 찰
랑. 바로 옆에서 흔들리는 그녀의 머리칼에서 달콤한 향기가 퍼져
나왔다. 순간 휘가 숨을 삼키는데 결아가 머리칼을 귀 뒤로 넘기며
의욕에 찬 눈빛으로 물었다.

"어디부터요?"

또 각성 모드로 돌변한 것인지 다른 사람처럼 눈을 반짝이는 결
아를 내려다보던 휘가 대본을 손가락으로 가리켰다.

"……여기부터."

휘가 가리킨 부분을 눈으로 스캔한 결아가 숨을 훅 들이켜더니
입을 열었다.

"왜 내가 여기 올 거라 생각했어요?"

휘는 순간 가만히 결아를 내려다봤다. 그러자 그의 대사를 기다
리고 있던 결아가 의아스럽게 고개를 들었다.

"대사 안 해요?"

"너 연기 늘었다? 잘하는데?"

휘가 갑자기 칭찬하자 결아는 뺨을 발갛게 물들이곤 부끄러운
듯 말했다.

"어, 얼른 대사나 해요."

휘는 그런 결아가 귀엽다는 듯 입술 끝을 휘어 올리고는 대본을
바라봤다.

"네가 그랬었지. 도망간다면 절대 내가 찾지 못할 곳으로 갈 거
라고. 그런데 이렇게 단번에 찾아낼 만한 곳으로 온 건 나에게 잡
아 달라는 의미 아니야?"

다시 대본에 집중한 결아는 파르르 떨리는 섬세한 동공 연기까
지 펼치고 있었다.

"하아."

한 템포 쉬고 깊이 한숨을 내쉰 결아가 말했다.

"아니에요. 난 당신이 날 잡을 생각이었던 것도 몰랐고 이렇게
찾아올 줄도 몰랐어요."

그때 마침 그곳을 지나치던 준영이 멈칫했다. 고개를 돌리니 휘
와 앉아 있는 여자가 보였다.

"이곳도…… 당신이 기억해 낼 만한 가치가 있는 곳일 줄은 정
말, 몰랐어요."

대사가 귀에 쏙쏙 들어오는 명료한 목소리에 준영이 눈을 가늘
게 뜨고 소리가 들리는 쪽으로 더 가까이 다가갔다.

휘가 미간을 좁힌 채 대본을 툭툭 쳤다.

"넌 이게 이해가 되냐?"

"네? 뭐가요?"

진지한 표정으로 대본에 몰두해 있던 결아가 휘의 질문에 고개
를 들었다.

"에펠탑에서 키스……까지 했잖아. 그런데 기억을 못 하고 있으
리라 말하는 게 말이 돼? 강도욱 성격에 여자에게 쉽게 키스할 리
도 없고."

에펠탑에서의 키스. 자신이 뱉은 말에 어떤 장면 하나가 자동적으로 떠올라 휘는 잠시 말을 끊었지만, 결아는 몹시 진지한 얼굴로 대본만 보고 있었다.

"희경 입장에서 생각하면 충분히 그럴 수 있죠. 여기 앞 12화분에서 도욱이 희경에게 한 말을 보세요. '너란 여자가 나에게 조금의 영향력이라도 미칠 수 있다고 생각해?' 하면서 이죽거리잖아요. 키스한 건 도욱인데."

"그 말을 할 때의 도욱 심경은 그럴 만하잖아. 형에게 미안한 마음과 자신으로 인해 집안이 파멸로 치닫는 죄책감이 크게 자리 잡은 상황이니까."

"희경은 안 그랬을 거 같아요? 그렇게 따지면 희경은 더하죠. 복수를 위해 이 불구덩이로 온몸을 내던졌는데 하필 그 집 아들을, 그것도 자신의 남편이 될 남자의 동생을 사랑하게 됐으니 얼마나 힘들겠어요?"

"그 리스크는 도욱에게도 있어."

"희경은 그래서 도욱의 키스에 완전히 흔들렸던 거라구요. 그런데 그런 희경이 확인하려 했던 마음을 박살 낸 건 도욱이에요."

"여기 어디 희경의 그런 심리가 있다고?"

휘가 말도 안 된다는 듯 코웃음을 치자 결아가 눈을 번뜩이며 대본 뭉치를 파라락 넘겨 댔다.

"봐요. 여기 씬36, 씬44, 씬51! 여기서의 지문들은 다 희경의 이런 심리를 표정 연기에 녹여 내라는 주문이잖아요."

조금 떨어진 위치에서 둘의 대화를 듣고 있던 준영의 눈이 의외라는 듯 빛났다.

흐응, 제법인데.

역을 맡고 있는 여배우도 파악 못 한 자신이 깔아 둔 심리 복선을 결아가 정확히 짚어 내고 있었다. 솔직히 이걸 알아챌 수 있는 사람이 있을 거라고는 생각하지 못했는데 의외였다.

준영이 뒤에서 듣고 있는 줄은 꿈에도 모른 채 결아와 휘는 대본을 휘둘러 가며 격렬 토론을 이어 갔다.

"그런 게 도대체 어디서 느껴진다는 거야? 너 대본이랑 텔레파시라도 하나?"

"제 말이 맞다구요! 그 모든 조건이 성립되지 않으면 희경이라는 캐릭터는 그저 악랄하고 남자한테 약한 여자밖에 안 되는데 감독님이 그런 시나리오를 쓰실 리가 없잖아요."

결아의 말에 휘의 눈썹이 사납게 꿈틀거렸다.

"너 또 장 감독 편드냐?"

"이게 어떻게 편드는 거예요? 시나리오는 시나리오로만 봐야죠!"

티격태격 한참 토론을 이어 가는데 조연출의 말이 들렸다.

"촬영 들어갑니다! 배우분들 준비해 주세요!"

휘가 손가락으로 탁탁 치던 대본을 들고 일어섰다. 그러고는 눈을 가늘게 뜨고 결아를 내려다봤다.

"네 말 납득 못 하겠으니까, 나머지 촬영 끝나고 하자."

"바라던 바예요. 얼른 촬영하고 오세요."

시근덕거리며 대답한 결아가 기분 나쁜 듯 성큼성큼 걸어가는 휘의 뒷모습을 뱁새눈을 뜨고 응시했다.

"나 참. 주연 배우가 대본 파악도 못 해서야 되겠어?"

결아가 팔짱을 척 끼고 구시렁거리다가 푸우— 하고 웃음을 터뜨렸다. 처음에는 휘만 봐도 쩔쩔맸는데 이런 식으로 자기주장을

421

하게 되고, 휘도 그것을 자연스럽게 받아들여 준다는 것이 왠지 기분 좋았다.

진정한 나를 유일하게 끄집어내 주는 사람이랄까……?

"하아."

결아는 한숨을 내쉬며 두근두근 뛰고 있는 심장 부근을 손으로 지그시 눌렀다. 사실은 내내 떨린다. 이런 식으로 투닥거리듯 대화를 하고 있을 때도, 방금 전 연기가 늘었다며 지그시 자신을 내려다볼 때도…… 입술 끝을 멋들어지게 말아 올릴 때도.

"정말…… 미쳤나 봐."

결아가 발그레 물든 얼굴로 다시 포옥 한숨을 내쉬었다. 온몸에 알 수 없는 미열이 돌고 있었다. 키스의 여파인지 그 비 오는 밤의 포옹의 여파인지 정확한 건 모르겠지만, 그 일을 계기로 자신의 내부에선 휘에게 반응하는 센서가 지금까지와는 전혀 다른 모드로 켜지고 있었다.

♡ ♥ ♡

스키장 촬영을 위해 프랑스에서 뉴질랜드로 이동했다. 이번엔 전 촬영팀이 함께 움직여서 그런지 결아는 휘와 둘만 파리에 올 때보다는 긴장이 덜 됐다.

"며칠 있었다고 그새 퍼런 눈에 적응이 됐나? 어쨌든 이런 발전, 좋은 일이야."

예약된 리조트에 들어선 결아가 스스로 흡족하게 고개를 끄덕이고 있다가 멈칫했다. 휘가 옆에서 못마땅한 눈빛으로 자신을 내려다보고 있었기 때문이다.

"왜요?"

결아가 의문스러운 얼굴로 묻자 휘가 인상을 쓴 채 고개를 홱 돌렸다.

"아무것도 아니야."

그새 적응하다니. 파리에 갈 때 자신의 뒤에 숨어서 벌벌 떨던 모습에서 벗어나 태연한 태도를 보여 주는 결아에게 휘는 내심 실망스러웠다. 좀 더 공포에 질려 자신에게 달라붙어 있었더라면…….

그런 휘의 생각을 알 리 없는 결아는 눈을 반짝이며 주변을 둘러봤다.

"뉴질랜드는 프랑스와 또 완전히 다른 분위기네요."

"다른 나라니까 당연하잖아."

휘가 시니컬하게 대답하는데 혜진이 요란하게 결아에게 다가왔다.

"너무 좋다! 그치?"

"아, 네. 언니."

흥분된 얼굴의 혜진을 보며 결아가 대답했다.

"난 사실 파리는 몇 번 가 본 적이 있어서 뉴질랜드가 더 기대됐거든."

"그랬어요?"

"응. 뭐 일 때문에 온 거긴 하지만……. 그래도 좋은 건 좋은 거지. 하하. 결아 넌 어디가 더 기대됐어?"

"전 파리가 더……."

"그랬어? 촬영 때문에 바빠서 구경도 못 해서 어째? 아! 그러고 보니 너 파리에 하루 일찍 도착했었지?"

혜진의 말에 결아와 휘가 동시에 굳었다. 그걸 전혀 눈치채지 못한 혜진이 해맑게 웃으며 말했다.

"하루지만 그날 파리 구경 좀 했어?"

"아, 아뇨. 따, 딱히……."

마치 찔리는 것이 있는 사람처럼 결아가 당황해 했는데도 둔한 혜진은 아무런 의심이 없었다.

"그래? 아깝게! 에펠탑이라도 보지 그랬어?"

에펠탑이라는 소리에 결아와 휘의 어깨가 동시에 눈에 띄게 움찔거렸다. 하지만 이번에도 눈치채지 못한 혜진이 몸을 돌리며 소리쳤다.

"지선 씨! 그 짐 거기에 두면 섞여! 그럼 이따 봐, 결아 씨!"

"네, 네!"

혜진이 스태프 쪽으로 달려가자 아주 어색한 목소리로 대답한 결아가 꿀꺽 침을 삼켰다.

왠지 옆을 볼 수가…….

머릿속에 가득 떠오른 그날의 영상에 심장이 제멋대로 쿵쾅거리고 있었다. 방금 혜진의 말로 휘도 그날의 일이 떠올랐을 거였다. 그렇게 생각하니 도저히 고개를 돌릴 수가 없었다. 으으, 어쩌지?

그때 휘가 먼저 엘리베이터 쪽으로 걸음을 옮겼다.

"올라가자."

"아, 네!"

휘가 앞서가자 결아도 표정을 정비하고는 얼른 그의 뒤를 따라갔다.

♡ ♥ ♡

빠듯한 일정상 도착하자마자 급히 촬영 준비에 들어가서 밤늦게까지 스키장 씬 촬영이 이어졌다. 9월에 스키장이라니. 결아는 눈앞에 새하얗게 펼쳐진 설원을 보면서도 신기한 기분이었다.

"반사판 너무 들어왔어. 다시."

"아, 죄송합니다."

결아는 다시 재촬영 채비에 들어간 휘를 바라봤다. 따뜻한 파리에 있다가 추운 뉴질랜드 남섬으로 이동해서 쉴 틈 없이 촬영 중인 휘를 보고 있자니 안쓰러운 생각도 들었다.

휘 성격상 싫은 소리 할 만도 한데 의외로 조용하네?

파리에 있는 동안도 촬영이 끝나고 룸에서 틈틈이 대본 연습을 할 만큼 휘는 열심이었다. 그리고 몰랐는데, 스키 타는 장면을 찍을 때 보니 이 남자 스키도 꽤 수준급으로 탔다.

"스키복은 잘못 입으면 우주복 입은 것처럼 보이는데 이것마저 소화하다니……. 정말 대단한 남자라니까."

고개를 절레절레 젓는 결아는 휘 옆에 있는 준영에게 시선을 옮겼다. 준영은 촬영에 들어가면 집중력이 대단했다. 저렇게 마른 몸에서 어떻게 저런 에너지가 나오는지 신기할 정도로…….

응? 근데 왜 저러지?

준영이 인상을 찌푸리고 계속 하늘만 쳐다보고 있었다.

"오다 말다 진짜……."

짜증스럽게 중얼거리는 준영을 보고 있던 결아 옆의 스태프가 말했다.

"장면씩 끊어 찍는데 이어지는 장면에서 눈이 오다 말다 하면

425

낭패긴 하지."

아아, 그래서 그런 거구나. 결아도 수긍하며 하늘을 보고 있는데 촬영이 끊어진 틈을 타 휘가 그녀 쪽으로 다가왔다. 그걸 본 결아가 보온병을 꺼내 얼른 일어났다.

"춥죠? 핫팩 더 꺼낼까요? 일단 이걸로 몸 좀 녹이세요."

결아가 식을세라 품속에 품고 있던 따뜻한 손난로를 꺼내 휘에게 전해 줬다. 그러고는 보온병을 열어 얼른 뜨거운 차를 따랐다.

"여기…… 응?"

차를 내밀던 결아는 갑자기 자신의 볼에 와 닿는 따스한 온기에 둥그런 눈을 깜빡이며 고개를 들었다. 휘가 건네받은 손난로를 결아의 볼에 갖다 댄 채 내려다보고 있었다.

"촬영 쉽게 안 끝날 것 같으니까 넌 먼저 리조트에 돌아가 있어."

"괜찮아요. 항상 대기하고 있으라고 했잖아요."

결아가 씩씩하게 말하자 휘가 고개를 살짝 숙였다.

"영하의 날씨에 너까지 떨고 있을 거 없다고."

자신만 들을 수 있게 속삭이는 듯한 말에 결아는 얼른 숨을 삼키고 말했다.

"전 괜찮다니까요. 그게 제 일……."

결아의 말을 끊고 휘가 말했다.

"내가, 신경 쓰여."

그의 진지한 목소리에 결아가 말문이 막힌 듯 휘를 올려다봤다. 머릿속으로 방금 이 남자가 한 말의 의미를 떠올리려는데 뒤에서 휘를 부르는 소리가 들렸다.

"휘 씨, 스탠바이 해 주세요!"

"네."

뒤돌아서 대답한 휘가 다시 몸을 돌려 결아의 **뺨**에 대고 있던 손난로를 그녀의 손에 쥐여 줬다.

"내 말대로 해. 스태프한테 차 태워 달라고 해서 지금 바로 들어가. 알았어?"

"아……."

"대답."

"아, 알았어요. 저 그런데 이 차는 마시고……."

대답을 들은 휘가 차는 마시지도 않고 뒤돌아서 촬영 장소로 걸어갔다. 그 뒷모습을 보고 있는 결아의 **뺨**에 후끈한 열기가 퍼졌다.

"왜, 왜 열이 오르지? 손난로 때문인가?"

달아오른 얼굴로 손난로를 만지작거리는 결아를 멀리서 유라가 이글거리는 시선으로 보고 있었다.

"으앗. 눈발이 또 거세지네."

촬영하느라 바쁜 스태프에게 부탁을 하기가 미안해서 혼자 리조트로 걸어가고 있던 결아는 난관에 봉착했다. 갑자기 앞이 보이지 않을 만큼 눈발이 거세질 줄 누가 알았겠냐고.

"차로 올 땐 몰랐는데 생각보다 거리가 있던 모양이야. 엎어지면 코 닿을 거리일 줄 알았는데……. 그런데 이렇게 눈이 많이 오면 촬영은 더 지체될 것 같은데……?"

당장 눈앞에 아무것도 안 보이는 상황인데도 결아는 휘가 있는 촬영장이 걱정이었다.

"저렇게 내내 추운 눈밭에 서 있다간 감기 걸릴지도 모르는데…… 어?"

그때 누군가의 목소리가 들려왔다. 뭐지? 잘못 들었나? 결아가 걸음을 멈추고 주변을 둘러봤다.

"……저기요!"

"네!"

이번엔 더 확연히 들린 목소리에 결아가 얼른 소리쳤다.

"저 좀 도와주세요!"

도움을 요청하는 한국인 여자의 목소리에 결아는 망설임 없이 소리가 나는 쪽으로 다가갔다.

"제가 지금 갈게요!"

우리 쪽 스태프인가? 한국말을 쓰는 걸 보니……. 캄캄한 밤인데다 눈 때문에 시야가 잘 보이지 않았다. 방향을 알 수가 없어 사방을 두리번거리며 결아가 소리쳤다.

"어느 쪽이에요? 잘 안 보이는데……."

"이쪽이요! 이쪽!"

아, 다행히 목소리가 멀지 않네. 맞게 왔나 봐. 결아가 방금 소리가 들린 쪽으로 더 다가갔다.

그때, 누군가가 등 뒤에서 결아를 힘껏 밀었다.

"……어엇!"

갑자기 뒤에서 힘껏 미는 힘에 결아의 몸이 앞으로 확 쏠리더니 발밑이 훅 꺼졌다.

서, 설마 낭떠러지?!

아찔한 생각이 들자마자 결아는 절벽 아래로 추락했다.

"꺄아악—!"

눈발이 날리는 절벽에서 추락하는 결아의 뒤로 누군가가 모습을 드러냈다. 여자의 붉은 입술엔 미소가 머금어져 있었다. 그러곤 청소를 끝냈다는 듯 장갑 낀 제 손을 털어 대며 읊조렸다.

"내가 그냥 두지 않는다고 했지?"

어디 부러져 버리면 좋을 텐데.

여자는 그렇게 생각하며 미소를 머금은 채 빙글 몸을 돌렸다.

— 뚜르르르. 뚜르르르. 지금은 전화를 받을 수 없어 소리샘……

"왜 전화를 안 받아?"

신경질적으로 전화를 끊은 휘가 한쪽 눈썹을 추켜올렸다. 촬영이 지연될 때마다 결아에게 전화를 했지만, 매번 연결이 되지 않았다.

"……들어가자마자 잠든 건가? 하긴. 해외여행이라고는 해 본 적 없는 애가 연달아 비행기를 탔으니 피곤할 법도 하겠지."

그렇게 중얼거리면서도 휘는 또 통화 버튼을 누르고 있었다.

— 지금은 전화를 받을 수 없어 소리샘으로……

"아, 진짜!"

들어가면 곧바로 문자 보내 놓으라고 말을 했어야 되는 건데!

휘가 표출하지 못하는 분노를 삭이고 있는데 롱패딩 점퍼를 뒤집어쓴 주미가 다가왔다.

"힘들죠? 이거 한 잔 드세요."

"감사합니다."

주미가 건네는 종이컵을 받아 든 휘가 고개를 까닥였다. 자신도 종이컵을 들고 휘의 옆에 앉은 주미가 말했다.

"이런 데 와서도 내내 촬영만 하느라 개인적인 대화는 한 적이 없네요."

"아아……."

휘가 대충 대답하며 손으로는 또 통화 버튼을 맴돌고 있었다. 리조트가 바로 앞에 있으니 설마 아직 안 들어간 건 아닐 거라고 생각하면서도 연락이 되지 않는다는 사실에 신경이 날카로워져 있었다.

휘의 심리를 알 리 없는 주미가 주변을 둘러보며 말했다.

"휘 씨는 늘 매니저분이랑 같이 계셔서 말을 걸기가 힘들었어요. 지금은 안 보이시네요?"

"먼저 리조트로 돌아갔습니다."

"하긴, 여긴 너무 춥죠."

작게 웃은 주미가 패딩을 여미며 휘를 바라봤다.

"휘 씨에게는 사과해야 할 것 같아요."

주미의 말에 휘가 그녀를 바라봤다.

"저에게 말입니까?"

"그냥…… 좀 휘 씨에게 편견이 있었거든요. 괜히 히트작만 나온 남배우들에게 있는 비뚤어진 편견이었는데, 휘 씨 연기를 보고 그렇지 않다는 걸 알았어요. 솔직히…… 첫날 감독님의 고의 NG 때 그만두고 가 버릴 줄 알았거든요. 이렇게 계속 남아서 좋은 연기 보여 줄 줄은 몰랐어요."

"……그 이미지는 제가 만든 것도 있을 겁니다."

대답하면서도 휘는 주미의 말이 머릿속으로 잘 들어오지 않았다. 이미 결아의 생각으로 가득 찬 그는 손가락으로 계속 휴대폰을 매만지고 있었다.

주미가 휘를 바라보며 부드럽게 웃었다.

"어쨌든 저도 영화만 주로 나오다가 드라마 하는 데 걱정이 있었는데, 제 걱정을 날려 줘서 고마워요. 오해해서 미안하고요. 그 말을 하고 싶었어요."

"괜찮습니다."

결아는 들어갔을까. 정말 잠들어 있는 걸까. 아니면…….

"아, 리조트로 돌아갈 때 조심하세요. 들어 보니까 이 근처에 크고 작은 낭떠러지도 많은 모양이더라고요."

……낭떠러지라고?

휘의 얼굴이 딱딱하게 굳더니 팔에 저절로 힘이 들어갔다. 동시에 휘의 손에서 종이컵이 구겨졌다. 그걸 본 주미의 얼굴이 의아해졌다.

"……휘 씨?"

휘가 자리에서 벌떡 일어섰다.

"차 잘 마셨습니다."

굳은 얼굴로 대충 인사를 건넨 휘가 곧장 몸을 돌려 스태프들이 몰려 있는 쪽으로 향했다. 모닥불 앞에 둘러앉아 있는 촬영 스태프들에게 다가가서 물었다.

"여기 제 매니저 리조트까지 태워 주신 분 계십니까?"

휘의 말에 촬영 스태프들은 둥그런 눈으로 서로를 바라봤다.

"여긴 없는 것 같은데, 왜요?"

"아…… 아닙니다."

휘가 몸을 돌려 리조트 쪽을 바라봤다. 물론 자고 있을 가능성이 제일 높겠지. 그런데…… 왜 이렇게 불안한 거냐. 가슴 한편이

이상하게 조여들고, 심장이 거칠게 뛰고 있었다. 알 수 없는 초조
함에 멀리 있는 리조트를 노려보고 있는데, 중요한 사실이 머릿속
을 스치고 지나갔다.

지금까지 매니저 대리를 하는 동안 그 여자는 이런 식으로 날
걱정시킨 적이 한 번도 없었다. 출발할 때, 도착했을 때 늘 보고하
듯 문자를 보냈기에 아까도 딱히 연락하라는 당부를 하지 않은 것
이다.

늘 연락하던 여자가 갑자기 연락하지 않는다?

얼굴을 딱딱하게 굳힌 휘가 빠르게 걸으며 휴대폰을 꺼냈다.

"혜진 씨. 접니다. 결아 씨와 연락이 되지 않아서 그러는데 룸
에 있는지 확인 좀 해 주세요."

— 지금이요?

"네. 당장."

— 잠시만요.

"가능하면 전화는 끊지 말고요."

— 바로 바꿔 달라는 거죠? 급한 용무인가 봐요?

"네."

휘가 초조한 눈빛으로 리조트 쪽을 바라보며 대답했다.

자다 깬 목소리 들리기만 해. 날 이렇게 걱정시킨 대가로 제대
로 한 소리 퍼부어 줄 테니까!

속으로 으르면서도 휘의 얼굴엔 걱정하는 기색이 완연했다. 얼
마 전 파리에서도 사람을 있는 대로 걱정시키더니…….

벌써 두 번째. 파리에서 결아가 레스토랑을 멋대로 뛰쳐나간 뒤
몇 시간을 찾아 헤맨 이후로 두 번째다. 이런 식으로 심장이 주체
할 수 없이 뛰어서 아무것도 할 수 없는 상태가 된 건……. 초조

함으로 목이 타들어 갈 것 같은 기분에 휘는 성마르게 목덜미를 매만졌다.

— 결아 씨. 결아 씨? 방에 있어?

노크하는 소리와 휘의 불규칙적인 심장 소리가 겹쳐졌다. 노크 소리가 길어질수록 심장의 울림이 빨라졌다. 잠시 후 혜진의 목소리가 다시 들렸다.

— 이렇게 두드려도 안 나오는 것 보니까 깊이 잠들었거나 방에 없는 모양인데요?

"알겠습니다."

전화를 끊은 휘는 곧바로 준영에게 갔다. 조연출과 모니터를 보며 상의하고 있던 준영이 휘를 보고 고개를 들었다.

"무슨 일입니까?"

"잠시 자리를 비워야 할 것 같습니다."

휘의 얼굴을 보고 있던 준영이 하늘을 슥 쳐다봤다.

"눈이 그치지 않으면 촬영 재개는 힘드니 그렇게 하시죠."

"네."

인사한 뒤에 급히 몸을 돌리는 휘를 보고 있던 조연출이 준영에게 말했다.

"선우휘, 좀 변하지 않았어요? 촬영 초기엔 영 싸가지로 굴더니."

"뭐…… 그때에 비해서는."

무감하게 말한 준영이 다시 모니터로 고개를 돌렸다.

휘는 스태프 차량을 몰고 리조트로 향했다. 이렇게 된 이상 자신의 두 눈으로 확인하기 전까진 도저히 안심이 되지 않을 것 같았다.

"어쨌든 연락이라도 되라고. 괜한 기우로 혼자 생쇼를 벌인 게 되어도 상관없으니까."

휘가 잔뜩 가라앉은 목소리로 내뱉었다.

처음엔 그렇게 생각했었다. 낯선 타국에서 갑자기 사라져 버리면 당연히 걱정되는 거라고. 그 애를 데려온 건 자신의 책임이 크니까. 그래서, 책임감 때문이라고 생각했었다.

하지만 파리의 빗길을 정신 나간 사람처럼 달리는 동안 깨달았다. 정확히는 결아에게 키스한 순간 깨달았던 것을 다시 한번 확립했다고 해야 하나.

……결아가 자신에게 어떤 의미인지.

"그런데 왜 자꾸 사람을 걱정시키는 건데."

왜 자꾸 너 때문에 아무것도 못 하게 만들어.

이를 악문 휘가 더욱 속력을 올렸다.

리조트에 도착하자 프런트에서 보조키를 받아 온 휘는 곧바로 결아가 사용하는 룸으로 향했다. 문을 열고 들어서자 아무도 없는 휑한 방이 시야에 들어왔다. 피곤해서 깊이 잠들었을 수도 있다는 일말의 가능성마저 사라져 버리자 휘의 눈에 힘이 들어갔다.

'전 괜찮다니까요. 그게 제 일…….'

'내가, 신경 쓰여. 내 말대로 해. 스태프한테 차 태워 달라고 해서 지금 바로 들어가. 알았어?'

아까 결아와 나눴던 대화가 머릿속을 어지럽게 돌았다. 휘가 딱딱하게 굳은 얼굴을 한 채 창밖으로 고개를 돌렸다. 창밖에는 아직도 거센 눈보라가 휘몰아치고 있었다.

이결아……!

주먹을 움켜쥔 그가 문을 박차고 달려 나갔다.

♡　♥　♡

아야야…… 어떻게 된 거지? 흐릿하게 정신이 든 결아가 눈을 뜨자 시야가 온통 까맸다.

"여긴 어디…… 아얏. 머리가 왜 이렇게 아프지? 게다가 추워……. 모, 몸도 안 움직이는 것 같고……."

사방이 캄캄한 데다 온몸이 욱신욱신 아프고, 제대로 움직이지도 않자 결아는 덜컥 겁이 났다. 그때 시야에 5미터 정도 높이의 절벽이 보였다. 그걸 보자 결아의 얼굴에서 싹 핏기가 가셨다.

"히익. 나 설마 저기서 떨어진 거야?"

서, 설마 나 지금 운 좋게 절벽의 엄청 아슬아슬한 난간에 걸쳐져 있는 상황이라거나……?

그런 생각을 하자 공포감으로 머리칼이 쭈뼛 곤두섰다.

무서워서 고개를 못 돌리겠어! 그런데 어쩌다 이런 상황이 된 거지? 분명 리조트로 돌아가는 길에…… 아! 그렇지! 누군가 도와달라는 목소리를 들었는데?

"근데 그 사람이 뒤에서 날 밀쳤…… 헉! 귀, 귀신?!"

설원에서 한밤중에 사람을 유인해 절벽 아래로 밀어 버리는 뉴질랜드 귀신을 만났다고 생각하니 너무 무서웠다. 용기를 내어 슬쩍 고개를 돌려 보니 다행히 주변이 전부 눈 덮인 땅이었다.

"다, 다행이다. 난간에 걸쳐져 있는 게 아니었네……. 아니, 다행이 아니지! 조금만 더 있으면 얼어 죽게 생겼다고!"

몸을 부르르 떤 결아가 주머니에 손을 넣었다. 추운 날씨 탓에 손가락에 감각이 없긴 했지만 다행히 손은 움직였다.

"휴대폰. 내 휴대폰이 어디…… 아. 있다!"

기쁨의 탄성을 지르며 점퍼 주머니에서 휴대폰을 꺼냈으나 떨어질 때의 충격 때문인지 안타깝게도 먹통이었다.

"안 돼! 이럴 수가!"

유일한 희망의 끈이 사라져 버리자 결아는 좌절했다. 온몸이 쑤시고 머리가 아픈 건 큰 문제가 되지 않는데 등과 다리 쪽에 통증이 있어 몸을 일으킬 수 없다는 게 문제였다.

"……일어날 수 있다 한들 저 높은 절벽을 기어오르는 건 무리야."

결아가 절벽 난간을 보면서 우울하게 중얼거렸다. 눈은 그쳤지만 눈 쌓인 산은 너무도 추웠다. 바닥은 그야말로 얼음장이고. 설마 이대로 온몸이 얼 때까지 여기서 하늘만 보고 있어야 된다는 소리……? 그, 그건 싫어! 현 상황이 리얼하게 체감되자 왈칵 무서움이 몰려왔다.

"사, 사람 살려! 사람 살려! 살려 주세요—!"

최대한 힘껏 외쳤지만 사방은 그저 고요했다.

"그래…… 이런 데 사람이 있을 리가 없겠지……. 운 좋게 날이 밝은 후에 누군가에게 발견이 되면 다행이지만, 그때까지 버틸 수 없으면 어쩌지?"

분명 휘가 리조트로 돌아가라고 했으니 자는 줄 알고 내일까진 연락하지 않을 텐데……. 머릿속으로 아무리 생각해도 방법이 떠오르지 않았다.

"이런 곳에서 생을 마감하게 될 줄이야. 한 번도 생각해 본 적 없었는데……."

　온몸의 감각이 점차 무뎌질수록 오히려 머릿속이 차분해졌다. 아, 머리까지 얼기 시작한 건가? 그러고 보니 조금 전부터 추위도 느껴지지 않네.

　결아는 천천히 눈을 감았다. 갑자기 졸음이 밀려들었다.

　"이렇게 되니까 오히려 마음이 평온해지네. 그래, 뭐 짧은 생이었지만 여한은 없어. 엄마 아빠랑 언니가 많이 슬퍼하겠지만, 그 외엔 딱히 슬퍼할 사람도……."

　아. 흐릿한 눈이 깜빡 떠졌다.

　"……휘."

　그 남자의 이름이 차가운 입술에서 흘러나왔다.

　휘, 그 남자도 슬퍼해 줄까? 그래도 여기 데려온 일말의 책임을 느낀다거나…… 어라? 갑자기 파리에서의 일이 생생하게 떠오르네. 이게 바로 주마등이라는 건가? 그런데 왜 하필 그때 일이 떠오르는 거야? 하고많은 날 중에……. 하긴 그날이 가장 인상 깊긴 한 것 같…….

　"……아. 결……."

　어? 이게 무슨 소리……?

　"……결아. 이결아!"

　주마등 볼 때 음성 자동 재생도 되는 건가? 왜 그 남자 목소리가 들리는 것 같지?

　"이결아!"

　후후. 저 남자 목소리를 들으면서 죽는 것도 나쁘진 않은 것 같은데? 꽤 듣기 좋은 목소리잖아. 그런데 어째 목소리가 점점 다가오는 것 같…….

"이결아!"

번쩍! 확실히 가까워진 목소리에 결아가 눈을 떴다. 아스라해지던 현실감이 갑자기 확 되살아났다.

"뭐지? 지금 목소린…… 서, 설마?"

"이결아!"

다시 한번 자신을 부르는 소리가 들리자 결아가 혼란스러운 얼굴로 남은 힘을 모조리 쥐어짜 소리쳤다.

"네, 네!"

온 힘을 쥐어짠 결아의 작은 목소리가 작게 울려 퍼졌다.

촬영팀과 구급대원에게 긴급 구조 요청을 한 뒤 리조트 근처를 수색하고 있던 휘는 어디선가 들려온 미약한 목소리에 우뚝 멈춰 섰다.

방금, 혹시?

휘는 목소리가 들린 쪽으로 방향을 틀고 설마 하는 마음에 다시 소리쳤다.

"이결아! 거기 있어?"

"저 여기…… 있어요!"

조금 전보다 확실해진 목소리에 휘의 심장이 터질 듯 뛰었다. 손전등으로 앞을 비추며 소리가 난 쪽으로 빠르게 걸어가던 휘는 흠칫 놀라 멈춰 섰다.

"제기랄, 낭떠러지?"

눈앞에 보인, 눈길이 끝나는 곳에 검은 어둠이 불길하게 입을 쩍 벌리고 있었다. 낭떠러지가 있다는 주미의 말이 떠오르자 머리칼이 쭈뼛 곤두섰다. 내내 눈밭을 헤매고 다녀 차가워진 몸이 얼음장처럼 딱딱하게 굳어 버리는 기분이었다.

"설마 떨어진 건……."

휘가 빠르게 손전등을 절벽 아래로 비췄다. 불안하게 흔들리는 불빛에 눈 위에 누워 있는 결아가 잡히는 순간, 심장이 요란한 소리를 대며 바닥으로 떨어졌다.

"너……."

휘의 얼굴이 눈처럼 창백하게 얼어붙었다.

절벽 아래에 있는 결아는 믿기 힘들다는 듯 불빛이 있는 쪽을 바라봤다.

정말…… 휘야?

이젠 끝이라고 생각한 순간 휘를 떠올리고 있었는데 정말 휘가 나타나다니. 믿기 어려웠다. 혹시 꿈인가 하는 생각이 들 만큼 현실성이 없게 느껴져 그저 바라보고 있는데 위에서 다시 목소리가 들렸다.

"움직이지 말고 거기 그대로 있어!"

"네? 아, 네!"

불빛만 보일 뿐 상대가 누군지는 알아볼 수 없었다. 하지만 목소리로 그 사람이 휘라는 걸 알 수 있었다.

휘가 들고 있던 손전등을 점퍼 안에 넣고 몸을 낮춰 절벽을 기어 내려오기 시작했다. 그걸 본 결아의 눈이 휘둥그레졌다.

"헉! 그대로 내려올 셈이에요? 위험해요! 꺄악!"

중간까지는 암벽 등반을 하듯 내려오던 휘가 거친 소리를 내며 미끄러지듯 내려오자 결아가 비명을 질렀다. 벽을 타고 길게 끌리는 소리와 함께 쿵, 하는 둔탁한 소리가 바로 옆에서 들렸다.

"크윽……."

가까이서 신음 소리가 나자 결아는 휘의 상태가 걱정됐다. 하지만 몸을 일으킬 수가 없었다.

"괘, 괜찮아요?"

대답이 없자 불안해진 결아가 다시 말했다.

"휘 씨! 괜찮아요? 혹시 다친 건……!"

그때 결아의 시야에 휘의 얼굴이 나타났다. 그가 양팔로 결아를 가두고 내려다봤다. 결아를 살피는 휘의 얼굴이 창백하게 질려 있었다.

"화났……어요?"

어둠에 익숙해져 있기 때문인지 휘의 굳은 표정이 잘 보였다. 처음 보는 무서운 얼굴에 결아가 불안하게 물었다.

"네가 지금 남 걱정 할 때야? 차 타고 가라니까 왜 사람 말을 안 듣고 이 지경이 돼. 바보같이!"

휘가 버럭 고함을 치자 결아가 당황스러운 얼굴로 사과했다.

"죄, 죄송해요."

"내가 못 발견했으면 어쩔 뻔했어! 이 날씨에 아침까지 여기 누워서 살아 있었을 것 같아!"

"죄송합……."

눈앞에서 무섭게 화를 내는 휘에게 결아는 어쩔 줄을 몰라 했다.

"……후우."

휘가 크게 숨을 내쉬고 머리를 툭 떨어뜨렸다. 그의 얼굴이 가슴 위로 떨구어지자 결아가 질끈 감고 있던 눈을 떴다.

어……?

휘가 한 손으로 얼굴을 가리고 그 자세 그대로 멈춰 있었다.

"휘…… 씨?"

의아스러운 목소리로 묻던 결아가 멈칫했다. 설마…… 떨고 있어? 휘의 손이 가늘게 떨리고 있는 것이 보이자 결아의 눈이 당황으로 흔들렸다. 이렇게 걱정했던 거였어? 나를?

"……함부로 사라지지 말라고 했잖아."

휘가 들릴 듯 말 듯 한 목소리로 말했다. 꽉 잠긴 듯 낮게 흘러나오는 목소리에 결아는 가슴이 욱신거렸다.

"그러려던 건 아닌데…… 죄송해요. 정말."

숨을 깊게 들이쉰 휘가 손을 내리고 고개를 들어 다시 결아를 살폈다.

"……어디, 다친 거야? 움직일 수 있겠어?"

"등부터 다리가 안 움직이는 것 같아요. 머리도 좀 아프고……."

휘가 미간을 좁히고 몸을 일으켰다.

"저 높이에서 떨어졌으니 당연하지. 멀쩡한 길 놔두고 왜 이리로 온 거야?"

"죄송……."

"사과하라는 거 아니야."

인상을 쓴 휘가 자신의 점퍼를 벗어 결아에게 덮어 줬다. 그러고는 눈을 맞추고 말했다.

"잠깐 기다려. 전화가 될진 모르겠지만…… 구급대원들을 이쪽으로 불러야 하니까."

"네."

결아가 얌전히 대답하자 휘가 몸을 일으켰다. 어딘가로 전화를 걸어 유창한 영어로 대화하는 휘를 결아가 몽롱한 시선으로 바라봤다.

거짓말 같아. 이제 죽는구나 하는 순간에 이 남자가 나타나다 니……. 설마 이게 죽기 전에 보여 주는 마지막 환상 같은 건 아 니겠지?

하지만 휘의 목소리는 환상치고는 현실감이 있었다. 그의 목소리를 듣고 있으니 갑자기 긴장이 풀리고 안심이 되는 기분이었다.

"네. 구급대원 쪽에 위치 전달했으니 곧 장비를 가지고 올 겁니다. 호송된 이후에 다시 상황 보고하겠습니다. 심려 끼쳐 드려 죄송합니다. ……네. 그럼."

촬영 스태프 쪽에도 보고한 뒤 전화를 끊은 휘가 머리를 쓸어올리며 결아에게 고개를 돌렸다.

"이결아!"

"……네?"

휘가 버럭 내지르는 소리에 결아가 감고 있던 눈을 깜빡 떴다.

"자지 마! 죽고 싶어? 체온 떨어진 상태에서 의식 놓으면 끝나! 정신 똑바로 차려!"

"아…… 네……."

그치만 졸린데……. 알았다고 하면서도 결아의 눈이 다시 슬슬 감기자 휘가 낮게 내뱉었다.

"안 되겠군."

"……네?"

결아가 천근만근 무거운 눈꺼풀을 다시 힘겹게 들어 올렸다. 그랬더니 눈앞에 휘의 얼굴이 바짝 다가와 있었다. 추위에 반쯤 얼어 버린 뇌로 왜 이 남자의 얼굴이 바로 앞에 있는지 생각하려는데, 자신의 입술에 휘의 입술이 닿았다.

"!"

얼어 있던 입술에 따뜻한 온기가 흘러들어 왔다. 부드럽게 녹아 드는 입술의 감각과 함께 결아는 휘가 자신에게 키스하고 있다는 놀라운 사실을 인지했다.

순간 정신이 번쩍 들었다. 얼어붙은 뇌가 녹듯 제정신이 들자 그의 입술 감촉이 더욱 선명하게 느껴졌다.

"후……."

휘가 따뜻한 입김을 불어 넣어 준 뒤 입술을 살짝 떼어 냈다.

"너."

휘가 이리저리 흔들리는 결아의 눈동자에 똑바로 시선을 맞추고 고개를 기울였다.

"……내가 키스하는데도 잠들면 가만 안 둔다."

자, 잠들 수 있을 리가 없잖아요! 꺅! 또 입술이……!

휘의 입술이 다시 다가오자 결아가 다급히 말했다.

"저 잠 다 깼어요! 정말 다 깼…… 읍."

휘는 들어 줄 생각이 없다는 듯 입술로 결아의 말을 막았다. 좀 전보다 훨씬 말랑해진 입술을 그가 지그시 물었다 났다.

꺄악! 입술을 물었어!

결아의 얼어붙은 몸에 열이 확 퍼졌다. 휘가 입술을 물었다 놓은 자리에서 짜릿한 무언가가 터지는 기분이었다. 동시에 모든 세 포가 들들 끓어오르기 시작했다.

입술을 문 채 그가 결아의 눈을 들여다보며 말했다.

"정신이 좀 드는 모양이지?"

꺅! 입술 물고 말하지 마요!

결아가 터질 듯 붉어진 얼굴로 열심히 끄덕이자 휘가 피식 웃었다.

"이제야 사람 얼굴 같네. 아까는 귀신처럼 창백하더니."

꺄악! 입술 물고 웃지 마요!

"알았으니 그만 놔주세요. 정말 정신 차렸…… 아. 지금 그 말 듣고 생각났는데 저 사실은 여기로 떨어진 게 그거 때문이에요. 아까 저기 위에서 뉴질랜드 귀신이…….."

"놔 달라더니 말 잘한다?"

"네? 아차!"

결아가 화르륵 붉어진 얼굴을 홱 돌렸다. 어? 그러고 보니 이런 방법이 있었잖아? 고개를 돌려 버리면 되는 것을! 결아가 커다란 깨달음을 얻고 스스로 놀라고 있는데, 휘가 그녀의 턱을 잡아 자신 쪽으로 척 돌렸다. 그러고는 얼굴을 또 바짝 갖다 대고는 속삭이듯 말했다.

"어리석긴. 쉽게 도망갈 수 있을 것 같아?"

으윽. 도로 원위치 되다니. 결아가 당혹스러운 표정을 짓고 있는데 휘가 물었다.

"그런데, 방금 무슨 소리야? 떨어진 이유가 뭐 때문이라고?"

"아…… 귀신이요."

"귀신?"

휘가 결아의 턱을 잡고 고정한 채 한쪽 눈썹을 휘어 올렸다.

"아까 리조트로 돌아가는 길에 누가 도와 달라고 절 부르는 거예요. 우리나라 말을 하기에 스태프 중 한 명인 줄 알고 다가갔는데, 저를 등 뒤에서 떠밀었어요."

말하면서도 오싹해지는 기분에 결아가 바짝 긴장한 얼굴로 말하자 휘가 눈을 가늘게 뜨고 되물었다.

"누가…… 뒤에서 밀었다고?"

"네. 이, 이곳에 사는 귀신이 틀림없어요. 그들이 사람을 유인해서 절벽 아래로 떨어뜨려 죽이는 거죠."

결아가 무척 진지한 얼굴로 목소리까지 낮춰 속닥거렸다.

"여긴 죽을 정도로 높은 절벽은 아닌데? 폭신하게 눈도 쌓였고."

"전 죽는 줄 알았다고요!"

결아가 휘에게 코앞에서 잡혀 있다는 것도 잊은 채 빽 소리를 지르자 그가 쿡쿡 웃었다.

"알았어, 알았어. 어쨌든 목소리에 힘이 생긴 걸 보니 정신이 든 모양이네."

이제 됐다는 듯 결아를 놔준 그가 몸을 일으켰다. 휘에게서 풀려나자 결아는 얼른 후아, 하고 숨을 내쉬었다.

아, 정말 죽는 줄 알았네. ……산소 부족으로.

결아가 남몰래 심호흡을 하며 콩콩 울리는 심장을 진정시키고 있는데 휘가 말했다.

"긴장 놓지 마. 여기서 보고 있다가 조금이라도 조는 것 같으면 바로 키스해 버릴 거니까."

"키……! 다, 다른 방법은 없어요?"

"선우휘의 키스만큼 강력한 게 어디 있다고?"

능청스럽게 말하는 휘를 보고 결아는 입을 삐끔거렸다. 으으, 분하지만 더 강한 게 떠오르지 않네. 결아가 억울한 얼굴로 휘를 보고 있다가 그의 얇은 옷차림을 보고 흠칫했다.

아, 나 때문에…….

두꺼운 패딩 점퍼를 자신에게 벗어 준 휘는 이 추위에 촬영 의상인 얇은 니트와 청바지만 걸치고 있었다.

"저기, 전 괜찮으니 옷 입으세요. 그러다 휘 씨가 동상 걸리겠……."

결아가 자신의 몸을 덮고 있는 점퍼를 넘겨주려 했지만, 손가락이 얼어 들다가 떨어뜨리고 말았다. 그걸 본 휘의 표정이 굳었다.

"바보 같으니. 손 이리 내."

휘가 결아의 두 손을 모아 잡아 자신 쪽으로 끌어당겼다. 그러고는 입술을 가까이 갖다 댔다.

"뭐, 뭘 하려는……."

휘가 두 손으로 그러쥔 결아의 꽁꽁 언 손가락에 입김을 후후 불었다. 따스한 감각이 언 손가락에 닿자 뭔가 찌릿찌릿하는 기분에 결아의 얼굴이 화끈거렸다.

"으앗. 괜찮아요!"

"이 모양인데 괜찮다는 말 한 번만 더 해 봐라."

낮게 으른 휘가 결아의 손에 다시 정성스럽게 입김을 불었다. 손가락에 온기가 조금 도는 것 같긴 했지만, 그래도 얼음장처럼 차가운 손은 쉽게 녹지 않았다. 그러자 휘가 초조한 듯 하늘을 올려다봤다.

"왜 이렇게 느린 거야! 전화한 지가 언젠데!"

휘가 화를 내는 순간 요란한 소리가 들리더니 구급환자 이송 헬기가 다가오는 것이 보였다.

"왔다……!"

결아가 하늘의 불빛을 보며 놀라운 얼굴로 소리쳤다. 그러고는 휘와 눈을 맞췄다.

"왔어요, 정말! 이제 살았다. 그쵸?"

결아가 흥분에 찬 목소리로 말하자 그 역시 안도한 얼굴로 대답했다.

"……그래."

휘가 잡고 있던 결아의 손을 더 꽉 움켜잡았다. 이 손의 주인이 자신에게 얼마나 소중한 존재인지, 그 존재를 까딱하면 잃을 수도 있었다고 생각하니 다시 공포감이 밀어닥쳤다.

괜찮아, 이제 괜찮아…….

스스로 괜찮다고 생각하면서도 불안한 심장의 동요는 쉬이 가라앉지 않았다.

"결아 씨! 아니 이게 무슨 일이에요?"

정석이 헐레벌떡 병실 안으로 들어서며 소리치자 침대 위에 누워 있던 결아의 얼굴이 확 밝아졌다.

"아! 정석 씨 마침 잘 왔어요. 제가 며칠 입원하게 돼서 휘 씨 스케줄이 걱정이었는데……."

"네? 무슨 그런 걱정을 하고 그래요. 퇴원해서 여기 도착하자마자 결아 씨 다쳤다는 소리 듣고 얼마나 놀랐는데! 절벽에서 떨어졌다는 게 정말이에요?"

정석이 걱정스럽게 묻자 결아가 손을 내저으며 웃었다.

"아유, 절벽이라기엔 민망한 높이였어요. 하하. 어디 부러진 것도 아니고 그냥 근육이 크게 놀란 거랑 접질린 정도라 걱정 안 하셔도……."

"동상 직전까지 간 애가 말은 잘한다. 너 까딱했으면 다리 잘라 내야 될 뻔한 건 아냐?"

"네? 도, 동상이요?"

휘의 말에 정석이 기겁을 하자 결아가 콧잔등을 살짝 찌푸렸다.

"심하진 않잖아요. 응급 처치도 잘됐고……. 며칠 입원하면서 상태만 보면 된다니까 전 걱정 마시고 얼른 촬영장 가 보세요. 저 때문에 지연되면……."

"촬영 걱정은 하지 말랬지."

휘가 인상을 쓰자 정석도 거들었다.

"그래요. 걱정 말고 푹 쉬어요. 어차피 여기 날씨 때문에 며칠 정도의 변동은 예상한 스케줄이었거든요. 고작 하루인데요, 뭐."

"그래도요."

결아가 고개를 살래살래 저으며 역시 신경 쓰인다는 표정을 짓자 휘가 그녀의 머리를 손으로 부스스 흩뜨렸다.

"앗. 뭐예요!"

결아가 울상을 짓고 엉망이 된 머리칼을 황급히 정리하는데 휘가 입술 끝을 부드럽게 말아 올렸다.

"그 작은 머리로 쓸데없는 생각 그만하고 쉬어."

"……치이. 알았어요."

결아가 눈썹을 시옷 자로 만들며 대답하자 휘가 쿡쿡 웃으며 병실을 나갔다. 그러자 둘의 모습을 번갈아 보던 정석이 고개를 갸웃거렸다.

응? 뭔가 분위기가 달라졌는데……?

방금 전에 아무렇지 않게 결아의 머리칼을 흩뜨려 놓는 휘의 행동도 그렇고 둘 사이에 오고 가는 말의 뉘앙스도 그렇고, 두 사람의 분위기가 뭔가 미묘하게 달라져 있었다.

"저, 결아 씨. 혹시 저 없는 동안……."

448

"유정석! 빨리 안 나오냐?"

"앗! 네, 갑니다!"

밖에서 소리치는 휘의 목소리에 정석이 결아에게 황급히 말했다.

"그럼 결아 씨 몸조리 잘하시고 나중에 봐요!"

"아, 네. 조심히 가세요."

정석이 문을 닫고 병실을 빠져나갔다. 혼자 남은 결아는 꼬물거리며 푹신한 이불 속으로 몸을 뉘였다.

"휘 덕분에 이런 호사스러운 병실에 머물 수 있는 건 고마운데…… 이국에서 병실 신세까지 지다니, 정말 별일을 다 겪게 되는구나."

요 한 달 넘는 시간 동안 본의 아니게 생사를 넘나드는 스펙터클한 경험을 연달아 하고 보니…… 이젠 무슨 일을 겪어도 그냥 그런가 보다, 할 것 같다는 생각마저 들었다.

"그래도 죽음의 문턱까지 갔던 사람들은 다들 인생이 변한다고 하잖아. 그러니 어제 일로 나도 분명 조금쯤은 더 담력이 생기지 않았을…… 헉, 어제 일 하니까 또 생각나 버렸잖아!"

입술을 지그시 물고 눈을 똑바로 바라보던 휘가 떠오르자 결아가 고개를 격렬하게 저었다.

"으아앗! 잊어! 그건 일종의 이, 인공호흡이었다고! 사람을 살리기 위한 숭고한…… 꺅! 더 생각나 버렸어! 어떡해!"

짧은 팔다리를 파닥거리던 결아가 침대 위에서 제풀에 지쳐 헥헥댔다.

'너…… 내가 키스하는데도 잠들면 가만 안 둔다.'

휘의 그 말을 떠올리자 심장이 빠르게 쿵쿵거리기 시작했다.

어쩌지……? 아아! 어떡하면 좋아! 아무리 어쩔 수 없는 상황이었다지만, 그 눈빛과 목소리와 입술의 감촉은…… 대미지가 너무 강해!

귀까지 새빨개진 결아가 손바닥으로 얼굴을 감쌌다. 휘가 쉬라고 했지만 심장의 비정상적인 쿵덕거림 때문에 아무래도 잠들기는 어려울 것 같았다.

15.
오늘 밤은 어둠이 무서워요

촬영장에 복귀한 휘의 주변으로 사람들이 떠들썩하게 몰려들었다. 그중에서 유라가 가장 먼저 호들갑을 떨었다.

"오빠 매니저 다쳤다면서? 어떡해? 크게 다친 거야?"

"네가 신경 쓸 일 아니야."

그가 잘라 말하자 유라가 서운하다는 듯 볼멘소리를 냈다.

"너무해. 오빠 일인데 왜 내가 신경 쓸 일이 아니야?"

쨍알거리는 소리가 시끄럽다는 듯 휘가 몸을 돌려 준영에게 걸어갔다.

"개인적인 일로 촬영에 지장을 줘서 죄송합니다."

휘가 깍듯하게 사과하자 준영이 힐끗 쳐다봤다.

"촬영장에서 일어난 일이 개인적인 일은 아니죠. 어차피 날씨 때문에 촬영도 못 했으니 사과할 것 없습니다."

무감하게 말한 준영이 대본으로 시선을 옮겼다가 다시 고개를 들었다.

"아, 상태는 어떻습니까?"

몸을 돌리려던 휘가 의아스러운 얼굴로 준영을 바라봤다. 그러자 준영이 휘와 똑바로 시선을 맞추고 말했다.

"이결아 씨 상태 말입니다. 입원까지 했으면 꽤 안 좋은 것 같은데."

"……감독님께서 신경 쓰실 정도는 아닙니다."

짧게 대답한 휘가 다시 몸을 돌렸다. 생각에 잠긴 듯 걷던 휘의 옆으로 정석이 다가왔다.

"형. 결아 씨가 일을 꽤 잘했나 봐요. 인수인계가 수월한데요?"

"정석아."

"네?"

휴대폰을 보고 있던 정석이 휘를 올려다봤다.

"보통 감독이 배우 매니저 이름까지 알고 있지는 않잖아."

"일반적으로는 그렇죠? 뭐 배우와 친한 사이라면 가능하겠지만요."

휘가 걸음을 멈추고 정석을 슥 쳐다봤다.

"넌 감독과 내가 친해 보여?"

"그럴 리가요."

정석이 진지한 얼굴로 대답했다.

"……."

잠시 정석을 보고 있던 휘가 가늘어진 눈으로 다시 걸음을 옮겼다.

"역시 부자연스럽다는 말이군."

"왜요? 감독님이 제 이름도 아시나 봐요? 그거야 당연하죠. 제가 이 계통에서 일 잘하기로…… 엇? 형. 어디 가요? 같이 가요!"

휘가 듣기 싫다는 듯 긴 다리를 빠르게 교차시켜 걸어가 버리자 정석이 헐레벌떡 따라갔다.

"오케이! 오늘 촬영 끝났습니다. 수고하셨습니다!"

"수고 많으셨어요."

휘가 차로 향하는데 기다리고 있던 유라가 얼른 다가왔다.

"오빠. 리조트로 돌아가는 거지? 나 좀 태워 줘."

내내 휘에게 붙어 있던 결아를 떨구어 내는 데 성공한 유라가 살랑거리며 엉겨 붙었다. 휘가 귀찮다는 듯 그런 유라를 밀어 내며 차 문을 열었다.

"나 거기 가는 거 아니니까 다른 차 타라."

"어? 왜? 어디 가는데?"

자신의 계획이 틀어지자 유라의 목소리가 커졌다. 그걸 무시한 휘는 그대로 차에 올라타 시동을 걸었다.

"오빠! 어디 가냐고! 오빠아!"

유라가 휘가 탄 차의 창문을 콩콩 두드렸다. 보다 못한 정석이 뒤에서 말했다.

"형 병원 가 봐야 되거든요. 제가 리조트로 들어가니까 유라 씨는 제가 태워 드릴게요."

"네? 병원요?"

유라가 인상을 팍 찡그렸다. 겨우 떼어 놨다고 생각했더니, 또 개야? 유라가 표독스러운 눈으로 촬영 장소를 빠져나가는 휘의 차를 노려봤다.

"왔어요?"

병실 문을 열고 들어서던 휘는 결아의 환하게 웃으며 반기는 얼굴에 멈칫했다. 강아지같이 순박한 얼굴로 해맑게 웃고 있는 그녀를 잠시 응시하던 그가 병실 안으로 들어섰다.

"몸은 좀 어때."

"아, 괜찮아요. 그런데……."

결아가 휘의 손을 이리저리 살피며 무언가를 찾았다.

"제 책은요?"

……아차. 결아가 멀뚱하게 쳐다보며 묻자 휘는 순간 자신이 오늘 이곳에 온 목적 자체를 망각했다는 걸 깨달았다.

'저기 정석 씨. 촬영 끝난 후에 제 가방에 있는 책 좀 가져다 주시겠어요?'

'정석이 인수인계 때문에 스태프들과 회의 있으니까 내가 갖다 줄게.'

그런데 빈손으로 와 버렸다. 나 뭐 한 거냐.

"그런 거 없던데."

휘는 당황하지 않고 최대한 자연스럽게 침대 앞에 걸터앉으며 말했다. 요즘 자신이 생각해도 연기력이 많이 올라서 이럴 때 특히 도움이 됐다.

"네? 없어요? 그럴 리가 없을 텐데……. 혹시 트렁크 안에 보셨어요?"

"여자 트렁크를 내가 어떻게 여냐?"

휘가 팔짱을 척 끼고 눈썹을 추켜올리자 결아가 '아, 맞다.' 하며 민망하게 고개를 끄덕였다.

"그것도 그렇겠네요. 죄송해요. 제가 그 생각을 못 했어요."

하루 종일 책을 기다리던 결아의 표정이 시무룩해지자 휘는 양심이 쿡쿡 찔리는 기분이었다.

"혜진 씨한테 말해 둬서 내일 정석이한테 챙겨 오라고 할 테니까 오늘만 그냥 자."

"아…… 그게……."

결아가 난처한 표정을 짓자 휘가 고개를 기울였다.

"왜. 무슨 문제라도 있어?"

"아뇨! 아무것도 아니에요!"

결아가 얼른 고개를 붕붕 저었다.

"……."

그리고 둘 사이에 묘한 침묵이 흘렀다. 주변이 조용해지자 결아는 심장이 빠르게 쿵쿵대기 시작했다. 머릿속에서 이틀 전 한파 속에서 나눴던 키스를 또 리플레이 시키고 있었다.

……후우, 휘가 숨을 크게 들이켰다. 사실 그도 결아와 똑같은 생각 때문에 촬영에도 제대로 집중할 수 없었는데, 그 상대를 눈앞에 두고 또 그 일이 떠오르자 온몸에 열이 지펴 올랐다.

슬쩍 눈을 내리깔고 이불 위에서 작은 손가락을 꼬물거리고 있는 결아의 양 볼이 복숭아처럼 발갛게 물드는 동안 휘는 그녀를 가만히 바라보고 있었다.

이곳의 환자복은 가뜩이나 여린 몸매의 결아에게는 너무 품이 커 헐렁거렸다. 앞섶도 헐렁하게 내려와 쇄골 라인과 그 아래 보얀 살결이 잘 보였다. 거기에 자꾸만 시선이 결아의 입술로만 향하고 있었다. 마치 한 번 맛을 본 금단의 열매 맛을 잊지 못하는 것처럼……

저 입술이 벌어지며 뜨거운 신음을 흘리게 했으면 좋겠다는 욕망이 강하게 일자 휘는 곧장 몸을 일으켰다.

제길, 이대로면 환자를 상대로 무슨 짓을 벌일지도 모르겠군.

"그럼 난 그만 간다. 책은 내일 정석이 편으로 보낼……."

몸을 돌리던 휘가 멈칫했다. 우뚝 멈춰 선 채 내려다보자 자신의 옷깃 끄트머리를 살짝 잡고 있는 결아의 하얀 손이 보였다.

"저……."

휘의 옷깃을 잡고 멈춰 세운 결아가 난처한 표정을 지었다.

"저어……."

무언가 말을 할 듯 망설이던 입술이 살짝 벌어졌다가 다물어졌다. 먹음직스러운 과일처럼 체리색의 붉은 입술이 유혹적으로 달싹이자 휘는 머리끝까지 열이 훅 뻗쳐올랐다.

"왜."

휘가 짐짓 무심한 투로 묻자 결아가 용기를 내어 그를 올려다봤다. 빠져들 듯한 까맣고 커다란 눈동자를 똑바로 마주하니 휘의 목울대가 크게 꿈틀거렸다.

"그게 저…… 부탁이 있는데……."

머뭇거리며 말을 꺼낸 결아가 다시 입을 앙다물고는 고민하는 얼굴로 제 아랫입술을 살짝 깨물었다.

야, 하지 마!

그 모습에 아찔해진 휘는 하마터면 그렇게 소리칠 뻔했다. 가뜩이나 감당하기 힘든 열기가 온몸에 미쳐 날뛰는 중인데 아무것도 모르는 결아는 무의식적인 행동 하나하나로 그를 자극하고 있었다.

휘가 어지럽게 날뛰는 머릿속을 필사적으로 진정시키는데, 망설이던 결아가 다시 입을 열었다.

"저기…… 오늘 밤 저와 같이 있어 주시면 안 될까요……?"

"……뭐?"

휘가 믿기 힘든 말을 들었단 얼굴로 그녀를 내려다봤다. 결아는 발그레하게 붉어진 얼굴로 휘를 올려다보고 있었다. 설마 잘못 들은 건가?

"뭐라고 했어?"

휘가 확인하듯 다시 되묻자 결아는 휘의 옷깃을 꼬옥 잡은 채로 불안하게 주변을 둘러봤다.

"그날 제가 귀신을 봤다고 했잖아요. 병실에 혼자 있는데 그, 그게 자꾸 생각나서……."

아아, 그런 거였어? 휘는 갑자기 맥이 탁 풀리는 느낌이었다.

"그래서 책이라도 있으면 밤새 읽으면서 무서움을 쫓으려고 했거든요."

"애도 아니고, 귀신 무서워서 혼자 못 잔다고?"

"히잉. 죄송해요."

휘의 타박에 결아가 움찔거리면서도 그를 잡은 손에 더욱 힘을 줬다. 간절하게 꼬옥 옷깃을 붙들고 있는 작은 손을 내려다보던 휘가 말했다.

"놔."

"부탁드립……."

"그렇게 할 테니까 놓으라고."

"……네?"

휘의 말에 결아가 의외라는 얼굴로 고개를 들었다. 싫다고 할 줄 알았는데……? 동그란 눈을 깜빡거리던 그녀가 되물었다.

"정말요?"

결아가 의뭉스레 묻자 휘가 눈썹을 치켜올렸다.

"싫으면 다시 가?"

"아! 아뇨! 그래 주시면 감사하죠!"

"이건 언제까지 잡고 있을 건데."

"아, 죄송……."

휘가 인상을 쓰자 결아가 얼른 그의 옷깃을 붙잡은 손을 놨다. 그녀를 지나친 휘가 다시 의자에 털썩 앉았다.

"고마워요."

결아가 앞에 앉아 있는 휘를 보며 안심한 얼굴로 배시시 웃었다. 그 얼굴을 힐끗 본 휘가 무감한 투로 말했다.

"고마워할 거 없어. 널 데려온 건 나고, 네가 다친 데엔 내 책임도 있으니까."

"휘 씨 책임이 아닌데……."

"그렇다면 그런 줄 알아."

휘가 까칠하게 말하고는 결아의 이마에 손가락을 댔다. 그가 이마 한가운데에 손가락을 대자 결아가 눈을 뎅그렇게 떴다. 휘가 그대로 손가락에 힘을 줘 슥 밀었다.

"어엇……!"

결아가 휘가 미는 대로 죽 뒤로 밀려나 베드 위에 눕게 됐다. 누운 채로 보니 휘의 수려한 얼굴이 시야에 들어왔다.

"여기 있어 줄 테니까 빨리 자."

퉁명스러운 듯 들려도 다정함이 깃든 목소리였다.

"고맙습니다."

결아가 꼬물거리며 베개 위에서 자리를 잡자 휘가 이불을 끌어다 목까지 덮어 줬다. 그 모습을 결아가 의아스럽게 바라보자 그가 미간을 좁혔다.

"왜?"

"아뇨. 아무것도……."

결아가 얼른 고개를 붕붕 저었다. 이 남자가 왜 이렇게 친절할까? 휘가 생각 외의 다정함을 보이자 결아는 괜히 얼굴이 달아오르는 기분이었다. 안 그래도 아까부터 몸에 요상한 열기가 오르고 있는데 휘가 그답지 않은 다정한 태도까지 보이자, 그 열기가 아랫배 깊숙한 곳에 점차 모여들고 있었다.

아, 기분이 이상해…….

아랫배가 뜨거워지며 간질간질한 느낌에 결아는 발그레한 얼굴로 이불을 꼬옥 움켜잡았다.

휘가 자리에서 일어나 보조베드 쪽으로 향했다. 그대로 털썩 눕는 휘를 결아가 힐끔 쳐다봤다. 신장이 거의 190센티미터에 달하는 휘가 눕기에는 너무 작아 보이는 베드였다. 딱 봐도 불편해 보이는 자세로 누워 있는 그를 보니 결아는 미안해졌다.

나 좀 봐. 하루 종일 추운 데서 촬영한 사람한테 저렇게 좁은 데서 자라고 한 거야?

게다가 자신을 구해 줄 당시 휘도 링거를 여러 개 맞을 정도로 체온이 내려가 있었다. 정신이 없는 와중에도 병원에서 그에게 입원을 권하는 말을 몇 번이나 들었을 정도였으니……. 무서운 것만 생각하다가 얼토당토않은 부탁을 해 버렸다는 생각에 마음이 납덩이처럼 무거워졌다.

"저……."

결아가 소심한 목소리로 말하자 한쪽 팔로 눈을 가리고 있던 휘가 고개를 돌렸다.

"왜."

"조, 좀 나아진 것 같아요. 이제 혼자 잘 수 있을 것 같으니까 리조트로 돌아가셔도 될⋯⋯."

"그만 떠들고 자라."

휘가 결아의 말을 끊고 말하고는 벽 쪽으로 돌아누웠다. 결아는 목까지 올라와 있는 이불을 잡고 꼼지락거리며 휘를 힐끔거렸다. 그래도 미안한데⋯⋯.

"빨리 자라고 했다."

헉! 뒤통수에도 눈이 달렸나?

"네, 아, 알았어요."

결아가 깜짝 놀라 고개를 돌리고 눈을 질끈 감았다.

잠깐. 불을 꺼야 하나? 너무 깜깜해도 새벽에 휘가 화장실 가다가 부딪칠 수도 있을 것 같고, 너무 환해도 휘가 잠들기 힘들 텐데⋯⋯. 혼자 고민하던 결아가 결심하고는 말을 꺼냈다.

"저기⋯⋯ 불 끌까요?"

"맘대로 해."

"너무 어두우면 불편할 테니 보조등만 켜고 끌까요?"

"맘대로 하라니까."

"여기 보조등도 상당히 밝은데 혹시 밝으면 잠을 못 자는 타입이시면⋯⋯."

결아가 옹알거리는데 휘가 벌떡 일어나 리모컨으로 보조등만 남기고 나머진 모조리 꺼 버렸다.

"됐지?"

"아, 네. 고맙습니다."

휘가 그녀의 고민을 순식간에 없애 주자 결아는 멋쩍은 얼굴로 배시시 웃었다. 그 얼굴을 선 채로 잠시 보고 있던 휘는 리모컨을 던지듯 내려놓고 성큼성큼 걸어가 다시 누워 버렸다.

사위가 조용해지자 결아는 은은한 조명만 켜 있는 공간 안에 휘와 둘이 누워 있다고 생각하니 괜히 긴장이 됐다. 아까부터 간질간질한 아랫배가 이상야릇하게 조여들자 조용히 숨을 들이켰다.

정말…… 내 몸이 왜 이러는 거지?

결아는 두근두근거리는 심장의 박동을 느끼며 입술을 잘근댔다.

으앗! 입술 깨물었더니 저 남자가 입술을 문 게 떠올랐잖아!

얼굴이 홍당무처럼 붉어진 결아가 베드 위에서 혼자 어쩔 줄을 몰라 하고 있는데, 휘의 목소리가 들렸다.

"……놀랐어."

갑자기 들린 목소리에 망상에 빠져 허우적대던 결아가 깜짝 놀라 대답했다.

"네, 네?"

힉. 목소리가 뒤집혀 버렸어!

"내가 생각한 것 이상으로."

결아가 어둠 속에서 재빨리 큼큼 목을 가다듬고 말했다.

"뭐가……요?"

"네가 없어졌다는 걸 알았을 때."

이틀 전 얘길 하는 건가? 빠르게 눈을 깜빡거리던 결아가 입을 열었다.

"많이 놀라셨구나. 걱정 끼쳐 드려서 죄송해요."

"사과받으려고 하는 소리 아니야."

그의 말에 결아가 의문 어린 표정을 지었다. 어떤 의미로 하는 말인지 알 수 없어서 궁금한데 휘는 등을 돌리고 누워 있는 상태라 그의 표정을 알 수 없었다.

한참을 말이 없던 휘가 다시 입을 열었다.

"절벽 아래에서 널 발견했을 때 정말 심장이 멈추는 줄 알았어."

"죽었을까 봐요?"

결아가 킥킥 웃으며 말하자 휘가 그녀 쪽으로 몸을 돌렸다.

아……

휘의 웃음기 없는 얼굴에 결아의 얼굴에도 웃음이 사라졌다.

"농담하자는 거 아니야. 두 번 다시 이런 식으로 사람 걱정시키지 마. 심장 내려앉게 하지 말라고."

그의 진지하고 낮은 목소리에 결아는 순간 몹시 당황했다.

"……네."

뭐라고 말해야 할지 몰라 머뭇거리던 결아가 작게 대답했다. 당황스러운 표정의 결아를 보고 있던 휘는 다시 벽 쪽으로 몸을 획 돌렸다.

"무슨 노예가 이렇게 수시로 주인을 걱정시키냐."

휘가 다시 평소의 말투로 돌아가 투덜거리듯 말하자 손가락을 꼼질거리던 결아가 입을 열었다.

"저, 제대로 말할 겨를이 없었는데…… 그때 구해 줘서 정말 고마워요. 휘 씨 아니었으면 어떻게 됐을지…….."

"알긴 아냐?"

"당연하죠. 이만한 건 휘 씨 덕분이에요. 이 은혜는 평생 잊지 않을게요."

"알면 됐어. 그만 자."

"……네. 안녕히 주무세요."

결아가 얼른 바로 누워 눈을 꼬옥 감았다. 자겠다고는 했지만 쉬이 잠이 올 것 같진 않았다. 몸 안에 지펴진 후끈후끈한 열기 때문인 것 같기도 했고, 방금 전 휘가 한 말 때문인 것 같기도 했다. 그리고 그 말을 할 때 자신을 똑바로 바라보던 휘의 진지한 눈동자 때문에.

후우…… 아무래도 잠을 잘 수 없을 것 같아.

결아는 작게 한숨을 내쉬며 그렇게 생각했지만, 그 생각이 무색하게도 링거로 투여되고 있는 약 때문인지 순식간에 잠에 빠져 버렸다.

"……."

결아가 색색 고른 숨소리를 내쉬자 휘가 보조베드에서 몸을 일으켰다. 그러곤 결아의 베드 쪽으로 다가가니 따스한 빛이 감도는 은은한 조명 아래 무방비하게 잠든 작은 얼굴이 보였다. 조심스럽게 베드 앞에 걸터앉은 휘가 그녀의 얼굴을 지그시 내려다봤다.

둥근 이마와 앙증맞은 코, 살짝 벌어진 체리색 입술. 화장기 없는 수수한 얼굴인데도 유독 붉은 그 입술이 어느 순간 완벽하게 자신을 흔들어 놓고 있었다.

그리고 또, 참기 위해 무던히도 애를 써야 할 만큼 남자로서의 욕망을 느끼게 한 것도 처음이었다. 자신에게 이런 원초적인 욕구가 있다는 사실에 당황할 만큼 결아는 요즘 매 순간 그를 당황시켰다. 지금처럼.

"그런데 넌…… 이렇게 편하게 잠들기냐. 옆에 내가 있는데."

이 여자 때문에 자존심이 상한 것이 한두 번이 아닌데도 또다시 상처받는 기분이다.

흐릿한 조명 아래 휘의 얼굴이 진지하게 결아를 내려다보고 있었다.

♡ ♥ ♡

그 시간, 유라는 리조트 밖 아무도 없는 벤치에 앉아 휴대폰을 붙잡고 분통을 터뜨리고 있었다.

"짜증 나 죽겠어! 내가 이러려고 그 추운 데서 떨면서 그 계집 애를 기다린 게 아니란 말이야!"

— 정말 한 거야? 들키지 않았어?

친구인 소정이 놀란 듯 묻자 유라가 입술 끝을 비틀었다.

"들킬 리가 없잖아. 눈 때문에 앞도 제대로 안 보이는 상황이었 는데 내가 보였을라고?"

— 다른 지나가는 사람이 있었을 수도 있잖아.

"다들 차로 다니는데 걔만 걸어갔어. 그래서 이때다 싶어서 한 건데…… 이게 뭐냐고! 별로 다치지도 않았으면서 오빠 관심만 사 고, 오빠 병원 가서 아직까지 오지도 않고 있단 말이야!"

유라가 히스테릭하게 소리치자 소정이 걱정스럽게 말했다.

— 진정하고 목소리 좀 낮춰. 거기 스태프들 다 묵는 데 아니 야?

"됐어. 이 시간에 듣긴 누가 듣는다고 그런……!"

짜증스럽게 머리를 쓸어 넘기던 유라가 순간 흠칫했다.

"가, 감독님."

조금 떨어진 곳에 서서 자신을 보고 있는 준영을 발견한 유라의 얼굴이 파랗게 질렸다.

— 뭐? 감독?!

소정의 놀란 소리가 튀어나오는 휴대폰을 유라가 잽싸게 끊어 버렸다. 낭패감이 어렸던 유라의 얼굴이 순식간에 표정을 바꿔 준영에게 생글거리며 다가갔다.

"추운데 여기서 뭐 하세요?"

유라가 웃는 얼굴로 준영의 표정을 빠르게 스캔했다.

"바람 좀 쐬려고 나왔습니다. 유라 씨는?"

준영이 평소와 다를 바 없이 무심하게 대답하자 유라는 속으로 안도의 한숨을 내쉬었다. 휴, 다행이다. 못 들은 모양이야.

"전 친구랑 통화 좀 하느라고요."

"통화는 안에서 하면 될 텐데. 왜 여기서?"

준영의 의아스러운 표정에 유라가 흠칫 놀라 오버스럽게 웃었다.

"아, 제가 목소리가 워낙 커서요. 다른 사람에게 방해될까 봐…… 호호. 안 그래도 추워서 지금 들어가려던 참이었어요. 저 먼저 들어가 볼게요."

유라가 인사하며 지나치자 준영도 고개를 끄덕였다. 조금 걸어가다 뒤를 힐끗 돌아본 유라가 놀란 가슴을 쓸었다.

"깜짝이야……. 설마 들리진 않았겠지?"

유라는 불안한 시선으로 준영 쪽을 쳐다보다가 리조트 안으로 얼른 들어갔다.

아침 햇살이 병실에 쏟아져 들어오자 결아가 반짝 눈을 떴다. 벌써 아침인가? 눈을 깜빡이던 그녀가 기지개를 쭉 폈다.

"아고고고고."

"잘 잤어?"

465

"네. 잘 잤…… 헉!"

무의식적으로 대답하던 결아가 벌떡 일어났다. 목소리가 들린 쪽을 쳐다보니 밤새 눈 밑에 다크서클이 짙게 내려온 휘가 보조베드 위에 앉아 있었다.

아차! 어젯밤에 같이 있어 달라고 부탁했지?

그제야 자신의 요청으로 한 공간에서 같이 밤을 보냈다는 게 떠오른 결아가 얼른 말했다.

"잠은 좀 주무셨어요? 잠자리 불편하셨을 텐데……."

"잤어. 일어났으니까 난 간다. 책은 조금 있다가 정석이가 가지고 올 거야."

휘가 문 쪽으로 향하자 결아가 삐죽삐죽 뻗친 머리칼을 손으로 얼른 정리하며 몸을 일으켰다.

"가시게요?"

"나올 거 없어. 간다."

"네. 고맙습니다."

결아가 머쓱한 얼굴로 머리카락 끄트머리를 손가락으로 돌돌 말았다. 그 모습을 힐끗 내려다본 휘의 다크서클이 더욱 짙어졌다.

휘가 바람처럼 병실을 빠져나가자 결아는 깊게 한숨을 내쉬었다.

"나도 참. 휘를 옆에 두고 쿨쿨 자 버리다니……. 분명 잠들 수 없을 것 같았는데 언제 잠들어 버린 거지? 아, 그런데 그 남자…… 내가 깨어날 때까지 기다려 준 건가?"

볼이 발그레해진 채 앉아 있던 결아가 순간 멈칫했다.

"헉! 내 자는 얼굴 엄청 이상했을 텐데! 그 적나라한 얼굴을 그 남자가 보고 있었단 말이야? 악, 창피해!"

결아는 화르륵 붉어진 얼굴로 이불을 머리까지 푹 뒤집어썼다.

휘가 피곤한 얼굴로 병원 주차장에 세워 둔 차에 올라탔다.

"후우……."

한숨도 못 자다니. 아기처럼 쌕쌕 자고 있는 여자를 상대로 밤새 혼자 욕망에 시달리게 될 줄이야. 번뇌와 욕망…… 그 사이에서 밤새 괴롭힘을 당하던 그가 손바닥으로 다크서클이 퀭하게 내려온 마른 얼굴을 쓸었다.

"대체 뭐 하자는 거냐. 선우휘."

휘가 미간을 일그러뜨렸다.

자의든 타의든 몇 번이나 키스한 여자가 단둘뿐인 공간에서 밤새 쿨쿨 잘만 자고 있는데, 난 한숨도 못 자다니? 도대체 넌 내게 왜 자꾸 이런 굴욕감을 맛보게 하는 거냐? 거기다 병실에서 나오기 전에 잠이 덜 깬 얼굴로 머리카락을 손가락으로 돌돌 말고 있는 모습은…… 왜 그렇게 귀여워 보여?

"귀신 타령 하더니. 정말 뉴질랜드산 몹쓸 귀신이 제대로 씌었나."

심각한 얼굴로 중얼거린 휘가 고개를 절레절레 젓고는 서둘러 차를 출발시켰다.

휘가 리조트에 모습을 드러내자 기다리고 있던 유라가 도끼눈을 뜨고 달려갔다.

"오빠! 어젯밤 어디 갔었어? 혹시 병원에 밤새 있었던 거야?"

"피곤하니까 떨어져라 좀."

휘가 껌처럼 들러붙는 유라를 귀찮은 듯 치워 내자 유라가 어깨를 흔들며 앙탈을 부렸다.

"병원 간다고 한 사람이 오질 않으니까 내가 얼마나 걱정했는데! 오빠 솔직히 말해 봐. 어젯밤 어디에서 잤어? 어?"

가뜩이나 수면 부족으로 짜증 게이지가 높은 휘의 매끈한 이마가 찌푸려졌다.

"한유라. 사람이 말하면……."

"비위도 좋네. 자기 매니저를 다치게 한 여자와 사이좋게 대화도 하고."

갑자기 들린 목소리에 뒤를 돌아보니 준영이 서 있었다. 순간유라의 얼굴이 사색이 되고, 휘의 눈썹이 날카롭게 휘어 올라갔다.

"누가, 뭘 다치게 해요?"

준영이 대답 없이 둘을 번갈아 바라봤다.

"방금 뭐라고 하셨습니까?"

휘가 좀 더 언성을 높여 말하자 유라가 얼른 휘를 잡아끌었다.

"오, 오빠. 잠깐 나랑 얘기 좀……."

"놔 봐."

유라의 손을 탁 쳐 낸 휘가 준영을 똑바로 바라봤다.

"무슨 소리냐고 물었는데요."

휘가 굳은 얼굴로 보고 있자 준영이 헛웃음을 흘리며 턱짓으로유라를 가리켰다.

"이해가 안 되나? 한유라가 이결아 씨를 절벽에서 밀었다고 말했는데."

"말도 안 돼! 감독님도, 참. 제가 그런 짓을 왜 해요?"

유라가 과장된 얼굴로 어이없다는 듯 웃었다.

"제가 마음에 안 드시면 그냥 솔직히 말씀하세요. 이런 어이없

468

는 모함을 받는 것보단 그게 나아요."

"……."

유라의 말에 준영이 말없이 주머니에 있는 휴대폰을 꺼냈다. 그 모습을 불안하게 바라보던 유라가 마른침을 삼켰다.

설마……. 유라의 눈이 불안으로 흔들리는 사이 준영이 스마트폰 화면을 터치하자 동영상에 녹음된 목소리가 흘러나왔다.

— 짜증 나 죽겠어! 내가 이러려고 그 추운 데서 떨면서 그 계집애를 기다린 게 아니란 말이야!

쨍하고 터져 나온 히스테릭한 목소리에 휘의 눈썹이 꿈틀거렸다.

— 다들 차로 다니는데 걔만 걸어갔어. 그래서 이때다 싶어서 한 건데…… 이게 뭐냐고! 별로 다치지도 않았으면서 오빠 관심만 사고!

계속해서 흘러나오는 악다구니에 휘의 얼굴이 무섭게 굳었다. 유라는 휘를 보며 어쩔 줄을 몰라 하고, 그 모습을 보는 준영은 입술 끝을 말아 올렸다.

"난 흥미로운 건 뭐든 찍어 놓는 습관이 있거든."

"오, 오빠. 이건……."

유라가 다급하게 휘의 팔에 매달렸다.

"오해하지 마, 오빠. 그건 그냥…… 장난이었을 뿐이야."

"놔."

휘의 낮고 차가운 목소리에 유라가 필사적으로 고개를 흔들었다.

"거, 거기 사실 별로 높지도 않은 거 오빠도 알잖아! 그거 다 알고 그런 거야! 그냥 장난만 칠 생각이었는데 그 애가 정말 떨어질 줄은 몰랐…… 앗!"

휘가 유라를 밀쳐 내자 크게 휘청거린 그녀는 무섭게 굳은 그의 얼굴을 보며 식은땀을 흘렸다. 늘 다정함과는 거리가 멀었던 휘였지만, 이런 식으로 경멸 어린 시선으로 자신을 본 적은 없었다.

싸늘하게 유라를 노려보던 휘가 휙 몸을 돌렸다. 그러자 입술을 깨문 유라가 소리쳤다.

"오빠가 날 안 봐 줘서 그랬어!"

휘가 천천히 뒤돌아보니 유라가 눈물이 가득 담긴 눈으로 그를 올려다봤다.

"질투가 나서 그랬다고! 왜 내 마음을 몰라줘? 내가 얼마나 오빠를 좋아하는데…… 내가 얼마나 오랫동안 오빠만 보고 있었는데!"

유라가 휘에게 한 발 더 다가가며 호소하듯 말했다.

"오빠 알잖아. 내가 그동안 얼마나 오빠를……."

"한유라."

말을 뚝 끊고 들어오는 차가운 목소리에 유라가 흠칫했다. 일말의 온기도 없는, 섬뜩할 정도로 냉정한 시선으로 휘가 유라를 내려다봤다.

"입 다물어."

"오, 오빠."

"다신 나 알은척하지 마라."

"……!"

유라의 눈이 이리저리 흔들렸다. 창백하게 굳어 있는 그녀를 휘가 싸늘하게 스쳐 지나자 유라가 그 자리에 털썩 주저앉았다.

"흑……."

유라가 얼굴을 가리고 울음을 터뜨리자 팔짱을 끼고 지켜보고 있던 준영이 말했다.

"당장 짐 싸서 돌아가시죠."

"네?"

유라가 눈물범벅이 된 얼굴을 들어 올려 준영을 바라봤다.

"남자 때문에 사람을 죽이려는 배우, 내 작품에 쓸 생각 없습니다."

유라가 충격을 받은 얼굴로 쳐다봤지만, 준영은 뒤돌아보지 않고 그 자리를 떠났다.

휘가 이를 악물고 차에 올라타 거칠게 문을 닫았다. 시동을 거는데 창문에서 똑똑 노크 소리가 들렸다. 준영이 서 있는 모습을 본 휘는 말없이 차창을 내렸다.

"곧 촬영 시작인데 어디 가십니까?"

"늦지 않게 돌아올 겁니다."

휘가 굳은 얼굴로 말하자 준영이 예리한 시선으로 바라봤다.

"이결아 씨한테 가려는 겁니까?"

준영이 결아의 이름을 말하자 휘는 본능적으로 적개심이 일었다.

"제가 감독님한테 행선지까지 보고해야 합니까."

휘의 까칠한 반응에 준영이 고개를 숙여 차창 사이로 시선을 부딪쳐 왔다.

"이결아 씨 다친 거, 당신 때문이라는 생각 안 들어?"

휘의 눈썹이 크게 꿈틀거리자 준영이 고개를 삐딱하게 기울이고 말했다.

"선우휘 정도의 위치면 이 정도는 당연히 예상했어야 되지 않나."

"무슨 뜻입니까."

휘가 서늘한 눈으로 쏘아보자 준영이 어깨를 으쓱이더니 창문에서 고개를 들었다.

"모르는 척하고 싶은 거군. 상당히 치사한 면이 있네. ……어쨌든 촬영엔 지장 없이 돌아와야 할 겁니다."

준영이 그렇게 말하고 뒤돌아 가 버리자 휘가 거칠게 차를 출발시켰다. 턱을 단단히 굳힌 휘가 속도를 올렸다. 운전대를 잡고 있는 그의 손등에 불끈 핏대가 섰다.

"제기랄!"

주먹으로 핸들을 내려친 휘가 끼이익 소리를 내며 차를 세웠다. 그러곤 의자에 등을 기댄 뒤 어깨를 들썩이며 크게 숨을 내쉬었다.

"후우."

'이결아 씨 다친 거, 당신 때문이라는 생각 안 들어?'

준영의 말이 계속 머릿속을 헤집어 놓고 있었다.

나 때문이라고?

하지만 아니라고 부정하지 못한다는 사실이 그를 더욱 분노케 했다. 표정을 굳힌 채 핸들을 만지작거리던 휘가 다시 시동을 걸었다.

"……."

그 상태로 잠시 망설이던 휘가 차를 돌려 왔던 길을 되돌아갔다.

16.

그 남자의 제안

"책, 이거 맞죠?"

"고마워요."

정석이 챙겨 온 책 몇 권을 내밀자 결아가 밝은 얼굴로 받았다. 강아지같이 두 손으로 귀엽게 받아 드는 결아를 보며 정석이 뿌듯한 얼굴로 싱글거렸다.

"또 필요한 거 있으면 얘기해요. 하루 종일 병실 안에 있으면 심심할 텐데."

"이것만 있으면 하나도 안 심심해요. 요즘 바빠서 책 읽을 시간도 없었는데 이참에 읽고 좋은걸요, 뭐."

결아가 속없이 헤헤 웃자 정석이 정색했다.

"아이구, 농담이라도 그런 말 말아요. 큰일 날 뻔해 놓고……. 몸은 괜찮아요?"

"네. 입원해 있기 미안할 정도로요."

"다행이네요. 모레 촬영 완료되기 전까진 퇴원할 수 있게 조치해 둘 테니 휴가 왔다고 생각하고 푹 쉬어요."

"네."

"……."

방글방글 웃고 있는 결아를 정석이 뭔가 할 말이 있는 얼굴로 빤히 바라봤다. 그 시선에 결아가 눈을 둥그렇게 떴다. 응? 내 얼굴에 뭐가 묻었나?

"왜요?"

결아는 손으로 제 얼굴을 슥슥 닦으며 물었다.

"아! 아무것도 아니에요. 하하. 그럼 전 돌아가 볼 테니 필요한 거 있으면 전화 주세요. 하하하."

과장된 웃음을 남기고 정석이 황급히 병실을 빠져나갔다.

"……이상하네. 왜 그러지?"

결아가 고개를 갸웃거리고는 이내 들뜬 얼굴로 책을 펼쳐 들었다.

한편 병실을 나온 정석은 복도를 걸으며 혼잣말로 중얼거렸다.

"으으, 못 물어보겠네. 저런 순진한 얼굴을 하고 있는데 어떻게 물어보냐고."

'어제 형 여기서 잤어요?' 라고 말이지. 정석이 눈을 가늘게 뜨고 턱을 매만졌다.

"분명 어제 여기서 잔 것 같은데 말이야. 리조트에도 안 돌아왔고……. 어제 여기 온 이후로 행적이 묘연해졌으니까."

그런데 형이 왜 여기서? 그건 아무리 생각해도 이상하잖아? 저 순진한 결아 씨와 무슨 일이 있었을 리는 만무하고…….

"아아, 도저히 모르겠다!"

정석이 포기한 듯 머리를 푸르르 흔들곤 엘리베이터에 올라탔다.

♡　♥　♡

촬영이 끝난 늦은 밤. 결아가 입원해 있는 촬영장 인근 병원 앞에 차를 세운 휘가 시동을 껐다. 그대로 천천히 의자에 기댄 휘가 결아의 병실 창문을 가만히 올려다봤다.

잠시 그러고 있던 그가 인상을 썼다.

"여기까지 와 놓고 뭘 망설이는 거야?"

혼잣말처럼 내뱉은 휘가 벨트를 풀고 문손잡이로 손을 가져갔다. 그런데 순간 절벽 아래 추락해 있던 결아의 모습이 머릿속에 떠올랐다.

그러자 문손잡이를 잡고 있던 손에 스륵 힘이 풀렸다. 무시하려 해도 가슴을 짓누르는 죄책감이 돌덩이처럼 무겁게 내려앉았다.

"……돌아가자."

다시 시동을 켜려던 휘가 멈칫했다.

'그날 제가 귀신을 봤다고 했잖아요. 병실에 혼자 있는데 그, 그게 자꾸 생각나서…….'

어제 병실에서 결아가 한 말이 떠올랐다.

"무서워하고 있을 거 아니야. 그 녀석."

결국 휘가 차 문을 열고 밖으로 나왔다.

병실로 들어서자 결아가 읽고 있던 책에서 빠끔 고개를 들었다.

"아, 왔어요?"

475

오늘은 책도 있는데 결아가 기다렸다는 듯 환하게 웃자 휘는 가슴 한쪽이 욱신거렸다. 어제와는 다른 이유로 결아의 웃는 얼굴에 가슴이 옥죄어 오자 그의 얼굴이 어두워졌다.

"할 말이 있어서."

휘가 베드 앞 의자에 앉자 결아가 책을 덮어 얌전히 무릎 위에 올려놨다.

"뭔데요?"

결아가 귀여운 얼굴로 방글방글 웃으며 바라보자 휘는 자신도 모르게 시선을 피했다. 그렇게 병실 창밖으로 시선을 돌린 휘가 말했다.

"그날 너 밀친 사람이 누군지 알게 됐어."

"네?"

결아가 어리둥절한 표정으로 눈을 동그랗게 뜨자 휘가 다시 말했다.

"그거 귀신이 한 짓 아니라고. 한유라가 네가 나와 가까워 보인다는 이유로 한 짓이었어. 미안하다."

눈을 깜빡이며 휘를 보고 있던 결아가 콧잔등을 찌푸렸다.

"그 사람 때문이었다고요……? 아, 그런데 왜 휘 씨가 사과해요?"

"원인이 나한테 있으니까."

"그래도 그건 휘 씨 잘못은 아니잖아요. 사과하실 필요 없어요."

결아가 손을 내젓는데 갑자기 노크 소리가 들렸다. 휘와 결아의 시선이 문 쪽으로 향하자 뜻밖에도 유라가 나타났다.

"결아 씨……."

유라가 눈물이 그렁그렁해선 들어오자 휘가 표정을 굳히고 일어섰다.

"네가 여길 왜 왔어?"

"미안해요! 그럴 생각은 없었는데…… 내가 잠깐 머리가 어떻게 됐었나 봐요!"

유라가 갑자기 무릎을 꿇은 채 오열하기 시작했다.

"다쳤다는 말 듣고 정말 많이 놀랐어요. 미안해요, 정말…… 흐흐흑."

결아는 말없이 가만히 유라를 바라봤다. 그녀 옆에서 차가운 얼굴로 유라를 노려보고 있던 휘가 말했다.

"일어나. 이제 와서 사과한다고 달라질 건 없어."

휘가 서늘하게 말하자 유라가 눈물 젖은 얼굴로 고개를 들었다. 그대로 간절한 눈빛으로 결아를 바라보자 눈이 마주친 결아는 조금 난감한 기분이었다. 그런 마음을 간파한 듯 휘가 결아의 고개를 자신 쪽으로 돌렸다.

"볼 거 없어."

"하지만……."

"용서받을 수 없는 짓 한 거 알아요."

유라가 훌쩍이며 말했다.

"내가 얼마나 바보 같은 짓을 한 건지, 이 일로 드라마에서 하차 통보까지 받고 나서야 깨닫다니……. 내가 멍청한 거죠."

자리에서 일어난 유라가 손등으로 눈물을 닦았다.

"내일 아침 한국으로 돌아갈 거예요. 그 전에 사과하고 싶었어요. 정말…… 미안해요. 결아 씨."

"……."

결아가 대답 없이 앉아 있자 유라가 고개를 돌려 눈물 젖은 눈으로 휘를 바라봤다.

"……미안해. 오빠."

유라가 그 말을 마지막으로 남기고 병실을 나갔다.

문이 닫히자 병실 안에는 무거운 정적이 흘렀다. 그리고 곧 휘가 그 정적을 깨고 낮게 말했다.

"용서해 줄 생각, 꿈에도 하지 마."

"아, 안 해요."

결아가 움찔해선 말했다. 드라마까지 하차한다는 말에 조금 마음이 약해지긴 했지만, 그래도 죽을 고비를 넘긴 결아로서는 유라를 이해할 수 없었다. 자신이 밉다는 이유로 그런 위험한 행동을 하다니…….

결아가 얼굴을 굳히고 있는 휘를 힐끔 올려다봤다.

"저기…… 휘 씨."

그녀의 목소리에 휘가 시선을 내렸다. 눈이 마주친 결아는 그의 표정을 살피며 조심스럽게 말을 꺼냈다.

"휘 씨는 사과 안 해도 돼요. 휘 씨 때문이 아니에요."

순간 휘가 인상을 더 험악하게 굳혔다.

"이결아."

"네, 네?"

그의 낮은 목소리에 결아는 움찔했다.

"성격이 좋아도 어느 정도지, 너무 착하면 그건 착한 게 아니라 미련한 거야."

그렇게 화를 내듯 말한 휘가 몸을 돌렸다.

"어쨌든 그 일이 귀신 때문은 아니니 무서워하지 말라고 전해 주려던 것뿐이야. 간다."

"아……."

뭐라 말할 새도 없이 휘가 그대로 병실을 나가 버렸다.

"왜 화가 났지?"

분명 화가 난 듯한 휘의 행동에 결아가 고개를 갸웃거렸다. 휘는 종종 이해할 수 없는 일로 화를 내고는 하니까…… 이번에도 그런 걸까?

결아가 곰곰이 생각하고 있는데 다시 문이 벌컥 열렸다.

"아, 휘……."

휘를 부르던 결아가 멈칫했다. 문 앞엔 휘가 아닌 유라가 사나운 눈으로 결아를 노려보고 서 있었다.

"착각하지 마. 사과는 필요로 인해서 했을 뿐, 너 따위한테 진심으로 사과할 생각 추호도 없으니까."

"뭐라고요?"

결아가 미간을 찌푸리고 유라를 바라봤다.

"이번 일로 드라마 하차뿐만 아니라 소속사에서도 계약 해지 되게 생겼어. 이제 연예계에 발도 못 붙일 수도 있게 됐다고! 알아?! 이게 다 너 때문이라고!"

유라가 자기 분에 못 이기듯 히스테릭하게 소리치자 결아는 더 황당한 기분이었다.

"그게 왜 저 때문이에요? 그건 당신 때문……."

"아무튼 휘 오빠한테 알랑거리지 마. 가만 안 둘 거니까."

표독스럽게 말한 유라가 몸을 홱 돌려 나갔다. 쾅! 문이 부서져라 닫히자 얼굴을 찌푸리고 있던 결아가 헛웃음을 흘렸다.

"우와…… 뭐 저렇게 못된 사람이 다 있지? 일부러 사람을 다치게 해 놓고선."

황당함이 가시고 제정신이 들수록 결아는 점차 분노가 차올랐다. 저런 말을 듣고 보니 한유라 때문에 죽다 살아나고, 입원까지 한 지금 상황이 무척 억울하게 느껴졌다.

"일말의 동정심이라도 느낀 내가 바보지, 진짜."

유라의 뻔뻔함에 혀를 내두르던 결아는 문득 창 쪽으로 시선을 돌렸다.

"휘는 갔을까……?"

한유라한테 더 화가 나야 마땅한데 이상하게 기분 안 좋은 얼굴로 나가 버린 휘가 더 신경 쓰였다.

"사과하지 말라고 한 게 실수였을까? 하지만 그건 정말 휘 때문은 아니잖아. 그래서 사과하지 말라고 했을 뿐인데……. 근데 왜화를 내는 거냐고?"

아무리 생각해도 이해할 수가 없었다. 한동안 창밖만 보고 있던 결아가 한숨을 포옥 내쉬며 시선을 거뒀다.

"헉."

해외 로케를 마치고 집에 돌아온 결아는 빌라 입구 앞에서 석상처럼 굳었다.

뭐, 뭐야. 저건?!

「축! 자랑스러운 이결아 첫 홀로 여행!」

바람에 나부끼는 거대 플래카드를 본 결아의 동공이 극심한 지진을 일으켰다.

"차, 창피하게 무슨 짓을⋯⋯!"

얼굴이 홍당무처럼 빨개진 결아가 황급히 입구로 뛰어 들어갔다. 무거운 트렁크를 끌고 계단을 올라 현관문을 벌컥 여는 순간,

팡! 팡!

"꺅!"

갑자기 요란하게 폭죽이 터지자 결아가 기겁을 하며 튀어 올랐다.

"축하한다, 결아야! 너도 드디어 한 꺼풀 벗었구나!"

루리가 미국식 제스처를 취하며 흐뭇한 얼굴로 박수를 쳤다. 결아는 놀라 벌렁거리는 가슴을 진정시키며 침을 꼴깍 삼켰다.

"어, 언니. 놀랐잖아. 그, 그런데 밖에 있는 거 도대체 뭐야?"

"뭐긴. 알을 깨고 이제야 세상 밖으로 나온 내 동생을 위해 이 언니가 특별 주문 제작한 플래카드지! 어때? 마음에 드니?"

"아⋯⋯ 그⋯⋯ 굳이 축하까지 해 줄 건 없⋯⋯."

"얘는! 그게 무슨 소리야? 언니가 축하해 주지 않으면 누가 축하해 준다고. 너 여행하는데 마음 약해질까 봐 언니가 걱정돼서 연락하고 싶었던 것도 꾹 참고 얼마나 힘들었는지 알아?"

"아하하⋯⋯ 그랬어?"

결아가 찔리는 마음에 어색하게 웃고 있는데 루리가 갑자기 생각났다는 듯 말했다.

"아! 너 부담될까 봐 아까 말을 안 했는데 아빠가 너 도착하면 바로 오랬어."

"아빠가?"

"그래. 이번 일 말씀드렸더니 얼마나 기뻐하시던지, 식당 잡아 놨다고 벌써부터 언제 오냐고 성화셔."

결아의 눈이 몹시 커지며 불안하게 흔들렸다.

첫 옹알이, 첫 뒤집기, 첫걸음마…….

기억도 안 나는 까마득한 어린 시절부터 유치원 차 첫 탑승, 집 앞 놀이터 미끄럼틀 첫 탑승, 정글짐 첫 탑승 등 갖가지 이유를 붙여 허구한 날 동네잔치에 축하 파티를 벌였던 과거가 주마등처럼 떠올랐다.

수십 명을 모아 놓고 주인공 자리에 앉혀서는 모든 관심을 받게 할 때마다 도망치고 싶었는데……. 덕분에 이 소심증이 더 심해졌었지……. 그런데 그걸 또?

결아는 식은땀을 흘리며 뒷걸음질 쳤다.

"어, 언니. 나 갑자기 급한, 아주 급한 볼일이 생각나서 나가 봐야 되거든. 아……빠한테는 미안하지만 못 간다고 좀 전해 줘."

"어? 야! 오자마자 어딜 간다고?!"

"미안, 언니! 아주아주 급한 일이야!"

결아는 루리에게 잡힐세라 황급히 현관문을 열고 다시 빠져나갔다. 부리나케 계단을 뛰어 내려온 결아가 숨을 몰아쉬었다.

"학, 하악. 한동안 잠잠해 방심하고 있었더니……."

그런데 도망쳐 나와서 생각해 보니 밖에 나왔으나 막상 갈 데가 없었다.

"어떡하지? 도서관에 가야 하나?"

잠시 고민하던 결아는 무언가 잊고 있는 듯한 기분이 들었다. 응? 뭐지? 무언가 망각하고 있는 것 같은…… 아!

"여기 돌아왔으니 이제 다시 노예로 되돌아온 거잖아?"

그러고 보니 요 며칠간 휘의 태도가 이상했다. 그 남자 성격이라면 한국에 오자마자 당장 집 청소 하라고 하고도 남을 텐데, 웬일인지 그런 말은 일언반구도 없이 정석에게 집까지 바래다주게 하고.

"뉴질랜드에서도 퇴원 후에 룸 밖으로 나오지도 못하게 했었지?"

결아가 눈을 가늘게 뜨고 기억을 떠올렸다.

'아직 환자니까 쉬어.'
'이제 괜찮아요. 멀쩡한데……'
'말 들어.'

말 안 들으면 큰일 날 것처럼 무서운 얼굴로 말하는 바람에 바로 네, 해 버리긴 했지만……. 며칠 병실에만 누워 있느라 좀이 쑤셨는데 퇴원 이후에도 감금 아닌 감금을 당하게 되어 여간 곤욕이 아니었지.

"등에 욕창이 생길 지경인데 계속 누워 있게만 하고. 언제는 어딜 가든 따라다니라고 하더니만? 정말 종잡을 수 없는 남자야."

투덜거리던 결아가 휴대폰을 꺼냈다.

"어쨌든 노예로서의 본분을 다해야 하니 역시 청소는 해야겠지? 그럼, 그럼. 이건 내 성실함을 의심받지 않기 위한 연락일 뿐 딱히 다른 의도가 있는 건 아니니까. ……근데 나 지금 누구한테 말하고 있는 거람?"

괜히 민망한 얼굴로 큼큼 헛기침을 한 결아가 휴대폰에 입력되어 있는 '주인놈'의 번호를 눌렀다.

— 뚜르르르. 뚜르르르…….

긴장된 얼굴로 대기했지만 계속 신호음만 울릴 뿐이었다.

"왜 안 받지? 자나……?"

483

결아가 고개를 갸웃거리며 휴대폰을 보고 있는데 화면이 통화 연결 창으로 넘어갔다. 앗, 받았다! 결아가 잽싸게 휴대폰을 귀에 가져갔다.

— 어.

왠지 가라앉아 있는 듯한 휘의 목소리에 결아는 괜히 긴장이 됐다.

"혹시 자고 있었어요?"

— 아니. 무슨 일이야?

"아, 저…… 해외 나가 있는 동안 청소를 못 했잖아요. 지금 가서 해야 할 것 같아서요."

— ……

왜 말이 없지? 안 그래도 평소보다 낮은 휘의 목소리가 신경 쓰이는데 정적까지 흐르자 결아는 휴대폰을 든 손을 꼬옥 쥐었다. 그러자 한참 뒤에야 그의 목소리가 들렸다.

— 괜찮아.

"그럼 내일 가서 할까요?"

— 아니. 너 퇴원한 지 얼마 안 됐잖아. 무리할 거 없으니 쉬어.

"많이 쉬었는데……."

어어? 왜 내가 제발 일을 시켜 달라고 조르는 사람 같지?

— 매니저 일도 당분간 할 필요 없어.

"매니저 일도요? 그럼 계약은……."

— 남은 계약 기간에서 제하진 않을 거니까 그건 걱정 말고 쉬어. 그럼 끊는다.

"아, 아니 저기……."

결아가 뭐라 더 말할 새도 없이 전화가 끊겼다.

"이상하다. 이 남자가 이럴 리가 없는데……?"

결아는 미간을 잔뜩 좁히고 액정에 떠 있는 '주인놈'이란 세 글자를 바라봤다.

"앗! 혹시 더 이상한 일을 시키려고 그러나?"

그게 아니라면 이 남자 패턴상 이유 없이 이런 휴가를 줄 리가 없잖아. 그동안 이 남자를 겪어 본 바로는 그게 훨씬 말이 되지, 암! 수긍한 듯 고개를 끄덕이던 결아가 퍼뜩 불안한 표정을 지었다.

"그런데 이번엔 도대체 뭘 시키려고?"

가사도우미나 매니저 일까지 쉽게 할 정도의 엄청난 일이라는 건가? 결아는 긴장된 표정으로 괜히 좌우를 살피며 비장하게 도서관으로 향했다.

그 시간 휘는 집에서 방금 끊은 휴대폰을 보고 있었다. 생각에 잠긴 얼굴로 휴대폰만 보며 망부석같이 앉아 있는 휘에게 정석이 코뿔소처럼 두두두 다가왔다.

"형! 지금 결아 씨 맞죠?"

앞치마를 입고 손에는 고무장갑을 낀 정석이 기대에 찬 얼굴로 물었다.

"어."

휘가 여전히 휴대폰에 시선을 둔 채 대답하자 정석의 얼굴이 더욱 환해졌다.

"지금 온대요?"

"어."

"다행이다! 그럼 제가 지금 바로 데리러 갈……."

"오지 말라고 했어."

"네? 왜, 왜요?"

정석이 놀란 목소리로 묻자 휘가 휴대폰에서 정석에게 슥 시선을 옮겼다.

"당분간 부를 생각 없다고 했잖아."

"아…… 그랬죠……."

정석의 얼굴이 금방 시무룩해졌다.

"그럼 마저 청소할게요……."

정석이 어깨를 축 늘어뜨리고 터덜터덜 걸어 나가자 휘는 내내 노려보던 휴대폰을 던져 놓고 침대 위에 털썩 누웠다.

"후우…… 왜 이렇게 답답하냐."

마음 한구석에 걸려 있는 돌이 점점 묵직하게 가슴을 짓누르는 기분이었다. 방긋방긋 웃는 결아를 볼 때마다 날카로운 창 같은 죄책감이 가슴 언저리를 쿡쿡 찔러 댔다. 지금까지 한 번도 결아에게 노예 계약서에 사인을 하게 한 것이나 임시 매니저로 부려 먹었던 일들을 심하다고 생각해 본 적이 없었는데…….

'이결아 씨 다친 거, 당신 때문이라는 생각 안 들어?'

감독의 그 말. 그 말을 듣고 난 이후로 마음이 무거워지고 결아를 보면 자꾸 죄책감이 느껴졌다. 머릿속이 엉망진창이 되는 기분이고 점점 더 결아를 어떻게 대해야 할지 알 수 없게 되어 버렸다.

'휘 씨는 사과 안 해도 돼요. 휘 씨 때문이 아니에요.'

그렇게 말하며 천진하게 웃는 결아의 모습을 본 순간 화가 났다. 남 탓이라고는 전혀 할 줄 모르는 그 순수함, 그 순수함을 이용해 노예로 이용하고 다치게까지 한 자신의 이기심을 분명하게 나타냈으니까.

깊은 한숨을 내쉰 휘가 천장을 보며 낮게 중얼거렸다.

"……이제 끝내야 하나."

계속 이렇게 옆에 두고 죄책감을 느끼는 것보단 이쯤에서 끝내는 게 맞겠지. 결아를 위해서도……. 그런 생각을 하며 휘가 침대 위에서 몸을 옆으로 돌렸다.

"그래. 이만하면 됐어."

끝내자. 이제.

처음부터 반쯤은 장난이었으니까. 놓을 수 없을 정도로 더 감정이 커져 버리기 전에.

"이상하네……."

결아는 책상 앞에 앉아 팔짱을 끼고 휴대폰을 응시했다.

"분명 그 남자가 더 큰 무언가를 시킬 생각인 줄 알았는데, 왜 아직까지 연락이 없는 걸까? 불안하게……."

벌써 일주일이나 지났는데. 결아가 매의 눈으로 휴대폰을 노려보는데 갑자기 벨이 울렸다.

"으앗! 깜짝이야!"

결아가 깜짝 놀라 소리치면서도 전광석화 같은 속도로 휴대폰을 낚아챘다.

"그 남자인…… 어? 아니네?"

예상과 달리 액정엔 '주인놈'이 아닌 '루리 언니'가 떡하니 떠 있었다. 에이……. 순간 실망 어린 표정을 지은 결아가 퍼드득 고개를 저었다.

"아, 아니 내가 왜 그 남자 전화가 아니라고 실망해? 연락 안 오면 좋은 거지! 혁, 나 좀 봐! 전화도 안 받고 뭐 하는……. 여보세요?"

혼잣말을 주절거리던 결아가 얼른 전화를 받았다.

— 어. 결아야. 언니의 빨강이가 집에 있는 모양인데?

"응? 또? 휴우…… 잘 챙겨 가라니깐."

— 미안, 미안. 언니가 요즘 연애질이 바……쁜 게 아니라 이, 일이 바빠서 정신이 없네. 하하하. 나 뭐라는 거니? 하하하하하.

으응? 결아가 눈을 깜빡이는데 횡설수설하던 루리가 서둘러 말했다.

— 어쨌든 너 집이지? 부탁 좀 할게!

"알았어. 지금 가져갈게."

전화를 끊은 결아는 루리가 놓고 간 지갑을 가지러 방을 나갔다.

지갑을 챙겨 방송국으로 온 결아는 루리와 만나기로 한 방송국 1층에 서서 주변을 뚤레뚤레 살폈다.

혹시 휘가 여기 있을까……?

지금 스튜디오 촬영이라면 여기 있을 가능성도 있다는 생각에 괜히 긴장이 됐다.

"마주치면 뭐라고 하지? 쉬라니까 왜 나와 있냐고 한 소리 하려

나? 그럼 언니 때문에 왔으니 오해하지 마세요, 라고 해야지. 그럼
그 남자가……."

결아가 혼자서 1인 2역을 하며 중얼중얼 걸어가고 있는데 누가
뒤에서 어깨를 툭 쳤다.

"으앗! 그, 그게 아니라 언니 때문에……!"

깜짝 놀라 연습하고 있던 멘트를 치던 결아가 눈을 둥글게 떴다.

"아, 감독님……?"

눈앞엔 휘가 아닌 준영이 서 있었다. 티셔츠와 바지까지 창백한
그의 피부와 어울리는 블랙 색상으로 매칭한 그가 결아를 내려다
봤다.

"요즘 왜 안 보입니까?"

준영이 특유의 무심한 얼굴로 묻자 결아가 어색하게 웃으며 머
리를 긁적였다.

"아…… 전 임시 매니저였거든요. 지금은 원래 매니저분이 복귀
하셔서요."

"지금 매니저 있을 때도 같이하지 않았나?"

"네? 아아, 그랬죠. 그랬는데 지금은 좀 쉬고 있어요."

"흐음. 그 일 때문에?"

은근슬쩍 던지는 반말에 결아가 눈썹 사이를 좁히는데 마침 저
기서 루리가 다가오는 게 보였다.

"그럼 감독님 다음에 봬요."

기회를 포착한 결아가 얼른 꾸벅 인사하고 다가오고 있는 루리
에게 막 걸어가려는데, 뒤에서 준영의 목소리가 들렸다.

"그런데, 선우휘 씨의 노예라는 소문은 사실인가?"

"네, 네에?"

결아가 흠칫 놀란 눈으로 돌아봤다. 준영은 여전히 생각을 알 수 없는 무표정한 얼굴로 결아를 바라보고 있었다.

"소문이 파다하던데. 이결아 씨가 선우휘 씨의 노예라고. 아니야?"

루리가 다가오고 있는데도 준영은 계속 말하고 있었다. 루리 앞에서 폭탄 발언이 이어질 위기에 몰리자 결아의 얼굴에 핏기가 싹 가셨다.

그때 루리가 해맑게 웃는 얼굴로 가까이 다가왔다.

"결아야! 가져왔…… 응?"

철썩! 순간 결아는 번개 같은 속도로 루리 손바닥에 지갑을 패대기쳤다. 그러고는 몸을 휙 돌려 준영에게 로봇같이 말했다.

"우. 와. 장. 준. 영. 감. 독. 님. 아. 니. 세. 요? 이. 런. 데. 서. 만. 나. 다. 니."

"결아 너, 뭐 잘못 먹었냐? 말하는 거 완전 이상하다?"

"지독한 발연기군. 대본 연습 할 땐 안 그런 것 같……."

"저. 쪽. 에. 서. 사. 인. 좀. 부. 탁. 드. 릴. 게. 요. 언. 니. 그. 럼. 난. 이. 만."

"응?"

루리의 황당하단 얼굴에도 초지일관 로봇처럼 대사를 읊은 결아가 준영의 팔을 잡고 끌고 가기 시작했다. 그러자 순순히 끌려가는 듯 했던 준영이 말했다.

"결아 씨가 내 팬이었는 줄은 몰랐네. 그런데 사인은 여기서도 할 수 있는데?"

준영의 말에 결아가 삐거덕 멈췄다.

"아하하하하하. 정말 영광이네요. 감독님을 여기서 뵐 줄이야! 하하하하하하하!"

결아는 무소처럼 괴력을 발휘해 준영을 끌고 순식간에 로비를 빠져나갔다.

준영을 밖으로 끌고 나온 결아가 아무도 없는 화단까지 와서야 준영을 놓고 바닥에 털퍼덕 쓰러졌다.

"헥…… 헥……."

산소 부족으로 얼굴이 허옇게 질려 숨을 몰아쉬고 있는 결아를 그가 가만히 바라봤다.

"이결아 씨 생각보다 저돌적인 면이 있네. 이런 으슥한 데로 끌고 와서 뭘 어떻게 하려고?"

준영의 느긋한 목소리에 결아가 고개를 번쩍 쳐들었다.

"아, 아무 짓도 안 해요! 감독님이 방금 저희 언니 앞에서 이상한 소릴 하셔서 어쩔 수 없이 그런 거잖아요."

결아가 억울하다는 듯 항변하자 준영이 팔짱을 척 꼈다.

"나는 그냥 소문을 확인한 것뿐인데. 선우휘 노예 아니야? 그래서 매니저도 하고 있다던데."

"그, 그건……."

회피하듯 눈동자를 굴리던 결아가 침을 삼키고 말했다.

"그건 맞는데요. 그래도 그걸 저희 언니가 알면 안 되거든요."

거짓말을 못하는 결아가 결국 실토를 하자 준영이 예리하게 뻗은 눈을 가늘게 떴다.

"언니한테는 비밀이니 함구해 달라?"

"네. 그래 주셨으면 하는데……."

"싫다면?"

준영의 말에 결아의 동공이 급격히 흔들렸다.

"싫으……세요?"

사시나무 떨리듯 떨고 있는 결아의 동공을 보며 준영이 자신의 날렵한 턱을 느른하게 쓸었다.

"내가 성격이 썩 좋진 않거든. 그런 부탁을 들으면 괜히 여기저기 발설하고 싶어진달까."

세상에! 못된 사람! 웃음기 하나 없이 잔인한 말을 줄줄 읊고 있는 준영을 보며 결아가 당황스러운 얼굴로 입만 뻐끔거렸다.

그런 결아를 빤히 내려다보고 있던 그가 말했다.

"그렇게 하면 네가 무척 곤란해진다는 거잖아."

"네, 네!"

한 줄기 희망의 빛을 본 것처럼 결아가 격하게 고개를 끄덕였다. 그러자 시종일관 무표정하던 준영이 입술 끝을 말아 올렸다. 뭐, 뭐지? 저 웃음은 왠지 불길한…….

"그럼 난 너의 약점을 잡고 있는 게 되나?"

준영의 말에 결아가 동그란 눈을 깜빡였다.

"……네?"

"넌 네가 선우휘와 노예 계약을 했다는 걸 언니가 알면 안 되고, 난 그 사실을 알고 있으니까. 내가 네 약점을 잡고 있는 거지."

듣고 보니 논리적으로는 타당한데……. 근데 이게 왜 이렇게 되는 거지? 결아가 목소리를 잃은 인어공주처럼 할 말을 찾지 못해 입만 뻐끔거렸다.

"아, 아니, 그래도 이건 아니죠."

결아가 얼른 정신을 수습하고는 나름 엄격한 표정을 지어 보였다.

"감독님은 저한테 약점을 볼모로 이런 협박성 발언을 하고 싶으세요?"

"어."

뭐라고요? 깔끔하고 간결한 대답에 결아는 또 할 말을 잃었다. 좀 이상한 사람이라고 생각하긴 했지만, 이렇게 괴짜일 줄이야……. 천재 중엔 괴짜가 많다더니 진짜였나 봐!

아, 그런데…….

결아는 순간 문득 깨달은 것이 있었다. 휘와 있던 시간 동안 면역이 된 걸까? 자신이 이 남자와 대화를 어렵지 않게 이어 가고 있었다는 사실이 신기했다. 휘를 처음 만났을 때만 해도 남자와 단둘이 대화하는 일은 숨 막히는 공포였는데…….

하긴 자신의 기피 1순위인 반짝반짝 인간 최고 레벨 휘와 매일같이 붙어 있던 데다 하루가 멀다 하고 충격의 도가니에 빠지고, 매니저 일을 하며 어쩔 수 없이 많은 사람들을 접하다 보니 이런 내성이 생기는 것도 당연하겠지.

"대체 제 약점을 잡아서 뭘 하시려고요?"

"아주 요긴하게 쓸 데가 많을 것 같은데."

준영이 입술 끝을 가늘게 휘어 올리자 결아의 얼굴이 사색이 됐다.

"쓸데가 어딨다고요! 전 감독님한테 전혀 쓸모없는 사람이에요. 장담해요!"

결아가 두 손을 내저으며 자신의 쓸모없음을 강하게 피력하자 준영이 그녀를 빤히 내려다봤다.

"왜, 왜 그렇게 보시는……데요?"

결아는 그의 날카로운 시선에 괜히 움츠러드는 것을 숨기며 짐짓 태연한 척 물었다.

"그럼 넌 선우휘에게만 쓸모 있는 사람인가?"

"그게 무슨 말씀이세요?"

뜬금없이 휘의 이름이 나오자 결아가 고개를 갸웃거렸다.

"선우휘의 노예가 되어 모든 일을 다 해 줄 정도로 쓸모 있는 사람이, 나에게는 전혀 쓸데가 없다기에."

"그거야 제가 잘못한 게 있어서 노예 계약을 하게 됐으니 그런 거죠."

"아, 그래?"

준영이 기다란 손가락으로 자신의 턱을 매만지며 결아를 내려다봤다.

타인에게 무관심하기로 유명한 자신인데, 왜 이 여자한테는 수시로 이상한 관심이 솟아나는 건지. 눈앞에 있으면 괜히 흥미를 끌고 눈앞에 안 보여도 종종 생각이 나는 이 여자가 신경이 쓰였다. 타인이 이런 식으로 자신의 세계 안에 침투한 건 처음 있는 일이라 준영은 가능한 한 객관적 위치에서 지켜보는 중이었다.

……이쯤에서 시험해 보는 것도 좋겠지.

준영이 예리한 눈빛으로 결아를 내려다보며 입을 열었다.

"한 가지 제안을 하지."

그가 한참 만에 입을 열자 결아가 시선을 들어 올렸다.

"무슨 제안이요?"

둘의 시선이 공중에서 맞닿았다.

"오늘만 내 말대로 따라 주면, 네 약점을 절대 누설하지 않는 걸로."

"네?"

준영은 결아의 의문 어린 얼굴은 무시한 채 자신의 손목시계를 확인했다.

"마침 오늘은 촬영이 캔슬 나서 시간이 비어."

준영이 손목시계를 톡톡 두드리며 말했다.

"지금부터면 반나절 정도 되겠는데. 나쁜 제안은 아니지 않나?"

"……."

결아가 의심의 눈초리로 준영을 보며 열심히 머리를 굴렸다. 반나절…… 노예 계약을 들키는 것에 비하면 그쯤이야. 잠시 고민하던 결아가 결심한 듯 고개를 끄덕였다.

"좋아요. 대신 꼭 함구해 주셔야 해요."

"그래."

준영이 희미하게 웃는 얼굴을 보며 결아는 스멀스멀 불안함이 올라왔다.

결아는 준영을 따라 주차장으로 가서 차에 올랐다. 막상 차에 오르니 긴장이 되어 불안한 눈빛으로 아무 말 없는 준영을 힐끔거렸다. 준영은 반나절의 소유권을 주장해 놓고는 마치 운전기사라도 되는 사람처럼 운전만 하고 있었다.

그런데 어디로 가는 거람? 아무리 약점을 잡고 있다지만 행선지도 밝히지 않고 데려가는 남자를 무작정 따라가도 되는 걸까? 휘 때문에 준영을 좀 봤다고 너무 안이하게 생각했나? 사실 잘 모르는 사람인데…….

결아가 자신의 무모함에 뒤늦게 불안을 느끼고 있는데 내내 운전만 하던 준영이 입을 열었다.

"선우휘에게는 보고 안 해도 되나?"

"방심한 틈을 타…… 네?"

여차할 때의 탈출 경로를 떠올리고 있던 결아가 흠칫 놀라 준영을 봤다. 그는 전방에만 시선을 두고 말했다.

"노예 계약 중이라며. 선우휘에게 보고하지 않아도 되냐고."

"지금 임시 휴가 중이라 괜찮을 거예요. 그리고……."

뭔가 말하려던 결아가 입을 다물자 준영이 고개를 힐끗 돌렸다.

"그리고?"

"아! 아무것도 아니에요."

생각에 빠져 있던 결아가 얼른 고개를 저었다. 그러고는 창밖으로 시선을 돌려 우울한 표정을 지었다.

역시 안 오네…….

혹시 몰라 휴대폰을 손에서 놓지 않고 있는데도 여전히 휘에게서는 연락이 없었다. 실은 뉴질랜드에서부터 느껴 오던 거리감이었다. 그 일 이후 확실히 서먹해져 버렸으니. 그 남자 잘못이 아니라고 했는데도……. 아니, 원인은 그 말 때문이 아닌 걸까?

그냥 싫증이 났는지도 모르지. 그 남자한테는 이 노예 계약이 그냥 놀이일 수도 있으니까. 생각보다 쓸모 있게 굴어서 해외 촬영까지 데려갔는데, 그런 귀찮은 사건까지 생겨 버려 정리해야겠다고 생각했는지도 몰라. 그래, 아무리 생각해도 그거야. 그거밖에 없어. 그럼 나 이제 노예에서 해방인 건가? 와아! 신나라.

결아가 창문에 얼굴을 대고 음침하게 히죽 웃었다. 잘됐네. 잘됐어. 그럼 이런 이상한 일로 약점 잡혀 끌려다니지 않아도 되고. 얼마나 좋아?

결아가 억지로 더 웃음을 지어 봤지만 왜인지 더 음침한 썩소가 되어 버렸다. ……왜 기운이 나지 않는 걸까? 하루빨리 노예 신분에서 벗어나는 게 목표 아니었나?

결아가 고민하는 사이 차가 커다란 건물의 주차장으로 진입했다.

"어? 여긴……."

결아가 주변을 두리번거리는데 주차를 끝낸 준영이 차 키를 뽑고 운전석 문을 열었다. 그걸 본 결아도 서둘러 안전벨트를 풀고 차에서 내리니 그는 이미 엘리베이터가 있는 입구 쪽으로 걸어가고 있었다.

여긴 혹시?

결아가 두리번거리며 준영을 따라갔다. 엘리베이터에서 내린 곳은 그녀가 예상하던 장소였다.

역시 영화관이었어. 멀티플렉스 영화관이 있는 건물이라 혹시 했는데……. 그런데 여기서 무슨 일을 하라는 거지? 혹시 자기 영화 홍보를 하라거나? 에이, 이 사람 영화는 제작 단계부터 이미 모든 언론의 보도 경쟁으로 자체 홍보가 됐을 텐데 그럴 필요가 어디 있겠어.

그럼 도대체 뭘까?

결아가 의아스러운 시선으로 보고 있는데 준영은 익숙하게 티켓 발권기로 가서 발권을 했다.

그때 주변에서 술렁거리는 소리가 들렸다.

"저 사람 혹시 장준영 감독 아니야?"

"뭐? 에이, 설마! 그런 유명한 감독이 이렇게 사람 많은 극장에 혼자 저러고 오겠어?"

"하긴……. 그럼 그냥 닮은 사람인가?"

바로 옆에 있는 사람들이 수군거리는 소리를 들은 결아는 순간 자신이 중요한 사실을 망각했다는 것을 떠올렸다.

아차! 저 남자도 유명인이지? 그것도 세계적으로 유명한 감독인데…… 저렇게 막 다녀도 되나? 감독들은 원래 그런가?

결아는 매의 눈으로 준영을 보며 숙덕거리는 여자들을 슬슬 피해 옆의 기둥 뒤로 슬쩍 몸을 숨겼다.

엇. 나도 모르게 본성이 튀어나왔네. 감독이 의심하기 전에 여기서 빨리 빠져나가야……. 으으, 그치만 기둥 뒤가 너무 안락해! 도저히 빠져나갈 수가 없어!

결아가 상자 속에서 빠져나가지 못하는 고양이처럼 기둥 뒤에서 내면의 갈등과 사투를 벌이고 있는데 갑자기 눈앞에 준영이 불쑥 나타났다.

"왜 여기 숨어 있는 거야? 가 버린 줄 알았잖아."

"아, 그, 그냥 여기 포스터 좀 보느라고……."

결아가 얼른 둘러대고는 기둥 뒤에서 빠져나왔다.

"어쨌든 가자. 지금 올라가면 딱 시간이 맞아."

"넵."

준영이 앞질러 가자 결아가 쫄레쫄레 그 뒤를 따라갔다. 에스컬레이터에 올라선 결아는 문득 이상함을 느꼈다. 영화를 보면서 대체 뭘 하라는 거지? 시킬 게 있으니 여기로 데려온 걸 텐데. 하지만 아무리 생각해도 상영관 안에서 할 수 있는 일은 영화 보는 일밖에 없었다. 그런데.

진짜네?

정말 준영은 상영관 의자에 앉자마자 집중해서 스크린만 보았다. 의아스러운 얼굴로 준영을 한 번 보고 스크린 한 번 보고 하던 결아는 영화가 시작되자마자 순식간에 영화 내용에 빠져들었다.

『Oui, je sais, je te laisse peu de temps pour réfléchir.』

프랑스어 대사가 흘러나오는 상영관 안에서 준영이 문득 고개를 돌렸다. 옆자리의 결아는 영화에 완전히 몰입한 표정으로 스크린에 시선을 고정시키고 있었다.

그가 주변을 슥 둘러봤다. 객석은 거의 비어 있었다. 점점이 흩어져 있던 그나마의 관객조차 자리를 뜨거나 잠들 정도로 지루한 예술 영화였다. 그런 영화에 결아는 조금의 지루함도 느끼지 않는다는 듯 완전히 몰입해 있었다. 그가 보고 있다는 것도 전혀 느끼지 못할 정도로.

"……."

준영은 의자 손잡이에 팔꿈치를 대고 손에 비스듬히 머리를 기댄 채 아예 대놓고 결아를 바라봤다. 그의 차가운 입술 끝이 어둠 속에서 천천히 호선을 그리며 휘어 올라갔다.

완전히 빠졌군.

느른한 미소를 머금은 채 결아를 보고 있던 준영이 일순 멈칫했다.

또르륵.

화면만 응시하고 있던 결아의 눈에서 한 줄기 눈물이 흘러내렸다. 자신이 울고 있다는 것도 인지하지 못하는 듯 눈 한 번 깜빡거리지 않고 영화에 몰두해 있는 결아를 본 순간, 준영의 눈이 진지하게 빛났다.

그 시간. 휘는 한 손에 휴대폰을 들고 로댕의 생각하는 사람 포즈로 앉아 있었다.

……이제 끝내자고 생각해 놓고, 지금 뭘 하고 있는 거야?

지금 그는 계약 파기를 통보하기 위해 휴대폰을 들고 있는 게 아니었다. 어떤 핑계를 대고 휴가를 준 결아를 불러낼지 맹렬히 고민 중이었다. 일주일 동안 하루하루를 마치 영겁의 시간처럼 보낸 뒤, 드디어 한계에 다다른 그에게 더 이상의 인내심은 없었다.

"대체 뭐라고 해야……. 아니지, 내가 왜?"

초조하게 중얼거리던 휘가 어이없다는 듯 실소를 흘리며 휴대폰을 소파 위에 툭 던졌다.

"됐다. 운동이나 하자."

짜증스럽게 말한 휘가 소파 위에서 몸을 일으켰다.

5분 뒤. 휘는 휴대폰을 손에 쥔 채 아까와 똑같은 포즈로 앉아 있었다.

"……."

가만, 이 여자 웃긴 여자네? 휴가를 줬다고 마냥 칠렐레팔렐레 놀고 있어?

"노예 신분에 말이야. 그게 말이 돼?"

휘는 눈을 가늘게 뜨고 휴대폰의 잠금장치를 풀었다.

"아직 계약 파기 전이잖아. 그러니까 내가 내 노예를 불러서 부려 먹는 건 주인의 당연한 권리지. 자신에게 주어진 권리를 등한시하는 건 올바른 계약자의 자세가 아니니까."

마치 누구 들으라는 듯 크게 떠들던 휘가 통화 버튼을 터치했다.

— 뚜르르르. 뚜르르르.

신호음이 울리는 횟수가 길어질수록 기세등등하던 휘의 얼굴이 점차 초조하게 변했다.

— 지금은 전화를 받을 수 없어…….

"하! 안 받아?"

감히 내 전화를? 휘가 조소를 흘리며 휴대폰을 소파 위로 던졌다.

"그래. 받지 마라, 받지 마. 나도 안 할 거니까."

자존심이 상한 얼굴로 휘가 벌떡 일어나 트레이닝룸으로 향했다.

식사를 하려 같은 건물의 다이닝바에 자리를 잡자마자 결아는 준영을 향해 속사포처럼 영화 평을 쏟아 내기 시작했다.

"정말 감동적인 영화였어요. 슬프긴 하지만…… 그래도 역시 그게 현실이구나, 하는 생각도 들구요. 그래서 한편으로는 더할 나위 없이 완벽한 결말인 것 같아요."

상영관 안에서 무음으로 바꿔 두었던 휴대폰이 가방 속에서 계속 깜빡거리고 있다는 걸 전혀 모르는 결아는 영화의 여운에 흠뻑 취해 있었다.

울어서 토끼처럼 붉어진 눈으로 쉴 새 없이 영화에 대한 찬사를 터뜨리는 결아를 준영이 맞은편에서 가만히 바라봤다. 음식이 나왔는데도 한참을 재잘거리던 결아가 후아, 하고 깊이 숨을 토해 냈다.

"이제야 다 쏟아 낸 모양이군."

준영의 말에 결아가 흠칫했다.

"아…… 제가 너무 많이 떠들었나요?"

결아가 민망한 얼굴로 볼을 긁적이자 준영이 어깨를 으쓱였다.

"나쁘지 않았어. 다 쏟아 내서 배고플 텐데 식사해."

"아, 네."

나 좀 봐! 음식 나온 줄도 모르고 혼자 신나서 떠들었다니…….
자신이 떠드는 동안 준영도 음식에 손을 대지 않고 있었다는 걸
안 결아는 더 민망해지는 기분이었다.

"감독님도 어서 드세요. 배고프실……."

막 포크를 들어 올리던 결아가 멈칫했다. 포크를 든 채로 그녀
가 자신을 빤히 바라보자 준영이 물었다.

"왜?"

"혹시 같이 영화 보자고 아까 그런 제안을 하신 거예요?"

"맞는데."

준영이 표정 변화 없이 대답하자 결아가 눈을 한 번 굴리고는
다시 그를 바라봤다.

"왜요?"

"해 보고 싶은 일이었으니까."

준영은 그제야 포크와 나이프를 들고 접시로 시선을 옮기며 말
했다. 결아는 도무지 이해할 수 없다는 표정으로 준영을 보고 있었
다. 해 보고 싶은 일이라니, 뭘? 영화 보는 게?

"감독님은 같이 영화 봐 줄 사람 엄청 많을 것 같은데……."

"의미가 달라."

"네?"

결아가 되묻자 익숙하게 스테이크를 썰던 준영이 움직임을 멈추
고 시선을 들었다. 그의 시선이 똑바로 자신을 향하자 결아는 의문
스럽게 뜬 동그란 눈을 천천히 깜빡였다. 그 눈에 시선을 맞춘 채
준영이 말했다.

"여자로서 관심이 가는 상대와 해 보고 싶은 일이었다고."

결아는 태어나서 처음으로 희한한 말이라도 들은 사람처럼 멍한 얼굴로 준영을 바라봤다.

"여자로서 관심…… 누구요? 저요?"

"여기 누가 또 있는데?"

도리어 준영이 태연한 얼굴로 되묻자 결아는 잠시 눈을 크게 뜨고 그를 쳐다봤다.

"마, 말도 안 돼요!"

결아가 하얗게 질린 얼굴로 소리치자 준영이 불쾌하다는 듯 눈썹을 치켜올렸다.

"이래 봬도 말은 꽤 조리 있게 하는 편이라는 소릴 듣는데. 글도 오타 비문 없이 쓰는 편이고."

"아니 제 말은 그런 뜻이 아니라……."

"다시 생각해."

"아, 네."

준영이 명령하듯 말하자 결아가 반사적으로 대답했다. 그러니까 이 남자가 방금 전에 한 말의 명확한 의미를 다시 생각해 보면……. 결아가 조금 전 준영의 대사를 다시 머릿속으로 곰곰이 떠올렸다. 그러더니 인상을 팍 찌푸렸다.

"에엑?"

준영이 결아의 찌푸려진 얼굴을 가만히 응시했다.

"……꽤 여러 가지 반응을 상상했는데, 전혀 예상하지 못한 반응이군."

"저, 저기 감독님. 뭔가 착각하신 게 아닐까요? 이거 쭉 들이켜시고 집에 가셔서 차분하게 다시 생각해 보세요."

결아가 진지한 표정으로 내민 물 잔을 지그시 바라보던 준영이 말했다.

"냉수 먹고 정신 차리란 건가."

"네."

결아가 당연하다는 얼굴로 고개를 끄덕이자 그가 피식 웃었다.

"반응 참 독특해."

"감독님도 제 입장이라면 저처럼 생각하실걸요?"

결아가 단호하게 말하자 그의 눈이 가늘어졌다.

"어떻게 장담하지?"

"저와 감독님은 촬영장에서 마주치긴 했어도 아무런 접점이 없었잖아요. 인사 외엔 대화도 거의 없었고……."

"그 말은 꽤 설득력 있게 들리는군."

"그렇죠?"

결아가 방긋 웃자 준영이 입술 끝을 늘였다.

"그런데, 나한테는 접점이 있었어. 그것도 여러 번."

결아가 고개를 갸웃거렸다. 여러 번씩이나? 언제? 어디서? 어느 틈에? 무슨 접점이 본인도 모르는 사이 생길 수가 있단 말인가! 결아가 어느새 다 먹고 비어 있는 접시를 노려보며 생각을 더듬었다.

그때 준영이 자리에서 일어섰다.

"네가 다시 생각하길 바란다면 그렇게 하지."

"아. 정말요?"

결아가 잘 생각하셨다는 얼굴로 얼른 준영을 따라 일어섰다. 그런데 앞서 걸어가려던 준영이 주머니에 손을 찔러 넣고 몸을 돌렸다. 그가 갑자기 돌아보자 따라가려던 결아가 멈춰 섰다.

준영이 결아를 바라보며 말했다.

"대신 그래도 같은 결론이 나올 땐…… 너도 인정해."

"알았어요."

설마 그럴 리야 있겠냐는 얼굴로 결아가 바로 고개를 끄덕였다.

다이닝바를 나온 결아는 준영과 엘리베이터에 올라탔다.

"집까지 태워 줄게."

"전 그냥 전철 타고 갈게요. 요 앞에 전철역이 있더라고요."

결아의 거절을 무시한 준영이 지하 주차장 버튼을 눌렀다. 그걸 본 결아가 불퉁하게 입술을 실룩거렸다. 이쪽 계통 사람들은 왜 다들 남의 말을 안 듣는 거야? 결국 준영의 차를 타게 된 결아가 꼬물거리며 벨트를 맸다.

왠지 휘를 만난 이후 자꾸 이렇게 남의 차에 타게 되는 경우가 생기는 것 같은데……? 그것도 낯선 남자와 단둘이. 다행히 이젠 예전처럼 호흡 곤란이 일어나진 않지만……. 하지만 휘와 있을 때처럼 묘한 긴장이 생기지도 않는다. 그저 어색하고 불편하달까?

결아가 자신의 가방 안에서 휴대폰을 꺼냈다.

"어? 폰이 언제 꺼졌지?"

꺼진 휴대폰을 확인한 결아가 고개를 갸웃거리고 있자 운전석에 앉은 준영이 그녀를 바라봤다.

"전화 필요해?"

준영이 쓰라는 듯 자신의 휴대폰을 결아에게 내밀었다.

"괜찮아요. 곧 집에 가는데요 뭐."

결아가 고개를 저으며 사양한 뒤 휴대폰을 다시 가방 안에 넣었다.

"그럼 그렇게 하고."

그가 내밀었던 휴대폰을 무심히 가져가며 결아를 힐긋 쳐다봤다. 뭔가 생각하는 듯 작은 머리를 살짝 기울이며 눈을 굴리는 옆모습이 그의 시야에 들어왔다. 짧은 순간 진지해진 그의 눈빛을 전혀 인식하지 못한 채 결아는 아직도 영화의 여운에 폭 빠져 있었다.

♡　♥　♡

그 시간. 휘는 흡사 눈깔 없는 석고상의 자태로 휴대폰을 노려보고 있었다.

"……폰을 꺼 버렸겠다?"

감히 내 전화와 문자를 모두 무시하더니, 이젠 전화를 꺼 버려?

"하!"

휘가 어이없는 표정을 한 채 커다란 손으로 얼굴을 가리고 고개를 절레절레 흔들었다.

"이결아가 내 연락을 피해……? 하하하."

실소를 흘리던 휘가 갑자기 휴대폰을 부서뜨릴 듯 움켜잡았다.

"너, 가만 안 둔다."

휘는 사납게 눈을 번뜩였다. 내 전화를 피한 응징은 똑똑히 치르게 해 주지. 휘는 자신의 전화 공격에 결아의 폰 배터리가 나가 버렸다는 생각은 꿈에도 하지 못한 채 혼자 분노에 휩싸여 있었다.

17.
눈깔 없는 석고상

결아를 바래다주는 차 안에서 준영이 말했다.

"좀 변한 것 같은데."

"……저요?"

내내 침묵하다가 갑자기 준영이 말을 꺼내자 결아가 고개를 돌렸다. 그가 핸들을 잡은 채 결아를 바라보고 있었다.

"처음과 분위기가 좀 달라진 것 같아서."

"아아, 그런가요……?"

그런데 감독님이 그걸 어떻게 아시지? 감독님은 원래의 내 모습은 잘 모를 텐데?

"그건 선우휘의 영향인가?"

응? 그것도 어떻게 알지? 결아가 놀랍다는 듯 준영을 보다가 어느새 집 근처에 도착한 것을 알아챘다.

"아! 다 왔어요. 전 여기서 내릴게요."

창밖을 본 결아가 급히 말하자 준영이 차를 세웠다.

"바래다주셔서 감사합니다."

결아가 허둥지둥 인사하며 벨트를 풀고 차 문을 열었다. 그리고 내리려는 그때 준영이 결아의 팔을 잡았다.

"어……!"

팔이 잡힌 결아가 눈을 둥그렇게 뜨고 돌아봤다. 그러자 준영이 진지한 얼굴로 그녀를 똑바로 바라보고 있었다.

"선우휘 영향, 맞아?"

"그게 왜……."

결아가 당혹스러운 얼굴로 준영을 보고 있는데 뒤에서 목소리가 들렸다.

"이결아."

익숙한 목소리에 결아가 돌아보니 모자를 깊게 눌러쓴 휘가 막 택시에서 내리고 있었다.

"휘……?"

택시 문을 닫은 휘가 강렬한 눈빛으로 노려보며 똑바로 다가왔다.

휘가 왜 여기에? 결아는 자신 쪽으로 성큼성큼 다가오는 휘를 의아스럽게 바라보고 있었다. 아직 준영에게 팔이 잡혀 있다는 사실도 망각한 채.

휘는 매서운 눈으로 결아 앞으로 다가오더니 고개를 기울여 차 안을 바라봤다. 그리고 결아의 팔을 잡고 있는 상대를 확인한 휘의 눈썹이 꿈틀거렸다.

"여기서 보게 될 줄은 몰랐는데."

준영이 태연한 얼굴로 고개를 까닥였다.

"감독님이 제 매니저와 개인적인 친분이 있는 줄은 몰랐는데요."

"어쩌다 보니 가까워지게 돼서."

"네?"

결아가 이게 무슨 소리냐는 얼굴로 준영을 바라봤다. 오늘 처음, 그것도 반협박으로 만나게 됐는데 가까워지다니?

휘는 결아의 손을 잡고 있는 준영의 손을 노려보며 말했다.

"그런데 이건 풀고 얘기하죠?"

결아의 시선이 자동적으로 휘의 시선을 따라갔다. 그제야 준영에게 팔이 잡힌 상태였다는 걸 깨달은 결아가 깜짝 놀라 팔을 빼냈다. 그녀의 몸이 자유로워지자 휘가 곧바로 결아를 끌어와 자신의 뒤에 숨겼다. 그걸 본 준영이 한쪽 눈썹을 삐딱하게 올리고 휘를 바라봤다.

"매니저일 뿐인데 그렇게 보호자처럼 굴 필요는 없지 않나?"

"전 제 스태프들은 다 가, 족, 같, 이 생각해서 말입니다."

휘가 '족, 같, 이'에 과하게 스타카토 발성으로 끊어서 힘주어 말했다.

"아, 가족."

준영이 피식 웃으며 휘를 바라봤다.

"그럼 오빠 같은 마음?"

준영의 말에 휘가 미간을 좁혔다.

"비슷합니다. 감독님은 무슨 일로 이 시간까지 제 스태프와 같이 있던 겁니까?"

휘가 공격성을 드러내며 묻자 준영이 시니컬하게 대답했다.

"보통 오빠한테 개인적인 관계까지 다 보고하진 않지. 그런 걸

월권이라고 하던가?"

휘의 눈이 험악하게 굳어지는 걸 보며 준영이 말했다.

"문 좀 닫아 주겠어?"

휘가 입술을 굳게 다문 채 거칠게 차 문을 닫았다. 문이 닫히자 준영이 창문을 열고 말했다.

"그럼 선우휘 씨, 촬영장에서 봅시다. 결아 씨는 오늘 즐거웠고."

"아, 안녕히 가세……."

결아가 휘의 등 뒤에서 고개를 빼꼼 내밀고 인사하다가 휘의 살벌한 시선에 흠칫 놀라 입을 다물었다.

그렇게 유유히 골목을 빠져나가는 준영의 차를 휘가 무섭게 쏘아봤다. 그때 휘의 등 뒤에 있던 결아가 슬쩍 빠져나와 물었다.

"저, 휘 씨는 어쩐 일로 오신 거예요?"

그러자 휘가 결아 쪽으로 몸을 홱 돌렸다.

으앗! 또 눈깔 없는 석고상이다!

분노에 찬 휘의 무서운 얼굴에 결아는 뒤로 한 걸음 물러섰다.

"감독과 이 시간까지 노닥거리느라 내 연락은 피한 건가?"

분노가 진하게 응축된 낮은 목소리에 결아가 점점 더 뒤로 물러서며 옹알옹알 항변했다.

"저, 전 휘 씨 연락 피한 적이 없는……데요."

결아가 뒤로 물러서는 만큼 휘가 저승사자같이 따라붙었다.

"분위기 좋던데. 언제 감독과 이렇게 가까운 사이가 된 거야?"

"아니 전 감독님과 친분이 없는……."

"나 몰래 촬영장에서 많은 걸 하고 다닌 모양이야? 전에는 현석과 비상구에서 내통하더니, 이제는 감독이 집까지 바래다주는 사이가 되어 있고."

제 말은 듣지도 않고 비아냥거리는 휘의 태도에 결아가 멈춰 서 선 답답한 얼굴로 그를 바라봤다.

"저기, 제 말 듣고 있긴 해요?"

결아는 멈춰 섰는데 휘는 멈출 생각이 없어 보였다. 그가 성큼 몇 걸음 더 다가오자 어느새 둘의 간격이 바짝 가까워졌다.

지, 지나치게 가까운 것 같은데······? 결아가 숨을 들이켜고 한 걸음 더 뒷걸음쳤다. 그러자 등에 서늘하고 딱딱한 담벼락이 닿았다.

그때 휘가 두 팔을 뻗어 결아의 양쪽 벽을 짚었다. 그의 팔 안 에서 꼼짝없이 갇혀 버린 꼴이 되자 결아가 바짝 긴장했다. 차가운 휘의 얼굴을 긴장된 시선으로 올려다보고 있는데 어둠 속에서 그 의 섬세한 입술이 벌어졌다.

"화가 나."

낮게 말한 휘가 결아에게 천천히 고개를 숙였다. 그의 얼굴이 다가오면서 중저음의 목소리가 더 가까이서 들렸다.

"너 때문에."

나 때문에······?

입술이 닿을 듯 가까운 곳에서 휘가 자신을 똑바로 응시하자 결 아는 숨을 들이켰다. 순간 파리와 뉴질랜드에서의 의도치 않은 키 스의 기억이 떠올랐다. 설마 또 키스? 입술의 감촉이 생생하게 떠 오르자 결아는 눈을 질끈 감았다.

"······."

휘가 눈을 감고 있는 결아를 지그시 내려다봤다. 그의 시선이 짙은 속눈썹과 동그란 코, 앙다문 체리빛 입술을 천천히 훑어 내려갔다.

결아는 빠르게 울리는 심장의 울림이 귀 안에서 고동치는 것을 느끼며 두 주먹을 꼬옥 움켜쥐었다. 세, 세 번째······!

딱콩!

"아얏!"

순간 휘가 손가락으로 그녀의 콧등을 튕기자 결아가 화들짝 놀라 눈을 떴다. 눈앞엔 한쪽 눈썹을 치켜올린 휘의 얼굴이 보였다.

"한 번만 더 연락 안 받으면 계약 불이행이야, 너."

"네? 아······."

결아가 어리둥절한 표정으로 보고 있자 휘가 팔로 가두고 있던 그녀를 풀어 주고는 몸을 돌렸다.

"간다."

"아, 네. 안녕히 가세요."

휘의 말에 결아가 얼른 대답했다. 멀어지는 그의 뒷모습을 보며 결아는 자신의 얼얼한 콧등을 문질렀다.

"뭐야. 키스하는 줄 알았네······."

한숨처럼 중얼거리던 결아가 움찔 놀랐다.

"아, 아니. 그 남자가 나한테 키스할 일이 뭐가 있다고? 그 전에 한 건 다 그럴 만한 이유가 있어서 그런 거였고! 내가 아쉬워할 이유는 하나도, 조금도, 요만큼도 없다고!"

결아는 민망함으로 발갛게 달아오른 얼굴에 휘휘 손부채질을 했다.

"벌써 안 보이네······."

어느새 골목 저편으로 사라진 휘의 흔적을 눈으로 쫓던 결아가 집 쪽으로 몸을 돌렸다.

잠시 후, 집에 들어와 휴대폰을 충전기에 연결시키고 전원을 켠 결아의 눈이 큼지막해졌다.

"이, 이게 뭐야? 부재중 전화 52통?"

놀라서 입이 쩍 벌어지는데 뒤이어 띠링 띠링 띠링 소리와 함께 메시지 테러도 이어졌다.

[전화 왜 안 받아?]

[어이. 지금 내 전화 피하냐?]

[너 정말 빨리 안 받을래??]

쉬지 않고 이어지는 메시지 공격에 결아가 휴대폰을 침대 위에 올려놓고 주춤주춤 물러섰다.

연락했다더니 이렇게 많이 했을 줄이야……. 시간을 보니 영화를 보기 위해 무음으로 바꿔서 휴대폰을 가방에 넣어 둔 이후 같았다. 하긴, 관람이 끝난 이후에도 영화의 여운에 취해 휴대폰을 확인할 생각을 못 했으니…….

"내가 연락을 안 받아서 그렇게 화가 났나?"

결아가 아직도 띠링 띠링 울리는 휴대폰을 눈을 가늘게 뜨고 응시했다.

"내내 연락도 없더니, 갑자기 무슨 일이지?"

그러고 보니 별다른 말도 없이 가 버렸잖아. 이렇게 전화를 많이 하고 집 앞까지 올 정도면 무슨 중요한 일이 있었던 것 같은데…….

"근데 왜 화만 내고 가 버리냐구."

사람 궁금하게…….

결아가 이젠 잠잠해진 휴대폰을 매만지며 작게 중얼거렸다.

♡ ♥ ♡

집에 돌아온 휘는 침대 위에 누워 잠을 청하고 있었다. 하지만 잠에 들지 못하고 한참을 이리저리 뒤척이던 휘가 벌떡 몸을 일으켰다.

"그 자식!"

휘가 짜증스럽게 이불을 걷어찼다. 결아의 손을 태연히 잡고 있던 준영 때문에 분노가 치밀었다.

"언제 그렇게 가까워진 거냐고! 제기랄!"

생각하면 할수록 분노가 활화산처럼 터져 나왔다. 적어도 뉴질랜드에서의 그 일 전까지는 결아의 일거수일투족을 다 알고 있었다. 촬영 때문에 자신과 대부분의 시간을 같이 보냈으니까.

"그렇다는 건 거리를 둔 최근 가까워졌다는 건데……."

휘의 눈빛이 예리해졌다.

"그 감독, 무슨 의도로 결아한테 접근한 거지? 고작 매니저일 뿐이잖…… 아니지. 그 녀석이 겉보기엔 평범한 중고딩으로 보여도 잘 보면 꽤 귀엽고 웃을 때마다 사람 가슴을 뒤흔드는 면이……."

게다가 자신이 결아에게 느끼는 성적인 열망을 준영이라고 느끼지 말라는 법은 없었다. 그녀에겐 남자들의 욕망을 자극시키는 묘한 보호본능과 여성적인 매력이 분명 있었으니까.

초조하게 방을 이리저리 서성대는 휘의 마음이 점차 불안해졌다. 결국 미간을 일그러뜨린 그가 낚아채듯 휴대폰을 움켜잡았다.

"마음이 무겁든 뭐든 무슨 상관이야."

지금 그게 문제가 아니게 됐는데!

♡ ♥ ♡

띠링.

일기를 쓰고 막 자리에 누우려던 결아가 메시지 알림 소리에 휴대폰을 바라봤다. 타박타박 걸어가 휴대폰을 들어 올리자 휘의 메시지가 와 있었다.

[내일부터 휴가 끝. 아침에 우리 집으로 출근할 것.]

메시지를 읽은 결아의 입술 끝이 둥글게 휘어 올라갔다.

"내가 지겨워진 게 아니었나 봐. 다행…… 헉!"

다행? 다행이라니? 노예 생활을 청산할 수 있는 절호의 기회였는데 다행이라니!

"으으. 정말 나한테 노예근성이 충만한 걸까?"

결아는 복귀하라는 휘의 메시지에 안도하는 자신에게 심란한 기분이었다.

♡ ♥ ♡

"결아 씨! 오랜만이에요!"

"정석 씨! 잘 지내셨어요?"

오랜만에 조우한 결아와 정석이 팔짝팔짝 뛰며 반가워하자 휘가 눈썹을 치켜올렸다.

"무슨, 얼마나 오래됐다고. 니들 일주일 만에 본 거거든?"

"일주일이면 완전 긴 시간이죠!"

그 일주일 동안 휘의 가사도우미 역할을 결아 대신 하느라 얼굴이 반쪽이 된 정석이 드디어 해방이라는 얼굴로 환하게 웃자, 휘가 아직도 잡고 있는 둘의 손을 못마땅하게 쳐다봤다.

"너네 꽤 친해 보인다?"

휘의 말에 결아와 정석이 휘를 바라봤다.

"같이한 시간이 얼만데요. 안 친해지면 이상한 거죠. 그쵸, 결아 씨?"

"물론이죠!"

결아가 고개를 끄덕이며 정석을 향해 방긋 웃자 휘의 눈이 가늘어졌다. 소심한 줄로만 알았는데 아주 밥 먹듯이 남자와 손을 잡아? 정석과 결아의 맞잡은 손에 휘의 날카로운 시선이 박혀 들었다. 감독과도 소리 소문 없이 친해지더니 정석과도 생각 이상으로 가까워 보이고……. 가만. 저 녀석, 남자들을 끌어들이는 뭔가가 있는 건가?

휘의 눈에서 발산되는 찌릿찌릿한 레이저를 전혀 눈치채지 못한 정석이 해맑게 말했다.

"그럼 출발할까요?"

"네!"

정석을 따라 총총 엘리베이터로 향하는 결아의 뒤에서 레이저가 계속 발사되고 있었다. 지하 주차장에서 룰루랄라 운전석 문을 열려는 정석의 어깨를 휘가 턱 잡았다.

"어? 왜요?"

정석이 돌아보자 휘가 손을 척 내밀었다.

"키."

"키는 왜……."

정석이 의문스러운 얼굴로 키를 내밀자 휘가 홱 낚아채선 운전석에 올라탔다.

"형이 운전하게요?"

"어."

짧게 대답한 휘가 차 키를 꽂자 뒷자리에 타고 있던 결아의 얼굴이 창백해졌다.

"피, 피곤하실 텐데 운전은 정석 씨가 하시는 게……."

휘는 들은 척도 하지 않고 곧바로 시동을 걸었다. 정석과 결아는 긴장된 시선을 나누고는 얼른 벨트를 단단히 맸다.

크르릉! 맹수의 포효처럼 시끄러운 엔진음을 낸 차가 매섭게 달려 나갔다.

"으앗!"

"아이쿠!"

차가 앞뒤로 크게 들썩이자 결아와 정석의 몸이 스프링처럼 요동쳤다.

부아아아아아아앙—

"꺄아아아! 처, 천천히요!"

"형! 속도! 으앗! 신호! 신호 좀 봐요!"

최고 데시벨을 넘나드는 절규 소리에도 휘는 스트레스 해소라도 하듯 더욱 속도를 올렸다.

차가 촬영 장소에 도착하자마자 정석과 결아가 탈출하듯 기어 나왔다.

"사, 살았다아……."

"흑. 죽는 줄 알았어요."

결아가 눈물까지 글썽이며 주저앉는데 저 앞에서 누군가가 다가

왔다.

"아, 감독님!"

정석이 준영을 발견하고 잽싸게 몸을 일으켜 인사하러 달려갔다. 결아도 후들거리는 다리에 겨우 힘을 주고 일어서려는데, 어느 틈에 차에서 나온 건지 휘가 그녀의 팔을 잡았다.

결아가 돌아보니 휘가 자신을 잡은 채 준영을 서늘한 시선으로 보고 있었다. 그 시선을 다시 결아에게 천천히 내린 휘가 눈을 똑바로 맞추고 말했다.

"앞으로는 절대 내 허락 없이 내 옆에서 떨어지지 마."

결아가 그의 말에 가만히 휘를 올려다봤다. 농땡이 치지 말라는 소린가? 어엇, 그런데 왜 심장이 막 벌렁거려?

결아의 얼굴이 붉어지는데 휘가 인상을 찡그렸다.

"대답 안 해?"

"아, 네! 그럴, 그럴게요."

결아가 열심히 고개를 끄덕이자 휘는 그제야 그녀를 놓아주곤 말했다.

"넌 인사할 필요 없으니 여기 있어."

"아, 감독님이신데 인사는 드려야……."

히익! 우뚝 걸음을 멈춘 휘가 살벌한 시선으로 자신을 내려다보자 결아가 얼른 고개를 끄덕였다.

"알겠어요."

그렇게 결아를 철벽 마크 한 휘가 준영에게 걸어갔다.

"안녕하세요."

"……."

뒤에 멀찍이 떨어져 있는 결아를 힐끗 본 준영이 피식 웃었다.

"오늘 촬영 타이트하게 진행되니 잘 따라와 주세요."

"네."

휘가 대답하자 준영이 몸을 돌려 촬영장 쪽으로 걸어갔다. 그가 멀어지자 둘 사이에 흐르는 미묘한 기류에 물러서 있던 정석이 얼른 다가와 물었다.

"형. 감독님이랑 또 무슨 일 있었어요?"

"전혀."

짧게 말한 휘가 시선을 돌려 결아를 봤다. 그가 자신에게 오라는 듯 고개를 까닥이자 신호를 알아들은 결아가 종종걸음으로 다가갔다. 가까이 다가간 휘의 옆에 척 멈춰 서니 휘가 만족스럽다는 듯 입꼬리를 말아 올렸다.

"잘했어."

결아가 그를 보며 생긋 웃자 미소를 짓던 휘의 얼굴이 굳었다.

"왜요?"

"아니야. 아무것도."

의문스럽게 묻는 결아에게 대충 대답한 휘가 촬영장 쪽으로 앞장서서 걸어갔다. ……대미지가 너무 큰데. 방금 결아의 귀여운 미소에 강하게 조여들던 심장 부근을 매만지며 휘가 작게 숨을 뱉어 냈다.

결아는 그런 휘의 뒷모습을 바라보며 고개를 갸웃거렸다.

"아직 기분이 덜 풀렸나."

촬영에 영향을 주면 안 될 텐데. 결아는 작게 중얼거리며 휘의 뒤를 쫄레쫄레 따라갔다.

촬영에 들어가자 휘는 중간중간 매의 눈으로 결아의 위치를 확인했다.

"헛. 또!"

휘의 시선을 착각한 정석은 휘가 매의 눈으로 쳐다볼 때마다 움찔거렸다.

"형 아침부터 저한테 왜 저런대요? 내가 뭘 잘못한 게 있나?"

"네?"

휴대용 냉장고에서 음료수병을 종류대로 정리하고 있던 결아가 고개를 들었다.

"결아 씨 혹시 형이 왜 저러는지 알아요?"

정석이 결아에게 고개를 가까이 대고 묻자 휘의 시선이 더욱 살벌해졌다.

"저, 저거 봐요. 저 눈! 형이 저 눈 할 때마다 아주 염통이 쫄깃해진다니까요?"

"에이. 별일 아니겠죠."

귀를 가까이 기울이고 듣던 결아가 방싯 웃어 주자 이번에는 휘의 눈에서 레이저가 발사될 기세였다.

"저게 별거 아니라고요? 아주 잡아먹으려는 눈빛인데! 으으, 안 되겠다. 결아 씨. 저 통화 좀 하고 올게요. 오래 걸릴 겁니다!"

정석이 몸을 부르르 떨고는 휴대폰을 꺼내 들고 도망치듯 휘의 시선에서 벗어났다. 혼자 남은 결아는 오도카니 서서 다시 촬영에 들어간 휘를 바라봤다.

"하긴 오늘 심기가 안 좋아 보이긴 했어. 그래도 아까보단 좀 나아진 것 같은데."

뭐 저 남자 미간에 주름 가는 건 일상다반사니까. 그런데…….

"오늘 저 남자 왜 저렇게 멋있는 거야?"

블랙 슈트를 차려입고 나쁜 남자 포스를 내뿜는 휘는 보고만 있어도 한숨이 나올 만큼 멋있었다. 남자는 슈트발이라더니, 평소 패셔너블한 옷들도 잘 어울리지만 저렇게 제대로 차려입고 있는 모습을 보면 영국 귀공자 같은 귀티가 철철 넘친다.

"패션의 완성은 얼굴이라더니……. 진정한 패완얼이 여기 있었네."

창백할 정도로 하얀 피부에 진한 눈썹과 우뚝 솟은 콧날, 관능을 품은 입술은 그야말로 조각이네, 조각.

"컷! 주미 씨! 자꾸 넋 빼놓고 있을 거야?"

"어머머! 죄송합니다. 다시 갈게요."

주미가 민망한 듯 웃으며 휘를 힐끔거렸다. 그걸 본 결아가 입술을 삐죽거렸다.

"흥. 휘한테 홀린 모양이지?"

솔직히 내가 봐도 이렇게 멋있는데, 반사판 후광까지 받은 그 얼굴을 코앞에서 보고 있는 한주미가 홀리는 것도 무리가 아니긴 하지.

"그런데 왜 내 기분이 안 좋아지는 거람? 에이."

결아는 고개를 돌리고 다시 음료수병 정리를 마저 하기 시작했다.

그때 휘의 시선이 힐끗 결아한테 닿았다.

여긴 관심도 없냐?

휘의 미간이 슬몃 좁혀 들었다. 아까부터 자신이 쉬는 타임마다 끊임없이 시선을 보냈는데 결아는 자신에게는 관심도 없는 듯 다른 일만 하고 있었다. 저 여자는 사람 기분을 수시로 들었다 났다, 아주 내가 셰이크병도 아니고…….

하지만 결아에게서 도저히 시선을 뗄 수가 없다. 휘는 불만스러운 표정으로 결아를 한참 바라봤다.

"수고하셨습니다."

촬영이 끝나자마자 휘는 곧장 결아가 있는 곳으로 다가갔다.

"가자."

"네."

결아가 끄덕이며 앞장서는 그를 따라가려는데 조연출과 함께 있던 정석이 휘를 불렀다.

"형! 잠깐 이쪽으로 와요! 확인할 게 있대요."

정석의 말을 들은 휘가 결아를 내려다봤다. 그러고는 주변을 매의 눈으로 슥 훑었다. 그놈은 안 보이는군. 준영이 없는 것을 확인한 그가 결아에게 말했다.

"넌 차에 먼저 가 있어."

"아, 네."

휘가 건넨 차 키를 받아 든 결아가 짐을 들고 뒤돌아섰다. 결아가 걸어가는 모습을 잠시 보던 휘는 정석 쪽으로 몸을 돌렸다.

차가 주차된 곳으로 향하던 결아는 휴대폰 진동에 멈칫했다.

"끙. 누구지?"

들고 있는 짐 때문에 힘겹게 휴대폰을 꺼내 든 결아가 액정을 바라봤다.

[장준영 감독님]

"어? 나한테 왜 감독님 전화번호가 있지……? 아 참! 매니저 대리 할 때 저장해 뒀었지?"

나도 참. 전화번호 저장해 둔 것도 모르고. 결아가 다시 걸어가며 전화를 받았다.

"네. 감독님."

— 같은 장소에 있는데도 얼굴 보기 힘든데.

"아하하. 그런가요?"

결아가 머쓱하게 웃는데 준영이 말했다.

— 내가 했던 말은 기억해?

"네? 어떤……."

결아가 묻는데 뒤에서 누군가가 확 그녀를 잡아 돌렸다.

"어어?"

몸이 빙그르르 돌려진 결아가 놀란 얼굴로 상대를 올려다봤다. 눈앞에는 귀에 휴대폰을 대고 있는 준영이 보였다.

"아무리 그래도 너무하잖아."

준영이 한 팔로 결아를 잡고 내려다보며 휴대폰에 대고 말했다.

"이 장준영이 태어나서 처음 한 고백을 잊다니."

결아가 눈을 크게 뜨고 준영을 올려다봤다.

18.

스파크가 터지다

준영과 함께 있는 결아의 뒤에 휘가 굳은 얼굴로 서 있었다. 준영의 말을 들은 휘의 얼굴이 딱딱하게 굳었다. 방금 들은 말을 머릿속으로 인식하기도 전에 휘는 빠르게 둘에게 다가갔다.

"이결아."

휘의 목소리에 결아가 고개를 돌렸다. 그녀를 똑바로 보고 다가간 휘가 한쪽 팔을 낚아채자, 들고 있던 짐이 바닥으로 툭, 하고 떨어졌다.

"보고하고 다니라고 했을 텐데."

"잠깐만."

휘가 결아의 팔을 잡고 그대로 데려가려 하자 준영이 반대편 팔을 잡았다.

"어?"

양팔이 잡힌 결아와 휘가 동시에 준영을 돌아봤다. 그러자 준영

524

이 삐딱한 시선으로 휘를 보며 말했다.

"지금 대화 중인 거 안 보이나?"

"제 매니저에게 할 이야기라면 나중에 제게 직접 하시죠."

서늘하게 말한 휘가 결아의 손을 잡아끌었다. 그런데 준영도 결아의 팔을 잡고 있는 상태라 양쪽에서 잡아당기는 꼴이 되어 버렸다. 갑자기 고래 사이에 낀 새우가 되어 버린 결아는 당혹스러운 얼굴로 둘을 바라봤다. 잠깐, 대체 이게 무슨 상황…… 으아아! 찢어지겠어!

"아, 아파요! 이것 좀 놓고……."

"제 말 안 들리십니까?"

결아의 옹알이는 들리지도 않는지 휘가 준영을 향해 사납게 으르렁거리며 팔을 당겼다.

"너야말로 사람 말이 말 같지 않나? 대화 중에 끼어든 게 누군데."

준영도 험악하게 말하며 결아의 팔을 강하게 당겼다.

"아야야야! 찢어져요!"

"얘는 제 매니저인데 감독님이 무슨 권리로 사적인 대화를 나누는 겁니까?"

"매니저가 네 소유물도 아니지 않나? 어제부터 거슬리게 자꾸 소유권을 주장……."

"찢어진다니까요!"

결아가 버럭 소리를 치자 휘와 준영이 얼떨결에 손을 놨다.

"아이고야……."

아픈 듯 인상을 쓰고 팔목을 흔든 결아가 홱 고개를 들어 올렸다. 눈물이 그렁그렁한 결아의 새우 눈을 보자 휘와 준영은 둘 다 움찔했다.

"아프다고 했는데 왜 사람 말을 안 들어요?!"

"미, 미안. 그게……."

휘가 당황한 목소리로 사과하는데 결아가 눈을 가늘게 뜨고 준영을 봤다.

"감독님. 우선 제가 해야 할 일이 있으니 그 이야기는 오늘 제일이 끝난 뒤에 해요."

"아…… 그래."

결아의 말에 휘가 멈칫했다. 너 지금 밤늦게 이 자식을 만나겠다고? 휘의 레이저 광선을 보지 못한 결아가 떨어뜨렸던 짐을 들며 말했다.

"끝나면 제가 전화드릴게요."

"집 근처로 갈 테니 미리 전화해."

준영의 말에 휘의 눈썹이 날카롭게 치켜 올라갔다.

"왜 집으로……."

"네. 그럼."

빠르게 상황을 정리한 결아가 휘의 말을 끊고 그를 잡아끌었다.

"가요."

미간을 좁히고 준영과 결아를 번갈아 보던 휘가 자신을 이끌고 총총 걸어가는 결아를 따랐다.

"……."

준영은 멀어지는 휘와 결아를 보며 그 자리에 서 있었다.

집 안을 청소하는 내내 결아는 휘의 따끔따끔한 시선에 시달렸다.

"저 남자가 왜 또 레이저를 쏴 대는 거야? 아깐 좀 나아진 것 같더니…….."

최근 들어 집 안 곳곳에 부쩍 많아진 듯한 크리스털 조각상 중 하나인 유니콘의 섬세한 뿔을 닦으며 결아가 투덜거렸다.

"하루에도 기분이 몇 번씩 왔다 갔다 한다니까. 질풍노도의 사춘기도 아니고 말이야."

이거 봐. 또! 뒤통수가 얼얼해질 정도로 찌릿찌릿한 날카로운 시선에 결아는 닦고 있던 뿔을 놓고 몸을 홱 돌렸다. 안 되겠어. 물어봐야지.

참다못한 결아가 휘가 있는 소파 쪽으로 타박타박 다가갔다.

"저기요."

"왜."

휘가 냉랭한 기운을 뿜어내며 대답하자 결아는 저도 모르게 움찔했다. 으윽. 저 산 채로 사람을 얼려 버릴 것 같은 목소리는 뭐야? 의지가 꺾이려던 결아는 다시금 힘을 모아 말했다.

"무슨 기분 안 좋은 일이라도 있었어요? 아까 오면서 정석 씨도 궁금해하던데."

"아니."

아닌 게 아닌데? 휘의 표정은 무지무지 저기압으로 보였다.

"그럼 저한테 화나신 거 있어요?"

"전혀."

휘가 대답하면서 시선을 돌렸다.

"아니라면서 왜 시선을 피하는 건데요?"

"내가 어딜 보든 내 맘 아니야?"

휘가 까칠하게 대답하자 결아가 미심쩍은 시선으로 그를 살폈다.

"……정말 아니에요?"

"아니라니까."

휘가 부자연스러울 정도로 결아에게서 고개를 돌린 채 대답했다.

"흠…… 알았어요."

결아가 어깨를 으쓱이며 걸레를 들고 다시 몸을 돌리자 뒤에서 휘의 목소리가 들렸다.

"정말 만날 거냐?"

그러자 결아가 다시 몸을 돌리며 되물었다.

"누굴요?"

결아가 눈을 둥그렇게 뜨자 휘가 인상을 쓰며 팔짱을 꼈다.

"있잖아. 그."

"그?"

못 알아듣고 되묻는 소리에 휘가 대충 턱짓을 하며 다시 말했다.

"그."

"그?"

"그, 감독. 감독 말이야."

"아아. 장준영 감독님이요?"

그제야 결아가 알아듣자 휘는 갑자기 화가 치밀어 그녀를 바라보는 눈에 쌍심지를 켰다.

"넌 내 매니저면서 왜 쓸데없이 감독을 만나고 다녀? 그것도 나 몰래?"

"제가 언제 휘 씨 몰래 감독님을 만나고 다녀요. 딱 한 번이었는데."

"오늘도 만난다며! 아, 어쨌든."

언성이 높아지자 휘가 미간을 찡그리고 숨을 들이켰다.

"한 번이든 두 번이든, 네가 왜 그 감독을 만나고 다니냐고."

목소리 톤을 낮춰 휘가 으르듯 말하자 결아가 억울하다는 듯 입을 열었다.

"그거야……."

당신과의 노예 계약이 볼모로 잡혔으니까요. 하지만 결아는 그 말을 삼키며 다시 입을 다물었다. 그것을 매의 눈으로 보던 휘가 한쪽 눈썹을 매섭게 치켜올렸다.

"왜 말을 하다 말아? 그거야, 다음 말은 뭔데?"

"아! 아무것도 아니에요. 제 개인적인 일까지 휘 씨한테 다 보고해야 되는 건 아니잖아요. 그쵸? 그럼 전 남은 청소를 하러 이만."

급히 말한 결아가 걸레를 들고 뒤돌더니 후다닥 가 버렸다. 식당 안으로 꽁지를 내빼는 결아를 쳐다보던 휘가 눈썹을 사납게 일그러뜨렸다.

"쟤가 진짜……."

도망치듯 식당 안으로 들어온 결아가 뒤를 힐끔거리며 구시렁거렸다.

"나도 참. 그냥 말하지 그걸 왜 숨겨?"

그치만 한유라 일이 있을 때도 그랬고, 휘가 그런 쪽에 자꾸 신경을 쓰는 것 같았다. 한국에 들어왔을 때 한동안 냉기를 풍기던 것도 그 한유라 일 때문에 거리를 두는 것 같았달까……. 이번에도 괜히 알게 했다가 노예 건으로 피해를 받는다고 생각하고 휘가 또 자신에게 거리를 두는 건 싫었다.

"게다가 왠지 노예 계약에 대해 여기저기 말하고 다니는 것 같은 오해도 받을 것 같단 말이지. 휘에게 그런 오해를 받는 건 싫은데……. 어쨌든 이런 난감한 상황은 싫으니까 오늘 감독님 일은 확실히 해 두는 게 낫겠어."

결아가 작은 머리통을 끄덕거리며 비장하게 눈을 빛냈다.

"그럼 가 보겠습니다. 푹 쉬세요."

결아가 가방을 메며 인사하자 휘가 몸을 일으켰다.

"바래다줄게."

"괜찮아요. 아까 정석 씨가 바래다주신다고 했……."

"정석이 갑자기 급한 일이 생겼대서 오지 말라고 했어."

휘가 엘리베이터 버튼을 누르며 방금 전 정석과의 통화를 떠올렸다.

— 예? 안 와도 된다니요? 거기 결아 씨 있잖아요.

'내가 볼일 생긴 김에 바래다줄 거니까 쉬어.'

— 무슨 볼일…….

뚝.

휘의 계략을 알 리 없는 결아가 난처한 표정을 지었다.

"아…… 그래요? 피곤하실 텐데 죄송해요."

"됐어."

짧게 대답한 휘가 미안한 얼굴을 하고 있는 결아를 힐끗 내려다봤다. 그때 엘리베이터가 도착하고 두 사람은 함께 올라탔다.

그리고 결아의 집으로 향하는 차 안은 조용했다.

"……."

결아가 휘를 슬쩍 쳐다보니 그는 전방에 시선을 두고 말없이 운전만 하고 있었다.

"저기, 아직 기분 안 좋으세요?"

"그런 적 없다니까."

휘가 담담하게 대답하자 결아가 고개를 갸웃거렸다. 풀렸나……? 하긴 광란의 질주가 아니라 평범하게 운전하고 있는 걸 보니 그런 것 같기도 한데.

"어디서 세워 주면 돼?"

"아, 요 앞에 세워 주시면 돼요."

휘가 차를 세우자 결아가 문을 열며 인사했다.

"바래다주셔서 감사합니다. 조심히 들어가세요."

"그래."

결아를 내려 준 휘가 차를 몰고 그 자리를 벗어났다. 백미러에서 결아의 모습이 완전히 사라지자 휘는 가슴께가 답답해지기 시작했다. 아니. 가슴은 이미 한참 전부터 꽉 막힐 듯 답답해진 상태였다.

실은 결아를 태우고 온 내내, 목구멍 아래에서 치미는 뜨거운 덩어리를 삼켜 내느라 필사적이었다. 그러지 않으면 한 단어가 입밖으로 튀어나올 것 같았으니까.

'가지 마.'

장준영. 만나지 마.

얼굴을 일그러뜨린 휘가 거칠게 차를 세웠다.

"답답해서 가슴이 터져 버릴 것 같네. 진짜……."

거친 숨을 몰아쉰 휘가 짜증스럽게 머리칼을 쓸어 넘겼다.

"미치겠다. 내가."

어깨를 들썩이며 크게 숨을 몰아쉬던 휘가 시동을 걸고 빠르게 차를 돌렸다.

"어둡네……."

늦은 시간이라 그런지 놀이터 안에는 인적이 없었다. 조심조심 걸으며 주변을 두리번거리는 결아의 시야에 벤치 위에 한쪽 무릎을 세우고 누워 있는 남자가 보였다.

저 사람인가? 그 모습을 가만히 바라보던 결아가 가까이 다가가도 누워 있는 사람은 미동 없이 같은 자세만 유지 중이었다. 결아는 바로 앞까지 조금 더 다가갔다.

"저…… 감독님?"

결아가 위에서 고개를 빠끔 내밀고 내려다보자 준영이 담배를 입에 문 채 씩 웃었다.

"여어."

나른하게 누워 웃고 있는 준영을 보고 있으니 조금 이상한 기분이었다. 그러고 보니까 촬영장에서 감독님이 웃는 걸 한 번도 본 적이 없는 것 같은데……. 둘이 있을 때만 보게 되는 것 같은?

결아가 온 것을 확인한 준영이 천천히 일어나 담배를 껐다.

"앉아."

준영이 자기 옆자리를 툭툭 치자 결아가 주변을 둘레둘레 보더니 맞은편 의자로 걸어가 앉았다.

"거긴 너무 멀어."

"이만하면 말소리도 다 들리는데요, 뭘."

놀이터 가로등 불빛에 준영이 인상을 슬몃 찌푸리는 게 보였다.

"이결아 은근 철벽녀네."

"대화하려고 만난 거잖아요. 이렇게 마주 보고 앉는 게 대화하기도 더 편하고……."

"그렇게 해. 그럼."

준영이 알았다는 듯 팔짱을 끼고 결아를 바라봤다.

"그런데 바쁘지 않으세요? 새벽부터 또 촬영 있다고 들었는데 이런 데까지 오셔도……."

"바쁘지. 잠도 못 잘 만큼."

준영이 선뜻 인정하자 결아가 안절부절못했다.

"거봐요. 대화야 전화로 하면 되니까 어서 들어가서 조금이라도 주무세요."

결아가 벌떡 일어나는데 준영이 말했다.

"그만큼 내가 진심이라는 거야."

"네?"

결아가 멈칫거리며 그를 보자, 준영이 진지한 눈빛으로 자신을 응시하고 있었다.

"잠잘 시간조차 없는 내가, 너를 만나기 위해 달려온 거라고."

"아……."

결아가 할 말을 잃은 듯 순간 멍한 얼굴이 됐다.

그때, 준영의 시야에 저 뒤에 서 있는 남자의 모습이 들어왔다. ……선우휘? 휘를 발견한 준영이 입술 끝을 늘리고 돌처럼 굳어 있는 결아의 손을 잡아 자신 쪽으로 끌어당겼다.

"어엇!"

결아는 순식간에 준영이 끌어당기는 대로 끌려갔다. 준영이 놀란 결아의 얼굴을 가까이에서 바라봤다.

"감독님?"

갑자기 준영의 얼굴이 코앞까지 다가오자 결아가 거북이처럼 목을 뒤로 쭉 뺐다.

"그리고, 오늘 난 말이야."

준영이 한 손으로 결아의 뺨을 감쌌다.

"단순히 너와 대화하러 온 게 아니야. 네가 뭐라고 하든 들어줄 생각 없어. 내가 처음으로 끌린 여자를 놓칠 생각이 없거든."

"이거 좀 놓고 말씀……."

"이결아!"

그때 갑자기 나타난 휘가 눈 깜짝할 사이에 결아를 낚아채 준영에게서 떨어뜨렸다.

"휘, 휘 씨?"

결아는 갑작스러운 휘의 등장에 놀란 얼굴로 그를 바라봤다. 휘는 그녀를 자신의 뒤로 감추며 사나운 시선으로 준영을 노려봤다.

"무슨 짓입니까?"

"그 말 그대로 돌려주고 싶은데."

준영이 느른하게 말하자 휘는 머릿속이 분노로 터져 버릴 지경이었다.

"할 말 있다고 불러내선 무슨 더러운 수작이냐는 말입니다."

"더러운 수작?"

준영이 벤치에서 몸을 일으켰다. 키가 큰 휘와 거의 동등한 눈높이에서 준영이 그를 응시했다.

"네가 무슨 권리로 그런 말을 하지?"

"이 여자, 제 소유입니다. 대화든 뭐든 제 허락받고 하란 말입니다."

휘의 말에 결아가 그를 올려다봤다.

"싫다면?"

휘의 눈썹이 꿈틀거리자 준영이 피식, 하며 입술 끝을 휘어 올렸다.

"아무리 생각해도 내가 네 말을 따라야 할 이유는 없는데? 소유물? 웃기는군. 네가 이결아 보호자라도 되나? 그저 일개 스태프에게 대하는 태도치곤 너무 과하지 않아?"

"이결아는……."

"휘 씨 말이 맞아요."

살벌하게 준영을 노려보던 휘가 입을 여는데 결아의 말이 먼저 나왔다. 두 남자의 시선이 결아에게 향했다. 결아는 차분한 눈빛으로 준영을 보며 말했다.

"전 휘 씨 소유거든요."

노예 계약 때문이긴 하지만 어쨌든 그의 소유인 건 맞았다. 그리고 자신의 마음 역시 지금 휘의 편을 들어 주고 싶었다. 마치 휘가 준영과 자신 사이를 방해하는 사람처럼 취급되는 것이 싫었다. 이해가 되지 않는 행동을 하고 있는 것은 준영이니까.

눈을 가늘게 뜨고 결아를 가만히 내려다보던 준영이 낮은 목소리로 물었다.

"……그때 말했던, 그 이유 때문인가?"

준영이 말하는 게 노예 계약임을 눈치챘지만, 결아는 이에 대한 대답은 않은 채 그에게 말했다.

"그건 제가 설명드릴 이유가 없을 것 같아요. 어쨌든 이건 제 선택이기도 한 거니까 감독님께서는 그런 말씀 안 하셨으면 좋겠어요. 그럼."

결아가 몸을 돌려 휘를 바라봤다.

"가요."

같이 가자는 의미로 말하는 결아를 휘가 조용히 내려다봤다. 많은 것을 담은 듯한 그의 눈빛이 잠시 결아를 향해 있다가 손을 뻗어 그녀의 손을 잡았다. 그대로 휘가 결아의 손을 잡고 놀이터를 빠져나가는 동안 준영은 멀리 사라지는 두 사람을 가만히 지켜보았다.

결아를 조수석에 태운 휘는 보닛을 돌아 운전석에 올라탔다. 그의 표정을 살핀 결아가 재빠르게 조수석 손잡이를 꼭 움켜잡았다. 아직도 표정이 굳어 있네. 또 공포의 질주가 시작되는…… 건가?

꿀꺽 침을 삼킨 결아가 바짝 긴장해 있는데 의외로 휘는 과속하지 않았다. 어? 이렇게 기분이 나빠 보이는데도 평범하게 운전하다니……. 웬일이지?

결아는 놀라운 얼굴로 그의 단정한 옆모습을 힐끔거렸다. 휘는 아까부터 내내 말없이 운전만 하고 있었다.

"저기, 휘 씨."

"어?"

생각에 잠겼던 듯한 휘가 결아의 목소리에 그녀를 바라봤다. 뭔가 평소와는 다른 짙은 그의 눈빛에 결아는 괜히 심장이 간질간질해지는 느낌이 들어 얼른 말했다.

"지금 어디 가는 거예요?"

"배가 고파져서. 그래서 지금 밥 먹으러 가는 거야."

"아…… 밥이요? 아까 휘 씨 집에서 닭가슴살 요리 만들어 뒀는데……."

"집까지는 멀잖아. 배우이기 이전에 사람인데 가끔은 다른 것도 먹어 줘야지."

"아, 하긴 그렇겠네요."

작은 머리를 끄덕거리던 결아가 다시 휘를 힐끔거렸다. 그는 여전히 생각에 빠진 듯한 얼굴로 전방만 응시하고 있었다.

거참 이상하네……. 갑자기 무척 진지해진 듯한 휘의 분위기에 결아는 자신도 덩달아 긴장이 되는 기분이었다. 게다가 묘한 긴장 감이 감도는 것과 더불어 휘는 무척 관능적인 분위기를 동시에 풍기고 있었다. 부딪쳐 오는 짙은 눈동자가, 평소보다 진지하고 낮은 목소리가, 그리고 아까 힘주어 잡은 커다란 손의 감촉과 온기가…….

아아, 어쩌지? 점점 더 긴장되기 시작하네.

결아는 콩콩거리는 심장을 지그시 누르며 창 쪽으로 고개를 돌렸다. 이상야릇한 성적인 긴장이 그녀를 더욱 떨리게 하고 있는 이유라는 것도 모른 채.

그리 멀지 않은 곳에 식사가 가능한 캐주얼바가 있었다. 휘는 모자를 깊게 눌러쓰고 안쪽 깊숙한 자리에 앉았다. 늦은 시간이라 손님이 많지 않음에도 결아는 주변이 신경 쓰이는지 괜히 고개를 숙이고 주위를 힐끔거렸다.

주문을 마친 휘가 손가락으로 테이블을 톡톡 두드렸다.

"신경 쓰지 마. 자연스럽게 행동하는 게 오히려 의심 안 받아."

"아, 네."

결아가 대답하고는 얼른 시선을 휘에게 고정했다.

"해외 로케 때는 안 그랬는데…… 국내는 아무래도 정석 씨가 없으면 좀 신경이 쓰여서요."

결아가 민망한 듯 작게 웃자 그가 테이블 위에서 팔짱을 끼고 고개를 끄덕였다.

"뭐, 이해는 해."

"네…… 하하."

결아의 멋쩍은 웃음도 끝이 나자 테이블 위에는 어색한 공기가 감돌았다. 차에서부터 이어지던 휘의 나른하고 관능적인, 그러면서 그답지 않은 진지한 분위기는 여기까지 이어지고 있었다.

평소의 가벼운 분위기가 빠진 휘는 뭐랄까……. 무척 근사했다. 원래 잘생긴 사람이라는 건 알고 있었지만, 이렇게 예쁜 조명에서 마주 앉아 보고 있으니 모자로도 감춰지지 않는 잘생김이 눈을 현혹시키고 있달까.

왜 이렇게 떨리지……. 휘가 자신을 가만히 응시하고 있자 결아는 괜히 테이블 아래에서 손가락만 꼼질거리며 슬쩍 시선을 피했다.

휘를 처음 봤을 때는 잘생겼다는 생각보다는 무섭기만 했는데, 언제부터인지 그를 확실히 매력 있다고 느끼게 됐다. 아무리 잘생긴 사람도 보다 보면 눈이 익숙해져서 평범해진다는데, 휘는 오히려 점점 더 매혹적으로 보여 난감할 지경이었다.

그런 자신의 심정을 들킬 것 같아 결아가 긴장한 표정으로 앉아 있자, 휘가 입을 열었다.

"아까 내가 한 말…… 기분 나쁘지 않았어?"

"무슨 말요?"

결아가 까맣고 윤기 나는 눈동자로 올려다보며 묻자 휘의 눈빛이 더 짙어졌다.

"널 내 소유라고 한 거."

"그거요? 맞는 말이잖아요……. 계약상으로."

결아가 얼버무리듯 말했다. 실은 아까 그 순간 휘가 자신을 자기 소유라고 말해 줘서 기뻤다. 이렇게 생각하면 노예 생활에 익숙해져서 이젠 완전한 노예 정신이 세뇌되어 버린 걸까, 하는 두려움도 있지만, 한편으론 그런 식으로 기쁜 게 아니라…… 뭔가 좀 더 다른, 이를테면 여자로서 드는 기분 같았다.

나 좀 봐. 무슨 생각을 하는 거야. 결아는 순간 스스로의 생각에 놀라 뺨을 발갛게 물들였다. 바 내부의 조명이 어두워서 자신의 얼굴빛이 잘 보이지 않아 다행이었다.

휘가 자신의 조각 같은 날렵한 턱 선을 손가락으로 천천히 쓸었다.

"그렇기는 한데, 그래도 다른 사람 앞에서 그런 말 하는 게 혹시 기분이 나쁘진 않았나…… 해서."

"전 괜찮아요."

결아가 생긋 웃으며 말했다. 진심으로 기분 나쁘지 않았으니까. 오히려 기뻤다고 말한다면 휘는 당황하겠지?

결아가 그런 생각에 잠겨 있는 사이에 휘가 그녀의 얼굴을 가만히 바라봤다.

'전 휘 씨 소유예요.'

준영을 향한 자신의 객기 어린 행동에도 결아는 그렇게 말해 줬다. 결아 입장에서는 충분히 자존심 상할 수 있는 말이었는데도……. 그리고 사실 그 말을 듣는 순간, 기뻤다. 무척. 가슴이 뻐근해질 만큼.

"……그럼 됐어."

휘가 자신의 기분을 표정에 드러내지 않고 담담하게 말하고는 컵을 들어 물을 마셨다. 투명한 글라스를 잡은 휘의 기다란 손가락과 매스컴에서 키스하고 싶은 입술 1위라고 떠들어 대는 그의 입술에 시선이 닿자 결아는 얼굴에 열기가 돌았다.

뉴질랜드에서 죽을 뻔했을 때 느꼈던 휘의 손길과 입술의 감촉이 떠오르자 양 볼의 홍조가 더 짙어졌다.

"여, 여기 은근 덥네요."

결아가 얼굴에 휘휘 손부채질을 하며 어색한 미소를 띠고 휘를 바라봤다.

어……? 그런데 테이블에 내려놓은 글라스를 매만지고 있는 휘의 시선이 결아의 입술에 똑바로 향해 있었다. 제 입술에 닿아 있는 그의 시선이 느껴지자 결아는 심장이 빠르게 뛰기 시작했다. 마치 그날 키스할 때와 똑같은 휘의 진지한 눈빛에 결아의 얼굴이 완전히 붉어졌다.

그때 휘의 손이 천천히 그녀의 입술로 향했다.

"주문하신 음식 나왔습니다—"

갑작스러운 홀 직원의 발랄한 목소리와 함께 두 사람은 동시에 굳었다. 결아를 향했던 휘의 손이 멈칫하더니 자신의 모자챙을 깊숙이 내리자, 결아도 괜히 어색한 헛기침을 큼큼하며 고개를 숙였다.

"그럼 맛있게 드세요—"

홀 직원이 테이블 위에 접시들을 내려놓은 뒤 상큼한 미소를 남기고 사라졌다.

"……먹자."

"아, 네!"

휘의 목소리에 약간 뒤집힌 결아의 목소리가 겹쳐졌다.

"잘, 잘 먹을게요."

얼른 다시 말한 결아가 당황으로 붉어진 얼굴로 포크를 들었다. 나도 참, 왜 목소리가 뒤집어져선……. 맨날 그러더라. 특히 민망한 순간에…….

결아가 커틀릿을 썰어 입에 넣고 오물오물 씹으며 자기혐오에 빠져 있는데 휘의 시선이 은밀하게 결아의 입술에 다시 닿았다. 귀엽게 오물거리는 앵두 같은 입술이 그의 심장 부근을 뻐근할 만큼 조여들게 했다. 결아로 인해 처음 알게 된 육체적인 욕망이 뜨거운 화염처럼 신체의 일부에 몰리자 참을 수 없는 갈증이 일었다.

그때 문득 시선을 든 결아가 휘의 짙어진 눈동자와 눈이 마주쳤다.

왜 또 사람 심장 떨리는 눈빛으로……. 휘와 눈이 마주친 순간 결아는 숨을 삼켰다. 그의 시선에 포크를 쥔 손끝까지 바짝 긴장이 됐다.

달그락. 달그락.

조용한 테이블 위에 포크와 나이프를 움직이는 소리만 들렸다. 둘은 차 안에서보다 더 뜨거운 열기가 섞인 묘한 분위기에서 조용히 식사를 했다.

식사가 끝나고 차로 돌아오자 알 수 없는 긴장은 극대화되어 있었다.

이, 이러다 터져 버리겠어! 결아는 좁은 차 안에서 숨도 쉬지 못할 것 같은 기분에 점점 얼굴이 달아올랐다. 처음 같은 그런 무서운 긴장은 아닌데, 이 숨이 꽉 조여 오고 뭔가 몸속에 뜨거운 물이 넘실넘실대는 듯한 이런 긴장은 뭘까?

평소와 달리 굳은 얼굴로 운전만 하고 있는 휘 때문에 더 그런 것 같기도 했다.

차라리 농담이라도 해야 하나? 최근에 인터넷에서 본 재밌는 글이 뭐가 있더라?

[1.남자의 정중앙에 있고 걸을 때마다 달랑달랑 흔들리며, 잡아당기면 아프고, 잘못하면 죽는 것은? 답: 넥타이

2. 둥글고 만지면 말랑말랑하고 크기는 다양한데, 크면 클수록 좋아하고, 끝에 꼭지가 달려 있는 것은? 답: 풍선]

으악! 왜 이런 게 떠오르는 거야? 하필 머릿속에 떠오른 게 야한 농담이라니!

결아가 혼자 새빨개진 얼굴로 호흡 곤란 상태에 빠져 있는데 옆에서 낮은 목소리가 들렸다.

"이결아."

"네, 네?"

죄지은 사람처럼 흠칫한 결아가 대답하며 그를 바라봤다. 신호에 걸렸는지 차는 세워져 있었다. 차내가 어두워 자신의 홍당무 같은 얼굴이 잘 보이지 않기만을 바라며 긴장한 눈빛으로 휘를 보고 있는데, 그가 입을 열었다.

"우리 집에 가자."

……두근!

휘가 진지한 얼굴로 묘한 뉘앙스가 담긴 말을 하자 결아의 심장이 곧장 반응했다.

〈2권에서 계속〉

www.b-books.co.kr